Corinna
KASTNER

Das Erbe von Ragusa

Roman

BASTEI
LÜBBE

BASTEI LÜBBE TASCHENBUCH
Band 15498

1. Auflage: Mai 2006

Vollständige Taschenbuchausgabe

Bastei Lübbe Taschenbücher in
der Verlagsgruppe Lübbe

Originalausgabe

Ein Projekt der AVA international GmbH
Autoren- und Verlagsagentur, Herrschirg
Umschlaggestaltung: Gisela Kullowatz
Titelbild: © Ute Klaphake, Hamburg
Satz: hanseatenSatz-bremen, Bremen
Druck und Verarbeitung: GGP Media GmbH, Pößneck
Printed in Germany
ISBN-13: 978-3-404-15498-2 (ab 01.01.2007)
ISBN-10: 3-404-15498-3

Sie finden uns im Internet unter
www.luebbe.de

Der Preis dieses Bandes versteht sich einschließlich
der gesetzlichen Mehrwertsteuer.

Für Louise mit Dank –
du weißt, wofür …

»Wer das Paradies auf Erden sucht,
soll nach Dubrovnik kommen!«

George Bernard Shaw

VORSPIEL

Er lief. Seine Füße flogen über den Boden, so schnell, dass sie die Erde kaum zu berühren schienen. Die Bäume und Büsche links und rechts von ihm hatten keine scharfen Konturen, sie verwischten am Rande seines Blickfeldes. Sein Keuchen dröhnte ihm in den Ohren.

Hin und wieder machte er einen großen Satz über eine Baumwurzel oder ein anderes Hindernis, ängstlich darauf bedacht, nicht zu stolpern und hinzufallen, denn er wusste, würde das geschehen, wäre er verloren.

Er hörte sie hinter sich, hörte ihre Stimmen und ihre Rufe, und er betete zum Herrn, dass Er ihm helfen möge, obwohl er nur zu gut wusste, wie selbstgerecht er gewesen war. Eine Sünde, die Gott schwer verzieh. Wie konnte er also wagen zu beten? Der Herr strafte Seine Kinder, wenn sie die Gerechtigkeit selbst in die Hände nahmen, statt auf Ihn zu vertrauen und auf den Tag des Jüngsten Gerichts.

Jetzt war es zu spät zu bereuen – und eigentlich bereute er auch nichts.

Die Stimmen wurden lauter, kamen näher, gefährlich nahe. Im Laufen drehte er sich halb um und erhaschte einen Blick auf die Gestalt, die ihm am nächsten war. Hätte er nur den Mut, stehen zu bleiben, sich ihr entgegenzustellen und ihr von Angesicht zu Angesicht zu sagen, was er stattdessen anderen berichtet hatte. Doch er war nicht mutig. Er lief.

»Da vorn, seht!«, rief einer der Verfolger. »Gleich haben wir ihn!«

»Er darf uns nicht entkommen!«, erscholl die Antwort.

Dann geschah das Unglück. Er fiel über eine Wurzel, strauchelte, wild ruderten seine Arme über seinem Kopf, schließlich landete er mit dem Gesicht auf der weichen, feuchten Erde, die er in Mund und Nase bekam, als er panisch nach Luft rang. Er spuckte den Dreck aus und versuchte sich zugleich aufzurappeln, dabei hörte er viel zu dicht hinter sich einen frohlockenden Ausruf.

»Hab ich dich, du Lump!«

Und tatsächlich, er spürte eine Hand, die ihn am Nacken packte und hochzerrte, eine vom Laufen gerötete und zugleich vor Genugtuung verzerrte Fratze starrte ihn an.

»Hast dir eingebildet, du könntest uns entwischen! Nicht mit mir!«

Der andere kam erst jetzt heran, ihm war die Verfolgung scheinbar schwerer gefallen. »Er ist gefasst, dem Herrn sei's gedankt!«

»Was denkst du wohl, was wir mit dir tun zum Dank für das, was du angerichtet hast?«, fragte der Erste.

Die Antwort bestand nur aus angstgeweiteten Augen und heftigem Zittern.

»Warum plötzlich um Worte verlegen? Zuvor warst du weniger verschwiegen!«

Das Lachen klang erbarmungslos, und er wusste, er brauchte nicht um Gnade zu bitten. Sie würde ihm nicht gewährt, um keinen Preis der Welt. Nun, dann war dies das Ende seines Lebens, so würde er ihr in den Tod folgen, wenn ihm auch Hölle oder Fegefeuer für seine Sünden bestimmt waren, nicht das Paradies.

Er hörte auf zu zittern und wurde ganz ruhig.

»Was ist los?«, fragte der Mann, der ihn noch immer festhielt und mit seinem Blick aufzuspießen schien. »Ist deine Furcht dermaßen groß, dass sie dich lähmt? Recht so, dann haben wir es leichter mit dir. Und sei gewiss, dein Entsetzen ist begründet.«

»Macht mit mir, was Ihr wollt«, antwortete er und schwor bei sich, kein weiteres Wort über seine Lippen dringen zu lassen. Sein letzter Satz – gerichtet an einen Menschen, den er in diesem Augenblick weit mehr verachtete als fürchtete, denn auch sein Peiniger würde dereinst in der Hölle schmoren.

»Was tun wir mit ihm?«, fragte der zweite Mann, der allmählich wieder zu Atem kam.

»Was schon? Dieser Platz ist ebenso gut wie jeder andere!«

»Ihr wollt gleich hier …?«

»Wo sonst? Und danach werden wir dasselbe tun, was unser Freund hier so trefflich verstand: verbreiten, was geschehen ist!«

ERSTER TEIL

1.

Es fiel mir schwer, mich zu trennen. Niemand war noch hier außer den Totengräbern, die in einiger Entfernung darauf warteten, dass ich gehen würde, um endlich mit ihrer Arbeit beginnen zu können. Ich bemühte mich, die Männer mit den berufsmäßigen Leidensmienen aus meinem Bewusstsein zu verbannen, und sah hinab in das Grab mit dem hellen Eichensarg, auf dem sich Erde und einzelne Blumen türmten. Noch immer hielt ich meine weiße Rose in den Händen.

Mit einem Seufzer ließ ich sie ins Grab fallen. Das dumpfe Geräusch des Aufpralls auf dem Sarg blieb mir erspart, weil sie auf einem kleinen Haufen Erde landete.

»Tschüss, Mama«, flüsterte ich. Nur sehr widerstrebend drehte ich mich schließlich langsam um und schritt an den zahllosen Gräbern entlang, auf deren Steinen Namen und Daten standen, die mir weder etwas sagten noch etwas bedeuteten. Ich beachtete sie nicht, folgte nur dem Weg, schaute weder nach oben noch nach links oder rechts. Erst als ich an die Weggabelung kam, hob ich den Kopf. Der Engesohder Friedhof war riesig, man konnte sich leicht verlaufen zwischen all den Grabreihen und Alleen. An einem schönen Tag wie diesem, an dem die Sonne von einem strahlend blauen Maihimmel schien, konnte man gut einen ausgedehnten Spaziergang machen und die Grabstätten mit den verschiedensten fein gemeißelten Figuren bewundern oder die jener altehrwürdigen Familien, die sich vor langer Zeit ein kleines Mausoleum hatten leisten können.

Heute war mir nicht nach einem Spaziergang. Außerdem warteten Verwandte und Freunde meiner Mutter sicher schon auf mich. Ich hasste den Gedanken, bei dem üblichen Kaffeetrinken aufzutauchen, und hätte mich stattdessen lieber in meiner Wohnung eingeigelt und vergraben. Unwillkürlich verzogen sich meine Mundwinkel bei dieser ausgesprochen passenden, aber unbeabsichtigten Wortwahl.

Das beeindruckende Tor des Friedhofs kam langsam in Sicht und wurde mit jedem meiner Schritte größer. Es bestand aus rotem und gelbem Sandstein, zu beiden Seiten des Eingangs verlief eine Mauer mit uralten Grabplatten. Kurz bevor ich es durchschritt, wandte ich mich noch einmal um und schaute zurück. Von hier konnte ich den inzwischen vermutlich aufgeschütteten und mit Kränzen und Sträußen überdeckten Grabhügel meiner Mutter nicht sehen, mein Blick fiel nur auf einen steinernen Engel mit weit ausgebreiteten Flügeln. Während der Beerdigung hatte ich nicht geweint, doch jetzt schienen die Tränen plötzlich aus mir herausbrechen zu wollen. Ich schluckte den Kloß in meinem Hals herunter und trat auf die Straße. Hier hatte die wirkliche Welt mich wieder. Vor dem Friedhof wurde ein Baugelände erschlossen, eine große Betonwand hing an einem der Kräne und schwebte wie von Geisterhand beflügelt durch die Luft.

Ich schaute die Straße hinauf in die Richtung, in der mein Wagen geparkt stand, und wollte gerade meinen Schlüssel aus der Tasche fischen, als mein Blick auf ein anderes Auto fiel. Der schwarze BMW glänzte in der Sonne, wahrscheinlich war er so gut gewachst, dass jeder Regentropfen einzeln davon abgeperlt wäre. Der Mann, der gerade eben noch lässig an der Motorhaube gelehnt hatte, sah mich fast im selben Moment wie ich ihn. Er stieß sich vom Heck ab und kam langsam auf mich zu. Wie konnte er es wagen, hier aufzutauchen?

Ich sollte auf dem Absatz kehrtmachen und ihn mitten auf der Straße stehen lassen, dachte ich. Aber meine Beine verweigerten den Dienst, meine Füße hafteten wie festgefroren auf dem Asphalt.

Er trug einen schwarzen Anzug, der zweifellos maßgeschneidert war und ein Vermögen gekostet hatte – unter einem Designerstück fing ein Mann wie Henning Laurenz erst gar nicht an.

»Nella«, sagte er, jetzt nur noch ein kleines Stück von mir entfernt.

Ich wich einen Schritt zurück, erleichtert, dazu endlich fähig zu sein.

Er reagierte sofort und versuchte nicht, mir noch näher zu kommen. »Ich weiß, es muss dir schwer fallen, mir zu glauben. Aber es tut mir Leid. Ehrlich.«

Dieses Wort aus seinem Mund zu hören schien mir wie purer Hohn. Es war mit Sicherheit sehr lange her, dass Henning Laurenz irgendetwas ehrlich empfunden hatte. Für ihn gab es im Leben nur zwei wirklich wichtige Dinge: Erfolg und Ansehen. Drei, korrigierte ich mich. Reichtum gehörte auch dazu, in Form von Geld oder anderen Dingen.

»Was willst du?«, fragte ich und unterdrückte ein Zittern in meiner Stimme.

»Nichts«, gab er zurück. »Nur sagen, dass es mir Leid tut. Immerhin war Sonja auch mal ein Teil meines Lebens. Wir haben viele Jahre miteinander geteilt, auch wenn es so … unschön geendet hat.«

»Unschön?«, wiederholte ich. »Das dürfte die Untertreibung des Jahrhunderts sein. Wenn ich gewusst hätte, dass du auf der Beerdigung bist, hätte ich dich aus der Kapelle werfen lassen.«

Mit traurigem Gesichtsausdruck, der mich nicht überzeugte, sah mein Vater mich an. »Warum musst du so feindselig sein? Ich habe Fehler gemacht, das ist mir bewusst. Aber können wir uns nicht zusammensetzen und darüber reden wie erwachsene Menschen? Ich bin sicher, Sonja hätte das auch gewollt.«

Das gab mir den Rest. »Wie kannst du dir anmaßen zu wissen, was Mama gewollt hat?«, fauchte ich. »Dich hat seit Jahren nicht mehr geschert, was in ihr vorging. Du musstest sie ja im Stich lassen, als sie dich am nötigsten brauchte, nur weil eine Frau mit einer amputierten Brust plötzlich nicht mehr in deine heile Erfolgswelt passte.«

»Nella, das ist nicht die ganze Geschichte«, widersprach mein Vater und ging doch wieder auf mich zu. Gleichzeitig wich ich weiter zurück, bis ich mit dem Rücken an der hohen Friedhofsmauer stand.

»Nein, natürlich nicht. Die ganze Geschichte, wie du das zu nennen beliebst, fing schon viel früher an. Als du nämlich fandest, dass Mama langsam zu alt wurde. Da hast du dich unter deinen Mitarbeiterinnen umgesehen, die du eine nach der anderen in dein Bett gezerrt hast. Denk bloß nicht, ich hätte das nicht mitgekriegt. Du hast dir wenig Mühe gegeben, diskret zu sein. Mama hat das ausgehalten, weil sie dachte, du würdest früher oder später zur Vernunft kommen, aber dann hast du sie endgültig fallen lassen, als sie nicht mehr perfekt funktionierte. Und das hat ihr den Lebenswillen genommen.«

Meine Stimme war immer lauter geworden. Ich war wütend und traurig zugleich und hätte in diesem Moment meinen eigenen Vater liebend gern in die riesige Baugrube gegenüber gestoßen, nur um zu sehen, wie seine blitzsaubere Fassade genauso schmutzig wurde, wie er innen schon lange war. »Scher dich zum Teufel und lauf mir nie wieder über den Weg.«

Damit schob ich ihn zur Seite und hastete zu meinem kleinen blauen Renault. Aus den Augenwinkeln sah ich, dass aus dem Wagen meines Vaters eine Frau ausstieg und ihm entgegensah. Ich sollte sie warnen, schoss es mir durch den Kopf, er würde sie wegwerfen wie die anderen vor ihr, wenn er genug von ihr hatte. Aber das musste sie schon allein rausfinden. Alt genug dazu war sie wohl, was sie immerhin von ihren Vorgängerinnen unterschied. Trotz ihrer roten Lockenpracht schien sie nur etwa zehn Jahre jünger zu sein als mein Vater.

Ich stieg in den Wagen, gab Gas und fuhr absichtlich durch eine große Pfütze, sodass der dunkle Schlamm ans Heck des BMW spritzte.

Erst als ich am Abend im Bett lag und den Tag Revue passieren ließ, fragte ich mich, weshalb Henning Laurenz wirklich auf der Beerdigung aufgekreuzt war. Ich konnte nicht recht glauben, dass er nur sein Beileid bekunden und mit mir Frieden schließen wollte, dazu kannte ich ihn zu gut. Wenn das also nicht der Grund war – was war es dann?

2.

Während der nächsten Tage bemühte ich mich, das überraschende und vor allem unerfreuliche Wiedersehen mit meinem Vater zu verdrängen. Zumindest tagsüber gelang mir das einigermaßen, weil mich mein Job als Assistentin in Christian van Laaks Gemäldegalerie reichlich auf

Trab hielt. Christian handelte nach der Devise, Arbeit sei die beste Medizin, und damit hatte er in diesem Fall wohl auch Recht. Die Stelle hatte ich vor drei Jahren ergattert, indem ich Nachfolgerin einer Freundin wurde, die damals mit ihrem Mann nach Süddeutschland gezogen war. Ihr Abschiedsgeschenk bestand darin, mich van Laak zu empfehlen, und nachdem er meine Referenzen geprüft und meinen Abschluss in Kunstgeschichte für gut befunden hatte, stellte er mich ein.

Als meine Mutter starb, waren wir gerade mitten in den Vorbereitungen für eine neue Ausstellung, deshalb konnte ich mir keinen einzigen Tag Urlaub nehmen. Das wiederum bedeutete, dass ich jede freie Minute dazu nutzen musste, ihre Wohnung aufzulösen. Das war keine leichte Aufgabe, besonders weil ich nicht alles aufbewahren konnte, an dem ihr Herz gehangen hatte. Vieles wanderte in den Sperrmüll oder wurde verkauft, und oft war ich dabei den Tränen nahe. Wenn in diesen ziemlich kritischen Momenten dann noch mein Handy klingelte, lagen meine Nerven blank, weil ich zuerst immer noch befürchtete, es könnte mein Vater sein. Doch er verhielt sich still und versuchte nicht, mit mir Kontakt aufzunehmen. Nach einer Woche kam ich widerwillig zu dem Schluss, dass ich ihm möglicherweise Unrecht getan hatte und er auf der Beerdigung seiner Ex-Frau einfach nur Abschied hatte nehmen wollen.

Schließlich stand ich an einem Mittwochnachmittag, an dem ich mir ausnahmsweise ein paar freie Stunden am Stück gegönnt hatte, mit zwei Kisten in einer ansonsten leer geräumten Wohnung. Ein letztes Mal sah ich mich um, bevor ich den Schlüssel beim Hauswart abgab, dann einen Karton auf dem Rücksitz, den anderen im Kofferraum verstaute und mit dem wenigen, was mir als Andenken an meine Mutter bleiben würde, quer durch die Stadt nach Hause in die List fuhr. In diesem Stadtteil von Hannover hatten viele Altbauten der Jahrhundertwende den Bombenhagel des Zweiten Weltkriegs überlebt, unter dem die Innenstadt fast vollständig zerstört worden war. Meine Drei-Zimmer-Wohnung befand sich im Dachgeschoss eines jener stuckverzierten Häuser, nicht weit vom Stadtwald Eilenriede entfernt.

Zu Hause stellte ich die Kisten im Flur ab und drückte mich erst mal davor, sie auszupacken. Ich würde noch eine Menge Zeit brauchen, mir zu überlegen, was ich mit den Erinnerungsstücken tun sollte. Dennoch stand ich eine ganze Weile da und starrte auf die Kartons, bis mich die Türklingel erlöste.

Erschrocken fuhr ich zusammen und drehte mich um. Durch die Milchglasscheibe erkannte ich die Silhouette eines Mannes. Kurz dachte ich daran, den Besucher zu ignorieren, aber da im Flur das Licht brannte und er mich genauso sehen konnte wie ich ihn, blieb mir nichts anderes übrig, als zu öffnen.

»Hallo, Nella. Ich hoffe, ich störe nicht«, sagte Christian van Laak mit einem schiefen Lächeln.

»Durchaus nicht«, log ich, darum bemüht, meine leichte Beunruhigung zu überspielen. Christian hatte mich bisher nie zu Hause besucht, und das war mir auch immer sehr recht gewesen. Denn obwohl wir hervorragend zusammenarbeiteten und ich meine Arbeit sehr mochte, gab es da ein kleines Problem mit meinem Chef, der in mir gern etwas mehr als seine Assistentin gesehen hätte. Er zeigte das hin und wieder durch Blicke und Andeutungen und ließ sich auch durch mein Desinteresse nicht generell entmutigen, sondern wartete dann eben wieder ein paar Wochen oder Monate bis zum nächsten Versuch. Heute war dafür kein passender Moment.

Trotzdem trat ich einen Schritt zur Seite. »Komm doch rein.«

Christians eins neunzig große Gestalt schob sich an mir vorbei. Zweifellos war er ein attraktiver Mann – wenn man auf blond stand. Ich hatte einen anderen Geschmack, obwohl der mich schon mindestens einmal ordentlich reingeritten hatte. Meine Ehe mit einem dunkelhaarigen Musiker, der ausgesehen hatte wie Botticellis *Mann mit der Medaille,* war ebenso kurz wie katastrophal gewesen. Eigentlich hätte ich also mit fliegenden Fahnen zur blonden Fraktion überlaufen müssen.

Im Augenblick musste ich mir in dieser Sache aber offensichtlich keine Gedanken machen. Christian war mit ganz anderen Dingen beschäftigt, fast wäre er sogar über die beiden Kisten gestolpert.

»Sind das …?«

»Ja«, fiel ich ihm ins Wort. »Ich bin selbst gerade erst gekommen. Möchtest du vielleicht einen Kaffee?« Damit lotste ich ihn in die Küche.

»Nein, danke. Ich muss gleich wieder los und wäre auch gar nicht hier, wenn ich dich auf deinem Handy oder wenigstens auf deinem Anrufbeantworter erreicht hätte.«

»Ich hab beides ausgeschaltet«, sagte ich nicht besonders schuldbewusst.

»Offensichtlich«, seufzte Christian. »Erinnerst du dich, dass ich dir vor ein paar Wochen von der Vernissage bei Gülden erzählt habe?« Er wartete mein Nicken ab, dann sprach er weiter. »Die Eröffnung ist heute Abend, und es kommen ein paar wirklich wichtige Leute, die ich auch gern bei unserer eigenen Ausstellungseröffnung dabeihätte. Leider hat ja bisher erst die Hälfte zugesagt.«

Wieder nickte ich. Schließlich führte ich die Liste mit den Zu- und Absagen, und obwohl wir bereits viele positive Antworten erhalten hatten, fehlten ausgerechnet die der einflussreichsten Kunstexperten und Kunstliebhaber, auf die Christian ungern verzichten wollte.

»Ich wollte dich bitten, mit mir da hinzugehen.«

Etwas gequält schnitt ich eine Grimasse. Ich mochte solche offiziellen gesellschaftlichen Aufmärsche nicht sonderlich und war immer froh, wenn ich die von uns selbst organisierten hinter mich gebracht hatte.

»Ich weiß, du würdest lieber hier bleiben«, fuhr Christian fort. »Aber so kommst du vielleicht auch auf andere Gedanken, oder?« Er warf einen viel sagenden Blick durch die Küchentür zu den Kartons hinüber. »Und außerdem ist das ungeheuer wichtig, Nella. Ich brauch dich da heute Abend.«

Gleich zwei Köder ausgelegt, sehr schlau von dir, dachte ich. Er versuchte es auf die »Ohne-dich-geht-gar-nichts«-Tour, obwohl er genauso gut wie ich wusste, dass das Unsinn war. Aber so wie ich solche Veranstaltungen generell mied, so sehr verabscheute er es, ohne Begleitung irgendwo hinzugehen. Ich musste mich entscheiden, wozu ich weniger Lust hatte: auf die Vernissage und ein paar nervige Stunden an diesem Abend oder, im Falle meiner Absage, auf Christians anhaltend miese Laune während der nächsten Tage.

»Okay. Wann soll ich da sein?«

»Ich wusste, du lässt mich nicht hängen! Die offizielle Eröffnung ist um acht, treffen wir uns doch um halb im Fundus, trinken was und gehen dann rüber.«

Bevor ich noch allzu viel sagen konnte, griff Christian nach seinem Schirm, verspritzte ein paar Regentropfen über meiner prall gefüllten Obstschale auf dem Tisch und verschwand im Flur.

»Ich find schon raus!«, rief er über die Schulter, dann

hörte ich nur noch die Tür ins Schloss fallen und war wieder mir selbst überlassen.

Halb verärgert, halb amüsiert schüttelte ich den Kopf. Ein Gutes wenigstens hatte Christians Auftritt gehabt. Er hatte mich genügend abgelenkt und damit den Kopf frei für andere Dinge gemacht, sodass es mir irgendwie leichter fiel, mich den Sachen meiner Mutter zu widmen. Entschlossen schob ich die Kisten in das kleine Zimmer, in dem mein Schreibtisch mit einem Laptop sowie zwei große Bücherregale voller Kunstbände standen. An der einzigen freien Wand prangte ein Druck von Gauguin, dessen warme, bunte Südseefarben ich liebte.

Die Vernissage bei Gülden, wo ein zeitgenössischer japanischer Künstler seine Werke ausstellte, würde damit nichts gemein haben. Angeblich war er *die* Neuentdeckung, aber ich konnte mir ehrlich nicht vorstellen, dass mir seine Art, verschieden dicke gelbe Linien mit blauem Hintergrund auf die Leinwand zu malen, sonderlich viel sagen würde. Allerdings gab es bei Gülden auch einen großzügig angelegten Raum mit Renaissance-Gemälden, die mir sehr gut gefielen. Möglicherweise würde ich Gelegenheit finden, mich für eine Weile dorthin zurückzuziehen.

Jetzt jedoch stand ich erst mal wieder vor den Kartons meiner Mutter und dachte unwillkürlich daran, wie wenig von einem Leben letztendlich übrig blieb, wenn es vorbei war. Ich schluckte den erneut aufkommenden Kloß in meinem Hals runter, trat an meinen Schreibtisch und schaltete das Notebook ein. Wenn ich in drei Stunden ein paar angemessene Bemerkungen zu den Bildern dieses Japaners machen sollte, wäre es wohl besser, mich ein bisschen über den Mann und seine Kunst zu informieren.

Ich bemerkte gar nicht, wie die Zeit verging, und erschrak, als mein Blick zufällig auf die Uhr am Bildschirm fiel. Ich musste noch unter die Dusche, mich anziehen und dann zur U-Bahn. Mit dem Auto in die Innenstadt zu fahren, hätte nur ewige Parkplatzsuche bedeutet.

Eine Viertelstunde später spurtete ich ins Schlafzimmer, um mich in mein dunkelgrünes Etuikleid zu zwängen, das ich eigentlich gar nicht mehr so richtig mochte. Aber bei solchen Gelegenheiten war es üblich, sich in Schale zu werfen, und das grüne Kleid war das Einzige in der Richtung, was mein Kleiderschrank hergab. Als ich angezogen war, warf ich erneut einen Blick auf die Uhr. Ich hatte gar nicht so lange gebraucht wie befürchtet und würde nun doch zu früh kommen, wenn ich gleich losging.

Ich wanderte zurück in mein Arbeitszimmer und starrte schon wieder auf die beiden Kisten, die mich fast ein bisschen vorwurfsvoll ansahen, weil ich sie so achtlos dort geparkt hatte. Unsicher machte ich einen Schritt auf die linke Kiste zu, dann wandte ich mich plötzlich um und befingerte den Deckel der anderen. Ich konnte selbst nicht sagen, warum, aber ein seltsames Gefühl in mir drängte mich, ihn zu heben. Ganz oben lag die Schmuckschatulle meiner Mutter. Schon als Kind hatte ich meine Mutter gerne beobachtet, wenn sie eine Kette, eine Brosche oder ein Armband sorgfältig auswählte und umlegte. Jetzt nahm ich die Schatulle aus dem Karton und ging damit ins Wohnzimmer, setzte mich aufs Sofa und zog nacheinander die Schubladen auf. Da lagen viele vertraute Stücke: die goldene Kette mit dem Schmetterlingsanhänger oder der Ring mit dem Goldtopas, den meine Mutter besonders geliebt hatte. An der letzten und größten Schublade befand sich ein kleines Schloss, ähnlich wie an Tagebüchern, zu dem ich zunächst keinen Schlüssel fand. Nach einigem Suchen jedoch entdeckte ich ihn in einem kleinen Fach, unter einer Kamee. Neugierig zog ich die Schublade auf und förderte ein schmales, mit Schnitzereien verziertes Holzkästchen zu Tage, das ich nie zuvor gesehen hatte.

Ich fragte mich, weshalb ich zögerte, das Kästchen zu öffnen, aber wieder beschlich mich dieses undefinierbare Gefühl, wie eine Vorahnung. Ich war sonst ein ziemlich rationaler Mensch und hielt nichts von irrationalen Dingen, weshalb mir erst recht unwohl war. Dann jedoch gab ich meiner Neugier nach, klappte den Deckel hoch und blickte auf eine Lage weicher bordeauxroter Seide. Ich schluckte trocken, als ich die Seide zur Seite schob. Was darunter zum Vorschein kam, ließ mir den Atem stocken. Die Kette aus apricot schimmernden, leicht unregelmäßigen Perlen war außergewöhnlich schön. Daran hing eine taubeneigroße Perle in Form eines fast perfekten Tropfens, die in ihrem Goldton genau auf den Verschluss abgestimmt war, einem kunstvoll verzierten Haken mit einer ebenso fein gearbeiteten Öse.

Diesem Schmuck haftete etwas ganz Besonderes an, das ich mehr fühlte als erklären konnte. Obwohl ich mich weder mit Schmuck im Allgemeinen noch mit Perlen im Besonderen auskannte, wusste ich eins ganz instinktiv: Die Kette war nicht bei irgendeinem x-beliebigen Juwelier gekauft worden. Auch nicht in dieser Stadt – und ganz sicher nicht in diesem Jahrhundert. Oder dem letzten.

Wie hypnotisiert starrte ich die Perlen an und fragte mich, wie sie in den Besitz meiner Mutter gelangt sein mochten. Im Gegensatz zu den anderen Schmuckstücken in der Schatulle hatte ich diese Kette nie an ihr gesehen.

Erst ein lautes Klingeln brachte mich in die Gegenwart zurück. Ich schaffte es nur mit Mühe, das Holzkästchen auf dem Tisch abzustellen, bevor ich aufstehen und nach dem Handy greifen konnte.

»Wo bleibst du denn, um Himmels willen?«, hörte ich Christians ungeduldige Stimme.

»Wieso?«, fragte ich benommen zurück. »Es ist doch erst …«

»Es ist Viertel vor acht! Wir waren um halb verabredet, schon vergessen?«

Verwirrt schaute ich auf die Uhr, die offensichtlich nachging, aber Christian hatte ganz Recht. Sie zeigte Viertel vor acht. Es war doch noch gar nicht so spät gewesen, als ich mit der Schmuckschatulle ins Wohnzimmer gegangen war! Wie lange hatte ich mit den Perlen vor mir da gehockt und alles um mich herum vergessen?

»Tut mir Leid«, murmelte ich. »Ich mach mich sofort auf den Weg. Wenn du nicht warten willst, geh ruhig schon rein.«

»Kommt nicht infrage, wie sieht das denn aus? Nimm dir ein Taxi, das geht schneller, ja?« Damit beendete er das Gespräch.

Ich hastete auf den Flur, um meine Jacke überzuziehen. Als ich am Garderobenspiegel vorbeikam, fiel mein Blick auf mein Dekolleté. Ich zögerte einen Moment. Konnte ich das wirklich tun?

Kurz entschlossen ging ich zurück, meine Hand schwebte zwei Sekunden über dem Holzkästchen, dann griff ich nach den Perlen, berührte sie zum ersten Mal. Sofort spürte ich ein Prickeln in meinen Fingerspitzen, so, als hätte ich lange Zeit auf meiner Hand gelegen und als finge nun das Blut plötzlich wieder an zu zirkulieren. Erschrocken zuckte ich zurück. Einen Moment lang dachte ich, die Perlen wollten mich vor etwas warnen, schüttelte dann aber den Kopf über diese verrückte Idee. Ich nahm die Kette und ignorierte das neuerliche, nun weniger starke Kribbeln, das von den Perlen auszugehen schien. Blind fand ich den Verschluss in meinem Nacken, streifte endgültig meine Jacke über und lief die Treppe hinunter.

3.

Christian wartete ein paar Meter von Güldens Galerie entfernt. Es war bereits nach acht, die meisten Gäste waren schon drin, aber möglicherweise kamen wir noch früh genug zur offiziellen Eröffnungsrede.

»Auch schon da?«, empfing Christian mich ärgerlich.

»Tut mir Leid«, entschuldigte ich mich zum zweiten Mal, fühlte mich aber nicht genötigt, irgendeine Erklärung abzugeben.

»Sollte es auch«, murmelte Christian. Dann wandte er sich um und ging auf den Eingang zu.

Das Licht in der Galerie war hell, aber dennoch sehr angenehm, genau richtig, um die Bilder Takashimas zur Geltung zu bringen. Vielleicht hatte ich ein bisschen übertrieben, es gab nicht nur gelbe Linien auf blauem Hintergrund, weiter hinten im Raum an einem quadratischen Pfeiler entdeckte ich an jeder der vier Seiten Bilder mit verschieden großen roten Kreisen auf schwarzem Hintergrund. Das war zumindest eine Abwechslung.

Jemand nahm mir die Jacke ab, und Christian drängte mich vorwärts in Richtung des Galeriebesitzers. Manfred Gülden war um die sechzig und eine Institution. Stets in einen unscheinbaren grauen Anzug gekleidet, hinterließ seine Persönlichkeit genug Eindruck, sodass er auf ein auffälliges Äußeres ohne weiteres verzichten konnte.

In unserer Branche konkurrierte man manchmal hart, manchmal arbeitete man zusammen, wie es gerade passte. Da auch wir kurz vor einer neuen Ausstellung standen, war diesmal der Konkurrenzgedanke vorherrschend, aber weder Christian noch Gülden ließen sich davon etwas anmerken.

»Herr van Laak, ich freue mich, dass Sie kommen konnten«, sagte er und nickte Christian zu. Dann nahm er meine Hand. »Und in so charmanter Begleitung. Frau Simon, es ist immer wieder eine Freude, Sie zu sehen. Sie wissen ja, wenn Sie eines Tages eine neue Herausforderung suchen sollten, müssen Sie nur hier anklopfen.«

Ich lächelte. »Vielen Dank, Sie sind sehr freundlich.« Dieses Angebot hatte Manfred Gülden mir schon das eine oder andere Mal gemacht, wir kannten uns seit langem. Gülden war mit meinem Vater befreundet, was ich normalerweise nicht als Empfehlung betrachtete, doch tatsächlich hatte er sich meiner Mutter gegenüber immer fair verhalten und sie während ihrer Krankheit oft besucht. Es war ein gutes Gefühl zu wissen, dass ich nicht auf der Straße stehen würde, falls ich von Christians Anwandlungen doch mal die Nase voll hätte.

»Durchaus nicht!«, widersprach Gülden. »Nur sehr eigennützig.«

»Ganz meine Meinung«, warf Christian ein. »Frau Simon ist nicht so einfach abzuwerben.«

Gülden lachte. »Ich weiß, ich weiß. Gestatten Sie mir trotzdem, es hin und wieder zu versuchen.« Er wandte sich wieder an mich, doch was immer er sagen wollte, geriet in Vergessenheit. Stattdessen blieb sein Blick an den Perlen meiner Mutter hängen. »Zauberhaft«, sagte er. »Manchmal stelle ich zu meiner Verwunderung fest, dass es doch noch andere Kostbarkeiten als Gemälde gibt. Woher haben Sie diese ausgefallene Kette?«

»Aus dem …«, begann ich, aber da wurde Gülden von seiner Assistentin angesprochen, die ihn an die Eröffnungsrede erinnerte. Er nickte, entschuldigte sich bei uns und trat zu einem asiatisch aussehenden Mann in Jeans und rotem Jackett. Dieser vollkommen unpassende Aufzug machte mir

Takashima trotz seiner für mich schwer verdaulichen Kunst sofort sympathisch.

Während Gülden seine Rede hielt, schielte Christian zu mir herüber. »Die ist wirklich schön«, flüsterte er. »Woher hast du sie denn nun?«

»Sie hat meiner Mutter gehört«, flüsterte ich zurück. Ich hob meine Hand, berührte sachte die Perlen – und fast augenblicklich spürte ich wieder das Kribbeln in den Fingerspitzen. Schnell ließ ich die Kette los. Das war idiotisch, es gab nichts zu spüren!

Christian stand sehr dicht bei mir, jetzt beugte er sich ein Stück zu mir herunter. Sein Zeigefinger tippte auf die goldfarbene Tropfenperle, ich spürte seinen Atem auf meinem Gesicht, als er sagte: »Sie passt zu dir, Nella.«

»Findest du?« Sehr bewusst trat ich einen Schritt zurück und damit jemandem hinter mir auf den Fuß. Zwar war mir das ziemlich unangenehm, aber es war die einzige Möglichkeit zu vermeiden, dass Christian mir noch näher kam. Es schien ganz so, als sei dies mal wieder eine der Gelegenheiten, bei denen er dachte, mich umstimmen zu können.

Der Mann in dem schwarzen Anzug, der hinter mir gestanden hatte, fluchte verhalten. Ich drehte mich zu ihm um, wisperte »Verzeihung« und achtete dann nicht weiter auf ihn, obwohl ich spürte, dass er mich anstarrte, vermutlich immer noch vorwurfsvoll. Ich war bloß froh, Christians Nähe entkommen zu sein, und fiel in den Applaus ein, der nach Güldens Worten aufbrandete. Anschließend hielt Takashima in sehr gutem Englisch eine witzige und vor allem kurze Ansprache, in der er sich selbst viel Erfolg und uns Spaß mit seinen Bildern wünschte. Ich beschloss, seine Kunst doch mit wohlwollenderen Blicken zu würdigen, als ich vorgehabt hatte.

Der restliche Abend verlief wie geplant. Christian gelang

es, mit den meisten Leuten zu reden, die er hatte treffen wollen, um sie noch einmal an unsere Ausstellung zu erinnern. Der persönliche Kontakt war sehr wichtig, viel wichtiger als eine Einladung auf Büttenpapier mit Goldrand, und so taten wir unser Bestes, uns und unsere Ausstellung ins Gespräch zu bringen. Wir hatten zwar keinen Takashima zu bieten, dafür aber eine Künstlerin aus Frankreich, Yvonne, die sich dort in letzter Zeit einen Namen gemacht hatte, nicht nur mit ihren ausdrucksstarken Bildern, sondern auch mit ihren Plastiken. Beides würde demnächst zum themenübergreifenden Komplex Bewegung bei uns zu sehen sein.

Irgendwann konnte ich mich loseisen und mich in Güldens Ausstellungsraum mit den Renaissance-Gemälden davonschleichen, wo ich jede Sekunde genoss. Auch wenn es sich bei den meisten Bildern natürlich nur um Kopien handelte, weil die echten Meisterwerke in weltberühmten Museen hingen, waren es doch fast perfekte Fälschungen, die nur ein extrem geübtes Auge als solche erkennen konnte. Selbst diese Kopien waren recht wertvoll. Ich stand versunken in Tizians *Eitelkeit der Welt,* dessen Original in der Münchener Pinakothek hing, als ich ein unangenehmes Prickeln im Nacken wahrnahm. Jemand beobachtete mich. Vermutlich war das Christian, den ich zu ignorieren beschloss, indem ich langsam von Bild zu Bild wanderte, bis ich sicher sein konnte, wieder allein zu sein. Seufzend kehrte ich zu dem Tizian zurück, gönnte der schönen Frau noch einen letzten Blick und wollte mich auf den Weg zu Takashima machen, als mir Gülden entgegenkam.

»Ich dachte mir, dass ich Sie hier finde«, stellte er fest.

»Vermutlich ist es unangemessen, die Vergangenheit zu bewundern, wo doch die Gegenwart drüben gerade so gefeiert wird.«

»Aber nein, im Gegenteil. Ich bin der Meinung, dass wir

zuweilen der Vergangenheit ruhig mehr Aufmerksamkeit schenken sollten. Man kann so viel daraus lernen, wenn man es versteht, richtig hinzuhören, richtig hinzusehen und sich vor allem richtig hineinzufühlen. Wissen Sie, das ist es, was mich schon als sehr jungen Menschen an der Kunst fasziniert hat. Oder auch allgemein an alten Dingen.«

Das konnte ich gut nachvollziehen, genauso war es mir gegangen. Meine Gefühle meinem Vater gegenüber mochten im besten Fall gespalten, im schlimmsten Fall sehr hässlicher Natur sein, aber die Faszination für Kunst und Kunstobjekte hatte ich zweifellos von ihm. Als Direktor eines privaten Museums für Kunstgeschichte hatte er mir die Liebe zu diesen Dingen nahe gebracht. Das war lange her, und es blieb immer das Einzige, was wir beide gemeinsam hatten.

Als hätte Gülden meine Gedanken gelesen, sagte er: »Ich bin übrigens vor einigen Tagen Ihrem Vater begegnet. Er erzählte mir, er habe die Hoffnung noch nicht aufgegeben, dass Sie einmal seine Nachfolgerin werden.«

Das überraschte mich. Ich wäre nie auf den Gedanken gekommen, dass ihm so etwas im Kopf herumspukte. Hatte er darüber mit mir reden wollen? Aber selbst wenn, das war für mich vollkommen undenkbar.

»Ich erzählte ihm, dass ich Sie heute vermutlich sehen werde – natürlich habe ich gehofft, dass Sie kommen –, und er bat mich, Ihnen zu sagen, wie sehr er es begrüßen würde, wenn Sie Ihre Streitigkeiten begraben könnten.«

»Es ist nett, dass Sie zu vermitteln versuchen, Herr Gülden. Aber einer meiner schlechtesten Charakterzüge besteht darin, dass ich sehr nachtragend bin und schwer verzeihen kann.«

Gülden lächelte ein bisschen traurig. »Vielleicht brauchen Sie einfach noch Zeit.«

»Ja, kann sein«, nickte ich, auch wenn ich keineswegs davon überzeugt war.

Dann breitete sich Stille zwischen uns aus, die Geräusche aus den vorderen Ausstellungsräumen drangen nur gedämpft bis hierher. Nach einer Weile berührte Gülden mich am Arm und begleitete mich hinaus. »Möglicherweise ist zu langes Verweilen in der Vergangenheit auch nicht gut«, sagte er dabei. »Alles eine Frage der Perspektive …«

Drüben bei Takashima hatten sich die Reihen inzwischen gelichtet. Christian war in ein Gespräch mit einer Dame vertieft, die ich nicht kannte, und weiter hinten standen noch zwei, drei Grüppchen zusammen, eins davon um den Künstler versammelt. Manfred Gülden gesellte sich zu ihnen, während ich zu Christian hinüberging. Irgendwie hatte ich den Eindruck, dass die Dame an seiner Seite ganz erleichtert über mein Auftauchen war, weil sie sich auf diese Weise geschickt verabschieden konnte.

»Wer war das?«, fragte ich. »Jemand Wichtiges?«

»Sie vertritt Takashimas Interessen hier in Deutschland. Nicht nur seine übrigens, sie hat mehrere Künstler unter Vertrag. Kann sein, dass gelegentlich mal der eine oder andere bei uns ausstellt. Jedenfalls habe ich sie eingeladen, bei uns reinzusehen, wenn wir mit Yvonne so weit sind.«

»Gute Idee. Kommt sie?« Ich hatte den Eindruck gewonnen, sie sei eher weniger erpicht darauf, noch mal in Christians Fänge zu geraten.

»Ich hoffe. Was hältst du davon, wenn wir nachholen, was wir vorhin versäumt haben? Im Fundus ist nicht mehr viel los um diese Zeit, aber mit viel Glück kriegen wir noch was im Coyote Café.«

Eigentlich hatte ich keine Lust mehr auf einen Drink, ich wollte nur nach Hause, und vor allem raus aus diesen Schuhen. Ich trug normalerweise keine hohen Absätze, aber zu dem Kleid passte nichts anderes. Trotzdem hatte ich das Gefühl, Christian wegen meiner Verspätung was schuldig zu sein, also stimmte ich zu.

Das Coyote Café war gerammelt voll. Wir ergatterten gerade noch einen Stehplatz an der Bar, wovon ich zuerst nur wegen meiner Schuhe alles andere als begeistert war. Bald gab es einen weiteren Grund.

»Nella«, fing Christian nach dem zweiten Caipi an und schob sich dichter an mich ran, »ich bin wirklich froh, dass du heute Abend dabei warst. Wir sollten öfter zusammen ausgehen, findest du nicht?«

Nein, fand ich nicht. Aber ich wusste auch, wie Christian reagierte, wenn er etwas mehr getrunken hatte – empfindlicher als sonst nämlich. An diesem Abend waren es neben den zwei Cocktails auch noch ein paar Gläser Sekt auf der Vernissage gewesen.

»Es ist spät«, sagte ich statt einer direkten Antwort. »Ich hatte einen anstrengenden Tag und sollte längst im Bett sein.«

Einen Augenblick lang musterte mich Christian, wie es sonst nicht seine Art war. »Es spricht nichts dagegen«, sagte er schließlich nach ein paar Sekunden.

Bevor ich etwas erwidern konnte, winkte er dem Barkeeper und zahlte, dann verschwand er, um unsere Jacken zu holen, und mir blieb mehr als genug Zeit, darüber nachzudenken, wie er das gemeint hatte.

»Ich fahr dich nach Hause«, sagte er jedoch wie selbstverständlich, als er zurückkam. Ich hörte keinerlei Zwischentöne heraus und begann, mich zu entspannen. Offenbar war ich wieder mal davongekommen, obwohl er nie zuvor so deutlich geworden war.

Zu Hause schälte ich mich aus dem Kleid und wankte

mehr oder weniger ins Bad. Ich hatte nicht gelogen, ich war wirklich sehr müde. Außerdem stand mir morgen wohl endgültig die schwere Aufgabe bevor, die Kisten meiner Mutter durchzusehen und zu entscheiden, was ich in der Wohnung behalten und was davon ich zusammengepackt in den Keller verfrachten würde. Auch wenn der Gedanke verlockend war – ich wollte das einfach nicht mehr länger hinauszögern.

Ich griff nach einem feuchten Tuch, um mich abzuschminken. Das Make-up sah schon wesentlich weniger taufrisch aus als ein paar Stunden zuvor, doch mein Blick fiel nicht auf die verlaufene Wimperntusche, sondern auf die Perlenkette, die um meinen Hals lag.

Der irisierende Glanz der Perlen schien plötzlich noch intensiver zu sein. Das liegt am Neonlicht, sagte ich mir. Ich legte das Tuch zur Seite, wischte die cremigen Hände ab und fingerte nach dem Verschluss. Vorsichtig nahm ich die Kette ab und ließ die Perlen zwischen meine Finger gleiten. Sie fühlten sich kühl und warm zugleich an. Dann ging ich hinüber ins Wohnzimmer, öffnete das geschnitzte Holzkästchen, schob die Seide zur Seite und legte die Kette vorsichtig hinein. Ich strich noch einmal darüber, und kurz bevor ich sie ganz losließ, war es wieder da, das Kribbeln in meinen Fingerspitzen.

Mit einem Mal wurde mir klar, was es bedeuten konnte: War es vielleicht die Erinnerung an meine Mutter, das Gefühl, ihr durch diese Kette trotz ihres Todes auf eine ganz eigene Art nahe zu sein?

4.

Bis zu unserer Ausstellungseröffnung blieb mir nicht viel Zeit, über geheimnisvolle Perlenketten nachzudenken. Mittlerweile hatte ich es zwar geschafft, die Kartons auszupacken und ein paar der für mich wertvollsten Erinnerungsstücke meiner Mutter in der Wohnung zu verteilen, doch das war alles, wozu ich kam. Ich musste nicht nur die Ausstellung vorbereiten, sondern mich auch noch um die Betreuung von Yvonne kümmern, die weniger pflegeleicht war als Takashima mir gewesen zu sein schien. Ich hatte alle Hände voll zu tun und war ehrlich dankbar, als die Eröffnung ein voller Erfolg wurde, die Künstlerin zufrieden abreiste und ich endlich, endlich seit ewigen Zeiten mal wieder ein Wochenende für mich ganz allein haben würde. An diesem Freitagabend beschloss ich, mich von nichts und niemandem stören zu lassen. Und wenn Christians Galerie abbrannte, sollte sie es ohne mich tun.

Während ich mich in meinem Renault durch den Feierabendverkehr nach Hause schlängelte, überlegte ich, was ich mit den beiden Tagen anfangen würde. Vielleicht am Samstag ein paar erholsame Stunden in der Sauna mit Verwöhn-Programm für Körper und Seele. Sonntag dann gemütlich auf dem Sofa mit einem guten Buch oder ein Treffen mit meiner Freundin Louise, die ich schon viel zu lange vernachlässigt hatte.

Ich überlegte noch, für welche der Optionen ich mich entscheiden sollte, als kurz vor mir an einer Kreuzung von links ein Wagen angeschossen kam. Erschrocken stieg ich auf die Bremse, kam gerade noch rechtzeitig zum Stehen und wusste im ersten Moment nicht, ob ich erleichtert aufatmen oder laut vor mich hin schimpfen sollte, weil mir jemand dermaßen unverschämt die Vorfahrt genommen hatte.

Dann passierte es. Jemand krachte in mein Heck.

Dieser Jemand hatte offenbar im Gegensatz zu mir nicht mehr rechtzeitig bremsen können. Zum Glück war er aber schon langsam genug gewesen, sodass nicht allzu viel passierte. Trotzdem wurde ich gegen den Sicherheitsgurt gepresst, mein Kopf ruckte nach vorn, und die Heftigkeit der Bewegung hinterließ einen bohrenden Schmerz zwischen meinen Schulterblättern.

Durch meine Benommenheit hindurch hörte ich neben mir am Fenster ein dumpfes Klopfen und drehte mich zur Seite. Der Mann, der mich von draußen besorgt musterte und dessen Lippen gerade ein fragendes »Hallo?« formten, ließ mich innerlich aufstöhnen. Auch das noch. Wieso musste mir ausgerechnet so ein Typ ins Auto brettern? Ich löste den Sicherheitsgurt und öffnete die Tür.

»Sind Sie in Ordnung?«, fragte er mit einem kaum wahrnehmbaren Akzent. Vielleicht was Südländisches, jedenfalls ließ sein Äußeres darauf schließen. Seine schwarzen Haare kringelten sich im Nacken, was diesem Mann bemerkenswert stand. Die bernsteinfarbenen Augen strahlten zwar im Moment Unsicherheit aus, aber ich war mir ziemlich sicher, dass die auch ganz anders gucken konnten.

»Ja, es geht schon«, sagte ich im Aussteigen. Als ich vor ihm stand, merkte ich, dass er nur ein kleines Stückchen größer war als ich und sehr schlank. Er steckte in einem weißblau gemusterten Hemd und einer verwaschenen Jeans, die saß wie angegossen. Innerlich schüttelte ich über mich selbst den Kopf, weil ich so was jetzt überhaupt wahrnahm, dabei gab es doch erheblich Wichtigeres. Zum Beispiel nicht klein beizugeben, wenn er gleich versuchen würde, mich zu überreden, auf die Polizei zu verzichten.

»Sind Sie sicher?« Er hob die Hand und legte sie auf meine Schulter. Vielleicht wollte er sich tatsächlich nur überzeugen, dass ich die Wahrheit sagte, aber das ging mir dann doch zu weit.

»Ja«, sagte ich schroff und trat einen Schritt zurück. Dabei warf ich einen Blick auf seinen Wagen hinter uns. Ich hätte was kleines Sportliches erwartet, die schwere Audi-Limousine in Silbermetallic dagegen überraschte mich, sie schien nicht zu dem Mann vor mir zu passen, der jetzt zum ersten Mal lächelte.

»Das ist gut. Tut mir Leid, dass das passiert ist, aber Sie haben so plötzlich gebremst, dass ich nicht mehr reagieren konnte.«

»Tja«, murmelte ich unbestimmt. Wie auch immer, er war derjenige, der aufgefahren war, und deshalb wohl der Schuldige. »Wir sollten die Polizei rufen«, stellte ich fest und beugte mich in den Renault, um nach meinem Handy zu fischen. Mir wurde schwindelig, als ich mich anschließend aufrichtete, und ich musste mich am Wagendach festhalten.

Instinktiv streckte der Mann wieder seine Hand aus, um mir zu helfen, zog sie aber wieder zurück, noch bevor er mich berührte. Dabei grinste er schief, und mir wurde klar, dass ich mich vorhin nicht getäuscht hatte. Diese Augen waren zu weitaus mehr fähig, als Unfallgegnerinnen besorgt anzusehen. Doch er schwieg und ließ mich zu meinem Erstaunen auch einen Streifenwagen verständigen.

Um mich nicht länger mit seinem Blick befassen oder mich gezwungen zu sehen, eine Unterhaltung führen zu müssen, während wir auf die Polizei warteten, sah ich mich auf der Straße um. Da wir in einer der engeren Wohnstraßen in der List standen, hätte es eigentlich Unfallzeugen geben müssen, aber es war niemand in der Nähe, es standen nicht mal Leute an den Fenstern. Wahrscheinlich war der Aufprall nicht heftig genug gewesen, um Neugier zu wecken. Meine Augen huschten unauffällig zurück zu dem Mann. Nicht unauffällig genug, denn seine Brauen rutschten in die Höhe, und er schien genau zu wissen, was ich dachte.

»Sie müssen sich keine Sorgen machen. Das hier ist ziemlich eindeutig, meine Versicherung wird für den Schaden aufkommen.«

»Ich mache mir keine Sorgen«, widersprach ich und war wütend auf mich selbst, weil er mich so leicht durchschaut hatte. Er antwortete nicht, sondern nickte nur und lächelte, wobei sich um seine Augen Fältchen bildeten. Vermutlich war er älter, als er auf den ersten Blick wirkte, eher um die vierzig.

Das war wirklich eine ausgesprochen blöde Situation. Aus irgendeinem Grund kam ich mir schlecht angezogen, schlecht geschminkt, müde und ausgelaugt vor, während er wie aus dem Ei gepellt aussah. Ich beschloss, ihn unter allen Umständen zu verabscheuen.

Erleichtert registrierte ich den Streifenwagen, der hinter dem Audi hielt. Der Unfall wurde problemlos aufgenommen, wir tauschten unsere Versicherungsdaten und Visitenkarten aus, dann verabschiedeten sich die Beamten. Während mein Gegenüber keinen Blick auf meine Karte geworfen zu haben schien, hatte ich sehr wohl auf seine geschaut: Safet Vujović, Antiquitäten An- und Verkauf. Das war wie sein Wagen schon wieder eine Überraschung, einen Antiquitätenhändler hätte ich ebenfalls nicht in ihm vermutet. Ich fragte mich, welcher Nationalität er mit diesem Namen angehörte. Sicher irgendwas vom Balkan, aber da gab es mittlerweile schließlich so viele Nationalitäten wie Sand am Meer.

Bevor ich in meinen Wagen stieg, nickte ich ihm noch einmal zu, ansonsten wollte ich endlich nach Hause.

»Frau Simon«, hielt er mich zurück und überraschte mich ein drittes Mal innerhalb unserer kurzen Bekanntschaft. Er hatte also doch auf meine Karte gesehen.

Fragend blickte ich zurück.

Eine Sekunde zögerte er. »Auch wenn ich den Eindruck habe, dass Sie mich so schnell wie möglich loswerden möchten – wie wär's mit einem Kaffee in der Espressobar da drüben? Ich würde mich einfach besser fühlen, wenn ich die ganze Angelegenheit nicht ausschließlich der Versicherung überlasse, sondern auch was zur Entschädigung beitragen kann.«

Damit hatte er mir den Wind aus den Segeln genommen, schließlich konnte ich schlecht ablehnen, ohne unhöflich zu werden. Mir lag zwar die Bemerkung auf der Zunge, dass ich kaum für sein Seelenheil verantwortlich war, aber ich sagte nichts dergleichen. Stattdessen nickte ich zustimmend.

Zehn Minuten später hatten wir beide einen Parkplatz gefunden und trafen uns vor dem Piacere wieder, der Kaffeebar, die ich häufig besuchte. Susanna stand hinter der Theke und begrüßte mich lächelnd, wobei sie prüfend ihren Blick über meinen Begleiter schweifen ließ, bevor sie fragte: »Das Übliche, Nella?«

Ihr Blick amüsierte mich, es war unschwer zu erraten, was sie dachte. Immerhin kam ich sonst grundsätzlich allein oder mit meiner Freundin, nie mit einem männlichen Wesen.

Ich nickte nur.

»Für mich dasselbe, bitte«, sagte Safet Vujović und lotste mich zielstrebig in die hinterste Ecke zu einem hohen Bistrotisch mit Barhockern, ohne sich zu vergewissern, was er da eigentlich gerade bestellt hatte. Im Geist zuckte ich mit den Schultern. Es war nicht meine Angelegenheit, ihn darüber aufzuklären, wenn er so voreilig war.

»Sie sind öfter hier?«, fragte er, als wir uns gegenübersaßen.

»Ja, mindestens zweimal in der Woche, wenn ich früh genug Feierabend habe.«

»Das klingt nach einem anstrengenden Job.«

Aha, weiter als bis zu meinem Namen hatte er meine Karte augenscheinlich nicht gelesen. Ich erklärte ihm, womit ich mein Geld verdiente, und eine Weile unterhielten wir uns über unsere neu eröffnete Ausstellung. Als Antiquitätenhändler verstand er natürlich eine ganze Menge von Kunst, wenn er auch zugab, dass er moderne Werke zwar gelegentlich mochte, aber im Allgemeinen wenig Ahnung davon hatte. Wenn ich ganz ehrlich war, ging es mir ja ähnlich, ich mochte für gewöhnlich die alten Meister auch lieber als die Yvonnes und Takashimas.

Aus den Augenwinkeln bekam ich mit, dass die zwei Cappuccini fertig waren – und die zwei dazugehörigen Stücke Tiramisu ebenfalls schon auf der Theke standen. Ich glitt vom Hocker, um beides abzuholen.

»Wo hast du den denn aufgegabelt?«, wollte Susanna wissen und nickte zu unserem Tisch hinüber.

»Ist mir ins Auto gedonnert«, seufzte ich übertrieben.

»Na, das ist ja mal eine ganz andere Art der Anmache. Sei bloß vorsichtig mit dem, er sieht aus, als hätte er's faustdick hinter den Ohren. Ehe du dichs versiehst, schleppt er nicht nur dein Auto, sondern auch dich ab.«

Ich lachte. »Keine Angst, ich pass schon auf.«

»Hoffentlich!«

Die beiden Tassen balancierend, kehrte ich zu Safet Vujović zurück. Susanna brachte die Kuchenteller, stellte sie auf den Tisch und ließ uns wieder allein.

Mit dem Cappuccino schien er ganz einverstanden zu sein, auf das Tiramisu aber schaute er einen Augenblick lang etwas irritiert herunter.

»Stimmt was nicht?«, erkundigte ich mich lächelnd. »Sie wollten dasselbe wie ich …«

Sein Lächeln war ebenso viel sagend wie meins. »Ich bin nicht so für Kuchen …« Damit streute er sich Zucker in den Cappuccino und rührte so lange, bis sich die Milchschaumkrone fast auflöste. Mir kam der Gedanke, dass er sich dem nur so ausgiebig widmete, weil er nicht wusste, was er sagen sollte. Eigentlich schien eine solche Unsicherheit nicht zu ihm zu passen. Die passte eher zu mir. Schließlich sah er hoch.

»Wenn ich allerdings mal was Süßes esse, dann die Rožata aus meiner Heimat. Ein bisschen was anderes als das hier.«

»Rožata?«, wiederholte ich. Darunter konnte ich mir absolut nichts vorstellen. Es klang ein bisschen italienisch, andererseits aber auch ganz fremd.

»Das kroatische Wort für Rosenkuchen«, übersetzte er. »Obwohl es eigentlich weniger ein Kuchen ist.«

Kroatien also. Da hatte ich mit dem Balkan ja Recht gehabt.

»Und was genau ist Rožata sonst?«

»Das war gar nicht schlecht!«, stellte er mit einem breiten Lächeln fest, das keinen Zweifel am strahlenden Weiß seiner Zähne ließ.

»Was war nicht schlecht?«

»Deine Aussprache. Du kannst nicht zufällig Kroatisch, oder?«

Ich schüttelte den Kopf und dachte gleichzeitig darüber nach, ob mir das Tempo, mit dem er zum Du übergewechselt war, gefiel oder nicht. »Nein. Englisch, Italienisch, Latein und ein paar Brocken Französisch, das ist alles.«

»Macht nichts, reden wir in deiner Sprache, dann verstehen wir uns schon.«

Wie gütig, hätte ich beinah gesagt. Aber da ich ohnehin nicht vorhatte, mich länger als unbedingt nötig mit Safet zu unterhalten, war es letztlich egal. »Zweifellos«, gab ich also zurück. »Du sprichst ausgezeichnet Deutsch. Wie lange lebst du schon hier?«

Safet zuckte mit den Schultern. »Seit vielen Jahren. Seit vor dem Krieg.«

Das brachte mich auf den Boden der Tatsachen zurück. Obwohl der Krieg auf dem Balkan Anfang der Neunziger allgegenwärtig gewesen war und hin und wieder immer noch Unruhen aufflackerten, hatte ich das ganz verdrängt.

»War das schwer?«, fragte ich unwillkürlich. Beinah hätte ich die Hand ausgestreckt, um Safets zu berühren, weil mir sein Schulterzucken nicht so gleichgültig vorkam, wie er es mich glauben machen wollte. »Ich meine, von hier aus zuzusehen, wie deine Heimat zerstört wurde?«

Safet hob die Brauen. »Du meinst, ich hätte lieber nach Hause gehen und kämpfen sollen?«

Meine Güte, wieso hatte ich nicht meine Klappe halten können? Da war ich offenbar in ein sehr großes Fettnäpfchen getreten. Gerade hob ich zu einer Entschuldigung an, als sich wieder dieses leicht spöttische Lächeln in Safets Gesicht ausbreitete.

»War nicht ernst gemeint, Nella. Außerdem hab ich gekämpft. Auf meine Art. Willst du nun wissen, wie man Rožata zubereitet?« Er wartete meine Antwort, geschweige denn meine Frage, wie er seine letzte Bemerkung gemeint hatte, gar nicht erst ab und fing an zu erklären: »Milch, Zucker, Vanillezucker, Zitronenschale, unzählige Eier und noch mehr Zucker für den Karamell, in dem das Ganze gebacken wird. Und falls du dich fragst, was das mit Rosen zu tun hat: Angeblich hat man früher Rosenöl reingetan, damit es danach duftete.«

»Klingt gut«, sagte ich.

»Schmeckt auch gut. Besser als das hier.« Er zeigte auf sein bisher unangerührtes Stück Tiramisu, griff nach der Gabel und begann zu essen. »Aber in der Not frisst der Teufel eben Fliegen – oder Tiramisu.«

»Wenn du's lieber anders magst, kannst du dir deine Rožata ja zu Hause selbst backen«, schlug ich vor.

»Könnte ich, ja. Ich hab wahrscheinlich eine der modernsten und besteingerichteten Küchen in dieser Stadt, aber ich benutze sie nie.«

»Nie? Nicht mal zum Kochen?«

»Ich bin selten zu Hause zum Essen.«

»Warum hast du dir dann die Mühe gemacht, deine Küche so exzellent auszustatten?«

Safet grinste schon wieder. »Gute Frage. Wahrscheinlich weil ich mich jeden Tag mit so vielen alten Dingen beschäftige, dass ich es zu Hause gern auf dem neuesten Stand habe. Du solltest mal meinen Fernseher sehen!«

Das klang ja fast nach Selbstironie. Bevor ich beginnen konnte, diesen Mann doch noch als akzeptabel einzustufen, und von meinem Vorhaben abkam, ihn zu verabscheuen, warf ich einen Blick auf meine Uhr.

»Vielen Dank für die Einladung, Safet, aber jetzt wird's wirklich Zeit für mich. Ich hab noch eine Verabredung heute Abend.« Eine kleine Notlüge durfte wohl erlaubt sein, beruhigte ich mich selbst.

»Ja, natürlich. Vielleicht laufen wir uns ja mal wieder über den Weg.« Safet stapelte unsere Teller und Tassen übereinander und brachte sie zur Theke zurück, wo er bei Susanna zahlte.

»Schon möglich, Hannover ist nicht unbedingt eine Weltstadt«, meinte ich ausweichend. Inzwischen standen wir draußen auf der Straße, wo es ganz bewölkt und düster geworden war, und so sah ich Safets Gesicht nicht richtig, als er mir die Hand entgegenstreckte und sich verabschiedete.

»Man sieht sich immer zweimal …« Damit drehte er sich um und verschwand um die Ecke.

Zu Hause blieb ich auf dem Flur stehen, betrachtete mich nachdenklich im Spiegel und überlegte, ob Safets letzter Satz wohl auch in Kroatien ein Sprichwort war. Wahrscheinlich würde ich das nie erfahren. Außerdem fragte ich mich sowieso, was ihm daran gelegen sein konnte, mich ein zweites Mal zu sehen. Männer wie er hatten sicher jede Menge Auswahl, auch wenn eine Frau mal die Stirn haben sollte, »nein« zu sagen.

Trotzdem betrachtete ich mich ein bisschen genauer im Spiegel. Graublaue Augen, die Nase ein bisschen zu groß, volle Lippen. Durchschnitt, aber ganz okay soweit. Die Haare sahen eigentlich nur nach was aus, wenn die Sonne drauf schien, weil sie dann einen rötlichen Schimmer bekamen. Ansonsten konnte man sie am passendsten mit dunkelaschblond beschreiben – die Farbe, die eigentlich keine war. Außerdem musste ich dringend mal wieder zum Friseur.

Unwillig wandte ich mich ab. Wieso kam ich auf diese Gedanken? Safet Vujović war mir ins Auto gefahren, wir hatten einen Cappu getrunken und waren danach wieder getrennte Wege gegangen. Das war auch ganz gut so, denn aus eigener Erfahrung wusste ich, dass Macho-Typen wie er nicht in mein Leben passten und nur Ärger machten. Genau wie Susanna gesagt hatte.

5.

Ich ging tatsächlich in der nächsten Woche zum Friseur, aber ansonsten bemühte ich mich, keine weiteren Gedanken an schwarzhaarige Männer aus Kroatien zu verschwenden. Damit hatte ich auch wenig Schwierigkeiten, weil wegen der Vorbereitungen zu unserer Ausstellung in der Galerie eine Menge Arbeit liegen geblieben war, die endlich erledigt werden musste.

Als ich am Donnerstagmorgen ins Büro kam, stand auf meinem Schreibtisch ein riesiger Blumenstrauß aus großen blassgelben Chrysanthemen, sonnengelben Fresien und orangefarbenen Ranunkeln. Ich mochte weder Chrysanthemen noch Fresien und konnte mir außerdem nicht vorstellen, wer mich mit so einem Strauß beglücken wollte. Vielleicht war er für meine Kollegin abgegeben worden, die sich stundenweise um die Buchhaltung kümmerte. Nach einer Karte suchte ich jedoch vergebens, und so wollte ich die Vase erst mal auf den großen Hängeregisterschrank in der Ecke stellen, damit ich sie aus dem Weg bekam und mit meiner Arbeit anfangen konnte.

»Herzlichen Glückwunsch«, hörte ich in diesem Moment hinter mir.

Ich drehte mich mit der Vase in den Händen um, und auch wenn ich Christian durch die Blumen hindurch nicht sehen konnte, erkannte ich dennoch seine Stimme. Ich senkte die Vase und schaute ihn über den Strauß hinweg stirnrunzelnd an.

»Ich hab nicht Geburtstag.«

»Das weiß ich, aber heute ist trotzdem ein besonderer Tag.«

Die Vase wurde allmählich schwer, ich stellte sie nun

doch wieder auf dem Schreibtisch ab. Christian sah mich erwartungsvoll an, doch sosehr ich auch in meinem Gedächtnis grub, klaffte dort ein großes Loch.

»Jubiläum«, half er mir auf die Sprünge.

Ich hatte in meinem Leben noch kein Jubiläum gefeiert und war mir nicht bewusst, dass heute eins begangen wurde. Zur Sicherheit schaute ich auf meinen Tischkalender. Das Datum schien unbedeutend.

Christian schüttelte den Kopf. »Überleg mal, was du heute vor drei Jahren getan hast.«

Endlich fiel der Groschen. »Dass du daran gedacht hast …« Bisher hatte er um meinen ersten Arbeitstag in seiner Galerie nie irgendwelche Umstände gemacht. Warum fing er jetzt damit an?

»Ich fand, es ist ein guter Grund, dich zum Essen einzuladen. Als Dank für die letzten drei Jahre, die bestimmt manchmal ziemlich nervenaufreibend gewesen sind. Du hast immer dein Bestes gegeben, auch wenn's noch so schwierig wurde, und ich weiß ganz genau, was ich und die Galerie dir zu verdanken haben, Nella. Also, ich hoffe, du hast heute Abend noch nichts vor.«

Etwas überrumpelt verneinte ich. Wenn ich nicht arbeitete, hatte ich ausgesprochen selten abends was vor.

»Gut, dann wär das ja geklärt. Ich hol dich um acht ab. Sicherheitshalber. Bevor du wieder eine halbe Stunde zu spät kommst!«

»Danke für dein grenzenloses Vertrauen«, lächelte ich. »Reichen Jeans für das Restaurant, in das wir gehen?«

»Hast du mir nicht zugehört?«, fragte Christian in gespielter Verzweiflung. »Ich will mich bei dir für alles bedanken, das werde ich wohl kaum in der Imbissbude um die Ecke tun.«

Oje, dachte ich. Nicht schon wieder in Schale schmeißen. Manchmal glaubte ich, den falschen Job zu machen, in dem es so oft nötig war, sich aufzubrezeln, wo ich mich in schlichten Jeans und einem Pulli immer noch am wohlsten fühlte.

»Dann musst du mir für heute Nachmittag freigeben. Wenn ich noch einmal dieses grüne Kleid anziehen muss, schreie ich.«

Es schien, als wäre Christian eine gut gekleidete Begleitung einen halben Urlaubstag wert, jedenfalls hatte er nichts dagegen, dass ich mittags meine Sachen zusammenpackte und shoppen ging. Die Ausbeute ließ ich Stunden später auf mein Bett fallen. Das Kleid war schnell besorgt gewesen, weil ich mich generell eher wenig damit aufhielt, unzählige Sachen anzuprobieren, nur um dann doch das zu kaufen, was ich als Erstes in der Hand gehalten hatte. Ich entschied mich innerhalb von zwanzig Minuten für ein kurzes schwarzes Kleid mit raffiniert über der Hüfte aufgesetzten Taschen. Aber die passenden Schuhe zu finden wurde zur Qual. Vorne zu klein und hinten zu groß oder umgekehrt, das war ein Fluch, der mir schon seit jeher anhaftete, deswegen dauerte die Suche entsprechend lange.

Während ich mir nach dem vielen Rumlaufen ein heißes Bad gönnte, fragte ich mich, warum ich mir eigentlich so viel Mühe machte. Schließlich führte mich bloß Christian zum Essen aus, und wenn ich Pech hatte, lief es auf dasselbe hinaus, worauf es beinahe schon bei unserem letzten gemeinsamen Drink im Coyote Café hinausgelaufen wäre. Seufzend drückte ich den Schwamm über meinem Knie aus, damit das Wasser den Schaum von meinem Bein spülte. Vielleicht sollte ich ein schlechtes Gewissen haben, weil ich mich trotz dieser Befürchtung auf den Abend mit Christian einließ. Obwohl ich wusste, dass ich seine Hoffnungen nicht erfüllen konnte. Aber andererseits stimmte das, was er sagte: Ich hatte für den Erfolg der Galerie hart gearbeitet, also verdiente ich es auch, ein bisschen verwöhnt zu werden.

Ich musste das Etikett im Rücken des Kleides herausschneiden, weil es piekte, danach fühlte ich mich ganz gut darin. In den letzten Wochen der Krankheit meiner Mutter hatte ich an Gewicht verloren, diese Zeit hatte zwar meiner Seele ganz und gar nicht gut getan, dafür aber zumindest meiner Figur, die durch das eng anliegende Kleid betont wurde. Jetzt fehlte nur noch ein nettes Accessoire. Die Perlenkette fiel mir ein, die seit dem Abend der Vernissage bei Manfred Gülden unangetastet in dem Holzkästchen lag – war das tatsächlich schon zwei Wochen her?

Nachdenklich nahm ich das Kästchen in die Hand, ich erinnerte mich an das merkwürdige Kribbeln in meinen Fingern. Die Erklärung, die ich mir dafür zurechtgelegt hatte, war logisch gewesen, vielleicht war es wirklich das Gefühl, meiner Mutter nahe zu sein. Dennoch zögerte ich nun, die Perlen zu berühren, weil mich plötzlich Angst erfasste, erneut etwas zu spüren. Oder nicht zu spüren. Ich wusste selbst nicht, was ich eigentlich erwartete. Dann schüttelte ich über mich selbst den Kopf, griff entschlossen nach ihnen – und ließ sie beinah sofort wieder zurück in das Kästchen fallen. Das war mehr als ein Kribbeln gewesen, fast wie ein elektrischer Schlag!

Benommen starrte ich auf die Perlen, die auf der roten Seide lagen, als bildeten sie die harmloseste Kette aller Zeiten, und streckte ganz vorsichtig meinen rechten Zeigefinger aus. Berührte die goldfarbene Perle, den tropfenförmigen Anhänger. Sie vibrierte. Unmöglich! Sie lag ganz ruhig auf der Seide, bewegte sich keinen Millimeter. Was da vibrierte, musste meine Fingerspitze sein.

Ein lautes Schrillen ließ mich hochschrecken. Die Türglocke. Das konnte nicht wahr sein, Christian wollte doch erst um acht kommen, bis dahin blieb noch eine Viertelstunde. Die Uhr auf meinem Nachttisch zeigte allerdings seltsamerweise bereits Punkt acht Uhr. Das war nun schon das zweite Mal, dass die Zeit irgendwie unmerklich verflogen zu sein schien, während ich die Kette betrachtete. Nach dem lauten Ton der Klingel kam mir die Stille in der Wohnung unnatürlich vor wie in einem Grab.

Schließlich erhob ich mich, um auf den Türsummer zu drücken, einerseits widerwillig, weil ich lieber darüber nachgegrübelt hätte, was um alles in der Welt mit diesen Perlen los war und ob das wirklich was mit meiner Mutter zu tun haben konnte. Andererseits war mir das Ganze so wenig geheuer, dass es mich beruhigte, nicht länger allein zu sein. Ich ließ die Tür für Christian offen und hechtete gleich wieder ins Schlafzimmer zu meiner Schmuckschatulle zurück, aus der ich wahllos nach einer silbernen Kette mit einem blauen künstlichen Stein griff. Die würde ich umlegen und vergessen, was gerade passiert war. Doch als sie um meinen Hals lag, sah ich, dass sie billig wirkte und überhaupt nicht mit dem Kleid harmonierte. Wie gut, dass ich in der vierten Etage wohnte und Christian das Treppensteigen nicht gewohnt war, sonst hätte er wahrscheinlich schon längst in meinem Schlafzimmer gestanden.

Ich hatte keine Zeit mehr und musste mich endlich entscheiden. Trotz des Erlebnisses von eben, trotz meiner Zweifel griff ich wieder nach den Perlen, die mich geradezu magisch anzogen. Sie waren zauberhaft und unvergleichlich schön – und diesmal spürte ich absolut nichts. Erleichtert überprüfte ich ein letztes Mal mein Spiegelbild, während ich hörte, wie Christian im Flur die Tür schloss und in die Wohnung kam.

Ich wollte mich schon vom Spiegel abwenden, als mir auffiel, dass irgendwas damit nicht stimmte. Da waren Schlieren, die verhinderten, dass ich mich deutlich erkennen konnte, ich hatte den flüchtigen Eindruck eines Schattens, der sich über mein Gesicht legte, sodass mir ein fremdes entgegensah.

»Einfach die Tür aufzulassen, ist ganz schön leichtsinnig. Ich hätte doch Gott weiß wer sein können.«

Ich fuhr zusammen und schaute Christian an, der da auf der Schwelle zu meinem Schlafzimmer stand.

»Bist du aber nicht«, sagte ich, dankbar für sein Auftauchen, weil mich der Spiegel so irritiert hatte. Ich musste das Glas dringend putzen, wenn ich vermeiden wollte, dass mich solche Lichtspiele dermaßen aus der Fassung brachten. »Ich bin fertig, also wohin gehen wir?«

»Ich hab im Funky Kitchen einen Tisch für uns reserviert.«

Jetzt war ich doppelt froh, mich neu eingekleidet zu haben. Im Funky Kitchen konnte es durchaus passieren, dass am Nebentisch Mousse T. mit Tom Jones oder mit anderen Berühmtheiten aus der Musik- und Showbranche saß – immerhin hatte er im selben Gebäude des Peppermint Pavillons auf dem ehemaligen Expo-Gelände seine Produktionsfirma.

Eine halbe Stunde später reichte uns die Bedienung die Speisekarten, die aus Plattenhüllen bestanden, in denen sogar noch echte Vinyl-Singles steckten. Ich sah mich verstohlen um, konnte jedoch an den weiß gedeckten Tischen niemanden entdecken, den man hätte erkennen müssen. Oder möglicherweise lag das auch nur an mir, weil ich mich mit zeitgenössischeren Musikstars als Tom Jones schlecht auskannte, zumindest nicht gut genug, um ihre Gesichter identifizieren zu können.

Christian hatte gute Laune und erzählte von einem Telefonat mit einer Galerie in Toronto, mit der wir gerade wegen einer Wanderausstellung in Verhandlungen standen.

»Die Sache lässt sich gut an, du hast da ja durch die Mails, die zwischen dir und dieser Norah Irgendwas hin- und hergegangen sind, schon Vorarbeit geleistet.«

»Smithfield«, half ich aus.

»Richtig.« Christian hielt sich selten mit Nachnamen auf. Er fand es weitaus kosmopolitischer, sich gleich beim Vornamen zu nennen, offensichtlich eine Angewohnheit, die er mit Safet Vujović teilte. Ups. Wie kam ich denn plötzlich auf den? Ich hatte seit Tagen nicht mehr an ihn gedacht.

»Jedenfalls liegen wir diesmal vorn, sieht so aus, als könnte ich Gülden die Ausstellung vor der Nase wegschnappen.«

»Hast du Takashima immer noch nicht verwunden?«, fragte ich amüsiert. »Unsere Yvonne macht sich doch auch ganz gut.« Yvonne hatte übrigens keinen Nachnamen. Jedenfalls keinen, der in irgendeinem Katalog stand. Sie war einfach nur Yvonne, was die Sache vereinfachte, weil kein Mensch ihren afrikanischen Nachnamen aussprechen konnte.

»Sicher. Trotzdem hat sie nicht Takashimas Ruf. Noch nicht.«

»Wenn sie ihn eines Tages haben wird, können wir uns damit rühmen, sie ausgestellt zu haben, das ist doch auch schon was. Ich finde, wir sollten …« Mitten im Satz hielt ich inne, weil zwei Tische weiter gerade ein Paar Platz nahm. Die eine Hälfte davon hatte ich schon mal gesehen.

»Was ist?«

Ohne den Blick von dem Mann und der Frau zu nehmen, schüttelte ich den Kopf.

»Hallo, Erde an Nella. Bist du noch da? Du wolltest gerade was sagen. Was sollten wir?«

»Froh sein, dass wir Yvonne gekriegt haben«, murmelte ich, schaute aber nach wie vor zu dem Tisch hinüber.

»Wer sitzt da?«, fragte Christian ohne sich umzudrehen. Er wollte seine Neugier wohl nicht zu offensichtlich zeigen.

»Niemand«, gab ich zurück.

Christian sah mich zweifelnd an. »Für niemand bist du aber ziemlich geistesabwesend. Ich hätte mindestens mit Grönemeyer gerechnet, obwohl ich ja Shakira faszinierender fände.«

»Tut mir Leid, dich enttäuschen zu müssen, aber es ist keiner von denen.« Wider Willen musste ich leise auflachen.

»Wer dann? Nun sag schon!«

»Ich dachte, es wär jemand, den ich kenne, aber ich hab mich getäuscht.«

Da keine Gefahr mehr bestand, durch Bestaunen eines Promis aufdringlich zu wirken, wandte Christian sich nun doch um. »Oh«, entfuhr es ihm. »Was macht die denn hier?«

»Wer?«

»Silke Reinhardt. Die Rothaarige da drüben.«

Die Freundin meines Vaters hieß also Silke Reinhardt. Nur dass sie heute Abend nicht mit meinem Vater hier war, sondern mit einem anderen, sehr viel jüngeren Mann.

»Du sagst das, als müsste man sie kennen. Müsste ich?«, stellte ich die nahe liegendste Frage. Es passte mir sehr in den Kram, auf diese Weise unauffällig etwas über die Frau herauszufinden.

»Du würdest sie kennen, wenn du mich mal zu ein paar Auktionen begleitet hättest. Aber du weigerst dich ja immer.«

Kunstauktionen waren Christians ganz private Leidenschaft. Wenn ich es bis auf ein einziges und zugleich letztes Mal erfolgreich vermieden hatte, mit ihm da hinzugehen, dann nicht, weil es mich nicht interessierte, sondern weil ich solche Veranstaltungen viel lieber allein besuchte. Ich wollte den Geruch der Objekte einatmen, die nicht mal wertvoll sein, sondern einfach nur eine Geschichte haben mussten. Ich liebte es, meiner Fantasie freien Lauf zu lassen, mir vorzustellen, was sie alles zu erzählen hätten, wenn sie es könnten. Das war unmöglich, wenn ich jemanden neben mir hatte, der ständig redete und seine Begeisterung mit mir teilen wollte. Und so mied ich die großen Auktionen für Händler, die Christian regelmäßig quer durch die Republik besuchte. Stattdessen hatten es mir Flohmärkte oder weniger spektakuläre Auktionen in kleineren Städten angetan.

»Teilt sie deine Leidenschaft oder ist das ihr Job?«, ignorierte ich den leisen Vorwurf.

»Letzteres. Sie ist Kunsthändlerin. Aus Berlin, soweit ich mich erinnere. Möchte wissen, was sie ausgerechnet nach Hannover führt, eine Auktion steht jedenfalls nicht an, das wüsste ich.«

»Vielleicht hat sie ja Freunde hier«, schlug ich vor. Mir fiel da zumindest einer ein, doch das verschwieg ich wohlweislich.

»Möglich.«

Die Vorspeise kam und lenkte Christian ab. Wir hatten uns beide für eine Tomatensuppe entschieden, die in einem kleinen Einweckglas serviert wurde, das wiederum auf einem riesigen weißen Teller stand, umrahmt von wie zufällig hingestreuten Kräutern. Sie war sehr heiß und scharf.

»Räumt sie gut ab?«, erkundigte ich mich nach den ersten beiden Löffeln.

Christian brauchte eine Weile, bis er begriff, dass ich noch immer von Silke Reinhardt sprach.

»Für gewöhnlich kriegt sie, was sie sich vorgenommen hat. Sie steigt selten vorzeitig aus, und wenn sie es tut, kannst du Gift drauf nehmen, dass derjenige, der sie überbietet, ein schlechtes Geschäft gemacht hat.«

Eine Frau, die weiß, was sie will, dachte ich, nicht ohne eine gewisse Genugtuung. Möglicherweise würde sich mein Vater an ihr die Zähne ausbeißen. Es wurde Zeit, dass so was mal passierte. Ich bedachte Silke Reinhardt mit einem abschließenden Blick und hoffte, dass ihrer nicht zufällig mich traf. Falls sie sich an mich erinnern und mich jetzt ansprechen würde, hätte ich Christian einiges zu erklären, was ich lieber für mich behielt. Meine Privatangelegenheiten und besonders meine Familie gingen ihn nichts an.

Die Tomatensuppe wurde abgeräumt, Christian nahm einen Schluck von seinem Wein, setzte das Glas sehr sorgfältig wieder ab und schaute mich an. Oh nein, bitte nicht schon wieder, dachte ich, bemühte mich aber um einen neutralen Gesichtsausdruck.

»Wir haben in den letzten Jahren wirklich gut zusammengearbeitet, Nella«, begann Christian. Er machte eine kleine Pause, als erwarte er von mir eine Erwiderung.

»Ja, haben wir«, sagte ich lahm. Ich hätte vielleicht sofort hinzufügen sollen, dass ich keinesfalls mehr wollte. Wie so oft hatte ich einfach nicht den Mut dazu. Bisher war es meist wortlos gegangen, ich mochte keine offenen Auseinandersetzungen, und mit dem eigenen Chef waren sie vermutlich noch unangenehmer.

Christian schwieg eine kleine Weile, erst als ich keine Anstalten machte, noch was zu sagen, seufzte er leise auf. »Ich nehme an, du weißt, worauf ich hinauswill, oder?«

Durch das Hauptgericht wurde ich für die nächsten Sekunden einer Antwort enthoben. Ich hatte Perlhuhnbrust mit Gemüsespaghettini bestellt, was ausgesprochen lecker klang und auch aussah, aber mein Appetit war mir mit einem Schlag vergangen. Als die Bedienung unseren Tisch verließ, holte ich tief Luft und sah von meinem Teller hoch in Christians erwartungsvolle Augen.

»Ich denke schon.« Stille. Sag's endlich!, brüllte es in meinem Kopf, dann hast du's hinter dir. Ich konnte nicht.

Christian schürzte die Lippen. Auch er ließ sein Fischfilet unberührt. »Du willst es also von mir hören?«

»Nein!« Gott, war das wirklich meine Stimme gewesen?

Christian war blass geworden, er starrte mich über den Tisch hinweg an. »Das war deutlich«, sagte er schließlich sehr leise.

»Hör zu, Christian«, sagte ich einigermaßen ruhig. »Wir wissen doch beide, dass das nicht funktionieren würde. Du hast selbst gesagt, wir arbeiten gut zusammen, warum belassen wir es nicht dabei?«

»Weil mir das nicht reicht. Ich war über die letzten Jahre wirklich sehr geduldig. Du hast mir anfangs zu verstehen gegeben, dass du mehr Zeit brauchst, um über deine Ehe wegzukommen, und ich habe das verstanden und dir sehr viel Zeit gegeben.«

Das musste ich zugeben. Ich hätte mich selbst ohrfeigen können, weil ich zu Beginn von Christians Annäherungsversuchen meine gescheiterte Ehe als Entschuldigung benutzt hatte, oder vielleicht sollte ich besser sagen als Ausrede. Sie war zwar eine Katastrophe gewesen, aber ich war kaum so zerrüttet daraus hervorgegangen, dass ich von Männern nichts mehr wissen wollte. Christian war nur einfach nicht der richtige. Nun musste ich eben die Suppe auslöffeln, die ich mir selbst eingebrockt hatte.

»Ich weiß deine Geduld zu schätzen. Ich fürchte nur, ich kann sie nicht belohnen. Es tut mir Leid.«

Er schwieg und sah mich weiter an. Sein Blick wurde kühler.

»Du kannst doch keine Frau wollen, die dich nicht liebt«, versuchte ich es mit einem logischen Argument.

»Du könntest es versuchen«, schlug er vor.

»Nein, das kann ich nicht. Es tut mir Leid«, wiederholte ich. »Gefühle kann man nicht ausprobieren, sie sind entweder da oder nicht.«

Sein Blick wurde kalt, ähnlich kalt, wie unser Hauptgang inzwischen war. Christian griff nach seinem Besteck und fing an zu essen, ganz langsam, Bissen für Bissen. Ich fühlte mich merkwürdig, weil ich nicht wusste, was nun weiter passieren würde. Zwar hatte ich gelernt, mit Christians verschiedensten Stimmungen umzugehen, aber das hier war neu. Er ignorierte mich vollkommen, er aß und trank, als wäre er allein.

»Christian?«, versuchte ich ihn aus der Reserve zu locken.

»Was willst du noch?«

»Du hast doch gewusst, was ich sagen würde.«

»Du solltest dir nicht anmaßen zu wissen, was in mir vorgeht.« Christian winkte der Kellnerin. »Die Rechnung, bitte.«

Als die Rechnung kam, hatten wir kein weiteres Wort gewechselt. Christian zahlte und stand auf. »Ich hatte versprochen, dich einzuladen, das habe ich getan. Du kommst sicher allein nach Hause, so wie du alles andere auch allein schaffst.«

Ich hatte das bestimmt verdient, immerhin war mir ja schon vorher ziemlich klar gewesen, welchen Zweck Christian mit diesem Abend verfolgte. Trotzdem fühlte ich mich jetzt selbst wie vor den Kopf geschlagen, weil ich einfach sitzen gelassen worden war. Ich nahm mein Glas Rotwein in die Hand und betrachtete nachdenklich die dunkle Flüssigkeit, dann trank ich den Rest in einem Zug aus. Als ich das

Glas abstellte, sah ich unabsichtlich zum Tisch von Silke Reinhardt hinüber. Unsere Blicke trafen sich für einen winzigen Moment, dann schaute sie zuerst weg. Ich zweifelte nicht daran, dass sie meinem Vater von der kleinen Szene, die sich hier gerade abgespielt hatte, erzählen würde. Und wenn schon, ich war niemandem Rechenschaft schuldig, erst recht nicht Henning Laurenz.

Draußen vorm Peppermint Pavillon war alles wie ausgestorben. Ich hatte nicht daran gedacht, mir ein Taxi kommen zu lassen, und mein Handy leider im Wohnzimmer vergessen, also musste ich mit der Stadtbahn zurückfahren. Auf dem langen Weg konnte ich mich daher ausführlich mit der Interpretation von Christians Worten beschäftigen. Was meinte er damit, ich würde alles allein schaffen? War das nicht nur die persönliche, sondern auch die berufliche Kündigung gewesen? Das würde ich morgen früh erfahren, wenn ich ins Büro kam. Falls er nicht über Nacht die Schlösser austauschte, schoss es mir in einem Anflug schwarzen Humors durch den Kopf.

Zu Hause wickelte ich mich bis zum Hals in einen Morgenmantel und kuschelte mich in die Sofaecke. Ich hätte ins Bett gehen sollen, aber ich wusste, dass ich ohnehin nicht einschlafen konnte. Ich saß einfach nur da und starrte Löcher in die Luft. Es war ganz still, nur ab und zu drang das Geräusch eines über das Kopfsteinpflaster fahrenden Autos herauf. Als mir aufging, dass eine enorme Belastung von mir abgefallen war, weil endlich Klarheit zwischen Christian und mir herrschte, breitete sich die Ruhe auch in mir aus.

»Ab ins Bett, Scarlett«, sagte ich zu mir selber. »Morgen ist auch noch ein Tag.«

Im Schlafzimmer fiel mein Blick auf den Spiegel. Ich erinnerte mich an die Schlieren und dass ich das Glas putzen wollte. Morgen, dachte ich. Dann sah ich auf die Uhr und bemerkte, dass es bereits eine Minute nach Mitternacht war. Heute war also schon morgen.

»Na, dann wollen wir mal«, sagte ich wieder laut und musste auflachen. Ich fing tatsächlich an, mit mir selbst zu reden. Vielleicht hatte Christian Recht, und ich wurde sonderbar, wenn ich darauf bestand, alles allein zu bewerkstelligen und vor allem mitten in der Nacht in Putzorgien auszubrechen. Trotzdem holte ich das Glasputzmittel, spritzte etwas davon auf ein weiches Tuch und machte mich an die Arbeit. In dem künstlichen Licht konnte ich schlecht erkennen, ob meine Bemühungen von Erfolg gekrönt waren, also versuchte ich es erst gar nicht, sondern schob das endgültig auf den nächsten Tag.

6.

Als mich am Morgen der Wecker aus dem Schlaf riss, konnte ich mich kaum bewegen. Ich musste in einer völlig absurden Haltung gelegen haben, ich spürte jeden Knochen in den Armen, in den Schultern und im Nacken. Vorsichtig versuchte ich, meine Glieder wieder in die richtige Position zu bringen, setzte mich auf die Bettkante und ließ meinen Kopf langsam kreisen, bis sich die Bewegung einigermaßen normal anfühlte. Dann schaute ich hoch, direkt in den Spiegel. Irgendwas an meinem eigenen Anblick war anders als sonst, es dauerte ein bisschen, bis ich darauf kam, was genau.

Ich hatte gestern Abend völlig vergessen, die Perlenkette abzunehmen. Gähnend griff ich nach hinten und versuchte den Verschluss zu öffnen, aber der machte Schwierigkeiten. Ich erhob mich, drehte ihn nach vorn und trat ganz vor den Spiegel, um besser zu sehen.

Und zuckte zurück. Die Aktion mit dem Putzmittel hätte ich mir schenken können, nach wie vor erkannte ich mich nur undeutlich. Schlimmer noch, wie am Abend zuvor schien sich erneut ein Schatten über meine Züge zu legen. Bewegungsunfähig betrachtete ich das fremde Gesicht, das mich aus dem Spiegel anstarrte. Es sah nicht müde aus, wie meins hätte sein sollen. Es hatte keine rot geränderten Augen, und auch die Nase war nicht zu groß geraten wie meine. Das hieß – es war wohl da, mein eigenes Gesicht. Und doch auch wieder nicht. Es schien überlagert zu werden von einem zweiten Gesicht mit gerader kleiner Nase, breitem Mund und dunkelbraunen Augen.

Entsetzt wich ich einen Schritt zurück, blickte aber trotzdem unverwandt auf das Spiegelbild, das seinem Namen in diesem Moment überhaupt keine Ehre machte. Nur unter sehr großer Anstrengung gelang es mir, den Kopf zu drehen und den Blick abzuwenden. Irgendwohin. Nur nicht mehr in den Spiegel.

Mit fliegenden Fingern versuchte ich, den Verschluss der Kette zu öffnen, aber meine Bemühungen blieben erfolglos, mein verzweifeltes Zerren an der Kette schien überhaupt nichts zu nutzen. Dann plötzlich griffen meine Hände ins Leere, und gleichzeitig hörte ich ein klackerndes Geräusch, das in meinen Ohren dröhnte. Die Kette war gerissen, die Perlen fielen auf den Parkettboden und rollten im Zimmer umher.

Fassungslos betrachtete ich das Chaos auf dem Boden. Der erste Gedanke, der mir durch den Kopf schoss, war der, ein Kunstwerk zerstört zu haben. Diese Kette war sehr alt gewesen und sehr wertvoll. Alles, was ich jetzt noch in den Händen hielt, war die dünne Schnur, auf der die Perlen aufgereiht gewesen waren. Eine Seidenschnur, die leicht champagnerfarben schimmerte und an einigen Stellen dünner war als an anderen. Vermutlich war sie deshalb gerissen. Ganz unnötigerweise vorsichtig legte ich sie auf der Kommode ab. Dabei sah ich unbewusst mein Bild im Spiegel – und schluckte. Es war ganz eindeutig mein eigenes Gesicht, das mir mit aufgerissenen Augen entgegenschaute. Übermüdet und erschrocken.

Was hatte ich letzte Nacht doch gleich gedacht? Ich wurde sonderbar. Offenbar sonderbarer, als ich für möglich gehalten hätte.

Ich musste mich zwingen, mich vom Spiegel abzuwenden, zu bücken und die Perlen vom Boden aufzusammeln. Zweimal fiel mir ein kleines Häufchen wieder aus meinen zitternden Fingern, es dauerte, bis ich sicher war, keine übersehen zu haben. Behutsam legte ich sie zurück in das Holzkästchen, das ich fest schloss und außer Sichtweite in einer Schublade verstaute. Dabei fiel mir auf, dass ich beim Berühren der Perlen kein Kribbeln in meinen Fingerspitzen wahrgenommen hatte. Aber vielleicht war das Zittern meiner Hände zu stark gewesen, um ein sanftes Vibrieren zu bemerken.

Ich hätte auch vorher schon sehr viel darum gegeben, noch ein einziges Mal mit meiner Mutter sprechen zu können, doch nun wurde dieser Wunsch beinah übermächtig. Es schien mir mit einem Mal unglaublich wichtig zu erfahren, wie sie an diese Kette gekommen war. Und vor allem, warum sie sie niemals getragen hatte.

Da mein Wagen noch in der Werkstatt stand, hastete ich eine halbe Stunde später zur U-Bahn. Mir war nicht ganz wohl bei dem Gedanken, Christian gleich gegenüberzutreten, und ich war entsprechend erleichtert, die Galerie leer vorzufinden. Nur Ines, meine Kollegin, die die Buchhaltung machte, empfing mich mit einem fröhlichen »Guten Morgen!«.

Ob dieser Morgen wirklich gut war, würde sich erst noch rausstellen. Auf meinem Schreibtisch stand der Strauß von Christian, die Blumen ließen ihre Köpfe hängen, obwohl sie erst einen Tag alt waren. Fast sah es so aus, als wüssten sie genau, dass sie mir gestern kein Glück gebracht hatten. Ich trug die Vase in die kleine Teeküche, erneuerte das Wasser und schnitt die Stiele an, dann kehrte ich in mein Büro zurück. Erst da entdeckte ich den Umschlag, der am Telefon lehnte. Mein Name stand darauf, in Christians ordentlicher Schrift. Ich riss ihn auf und entfaltete einen Zettel, auf dem nur eine recht kurze und sachliche Nachricht stand:

»Ich halte es für das Beste, unser Arbeitsverhältnis aufzulösen. Du bekommst noch drei Monatsgehälter ausgezahlt, der Überweisungsauftrag geht heute an die Buchhaltung. Bitte räum bis zum Abend deinen Schreibtisch und hinterlass mir Notizen über den Stand der Dinge, damit ich deine Nachfolgerin einarbeiten kann. Christian.«

Damit stand wohl fest: Heute war kein guter Tag. Er hatte zu Hause schlecht begonnen und ging schlecht weiter. Es konnte eigentlich nur noch besser werden, ich fragte mich bloß, womit.

»Hey, Nella, kriegst du eine Bonus-Zahlung?«, fragte Ines, die mit einer Aktennotiz in der Hand in der Tür stand. »Glückwunsch, das sind drei volle Monatsgehälter! Was hast du getan, dass Christian dich so großzügig belohnt?«

»Abfindet, wäre das richtigere Wort«, sagte ich und ließ Christians Nachricht auf den Schreibtisch fallen.

»Wie bitte?«

»Abfindet«, wiederholte ich. »Er hat mir gekündigt.«

»Aber … das kann er nicht machen! Wieso denn?«

»Doch, kann er. Und wie du selbst gesagt hast, ist er äußerst großzügig dabei. Ich muss nicht mal mehr für die Kohle arbeiten.«

Ines ließ sich in den Besuchersessel fallen und sah mich an. »Du hast es ihm also endlich gesagt.«

Ich nickte nur.

»Wahrscheinlich ein schwacher Trost, aber auf lange Sicht gesehen ist es besser.«

Ich nickte wieder. Natürlich hatte sie Recht, aber es bedeutete auch, dass ich jetzt arbeitslos war. Obwohl ich nach gestern Abend damit hätte rechnen müssen, war es doch ein merkwürdiges Gefühl. Wenn diese sehr ferne Möglichkeit bisher in meinen Gedanken aufgetaucht war, dann hatte sich das für gewöhnlich umgekehrt abgespielt. Ich war diejenige gewesen, die den Kram hinschmiss.

»Du könntest zu Gülden gehen«, schlug Ines in die Stille hinein vor. »Der wollte dich doch schon immer abwerben, und es macht bestimmt Spaß, mit ihm zu arbeiten. Außerdem hättest du deine kleine Rache. Christian passt es bestimmt nicht, wenn du ausgerechnet bei der härtesten Konkurrenz unterkommst.«

»Ich will aber keine Rache«, sagte ich. Manfred Gülden würde mich mit offenen Armen einstellen, aber plötzlich war mir nicht mehr richtig wohl dabei. Gülden war nun mal mit meinem Vater befreundet. Was das für mich hieß, wenn ich für ihn arbeitete, blieb unklar. Vielleicht nichts, vielleicht aber auch eine ganze Menge.

Ich musste das nicht jetzt entscheiden. Mein Stolz hätte mir verbieten sollen, die drei Monatsgehälter anzunehmen, aber das Geld verschaffte mir die Atempause, die ich brauchte, also schob ich meinen Stolz beiseite.

Acht Stunden später hatte ich alles erledigt, worum Christian mich gebeten hatte. Ines war längst gegangen, nicht ohne mich zu bitten, sie auf dem Laufenden zu halten, und mich daran zu erinnern, dass wir nächste Woche in der Sauna verabredet waren. Sorgfältig verschloss ich die Tür der Galerie, ließ den Schlüssel in den Briefkasten daneben fallen, ging die Straße hinunter zur U-Bahn-Station und warf keinen Blick zurück.

Zu Hause gönnte ich mir ein entspannendes Bad und öffnete danach eine Flasche Wein, um mich damit vor den Fernseher zu setzen. Sicher lief irgendein alter Tatort, bei dem ich für anderthalb Stunden vergessen konnte, dass heute ein beschissener Tag gewesen war.

Während des Vorspanns dachte ich wieder an die Tüte Erdnüsse, die ich noch gekauft hatte und die ich jetzt aus meinem Shopper kramte. Dabei bemerkte ich, dass ich im Supermarkt mein Handy überhört haben musste, es zeigte mir einen Anruf an. Ich schaltete den Fernseher auf stumm, wählte die Mailbox an und verschluckte mich beinah an einer Nuss.

»Hallo, Nella«, sagte Safet Vujovićs Stimme. Auch wenn sie etwas verzerrt klang, erkannte ich den Akzent sofort wieder. »Tut mir Leid, dass ich störe, aber meine Versicherung will wissen, ob du nach dem Unfall zum Arzt musstest. Vielleicht kannst du dich kurz melden. Danke.«

Ich saß da und schaute auf das Handy hinunter, als würde im nächsten Moment Safet persönlich daraus entsteigen. Erst nach einer ganzen Weile entschied ich mich für die Rückrufoption, aber er hatte von einem Festnetzanschluss angerufen, der auf meinem Handy keine Nummer hinterließ. In meiner Brieftasche steckte seine Karte, ich zog sie hervor, tippte die Zahlen ein und bekam nach dreimaligem Klingeln die automatische Ansage, dass ich außerhalb der Geschäftszeiten anriefe und es gern ab zehn Uhr am nächsten Tag wieder versuchen könne. Auf der Visitenkarte gab es noch eine Mobilnummer, doch ich legte überhaupt keinen Wert darauf, Safet bei was auch immer er »außerhalb der Geschäftszeiten« tat zu stören.

Zum ersten Mal allerdings schaute ich auf die klein gedruckte Adresse und hob die Brauen. Das war nicht irgendeine Adresse, sondern eine der besten in Hannover – in der Luisenstraße kaufte nur, wessen Konto reichlich schwarze Zahlen schrieb.

Je länger ich über Safet nachdachte, desto mehr grummelte es in mir. Wenn er was von mir wollte, sollte er sich gefälligst selbst noch mal melden. Was sollte das überhaupt mit der Versicherung? Wäre ich beim Arzt gewesen, hätte sich ja wohl entweder er oder meine Krankenversicherung mit der Rechnung an Safets Versicherung gewandt.

»Für wie blöd hältst du mich eigentlich?«, fragte ich das leere Zimmer und wurde mir bewusst, dass ich schon wieder mit mir selbst sprach.

Ich zerriss Safets Karte in kleine Fetzen und warf sie ins Altpapier, dann schaltete ich den Ton des Fernsehers wieder ein und ließ mich bis spät in die Nacht von Programmen berieseln, an die ich mich am nächsten Tag nicht mehr erinnerte.

7.

Morgen, Nella, was macht deine feurige Eroberung?«, begrüßte mich Susanna im Piacere, wo ich mir mein Frühstück gönnte.

»Sei bloß ruhig«, murmelte ich.

»Okay, okay, bin schon still«, lachte sie. »Nur eins noch, falls dich das interessiert: Er war vorgestern hier und hat einen Espresso getrunken. Sah aus, als würde er auf dich warten. Kann es sein, dass ihr verabredet wart und du ihn versetzt hast?« Sie stellte meinen Cappuccino vor mich hin und ein Hörnchen daneben. Morgens konnte ich beim besten Willen noch kein Tiramisu runterkriegen.

»Nicht dass ich wüsste. Vielleicht hat's ihm hier so gut gefallen, dass er jetzt öfter kommt.«

»Na, dann werdet ihr euch in Zukunft ja sicher wieder über den Weg laufen …:«

Seufzend tauchte ich das Hörnchen in den feinen Milchschaum. »Nicht, wenn ich's vermeiden kann.«

Susanna grinste und drehte sich wieder zur Espressomaschine, um heißes Wasser in ein Teeglas zu füllen. Gerade nämlich war die »Tee-Frau« gekommen, eine ältere Dame mit schwarz gefärbten Haaren, die unter einem hellen Hut, den sie niemals absetzte, lang auf ihre Schulter fielen. Sie musste genauso wenig wie ich eine Bestellung aufgeben, jeder hier wusste, was sie nahm, auch wenn niemand ihren Namen kannte.

In genüsslichen Schlucken trank ich meinen Cappu und las dabei die Zeitung. Ich sollte die Stelleninserate durchforsten, dachte ich, doch stattdessen fiel mir die Anzeige eines Juweliers ins Auge, die mich mit einem Schlag an die Perlen erinnerte. Natürlich konnte ich sie so, wie sie waren, in dem Holzkästchen aufbewahren und mich bemühen, alle merkwürdigen Vorkommnisse zu vergessen. Ich wusste allerdings sehr genau, dass mir das nicht gelingen würde. Außerdem gehörten die Perlen einfach aufgereiht zu einer Kette, auch wenn sie wahrscheinlich durch das Reißen und Neuaufreihen erheblich an Wert verloren hatte.

Der Rest meines Cappuccinos war fast kalt geworden, schnell leerte ich die Tasse, legte vier Euro auf die Theke und winkte Susanna zum Abschied zu.

Sie winkte zurück. »Soll ich ihm was ausrichten, wenn er das nächste Mal kommt?«, fragte sie anzüglich lachend.

Zu Hause steckte ich das Kästchen in meine Handtasche, ohne vorher noch einen Blick auf die Perlen zu werfen. Ich holte meinen Wagen aus der Werkstatt ab und parkte anschließend der Einfachheit halber in einem Parkhaus in der Innenstadt.

Der Juwelier, dessen Anzeige ich in der Zeitung gesehen hatte, war einer der exklusiveren. Wahrscheinlich gab es günstigere Reparaturdienste, aber da es sich um eine besondere Kette handelte, wollte ich kein Risiko eingehen.

Die Verkäuferin öffnete das Kästchen, hielt erst eine der apricot schimmernden Perlen prüfend unter die Lampe, dann die goldfarbene. Unwillkürlich wartete ich darauf, dass sie zurückzucken würde, sobald sie das Kribbeln in ihren Fingerspitzen spürte. Doch nichts dergleichen geschah. Das Stirnrunzeln galt ganz offensichtlich nur der Größe der Tropfenperle, sie bat mich um einen Moment Geduld und verschwand. Kurz darauf kam ein älterer Herr auf mich zu, der sich als Geschäftsführer vorstellte und dann die Perlen unter die Lupe nahm.

»Darf ich fragen, wie Sie zu dem Schmuck gekommen sind?«, fragte er nach einer Weile.

»Ein Erbstück«, gab ich zurück. »Von meiner Mutter.«

»Ah. Diese Perlen sind … außergewöhnlich. Aber da verrate ich Ihnen nichts Neues. Haben Sie das Band noch, auf dem sie aufgereiht waren?«

Ich nickte. Einer Eingebung folgend hatte ich es aufgehoben und mitgebracht.

»Ich möchte vorschlagen, es wieder zu verwenden, damit die Kette möglichst ihren Originalzustand behält.«

»Geht das denn? Das Band ist gerissen.«

»Wir werden es ausbessern und ein wenig verstärken, damit es nicht so schnell wieder passiert. Ihr Einverständnis vorausgesetzt natürlich. Wir können aber auch ganz neue Perlenseide nehmen und außerdem jede einzelne Perle handverknoten, wenn Sie es wünschen. Zweifellos wäre das sicherer, dennoch würde ich in diesem Fall raten, sie so originalgetreu wie möglich zu reparieren und den Originalzustand – ohne Einzelverknotung – wieder herzustellen.«

»Dann tun Sie das bitte.«

Der Juwelier nickte und breitete beinahe ehrfürchtig die Seide über die Perlen, darauf legte er das Band, bevor er das Kästchen verschloss. »Ich möchte Ihnen versichern, dass wir hier über die besten Überwachungssysteme verfügen und unsere Safes so gut wie einbruchsicher sind. Sie müssen sich keine Sorgen um das Stück machen. Ihr Vertrauen in uns ist absolut gerechtfertigt.«

Ich hatte ja geahnt, dass die Kette wertvoll war, aber wenn dieser Mann so viele Worte über sein Sicherheitssystem verlor, musste sie noch weitaus mehr wert sein, als ich angenommen hatte.

»Wie …« Ich räusperte mich. »Wie alt, meinen Sie, ist die Kette?«

»Das wissen Sie nicht?«, fragte er mit so hoch erhobenen Brauen, dass sie beinah seinen Haaransatz erreichten.

»Nicht genau, nein. Ich sagte doch, es ist ein Erbstück.«

Seinem Blick nach zu urteilen, würde er sich umgehend mit der Polizei in Verbindung setzen, sobald ich den Laden verlassen hatte. Da die Perlen im Besitz meiner Mutter gewesen waren, machte ich mir darum jedoch keine allzu großen Sorgen. Trotzdem hielt mich sein Verhalten jetzt schon davon ab, weitere Fragen zu stellen.

»Nun«, sagte er jedoch erst mal, »ich würde schätzen, 16. oder 17. Jahrhundert.«

Unwillkürlich schnappte ich nach Luft und schaffte es gerade noch, mich einigermaßen ruhig zu bedanken und den Weg nach draußen zu finden. Es war sehr, sehr lange her, dass ich ernsthaft mit dem Gedanken gespielt hatte, mich mit meinem Vater in Verbindung zu setzen. Wenn jemand wusste, wie meine Mutter an die Perlen gekommen war, dann er mit seinem Faible für alte Kunstschätze, zu denen für ihn auch Schmuck zählte. Vielleicht hatte er sie ihr sogar geschenkt, auch wenn ich mich nach wie vor nicht erinnern konnte, die Kette je an meiner Mutter gesehen zu haben. Möglicherweise stammte sie also aus ihrer Familie. Da nachzufragen, schien mir verlockender als bei meinem Vater.

Kurz entschlossen suchte ich mir einen Platz in einem Straßencafé schräg gegenüber dem Opernhaus und holte mein Handy heraus, um zwei Tanten, einen Großonkel und den einzigen Cousin anzurufen, mit dem ich mich manchmal traf. Siggi war gerade irgendwo in einem Zug unterwegs, die Verbindung war schlecht und brach schließlich ab, aber er hatte offensichtlich keine Ahnung, wovon ich eigentlich sprach. Die beiden Schwestern meiner Mutter freuten sich, meine Stimme zu hören, konnten mir allerdings nicht weiterhelfen, und Großonkel Erich tourte mal wieder in der Weltgeschichte herum.

Entmutigt bestellte ich einen zweiten Cappuccino. Es gab niemanden, den ich in dieser Sache noch anrufen konnte, aber ich musste wenigstens meinen Frust loswerden, also probierte ich es bei meiner Freundin Louise. Sie war ein paar Jahre älter als ich, hatte mir vor allem durch ihre drei mehr oder weniger erwachsenen Kinder einiges an Lebenserfahrung voraus und einen wundervollen Humor, mit dem sie es immer wieder schaffte, allen Widrigkeiten zu trotzen. Glücklicherweise war sie gern bereit, das Fensterputzen auf später zu verschieben, sodass ich einfach blieb, wo ich war, und sie zu mir stieß. Als ich ihre große Gestalt unter den Schaufensterbummlern ausmachte, winkte ich ihr zu.

Louise ließ sich auf den Stuhl neben mir fallen, rollte mit den Augen und deutete auf die Tasse. »Deine wievielte ist das?«

Lachend gab ich die Nummer drei zu. Irgendwann würde ich noch an Koffeinvergiftung elend zugrunde gehen, aber das war bis auf ein gelegentliches Glas Wein das einzige Laster, dem ich mich hingab. Trotzdem konnte ich unmöglich noch einen Cappu trinken, deshalb bestellte ich zur Abwechslung einen Eisbecher.

»Gute Entscheidung«, stellte Louise fest. »Ich nehm auch einen, obwohl das hier alles nicht ganz so italienisch ist, wie es wirken soll.«

Mit den Gedanken noch bei der Kette, ignorierte ich den Einwurf und erzählte Louise von den Perlen, während wir auf das Eis warteten.

»Das ist ja ein Ding«, fand sie. »Vielleicht solltest du dich doch überwinden und mal deinen Vater fragen. Ich an deiner Stelle würde platzen vor Neugier.«

Ich seufzte auf. »Vielleicht hast du Recht. Da ist nämlich außer reiner Neugier noch was, das mich quält. Das Verrückteste weißt du ja noch gar nicht.« Damit berichtete ich von den seltsamen Vorfällen, die mit den Perlen zusammenzuhängen schienen, angefangen von dem Kribbeln in meinen Fingerspitzen über die Schlieren im Spiegel bis hin zu dem fremden Gesicht, das mir daraus entgegengesehen hatte.

Louise sah mich merkwürdig an, streckte ihre Hand aus

und befühlte meine Stirn. »Bist du sicher, dass es dir gut geht?«

»Sehr witzig!« Ich fand das alles andere als komisch, weil ich mir tatsächlich schon ein bisschen Sorgen um meinen Zustand machte.

»Durchaus nicht. Ich schätze mal, dass deine Nerven ziemlich blank liegen. Ist ja auch ganz normal, wenn man bedenkt, was du in den letzten Monaten durchgemacht hast, angefangen mit der Krankheit deiner Mutter. Du bist ja überhaupt nicht zur Ruhe gekommen, dann der ganze Stress im Job und so. Du musst das alles erst mal verarbeiten. Wieso bittest du deinen Christian nicht um eine Auszeit?«

Ich verzog das Gesicht. »Guter Rat – und das ausgerechnet von dir!« Louise war selbst kaum aus ihrer Buchhandlung wegzukriegen, wo wir uns vor etlichen Jahren bei meiner Suche nach einem Roman für ein verregnetes Wochenende kennen gelernt hatten. Dass sie an einem Samstagvormittag in einem Eiscafé saß, erklärte sich nur durch ihren Urlaub. »Dein Tipp kommt bloß ein bisschen spät. Wie's aussieht, hab ich sowieso erst mal eine ziemlich lange Auszeit.«

Zwischen den Löffeln voller Eis mit Früchten und Sahne erfuhr Louise den bitteren Rest der Geschichte. Man merkte ihr die geübte Zuhörerin deutlich an, immerhin arbeitete sie in ihrer Freizeit auch noch ehrenamtlich bei einer psychologischen Beratungsstelle. Was ich im Laufe der Jahre schon alles an Müll bei ihr abgeladen hatte, passte in keinen Abfallwagen mehr.

»Wahrscheinlich ist es falsch, aber ich kann einfach nicht mit meinem Vater reden. Jedenfalls jetzt noch nicht. Ich kriege ja schon beim Gedanken an ihn einen Tobsuchtsanfall, wie soll ich da ein vernünftiges Gespräch mit ihm führen?«

»Dann warte lieber noch ein bisschen«, meinte Louise. »Die Perlen laufen ja nicht weg – und ihr Geheimnis vermutlich genauso wenig.«

Ich nickte, genau das würde ich tun.

»Wenn du in der Zwischenzeit nicht untätig rumsitzen und auf diesen reisefreudigen Großonkel warten willst«, fuhr Louise fort, »könntest du alte Fotoalben deiner Mutter durchblättern. Vielleicht findest du da ein Bild, das sie oder sonst jemanden mit der Kette zeigt.«

Das war eine großartige Idee, und mir ging es allmählich besser. Ich kratzte den letzten Rest Soße aus meinem Becher und lehnte mich zurück. »Was hast du eigentlich vorhin gemeint mit dem Eis? Wieso ist es nicht italienisch?«

»Nicht weiter wichtig, die Inhaber sind keine Italiener.«

»Sondern?« Ich blinzelte in die Sonne und beschloss, dass heute ein entschieden besserer Tag war als gestern.

»Kroaten, glaub ich.«

»Na toll«, murmelte ich.

»Was hast du gegen Kroaten?«, fragte Louise irritiert.

»Nichts. Eigentlich. Können deine Ohren noch was aufnehmen?«

»Noch was? Sie sind geradezu begierig, schieß los!«

Ich holte tief Luft und schilderte meinen Unfall mit Safet. Als ich fertig war, sah ich deutlich, dass Louise sich das Lachen verkneifen musste.

»Was?«, fragte ich.

»Du bist verknallt!«

»Wie bitte? In *den*?«

»Na sicher. Hast du dir mal zugehört? Das muss ja ein Traumtyp sein!«

Mürrisch sah ich an Louise vorbei. »Okay, er sieht aus wie ein mazedonischer Eroberer, aber ansonsten – vergiss es! Macho!«

»Wieso mazedonisch? Ich dachte, er wäre Kroate.«

»Ist er auch. Aber fällt dir ein kroatischer Eroberer ein?«

»Nein«, gab Louise zu. »Allerdings – wenn ich so drüber nachdenke, auch kein mazedonischer.«

»Alexander der Große«, schlug ich vor.

»Darunter tun wir's wohl nicht, was? Also, dein Safet sieht aus wie Alexander der Große – und er ist dir natürlich vollkommen schnurz!«

»Ich hab nicht gesagt, dass er aussieht wie Alexander der Große. Wie sollte ich auch, ich hab keine Ahnung, wie der ausgesehen hat. Das war doch nur ein Beispiel, man hat halt so seine Vorstellungen!«

»Du protestierst ein bisschen viel, Nella, meine Liebe«, griente Louise vergnügt. »Behaupte, was du willst, Safet Vujović, Antiquitätenhändler, gefällt dir trotzdem.«

»Ja, kann schon sein, dass er mir gefällt. Zum Angucken vielleicht, aber nicht für mehr.«

»Dann lass uns mal gucken gehen.« Louise stand auf. »Ich bin echt neugierig auf Alexander den Großen. Luisenstraße, da kann man von hier ja hinspucken.«

»Ohne mich!«, wehrte ich ab.

»Wer sagt, dass du reingehen sollst? Ich will mir den Kerl jedenfalls ansehen. Ist lange her, dass ich diesen Ton in deiner Stimme gehört habe, wenn du von einem Mann erzählst.«

»Ja, und du weißt, was letztes Mal dabei rausgekommen ist«, sagte ich düster. »Ich lege keinen Wert auf eine Wiederholung. Punkt.«

8.

Ich folgte Louises Rat und versuchte es mit den Fotoalben meiner Mutter, kam allerdings damit auch nicht weiter. Obwohl sie viele Jahrzehnte zurückreichten und sogar noch Bilder ihrer Großeltern zeigten, gab es kein Foto, auf dem die Kette zu sehen war. Alles, was meine Recherchen mir einbrachten, waren wehmütige Erinnerungen.

Außer den Alben hatte ich Zeitungen und das Internet durchsucht. Nicht nach rätselhaften alten Perlenketten, sondern nach Stellenanzeigen. Angespornt vom Angebot schrieb ich zwei Bewerbungen, eine an ein Museum in Hildesheim, das eine Direktionsassistentin suchte, eine zweite an eine Galerie in Celle, bei der es um einen ähnlichen Job wie bei Christian ging. Beide Stellen beinhalteten einen recht langen Anfahrtsweg, aber sie bedeuteten auch ein festes Gehalt, ohne auf Manfred Güldens Hilfe zurückgreifen zu müssen.

Dienstag stand ich schließlich einigermaßen aufgeregt beim Juwelier in Erwartung meiner Kette. Ich brauchte meinen Abholschein nicht vorzuzeigen, offensichtlich hatten ich und die Perlen sich bei ihm eingeprägt. Er öffnete das Kästchen und hielt es mir entgegen.

»Möchten Sie sie einmal anlegen?«

Ich zuckte zurück. »Nein, danke. Ich bin sicher, Sie haben Ihre Arbeit zu meiner vollsten Zufriedenheit erledigt.«

Zwar schaute er mich verwundert an, aber er schwieg, ließ nur das Kästchen wieder zuschnappen und begleitete mich zur Kasse. Ich wartete darauf, dass er noch mehr sagen würde, irgendeine Bemerkung, die darauf schließen ließ, dass er bei der Reparatur was Ungewöhnliches bemerkt hatte. Ich wartete umsonst und wusste nicht, ob das ein gutes oder ein schlechtes Zeichen war. Mir blieb nur, mich zu bedanken und das Geschäft zu verlassen.

Meine Wohnung kam mir viel zu still vor, als ich da stand und mich fragte, was ich mit den Perlen tun sollte. Niemand außer mir schien etwas zu spüren, wenn er damit in Berührung kam. Das hieß doch wohl, dass es gar nicht an der Kette, sondern vielmehr an mir lag. Ich war einfach nur übernervös gewesen, das war alles. Mittlerweile hatte ich mich unzählige Male im Spiegel betrachtet, und nie waren dabei merkwürdige Schlieren aufgetaucht, nie hatte sich das Bild eines fremden Gesichtes über meins gelegt. Gar nichts war passiert.

Natürlich hatte ich dabei auch nie die Perlen getragen. Und der kleine Sprung oben links im Glas war mir vorher ebenfalls nicht aufgefallen.

Andererseits: Wann hatte ich mich vorher schon groß mit diesem Spiegel befasst? Der Sprung konnte seit Monaten da sein, ohne dass ich es bemerkt hätte. Ich sollte mir darüber nicht länger den Kopf zerbrechen, das war auf alle Fälle besser für mich. Und so schob ich das Holzkästchen ganz nach hinten in die Schublade, wo es bleiben würde.

Als ich die Schublade sorgsam schloss, erinnerte ich mich mit aller Deutlichkeit daran, wo genau ich das Kästchen gefunden hatte. In einem abgeschlossenen Fach der Schmuckschatulle meiner Mutter. Wie lange hatte es wohl dort verborgen gelegen? Konnte es sein, dass meiner Mutter genau dasselbe passiert war wie mir und sie die Perlen aus demselben Grund verbannt hatte?

Dann rief ich mich zur Ordnung. Schließlich hatte ich mich gerade selbst davon überzeugt, dass das alles meiner überspannten Fantasie zuzuschreiben war. Sicher hatte meine Mutter die Kette nicht absichtlich versteckt, sicher kam mir das nur so vor.

Ich brauchte Urlaub, und das hieß nicht nur keine Arbeit – über ein Überangebot konnte ich mich ja zurzeit kaum beklagen –, sondern einen echten Tapetenwechsel.

Ich warf mein Notebook an und surfte mich durch diverse Last-Minute-Angebote, die mich aber alle nicht vom Hocker rissen. Zu allem Überfluss landete ich auch noch auf einer Seite, auf der Bootstouren an der dalmatinischen Küste in den prächtigsten Farben und Tönen geschildert wurden. Gerade als ich die Seite entnervt wegklicken wollte, klingelte es an der Tür.

Vielleicht war das Louise, wir hatten uns locker für den Abend verabredet. Ich ließ das Notebook an, wir konnten ja mal zusammen gucken, welche Alternativen es gab.

Die Schritte auf der Treppe klangen allerdings eher nach einem Mann, und die Silhouette, die sich kurz darauf vor der Milchglasscheibe abzeichnete, gehörte ganz eindeutig nicht zu Louise. Ich ahnte, wer da stand, noch bevor ich öffnete. Wusste der Himmel, warum ich es trotzdem tat.

»Hallo!« Safet strahlte mich mit breitem Lächeln an. Seine ganze Erscheinung schien zu strahlen. Er trug ein enges weißes T-Shirt mit ein paar feinen roten Streifen auf der linken Seite, das seinen geradezu pervers perfekten Oberkörper betonte, dazu eine weiße Hose, deren Taschen ein paar rote Bänder zierten, die zu den roten Streifen des T-Shirts passten.

Ich hätte mir eher auf die Zunge gebissen, als zuzugeben, dass dieser Anblick mich beeindruckte.

»Entschuldige, dass ich dich einfach so überfalle, aber da du auf meinen Anruf nicht reagiert hast, habe ich angefangen, mir Sorgen zu machen. Es geht dir doch gut? Du hattest keine Probleme nach dem Unfall?«

»Du musst dir keine Sorgen machen.« Ich bemühte mich, seinen spöttischen Tonfall zu treffen, den er damals an den Tag gelegt hatte. Den, an dem ich hatte erkennen können, dass er in mir las wie in einem Buch und wusste, dass ich insgeheim annahm, er wolle sich aus der Verantwortung stehlen. »Mir geht's hervorragend. Ich habe nur leider deine Karte irgendwo verlegt und deshalb deine Telefonnummer nicht parat gehabt.«

Die Ironie entging ihm keineswegs, im Gegenteil, er beantwortete sie postwendend: »Das beruhigt mich! Nächstes Mal siehst du einfach im Telefonbuch nach. Mein Geschäft steht drin.«

Mistkerl!, dachte ich, musste aber zumindest vor mir selbst zugeben, dass meine Ausrede wirklich dumm gewesen war. »Das hätte ich getan, sobald ich dazu gekommen wäre. Ich hab nicht geahnt, dass es dermaßen eilig ist.«

Statt festzustellen, dass ich immerhin vier Tage Zeit gehabt hatte, sah er mich nur weiter amüsiert an, was mich fast genauso zur Weißglut brachte.

»Bist du so überarbeitet? Da hilft bloß eins, raus ins Leben! Ich hab hier ein Formular von meiner Versicherung, das könnten wir doch irgendwo in einem Biergarten zusammen ausfüllen, oder?«

»Tut mir Leid, ich bin verabredet«, lehnte ich ab. Das war immerhin nur halb gelogen. In diesem Moment klingelte es passenderweise schon wieder, und ich segnete Louise und ihr Timing. Gespielt bedauernd zuckte ich mit den Schultern, während ich auf den Summer drückte.

»Schade«, fand Safet, ohne jedoch sein Lächeln zu verlieren. »Könntest du mir trotzdem kurz mit diesen beiden Spalten hier behilflich sein? Dann verschwinde ich sofort, versprochen.«

Ich trat zurück und ließ ihn rein, was blieb mir anderes

übrig. Während wir noch im Flur standen, hörte ich Louise heraufkommen, die mich zur Begrüßung umarmte.

»Du, tut mir Leid, aber ich bin bloß auf dem Weg vorbeigekommen, um zu sagen, dass ich heute nicht kann. Bei unserem psychologischen Dienst ist jemand ausgefallen, und sie haben mich gebeten einzuspringen.«

Mein Herz sackte tief nach unten, gleichzeitig hörte ich ein Geräusch neben mir, das von Safet kam. Erst da bemerkte Louise, dass wir nicht allein waren. Mit einem einzigen Blick erfasste sie die Lage und nahm garantiert jede Einzelheit von Safet in sich auf, vor allem, da ich sie neulich mit einem zweiten Eisbecher bestochen und davon abgehalten hatte, seinem Geschäft einen Besuch abzustatten. »Na, dann muss ich ja kein schlechtes Gewissen haben, ich sehe, du hast schon Ersatz gefunden. Viel Spaß noch!«

Sie war schneller im Hausflur, als ich gucken konnte. Einen peinlichen Augenblick lang blieb es still, bis Safet sich räusperte. Er besaß den Anstand, nicht schadenfroh zu gucken, obwohl er mit Sicherheit wusste, dass ich gerade am liebsten einen Freundinnen-Mord begangen hätte. Ich versuchte zu retten, was zu retten war.

»Gilt das Angebot mit dem Biergarten noch?«

Es befriedigte mich sehr, Safets Erstaunen zu sehen, das er nicht rechtzeitig verbergen konnte.

»Klar«, sagte er.

»Dann geh durch ins Wohnzimmer, ich zieh mich nur schnell um.« Mit einer vagen Geste deutete ich hinter mich und zog mich ins Schlafzimmer zurück. Mein Kleiderschrank gab wenig her, das zu Safets Outfit gepasst hätte, also entschied ich mich kurzerhand für das schwarze Kleid, das ich im Funky Kitchen getragen hatte. Mit flacheren Schuhen und einer Jeans-Tasche wirkte es schön lässig.

Das Wohnzimmer war leer, und ich fragte mich, ob Safet

es sich anders überlegt hatte, doch dann hörte ich aus meinem Arbeitszimmer leise Musik. Safet saß vor meinem Notebook, aus dessen Lautsprechern eine fremdländisch klingende Musik drang, und war ganz versunken in das, was sich auf dem Display aufbaute. Ich schaute über seine Schulter und erkannte eine traumhafte Küste mit türkisblauem Meer, dessen Wasser so kristallklar war, dass man bis auf den Grund schauen konnte. Dann veränderte sich das Bild und zeigte einen beeindruckenden Festungsturm mit einer breiten geschwungenen Treppe davor. Am oberen Rand des Displays erschien Buchstabe für Buchstabe ein Satz in einer Sprache, die ich nicht verstand.

»Was heißt das?«, fragte ich.

Safet fuhr herum, brauchte aber nur eine Sekunde, um sich zu fangen. »Willkommen auf Korčula«, übersetzte er.

»Sieht toll aus«, sagte ich wahrheitsgemäß. »Ist das der Ort, aus dem du kommst?«

»Nein. Korčula ist eine Insel vor der dalmatinischen Küste. Denkst du an einen Urlaub in Kroatien oder warum interessierst du dich für diese Bootsfahrten?«

Wortlos legte ich den Kopf schief und sah Safet herausfordernd an, was er ganz richtig verstand.

»Hey, ich weiß, das ist nicht das Wohnzimmer, aber ich bin an der offenen Tür vorbeigekommen und hab gesehen, was auf dem Display war. Ich konnte einfach nicht widerstehen.«

Es gab keinen echten Grund, seine Erklärung anzuzweifeln, also nickte ich. »Ich denke generell an Urlaub, ja. Ist mir eigentlich egal, wo, Hauptsache mal raus hier.«

»Kroatien ist schön um diese Jahreszeit. Ich könnte dir ein paar Tipps geben, wenn du möchtest.«

»Ich überleg's mir, danke. Gehen wir?«

Safet stand auf, während ich das Notebook ausschaltete.

Als ich mich umdrehte, um mit ihm die Wohnung zu verlassen, spürte ich seinen Blick, der kurz über mich glitt. Ein bisschen kam ich mir vor wie bei einer Prüfung.

»Was nicht in Ordnung?«, fragte ich.

»Doch. Alles.« Da war wieder dieses breite Lächeln, von dem ich immer noch nicht wusste, ob ich es mochte oder ob es mich wütend machte.

Ich erlaubte mir einen ähnlichen Blick. »Gleichfalls.«

»Wirklich?« Safet trat einen Schritt auf mich zu. Er war mir sehr nahe, näher als mir lieb sein konnte, vor allem, weil ich zu meinem eigenen Ärger auf ihn reagierte – in einer Weise, über die ich nicht wirklich nachdenken wollte.

»Für gewöhnlich meine ich, was ich sage«, antwortete ich so kühl wie möglich, griff nach dem Hausschlüssel hinter mir auf dem kleinen Garderobenschrank und schlängelte mich an ihm vorbei zur Tür.

Am Tag zuvor war Sommeranfang gewesen, und erfreulicherweise hatten wir sogar entsprechendes Wetter, weshalb sich im Biergarten am Lister Turm eine Menge Leute tummelten. Safet und ich suchten uns einen Platz an einem der Holztische, er blieb jedoch gleich stehen, um die Getränke zu holen. Offenbar hielt er es nicht für nötig, mich zu fragen, was ich wollte, zumindest verschwendete er damit keine Zeit. Stattdessen kam er mit zwei Gläsern Wein zurück.

»Wahrscheinlich gibt's bessere Jahrgänge«, sagte er, als er meins vor mich hinstellte.

»Kennst du dich mit Wein aus?«

Safet lachte. »Ich weiß, was mir schmeckt!« Auffordernd hob er sein Glas, ich ließ meins dagegen klingen. »Auf unseren Unfall. Ich muss gestehen, dass mir schon schlimmere Sachen passiert sind, als in dein Auto zu fahren.«

»Zum Beispiel?«

»Wenn mir die besten Antiquitäten vor der Nase weggeschnappt wurden. Und ungefähr hundert andere Dinge, die ich gern vergessen möchte.«

»Apropos vergessen«, erinnerte ich ihn. »Wir wollten dieses Formular ausfüllen.«

»Stimmt.« Safet zog das zusammengefaltete Papier aus der hinteren Tasche seiner Hose, wo es seinem Aussehen nach zu urteilen schon längere Zeit verbracht hatte, und breitete es auf dem klebrigen Tisch aus. Es wirkte einigermaßen echt, und ich fragte mich, ob ich Safet vielleicht vor einigen Tagen zu Unrecht verdächtigt hatte. Er brauchte offenbar noch ein paar Angaben zu meiner Version des Unfallhergangs und die Bestätigung, dass ich keinen Arzt aufgesucht hatte, das war alles.

Nachdem das geklärt war, fing Safet an, von Kroatien zu erzählen, und ich hörte anfangs interessiert, später immer faszinierter zu. Er verstand es, seinen Erzählungen so viel Leben einzuhauchen, dass ich mir bald einbildete, die Eilenriede um uns herum sei in Wirklichkeit der Krka-Nationalpark und der Lister Turm der Marina-Turm in Split. Offensichtlich war er viel in seiner Heimat herumgekommen, in der es jede Menge kostbare Kunstschätze gab, die er anschaulich schilderte. Allerdings gab es in der Gegend auch viele eigensinnige Touristen, und wenn er deren Verhalten imitierte, brachen wir beide in Lachen aus. Aus dem einen Glas Wein wurden zwei, dann drei, und als Safet mit dem vierten zurückkam, war es an unserem Tisch so voll geworden, dass wir näher zusammenrücken mussten, damit für alle Platz war.

Ich wartete, dass Safet weiter erzählen würde, aber er schwieg und drehte sein Weinglas hin und her. Vielleicht fand er es an der Zeit, dass ich auch mal was zur Unterhaltung beitrug, was ich bisher eher sparsam getan hatte. Gerade wollte ich Luft holen und etwas sagen, da schaute Safet plötzlich hoch, genau in meine Augen, gleichzeitig streckte er die Hand aus und berührte meine. Ich hatte es geahnt, schon seit unserer ersten Begegnung, wie diese bernsteinfarbenen Augen eine Frau ansehen konnten. Trotzdem war ich auf meine Reaktion nicht vorbereitet. In mir drehte sich alles, meine Sinne spielten verrückt. Jemand musste mir einen Faustschlag in die Magengrube verpasst haben, ich bekam kaum noch Luft, und ich konnte keinen einzigen klaren Gedanken fassen. Ich konnte nur dasitzen und Safets Blick erwidern.

Safet nahm meine Hand in seine, drehte die Innenfläche nach oben und strich mit seinen Fingern sanft und sehr, sehr langsam über meine. Dabei ließ er mich keine Sekunde aus den Augen, er lächelte weder noch sagte er etwas, er sah mich einfach nur an.

Allmählich drang zu mir durch, was hier passierte, und ich war mir sicher, dass er dasselbe Spiel wahrscheinlich schon bei zig Frauen erfolgreich gespielt hatte. Es half nichts, ich konnte mich nicht dagegen wehren, ihn zu wollen. Ich war nie zuvor mit einem Mann ins Bett gegangen, den ich insgesamt kaum mehr als ein paar Stunden kannte und von dem ich nichts wusste außer seinem Namen und womit er seine Brötchen verdiente. Dann würde dies eben das erste Mal sein.

Safet las es in meinem Gesicht, er stand auf und zog mich hoch, den Wein ließen wir stehen. Auf dem Weg zurück zu meiner Wohnung sagte niemand ein Wort. Safet legte nicht den Arm um mich, stattdessen hielt er meine Hand locker umfangen, gerade fest genug, dass ich seine Berührung nicht vergaß.

Erst als ich die Haustürschlüssel aus der Handtasche kramen musste, ließ er mich los, dann folgte er mir die Treppe hinauf. Ich spürte seinen Blick in meinem Rücken. Was ich dabei fühlte, war so zwiespältig, dass ich mir selbst nicht sicher war, was eigentlich genau in mir vorging. Ich wollte ihn und hatte gleichzeitig Angst davor, weil es mir in einem lichten Moment so vorkam, als liefere ich mich nicht nur körperlich, sondern auch seelisch einem Mann aus, der mir weit überlegen war, was diese Art von Abenteuer anging. Meine Hände zitterten buchstäblich, als ich den Schlüssel ins Schloss steckte und die Tür aufstieß.

Plötzlich spürte ich Safets Hand auf meiner Schulter. Er zog mich zurück in den Hausflur, sodass ich gegen die Wand gelehnt und er vor mir stand. Uns trennte kaum ein Zentimeter, ich nahm jedes Fältchen in seinem Gesicht wahr und wünschte mir einerseits, er würde aufhören, mich so anzusehen, andererseits konnte ich nicht genug von seinen Augen bekommen. Dann fielen meine zu, weil seine Lippen meine berührten. Meine Knie gaben nach, und wenn Safet mich nicht festgehalten hätte, wäre ich an der Wand runtergerutscht. Ich schmeckte den Wein, den wir beide getrunken hatten, schmeckte seine Zunge, die meinen Mund erkundete – und die Zweifel, die ich eben noch gespürt hatte, waren mir plötzlich egal. Ein einziges Mal wollte ich nur für den Augenblick leben und mich meinen Gefühlen hingeben. Was morgen sein würde, stand auf einem anderen Blatt, das mich jetzt nicht interessierte. Jetzt war mir schwindelig vor Begehren.

Und dann ließ Safet von mir ab.

»Gute Nacht, Nella«, sagte er leise, lächelte, drehte sich um und ging die Treppe hinunter.

Ich stand da und starrte ihm fassungslos hinterher. Was willst du?, fragte eine Stimme in meinem Kopf, gerade hast du noch gedacht, er kriegt eine Unmenge Frauen so rum, jetzt will er dich gar nicht rumkriegen, und es ist auch nicht richtig!

Mit Mühe zwang ich mich, meinen Atem zu kontrollieren und endlich die Wohnung zu betreten. Ich schleuderte die Schuhe von den Füßen, ließ die Tasche achtlos zu Boden fallen. In der Küche stellte ich mich vor den offenen Kühlschrank, um die Hitze aus meinem Körper zu vertreiben. Was, zum Teufel, sollte ich bloß von Safet halten? Hatte ich ihn die ganze Zeit falsch eingeschätzt oder gehörte das eben auch noch zu seinem Spiel? Ich warf einen Blick auf die Uhr. Gleich halb zwölf. Ins Bett zu gehen – allein! – und dann auch noch einzuschlafen schien mir ein völlig irrsinniges Unterfangen. Aber die ganze Nacht vor dem Kühlschrank rumzustehen war ebenso wenig verlockend.

Allmählich gewann die Wut die Oberhand. Wie konnte Safet es wagen, mich erst so weit zu bringen, dass ich alle, aber auch wirklich alle Zurückhaltung aufgab und mich ihm geradezu an den Hals schmiss – und mich dann eiskalt mit diesem Lächeln abzuservieren?

»Nicht mit mir, mein Lieber! Glaub nicht, dass dir das noch mal gelingt!«, sagte ich zu dem Stück altem Gouda im Kühlschrank. »Du hattest deine Chance!«

Mit Schwung schmiss ich die Kühlschranktür zu und beschloss, mich unter die Dusche zu stellen und so Safets Berührungen und meine Erinnerungen daran abzuspülen, um meinen Seelenfrieden wiederzufinden.

Genau in dem Moment, in dem ich nur noch mit BH und Slip bekleidet war, klingelte es an der Tür. Wer konnte das um diese Zeit sein? Niemand wahrscheinlich, ich ignorierte den Klingelstreich. Doch es klingelte ein zweites Mal. Kurz dachte ich an Louise, die auf dem Weg nach Hause vielleicht noch Licht bei mir gesehen hatte. Da sie mich ziemlich gut kannte, ging sie wahrscheinlich nicht davon aus, dass ich am ersten besten Abend mit einem Antiquitätenhändler, der mir so gut wie fremd war, ins Bett hüpfte. Vielleicht wollte sie also einfach nur wissen, wie meine Verabredung gewesen war. Das passte mir ausgezeichnet, ich lechzte geradezu danach, meinem Zorn Luft zu machen und ihr zu erzählen, was ich von diesem speziellen Kroaten hielt!

Ich drückte auf den Summer und zog mir in der Zwischenzeit schnell meinen Morgenmantel über. Als ich in den Flur zurückkehrte, stand ich vor Safet. Er schien etwas außer Atem, als sei er gelaufen.

»Hast du was vergessen?«, fragte ich, froh, meine Stimme gefunden zu haben.

Er antwortete nicht, sondern kam auf mich zu, nahm mein Gesicht in seine Hände und küsste mich. Nicht wie vorhin langsam und sanft, sondern heftig und fordernd. Mit dem Fuß stieß er die Tür hinter sich zu und drängte mich gegen die nächste Wand. Seine Hände waren überall, fuhren unter meinen Morgenmantel, unter meinen Slip und streichelten mich, dass ich scharf die Luft einzog. Selbst wenn ich mich hätte wehren wollen, hätte ich es zu diesem Zeitpunkt nicht mehr gekonnt. Safet befreite mich aus dem Frotteemantel, seine Lippen wanderten über meinen Hals, meine Schulter und wieder zu meinem Mund.

Meine Hände zitterten wie vorhin, trotzdem schaffte ich es, ihm das Shirt über den Kopf zu ziehen und meine Finger an seinem Oberkörper entlanggleiten zu lassen, bis sie seinen Hosenbund fanden.

Ich hörte ihn aufstöhnen, als ich den Reißverschluss öffnete und ihn berührte. Dabei schien das gar nicht mehr nötig, er war bereits so erregt, dass ich mich halb unbewusst fragte, ob das Eingesperrtsein in der Hose nicht eine einzige Quälerei gewesen war.

Ich rutschte an der Wand herunter. Safet war über mir, nur kurz hatte er mich losgelassen, um sich selbst aus seiner Hose zu schälen und von irgendwoher ein Kondom zu zaubern. Er streifte mir den Slip von den Beinen, und dann war er in mir. Der Fußboden unter mir war hart, unter normalen Umständen hätte ich jeden Knochen in meinem Körper gespürt, jetzt spürte ich nur Lust, die sich steigerte, je schneller Safet sich bewegte. Ich schlang meine Beine um seinen Körper und bewegte mich mit ihm in einem vollkommenen Rhythmus, der heftiger und heftiger, schneller und schneller wurde. Wie aus weiter Ferne nahm ich seltsame Geräusche wahr, die fremd klangen, aber wohl von mir kamen oder von uns beiden.

Ich riss die Augen auf, um Safet beim Höhepunkt anzusehen, doch ich konnte mich nicht auf sein Gesicht konzentrieren, in mir herrschte ein solcher Aufruhr, dass ich nichts mehr denken, nichts mehr sehen konnte. Ich fühlte nur noch. Dann durchfuhr es mich wie eine Schockwelle. Es fing im Unterleib an und breitete sich mit unglaublicher Geschwindigkeit überall in mir aus. Es drang bis in die äußersten Enden meines Körpers, über den ich sämtliche Kontrolle verloren hatte. Safet bewegte sich noch immer in mir, bis er plötzlich innehielt, seinen Oberkörper durchdrückte und den Kopf nach hinten riss. Kurz darauf sackte er auf mir zusammen, und wir lagen lange Zeit da, eng umklammert, auf dem kalten Fußboden.

Ich hätte gern gewusst, was in Safet vor sich ging – aber ich fragte nicht, wollte das Schweigen noch nicht brechen. Stattdessen wickelte ich die Haare in seinem Nacken um meine Fingerspitzen, ließ sie los und begann von neuem. Safet blieb ruhig liegen, meine Berührung schien ihm zu gefallen. Und ich dachte, dass einfach alles richtig war.

Schließlich rappelte sich Safet doch hoch. Mit einem

schiefen Lächeln sah er mich an, den Ellenbogen auf den Fußboden gestützt.

»Ich glaub, vorhin in dem Biergarten …«, fing er an, ließ den Rest des Satzes jedoch in der Luft hängen.

Ich richtete mich ebenfalls auf, jedenfalls versuchte ich es. Meine Hand landete auf einem meiner Schuhe, die ich vor einer Ewigkeit hier hatte fallen lassen, und rutschte weg. Safet fing mich auf, und wir begannen beide zu lachen.

»Ssssschhhh!«, machte ich nach einer Weile, musste mich aber zusammenreißen. »Die Nachbarn …«

Safet lachte noch mehr. »Wir waren eben auch nicht gerade leise. Hast du eigentlich ein Bett?«

»Wo's hingehört: im Schlafzimmer. Meinst du, wir sollten den Rest der Nacht lieber da verbringen?«

»Wär ein bisschen bequemer.« Safet schaffte es aufzustehen, hielt mir seine Hand hin und half mir. Zwei Minuten später lagen wir unter der Decke.

»Was hast du eben sagen wollen?«, wollte ich wissen. »Was war vorhin im Biergarten?«

»Zaljubiosamseutebe«, murmelte Safet undeutlich. Vermutlich waren das mehrere Wörter und kein Buchstabensalat, aber für mich machte das keinen Unterschied. Ich verstand nichts davon, und nachfragen hatte keinen Sinn. An seinem regelmäßigen Atem hörte ich, dass er eingeschlafen war.

Was für ein verrückter Tag – und was für eine noch viel verrücktere Nacht! Wenn mir Louise gestern prophezeit hätte, dass ich heute mit Safet im Bett landen würde, hätte ich das weit von mir gewiesen. So nah bei ihm zu liegen, ohne dabei seinem Blick ausgesetzt zu sein, gab mir Gelegenheit, ihn ganz genau zu betrachten. Seine Züge waren fein geschnitten, um sein Kinn zeichneten sich Bartstoppeln ab, und zum ersten Mal fiel mir auf, dass sein Haar sich an der Stirn bereits zu lichten begann.

Ich streckte die Hand aus, wollte ihn berühren, doch etwas hielt mich zurück. Mein Verstand schaltete sich wieder ein. Eine Tatsache, die ich gern ignoriert hätte, aber das konnte ich nicht. Wenn ich das Ganze realistisch betrachten wollte – und das musste ich wohl –, dann bestand nun mal kein Zweifel daran, dass ich eine von vielen war, weder die Erste und erst recht nicht die Letzte in seinem Leben. Es war passiert, wir hatten beide bekommen, was wir wollten, mehr war nicht drin und auch von vornherein nicht beabsichtigt gewesen.

Ich löschte das Licht, drehte mich auf die andere Seite und schlief über meine Grübeleien ein.

9.

Als ich am nächsten Morgen aufwachte, war Safet verschwunden, ohne dass ich ihn hatte gehen hören. Ein bisschen träge setzte ich mich im Bett auf und stöhnte unwillkürlich. Wenn ich daran gezweifelt hätte, diese bemerkenswerte Nacht überhaupt erlebt zu haben, wären in dem Moment alle Zweifel wie weggeblasen gewesen, weil sich unsere Akrobatik auf dem harten Flurfußboden jetzt bemerkbar machte. Meine Wirbelsäule protestierte an einigen Stellen, als ich sie gerade biegen wollte.

Mit der Hand fuhr ich unter die Bettdecke neben mir. Kalt – das bedeutete, dass Safet schon eine ganze Zeit lang fort sein musste. Nur der Abdruck, den sein Kopf auf dem Kissen hinterlassen hatte, war noch deutlich zu sehen.

Als ich meine Beine aus dem Bett schwang, beschwerte sich mein Körper erneut, diesmal meine Muskeln. Wieso wollte ich eigentlich unbedingt aufstehen? Schließlich hatte ich nichts zu versäumen. Trotzdem machte mich die Stille plötzlich nervös, sodass ich schnell ins Wohnzimmer rüberhuschte und den CD-Player anstellte. Die letzte CD lag noch drin, doch die war mir zu sentimental, deshalb schob ich Vasco Rossi rein, dessen italienischen Rock ich ziemlich laut aufdrehte. Meine Nachbarn hatten im Gegensatz zu mir einen Job und waren längst aus dem Haus.

Mit Schwung drehte ich mich um, ließ die Tür offen und marschierte über den Flur ins Bad, wobei mein Blick zufällig in die offene Küche fiel.

Auf dem Tisch stand meine dünne hohe Glasvase, in die genau eine Rose passte. Es steckte eine drin, rot und langstielig. Die ich garantiert nicht reingestellt hatte.

Zögernd trat ich an den Tisch und entdeckte neben der Vase ein kleines weißes Kärtchen, auf dem etwas in einer Schrift stand, die ich gestern das erste Mal auf diesem Versicherungsformular gesehen hatte:

»Verlier sie nicht wieder. Und ruf mich an. Bitte.«

Ich drehte das Kärtchen um und stellte fest, dass es eine von Safets Visitenkarten war. Unwillkürlich musste ich lächeln. Dann erstarb das Lächeln auf meinen Lippen. Nein. Ich würde nicht anrufen. Ganz sicher nicht. Alles andere brächte nur Komplikationen in mein Leben, das zurzeit sowieso etwas aus den Fugen geraten war.

Außerdem ging mir auf, dass Safet meine Wohnung mit meinen Schlüsseln verlassen haben musste, um später damit wieder aufzuschließen und die Rose in der Küche zu deponieren. Das hieß, er hatte äußerst ungebeten in meiner Handtasche gewühlt.

Ich wollte auch diese Karte schon zerreißen, da blieben meine Augen an einem Wort haften: Antiquitäten. Gleichzeitig dachte ich daran, was Safet mir gestern alles über

Kunstschätze erzählt hatte und wie viel er darüber wusste. Langsam legte ich die Karte zurück auf den Tisch.

Eine Stunde später war ich angezogen und drehte das Kärtchen zwischen meinen Fingern, hin- und hergerissen, ob ich mit den Perlen meiner Mutter zu Safet gehen sollte. Wenn sie tatsächlich so alt waren, wie der Juwelier sagte, und Safet sich mit so was auskannte, konnte er vielleicht irgendwas über ihren Ursprung rausfinden.

Ich holte das Holzkästchen, verstaute es in meiner Handtasche und suchte darin erfolglos nach meinem Schlüssel. Was hatte Safet damit angestellt? Dann sah ich den Schlüsselbund auf dem Garderobenschränkchen liegen, wo ich ihn ungewöhnlicherweise gestern tatsächlich hingelegt hatte – und damit musste ich Safet Abbitte leisten.

Trotzdem war ich noch immer unentschlossen, als ich mich auf den Weg zu Susanna machte. Ich wollte dort meinen Cappuccino trinken und überlegen, was ich tun sollte.

»Du bist spät dran heute!«, begrüßte mich Susanna. »Musst du nicht zur Arbeit?«

»Nein«, erwiderte ich. »Ich bin gefeuert. Hatte ich wohl vergessen zu erwähnen.«

»Oje, das tut mir Leid. Was ist denn passiert?«

Ich gab Susanna eine Kurzfassung dessen, was zwischen Christian und mir vorgefallen war. Sie nickte verständnisvoll, dann grinste sie plötzlich. »Sag mal, kann es sein, dass du gar nicht so betrübt aussiehst, wie du solltest? Und kann es sein, dass das an einem gewissen Mann liegt?«

»Wie kommst du auf die Idee?«

Susannas Augen blitzten auf. »Weil er hier war und mir aufgetragen hat, dir das hier zu geben, falls du kommst.« Damit griff sie unter ihre Theke und zog eine Rose hervor, weiß diesmal.

Ich schüttelte den Kopf. War das nun Stil oder ein bisschen übertrieben? Egal, was es war, es gefiel mir – Louise hatte verdammt noch mal Recht. Der ganze Mann gefiel mir, das Dumme war nur, dass er das auch wusste.

Nachdem ich die weiße Rose in einer zweiten Vase zu der roten gestellt hatte, ging ich zu Fuß in die Stadt. Das Laufen und die frische Luft taten mir gut, dabei bemühte ich mich, an gar nichts Besonderes zu denken, erst recht nicht an das Wiedersehen mit Safet. Doch schließlich stand ich in der Luisenstraße, nur ein paar Schritte von seinem Laden entfernt, den ich bisher kaum wahrgenommen hatte, weil ich in dieser Preisklasse gewöhnlich nicht einzukaufen pflegte. Weder Designer-Klamotten noch Antiquitäten.

Schon von außen sah der Laden teuer aus. Die Objekte, die im großzügigen Schaufenster ausgestellt waren, reichten von alten Steinstatuen über antike Schränke, kostbares Porzellan und – auf einem Samttablett ausgelegt – Schmuck. Möglicherweise war ich also hier in doppelter Beziehung an der richtigen Adresse.

Durch die Scheibe versuchte ich, Safet auszumachen, doch ein gut gekleidetes Paar mittleren Alters bewunderte gerade eine Louis-XVI-Kommode und versperrte mir den Blick auf das Innere des Geschäftes.

Als ich eintrat, ertönte ein dezentes Glockenspiel. Ein junger Mann entschuldigte sich bei dem Paar, das offenbar noch Zeit brauchte, um sich für den Kauf zu entscheiden, und wandte sich mir zu.

»Guten Morgen, kann ich Ihnen behilflich sein?« Sein Ton war leise und sehr höflich.

»Eigentlich wollte ich zu Herrn Vujović.«

»Bedauere, Herr Vujović ist im Moment außer Haus, wird aber sicher bald zurück sein. Kann ich Ihnen helfen oder möchten Sie warten?«

»Ich warte lieber, danke.«

»Gern. Sehen Sie sich doch in der Zwischenzeit um.« Dabei breitete er einladend die Arme aus, um sich anschließend wieder dem Paar zuzuwenden, das nach wie vor debattierte.

Langsam wanderte ich an den Möbeln, den Bildern, den großen und kleinen Statuen, dem Porzellan, den Gläsern, Bestecken und auch an einigen Vitrinen mit Schmuck entlang. Das meiste, was in Safets Laden stand, traf meinen Geschmack, auch wenn ich mich nicht ausschließlich so eingerichtet hätte. Ganz hinten hing ein Bild an der Wand, das von zwei kleinen Halogenleuchten angestrahlt wurde. Ich kannte das Motiv, es war zweifellos Brueghels *Der Sturz des Ikarus,* aber irgendwas irritierte mich.

Gerade als ich versuchte herauszufinden, was es war, hörte ich es vorn im Laden unruhiger werden. Zwei Männer waren hereingekommen, die sich miteinander in der Sprache unterhielten, die ich gestern Nacht zum ersten Mal bewusst gehört, wenn auch nicht verstanden hatte.

Halb verdeckt von einer Jugendstilanrichte konnte ich Safet und seinen Begleiter ungestört beobachten. Sein Anblick löste ein Gefühl von Vertrautheit aus, das mir einerseits gefiel, andererseits trotzdem meine Vorbehalte nicht ausräumen konnte. Er war der Atmosphäre seines Geschäfts angemessen gekleidet, obwohl er auf ein Jackett verzichtet hatte. Stattdessen trug er ein weißes Hemd mit einer hellgelben Krawatte zu einer hellgrauen Anzughose. In Gedanken schüttelte ich belustigt den Kopf, als mir klar wurde, dass dieser Mann auch in einem Müllsack noch attraktiv aussehen würde.

Plötzlich drehte Safet sich um und sah mir in die Augen, als hätte er meinen Blick gespürt. Mit einer Handbewegung entließ er den anderen und kam auf mich zu.

»'Bar dan, draga.« Bisher wäre es mir nie in den Sinn ge-

kommen, irgendeine slawische Sprache erotisch zu finden. Safet belehrte mich gerade eines Besseren, während er die Konturen meines Mundes mit seinem Zeigefinger nachzog. Ich hatte natürlich keine Ahnung, was seine Worte bedeuteten, brauchte aber trotzdem alle nur denkbare Willenskraft, etwas Distanz zwischen uns zu bringen, damit ich mich auf das konzentrieren konnte, weshalb ich eigentlich gekommen war.

»Danke für die Rosen«, sagte ich.

Safet lächelte, ging aber nicht weiter darauf ein, sondern nickte zu dem Brueghel hinüber. »Du hast dir das hier angesehen? Es ist gut, oder?«

Ich wandte mich wieder dem Bild zu und konnte mich des Gedankens nicht erwehren, dass Safet das absichtlich tat, weil er wusste, was gerade in mir vorging und was seine Berührung bei mir ausgelöst hatte.

»Irgendwas ist verkehrt an dem Bild«, fasste ich meine Irritation von vorhin in Worte.

»Und was?« Safets Stimme nahm einen herausfordernden Klang an.

Ich versenkte mich ganz in das Gemälde, doch es war wie verhext, ich kam einfach nicht drauf. »Es ist alt«, fing ich trotzdem an. »Wahrscheinlich eine zeitgenössische Kopie, keinesfalls ist das künstlich nachgedunkelt worden.«

»Richtig.«

»Das heißt, es dürfte einiges wert sein.«

»Wieder richtig. Trotz des kleinen Schönheitsfehlers, den du immer noch nicht entdeckt hast. Oder bist du schon drauf gekommen?«

Ich gab auf und schüttelte den Kopf.

»Achte auf das Hemd des Mannes im Vordergrund.« Safet zeigte auf die entsprechende Stelle, um mir zu verdeutlichen, was er meinte, und endlich sah ich es.

»Die falschen Farben!«, stieß ich hervor. »Das Hemd müsste rot sein statt blau und die Segel des Schiffes dort gelblich statt braun.«

»Gratuliere! Nicht nur die Kopie ist gut, du bist es auch.«

Seufzend wehrte ich ab. »Ich hab viel zu lange gebraucht.«

»Na ja, du bist bei van Laak ja nicht für alte flämische Meister zuständig, oder? Ich kann mich nicht erinnern, dass er jemals so was ausgestellt hätte.«

Genau genommen war ich bei Christian für gar nichts mehr zuständig, aber das hatte ich bisher für mich behalten.

»Nein«, sagte ich aus irgendeinem Grund auch jetzt nur. »Ich wollte dich übrigens um was bitten.«

»Und was kann ich wohl für dich tun?«, fragte Safet, wobei er den Abstand zwischen uns wieder verringerte.

Ich zog das Kästchen aus meiner Tasche hervor und hielt es ihm entgegen. »Könntest du dir das hier mal ansehen?«

»Wir sind also geschäftlich hier?«, grinste Safet, nahm aber das Kästchen entgegen. »Lass uns in mein Büro gehen, da haben wir mehr Ruhe.«

Sein Büro war ein kleiner Raum, in dem ein Schreibtisch mit PC und ein sehr großer Stahlschrank standen. Safet trat mit dem Kästchen an das vergitterte Fenster, das auf einen Hinterhof hinausging. Ich blieb an seinem Schreibtisch stehen und sah zu, wie er es neugierig öffnete.

Ich erwartete irgendeine Frage oder einen Kommentar, stattdessen starrte Safet nur schweigend auf die Kette, bis er schließlich vorsichtig mit den Fingern darüberstrich. Für den Bruchteil einer Sekunde kam es mir so vor, als sei er bei der Berührung zusammengezuckt, aber gleich darauf wurde mir klar, dass das nur meine Einbildung gewesen war.

»Woher hast du die?« Safets Stimme klang auf einmal

so vollkommen geschäftsmäßig, dass ich es war, die fast zusammengezuckt wäre. So hatte ich ihn noch nie erlebt. Da war nichts mehr von sanftem Spott, auch nicht der leiseste Funke Humor lag in seinen Augen und erst recht kein Flirt. Was ich zu sehen bekam, war nun offenbar der Geschäftsmann Safet Vujović, und wäre ich ihm so das erste Mal begegnet, hätte ich ihn für einen attraktiven Mann gehalten und ihn anschließend vergessen. Es beunruhigte mich ein bisschen, bestätigt zu wissen, dass er seinen Charme an- und ausknipsen konnte, gerade wie es die Situation verlangte – eine Eigenschaft, die seinem Job sicherlich sehr zuträglich war und seinem Privatleben die nötige Abwechslung verlieh.

Unter seinem fragenden Blick stritt ich mit mir selbst, aber letztlich hatte ich keine Wahl: Wenn ich etwas über die Kette herausfinden wollte, musste ich schon alles von Anfang an erzählen.

Während ich berichtete, veränderte sich Safets Ausdruck wieder. Ungläubig schaute er von mir auf die Perlen, als ich zu meinem Erlebnis mit dem Spiegel kam. Dass ich die Kette dabei zerrissen hatte, verschwieg ich, ansonsten blieb ich bei der Wahrheit. Safet unterbrach mich nicht und stellte nichts infrage, vielmehr ließ er die Perlen ehrfürchtig durch die Finger gleiten.

»Das ist das Merkwürdigste, was ich je gehört habe. Und du kannst mir glauben, mir ist in den langen Jahren, in denen ich dieses Geschäft betreibe, schon allerhand zu Ohren gekommen. Nebenbei gesagt, sind mir auch schon ziemliche Märchen aufgetischt worden.«

»Du glaubst, ich belüge dich?« Mir selbst war diese Möglichkeit nie in den Sinn gekommen.

Safets Augen schienen mich zu durchbohren. »Nein«, sagte er dann. »Das würdest du nicht tun, oder, Nella?«

Statt die Bemerkung zumindest mit einer Prise Ironie zu würzen, blieb er ernst.

»Warum sollte ich so was erfinden?«, fragte ich. »Ich meine, du hast selbst gesagt, es ist reichlich merkwürdig. Wenn ich also vorhätte, dich reinzulegen, hätte ich mir ja wohl was Überzeugenderes ausgedacht.«

Safet lachte und verwandelte sich dadurch von einer Sekunde auf die andere wieder in den Mann, den ich bisher gekannt hatte. »Sei nicht sauer, ich glaube dir ja!«

»Das beruhigt mich«, sagte ich spöttisch. »Und was meinst du nun also zu der Kette? Ist sie alt? Oder wertvoll?«

»Beides, Nella. Das hier ist schätzungsweise 16. Jahrhundert, mach dir mal bewusst, was das heißt: Die Kette wurde vor fast fünfhundert Jahren angefertigt – fünfhundert Jahre! Deine Mutter war sehr leichtsinnig, die Perlen einfach so in ihrem Schmuckkasten statt in einem Safe aufzubewahren.«

Ich nickte. Das passte zu dem, was der Juwelier gesagt hatte. »Wirklich 16. Jahrhundert?«, fragte ich trotzdem noch mal nach. »Sicher nicht später?«

Safet nahm eine Lupe von seinem Schreibtisch und ging ein zweites Mal mit der Kette zum Fenster. Er drehte die Perlen zwischen den Fingern, betrachtete sie und den Verschluss gründlich, bis er sich schließlich nach fünf Minuten wieder aufrichtete. »Ich würde sagen nein. Allerdings ist sie nicht mehr im Originalzustand, das Band, auf dem die Perlen aufgezogen sind, wurde erneuert. Das ist noch nicht allzu lange her und leider recht dilettantisch gemacht, obwohl man immerhin versucht hat, die Perlenseide zu retten. Aber das geht besser.«

Dann war es wohl an der Zeit zu beichten, woran das lag. »Sie ist mir gerissen.«

»Dir? Wie ist das denn passiert?« Das klang fast vorwurfsvoll.

»Bei der Sache vor dem Spiegel. Ich war so furchtbar nervös und bekam sie nicht auf, also hab ich ein bisschen dran gezerrt.«

Safet wusste sichtlich nicht, ob er entsetzt sein oder Mitleid mit mir haben sollte. »Du hättest damit gleich zu mir kommen sollen.«

»Zu dem Zeitpunkt kannten wir uns noch nicht … so gut.«

Um seinen Mund zuckte es. »Verstehe!«

Abgesehen vom Alter interessierte mich etwas anderes an der Kette noch weitaus mehr. »Woher stammt sie?«

»Mittelmeerraum, denke ich, möglicherweise Spanien.«

»Wie kommst du darauf?«

»Die goldene Perle ist ungewöhnlich groß, es gibt nur wenige Gegenden auf der Welt, wo man so was findet, eine davon liegt vor der Küste Venezuelas. Im 16. Jahrhundert haben die Spanier da ziemlich gewütet, besonders auf den Perlenbänken bei der Isla Margarita und bei Cabagua, und dann ihre Ausbeute nach Europa verschifft. Auf Auktionen sind die Perlen weggegangen wie eure sprichwörtlichen warmen Semmeln, es gibt also keine Garantie dafür, dass die Kette tatsächlich direkt in Spanien gefertigt wurde.«

»Könntest du's rausfinden? Genau, meine ich?«

»Ich kann's versuchen.« Safet machte eine kleine bedeutungsvolle Pause. »Dafür müsstest du sie mir allerdings für eine Weile überlassen.«

Das hätte mir klar sein müssen. Als ich es jedoch in Worte gefasst hörte, war ich mir plötzlich nicht mehr sicher, ob ich das wollte. Wie so oft, erriet Safet auch diesmal, was ich dachte.

»*Draga!* Ich werde mich damit schon nicht in Luft auflösen – schließlich hab ich ein Geschäft, um das ich mich nebenbei auch noch kümmern muss. Du weißt also, wo du mich findest.«

»Ich hab nicht …«, wollte ich protestieren.

Safet lachte auf. »Doch, du hast. Aber es ist deine Entscheidung.«

Bevor ich die treffen konnte, wurden wir von dem Mann unterbrochen, der vorhin zusammen mit Safet den Laden betreten hatte. Er stieß einen Schwall Sätze hervor, die mir vollkommen unverständlich blieben. Ich schaute zu Safet hinüber, der zu den Ausführungen des Mannes nickte und dann etwas erwiderte, von dem es mir kaum gelang, Wörter auseinander zu halten.

»Da, slažem se. Sad' ću.«

Während sich der Mann aus dem Büro zurückzog, bemühte ich mich, mir die Aussprache zu merken. Dabei nahm ich mir vor, ein kroatisches Wörterbuch zu besorgen, mit dessen Hilfe ich Safets Worte vielleicht wenigstens halbwegs übersetzen konnte.

»Tut mir Leid, Nella, ich will dich wirklich nicht rauswerfen, aber ich muss was Wichtiges erledigen.« Das war wieder Safet, der Geschäftsmann. Und obwohl er das Gegenteil beteuerte, beschlich mich das Gefühl, er wollte mich sehr wohl loswerden. Dann lächelte er, als sei ihm bewusst geworden, einen Fehler gemacht zu haben.

»Bin schon weg«, sagte ich. »Bitte behalt die Kette, ich wär dir dankbar, wenn du was über sie rausfinden könntest.«

»Alles klar. Ich melde mich bei dir. Lass mir ein bisschen Zeit, ja, *draga?*« Safet beugte sich zu mir herüber und streifte meine Lippen mit einem flüchtigen Kuss, dann bugsierte er mich geschickt aus seinem Büro, wobei er mir zum Abschied noch mal zuzwinkerte.

Zeit wofür?, dachte ich. Um dich wegen der Perlen zu erkundigen oder um dich bei mir zu melden?

10.

Zwei Tage vergingen, in denen ich nichts von Safet hörte. Ich war nicht weiter beunruhigt, obwohl ich mich schon fragte, weshalb auf einmal von seiner Seite so völlige Funkstille herrschte. Es ließ sich nicht bestreiten, dass ich dauernd an ihn denken musste und das nur sehr wenig mit den Perlen zu tun hatte. Ich sehnte mich nach ihm, nach seinem Blick und nach seiner Berührung. Es hatte mich offenbar mehr erwischt, als ich selber wahrhaben wollte. Trotzdem wäre ich eher gestorben, als diejenige zu sein, die ihn zuerst anrief.

Also wartete ich und verbrachte die Zeit damit, in meinem neu erstandenen Wörterbuch und meinen Sprachführern zu schmökern und ein paar Sätze zu lernen. Es gelang mir sogar mit sehr viel Mühe, zumindest den ungefähren Sinn dessen zu erahnen, was er zu dem Mann in seinem Laden gesagt hatte. Er war mit irgendwas einverstanden gewesen und wollte irgendwas sofort tun. Jedenfalls war das meine Interpretation, die immerhin einigermaßen zu Safets anschließendem Handeln passte. Die kroatische Sprache hatte ein paar Tücken, es fiel mir schwerer als sonst, Worte und Wortstämme abzuleiten, wenn ich durch die Bücher blätterte.

Außerdem hatte er mich mehrmals *draga* genannt, und das bedeutete, je nachdem, welchen Sprachführer ich zu Rate zog, entweder Liebste, Liebe oder Liebling.

Louise hatte sich zwischenzeitlich erkundigt, wie denn mein Abend verlaufen sei. Sie war ein bisschen entsetzt – nicht darüber, dass ich in meinem Flur Sex mit Safet gehabt hatte, sondern eher darüber, dass ich ihm gleich am nächsten Tag meine extrem alte und extrem wertvolle Perlenkette anvertraut hatte.

»Der Mann muss ja wirklich was ganz Besonderes sein«, stellte sie fest.

»Ist er schon, ja«, gab ich zurück und war froh, dass wir nur telefonierten, weil mir gerade in Erinnerung an gewisse Dinge die Hitze ins Gesicht stieg.

»Dann hoffe ich, seine Vertrauenswürdigkeit entspricht seinen Fähigkeiten als Liebhaber.«

Das hoffte ich auch. Es schien allerdings, als trüge unser beider Hoffnung. Das Wochenende ging ins Land, und es war, als hätte es Safet in meinem Leben nie gegeben. Allmählich wurde ich nervös. Meine Sehnsucht hatte sich in Wut verwandelt, und ich war nicht gewillt, noch länger stillzuhalten und einfach abzuwarten, bis er geruhte, wieder aufzutauchen.

Entsprechend seiner Bitte hatte ich seine Karte nicht verloren und auch nicht zerrissen wie die erste. Sie steckte wohl verwahrt in meinem Portemonnaie, aus dem ich sie am Montag schließlich zog und die Nummer seines Ladens wählte.

»Vujović Antiquitäten, was kann ich für Sie tun?«, ertönte eine Stimme, die jedoch eindeutig nicht Safet gehörte, sondern vermutlich dem jungen Mann, der mich auch damals im Geschäft angesprochen hatte. Auf meine Frage nach Safet bekam ich nur eine unbefriedigende Auskunft.

»Herr Vujović ist unterwegs, aber wenn Sie Ihre Nummer hinterlassen, ruft er Sie bestimmt zurück.«

Ich dankte und legte auf. Die gleiche Aussage bekam ich bei weiteren Versuchen in den nächsten Tagen noch öfter zu hören – und während ich sie zuerst geglaubt hatte, nagten bald zunehmend Zweifel an mir. Inzwischen hatte ich mich sogar überwunden und seine Handynummer angerufen, aber Safet musste eine Rufumleitung auf sein Geschäft geschaltet haben, ich bekam jedes Mal nur wieder den allmählich immer ungeduldiger werdenden Angestellten ans Ohr. Was die Ungeduld anging, nahmen er und ich uns rein gar nichts, und Donnerstag, über eine Woche nachdem ich Safet die Kette anvertraut hatte, war ich dermaßen geladen, dass ich persönlich in der Luisenstraße auflief. Trotz seiner Ausflüchte war ich felsenfest davon überzeugt, dass er wissen musste, wo Safet steckte, um ihn zumindest erreichen zu können, falls es mal brannte. Was dagegen mich betraf, hatte ich leider feststellen müssen, dass Safet grundsätzlich nur aus seinem Geschäft und seinem dämlichen Handy zu bestehen schien. Im Telefonbuch tauchte er jedenfalls weder mit einer Nummer noch mit einer Adresse privat auf.

Dem jungen Mann war es jetzt doch ein bisschen peinlich, mir gegenüberzustehen. Dennoch bewahrte er Haltung und bedauerlicherweise auch Standhaftigkeit.

»Es tut mir wirklich außerordentlich Leid, Frau Simon«, sagte er, was ich bezweifelte, »aber es gibt wirklich nichts, das ich für Sie tun kann. Ich bin nicht befugt, über die Termine von Herrn Vujović Auskunft zu geben.«

So viel zum Thema, ich wüsste ja, wo ich ihn finden könne. Unentschlossen stand ich draußen vor dem Schaufenster und verachtete mich für meine Naivität.

»Seronja«, murmelte ich vor mich hin, obwohl ich es Safet am liebsten sehr laut ins Gesicht gesagt hätte. Mein Sprachführer hatte vor dem Gebrauch von Wörtern wie diesem ausdrücklich gewarnt, aber natürlich prägten sich gerade Schimpfworte besonders gut ein. *Scheißkerl* schien mir jedenfalls in diesem Zusammenhang sehr passend.

Das alles änderte nichts an den Tatsachen: Safet blieb verschwunden. Mit meiner Perlenkette.

Abgesehen von Safets Abtauchen gab es noch eine Kleinigkeit, die mir mehr und mehr im Magen lag, nämlich meine berufliche Zukunft. Die Bewerbung nach Hildesheim hatte ich postwendend zurückbekommen mit der Bemerkung, man habe sich für eine andere Kandidatin entschieden. Immerhin zeigte sich die Galerie in Celle interessiert, und so konnte ich mich mit einem Bewerbungsgespräch und der Fahrt dreißig Kilometer in Richtung Norden wenigstens mal ablenken. Das Ergebnis war jedoch eher entmutigend. Die Chemie zwischen der älteren Dame, die die Galerie leitete, und mir stimmte von Anfang an nicht, es hätte Mord und Totschlag mit uns beiden gegeben, immerhin darüber waren wir uns schnell einig.

Was Manfred Gülden betraf, hatte ich mich noch nicht dazu durchgerungen, mich bei ihm zu melden. Die Voraussetzungen hatten sich verändert, schließlich war es nicht mehr so, dass ich die Nase voll von Christian hatte, sondern ich saß auf der Straße und brauchte einen Job. Ich hasste es, um Almosen zu bitten.

Bei einem späten Frühstück, das nur aus Kaffee bestand, weil ich in letzter Zeit irgendwie unter Appetitlosigkeit litt, blätterte ich in der Zeitung und sah die Stellenanzeigen durch, um weitere Alternativen aufzutun. Leider gab es nur sehr wenige. Schlecht gelaunt fegte ich die Zeitung vom Tisch und hätte fast noch meinen Kaffeebecher mit auf den Boden befördert. Mitten in mein Aufstöhnen klingelte es an der Tür. Die Post war schon durch, wer also wollte an einem Samstag um diese Zeit was von mir?

Einen Augenblick lang gab ich mich der Hoffnung hin, es könne Safet sein, doch ich hatte den Gedanken noch nicht ganz zu Ende gedacht, als ich schon über mich selbst den Kopf schüttelte. Trotzdem war ich überrascht, als ich den Mann erkannte, der die Treppe hochkam.

»Christian? Was tust du denn hier?«

Christian hob die Brauen. »Nette Begrüßung.«

»Was hast du erwartet? Dass ich dir nach meiner Kündigung um den Hals falle? Nachdem du nicht mal den Mumm hattest, mir das persönlich zu sagen?«

»Wohl kaum. Kann ich trotzdem kurz reinkommen?«

»Bitte.« Ich trat zur Seite und ließ ihn eintreten. »Was kann ich für dich tun? Findest du keinen Ersatz für mich?«

»Ich glaube, du überschätzt dich ein bisschen. Deine Nachfolgerin hat längst angefangen. Sie macht sich recht gut.«

»Wie schön für dich.«

»Allerdings. Und was dich betrifft, könntest du vielleicht dafür sorgen, dass dir deine Privatpost nicht mehr an meine Galerie zugestellt wird?«

»Wie bitte?« Soweit ich wusste, hatte ich deswegen bereits alles in die Wege geleitet. Es gab ohnehin nicht viel, was ich mir an Christians Adresse hatte liefern lassen.

Christian hielt mir einen braunen Umschlag entgegen. »Das hier kam heute bei uns an. Ich hab ihn aufgemacht, weil ich dachte, es wär was, das die Galerie betrifft.«

Ich nahm den Umschlag, ohne weiter darauf zu sehen. »Danke. Du hättest das aber ruhig mit der Post schicken können, statt dir die Mühe zu machen, extra herzukommen.«

»Ich war sowieso gerade in der Gegend«, relativierte Christian seine Anstrengungen. »Außerdem wäre es Montag ja wohl zu spät gewesen. Was willst du eigentlich ausgerechnet da? Wusste gar nicht, dass dich das interessiert.«

»Was?«, fragte ich verständnislos und sah nun doch auf meine Post, deren Absender ein Reisebüro war.

»Na ja, ist deine Sache. Viel Spaß dann im Urlaub.«

Christian drehte sich auf dem Absatz um und ließ die Tür hinter sich ins Schloss fallen.

Mit fliegenden Fingern zog ich ein Bündel Papiere aus

dem Umschlag: ein Bestätigungsschreiben des Reisebüros – keine Rechnung, wie ich sofort bemerkte – und ein Flugticket. Ausgestellt auf meinen Namen für einen Flieger, der Hannover um zehn vor sechs am nächsten Morgen verlassen würde. Nach Dubrovnik.

11.

Als ich das Taxi zum Flughafen rief, fragte ich mich zum x-ten Mal, weshalb ich mich eigentlich auf diese Sache einließ. Die Antwort hieß wohl, ich hatte sowieso nichts Besseres zu tun. Das allerdings konnte Safet kaum wissen, sonst hätte er dafür gesorgt, dass das Reisebüro mir die Post nach Hause schickte. Er musste schon sehr von sich überzeugt sein, wenn er glaubte, ich würde einfach alles stehen und liegen lassen und springen, sobald er rief, noch dazu ohne irgendeinen erklärenden Satz von ihm. Perlen hin oder her. Na ja, genau genommen, dachte ich zynisch, hätte ich wahrscheinlich alles stehen und liegen lassen. Kündigung hin oder her.

Ich hatte die Nacht nur wenig geschlafen und die Zeit damit verbracht, mir auszumalen, was ich Safet alles an den Kopf werfen würde, wenn ich ihm erst gegenüberstand – nur um mich hin und wieder zu fragen, auf wen ich eigentlich wütender war, auf ihn oder auf mich. Der Taxifahrer merkte mir an, dass meine Stimmung auf dem Nullpunkt angelangt war, jedenfalls sah er nach einem einzigen Versuch von einer Unterhaltung ab.

Im Flugzeug holte ich ein bisschen Schlaf nach, obwohl sich das kaum lohnte, weil wir bereits knappe zwei Stunden später in Dubrovnik landeten. Ich saß auf der linken Seite im Flieger, und als ich aus dem Fenster sah, schaute ich auf so was wie ein beängstigendes Niemandsland, da waren nur Gestrüpp neben der Landebahn und karge Berge im Hintergrund. Das moderne Flughafengebäude bemerkte ich beim Aussteigen, und es entsprach überhaupt nicht meinen Erwartungen. Alles war neu, aus viel Glas und Metall und passte sich erst auf den zweiten Blick in die Umgebung ein.

Drinnen fiel mein Blick auf ein Hinweisschild, das international das stilisierte Bild einer Frau zeigte. Ich folgte dem Schild und stand bald im Vorraum der Toilette, wo ich mir beim Händewaschen im riesigen Spiegel ins Gesicht sah. Dabei dachte ich darüber nach, dass ich mich möglicherweise lächerlich machte, wenn ich Safet gleich anblaffte. Ich wusste nicht, was in der Zwischenzeit geschehen war, vielleicht gab es für alles eine gute Erklärung, die ich abwarten sollte. Obwohl es meiner Meinung nach keine dafür gab, sich nicht wenigstens mal bei mir gemeldet zu haben. Trotzdem beschloss ich, mir nichts anmerken zu lassen. Falls mir das gelang.

Schließlich stellte ich mich in eine der mittlerweile kürzer gewordenen Schlangen bei der Passkontrolle. Natürlich war es die falsche, vor mir stand eine junge Frau, die penibel befragt wurde. Zwar konnte ich die Worte nicht übersetzen, aber in mir stieg der dunkle Verdacht auf, dass das hier keine Kroatin war, wie ich wegen der Sprache zunächst vermutet hatte, sondern womöglich eine Serbin. Der Bürgerkrieg lag noch nicht lange genug zurück, als dass das Verhältnis zwischen Kroatien und Serbien sich vollkommen normalisiert haben konnte. Irgendwann jedoch gab sich die Kontrolleurin mit den Antworten zufrieden, und kurz darauf stand ich in der kleinen Ankunftshalle, wo ich mein Gepäck vom Laufband zog und mich dann umsah.

Vielleicht hätte ich nicht davon ausgehen sollen, dass Safet mich abholte, aber wenn er es nicht selbst tat, würde er ja wohl wenigstens jemanden schicken. Von den paar Wartenden hielt allerdings niemand ein Schild mit meinem Namen darauf hoch.

»Hallo, Nella!«

Ich fuhr herum.

Das war Safet und doch auch wieder nicht. Er musste schon länger hier sein, die Sonne hatte seine Haut gebräunt, um seinen Mund und sein Kinn lag ein dezenter Bart, seine Augen funkelten. »Willkommen in Kroatien. Schön, dass du da bist!«

»'Bro jutro«, erwiderte ich, so locker ich konnte. Das war, wie ich meinem Sprachführer entnommen hatte, ein lässiges Guten Morgen.

Ganz kurz nur verschwand das Funkeln aus Safets Augen. Seinem Lächeln schien plötzlich aller bewusst eingesetzte Charme zu fehlen, stattdessen strahlte es echte Wärme aus. Er nahm meine Hände in seine. *»Kako si?«*

Ich wusste selbst nicht genau, wie's mir ging. Ich wusste nur, dass ich meinen Ärger und die Perlen dazu für den Moment komplett vergessen hatte. Wie konnte mir so was Blödes bloß passieren?

»Dobro, hvala«, sagte ich trotzdem.

»Das ist gut. Ich hatte schon Bedenken, dass du wütend bist, weil ich mich entgegen meinem Versprechen doch kurzzeitig in Luft aufgelöst habe.« Der Augenblick war vorüber, Safets leiser Spott zurückgekehrt.

Wenn du wüsstest, dachte ich. Laut sagte ich was anderes. »Kein Problem. Ich bin nicht davon ausgegangen, dass du wegen meiner Perlenkette einfach abhaust und dein Geschäft auf alle Ewigkeit im Stich lässt.«

»Dein Vertrauen ehrt mich«, meinte Safet und deutete

eine Verbeugung an. Ganz langsam ließ er meine Hände los, wie damals im Biergarten, als würde er jede Sekunde unserer Berührung auskosten. Dann nahm er meinen Koffer hoch. »Hast du im Flieger gefrühstückt?«

Die Stewardess war mit Kaffee und Brötchen rumgekommen, aber ich hatte nichts davon angerührt. Obwohl ich nach wie vor keinen Appetit verspürte, schüttelte ich wahrheitsgemäß den Kopf.

»Geht mir genauso«, stellte Safet fest. »Lass uns in die Stadt fahren und das nachholen.«

Auf dem Parkplatz ging Safet vor und blieb vor einem Wagen stehen, den ich schon in Hannover eher mit ihm in Verbindung gebracht hätte: ein sportliches Cabrio – allerdings auch das ein Audi in Silbermetallic –, dessen Verdeck er herunterließ. Die Sonne schien schon, der Himmel war blau, sicher würde es sehr warm werden.

Ohne ein weiteres Wort fuhr er los. Er redete auch während der Fahrt nicht viel, sondern schaltete nach einer Weile den CD-Player ein. Ich mochte die Stimme des Sängers, auch wenn ich keine Ahnung hatte, was er sang. Es klang ein bisschen sentimental.

»Wer ist das?«, fragte ich, auch um das Schweigen zu brechen.

»Gibonni. Mächtig berühmt bei uns. Gefällt's dir?«

»Sehr. Wovon singt er denn?«

Für einen Moment nahm Safet seinen Blick von der Straße und sah zu mir herüber, bevor er antwortete. »Seitdem sie ihn nicht mehr liebt, hat sein Herz die Farbe des Regens am Himmel, und von seinem Leid hat selbst das Meer Falten bekommen.«

»Meine Güte«, entfuhr es mir.

»Ziemlich kitschig, was?«, lachte Safet.

»Kann man wohl sagen.« Das Lied war gerade zu Ende,

die ersten Takte des nächsten klangen schon fetziger. »Und das hier?«

»Oh, das …« Safet machte eine kleine Kunstpause. »Es heißt *Život me umorio*«, sagte er dann, gab aber keinen weiteren Kommentar dazu ab.

Irgendwie hatte ich das Gefühl, er wollte mich auf die Probe stellen, doch obwohl ich mir in etwa vorstellen konnte, dass das drei Worte waren und vielleicht noch, wie sie sich möglicherweise schrieben, war ich ohne mein Wörterbuch aufgeschmissen. Trotzdem wagte ich einen Schuss ins Blaue.

»Es klingt gar nicht nach so was Traurigem wie dem Tod.«

Safet hob die Brauen. Offenbar hatte ich ihn überrascht. »In welcher Geschwindigkeit hast du Kroatisch gelernt, Nella?«

Sah so aus, als hätte ich ganz gut geraten, dabei hatte ich nur versucht, aus den letzten Silben etwas abzuleiten, das ich kannte. *Umorio* schien Ähnlichkeit mit dem italienischen *morire* zu haben, was sterben hieß. Ich gönnte mir ein Lächeln, das alles oder nichts bedeuten konnte, und schwieg.

Dann tauchte plötzlich weit unter uns das Meer auf, vereinzelt waren von der Küstenstraße Inseln oder Halbinseln zu sehen. Ich musste wohl einen Laut von mir gegeben haben, denn Safet drosselte das Tempo.

»Der Ausblick ist nicht übel, oder?«

»Einzigartig«, stimmte ich zu, dabei konnte ich meine Augen kaum abwenden. »Ich liebe das Meer, und wenn ich es nicht mindestens einmal im Jahr zu sehen kriege, leide ich an extremen Entzugserscheinungen.«

»Warte noch ein bisschen, dann kannst du auf Dubrovnik runtersehen. Wenn du hiervon schon begeistert bist, wird dich das umhauen.«

Die nächsten Kilometer legten wir der Musik zuhörend zurück. Obwohl ich daran dachte, ihn endlich nach den Perlen zu fragen, zögerte ich, weil es der falsche Zeitpunkt zu sein schien. Ein paarmal warf ich möglichst unauffällig einen Blick hinüber zu Safet, der sich mittlerweile eine Sonnenbrille aufgesetzt hatte, die man trotz der noch frühen Stunde durchaus schon gebrauchen konnte. Er ließ mich einfach in Ruhe die Aussicht genießen und konnte offenbar auch ganz gut ohne Reden auskommen.

»Jetzt«, sagte er schließlich und deutete mit einer Kopfbewegung an, ich solle nach links sehen.

In der Ferne breitete sich Dubrovnik aus, und Safet hatte vorhin mit keiner Silbe übertrieben. Der Anblick war überwältigend.

Als ich am Morgen meine Wohnung verließ, hatte ich keinerlei Vorstellungen von der Stadt gehabt. Sicher hätte ich mir trotz der knapp bemessenen Zeit zwischen dem Erhalt des Tickets und dem Abflug schon ein bisschen was im Internet ansehen können, aber tatsächlich war ich viel zu sehr damit beschäftigt gewesen, über Safet nachzudenken. Deshalb traf mich das hier völlig unvorbereitet.

Man vergaß, dass es außerhalb der ins Meer ragenden Altstadt, die von einer gewaltigen Festungsmauer umgeben war, sicher auch noch das moderne Dubrovnik gab, das von hier oben überhaupt keine Rolle zu spielen schien. Je näher wir kamen, desto deutlicher wurden der Hafen, die unzähligen roten Dächer, die Türme und Kirchen.

12.

Irgendwann ging die Straße bergab, und das Panorama verschwand aus meinen Augen. Es dauerte nur noch kurze Zeit, bis Safet schließlich auf einen Parkplatz neben der Stadtmauer fuhr. Nachdem er den Wagen abgeschlossen hatte, griff er noch immer schweigend nach meiner Hand und hielt sie fest, während wir ein Stück die Straße hinuntergingen, auf eine Steinbrücke zu, an deren Ende zwischen den Festungswällen ein riesiger halbrunder Turm mit Schießscharten und einem offenen Tor zu sehen war.

»Ich glaube, ich hätte mich schon eher mit diesem Teil der Welt beschäftigen sollen«, brach ich die Stille zwischen uns. »Das da sieht faszinierend aus.« Dabei zeigte ich auf das Tor, über dem in einer Nische die weiße Figur eines Mannes in Bischofstracht stand.

»Das ist das Pile-Tor«, erklärte Safet. »Und das da drüber Sveti Vlaho – der Heilige Blasius. Er trägt die Stadt auf der Hand, siehst du?«

Wir waren stehen geblieben und sahen hinauf zu der Figur, die tatsächlich ein Modell Dubrovniks in der linken Hand hielt.

»Willst du wissen, weshalb Sveti Vlaho der Schutzpatron der Stadt geworden ist?«

»Die Wahrheit oder die Legende?«

»Wen interessiert die Wahrheit?« Safet lächelte viel sagend, dirigierte mich zu der an der Mauer der Brücke entlangführenden Steinbank und setzte sich. »Also, das war so: Vor vielen, vielen Jahrhunderten hatten sich die Venezianer mal wieder in den Kopf gesetzt, Ragusa mit ihrer Flotte zu erobern, dieses Mal sollen es immerhin dreißig Galeeren gewesen sein. Glücklicherweise erschien aber eines Nachts einem Pfarrer der Heilige Blasius im Traum, der ihm den Plan der Venezianer verriet. Die Ragusaner konnten deshalb den Überfall verhindern und machten Sveti Vlaho aus Dankbarkeit zu ihrem Schutzheiligen. Du wirst hier überall auf ihn treffen.«

»Eine hübsche Geschichte«, fand ich. »Aber wieso sagst du Ragusa statt Dubrovnik?«

»Weil die Stadt erst seit dem Ende des Ersten Weltkriegs Dubrovnik heißt. Früher hieß sie Ragusa, und das war nebenbei gesagt nicht nur eine Stadt, sondern mitsamt den weitläufigen Gebieten drum herum eine freie Republik, eine See- und Handelsmacht, die es mit Venedig aufnehmen konnte und ihm zeitweise durchaus ebenbürtig war. Ragusa hat im Lauf der Jahrhunderte unter dem so genannten Schutz vieler Mächte existiert – Venezianer, Ungarn, Türken –, aber die Republik wusste genau, wie sie damit umzugehen hatte und was sie zu zahlen bereit war, um die ganze Zeit über trotzdem ihre Privilegien zu sichern und in Ruhe gelassen zu werden. Jedenfalls bis der Großkotz Napoleon fand, er müsse das ändern, und hier einmarschierte.«

Safet streckte die Beine aus und verschränkte die Arme hinter seinem Kopf. Dabei schaute er zu Sveti Vlaho hinauf, und endlich begriff ich.

»Du bist hier geboren.«

Eine Weile betrachtete Safet die Heiligenstatue, bis er schließlich nickte. »Meine Mutter kommt aus Mazedonien und hat mir meinen nicht gerade typisch kroatischen Namen verpasst, aber Dubrovnik ist meine Heimat.«

Mazedonien? Das konnte nicht wahr sein! Da war er also tatsächlich, der mazedonische Eroberer aus dem Geplänkel zwischen Louise und mir. Manchmal gab es schon komische Zufälle.

Safet bemerkte nichts von meiner Verblüffung, weil er

mit den Gedanken schon woanders war. »Und jetzt lass uns frühstücken!« Er zog mich hoch und führte mich durch das Pile-Tor.

Ich hätte erwartet, von einem Schritt zum nächsten mitten im Treiben zu sein, doch stattdessen war da eine zweite dicke Mauer, zu der wir zwei Treppen hinunterstiegen und erst dann durch einen weiteren Toreingang wirklich die Altstadt betraten. Dubrovnik von oben zu sehen war etwas ganz anderes, als tatsächlich hier zu sein. Staunend blieb ich stehen.

»Das ist der Stradun«, erklärte Safet und wies eine der beeindruckendsten Straßen hinunter, die ich je gesehen hatte. Fast erinnerte sie an einen in die Länge gezogenen Platz.

Die Steinplatten auf dem Boden sahen aus, als hätte es gerade geregnet. Sie schienen spiegelglatt, obwohl keine einzige Pfütze zu erkennen war, also konnten sie nicht wirklich nass sein. Sie waren wohl nur über Jahrhunderte hinweg von unzähligen Schritten poliert worden. Die Fassaden der Häuser aus großen hellen Steinquadern zeigten gerade in ihrer Schlichtheit eine absolute Eleganz. Überall waren dunkelgrüne Fensterläden angebracht, unten befanden sich kleine Geschäfte, die heute, am Sonntag, geschlossen hatten, und weiter hinten Cafés, vor denen schon Tische und Stühle standen.

»Das haben die gut wieder hingekriegt, was?«, meinte Safet neben mir.

»Das war alles zerstört?« Fassungslos schaute ich nach links und rechts. Es sah so echt alt aus, dass ich mir überhaupt nicht vorstellen konnte, wie man das bewerkstelligt hatte.

»Ziemlich. Die Fassaden mussten jedenfalls vollkommen erneuert werden. Nur für die Kunsthistorikerin: Ursprünglich war das hier alles Gotik und Renaissance, und obwohl nach der Zerstörung eigentlich eher Barock angesagt war, hat man beim Wiederaufbau bis auf ein paar kleine Details weit gehend auf Verschnörkelungen verzichtet. Was zugegebenermaßen zum größten Teil daran lag, dass die Festungsanlagen wichtiger waren und man das Geld lieber da reinsteckte.«

»Festungsanlagen?«, wiederholte ich verständnislos. »Und was wollte man hier nach dem Krieg mit Barock?«

Safet runzelte die Stirn, bis ihm aufging, dass ich ihn missverstanden hatte. »Nein, ich meinte nicht den Krieg.« Er machte eine winzige Pause, in der sich sein Ausdruck verdüsterte. »Obwohl Dubrovnik sehr viel abbekommen hat. Irgendwann müssen wir auf die Stadtmauer, dann wirst du das deutlich sehen. Jedes Dach, das neu gedeckt ist, bedeutet ein zerstörtes Gebäude. Es gibt viele neue Dächer hier.« Wieder eine kleine Pause, dann sprach er in lockerem Ton weiter. »Aber was ich eben meinte, war das Erdbeben im Jahr 1667. Damals lebten hier zwanzig- bis dreißigtausend Menschen, die meisten davon wurden getötet oder schwer verletzt, und fast die ganze Stadt ist vernichtet worden.«

Trotz der wärmenden Sonnenstrahlen bekam ich bei der Vorstellung an dieses Grauen eine Gänsehaut. Bei der Vorstellung an beide Grauen, korrigierte ich mich, von denen das eine noch so nah an unserer Gegenwart lag. Erst da sah ich in einer kleinen engen Gasse das Baugerüst, von denen ich noch viele weitere entdecken sollte.

Das Gefühl hielt jedoch nicht lange an, das Bild des glänzenden Stradun war einfach zu großartig, als dass man länger über eine Katastrophe nachdenken wollte.

»Man kommt sich vor wie in einem riesigen Freiluft-Museum«, murmelte ich. »Das ist wie in Rom.«

»Ich versteh nicht, was ihr immer alle mit Rom habt. Das hier ist vielleicht ein bisschen kleiner, aber kein bisschen schlechter als Rom, glaub mir«, lachte Safet. »Jetzt komm, wir können mit der Stadtführung nach dem Frühstück weitermachen, ich hab wirklich Hunger.«

Er führte mich fast bis zum Ende des Stradun, der dort auf einen Platz mündete, zu einer Kavana, einem Café. Hier standen Tische in der Sonne, während auf der anderen Seite schon Schatten war. Safet drückte mich auf einen der Stühle und verschwand im Inneren. Kurz darauf erschien er wieder in der Tür. »Was willst du eigentlich zum Frühstück? Cappuccino?«

Da der offenbar überall zu haben war, nickte ich. »Und zu essen Rožata bitte, falls es das hier gibt.«

Safet legte den Kopf schief. »Dubrovačka Rožata ist die einzig wahre Rožata, du wirst nirgends eine bessere kriegen. Allerdings isst man das eher als Dessert, aber ich werd sehen, was sich machen lässt.«

Während Safet in der Kavana unsere Bestellung aufgab, sah ich mich weiter um. Direkt vor mir ragte ein großer Turm mit dunkler Kuppel auf, auf seinem hellen Stein war eine Mischung aus einer normalen und einer Sonnenuhr zu sehen. Zur anderen Seite fiel mein Blick auf eine barocke Kirche mit dem allgegenwärtigen Sveti Vlaho hoch oben auf dem Dach, der beschützend auf den Platz hinunterschaute.

Nach einer Weile kam Safet zurück, zwar ohne etwas Essbares, dafür aber mit zwei Tassen, eine mit Cappuccino, die andere mit einer sehr dunklen Flüssigkeit, die er vor mich hinstellte. »Der Rest kommt später.«

Kritisch beäugte ich meine Tasse. »Das ist kein Cappuccino«, stellte ich fest.

»Stimmt. Ich dachte, da du so gern Süßes magst, solltest du doch mal die Topla Čokolada probieren. Aber rühr vorher noch mal um.«

Ich rührte und war erstaunt, wie zäh die Schokolade war, beinah wie dickflüssiger Pudding, und ich beschloss, das lieber zu essen, statt zu trinken. Nach dem ersten Löffel wusste ich, dass ich nie eine vergleichbare heiße Schokolade gegessen hatte.

Safet sah mir an, was ich dachte, und zwinkerte mir wortlos zu. Auch während wir auf die Rožata warteten, blieb er still. Er wollte offenbar, dass ich die Atmosphäre und die Umgebung ohne viele Erklärungen in mich aufnahm. Trotzdem musste ich mich zwingen, ihn nicht dauernd nach irgendwas zu fragen.

Schließlich kam ein Mann mit leicht ergrautem Lockenkopf an unseren Tisch und servierte jedem von uns etwas, das aussah wie umgestürzter Vanillepudding mit Karamell obendrauf und Karamellsoße drum herum. Damals bei Susanna hatte Safet gesagt, dass Rožata nicht eigentlich ein Kuchen sei, und endlich verstand ich seine Bemerkung.

»*Hvala lijepa*«, bedankte ich mich in wackligem Kroatisch, woraufhin der Blick des Mannes prüfend über mich glitt. Schließlich schaute er zu Safet hinüber, sagte etwas und brach in gackerndes Gelächter aus, als er wieder in seiner Kavana verschwand.

Safet sah fast schon zu stur an mir vorbei, sodass zur Abwechslung ich diesmal recht genau abschätzen konnte, was in ihm vorging. Offensichtlich fragte er sich, wie viel von dem, was der Typ gesagt hatte, ich verstanden haben mochte. Ich hätte ihn gern in dem Glauben gelassen, dass ich ein Wunderkind war und in der kurzen Zeit erfolgreich mindestens zwanzig Lektionen Kroatisch gebüffelt hatte. Aber dazu war ich zu neugierig.

»Was hat er gesagt?«

Safets Augen fanden meine, und ich wünschte, ich hätte meinen Mund gehalten. Gerade eben noch hatte ich mich völlig wohl gefühlt, ein bisschen überwältigt von den neuen Eindrücken vielleicht, aber ansonsten ganz normal. Die Mischung aus Spott und Flirt und dem Lächeln, das sich auf Safets Gesicht breit machte, brachte mich wieder aus dem Gleichgewicht.

»Nichts, was ich gern übersetzen möchte«, sagte er belustigt.

Um etwas anderes zu tun, als ihn anzusehen, nahm ich meine Tasse hoch, bemerkte dabei allerdings, dass ich sie kaum halten konnte. Als ich sie unsicher absetzte, klirrte sie auf dem Unterteller.

»Du zitterst«, stellte Safet fest.

Ja, du Mistkerl, und was glaubst du wohl, weshalb?, dachte ich wütend.

»Das hab ich ab und zu«, sagte ich laut. »Mein Arzt hat gesagt, ich soll kellnern, damit ich lerne, meine Hände ruhig zu halten. Vielleicht könntest du deinen Freund da drin mal fragen, ob er eine Aushilfe braucht.«

»Wie kommst du auf die Idee, er wäre ein Freund von mir?«

»Zumindest kennt er deinen Namen.« Das war das Einzige gewesen, was ich aus seinen Worten herausgehört hatte.

Safet erwiderte nichts, sondern nahm meine Hand und hielt sie in seiner. »*Draga,* wovor hast du Angst?«

Vor mir selbst, wäre die schlichte Wahrheit gewesen. Ich verstand einfach nicht, was mich dazu brachte, so auf Safet zu reagieren. Ich war in meinem Leben schon einige Male verliebt gewesen, aber niemals zuvor war mir so was passiert. Niemals.

Als der Mann aus der Kavana jetzt wieder auftauchte, war ich ihm ausgesprochen dankbar, weil mich das einer Erwiderung enthob. Er sprach Safet an, der daraufhin meine

Hand losließ, doch diesmal schien es sich um was Harmloses zu handeln. Safet schüttelte den Kopf und antwortete, der Mann zuckte bedauernd mit den Schultern, sagte noch zwei Worte und zog sich nach einem Nicken in meine Richtung zurück.

»Goran wollte uns für heute Abend zum Essen einladen«, erklärte Safet. »Du hattest ganz Recht, wir sind befreundet, und er ist wahrscheinlich ziemlich neugierig auf dich.«

»Wieso auf mich?«

»Weil ich noch nie eine Frau aus Deutschland mit hierher gebracht habe, Nella. Deshalb. Er wird sich fragen, was an dir Besonderes ist.«

Das ließ mich schlucken. Safet sagte das ungewohnt ernst, trotzdem war ich mir nicht sicher, ob es auch so gemeint war. Vielleicht war das ein Teil dessen, was mich ständig außer Fassung brachte: Ich wusste nie genau, woran ich bei Safet war.

»Warum hast du abgelehnt?«, fragte ich, obwohl ich lieber gewusst hätte, was denn nun tatsächlich Besonderes an mir war. Falls es da überhaupt was gab.

»Weil wir schon was anderes vorhaben«, lächelte Safet.

»Und was?«

»Wirst du sehen.« Dann schaute er auffordernd auf meinen Teller. »Du hast die Rožata noch gar nicht probiert.«

Er selbst hatte seine bisher genauso wenig angerührt und wartete auch jetzt erst ab, was ich sagen würde.

Ich tauchte den Löffel in die Masse und nahm gleichzeitig mit der Rožata ein bisschen Soße auf. Langsam ließ ich beides auf meiner Zunge zergehen, bis sich der Geschmack von zartem Karamell vermischt mit Zitronenaroma ausbreitete, der tatsächlich köstlich und viel weniger süß war, als ich vermutet hätte. Für eine Gegend, in der es so heiß werden konnte wie hier, schien es das perfekte Dessert.

»Du hast Recht«, sagte ich. »Das ist besser als Tiramisu. Viel besser!«

Zufrieden lachte Safet und begann endlich, seinen eigenen Kuchen zu essen, der sehr schnell verschwunden war. Auch nachdem wir längst mit dem Frühstück fertig waren, blieben wir noch sitzen und ließen uns von der Sonne bescheinen. Offenbar hatte Safet es nicht sonderlich eilig, erst als es langsam voll zu werden begann auf dem Stradun und mindestens drei Busladungen voller Touristen ausgesetzt worden waren, die vornehmlich Deutsch und Französisch sprachen, stand er auf.

»Willst du noch ein bisschen was von Dubrovnik sehen? Oder lieber erst mal unter die Dusche?«

Eigentlich hatte ich mit Letzterem geliebäugelt, doch auf einmal schien mir ein Hotelzimmer entschieden zu öde angesichts dieser Stadt. »Wie wär's mit den Festungsmauern?«, fragte ich.

»Zu voll um diese Zeit, außerdem steht die Sonne schon zu hoch, und da oben geht's ziemlich oft rauf und runter. Dafür könnte ich dir das Dominikaner-Kloster zeigen. Teile davon sind übrigens in die Stadtmauer eingebaut, du würdest also davon doch noch was sehen.«

Inzwischen standen wir mitten auf dem Platz vor dem Uhrturm.

»Ist das die Kloster-Kirche?«

»Nein, der Stadtturm. Wir müssen da durch.« Er deutete auf den Durchgang hinter einem wunderschönen Gotik- und Renaissance-Bau mit einer Loggia, deren Rundbögen und Kapitelle fein gearbeitet waren.

»Was ist das?«, erkundigte ich mich.

»Der Sponza-Palast. Der hat übrigens das Erdbeben überlebt, wie überhaupt auf dieser Seite des Stradun die Gebäude weniger beschädigt wurden, weil sie auf Fels gebaut sind.«

Das dunkelgrüne Tor des Palastes stand offen und machte den Blick frei auf einen Innenhof, der auf zwei Geschossen ebenfalls von Säulen gesäumt war. Direkt vor dem Eingang fiel mein Blick auf eine Tafel. »Memorial Room for Dubrovnik Defenders« stand darauf zu lesen.

»Lass uns weitergehen«, sagte Safet.

Irgendwas an seiner Stimme irritierte mich, aber ich war zu neugierig, was es mit diesem Gedenkraum für die Verteidiger Dubrovniks auf sich hatte. »Nein, bitte, ich möchte das gern sehen.«

Ohne auf ihn zu warten, trat ich in den Innenhof und suchte nach einem weiteren Hinweisschild. Als ich endlich in dem Raum stand, wünschte ich für einen Moment, ich hätte getan, was Safet gewollt hatte.

An den Wänden hingen Fotos von Männern jeden Alters, darunter standen ihre Namen, ihre Geburts- und Todesdaten. Hier ging es nicht um irgendeine lange zurückliegende Katastrophe wie ein Erdbeben aus dem 17. Jahrhundert, hier ging es um einen Krieg, der noch sehr gegenwärtig war.

Ich drehte mich nach Safet um, der in der Eingangstür stand, sein Gesicht im Schatten. »Hast du genug gesehen?«

Meine Augen schweiften wieder über die Bilder der Männer, hin zu Vitrinen, in denen Dokumente lagen, Führerscheine und andere Papiere, die man wohl bei den Toten gefunden hatte. Ich wusste nicht, was ich sagen sollte, weil ich mir so schrecklich hilflos vorkam. Aber ich fand auch nicht die Kraft, jetzt einfach umzukehren und zu gehen. Etwas hielt mich fest in diesem Raum. Diese Männer mochten gestorben sein, aber sie waren nicht tot, sie lebten weiter in der Erinnerung. Nicht nur in der Erinnerung ihrer Familien, sondern auch in der Erinnerung der Menschen, die heute hierher kamen – denn diesen Raum konnte man nicht einfach wieder vergessen. Dann blieb mein Blick an dem Foto eines etwa sechzigjährigen Mannes hängen – und an dem Namen darunter: Marko Vujović.

Ich zuckte zusammen, was Safet selbst aus der Entfernung bemerkt haben musste.

»Mein Vater«, sagte er, plötzlich ganz dicht neben mir. Mehr sagte er nicht, starrte nur eine scheinbare Ewigkeit auf das Bild, dann kehrte er dem Raum den Rücken und ging davon in Richtung Stradun.

Dort schien die Helligkeit noch blendender als zuvor, meine Augen tränten ein wenig. Safet stand abwartend unter dem Torbogen, der zum Dominikaner-Kloster führte. Ich wollte nach seiner Mutter fragen, wusste aber gleichzeitig, dass das sinnlos war. Er würde nicht über seine Familie reden. Wahrscheinlich hatte das gar nichts mit mir persönlich zu tun, sondern nur mit ihm selbst. Ich hatte niemals einen Krieg miterleben müssen und konnte nicht mal ahnen, was es bedeutete, jemanden auf diese Weise zu verlieren. Jeder wurde anders damit fertig, falls überhaupt, und Safets Weg war offenbar der, es in sich zu begraben. Jetzt jedenfalls war ihm von seiner Stimmung da drin nichts mehr anzumerken, im Gegenteil, er lächelte und machte eine allumfassende Geste auf den Platz vor uns.

»Diese Stadt hat viele Vergangenheiten – und jede Menge Kirchen und Klöster. Das Museum im Dominikaner-Kloster ist eins der bedeutendsten, die Gemälde sind bestimmt interessant für dich.«

Er legte den Arm um meine Schulter, als wäre eben im Sponza-Palast gar nichts geschehen, und ging mit mir durch den Torbogen in eine enge, von Mauern begrenzte Gasse.

Hinter der rechten lagen der alte Hafen und das Meer, die linke gehörte teilweise schon zum Kloster, das von außen nicht viel hermachte. Bis auf den Kirchturm waren die Außenwände recht schmucklos, fast abweisend.

»Magst du Kreuzgänge? Dann wird dich dieser begeistern«, versprach Safet.

Aus irgendeinem Grund verweigerten meine Füße jedoch plötzlich ihren Dienst. Wie festgefroren blieb ich stehen und sah den ansteigenden Weg zum Eingang des Klosters entlang. Von den hellen Steinen der Mauern und den kleinen Fenstern des gesamten Komplexes ging etwas Bedrohliches aus.

»Was ist?«, fragte Safet. »Willst du nicht rein?«

»Doch.« Ich spürte den Druck seines Arms, der mich vorwärts schieben wollte, und musste mich zwingen, einen Fuß vor den anderen zu setzen. Im Gegensatz zu dem, was ich gerade gesagt hatte, wollte ich da nicht rein. Aber da ich keinen rationalen Grund dafür nennen konnte und mir selbst albern vorkam, ließ ich mich von Safet mitziehen.

Was den Kreuzgang betraf, hatte er Recht, er war wirklich schön. Jeweils drei Säulen mit zwei runden Fenstern darüber bildeten einen großen Bogen, von denen unzählige den Hof umsäumten, in dem es Palmen und Orangenbäume gab und einen Brunnen, der wiederum von zwei Säulen eingerahmt wurde.

Ich sah all das und hörte Safets Stimme, die mir vermutlich die Geschichte des Klosters erläuterte. Nur verstand ich überhaupt nichts, seine Worte kamen von weit her und erreichten zwar meine Ohren, nicht aber meinen Verstand. Ich spürte, wie Kälte in mir hochkroch, Kälte und etwas anderes, das ich kaum definieren konnte, weil es mir so ungeheuer schwer fiel, überhaupt einen klaren Gedanken zu fassen.

»Nella?«, fragte Safet neben mir. »Nella, hörst du zu?«

Ich benötigte alle Konzentration, derer ich fähig war, mich umzudrehen und ihn anzusehen.

»Nella! Ist alles in Ordnung mit dir?« Safet sah erschrocken aus. Ein Teil von mir fragte sich, woran das lag, der andere Teil war immer noch damit beschäftigt herauszufinden, was ich eigentlich fühlte.

Safet umfasste meine Schultern, schüttelte mich und rief etwas auf Kroatisch, das er mehrmals wiederholte. Seltsamerweise brachte mich gerade das aus meinem benebelten Zustand heraus.

»*Što?* Was hast du gesagt?«

Safet hörte auf, mich zu schütteln, und starrte mich an. »Dass du verdammt noch mal endlich was sagen sollst!«

Da standen wir mitten im Innenhof des Kreuzganges eines ehrwürdigen Dominikaner-Klosters, aus den Augenwinkeln sah ich, dass uns ein paar Leute beobachteten. Was auch immer eben in mir vorgegangen war, es war vorbei, und es blieb nur noch die kuriose Situation, die mich zu allem Überfluss zum Lachen brachte.

»Bože!«, murmelte Safet und schüttelte vollkommen ratlos den Kopf. »Was ist denn los mit dir?«

Mit einem Schlag wurde ich wieder ernst. »Ich weiß nicht. Aber ich glaube, ich möchte lieber gehen.«

13.

Was heißt das – *Bože*?«, fragte ich, als wir wieder im Wagen saßen.

»So was wie oh Gott«, seufzte Safet. »Ich wollte wirklich, du könntest mir dein Verhalten erklären. Du bist furchtbar blass geworden und warst ganz weggetreten.«

»Vielleicht fehlt mir einfach Schlaf, ich hab nämlich nicht nur letzte Nacht schlecht geschlafen.«

»Warum das denn? Hattest du Schwierigkeiten zu Hause?«

»Kann man so sagen. Zum Beispiel bin ich meinen Job los. Obwohl das, wenn ich so drüber nachdenke, immerhin den Vorteil hat, dass ich jetzt hier bin. Ich hätte kaum einfach meine Arbeit hinschmeißen und herkommen können, nur weil du mir ein Ticket nach Dubrovnik schickst.« Nun hatte ich also doch ein Stück meiner Verärgerung preisgegeben. Ich war sicher, dass Safet das meinem Tonfall anhörte.

Er drehte sich kurz zu mir, ignorierte den leisen Vorwurf jedoch. »Du hast bei van Laak gekündigt?«

»Nicht ganz.«

»Er hat dich rausgeschmissen?«, fragte er ungläubig. »Was hatte er denn an dir auszusetzen?«

»Dass ich nur meinen Job machen wollte.«

»Und er wollte mehr?«

Ich nickte bloß.

»Das ist ihm aber ziemlich spät eingefallen, du bist doch schon lange bei ihm gewesen, oder?«

»So spät nun wieder nicht.« In ein paar Sätzen schilderte ich das Verhältnis, das ich zu Christian gehabt hatte – oder nicht gehabt hatte, wie man's nahm.

Dabei registrierte ich, dass wir mittlerweile durch das

moderne Dubrovnik fuhren. Die Straßen waren voller Verkehr, Autos und Busse bewegten sich trotzdem recht zügig auf belebten Straßen voran. Es gab Hoch- und Wohnhäuser, viele Geschäfte und Caffè Bars, die tatsächlich diesen italienischen Namen trugen. An einem Berghang in weiterer Entfernung erkannte ich kleine Häuser mit roten Dächern, die recht dicht aneinander standen. Als wir an einer Ampel hielten, schaute ich direkt auf einen Wohnblock, in dem an einer Stelle mehrere Löcher zu sehen waren.

Safet folgte meinem Blick. »Granateneinschläge. Ab und zu siehst du noch welche.«

Sein Tonfall war neutral, und ich wagte nicht, ihn noch einmal auf seinen Vater anzusprechen, weil ich spürte, dass er darüber nicht reden wollte.

Irgendwann fuhr er nach links in eine Straße, die bergauf und durch eine nettere Gegend mit ein bisschen Grün vor den Häusern führte.

»Hier gibt's Hotels?«, erkundigte ich mich.

»Das ganze Gebiet ist die Halbinsel Lapad«, erklärte Safet, »wo reiche Ragusaner in früheren Jahrhunderten ihre Sommerresidenzen und Villen gebaut haben. Ein paar stehen sogar noch, auch unten am neuen Hafen von Dubrovnik. Zwischendrin und noch weiter im Norden direkt am Meer findest du leider auch immer wieder einige Bauwerke, die uns der Tourismus beschert hat. Ich nehme an, irgendwann in grauer Zukunft wird man die Bauart den ›sozialistischen Stil‹ nennen – wenn dann noch was davon übrig sein sollte.«

Kurz hinter einer kleinen Kreuzung ging Safet vom Gas und bog in eine Auffahrt ein. Nach einigen Metern erkannte ich im Hintergrund ein kleines Haus, das kaum einer der erwähnten alten Sommerpaläste war, aber ganz sicher auch nicht aus der sozialistischen Zeit stammte. Die beiden Stockwerke waren seit ihrem Bestehen vermutlich nie mit Beton in Berührung gekommen, sondern komplett aus hellem Stein gebaut, der jedoch trotz der Sonne nicht blendete. Ein paar Stufen, gesäumt von zwei schlichten Säulen, führten hinauf zum Eingang. Vor den Fenstern im oberen Stockwerk waren die dunkelgrünen Holzläden halb geschlossen, um die Hitze draußen zu halten.

»Toll!«, sagte ich. »Wahrscheinlich für die gehobene Touristenklasse, die sich nie um den Sozialismus geschert hat, was?«

Safet lächelte wortlos, holte mein Gepäck aus dem Kofferraum und ging die Treppe hinauf. Es schien wenig los zu sein hier, aber wahrscheinlich waren die Gäste irgendwo unterwegs.

Dann sah ich, dass Safet einen Schlüssel zückte und die Tür aufschloss. Sie schwang nach innen, und er forderte mich mit einer Handbewegung zum Eintreten auf.

»Ich halte nicht viel von Hotels«, sagte er dabei. »Hoffentlich ist es dir recht, dass wir uns das Frühstück selbst machen müssen …«

Wieso schaffte Safet es eigentlich immer wieder, mich in Erstaunen zu versetzen? Der zweite Gedanke, der mir durch den Kopf ging, war der, dass ein Haus etwas ziemlich Persönliches war und eine Menge über einen Menschen aussagen konnte. Neugierig trat ich ein. Drinnen war es angenehm kühl, die Fliesen des Bodens waren aus dunklem Marmor, aber das war das Einzige, was dem Alter des Hauses entsprach. Alles andere wirkte hell, freundlich, ausgesprochen großzügig und sehr modern. Es erinnerte mich an das, was Safet bei unserer ersten Unterhaltung gesagt hatte: Antiquitäten in seiner Wohnung waren nicht sein Ding. Ich sah nach oben und merkte, dass die Decke zwischen den beiden Geschossen an dieser Stelle entfernt und das Dach über uns verglast worden war, sodass es mir vorkam, als befände ich mich in einem römischen Atrium, allerdings aus dem 21. Jahrhundert.

»Bože!«, sagte ich.

Hinter mir hörte ich Safet auflachen. »War das ein positives oder ein negatives *Bože*?« Seine Stimme klang sehr nah. Als ich mich umdrehte, stand er direkt vor mir.

»Ist das wichtig?«

»Schon.« Safet lächelte. »Das hier ist nämlich mein Zuhause, und es würde mich freuen, wenn's dir gefällt.«

»Warum?« Die Frage kam ganz spontan, und ich schaffte es gerade noch, sie ein bisschen spöttisch hervorzubringen, obwohl mich die Antwort tatsächlich brennend interessierte.

Safet hob amüsiert die Brauen. »Willst du mich provozieren, *draga?* Wird dir nicht gelingen … Komm, ich zeig dir das Bad, dann kannst du dich endlich unter die Dusche stellen.«

Er ging mir voran die Treppe hinauf, und ich hatte eine der seltenen Gelegenheiten, Safet zu betrachten, ohne selbst von ihm beobachtet zu werden. Warum war ich eigentlich hier? Wirklich wegen der Perlen? Oder nicht doch eher wegen Safet? Natürlich konnte ich jetzt ruhigen Gewissens behaupten, dass beides zutraf. Aber wenn ich ganz ehrlich war, schienen mir die Perlen gerade ziemlich nebensächlich.

Safet faszinierte mich, egal wie sehr ich mich dagegen sträubte. Das lag nicht nur an seinem zweifellos attraktiven Äußeren. Längst war da – trotz meines Ärgers und der Enttäuschung über sein kurzzeitiges Verschwinden – auch der Wunsch, seine Persönlichkeit zu ergründen. Dass er mir das nicht gerade leicht machen würde, erhöhte den Reiz. War das gut für mich oder schlecht?

Vorhin in der Stadt war mir erschreckend klar geworden, dass nie zuvor ein Mann solche Wirkung auf mich ausgeübt hatte. Ich fühlte mich unsicher in seiner Gegenwart – und gleichzeitig ... Es dauerte eine Sekunde, bis ich das passende Wort gefunden hatte: lebendig. Möglicherweise war das überhaupt des Rätsels Lösung. Safet hatte mich aus einem Kokon geholt, in dem ich mein ganzes bisheriges Leben verbracht zu haben schien. Indem ich fühlte, was ich fühlte, wurde ich lebendig.

Und genau in diesem Moment beschloss ich, dass ich mir keine Gedanken mehr machen wollte. Stattdessen würde ich mich einfach fallen lassen. Wenn ich bisher nie diese Gefühle gekannt hatte, wurde es höchste Zeit, dass ich sie kennen lernte.

Bald darauf prasselte das lauwarme Wasser auf mich herunter, und da kamen plötzlich neue tief schürfende Gedanken, die sich diesmal um das Geschehen im Dominikanerkloster drehten. Unwillkürlich wurde ich dabei auch an meine Erlebnisse mit den Perlen erinnert. Nur vage kam mir die Idee, dass das vielleicht zusammenhängen mochte, obwohl ich mir nicht recht vorstellen konnte, wie. Es war nur so ein Gefühl. Die Sache mit dem Spiegel hatte ich schon beunruhigend gefunden, aber da war ich immerhin noch bei klarem Bewusstsein geblieben. Wenn ich jetzt zusätzlich noch anfing, geistig wegzutreten, und keine Kontrolle mehr über das hatte, was ich tat oder nicht tat, war das mehr als beunruhigend, das war beängstigend.

Ich stellte die Dusche ab und begann mich abzutrocknen. Möglicherweise sollte ich mit diesen Überlegungen ähnlich verfahren wie Safet mit seinen Erinnerungen an seinen Vater. Ich konnte im Augenblick nichts tun, nur hoffen, dass es nicht wieder passierte. Und wenn doch? So ganz gelang es mir nicht, das zu verdrängen. Das Einzige, was helfen mochte, war Ablenkung.

Mit noch feuchten Haaren ging ich schließlich wieder nach unten. Da ich nicht einfach so durch fremde Zimmer wandern wollte, musste ich mich bemerkbar machen.

»Safet?«, rief ich verhältnismäßig laut durch das Atrium, bekam aber keine Antwort. Wenn er nicht auftauchte, musste ich doch nach ihm suchen. Ich trat durch einen Türbogen, der in ein sparsam, aber exquisit eingerichtetes Wohnzimmer führte. Weiß dominierte hier überall, nur auf dem grauen Steinboden lag ein Teppich von tiefem Blau. Die Wände waren überwiegend frei geblieben, nur an einer hing ein großes Bild einer Festung auf einem Felsen, der von fast allen Seiten von Meer umgeben war. Kurz blitzte eine Erinnerung an die Fahrt vom Flughafen vor mir auf, mir war, als hätte ich diese Festung von der Küstenstraße her schon gesehen. Das Bild wirkte sehr plastisch und passte hervorragend in den Raum, weil das helle Grau der Mauern und Felsen die Farben des Fußbodens und das Meer darum die des Teppichs widerspiegelten. Ich fragte mich, ob Safet das Bild extra hatte malen lassen, um es hier aufzuhängen.

Nur zögernd wandte ich mich davon ab, um von diesem in das angrenzende Zimmer zu treten, in dem ein riesiger ovaler Holztisch mit acht schnörkellosen Stühlen und eine moderne Anrichte standen und von dem aus eine weit offen stehende Tür auf eine Terrasse führte. Noch bevor ich einen Fuß hinausgesetzt hatte, hielt ich den Atem an. Über einige andere Häuserdächer hinweg konnte ich auf das Meer sehen, auf das die Sonne herunterschien und die Wellen funkeln und blitzen ließ.

Trotzdem wurde ich schnell von dieser grandiosen Aussicht abgelenkt, als ich Safet bemerkte, der unter einer blauen Markise mit dem Rücken zu mir an einem Tisch saß, auf dem ein Notebook aufgeklappt stand. Er arbeitete konzentriert, griff nur ab und zu nach seiner Zigarette, die er nach einem Zug wieder auf den Aschenbecher mit irgendeiner Werbeaufschrift legte. Auf der anderen Seite des Notebooks lagen ein Handy und eine goldrote Packung Dunhills mit einem billigen Wegwerffeuerzeug. Bisher hatte ich nicht gewusst, das Safet rauchte, vielleicht tat er das nur, wenn er arbeitete.

Was ich sah, berührte mich auf merkwürdige Weise. Alles war so friedlich, so ruhig und so richtig. Es wirkte so normal, Safet bei der Arbeit zuzusehen, dabei war es alles andere als normal. Safet blieb wahrscheinlich nur eine Episode in meinem Leben – wenn auch eine ziemlich außergewöhnliche. Wie lange sie andauern würde, konnte ich nicht sagen, aber vorhin hatte ich ja gerade beschlossen, dass ich darüber nicht nachdenken wollte.

Leise trat ich näher und bemerkte, dass er gerade dabei war, eine längere E-Mail abzuschicken. Sofort danach klickte er eine zweite Mail an und begann zu lesen. Obwohl es mich sehr reizte, etwas über seine Geschäfte zu erfahren, sah ich absichtlich weg. Das ging mich wohl kaum was an.

»Safet?«, sagte ich.

Er schien eine Sekunde zu brauchen, bis er erfasste, dass ich da war. Dann jedoch klickte er mit einer Schnelligkeit, die mich überraschte, die Mail vom Display und drehte sich zu mir um.

»Alles klar?«, fragte er mit einem Lächeln.

Ich nickte. »Die Dusche hat gut getan, ich fühle mich besser als vorhin in der Stadt.«

»Du siehst auch besser aus.« Safet schaltete das Notebook ab, drückte seine Zigarette aus und stand dann auf. »Möchtest du was trinken? Es ist heiß geworden inzwischen, wir sollten besser reingehen.«

Er hatte Recht, die Sonne stand hoch am Himmel und brannte trotz der Markise ziemlich erbarmungslos auf uns herunter. »Wenn's dir nichts ausmacht, würde ich gern noch eine Weile hier stehen. Ich seh so was nicht jeden Tag«, widersprach ich und deutete zum Meer hinüber.

»Ja, das glaub ich«, stimmte Safet lächelnd zu. »Bin gleich wieder da.«

Er nahm das Notebook vom Tisch und verschwand im Haus. Wieso kam ich auf die absurde Idee, er brächte es vor mir in Sicherheit? Den Kopf schüttelnd trat ich unter der Markise hervor und setzte mich auf die Steinmauer, die die Terrasse abgrenzte. Ich spürte, wie mir die Sonne aufs Gesicht brannte, und wusste, dass ich lieber Safets Ratschlag folgen sollte, wenn ich nicht eine halbe Stunde später eine knallrote Nase haben wollte. Bevor ich mich allerdings wieder unter die Markise zurückziehen konnte, erschien er neben mir, zwei Gläser in den Händen, die etwas sehr Kaltes enthielten.

»Wasser«, sagte Safet auf meinen fragenden Blick hin. »Mit viel Eis. Das Beste, was du zu dieser Tageszeit hier trinken kannst.«

Ich leerte das Glas fast in einem Zug und lutschte dann auf einem der größeren Eiswürfel herum, der nur ganz langsam in meinem Mund schmolz. Plötzlich spürte ich Safets Zeigefinger an meinem Kinn, dann nahm er mein Gesicht zwischen seine Hände wie schon einmal zuvor. Ein, zwei Sekunden sah er mich wortlos an, bevor er mich küsste und dabei meinen Eiswürfel klaute. Als das Eis in seinem Mund gelandet war, ließ Safet von mir ab und grinste mich herausfordernd an. Ich nahm mein Glas hoch und fischte nach dem nächsten Eiswürfel.

Safet verfolgte jede meiner Bewegungen mit den Augen, verzichtete allerdings diesmal darauf, mich wieder zu küssen, um zu seiner Abkühlung zu kommen. Stattdessen sagte er: »Lass uns reingehen.«

Sein Tonfall ließ keinen Zweifel daran aufkommen, was er vorhatte. Er brachte mich hinauf in den ersten Stock in einen Raum mit einem großen Bett, auf dem eine weiße Tagesdecke aus dickem Leinen und mehrere blaue Kissen lagen. Weiß und blau schienen die Farben zu sein, die Safet für sein Haus bevorzugte. Auch hier hing ein Bild an der Wand, das vom Stil her an das unten im Wohnzimmer erinnerte, obwohl dieses eine weiße sechseckige Vase mit blauen Tulpen zeigte. Die Blüten der Tulpen waren von einer einzigartigen Detailtreue und genauso plastisch wie die Festung unten.

Safet sah, dass ich das Bild betrachtete. »Tulpen sind ein bisschen so wie Menschen, findest du nicht?«, fragte er. »Sie können sich sehr weit herunterbeugen, ohne zu brechen. Manchmal richten sie sich sogar wieder auf, und dann ist es, als wären sie nie am Boden gewesen.«

Ich drehte mich zu Safet herum. Spielte er damit auf die Trauer um seinen Vater an? Dann sah ich in seine Augen und dachte, nein, das ist es nicht, er sprach von etwas, das ihn selbst betraf und ihm selbst passiert war.

»Warst du schon mal am Boden?«, fragte ich.

»Hin und wieder. Mit einer schönen Frau.«

Ich schüttelte den Kopf, halb verärgert, halb frustriert. Wieso tat er das? Einen Augenblick lang schien er etwas von sich preisgeben zu wollen, nur um im nächsten wieder davor zurückzuschrecken. Oder gehörte das zu seinem Spiel, war das der Reiz, wollte er, dass eine Frau versuchte, etwas zu ergründen, wo es in Wirklichkeit gar nichts zu ergründen gab?

»Nella«, unterbrach er meine Gedanken. »Ich hab hier was, das dir gehört.«

Safet hielt mein Holzkästchen in der Hand, öffnete es, holte die Kette heraus und kam damit auf mich zu. Ich wusste nicht, ob er es war oder die Perlen, ich starrte wie gebannt auf seine Hände, die die Kette hielten, bis er so dicht vor mir stand, dass ich nur noch sein Gesicht sah. Dann erst verstand ich, was er im Begriff war zu tun.

Ich schnappte nach Luft, als er sie mir um den Hals legte, die Perlen brannten auf meiner Haut. Unwillkürlich griff ich danach und wollte den Verschluss wieder lösen, doch Safet hielt meine Hände fest und hinderte mich daran.

»Nein. Lass sie, wo sie sind.« Seine Hände zogen meine mit sanfter Gewalt nach vorn, dann strichen sie über meine Finger. Wie immer, wenn er das tat, sah er nicht hin, sondern stattdessen unverwandt in meine Augen, als würde er zwar rein physisch meine Hand, im Geist aber etwas anderes streicheln. Diesmal ließ er mich nicht ganz los, sondern zog mich zu seinem Bett herüber, drückte mich auf die Kissen und küsste mich wieder, sanft wie seine Berührung eben gewesen war. Ganz langsam schob er die dünnen Träger meines Tops herunter, streifte jeden Zentimeter meiner Haut mit seinen Lippen und zog mich Stück für Stück aus, bis ich nackt auf der weißen Decke lag.

Ich setzte mich auf und streckte zögernd meine Hand aus, um sein Gesicht zu berühren. Er schloss die Augen, als meine Finger über seine Augenbrauen strichen. Er hatte lange schwarze Wimpern, und als er seine Lider hob und mich ansah, dachte ich, ich müsse in seinen Augen versinken.

»Voli me«, wisperte er. Diese Aufforderung brauchte keine Übersetzung. Selbst wenn ich es nicht in meinem Sprachführer gelesen hätte, hätte ich gewusst, dass er von mir geliebt werden wollte.

Dieses Mal war anders als das letzte. Da war nichts von

der Schnelligkeit, von der heftigen Begierde in uns. Wir beide wollten, dass es lange dauerte, sehr lange. Ich verlor jeglichen Sinn für Zeit, und als Safet nach einer Ewigkeit endlich zu mir kam, verlor ich sogar den Wahrnehmungssinn. Etwas Verrücktes spielte sich in meinem Kopf ab, fremdartige Bilder erschienen vor meinem inneren Auge, ich sah Dinge, die nicht da sein sollten, Dinge, die ich nicht hätte benennen können, weil sie in einer wahnsinnigen Geschwindigkeit aufeinander folgten. Kaum war ein Bild da, war es auch schon wieder verschwunden, abgelöst durch ein nächstes. Wir waren allein, und doch schienen fremde Gesichter und fremde Stimmen um uns herum fremde Worte zu flüstern, die mal anschwollen und mal leiser wurden, bald verschwanden und wieder auftauchten.

Durch all diese traumartigen Eindrücke, die mir einer Halluzination gleich durch den Kopf spukten, während jede Faser meines Körpers nach Safet schrie, küsste ich seine schweißnasse Schulter, fuhr mit den Händen durch seine Haare und spürte ihn auf mir. Seine Zunge spielte mit meiner, und er bewegte sich so langsam in mir, dass es pure Lust und Folter zugleich war.

Ich reagierte auf Safet, meine eigenen Berührungen hatten ähnliche Wirkungen auf ihn. Er erschauerte, ich hörte ihn meinen Namen flüstern, während ich meine Finger in seinen Rücken krallte, weil ich kurz vor dem Höhepunkt stand. Ich öffnete die Augen, um ihn anzusehen, unsere Blicke trafen sich, und gerade als ich dachte, jetzt, nahm Safet sich zurück, nur um mich einen Augenblick später noch höher zu treiben. Ich hörte mich selbst einen merkwürdigen Laut zwischen Stöhnen und Seufzen ausstoßen, dann plötzlich wie von weit her und tief in meinem Inneren einen markerschütternden Schrei, der wie ein Echo in mir nachhallte.

Vielleicht war es mein eigener Schrei, vielleicht nicht. Ich konnte Fantasie und Wirklichkeit nicht mehr auseinander halten, weil ich nur noch Safet spürte, eine Welle nach der anderen schoss durch unsere Körper, bis wir einander erschöpft und schwer atmend in die Arme fielen.

Erst als ich mich einigermaßen beruhigt hatte, bekam ich meine Augen mit Mühe auf. Safet lag halb neben, halb auf mir. Ich wusste nicht, ob er schlief oder ebenso wie ich in einem Dämmerzustand langsam wieder Kontrolle über sich erlangte.

»Worüber denkst du nach?«, fragte Safet in die Stille hinein und beendete meine Ungewissheit.

»Ich frage mich nur gerade, wie du es bewerkstelligst, dass ich jedes Mal in deiner Gegenwart unter Halluzinationen leide.«

Safet blinzelte. »Du tust was?«

»Na ja, erst dieses verrückte Erlebnis in dem Kloster, und eben habe ich mir doch tatsächlich eingebildet, irgendwelche fremden Stimmen zu hören. Muss wohl an deiner verwirrenden, geheimnisvollen und zweifellos unwiderstehlichen Aura liegen.«

»Ich glaube, du irrst dich.« Safet strich mit seinem Finger über meine Lippen, hinunter zu meinem Kinn. »An mir ist nichts geheimnisvoll.« Sein Finger wanderte über meinen Hals und noch ein kleines Stückchen tiefer, bis er ganz leicht die goldfarbene Tropfenperle berührte, die dort ruhte. »Möglicherweise aber an der hier.«

»An der Kette?«, fragte ich und richtete mich auf. Mit einem Mal war ich hellwach und gleichzeitig verunsichert. Ich wusste, ich sollte fragen, wie er darauf kam und ob er was darüber herausgefunden hatte. Schließlich war er damit beauftragt gewesen – von mir. Trotzdem zögerte ich, weil ich mich noch zu genau an den Moment erinnerte, als ich mit den Perlen bei Safet aufgetaucht war, und vor allem daran, wie geschäftsmäßig und distanziert er von einer Sekunde zur anderen geworden war. Das hier schien mir eindeutig der falsche Moment für eine Wiederholung dieser Situation, aber wenn wir anfingen, über die Perlen zu diskutieren, würde es vielleicht dazu kommen.

»Interessiert es dich nicht, was ich herausgefunden habe?«, wunderte sich Safet, als weiter nichts von mir kam.

Unwillkürlich befingerte ich die Kette und wartete, aber jegliches Kribbeln in meinen Fingerspitzen blieb aus. Die Perlen brannten auch nicht auf meiner Haut wie vorhin oder stellten sonst was Seltsames mit mir an. Ein kleiner Teil von mir glaubte durchaus, dass etwas von ihnen ausging und dass Safet Recht hatte. Wo ich schon dabei war, das halbwegs zu akzeptieren, sollte ich vielleicht auf die Perlen hören. Dass ich so gar nichts spürte, musste dann ebenso bedeutsam sein wie das Gegenteil. Wenn die Perlen gewollt hätten, dass ich ihr Rätsel jetzt löste, hätten sie es mich wohl wissen lassen, statt gerade mal Ruhe zu geben.

Ein anderer, weitaus größerer und viel rationalerer Teil hielt das alles für Unsinn und glaubte dagegen, dass das, was ich erlebte, nur Ausdruck meiner unbestimmten Angst war, die zum Teil mit Safet, zum Teil mit den Perlen und damit möglicherweise mit einer mir unbekannten Seite meiner Mutter zu tun hatte.

Auf welchen dieser Teile ich auch hören wollte, Angst war das Grundelement von beiden und verantwortlich für meine durcheinander geratene Gefühlslage. Ich wusste, dass ich dagegen ankämpfen sollte, aber im Augenblick fehlte mir die Kraft dazu.

»Doch«, sagte ich deshalb. »Erzähl es mir gelegentlich. Aber nicht jetzt.«

Safet hob die Brauen. »Du bist die ungewöhnlichste Frau,

der ich je begegnet bin. Jede andere hätte es vor Neugier kaum ausgehalten.«

»Ich bin eben nicht jede andere.«

»Das stimmt. Erinnere mich dran, dass ich das Goran sage, wenn ich ihn das nächste Mal sehe. Es wird zumindest *seine* Neugier noch mehr anstacheln …« Damit zog Safet mich wieder zu sich herunter.

14.

Es dämmerte bereits, als ich mit einem Ruck im Bett hochfuhr. Zwei Dinge wurden mir beinahe zur selben Sekunde bewusst: Erstens musste ich sehr lange geschlafen haben, wenn es schon fast dunkel war. Und dann die Sache mit den Perlen.

Safet war verschwunden, also konnte ich ihn jetzt nicht fragen. Wie es aussah, gewährte mir die Zeit also noch ein wenig Aufschub. Ich horchte in mich hinein. Die Angst, die ich vorhin so deutlich gespürt hatte, war nicht ganz verschwunden, aber sie hatte sich zurückgezogen. Meine Gefühle hatten Ruhe gefunden, ich war besser in der Lage nachzudenken als vor ein paar Stunden. Außerdem war ich allein, und das half ebenfalls beträchtlich.

Safets Vermutung, dass das, was mit mir passierte, mit der Kette statt mit ihm zu tun hatte, schien logisch. Obwohl ich keinesfalls meine Hand dafür ins Feuer gelegt hätte, dass er nicht mindestens ebenso geheimnisvoll war. Trotzdem: Meine seltsamen Erlebnisse hatten ja schließlich nicht erst mit unserer Begegnung angefangen, sondern schon viel früher – auch wenn es alles in allem einfacher zu akzeptieren gewesen wäre, dass mich Safets Gegenwart so durcheinander brachte, als das einer Perlenkette zuzuschreiben.

Aber es blieb das Gesicht im Spiegel. Es sei denn, ich würde das meiner Müdigkeit und meiner Angespanntheit zuschreiben, so wie die fremden Stimmen, die ich zu hören geglaubt hatte, Ausgeburt irgendeiner Ekstase gewesen sein mochten. Doch ich konnte es drehen und wenden, wie ich wollte, all das überzeugte mich nicht vollständig.

Merkwürdigerweise war die rationale Seite in mir gerade dabei, alle rationalen Argumente vom Tisch zu fegen, was an sich schon paradox war. Aber hinzu kam noch, dass außer mir noch jemand dem Geschehen eine Bedeutung beimaß, noch dazu jemand wie Safet, der kaum dem Prototypen eines Fantasten entsprach. Dabei hatte ich eher gehofft, alles würde sich in Wohlgefallen auflösen und Safet über mich lachen.

Wollte ich wirklich wissen, was hinter all dem steckte? Es musste wohl so sein, andernfalls hätte ich die Perlen in die hinterste Ecke meiner Erinnerungen verbannt und nie wieder hervorgekramt. Vermutlich war ich also gar nicht so verschieden von den vielen, vielen neugierigen Frauen dieser Welt.

Abgesehen von heute Abend. Wenn Safet nicht wieder die Sprache darauf brachte, würde ich ebenfalls den Mund halten. Da war sie wieder, die Scarlett in mir, die ich in der Vergangenheit schon öfter bemüht hatte, wenn ich wieder etwas vor mir herschob: Morgen ist auch noch ein Tag.

Mittlerweile war es noch dunkler geworden, und während ich meine Sachen zusammensuchte, spürte ich zum ersten Mal an diesem Tag meinen knurrenden Magen.

Oben auf der Galerie, von der man in das Atrium sehen

konnte, war alles still. Kein Laut drang aus dem ganzen Haus, von dem ich noch immer nicht mehr kannte als am Nachmittag. Abgesehen von Safets Schlafzimmer.

Die Tür zur Terrasse stand offen wie ein paar Stunden zuvor. Die Luft war angenehm warm und roch nach dem Meer. Am Himmel stand eine dünne silberne Sichel, die die Terrasse nur notdürftig erhellte. Es reichte allerdings, um festzustellen, dass Safet diesmal nicht hier war. Ich kehrte wieder zurück ins Haus, fand den Lichtschalter und musste die Augen zusammenkneifen vor der plötzlichen Helligkeit.

»Ausgeschlafen?«

Erschrocken drehte ich mich um. Safet lehnte am Rahmen der Terrassentür, die Hände in den Taschen seines schwarzen Anzugs vergraben. Offenbar hatte ich mich eben getäuscht und Safet draußen angesichts seiner dunklen Kleidung übersehen.

Safet in Schwarz war eine ganz neue Erfahrung, und obwohl ich mich eigentlich inzwischen an seinen Anblick gewöhnt haben sollte, stellte ich fest, dass das keineswegs der Fall war. Er hatte seinen Bart wieder abgenommen und sah mich auf eine seltsame Art an, die ich nicht deuten konnte. Dafür zuckte mir für einen Sekundenbruchteil ein Gedanke durch den Kopf, doch er war verschwunden, bevor ich ihn zu fassen kriegte.

»Ja. Danke, dass du mich nicht geweckt hast.« Dann fiel mir etwas ein. »Himmel! Du hast heute Morgen gesagt, wir hätten was vor heute Abend. Hab ich's verschlafen?«

Eine Weile fixierte Safet mich nur. Fast hatte ich den Eindruck, als erwarte er etwas Bestimmtes und fühle sich selbst dabei nicht sonderlich wohl. Doch als von mir keine Reaktion kam, stieß er sich vom Türrahmen ab und kam auf mich zu. Dabei veränderte sich sein Gesichtsausdruck, er wirkte entspannter.

»Ich wollte dich zum Essen ausführen, dazu ist es noch nicht zu spät. Hast du Hunger?«

»Ich wusste doch, dass an dir was Geheimnisvolles ist. Du kannst hellsehen!«

»Das war einfach, wir haben seit der Rožata bei Goran nichts gegessen! Hast du zufällig dieses Kleid dabei, das du damals im Biergarten anhattest? Du sahst toll darin aus, und wo ich mit dir hinwill, ist das angemessener als Jeans.«

»Ich muss wohl auch hellsehen können«, witzelte ich. »Verschwinde bloß nicht ohne mich, ich beeil mich mit Umziehen.«

Ich war noch nicht dazu gekommen, meinen Koffer komplett auszupacken, und befürchtete das Schlimmste für das Kleid, doch das Material war dankbar und knitterfrei. Beim Blick in den Spiegel bemerkte ich zähneknirschend, dass meine Nase tatsächlich ein kleiner Sonnenbrand zierte, den ich mit ein bisschen Make-up einigermaßen abdeckte.

Außerdem trug ich noch immer die Perlenkette. Wie um mir Recht zu geben, passierte auch diesmal nichts, als ich sie berührte.

Safet wartete im Atrium auf mich. »Das ging wirklich schnell.«

»Setz es auf die Liste für Goran!«

Mit dem Wagen fuhren wir zuerst hinunter in Richtung Stadt, dann jedoch wieder hinauf in die Berge, wo die Luft kühler und frischer wurde.

»Musik?«, fragte Safet.

»Hast du noch was von Gibonni?«

»Reichlich.« Kurz darauf drang aus den Lautsprechern das erste Lied. Bevor ich fragen konnte, was er sang, schüttelte Safet den Kopf. »Keine Übersetzung diesmal. Hör einfach zu, du brauchst keine Worte, um das zu verstehen.«

Also lehnte ich mich zurück und sah in den nachtblauen Himmel. Safet hatte Recht. Natürlich verstand ich so gut wie nichts, nur hier und da schien mir ein Wort bekannt vorzukommen, ohne dass ich mir dessen sicher war. Aber das schien auch unnötig, weil Musik, Stimme und die fremden Silben einfach eine perfekte gefühlvolle Einheit bildeten.

Nach zwanzig Minuten hielt er vor einer hell erleuchteten Villa, über deren Eingang in dezenter Goldschrift der Name *Ragusa* prangte. Der Wagen wurde von einem livrierten Angestellten auf den Parkplatz gefahren, während wir hineingingen und Safet mit dem Empfangschef redete. Wir waren ein bisschen spät dran, offensichtlich hatte man deshalb unseren Tisch anderweitig vergeben. Das Loch in meinem Magen wurde immer größer, und ich befürchtete schon, ich würde uns in diesem Nobelschuppen hoffnungslos blamieren, wenn er laut und vernehmlich Geräusche von sich gab.

Safet debattierte noch eine Weile, ein paar Scheine wechselten den Besitzer, dann nahm er mich am Arm und führte mich in die Bar.

»Wir müssen warten, bis der nächste Tisch frei wird. Was möchtest du trinken?«

Ich glitt auf einen der Barhocker und schaute auf die verspiegelte Wand dahinter, an der in einem Regal meterhoch bis zur Decke Flaschen standen. »*Sex on the Beach,* wenn es das hier gibt.«

Safet lachte. »Sollte es.« Er bestellte meinen Cocktail und für sich einen Martini.

Ich sah zu, wie er mit der Olive in seinem Glas spielte, und beschloss, zum Angriff überzugehen. Wenn ich allerdings mit der Tür ins Haus fiel und nach seiner Bemerkung zu den Tulpen fragte, würde ich mir nur wieder eine Abfuhr holen. Das hieß, ich musste auf Umwegen dahin gelangen, wo ich hinwollte, und nicht die Tulpen, sondern erst mal das Gemälde an sich in den Vordergrund rücken.

»Das Bild mit den Tulpen«, begann ich und sah sofort, dass sich Safets Gesicht verschloss. »Es ist im selben Stil gemalt wie das von dieser Festung auf dem Felsen in deinem Wohnzimmer.«

Safet drehte sich halb zu mir und stützte seinen Unterarm auf die Bar. Die plötzliche Distanz von eben war aus seinem Blick verschwunden, er nickte. »Das ist Fort Lovrjenac. Wenn wir es schaffen, morgen früh aufzustehen und einen Spaziergang auf der Stadtmauer zu machen, wirst du es von dort am besten sehen können. Angeblich wurde die ursprüngliche Festung in Rekordzeit errichtet, um den Venezianern zuvorzukommen, die an derselben Stelle auch ein Fort bauen wollten, um Ragusa zu beherrschen.«

»Schon wieder die Venezianer? Ihr scheint euch mit denen nicht ganz grün gewesen zu sein.«

»Sie küssten und sie schlugen sich«, sagte Safet schulterzuckend. »Die Beziehungen waren meist angespannt, die Venezianer schätzten keine Konkurrenz ihrer Handelsmacht.«

Jetzt waren wir wieder bei der Stadtgeschichte statt bei Safet. Er war wirklich außerordentlich geschickt im Ausweichen.

»Über dem Eingang zu Fort Lovrjenac steht in Stein gemeißelt das Motto der Republik Ragusa«, erzählte Safet auf sicherem Boden weiter. *»Non bene pro toto libertas venditur auro.«*

»Nicht für alles Gold der Welt sollt ihr eure Freiheit verkaufen«, übersetzte ich. »Sehr weise. Haben sie sich dran gehalten?«

Safet hob sein Glas und betrachtete mich durch die Flüssigkeit. Ich konnte seinen Gesichtsausdruck nicht sehen, als er sagte: »Natürlich. Immer. Das tut doch jeder.«

»Natürlich«, wiederholte ich sarkastisch. »Aber was ich eigentlich wegen der Bilder sagen wollte, war …«

In diesem Moment trat ein Ober an Safets Seite, brachte ihm seinen Autoschlüssel zurück und sagte etwas.

»Der Tisch ist frei«, übersetzte Safet unnötigerweise und stand auf.

Als ich ihm folgen wollte, blieb ich mit meinen Schuhen am Gestänge des Barhockers hängen, verlor das Gleichgewicht und trat Safet zu allem Überfluss auf die Füße, was mich noch mehr ins Schwanken brachte. Ich spürte, wie er seine Hände von hinten um meine Arme legte, um mich aufzufangen. Nachdem ich wieder einigermaßen sicher stand, drehte ich mich zu ihm um.

»Entschuldige, war keine Absicht!«, kicherte ich leise. Aber Safet schien das nicht lustig zu finden. Seine Augen hatten sich verengt, er starrte mich an. Ich starrte zurück und sah unvermittelt ein diffuses Bild einer Menschenmenge um mich herum. Dabei spürte ich den irrationalen Wunsch auszubrechen und von jemandem wegzukommen, der mir zu nahe stand. Genauso plötzlich, wie das Bild aufgetaucht war, verschwand es wieder.

»Alles in Ordnung?«, hörte ich Safets Stimme.

»Sicher. Ich bin bloß hängen geblieben.« Ich spürte seinen Blick, sagte aber weiter nichts, ohne selbst so genau zu wissen, warum.

An unserem Tisch reichte uns der Ober die Karten, die zweisprachig verfasst waren, sodass ich Safet nicht fragen musste, was ich bestellen sollte. Trotzdem war ich ungewöhnlich lange damit beschäftigt, mein Abendessen auszusuchen, was vorwiegend daran lag, dass ich zu ergründen versuchte, was da eben passiert war. Es war nichts Unheimliches daran gewesen, nicht wie im Kloster oder vor dem Spiegel oder bei den merkwürdigen Stimmen. Es schien sich vielmehr um eine verschwommene Erinnerung zu handeln, die aufgetaucht und wieder verschwunden war. Bevor ich entscheiden konnte, ob ich Safet doch noch davon erzählen sollte, lenkte er meine Gedanken in andere Bahnen.

»Weißt du schon, was du willst?«, fragte er mich über den Rand der Karte hinweg.

»Noch nicht. Die Auswahl ist so groß, und ich könnte diese ganze Liste hier rauf und runter essen. Was kannst du denn empfehlen? Das Lamm?«

Safet hob etwas vorwurfsvoll die Brauen. »Lamm? Wir sind hier am Meer, du solltest auf jeden Fall Fisch nehmen!«

Und dann war sie mit einem Schlag da – die Erinnerung an den Abend der Vernissage bei Manfred Gülden. Ich hatte Christians Nähe ausweichen wollen und war dabei jemandem auf die Füße getreten, der hinter mir stand. Einem Mann in einem schwarzen Anzug, dessen leicht vorwurfsvoller Blick mich traf. Auf den ich nicht weiter geachtet hatte, weil ich zu erleichtert gewesen war, den Abstand zwischen Christian und mir um ein beträchtliches Stück vergrößert zu haben.

Ganz langsam ließ ich die Karte sinken. Mein Appetit hatte sich sowieso gerade in Luft aufgelöst.

Safet griff in die Innentasche seines Jacketts, holte eine Schachtel Dunhills heraus und zündete sich eine Zigarette an. Dabei ließ er mich nicht aus den Augen, verzog aber auch keine Miene. Stattdessen lehnte er sich zurück, blies den Rauch gegen die Decke und sagte schließlich vollkommen sachlich: »Ich habe mich schon gefragt, wann dir das wieder einfällt.«

Einen Moment lang war ich fassungslos. Safet spielte ein reichlich undurchsichtiges Spiel, aber andererseits verriet sein geschäftsmäßiger Tonfall, dass ich sehr wohl durchschauen sollte, was dahinter steckte.

»Du warst das in der Galerie, und du warst es auch, der mich beobachtet hat, als ich im Saal mit den Renaissance-Gemälden stand – nicht Christian«, murmelte ich, mehr zu mir selbst als zu ihm. »Warum? Was hat dich so an mir interessiert?« Und dann, als Safet nichts erwiderte, sondern mich nur ansah, begann ich, die volle Tragweite dessen zu begreifen, was später geschehen war.

»Der Unfall. Es hat zu lange gedauert, bis du mich gerammt hast, du hättest noch bremsen können, wenn du gewollt hättest. Du hast das inszeniert.«

Safet nickte. Dass er nicht mal versuchte zu leugnen und zu behaupten, das sei alles bloß Zufall gewesen, gab mir den Rest. Fast jedenfalls, denn was er als Nächstes sagte, setzte dem Ganzen die Krone auf.

»Ich hatte keine Mühe rauszufinden, wer du bist und wo du arbeitest. Von da an bin ich dir ein paarmal nachgefahren, und an dem Abend habe ich meine Chance ergriffen. Du warst anfangs schwerer zu knacken, als ich gedacht habe, deshalb war ich ehrlich überrascht, dass du nach einer einzigen Nacht mit mir von ganz allein mit den Perlen ankamst.«

»Mit den … Du wolltest die Perlen?« Meine rechte Hand fuhr hoch zu der Kette. Wie es aussah, hatte ich wirklich auf einer überlangen Leitung gestanden.

Safet blinzelte durch den Rauch seiner Zigarette zu mir herüber. »Das war mein ursprünglicher Plan. Schließlich hätte ich dich bei Gülden schlecht deswegen zur Seite nehmen und sagen können: Verzeihung, aber würden Sie mir Ihre Perlenkette überlassen? Sie ist nämlich höchstwahrscheinlich ausgesprochen wertvoll.«

Meine Hände fingen an, unkontrolliert zu zittern. Wegen Safet, wie am Morgen, und doch aus einem ganz anderen Grund. Zorn kochte in mir hoch, auf Safet und seine unglaubliche Arroganz, vor allem aber auf mich und meine Naivität. Ich hatte immer bezweifelt, dass die Sache zwischen ihm und mir irgendeine tiefere Bedeutung hatte, dabei war es – Ironie des Schicksals – genau umgekehrt gewesen.

Angestrengt schaute ich auf meine Hände hinunter, als könne ich sie zwingen, mit dem Zittern aufzuhören. Erstaunlicherweise gelang mir das sogar.

»Du musst dich sehr über mich amüsiert haben«, sagte ich leise.

»Nein«, widersprach Safet. »Ich sagte, ich war überrascht. Aber zu dem Zeitpunkt hatte sich …«

»Lass die Haarspalterei!« Ich war so laut geworden, dass eine Frau am Nebentisch irritiert herübersah, auch wenn sie meine Worte nicht verstand. »Gib dir keine Mühe, ich bin aufgewacht. Tut mir Leid für dich, dass es zu früh passiert ist. Vielleicht hättest du dich nicht rasieren und auf den schwarzen Anzug verzichten sollen, dann säße ich möglicherweise hier vor einem Fischteller und würde dich weiter anhimmeln. Dumm gelaufen! Aber es beruhigt mich, dass selbst du Fehler machst.«

Ich stieß meinen Stuhl zurück und schnappte mir Safets Autoschlüssel, die er neben sein Weinglas gelegt hatte. »Du erlaubst doch? *Adio!*«

Bevor er dazu kam, mich aufzuhalten, ließ ich ihn sitzen und stürmte aus dem Restaurant.

15.

Draußen wollte mir jemand den Schlüssel aus der Hand nehmen, um den Wagen zu holen, aber ich lief zum Parkplatz, wo ich Safets Cabrio schnell fand. Nur einmal sah ich über meine Schulter zurück, niemand folgte mir. Safet war wohl der Ansicht, dass ich früher oder später zurückkäme. Da sollte er sich täuschen.

Die Straße war kurvenreich und auch nicht sonderlich breit, ich musste mich beim Fahren konzentrieren. Trotzdem hämmerte ich auf einen Knopf des CD-Players, damit die Musik meine sich ständig wiederholenden Gedanken übertönte: Jetzt weißt du also, was so Besonderes an dir ist. Goran würde staunen. Oder vielleicht auch nicht.

Gibonni sang sich die Seele aus dem Leib, ohne dass ich ihn auch nur verstehen wollte. Ich drehte die Musik noch lauter. Plötzlich ertönten zwischen all den kroatischen Silben italienische, die ich bedauerlicherweise sehr gut verstand: *Io non renuncio a lei* – ich verzichte nicht auf sie, klagte der Typ mit depressivster Stimme. Ich drückte auf den Off-Knopf. Die plötzliche Stille tat gut.

Dann bog ich um die nächste Kurve, und der Anblick, der sich mir bot, ließ mich tatsächlich kurzfristig vergessen, wie wütend ich war. Weit unter mir lag die Altstadt von Dubrovnik, ein Lichtermeer mitten in der Adria, das funkelte wie ein wertvolles Schmuckstück. Selbst diese Assoziation, die mich sofort an meine Perlen erinnerte, hinderte mich nicht daran, an einer Ausbuchtung zu halten und aus dem Wagen zu steigen.

Da stand ich nun, starrte auf die Stadt hinunter, die einmal die stolze, reiche und freie Republik Ragusa gewesen war, und erlag ihrem Zauber.

Eine Menge Dinge gingen mir dabei durch den Kopf, und ich bemühte mich, sie zu sortieren. Safet hatte also die Perlen gewollt und mich deswegen angebaggert. Aber wieso war ich dann hier? Er hatte doch, was er wollte, und ich hätte niemals beweisen können, dass er sie nicht rechtmäßig besaß, schließlich hatte ich sie ihm freiwillig gegeben.

Ich lehnte mich an die Kühlerhaube des Cabrios und schloss die Augen. Vielleicht hatte Safet herausgefunden, dass die Kette doch nicht so wertvoll war, wie er annahm, und beschlossen, sich wenigstens noch ein bisschen Spaß mit mir zu gönnen.

Na toll, das war zumindest eine Art Kompliment, das mir zuvor noch kein Mann gemacht hatte. Als ich mich vor einigen Stunden entschlossen hatte, einfach meinen Gefühlen zu folgen, hatte ich an etwas andere Voraussetzungen gedacht. Trotzdem: Ich war nun mal hier und Dubrovnik eine faszinierende Stadt. Ich würde meinen Kurztrip ans Meer also positiv sehen und wenigstens mitnehmen, was ich bekam, statt mich aufzuregen.

Ich stieg wieder in den Wagen und wollte weiterfahren, doch der Zündschlüssel fiel mir aus der Hand, und ich tastete im Dunkeln erfolglos danach. Die Innenbeleuchtung war mehr als dürftig, reichte allerdings gerade dazu, den Schlüssel zu entdecken. Als ich mich wieder aufrichtete, fiel mein Blick in den Rückspiegel – und ich erschrak fast zu Tode.

Vor mein Gesicht schob sich ein fremder Umriss, den ich schon einmal gesehen hatte. Im diffusen Licht erkannte ich deutlich die dunkelbraunen Augen, die kleine gerade Nase und den breiten Mund der Frau, die nicht ich war. Das Einzige, was uns verband, war der Moment des Schocks, denn auch sie hatte die Augen erschrocken aufgerissen. Mit einem Ruck löste ich mich von dem Spiegelbild, öffnete unbeholfen die Fahrertür und stolperte hinaus ins Freie, wo ich panikartig nach frischer Luft schnappte.

Das Hupen eines vorbeifahrenden Wagens, aus dem ähnlich lauter Pop drang wie vor kurzem noch aus Safets Lautsprechern, ließ mich erneut zusammenfahren. Der Mann am Steuer winkte mir zu und brüllte etwas herüber.

»Dobru zabavu!«

Er fand vermutlich, dass man in einer Nacht wie dieser unbedingt sein Vergnügen haben sollte, anders konnte ich mir nicht erklären, weshalb um alles in der Welt er mir viel Spaß wünschte. Ich hatte keinen, absolut nicht.

Trotzdem half mir der Vorfall, mich wieder auf die Realität um mich herum zu besinnen. Dort unten lag unverändert Ragusa, als hätte sich eben im Spiegel überhaupt nichts ereignet. Was hatte ich vorhin gedacht: die stolze und reiche Republik. Nachdenklich kaute ich auf meiner Unterlippe. Safet hatte Kohle, wie sein Geschäft bewies, sein Haus, seine Autos – und vermutlich auch seine Wohnung in Hannover, die ich nie gesehen hatte. Auf eine Perlenkette, wie alt und wertvoll sie auch sein mochte, war er kaum angewiesen. Und Safet war stolz, er zog sich hinter seine Maske zurück, wenn jemand versuchte, ihm in die Karten zu sehen. Er passte zu Ragusa, er passte in seine Heimat.

Wenn ich das alles so betrachtete, konnte ich mir einfach nicht vorstellen, dass sein einziges Motiv der bloße Wert meiner Perlen war. Das ließ nur einen Schluss zu: Er musste etwas in ihnen gesehen haben, das niemand sonst sah, von Anfang an. Was dazu führte, dass er an den Zusammenhang zwischen den Perlen und meinen merkwürdigen Erlebnissen glaubte. Und nach dem, was ich jetzt wusste, vermutlich an einen ganz bestimmten.

Falls das zutraf, wollte ich wissen, an welchen. Unbedingt. Auch wenn das hieß, dass ich noch mal zu Safet zurückmusste. Aber nicht mehr in dieser Nacht. Sollte er doch sehen, wie er nach Hause kam, und sich ein verdammtes Taxi nehmen. Ich jedenfalls würde dort hinunterfahren und mir in Dubrovnik ein Hotelzimmer suchen.

16.

Viele Stunden später stand ich wieder mal unausgeschlafen mitten in Dubrovniks Altstadt – in denselben Klamotten wie am Vortag: meinem schwarzen Kleid und leider auch meinen unbequemen Schuhen. In einer der kleinen Gassen hatte ich ein Zimmer bekommen, das man nicht mit einem Hotel vergleichen konnte, aber dafür war es mir vergönnt gewesen, in eines der jahrhundertealten Häuser hineinsehen zu dürfen. Der Gegensatz war ein bisschen verrückt, weil von außen alles so unverändert wirkte, im Inneren aber dieselben Einbauküchen standen wie in jeder anderen Wohnung.

Gefrühstückt hatte ich nicht, nur in der Gradska Kavana, dem Stadtcafé gegenüber der Kirche Sveti Vlaho, zwei Cappuccini getrunken, deren Koffein mir half, einigermaßen wach zu werden. Trotzdem fühlte ich mich elend und seltsam unentschieden, wenn ich an Safet dachte. Wie hatte das Wort für Scheißkerl geheißen? Ich konnte mich nicht erinnern.

Es wurde wohl Zeit, dass ich nach Lapad fuhr, um Safet nach dem Geheimnis der Perlen zu fragen, also ging ich den Stradun hinunter in Richtung Pile-Tor. Dabei lief ich besonders schnell an Gorans Kavana vorbei, weil ich keinen Wert darauf legte, ihn auch nur von weitem zu sehen oder von ihm gesehen zu werden. Kurz vor dem Tor entdeckte ich den Aufgang zu den Stadtmauern und schob wieder mal was Unbequemes, in diesem Fall die weitere Auseinandersetzung mit Safet, auf die lange Bank.

Unter anderen Umständen hätte ich die Aussicht bestimmt noch mehr genossen, obwohl es auch so schon ungeheuer beeindruckend war, von hier oben den Stradun entlangzublicken und über das Dächermeer zu schauen. Die vielen neu gedeckten Dächer, die Safet erwähnt hatte, fielen mir sofort ins Auge, und einen Moment lang verschwand der Zorn auf ihn. Unwillkürlich musste ich an den Krieg denken, an den Raum mit den Fotos der Gefallenen und an Marko Vujović. Und daran, dass ich mal vorgehabt hatte, Safets Persönlichkeit zu ergründen, die sicher auch von diesen Dingen geprägt worden war. Aber dann sah ich Safet vor mir, der mir einfach ins Gesicht sagte, dass alles, was in Hannover passiert war, auf einem riesigen Schwindel basierte. Und die Wut kam zurück.

Ich ging ein Stück weiter auf die Meerseite der Stadtmauer zu, und dann tauchte nach einigen Metern tatsächlich Fort Lovrjenac auf. Trutzig und in der Morgensonne weiß scheinend, auf seinem gewaltigen Felsen.

Während ich hinüberschaute und an das Motto dachte, das da über dem Tor in den Stein gemeißelt war, hörte ich von rechts Stimmen, die langsam lauter wurden. Obwohl es noch so früh war, kam mir ein Paar entgegen, das die gleiche Idee gehabt hatte wie ich und das sich auf Deutsch unterhielt.

»Ich will heute unbedingt in dieses Kloster«, sagte die Frau gerade.

»Welches? Hier gibt es so viele davon«, seufzte der Mann, der wohl nicht allzu viel von Kultur hielt, sondern lieber an irgendeinem Strand gelegen hätte.

»Das Franziskaner-Kloster. Ist doch faszinierend, dass diese Apotheke da seit sechseinhalb Jahrhunderten besteht! Stell dir das mal vor!«

»Na und«, gab der Mann wenig überzeugt zurück. »Was soll daran faszinierend sein? Wahrscheinlich haben die damals auch nur ihre Kopfschmerzpülverchen hergestellt, bloß dass die noch nicht Aspirin hießen.«

Die Frau verdrehte die Augen und zog den Mann mit sich fort. Aber ihre Worte spukten mir weiter im Kopf herum, weil eine so alte Apotheke wirklich faszinierend war. Angesichts meines gestrigen Aussetzers bei den Dominikanern zögerte ich allerdings, meinen Fuß schon wieder in ein Kloster zu setzen. Ich beschloss, zumindest mal hinzugehen und dann zu sehen, ob ich reinwollte oder nicht.

Obwohl ich neugierig war, umrundete ich zuerst die gesamte Stadtmauer, sah immer wieder über die Stadt, die von manchen Stellen ein unübersichtliches Häuser-Chaos zu sein schien. Nur wenn man direkt oberhalb einer der schnurgerade verlaufenden Gassen stand, erkannte man das Muster der parallel angelegten Straßen, die alle von der einen oder anderen Seite der Mauer über viele Treppen hinab auf den Stradun führten.

Wie sich herausstellte, befand sich das Franziskaner-Kloster fast direkt neben dem Aufgang zur Stadtmauer, nur getrennt von einer kleinen Kirche. Die Franziskaner hatten sich – wenn man die Stadt durch das Pile-Tor betrat – gleich am Anfang des Stradun niedergelassen. Rein äußerlich ähnelte der Bau in seiner Schmucklosigkeit dem der Dominikaner, abgesehen von einer beeindruckenden Pietà am Portal der Kirche. Der Kirchturm war ebenfalls schlicht und mit seiner abgerundeten Kuppel nicht so verspielt wie die zwiebelturmähnliche Spitze bei den Dominikanern. Trotz meiner Befürchtungen überkam mich aber beim Anblick des Klosters kein wie auch immer geartetes Unwohlsein. Also folgte ich dem langen dunklen Gang an der Seite der Kirche. Dort wies das grüne Kreuz auf die Apotheke hin, die offenbar immer noch als solche genutzt wurde. Am Ende des Ganges zögerte ich noch einmal kurz, bevor ich mich nach rechts wandte, wo es sowohl zum Kreuzgang als auch zur Apotheke ging, doch was ich empfand, war nur eine eigenartige Ruhe, die sich in mir ausbreitete.

Der Eingang zur Apotheke lag vor dem dunkelgrünen Tor, der den Besucher in den Kreuzgang entließ. Der Mann von vorhin hatte Recht gehabt, hier sah es aus wie in einer ganz gewöhnlichen Apotheke.

Eine Frau in einem weißen Kittel stand zwischen einem elfenbeinfarbenen Regal mit dunkelbraunen Flaschen und einer Verkaufsvitrine, auf der dieselben Aspirinschachteln standen, die ich von zu Hause kannte, und sprach mich auf Kroatisch an.

Natürlich hatte ich meinen Sprachführer nicht dabei, und so deutete ich nur mit einem entschuldigenden Lächeln auf die Aspirin, weil ich ungern einfach wieder gehen und damit zugeben wollte, bloß aus Neugier reingekommen zu sein. Sie erwiderte das Lächeln und sagte dann ganz selbstverständlich auf Englisch:

»Wenn Sie möchten, versuchen Sie ein altes Franziskaner-Rezept gegen Kopfschmerzen, nur aus Naturheilmitteln hergestellt.« Damit stellte sie ein kleines Fläschchen vor mich hin. »Ein paar Tropfen mit Wasser verdünnt werden Ihnen helfen.«

»Gern, danke!« Das war vermutlich bekömmlicher als Aspirin, und ich war gern bereit, es auszuprobieren, falls es irgendwann nötig werden sollte. Weil sie so freundlich war, beschloss ich zu fragen, ob das hier tatsächlich dieselbe Apotheke war, die von den Mönchen vor vielen Jahrhunderten betrieben wurde.

»Nein«, schüttelte sie den Kopf und deutete zum Fenster. »Die war schräg gegenüber, dort, wo heute das Museum ist. Sie müssen durch den Kreuzgang, dann können Sie es nicht verfehlen.«

Irgendwie fühlte ich mich erleichtert. Das hier entsprach so wenig der Atmosphäre, die ich mir für eine uralte Apotheke vorgestellt hatte. Vor dem Kreuzgang löste ich eine Eintrittskarte und fand ohne Schwierigkeiten den Weg zum Museum, wo in einer Reihe niedriger Vitrinen alte Medizinbücher lagen. Dahinter waren Tische mit pharmazeutischen Geräten aufgebaut, deren Bedienung mir unklar blieb.

Meine Augen wanderten weiter zur Wand. Dort befand sich ein hohes und die ganze Breite des Raumes einnehmendes hölzernes Regal, in dem viele weiße Fayencen mit blauem Muster standen, in der Mitte ein rundes Gefäß mit gelben, grünen und wieder blauen Ranken. Wie hypnotisiert starrte ich auf dieses Gefäß, ich konnte meinen Blick nur mit Mühe davon nehmen, als würde es irgendeine Erinnerung in mir wecken. Einen Augenblick befürchtete ich, dass mir hier tatsächlich etwas Ähnliches passieren würde wie im Dominikaner-Kloster, aber nach einer Weile ebbte das Gefühl ein wenig ab, und ich konnte mir die anderen Stücke ansehen.

Rechts auf dem Boden stand ein großer hölzerner Schrank mit Eisenbeschlägen und Schlössern. Unbewusst machte ich einen Schritt darauf zu, wie um sie zu öffnen. Ich streckte meinen Arm aus, der in der Luft hängen blieb, als wisse er nicht recht, was er da eigentlich tun sollte. Der Schrank schien mich rätselhafterweise anzuziehen.

Dann spürte ich eine Hand auf meiner Schulter und fuhr herum.

Ein fast kahlköpfiger Mann in dunkelbrauner Mönchskutte sagte etwas zu mir, merkte dann, dass ich ihn nicht verstand, und versuchte es statt auf Englisch erstaunlicherweise gleich mit schwerem Akzent auf Deutsch. »Geht es Ihnen nicht gut? Kann ich Ihnen helfen?«

»Geißraute«, hörte ich mich sagen. »Zwanzig Gramm der unzerkleinerten Pflanze.«

»Molim?«, fragte er verwirrt und fiel dabei in seine eigene Sprache zurück.

Wahrscheinlich war sein Deutsch dafür nicht ausreichend, allerdings konnte er kaum verwirrter sein als ich selbst. Was hatte ich da verlangt? Ich hatte keine Ahnung, was Geißraute war, geschweige denn, was ich damit wollte.

»Nichts, danke«, stotterte ich und bemerkte gleichzeitig, dass mein Gerede nicht der einzige Grund für seine Verwirrung war. Er starrte auf meine Perlenkette!

Für einen Augenblick vergaß ich die Geißraute. »Was ist los?«

Der Mönch schaute von der Kette zu mir und wieder zu der Kette, dabei murmelte er etwas Undeutliches und bekreuzigte sich, bevor er eilig das Museum verließ.

Verwirrt stolperte ich ihm hinterher, weil es so aussah, als könne er mir wenigstens bei der Lösung eines meiner Rätsel helfen. Wenn ich schon komische Dinge sagte, die ich nicht nachvollziehen geschweige denn erklären konnte, dann musste ich zumindest jetzt die Gelegenheit beim Schopf ergreifen, etwas über die Perlen zu erfahren. Aber als ich in den schattigen Kreuzgang kam, war der Franziskaner verschwunden. Ratlos sah ich mich um, machte ein paar unsichere Schritte erst in die eine, dann in die andere Richtung, bis ich einfach stehen blieb, mich gegen die Mauern lehnte und in den grünen Hof schaute. Meine Gedanken wirbelten durcheinander, trotzdem fühlte ich mich weit weniger beunruhigt, als ich hätte sein sollen. Vielleicht gewöhnte ich mich allmählich an solche Vorfälle oder es lag an der Stimmung, die hier herrschte. Der Kreuzgang mit seinen zierlichen Säulen, die immer paarweise auftraten und deren Kapitelle nie die gleichen Figuren schmückten, strahlte mehr Ruhe aus als der des Dominikaner-Klosters. Selbst der Brunnen am Ende des Mittelgangs zwischen den Palmen kam mir in seinen Formen harmonischer vor. Es war so friedlich hier. Da schien es plötzlich kaum mehr was auszumachen, dass ich eben erst wie in Trance nach einer mir völlig unbekannten Pflanze gefragt und sich dann auch noch bei meinem Anblick ein Geistlicher bekreuzigt hatte.

Letzteres stimmte nicht ganz, denn natürlich war es der Anblick der Perlen gewesen. Bis auf einmal – bei den Dominikanern – hatte ich sie jedes Mal umgehabt, wenn ich was Seltsames erlebte. Und noch etwas war dort anders gewesen: Ich hatte Angst und vor allem Bedrohung verspürt. Alle anderen Vorfälle waren mir unheimlich gewesen, ich hatte mich furchtbar erschrocken und war in Panik geraten. Aber das kam nur daher, weil ich sie nicht erklären konnte.

Es blieb mir nichts anderes übrig, ich musste endlich zu Safet zurück, wenn ich wissen wollte, was er vermutete. Es hatte keinen Sinn, es länger hinauszuzögern, je eher ich mich auf den Weg machte, desto eher hatte ich es hinter mir.

Ich drehte mich um und wäre dabei fast mit dem Mönch von vorhin zusammengeprallt, der mir gerade noch ausweichen konnte. Er setzte zu einer scharfen Bemerkung an, doch dann erkannte er mich – und die Perlen – wieder. Wenn ich ihm vorhin schon nicht entlocken konnte, weshalb er so erschrocken war, gelang es mir vielleicht jetzt. Entschlossen verstellte ich ihm den Weg, als er sich an mir vorbeischieben wollte.

»Was ist so außergewöhnlich an der Kette?«

Er sah wohl, dass ich hartnäckig sein würde, und versuchte sich an einer Erklärung, die er mit Händen und Füßen untermauerte. »Mirjana«, stieß er dabei mehrmals hervor. »Mirjanas Perlen, verstehen Sie? Ihre Kette – sieht aus wie Mirjanas Kette.«

Mein Gesicht musste ein einziges Fragezeichen gewesen sein. Auch wenn ich die Worte begriff, fehlte mir jeglicher Zusammenhang. »Wer ist Mirjana?«

»Mirjana war …« Er suchte nach einem Wort, dann zuckte er bedauernd mit den Schultern und sagte es auf Kroatisch. *»Bila je vještica.«*

Meinen fragenden Ausdruck quittierte er mit einem weiteren bedauernden Schulterzucken, dann drehte er sich endgültig um. Wahrscheinlich war er der Ansicht, sich genug mit einer Touristin abgemüht zu haben.

»Ein Königreich für ein Wörterbuch«, murmelte ich leise vor mich hin. »Was, zum Teufel, heißt *vještica*?«

»Teufel ist in der Tat sehr passend«, ertönte es hinter mir.

Ich wusste sofort, wem diese Stimme gehörte. Und trotz allem reagierte ich innerlich ganz anders, als ich sollte.

Auch Safet steckte noch in seinem Anzug von gestern Abend. Er war unrasiert und wirkte müde. Offensichtlich hatte er ebenso wenig wie ich in seinem Haus übernachtet und sah deshalb ausnahmsweise mal nicht wie aus dem Ei gepellt aus. Eigentlich sah er nicht mal so aus, als hätte er überhaupt viel geschlafen.

»Würde es dir was ausmachen, nicht in Rätseln zu sprechen?«, bat ich bissig.

»Wenn du darauf bestehst …« Safet verzog die Mundwinkel. »Mirjana war eine Hexe.«

17.

Eine … was?« Ich wusste nicht, ob ich entsetzt sein oder lachen sollte. Ich wusste nicht mal, was ich eigentlich erwartet hatte, aber das ganz bestimmt nicht. Dennoch – wenn ich in Betracht zog, was alles geschehen war, seitdem ich die Kette einer Hexe trug, mochte da vielleicht was dran sein. Auch wenn es mir sehr schwer fiel, im 21. Jahrhundert tatsächlich noch an so was wie Hexen zu glauben und vor allem an die Macht, die sie möglicherweise über die Zeiten hinweg ausübten. Dazu noch durch eine Perlenkette. In diese recht verwirrenden Gedanken hinein berührte Safet meinen Arm, um mich aus dem Kreuzgang zu führen.

»Willst du sie sehen?«

Demonstrativ entzog ich mich seinem Griff und wich vor ihm zurück. Safet blieb nur kurz stehen, zuckte mit den Schultern, dann setzte er sich wieder in Bewegung. Schweigend. Offenbar ging er davon aus, dass ich ihm folgen würde durch dieses enge Straßen- und Gassengewirr. Das war gut kalkuliert, es gab keine andere Möglichkeit rauszufinden, was es mit Mirjana auf sich hatte.

Ich folgte Safet wieder den Stradun hinauf, bis wir fast vor Gorans Kavana angekommen waren, dann bog er nach links in eine Gasse ein, die über unzählige Treppenstufen bis hinauf zur Stadtmauer führte. Die Stufen wurden gesäumt von Unmengen an Grünpflanzen, und über uns hing eine Menge Wäsche an Leinen, die zwischen den Häusern gespannt waren.

Schließlich erklommen wir eine letzte Treppe und kamen zu einem kleinen Grundstück, das nur noch eine weitere kleine Gasse von der Stadtmauer trennte. Durch zwei ummauerte Beete mit Palmen führte ein kurzer Weg zu einer Tür, die wie so viele hier in Dubrovnik ebenfalls dunkelgrün gestrichen war.

»Wir sind da«, stellte Safet fest.

»Wo? Hat Mirjana hier gelebt?«

»Kaum. Mirjana Nalješković war mit einem extrem wohlhabenden Schiffseigner verheiratet, dessen Haus auf der anderen Seite des Stradun lag. Oder vielleicht sollte ich lieber Palast sagen, das wäre angemessener.«

Mit diesen Worten stieß Safet die Tür auf, und dahinter lag einer der merkwürdigsten Räume, die ich je in meinem Leben betreten hatte: eine Art Kuriositätenmuseum. Ein älterer Mann saß an einem wurmzerfressenen Tisch und verkaufte Eintrittskarten, im Raum hinter ihm standen Regale und Vitrinen voller Dinge, die für ein herkömmliches Museum nicht taugten, aber doch von irgendjemandem für wert befunden worden waren, aufgehoben zu werden: ausgestopfte Tiere, seltsam geformte Möbel, in einer Ecke stand sogar ein Skelett, dem die Hälfte der Rippenknochen fehlte. In einer Vitrine wurden seltsame Glasbehälter aufbewahrt, in denen Objekte schwammen, die ich lieber nicht genauer in Augenschein nehmen wollte.

Safet biss sich auf die Unterlippe, doch das Funkeln in seinen Augen verriet ihn. »Bemerkenswert, *draga,* was meinst du?«

»Auf gewisse Weise. Und hör auf, mich *draga* zu nennen.«

»Was gefällt dir daran nicht?« Safet war auf einmal an meiner Seite. Er musterte mich, und ich dachte, wenn er mich noch eine Sekunde länger so ansieht, bringe ich ihn um.

Ich wandte mich ab und fragte betont kühl: »Was hat das hier mit Mirjana zu tun?«

»Da drüben.« Er ging vor in einen zweiten Raum, der nicht ganz so voll gepackt war wie der erste. Vor einer Wand mit einem Porträt blieb er stehen.

Es war schummrig hier, und trotzdem fühlte ich die Stärke, die einst von der Frau auf dem Bild ausgegangen sein musste.

Sie leuchtete. Anders konnte ich das nicht nennen. Dieser Eindruck mochte entstehen, weil der Hintergrund sehr dunkel, sie selbst im Gegensatz dazu in sehr hellen Farben porträtiert worden war, was sogar das Nachdunkeln des Gemäldes über die Jahrhunderte nicht verbergen konnte. Ihre langen mahagonifarben schimmernden Haare fielen in Wellen auf ihre Schultern. Und ihr Gesicht – war das Gesicht, das ich kannte. Aus den Spiegeln. Ich sah ihre kleine gerade Nase, ihren breiten Mund mit den vollen Lippen und vor allem ihre dunkelbraunen, fast schwarzen Augen, die einen ganz besonderen Glanz ausstrahlten.

Sie trug ein Kleid aus hellgrünem Satin, das im Nacken in eine Halskrause mit feinen Spitzen mündete, vorn jedoch ausgeschnitten war. Um ihren Hals lag eine Kette aus apricot changierenden, leicht unregelmäßigen Perlen, an der eine weitere Perle hing: von der Größe eines Taubeneis, goldfarben und in Form eines fast perfekten Tropfens.

Ich schluckte und berührte ganz vorsichtig meine eigene Kette. Meine Fingerspitzen begannen zu kribbeln, die Perlen schienen zu vibrieren.

»Das ist unmöglich«, flüsterte ich aufgewühlt.

»Nein. Und du weißt das.« Safets Stimme drang wie durch Nebel zu mir.

»Wann …«, begann ich, noch immer auf das Bild starrend.

»Das Gemälde ist von 1570, Mirjana war da etwa fünfundzwanzig und seit ein paar Jahren verheiratet.«

Ich klammerte mich an die Zahl, die Safet genannt hatte, und zwang mich dazu, das Bild mit den Augen der Kunsthistorikerin zu betrachten, um mehr Abstand dazu zu gewinnen.

»Manche glauben, dass Vlaho Držić das Porträt gemalt hat«, sagte Safet, als habe er gespürt, was in mir vorging – und als würde das eine Menge erklären. Aber obwohl ich mich recht gut mit Malern dieser Periode auskannte, musste ich bei diesem Namen passen.

»Tut mir Leid, ich fürchte, das sagt mir nichts«, gab ich zu.

»Das hätte mich auch gewundert. Genau genommen ist er eher bekannt dafür, der Bruder des Dichters Marin Držić gewesen zu sein. Die künstlerische Qualität von Vlahos Gemälden ist umstritten, im Gegensatz zu den Werken seines Bruders«, erklärte Safet bereitwillig. »Bei diesem hier ist man sich der Urheberschaft nicht ganz sicher – aber es gab und gibt immer noch ein paar Leute, die unbedingt daran festhalten wollen, weil es so schön passt.«

»Wozu passt?«

Für einen Augenblick kehrte Safets Lächeln in sein Gesicht zurück. »Zu dem Zeitpunkt, als das Porträt gemalt wurde, hat sich niemand was dabei gedacht. Aber als dann Gerüchte auftauchten, dass Mirjana eine Hexe gewesen sei, fand man es im Nachhinein zumindest bedenkenswert, dass Vlaho im selben Jahr starb, in dem das Bild fertig gestellt wurde.« Damit deutete Safet auf die winzige Zahl in der rechten unteren Ecke des Gemäldes, die er schon erwähnt hatte: 1570.

Ungläubig starrte ich ihn an. »Im Ernst?«

»Mit so was treibt man keine Scherze«, witzelte Safet. »Na ja, natürlich steht da nur eine Jahreszahl, keiner weiß, in welchem Monat genau das Porträt fertig wurde. Kann also sein, dass Držić da schon längst tot war. Aber wen interessiert das, wenn es eine so gute Geschichte abgibt?«

»Berechtigte Frage.« Ich trat noch näher an das Gemälde und streckte die Hand aus. Mein Zeigefinger schwebte nur wenige Millimeter über der Leinwand und zeichnete ganz langsam die Kette nach. »Sie zeigt ziemlich viel Dekolleté. Normalerweise waren die Frauen mit Halskrausen bis unters Kinn zugeknöpft – zumindest auf den meisten Gemälden aus dieser Zeit.«

»Mirjana war keine Frau wie jede andere«, stellte Safet fest.

»In Modefragen ist jede Frau wie die andere.«

Safet zuckte mit den Schultern. »Mirjana hatte in vielen Dingen ihren eigenen Kopf. Und sie hatte einen hübschen Hals und eine ausgesprochen schöne Kette. Wenn sie beides zeigen wollte, tat sie es eben.«

Mein Blick blieb wieder an den Perlen haften. »Glaubst du wirklich, dass das da meine Kette ist?«, fragte ich.

»Ich hab dir schon in Hannover gesagt, dass solche Perlen wie die goldene äußerst selten sind. Als ich sie an dir sah, war mein erster Gedanke, dass du Mirjanas Kette trägst, und als du dann später auch noch die Frau im Spiegel beschrieben hast … Natürlich war das trotz allem kein Beweis, ich habe also hier und da noch ein bisschen nachgeforscht, und dann bin ich damit hergekommen, um das Original mit dem Bild vergleichen zu können. Ich habe die Perlen abgezählt und würde sagen, die Anzahl kommt hin, obwohl man diejenigen, die sie im Nacken trägt, nicht sieht. Deshalb kann ich es nach wie vor nicht hundertprozentig garantieren, aber ich finde, es spricht mehr dafür als die bloße Ähnlichkeit.«

»Dass sie eine Hexe war, zum Beispiel?«, fragte ich mit einem Sarkasmus in der Stimme, den ich nicht fühlte.

»Eher, dass du seltsame Dinge siehst und hörst, wenn du sie trägst.«

Ich wollte schon zustimmen, als mir etwas einfiel. »Nicht nur, wenn ich sie trage, es hat eine Ausnahme gegeben.«

»Du meinst das, was im Dominikaner-Kloster mit dir passiert ist«, schlussfolgerte Safet. »Da hast du die Perlen nicht getragen, sie waren weit weg, zu Hause bei mir. Trotzdem glaube ich nicht, dass das Zufall war, sondern durchaus was mit Mirjana zu tun hatte. Wer weiß, welche Kraft da am Werk war, die ohne die Kette ausgelöst wurde.«

»Ich lege überhaupt keinen Wert darauf, das rauszufinden. Mirjanas Gesicht im Spiegel zu sehen ist eine Sache, aber dieses Gefühl von Bedrohung, das ich im Kloster hatte, geht mir entschieden zu weit.« Ich machte eine kurze Pause, in der Safet nur nickte, und ich überlegte, ob ich den Vorfall im Franziskaner-Museum erwähnen sollte. Es gab wohl keinen vernünftigen Grund, ihn zu verschweigen. »Scheint also so, als würde ich nicht nur Dinge sehen und hören, sondern auch anfangen, merkwürdiges Zeug zu sagen«, schloss ich meinen Bericht.

»Geißraute?«, wiederholte Safet das Wort, das ihm in der deutschen Sprache noch nicht untergekommen war. »Was ist das?«

»Keine Ahnung. Irgendeine Pflanze. Ich schätze, Mirjana wüsste, wozu man sie benutzt. Wenn sie wirklich eine Hexe war, wird sie sich mit Heilkräutern und -pflanzen ausgekannt haben.«

»Richtig«, stimmte Safet zu. »Mirjanas wahre Geschichte ist nicht bekannt, es kursierten schon damals eine Menge Gerüchte, die dann später natürlich zur Legendenbildung beitrugen. Die Hexenverfolgung war zu der Zeit in Europa richtig heftig im Gange, besonders übrigens in Deutschland, falls dich das interessiert. In Kroatien dagegen passierte das etwa hundert Jahre später, obwohl es auch im 16. Jahrhundert schon hin und wieder Hexenprozesse gab. Wenn eine

Frau den bösen Blick hatte zum Beispiel, wenn sie sich ein bisschen auffällig benahm und sich dann dazu auch noch zu viel mit Heilkräutern auskannte.«

»Aber Ragusa war weder Deutschland noch Kroatien«, warf ich ein.

»Schon, aber irregeleiteter Glaube und Fanatismus kennen keine Grenzen, und selbst wenn es nur vereinzelt vorkommen sollte, reicht das für das bedauernswerte Opfer schon aus.« Safet warf einen Blick hinauf zu Mirjana und schaute dann wieder zu mir zurück. »Was meinst du, wollen wir raus in die Sonne? Wir könnten uns bei Goran hinsetzen, und ich erzähl dir, was man über Mirjana gemunkelt hat – und immer noch munkelt.«

Mir war das sehr recht, es war wirklich düster hier, und außerdem schienen sich Mirjanas dunkelbraune Augen immer stärker in mein Gesicht zu brennen, je länger wir hier standen. Das Gefühl war nicht direkt unangenehm, aber es bedrückte mich trotzdem. Mirjanas Blick folgte uns bis in den nächsten Raum, und auch wenn das eigentlich unmöglich war, sogar bis hinaus in den kleinen Garten.

Der Stradun war voller Menschen, und wir hatten Glück, dass wir bei Goran einen freien Tisch unter der weißen, mit blassroten Streifen versehenen Markise erwischten. Zwischen heute und dem letzten Mal, als wir hier gewesen waren, schienen Welten zu liegen.

»Wie kam's eigentlich, dass du im Franziskaner-Kloster warst? Du musst den Kreuzgang und das Museum doch in- und auswendig kennen und keine zehn Kuna mehr dafür hinblättern«, fragte ich, nachdem Safet drinnen unsere Bestellung aufgegeben hatte.

»Ich hab dich reingehen sehen und wollte eigentlich draußen auf dich warten. Aber dann hast du dich gar nicht mehr blicken lassen, also bin ich dir gefolgt. Dabei fiel mir ein, dass ein Wiedersehen im Kloster vielleicht sogar besser wäre, als auf offener Straße, weil du da drin sicher bei meinem Anblick keinen Aufstand veranstalten würdest.«

Ich fragte mich, wie ernst das gemeint war, und suchte nach dem spöttischen Zug um seinen Mund. Aber davon war nichts zu sehen.

»Du warst nicht zu Hause heute Nacht, oder?«, überging ich seine Bemerkung.

»Nein.«

Sehr einsilbig. »Wieso nicht?«

Safet hob die Brauen. »Bin ich dir Rechenschaft darüber schuldig, wo ich meine Nächte verbringe?«

Aus seiner Sicht betrachtet hatte er wohl Recht, diese Frage zu stellen, schließlich war *ich* abgehauen. Andererseits hatte ich einen sehr triftigen Grund dafür gehabt, und mich traf die Zurückweisung.

»Darüber vielleicht nicht«, sagte ich, konnte mir aber eine Spitze nicht verkneifen. »Mir würden allerdings eine Menge anderer Dinge einfallen, für die du mir sehr wohl Rechenschaft schuldig bist.«

Eine Weile herrschte Schweigen zwischen uns, während Safet sein Jackett abtastete, das er inzwischen über den freien Stuhl neben sich gelegt hatte, nicht fündig wurde, wieder aufstand und in die Kavana hineinging. Als er zurückkam, hatte er ein Päckchen Zigaretten einer kroatischen Marke in der Hand. Er zog den auf dem Tisch stehenden Aschenbecher zu sich herüber und riss die weiße Schachtel mit der Aufschrift Ronhill Lights auf. Allmählich begann ich zu glauben, dass er vor allem dann rauchte, wenn er innerlich unter Strom stand und versuchen wollte, sich zu entspannen.

»Mir war nach Gesellschaft«, sagte er zwischen zwei Zügen, womit er sich offenbar entschlossen hatte, doch lieber über die letzte Nacht als über anderes zu reden.

Wenn ich auch noch so gern gewusst hätte, welche Art von Gesellschaft er meinte, schwieg ich diesmal und nickte nur.

In diesem Moment kam eine blonde Frau mit einem Tablett und Safets Bestellung und lächelte. »Na, Safet, ich sehe, du bist ein echter Frühaufsteher. Nach eurer langen Nacht hätte ich dich eigentlich noch im Bett vermutet, ich hatte jedenfalls Mühe, Goran wach zu kriegen.«

Ich musste mich zusammenreißen, mir meine Überraschung über eine deutsche Bedienung bei Goran nichts anmerken zu lassen – sicher ohne sonderlich viel Erfolg.

»Wie heißt doch euer Sprichwort mit der Morgenstunde?«, griente Safet.

Die Frau lachte. »Jaja, sag das mal deinem Blutsbruder da drin. Der leidet wie Hölle.« Damit stellte sie zwei Espressotassen auf den Tisch und blinzelte Safet zu, bevor sie sich umdrehte. Mich würdigte sie keines Blickes.

Safet sah zu mir herüber. »Gorans Frau kommt aus Hamburg. Sie hat mal hier Urlaub gemacht und wollte eigentlich nach drei Wochen wieder zurück. Muss ihr gefallen haben bei uns.«

»Und bei Goran, nehme ich an.« Das bedeutete wohl, dass Goran auch Deutsch konnte, vielleicht nicht so perfekt wie Safet, aber er wäre gestern bestimmt in der Lage gewesen, Deutsch zu sprechen – wenn er gewollt hätte.

18.

Safet nahm einen Schluck von seinem Espresso und wechselte abrupt das Thema. »Was weißt du über die Hexenverfolgung?«

»Wenig. Und was dieses Land betrifft, gar nichts.«

»Na gut«, meinte er. »Dann sollte ich eins vorwegnehmen: Es gibt hier einen Unterschied zwischen dem, was tatsächlich in den Protokollen der Hexenprozesse auftauchte, und dem, was später in unseren Volkslegenden und Sagen daraus gemacht wurde. Die Wirklichkeit war meist weitaus grausamer als das, was erzählt wird. Man hat Hexen wie überall in Europa wegen aller möglichen Dinge angeklagt – wegen ihres Hexensabbats, dafür, dass sie mithilfe des Teufels durch die Lüfte flogen und mit ihm noch ganz andere Dinge anstellten, für Schadenszauber und selbstverständlich nicht zu vergessen dafür, dass sie Kinder töteten, deren Herz aßen und den Rest des Leichnams so lange kochten, bis er zu Fett wurde, aus dem sie Hexensalbe machten. Der übliche Quatsch eben, was man damals so glaubte. Einiges davon ging ein in Legenden, einiges wurde verfremdet und erheblich abgemildert. Es gibt zum Beispiel viele Erzählungen über falsch angewendete Zaubersprüche, die dann zu den verrücktesten Abenteuern führten. Es war gruselig genug und gleichzeitig nett zu erzählen.«

Ich verzog das Gesicht. »Nett?«

Safet gestattete sich ein satanisches Grinsen. »Der Teufel höchstpersönlich, die, hm, Verträge zwischen ihm und den Hexen, was alles Gegenstand der Prozesse gewesen ist, kommt in den Sagen so gut wie gar nicht vor. Im Gegenteil, in Dalmatien gehen solche Geschichten meist sogar ganz gut aus – Hexen brennen bis auf wenige Ausnahmen für gewöhnlich nicht, sondern verlieren entweder ihre magische Kraft oder gestehen ihre Sünden, womit alles vergeben und vergessen ist und sie keine Hexen mehr sind. Oder es wird gar nicht erst berichtet, was weiter aus ihnen geworden ist, weil die Geschichte selbst und weniger die Hexe im Vordergrund steht.«

»Du weißt ja eine Menge über das Thema«, stellte ich fest.

»Natürlich. Ich bin mit Mirjanas Legende aufgewachsen. Als ich älter wurde und anfing, mich mit der Vergangenheit, deren Schätzen und Kunst zu beschäftigen, war ich immer noch von Mirjana fasziniert, nur auf einer anderen Ebene. Ich habe versucht zu ergründen, was wirklich geschehen sein konnte, und dafür musste ich mir ein paar Dinge anlesen.«

»Aber du bist trotzdem nicht hinter ihre wahre Geschichte gekommen?«

»Nein. Dazu ist es einfach zu lange her, und falls es je irgendwelche urkundlichen Protokolle oder sonstige Unterlagen über ihren Fall gegeben haben sollte, müssen sie bei dem großen Erdbeben zerstört worden sein.«

»Was du vorhin gesagt hast – dass die meisten Hexenerzählungen gut ausgehen –, das gilt nicht für Mirjana, oder?«

»Kommt drauf an, wie man's sieht. Bereit für ihre Geschichte? Dann hör zu.« Safet drückte seine Zigarette aus und blinzelte in die Sonne. Weder er noch ich hatten eine Sonnenbrille dabei, weil die gestern Abend unnötig gewesen war. »Unstrittig ist die Tatsache, dass Mirjana sich in Heilkunst und mit Kräutern auskannte«, begann er. »Das machte sie noch nicht automatisch zur Hexe, allenfalls, wenn man denn an so was glauben wollte, zu einer *Vilenica,* einer Frau, die ihre Heilkunst von Feen erlernt hat. Manchmal wurden solche Frauen trotzdem der Hexerei angeklagt, weil es Menschen gab, die meinten, Heilkunst und Schadenszauber seien untrennbar miteinander verbunden. In Mirjanas Fall kam noch was dazu: Zwar hatte sie mit Sicherheit ihren eigenen Kräutergarten, aber mit gleicher Sicherheit hat ihr das nicht ausgereicht. Sie hat sich angeblich ein bisschen zu oft heimlich in die Apotheke der Franziskaner geschlichen, weil sie ihre Finger nicht von einigen Substanzen lassen konnte, die sie anders zusammenmischte als ein gewöhnlicher Apotheker das damals getan hätte. Aber wahrscheinlich wäre ihr nicht mal das wirklich zum Verhängnis geworden. Ihr Mann war sehr einflussreich und wohlhabend, so schnell hätte keiner gewagt, Mirjana in Verruf zu bringen.«

Je länger Safet erzählte, desto mehr tauchte ich in Mirjanas Schicksal ein und fand es fast wirklicher als die Gegenwart.

»Die Sage um Mirjana erzählt jedenfalls wie die meisten zu keiner Zeit irgendwelche Horrorszenarien von gekochten Kindern, obwohl es da Gerüchte um ein totes Baby gegeben hat«, fuhr Safet fort.

»Komisch«, unterbrach ich ihn, »das wäre doch eine tolle Sache gewesen! Wieso hat sich die Legende das entgehen lassen?«

»Vielleicht weil die Menschen hier wegen Mirjana zwar ganz gern ein bisschen Gänsehaut kriegen, aber nicht wirklich Angst vor ihr haben. Im Grunde mögen sie ihre Hexe wohl zu sehr, um sie böse darzustellen. Jedenfalls gibt es weder diese Schilderungen ihrer Hexenkunst noch welche von hervorgerufenen Unwettern, die die Ernte vernichten. Allerdings soll Mirjana nicht nur fähig gewesen sein, andere zu heilen, sondern auch dazu, durch die Lüfte zu fliegen und ganz plötzlich an Orten aufzutauchen, an denen sie eigentlich nicht sein konnte. Sie war außerdem angeblich so mächtig, dass sie Menschen dazu brachte, Dinge zu tun, die sie sonst unter keinen Umständen tun würden.«

»Eine Form von Hypnose?«

»Schon möglich. Oder einfach nur Ausstrahlung. Manche Frauen haben so was an sich …«, lächelte Safet. Dann wurde er wieder ernst. »Was auch immer es war, zusammen mit ein paar richtig gemischten Zutaten, die sie anderen in Form von Tee, Salbe oder Ähnlichem verabreichte, genügte das offenbar für die Legendenbildung. Ihr größtes Vergehen, der Höhepunkt ihrer Schandtaten, bestand darin, einen der Franziskaner-Mönche zu verhexen und ihn so zu beeinflussen, dass er das für sie stahl, was sie brauchte. Aus der Apotheke und auch sonst aus dem Kloster, deren Bibliothek und sogar aus der Kirche. Letzteres war am erschreckendsten, weil offenbar nicht mal geweihte Gegenstände die Hexe Mirjana in ihre Schranken weisen konnten. Der von ihr und damit indirekt auch vom Teufel besessene Mönch – manche meinen, es sei ein Novize gewesen – hat sich schließlich in seiner Not erhängt. Eine Todsünde, die Gott niemals verzeiht.«

»Pikant«, murmelte ich. »Auch wenn ich annehme, dass sie bei dem Mann keine besonderen Hexenkunststücke einsetzen musste.«

Safet lachte leise. »Vermutlich nicht.«

»Und wie geht nun die Geschichte aus? Was ist aus ihr geworden?«

»Was Mirjana selbst betrifft, hat diese Sage wie viele andere auch kein wirkliches Ende, allerdings eher unabsichtlich. Es blieb immer ein Geheimnis, was aus ihr wurde – es heißt, dass sie eines Tages einfach verschwunden war.«

»Verschwunden? Sehr mysteriös. Ich meine, es muss doch einen Weg geben rauszufinden, was damals passiert ist!«

Nachdenklich drehte Safet seine Tasse auf dem Unterteller hin und her, dann trank er den Espresso mit einem letzten Schluck aus. »Das dachte ich früher auch, aber das Fatale ist eben, dass sich da so viele Möglichkeiten auftun. Irgendwann hab ich kapiert, dass es müßig ist, darüber zu spekulieren, welche wahrscheinlicher ist als die andere, weil es im Grunde unwichtig ist.«

»Aber doch ungeheuer faszinierend! Immerhin steckt in den meisten Legenden wenigstens ein Körnchen Wahrheit. Willst du wirklich nicht mehr wissen, welches das hier ist?«

Es schien, als zögere Safet, bis er sich zu einer Antwort durchrang. »Es gibt allerdings etwas, das ich gern wüsste. Mit Mirjana ist nämlich noch was verschwunden: ihr Vermächtnis.«

»Ihr Vermächtnis.« Mir wurde plötzlich trotz der Sonne kalt, als mir noch deutlicher als zuvor bewusst wurde, was genau da vielleicht um meinen Hals lag und was schon so oft zwischen meinen Fingern vibriert hatte. »Mirjanas Perlen.«

»Wollt ihr noch was?«

Wir schraken beide hoch, als plötzlich Gorans Frau vor uns auftauchte. Fragend schaute Safet mich an.

»Ein Wasser, bitte«, wandte ich mich direkt an sie.

Sie nickte nicht mal. »Und du?«, fragte sie Safet.

»Bring gleich eine große Flasche, es ist heiß hier draußen.«

»Ihr könnt euch auch reinsetzen – wenn euch Gorans Schnarchen nicht stört.«

Amüsiert schüttelte Safet den Kopf. »Ich glaube, darauf können wir ganz gut verzichten. Übrigens, das hier ist Nella.« Er deutete zu mir herüber.

Diesmal ließ es sich wohl nicht vermeiden, mich irgendwie wahrzunehmen. »Dachte ich mir«, sagte sie immerhin.

»Und das ist Eva«, stellte Safet Gorans Frau vor.

»Freut mich«, bemühte ich mich um einen freundlichen Ton.

Eva starrte mich eine Sekunde lang an, dann wandte sie sich ab und sagte im Weggehen: »Ich bring dann das Wasser.«

»Hab ich ihr was getan? Oder bilde ich mir nur ein, dass sie mich nicht leiden kann?« Oder sollte ihr Benehmen daran liegen, dass sie zwar mit Goran verheiratet, aber in Safet verliebt war und jede angegiftet hätte, die hier mit ihm saß?

»Sie ist Fremden gegenüber grundsätzlich misstrauisch«, erklärte er ausweichend.

»Wie bitte?«

Safet zuckte entschuldigend mit den Schultern und zündete sich eine neue Zigarette an, während ich darüber nachdachte, dass wir hier saßen, als wäre zwischen uns nichts vorgefallen. Dabei war so viel passiert. Aber vielleicht war das, was uns tatsächlich verband – Mirjanas Geschichte nämlich – ja auch eine Art neutraler Boden.

Kurz darauf standen die Flasche Wasser und zwei Gläser auf unserem Tisch. Safet schenkte ein, dann sah er mich an. »Du hast da vorhin übrigens was falsch verstanden. Ich meinte mit Mirjanas Vermächtnis nicht die Perlen.«

»Nicht die Perlen?«, echote ich völlig aus der Fassung gebracht. »Was dann?«

»Das Buch mit den Rezepturen ihrer Heilmittel. Vom heutigen Standpunkt aus betrachtet ist das nämlich das Rätselhafteste an der ganzen Sache. Gleichzeitig wird damit aber auch das eigentliche Ende der Sage erzählt. In ihrem Haus fand man noch Reste von Tinkturen, Salben und Tränken. Angeblich hat man das Zeug nach ihrem Verschwinden an Gefangenen ausprobiert, sozusagen, um zu beweisen, dass mit den Menschen, die es nahmen, etwas unaussprechlich Grausames passieren würde. Schließlich kamen die Mittelchen ja vom

Teufel selbst. Dann stellte man offenbar fest, dass sie genau das Gegenteil bewirkten, sie funktionierten nämlich. Aber das konnte man schlecht zugeben. Stattdessen bemühte man sich insgeheim, aus den Resten die einzelnen Bestandteile der Rezepturen herauszufiltern – aber die damaligen Möglichkeiten reichten nicht aus für eine eindeutige Analyse, und Mirjanas Wissen blieb für immer verloren.«

»Denkst du, dass es dieses Buch wirklich gegeben hat?«

Safet starrte an mir vorbei auf den Stradun, aber ich glaubte nicht, dass er sah, was sich direkt vor uns abspielte. Er war mit den Gedanken sehr weit weg. »Ja, davon bin ich überzeugt. Heutzutage braucht kein Mensch mehr irgendwelche Kräutertinkturen, schließlich gibt es Penicillin, Antibiotika und was nicht alles. Aber das Buch – das wäre ein ungeheuer kostbarer Schatz, nach dem sich alle Museen der Welt die Hände lecken würden, und ein paar Leute, die auf alternative Heilmittel schwören, wahrscheinlich auch.«

»Und alle Antiquitätenhändler mit dem Hang, Kohle zu scheffeln«, fügte ich trocken hinzu.

Safet tauchte wieder in der Realität auf und lächelte. »Du hast es erfasst.«

»Weiß man denn irgendwas über das Buch? Wie es aussah? Ob es Illustrationen beinhaltete?«

»Es heißt, Mirjana sei eine sehr begabte Zeichnerin gewesen und habe ihre Rezepturen selbst illustriert. Über das Aussehen des Buches ist wenig bekannt, außer dass es sehr viele Seiten umfasste. Niemand hat sich damals die Mühe gemacht, es weiter zu beschreiben.«

Was es noch schwieriger machen würde, es zu finden. Falls es existierte. Aber da war noch etwas, was mich persönlich weit mehr interessierte. »Was ist mit den Perlen? Du hast gesagt, sie wären wertvoll, und egal, ob es Mirjanas sind oder nicht, wenn sie tatsächlich aus dem 16. Jahrhundert stammen, müssen sie ein Vermögen einbringen. Mehr als ein Buch, das unauffindbar ist. Warum hast du sie nicht einfach behalten und behauptet, ich hätte sie dir verkauft oder geschenkt oder sonst was? Es war schließlich niemand dabei, der bezeugen könnte, dass ich dich nur bat, was über ihren Ursprung rauszufinden. Wieso hast du mir die Flugtickets geschickt? Du hattest doch, was du wolltest.«

»Aus mehreren Gründen«, stellte Safet fest. Sein eben noch offenes Gesicht mit dem Lachen verschloss sich in Sekundenschnelle.

»Und die wären?«

»Du zum Beispiel.«

»Ha!«, machte ich nur. Ich glaubte ja viel, aber das nicht. Selbst hier in Dubrovnik, wo Männer wie Safet nicht als außergewöhnlich oder exotisch gut aussehend betrachtet wurden wie in Deutschland, folgten ihm unweigerlich weibliche Blicke. Evas beispielsweise. Ein Mann wie Safet würde wohl kaum ausgerechnet auf mich gewartet haben.

»Aber du bist ein sehr guter Grund«, stellte er fest. »Du siehst Mirjana. Im Spiegel. Du bist nur immer so geschockt davon, dass du dir nie Zeit nimmst zu betrachten, was dir gezeigt wird. Das sollten wir ändern.«

Es dauerte eine Weile, bis das gesackt war und ich verstanden hatte, was Safet damit gemeint hatte.

»Bože«, brachte ich schließlich heraus.

»Das wird sich rausstellen. Auch wenn Mirjana keine Hexe im herkömmlichen Sinn war – sie hatte zweifellos Macht, die sich in den Perlen manifestiert. Und du hast etwas an dir, das die Bilder von damals zum Leben erweckt.«

»Das Buch«, flüsterte ich. »Du willst das Buch, und du glaubst, ich könnte dir durch Mirjanas Perlen dabei helfen, es zu finden.«

19.

Schweigen breitete sich zwischen uns aus, diesmal war ich es, die nichts um sich herum wahrnahm. Die Welt hatte aufgehört zu existieren. In mir war Leere und ungeheures Chaos zugleich. Ich wusste nicht, ob ich enttäuscht, wütend oder fasziniert sein sollte. Mein Leben war in den letzten Wochen total durcheinander geraten, und Safets wechselhaftes Verhalten trug nicht gerade dazu bei, das zu ändern, geschweige denn zu bessern.

Mein Instinkt sagte mir, mich dagegen zu wehren, von ihm benutzt zu werden, noch dazu für etwas, das auf den ersten Blick irrational schien und auf den zweiten nichts weiter war als reine Profitgier.

»Mirjana ist dir völlig egal«, warf ich Safet vor. »Dich interessiert bloß das Buch.«

»Und wenn schon«, schoss er zurück. »Betrachte es unter dem Aspekt, dass wir beide bekommen, was wir wollen: ich das Buch und du die Geschichte.«

Damit hatte er es auf den Punkt gebracht. Safets Vorschlag hatte durchaus auch für mich seinen Reiz, was er zweifellos wusste. Mirjanas Geschichte zog mich in den Bann, nicht nur aus reiner Neugier. Es stimmte, ich sah Mirjana im Spiegel. Sie schaute mich an, wo ich mich eigentlich selber sehen sollte. Vielleicht wollte sie mir damit was sagen. Oder wenn nicht mir persönlich, so doch jemandem, der bereit war zuzuhören, jemandem, der dazu nicht nur bereit sein, sondern dazu auch etwas von ihr besitzen musste, durch das sie sich mitteilen konnte. War meine Mutter nicht bereit gewesen? Hatte sie deshalb die Perlen über lange Jahre verborgen gehalten – aus Angst vor dem, was Mirjana erzählen wollte? Oder aus Angst vor etwas, was sie nicht erklären konnte?

Ich focht einen kleinen Privatkrieg mit mir selbst aus und befingerte dabei vorsichtig die Perlen, die das gewohnte Kribbeln bei mir auslösten und damit ein deutliches Signal aussandten. Das Bild Mirjanas erschien vor meinem inneren Auge, es schien mich zu einer Entscheidung zu drängen. Meine Neugier siegte. Oder Mirjana, ganz wie man es betrachtete.

»Also gut.«

»Bist du sicher?«

Es erfüllte mich mit einer gewissen Genugtuung, Safets Erstaunen derart deutlich zu hören und zu sehen. Er hatte wohl nicht erwartet, dass ich mich so schnell dazu durchringen würde.

»Nein. Aber ich bin auch nicht hunderte von Kilometern nach Dubrovnik geflogen, nur um mit dir im Bett zu landen. Ein bisschen mehr hab ich mir schon davon versprochen, schließlich hattest du einen Auftrag, der mit der Kette zu tun hatte. Wenn ich selbst was dazu beitragen kann, ihre Herkunft zu klären, umso besser.«

Safet schwieg einen Moment. »Aber ich darf annehmen, dass du trotzdem ganz gern mit mir im Bett gewesen bist?« Das klang weder amüsiert noch spöttisch, eher ein bisschen verletzt. Sollte ich an seinem männlichen Stolz gekratzt haben? Noch mal: umso besser.

Ich erhob mich. »Wenn wir das Experiment in Angriff nehmen wollen, sollten wir das gleich tun. Dein Wagen steht draußen vorm Pile-Tor.«

Zwei Stunden später hatte Safet geduscht und sich rasiert. Die Schatten um seine Augen, die von der durchzechten Nacht mit Goran stammten, waren allerdings noch nicht verschwunden. Als er an meine Tür klopfte, trug er ein schwarzes T-Shirt und eine schwarze Hose, auf deren linkem Hosenbein sich die Umrisse eines Adlers abzeichneten. Ich selbst war in das bequemste Shirt geschlüpft, das ich mitgebracht hatte. Die Perlen lagen unverändert um meinen Hals, ich fühlte mich benommen, aber wenn ich es jetzt nicht tat, würde ich es möglicherweise nie mehr wagen.

»Bist du bereit?«, fragte Safet. Seine Stimme hatte einen eigentümlichen Klang. Ich konnte mir vorstellen, dass er unter ähnlicher Anspannung stand wie ich. Keiner von uns wollte das zugeben, obwohl es das Normalste der Welt gewesen wäre, sich merkwürdig zu fühlen angesichts dessen, was wir versuchen wollten.

Ich nickte und folgte ihm auf demselben Stockwerk in einen Raum, den ich bisher nicht betreten hatte. Die breite Fensterfront war mithilfe der grünen Läden abgedunkelt, sodass ich nicht sehr viel von dem erkannte, was sich im Zimmer befand. Irgendwo im Hintergrund glaubte ich, eine Staffelei auszumachen, doch dann fiel mein Blick auf einen großen Spiegel mit geschnitztem Holzrahmen an einer Wand.

Zögernd trat ich näher und spürte Safet hinter mir. Noch einmal drehte ich mich zu ihm um, bevor ich in den Spiegel schaute. Er sah mich ernst an, hob die Hand und berührte mein Gesicht.

»Du schaffst das, *draga.*«

Ich protestierte nicht dagegen, dass er mich so nannte. Im Gegenteil, ich wollte plötzlich, dass er mich in die Arme nahm und mich festhielt und vor allem diesen Spiegel aus meiner Sichtweite brachte.

»Ich hab Angst«, flüsterte ich.

»Ich weiß. Aber das brauchst du nicht, ich werde die ganze Zeit hier sein. Denk dran, alles, was geschieht, wird sich bloß in deinem Kopf abspielen. Nur weil du in diesem

Spiegel die Vergangenheit siehst, wirst du nicht darin verschwinden.«

»Woher willst du das wissen?«

Safet legte den Kopf schief. »Weil es so was nicht gibt.«

»Vor ein paar Wochen hätte ich auch noch behauptet, dass Perlenketten nicht vibrieren und ragusanische Hexen absolut nichts mit meinem Leben zu tun haben, geschweige denn irgendwelche Macht über mich ausüben.«

»Du hast Mirjanas Bild gesehen – sie war kein böser Mensch, im Gegenteil, sie hat Menschen geholfen, denk daran.«

»Wenn sie irgendeine Art von übersinnlicher Macht hatte, hat sie sie vielleicht nicht ausschließlich für gute Zwecke verwandt. Ich hab's schon mal gesagt, und ich bleibe dabei: Es ist immer ein Körnchen Wahrheit an Legenden.«

Ein Lächeln umspielte Safets Lippen, er nickte. »Da kann ich dir kaum widersprechen. Wenn du willst, können wir das hier abbrechen und stattdessen ins Bett gehen.«

Seine Augen blitzten, und das half mehr, als alle ermutigenden Worte hätten bewirken können. Gott, dieser Mann kannte mich wirklich gut. Ich hätte ihn dafür verabscheuen müssen, aber stattdessen lächelte ich zurück.

»Hinterher«, sagte ich und wandte mich dem Spiegel zu.

Die Frau, die mir entgegenschaute, war ich selbst in meinem hellblauen, weit ausgeschnittenen Shirt, die Perlen um meinen eigenen Hals schimmerten leicht.

Dann schien das Bild zu verschwimmen, ein anderes Gesicht legte sich über meins. Ich zwang mich, nicht wegzusehen wie sonst, sondern es genau zu betrachten, jede Einzelheit in mich aufzunehmen. Die dunkelbraunen Augen waren das Erste, was mich beinah magisch anzog. Die Nase und die Lippen, das kleine, etwas spitze Kinn. Zum ersten Mal bemerkte ich das Grübchen, das auf dem Porträt nicht zu sehen gewesen war. Vage dachte ich, dass der Maler das vielleicht als Makel betrachtet und deshalb weggelassen hatte. Das fremde und doch vertraute Gesicht war von langem mahagonifarbenen Haar umrahmt, das auf meine Schultern fiel und einen Teil der Perlenkette verdeckte.

Das Haar fühlte sich weich auf meiner Haut an.

Erschrocken bemerkte ich, dass ich nicht nur sah – ich fühlte auch.

Safet musste mitbekommen haben, dass etwas Außergewöhnliches passierte. Sanft schob er meine Haare zur Seite und legte die Hand auf meine Schulter. Ich wollte den Kopf zur Seite neigen, um seine Finger auf meiner Wange zu spüren, doch ich konnte mich nicht bewegen. Stattdessen hörte ich ihn etwas sagen und versank im Klang seiner Stimme.

»Srce moje … ti si lijepa, Mirjana …«

ZWEITER TEIL

Ragusa, 1573

»Mein Herz … Du bist schön, Mirjana …«

Mirjana stand in ihrem Ankleidezimmer und betrachtete sich selbst und Ivan in dem großen Spiegel mit reich verziertem goldenen Rahmen. Ivan hatte die Hand auf ihre Schulter gelegt und sich zu ihr hinuntergebeugt, um ihren Hals zu küssen.

»Nicht so schön wie diese Kostbarkeit«, widersprach sie und berührte die goldene Tropfenperle dicht über ihrer Brust. Ihre Fingerkuppe blieb einen Augenblick auf der Perle liegen, einen Augenblick, in dem sie etwas spürte, das sie zuvor nie wahrgenommen hatte. Ein merkwürdiger Schmerz durchzuckte ihren Kopf und ihre Brust.

Ivan bemerkte davon nichts, er küsste erneut ihren Hals, wobei sein Kinnbart sie kitzelte. »Nichts ist so schön wie du«, murmelte er zwischen zwei Küssen.

Mirjana sog tief Luft in ihre Lungen, und Ivan hob den Kopf, um sie unter halb geschlossenen Lidern anzusehen. »Bei Gott, Mirjana, ich …«

Doch da wurde er von lautem Rufen unterbrochen, das durch das ganze Haus zu dringen schien. Mirjana erkannte Lovros Stimme.

»Gosparu! Gosparu!«, rief Ivans treu ergebener Diener nach seinem Herrn.

Ivan richtete sich auf und ließ von Mirjana ab, gerade als Lovro nach einem flüchtigen Anklopfen eintrat.

»Was gibt es denn?«, fragte er ungehalten.

»Neuigkeiten aus Gruž, Gosparu! Der Bau der Karacke ist beendet!«

Sofort war aller Ärger aus Ivans Gesicht verschwunden und vergessen, was er gerade mit seiner Gemahlin vorgehabt hatte. »Die Karacke? Schon? Das sind wahrhaftig gute Neuigkeiten. Ich werde mich sofort auf den Weg machen.«

Lovro verbeugte sich und zog sich zurück, während Ivan sich zu Mirjana umwandte.

»Bitte verzeih, meine Liebe, aber …«

»Natürlich«, sagte Mirjana lächelnd. »Du musst gleich zur Werft und das Schiff in Augenschein nehmen, von dem du seit Monaten sprichst. Es freut mich, dass es früher als geplant fertig geworden ist.«

»Ja«, nickte Ivan, einen entrückten Ausdruck in seinen Zügen. Zweifellos sah er vor seinem geistigen Auge den Viermaster mit dem erhöhten Vorderdeck und dem noch höheren Achterdeck, bestückt mit über zwanzig Kanonen. »Wir können die Zeitersparnis gut nutzen und die Karacke so schnell wie möglich einsetzen. Die Waren in unseren Lagerhäusern warten nur darauf, mit dem stolzen neuen Schiff über die Meere zu fahren – all die Stoffe, der Wein aus Pelješac, die Gold- und Silberschmiedearbeiten. Und bei der Rückkehr werden die Ladedecks überquellen von kostbaren Gewürzen, von Getreide, von …« Er unterbrach sich selbst und lachte. »Du bist zuweilen zu geduldig mit mir, mein Herz. Wie oft musst du dir das anhören?«

»Hin und wieder«, gab Mirjana belustigt zurück. »Und nun geh, damit du rechtzeitig zurück bist.«

»Zurück?«

»Ja, zurück. Oder hast du vergessen, dass wir zum Nachtmahl bei Gospar Skočibuha erwartet werden?« Sie sah Ivan an, dass er diese wichtige Einladung in der Tat vergessen hatte.

Dennoch winkte er sorglos ab. »Er wird verstehen, wenn ich mich ein wenig verspäte. Doch ich werde mich natürlich bemühen, es nicht dazu kommen zu lassen, mein Herz«, fügte er hinzu, als er sah, dass Mirjanas Blick sich verdüsterte.

Sie wusste, wie Recht Ivan hatte. Vice Stjepović Skočibuha war nicht nur Kaufmann, sondern vor allem auch Schiffseigner wie Ivan selbst. Sein Stadtpalast war vor einigen Jahren in derselben Straße erbaut worden, in der Ivan ein Haus gekauft hatte. Außerdem besaß er noch eine Sommervilla außerhalb der Stadt, ebenso wie Ivan, doch die des Gospar Skočibuha war wie sein Palast neben ihrem Haus um vieles prachtvoller.

Ivan strich Mirjana noch einmal über die Wange, bevor er mit langen Schritten ihre Gemächer verließ, um sich nach Gruž zu begeben. Mirjana sah seiner Gestalt nach, die in einem vornehmen dunkelgrünen Wams aus Samt steckte, als habe er geahnt, dass er noch einmal fortmusste. Sie hörte seine Schritte verhallen, dennoch stand sie eine Weile regungslos, bis vollkommene Stille herrschte, abgesehen von einem Rufen unten auf der Straße.

Dann drehte sie sich ganz langsam zu dem Spiegel um, vor dem sie vor einigen Minuten noch mit Ivan gestanden hatte. So dicht trat sie heran, dass ihr Atem sich auf dem Glas abzeichnete und das Bild diffus machte. Sie hob eine Hand und zog ihre Konturen nach, dort, wo ihr Finger das Glas berührte, schien es leicht zu vibrieren. Sie runzelte die Stirn, als sie die fremden Augen sah. Graublau, nicht braun wie ihre.

»Da bist du also. Ich hatte gehofft, noch ein wenig mehr Zeit zu haben«, sagte sie.

Großer Gott, Mirjana sprach zu mir!

Seit dies hier begonnen hatte, seitdem Safet, sein Haus, einfach alles, was mich an meine Zeit erinnerte, aus meiner Wahrnehmung verschwunden waren und ich der Vergangenheit angehörte, hatte ich meinen Körper weit hinter mir gelassen und war irgendwie in Mirjanas geraten. Andererseits spürte ich überhaupt keine Körperlichkeit, eher schien ich in ihrem Kopf zu schweben und dennoch alles Äußerliche wahrzunehmen – aus meiner eigenen und aus ihrer Perspektive gleichzeitig.

Was da passierte, sollte völlig unmöglich sein. Träumte ich bloß? Aber dafür war es zu wirklich, zu echt. Durch ihre Augen sah ich in den Spiegel und starrte einen Moment lang mein eigenes Gesicht an, bevor der Schatten transparenter wurde und ihres wieder deutlicher zu erkennen war – eine verrückte Umkehr all dessen, was ich bisher immer gesehen hatte.

Trotz dieser unglaublichen Erlebnisse spürte ich weder Angst noch Schock, es war einfach richtig, auf diese Weise mit ihr verbunden zu sein. Ich sah alles, was Mirjana sah, hörte alles, was sie hörte, ja ich fühlte sogar, was sie fühlte, selbst den seltsamen Zwiespalt, den sie in ihrem Innern Ivan gegenüber empfand. Den Grund dafür konnte ich allerdings nicht mal erahnen – nur dass es etwas war, das sie sehr sorgsam vor ihm zu verbergen suchte.

Und jetzt sprach sie zu mir. Was sie sagte, ließ keinen Zweifel daran, dass sie meine Gegenwart wahrnahm – und sogar erwartet hatte.

Mirjana? Kannst du mich hören?, *wagte ich mich vor.*

Doch sie blieb still, starrte nur weiter in den Spiegel. Ihre Augen waren unglaublich groß, ein Teil ihrer Haare anders als auf dem Porträt mit schmuckbesetzten Bändern hochgesteckt, das Kleid mit den gepufften Ärmeln war aus apricotfarbenem Damast und genau abgestimmt auf die Perlenkette, die sie gerade wieder berührte. Aufmerksam betrachtete sie das Bild im Spiegel, das eine Mischung aus uns beiden darstellte.

»Da bist du also«, *wiederholte sie und machte danach eine lange Pause, in der sie ein Geräusch von sich gab, das zugleich ein verzweifeltes Aufstöhnen und ein resigniertes Seufzen war.* »Ich wollte, ich wüsste mehr über dich, als dass du von sehr weit kommst, um Gast in meinem Körper zu sein und teilzuhaben an dem, was mir widerfährt. Du kennst die Zukunft besser als ich, und doch genügt das nicht. Beobachte also gut.«

Mirjana?, *wiederholte ich. Es war seltsam, meine klanglose Stimme zu »hören«, denn natürlich konnte ich nicht sprechen, nur irgendwie »in« ihr denken. Sie schwieg. Es schien, als könne Mirjana mich zwar erspüren, verstehen jedoch nicht.*

Und dann kam urplötzlich eine Welle Panik in mir hoch. Ich war allein. Ich konnte mich niemandem mitteilen, niemandem sagen, dass ich überhaupt hier war. Würde ich für immer in Mirjanas Körper gefangen sein und vielleicht eines Tages mit ihr sterben? Alle Schreckensbilder der Hexenverfolgung, die meine Fantasie hergaben, tauchten vor meinem geistigen Auge auf: Folterkeller mit jedem erdenklichen Instrument, brennende Scheiterhaufen mit schreienden Opfern. Sogar der Gestank von verbranntem Fleisch und Haaren schien plötzlich in der Luft zu liegen, so sehr, dass ich Mühe hatte durchzuatmen. Mit aller Macht kämpfte ich die Panik nieder, und der Gedanke, dass ich selbst ja gar nicht atmete, sondern Mirjana das für mich tat, half dabei ein bisschen. Trotzdem blieb ich doch länger in diesem Albtraum gefangen, als ich dachte, denn ähnlich wie ich es schon zweimal erlebt hatte, als die Perlenkette im Spiel gewesen war, verrann die Zeit von mir vollkommen unbemerkt. Als ich wieder klar denken und mich auf die Dinge um mich herum konzentrieren konnte, stand Mirjana am Fenster und schaute hinunter auf die enge Gasse.

Mirjana zuckte zusammen, als sie die Gegenwart der Fremden wieder deutlicher wahrnahm, die nie wirklich fort gewesen war – vor einiger Zeit hatte Mirjana sogar den

Eindruck gehabt, als wäre etwas außergewöhnlich Aufwühlendes in ihr vorgegangen. Doch danach war sie weitaus weniger zu spüren gewesen als vor dem Spiegel. Möglicherweise mochte sie in ihrem Körper geruht haben, bevor sie erwachte, um erneut an Mirjanas Leben teilzuhaben. War das die Entscheidung der Fremden oder die einer anderen Macht? Mirjana wünschte, sie könnte zu der Frau Kontakt aufnehmen, doch sie wusste nicht, wie sie das bewerkstelligen sollte. Sie wusste nicht einmal, wie viel von ihren Gedanken und Gefühlen die Frau teilte – oder ob sie nur sah, was äußerlich geschah.

Mirjana beschloss, vorsichtig zu sein. Es gab Dinge, die sie sogar vor sich selbst tief in ihrem Innern vergrub und die sie um nichts auf der Welt preisgeben würde.

»Hörst du mich?«, flüsterte sie. Genau wie am Morgen sprach sie zu der Fremden, ohne zu wissen, ob sie verstanden wurde. Warum tat sie das? Gerade eben hatte sie doch entschieden, vorsichtig zu sein. Vielleicht tat sie es aus dem Bedürfnis heraus, nicht mehr so einsam zu sein. Sie bekam keine Antwort.

Stattdessen klopfte es an der Tür, und Petrunjela, ihre Zofe, erschien. Sie knickste, allerdings eher der Form halber, da Mirjana auf solche Ehrerbietungsbezeugungen keinen großen Wert legte.

»Gospođa, es ist Zeit, sich anzukleiden«, stellte Petrunjela fest. »Ihr wisst, dass …«

Ungeduldig winkte Mirjana ab. »Ja, ich weiß, aber ich brauche dich dazu nicht, ich komme schon zurecht.«

»Eure Haare werden durcheinander geraten, Gospođa, Ihr werdet mich sehr wohl brauchen.«

Mirjana seufzte. Der Einwand war berechtigt, doch sie wollte das Mädchen im Moment nicht um sich haben. Petrunjela diente ihr schon seit langer Zeit, Mirjana mochte sie gern, doch zuweilen war sie ein wenig schwatzhaft. Auch jetzt redete sie beinahe unaufhörlich, während sie ihr dabei half, in das golddurchwebte blaue Brokatkleid mit der Spitze zu schlüpfen, das sie für den Abend bei Gospar Skočibuha ausgewählt hatte. Tatsächlich schaffte es das Mädchen, Mirjana abzulenken, sodass sie bald mit ihr lachte. Anschließend wurde sie frisiert, bis Petrunjela mit dem Ergebnis zufrieden war.

»Nun ist es gut, Gospođa. Ihr werdet bei Eurem Nachbarn großen Eindruck machen.«

Mirjana hob die rechte Braue und betrachtete sich im Spiegel. Sie sah ausschließlich sich selbst, obwohl sie die Gegenwart der Fremden nach wie vor spürte. »Meinst du?«

»Ganz bestimmt. Und nicht nur bei ihm …« Petrunjela zwinkerte ihrer Herrin zu. »Gospar Skočibuha erwartet weitere Gäste, unter denen sich ein reicher Kaufmann aus Venedig befindet. Er soll sehr gut aussehen. Ich weiß das, weil meine Freundin Dienstmagd bei dem Venezianer ist.«

»So?«, fragte Mirjana uninteressiert, wobei sie eine kleine Haarsträhne aus dem kunstvoll aufgetürmten Gebilde zupfte und sie hinter ihrem Ohr drapierte. Auf diese Weise wirkte ihre Frisur nicht so gekünstelt.

»Oh ja«, bestätigte Petrunjela. »Sehr groß und blond und von vornehmer Haltung.« Gleichzeitig schüttelte sie missbilligend mit dem Kopf und deutete auf die gelöste Strähne. »Das …«

»… ist genau so, wie ich es wünsche, Petrunjela. Du kannst gehen.«

»Werdet Ihr mir von dem Venezianer erzählen?«, fragte Petrunjela mit blitzenden Augen.

Mirjana lachte. »Wenn er es wert ist.«

»Das ist er sicher. So viel ich gehört habe …«

»Petrunjela!«, ermahnte Mirjana. »Du weißt, dass ich solches Gerede nicht schätze.«

Petrunjela schürzte ihre Lippen, bevor sie knickste, sich umwandte und Mirjana allein ließ. Der Knicks und besonders der Blick dazu waren ein wenig unverschämt ausgefallen, ein Verhalten, das eine Zofe normalerweise niemals wagen würde. Doch Petrunjela wusste genau, dass ihre Herrin im Gegensatz zu ihrer Behauptung durchaus allen Neuigkeiten gegenüber recht aufgeschlossen war. Und Mirjana wiederum wusste, dass Petrunjela das wusste.

Nun war sie also umgekleidet, doch Ivan ließ noch auf sich warten. Mirjanas Blick aus dem Fenster wanderte suchend die Gasse hinunter und entdeckte Ivan schon von weitem. Ivan Martolosić war zwanzig Jahre älter als sie, eine Tatsache, die niemand vermutet hätte, der sie nebeneinander sah, da Ivans eindrucksvolle Gestalt und sein aufmerksamer und durchdringender Blick ihn viel jünger erscheinen ließen. Auch zierte noch kein einziges graues Haar sein Haupt, das er gesenkt hielt, als er mit weit ausholendem Gang die gepflasterte Straße heraufkam. An seiner Haltung erkannte Mirjana, dass etwas nicht stimmte. Ivan war verärgert, und das ausgerechnet an diesem Abend. Sie zog sich vom Fenster zurück, um nicht entdeckt zu werden, kurz darauf hörte sie von unten Gepolter und seine schweren Schritte auf der Treppe.

»Lovro!«, rief er durch das Haus, bevor er die Tür zum Raum neben Mirjanas aufriss und dort auf und ab lief.

Mirjana kannte diese Stimmung und entschied sich dafür zu bleiben, wo sie war, statt zu ihm zu gehen und herauszufinden, was in Gruž geschehen war. Es schien ihr ratsamer zu warten, bis er sich beruhigt hatte.

»Lovro, zum Teufel!«, brüllte er erneut, und endlich kam sein Diener angelaufen.

Die Stimmen von nebenan drangen nur gedämpft zu ihr, dennoch hörte sie den gereizten Unterton in Ivans Worten. Der arme Lovro würde es nicht leicht haben, seinem Herrn in dieser Laune beim Umkleiden zu helfen, denn Ivan konnte dann nicht stillstehen. Nach einer Weile ging Lovro, und Ruhe kehrte ein. Mirjana warf einen Blick auf die goldene Uhr in der Ecke des Zimmers, die genauso verziert war wie der Rahmen des Spiegels. Es wurde Zeit, wenn sie sich nicht verspäten wollten. Energisch betrat sie den angrenzenden Raum, wo Ivan brütend vor einem Gemälde stand, das eine Galeere in sturmgepeitschter See zeigte. Auch als sie sich zu ihm gesellte, sah er weiter auf das Bild. Dennoch war ihm wohl bewusst, dass seine Gemahlin bei ihm war.

»Diese Stümper!«, stieß er hervor. Mit einer schwungvollen Bewegung fuhr er herum und schien Mirjana mit seinem Blick durchbohren zu wollen. Sie wusste, dieser Ausdruck in seinem Gesicht verhieß nichts Gutes.

»Wozu gibt es Schiffsbaupläne?«, fragte er mit mühsam unterdrücktem Zorn. »Ich frage dich, Mirjana, wozu? Doch wohl, damit danach gebaut wird, würdest du mir zustimmen?«

Mirjana nickte und legte beruhigend eine Hand auf seinen Arm. Ivan trug jetzt eine exquisite Halskrause, seinen feinsten schwarzen Wams und eine ebenfalls schwarze wattierte Kniehose aus Samt, doch die Stimmung, in der er sich befand, war nicht dazu geeignet, sich in vornehmer Gesellschaft zu bewegen. Wenn Ivan wütend war, ließ er es seine Umgebung spüren, mochte sie dafür verantwortlich sein oder nicht.

»Ist die Karacke nicht seetüchtig?« Behutsam tastete sie sich an den Grund seiner Wut heran.

»Nicht seetüchtig? Natürlich ist sie seetüchtig, was für eine

Frage! Wäre sie das nicht, hätte ich dafür gesorgt, dass jeder einzelne dieser stümperhaften Schiffsbauer vor Gericht gezerrt und im Rektorenpalast eingekerkert wird!« Ivan holte tief Luft, als wolle er sich selbst zur Räson bringen. »Die Kapitänskajüte, meine Liebe, die Kapitänskajüte ist eine Katastrophe. Sie ist um vier Ellen kleiner geraten als in den Plänen eingezeichnet, trotzdem ich mehrfach darauf hingewiesen habe, dass gerade darauf zu achten sei.«

Innerlich seufzte Mirjana, hütete sich jedoch davor, etwas davon nach außen zu tragen. Ivan hasste Dinge, die seiner Vorstellung nach nicht vollkommen waren, und Menschen, die es nicht waren, verachtete er. Mirjana wusste das nur zu gut. Beides hatte ihm bisweilen mehr Ärger eingebracht, als es wert gewesen wäre, doch ohne beides hätte er auch niemals die Position errungen, die er in dieser Stadt innehatte. Was nicht perfekt war, existierte nicht für ihn, er ignorierte es. Aber dieser Fall lag anders, es ging um sein eigenes Schiff, selbst wenn das, was er daran auszusetzen fand, noch so gering schien.

»Ich bin sicher, dass man diesen Fehler beheben kann, Ivan«, versuchte Mirjana ihn zu beschwichtigen. »Vielleicht ist das eine Gelegenheit, die Kapitänskajüte sogar noch ein wenig prächtiger zu gestalten.«

Ivan ließ sich diesen Gedanken im Kopf herumgehen, bevor er ein brummiges »Hm« von sich gab, das aber schon nicht mehr ganz so zornig klang. Mirjana beobachtete ihn und fragte sich unwillkürlich, was die Fremde, deren Gegenwart sie die ganze Zeit über mehr oder weniger deutlich wahrgenommen hatte, wohl davon hielt, dass Ivan sich wegen solch einer Nichtigkeit derart aufregte. Immerhin erhellte sich seine Miene nun langsam, gleich würde er sich zu ihr hinabbeugen und sie küssen. Und sie würde seinen Kuss halb wollen und halb abstoßend finden.

Ivans Lippen streiften die ihren nur. Dann richtete er sich auf und stellte fest: »Du hast bestimmt Recht, mein Herz. Ich werde mich also morgen noch einmal nach Gruž begeben und die Einzelheiten besprechen. Doch nun sollten wir Gospar Skočibuha unsere Aufwartung machen.«

Obwohl es nur wenige Schritte waren, die ihr Haus von dem des Gospar Skočibuha trennten, legte Mirjana sich einen Umhang um, wie es sich geziemte. Ivan nahm ihren Arm und führte sie hinunter. Kaum standen sie vor dem großen Tor ihres einflussreichen Nachbarn, als ein Diener sie eintreten ließ und Mirjana ihren Umhang abnahm. Die Fassade des Palastes, für die Meister Antonio aus Ancona verantwortlich zeichnete, sah Mirjana jeden Tag, doch das Innere des Hauses war bei jedem Betreten aufs Neue etwas Besonderes. Sie bewunderte wie immer den fein gemeißelten Brunnen und die Treppen, die hinaufführten in den Salon, in dem sich bereits mehrere Gäste eingefunden hatten. Sofort fiel Mirjanas Blick auf das Paar, das bei Gospar Skočibuha stand, als sie eintraten. Sie freute sich, so unverhofft ihre Freundin Cvijeta Zuzorić wiederzusehen, eine ebenso junge wie auffallend schöne Frau, deren Gemahl florentinischer Kaufmann und einige Jahre zuvor als Konsul in Ragusa eingesetzt worden war. Der Hausherr hatte ihr Eintreten bemerkt, entschuldigte sich bei seinen Gästen und kam zu ihnen herüber.

»Gospođa Nalješković, Gospar Martolosić, seid mir auf das Herzlichste willkommen!« Vice Stjepović Skočibuha war fast zehn Jahre jünger als Ivan, und außer der Tatsache, dass sie beide Schiffseigentümer waren, hatten sie nur wenig Gemeinsamkeiten. Skočibuhas Blick war stets offen und freundlich, er galt als großer Wohltäter und Kunstliebhaber, und seine Unterhaltung mit Cvijeta bewies seine ebenso große Liebe zur Poesie, denn Cvijeta schrieb wundervolle

Gedichte. »Wie mir zu Ohren gekommen ist, wurde heute in Gruž der Bau Eures Schiffes beendet. Erlaubt mir, Euch dazu zu beglückwünschen.«

Kurz durchzuckte Mirjana ein Schreck, weil sie befürchtete, dass Ivan durch diese Bemerkung wieder in schlechte Laune verfallen würde, doch er ging mit einem Lächeln darüber hinweg.

»Es ist in der Tat eine stolze Karacke, und es wäre mir eine Freude, sie Euch zu zeigen, sobald es Eure Zeit erlaubt.«

»Da schlag ich ein!«, sagte Skočibuha. »Wenn ich das nächste Mal in Gruž zu tun habe und Euer Schiff noch in der Werft liegt, komme ich auf Euer Angebot zurück.« Dann wurde seine Aufmerksamkeit abgelenkt. Er sah über Ivans Schulter zur Tür hin, in der in diesem Moment ein Mann auftauchte, den Mirjana nie zuvor gesehen hatte.

Er war ebenso wie Ivan vornehm in ein schwarzes Wams gekleidet, um seinen Hals hing eine Goldkette, die von Reichtum kündete. Seine Haare waren dunkelblond, seine Augen von einem durchdringenden Blau, das Mirjana selbst aus dieser Entfernung auffiel.

»Signor Vecellio!«, begrüßte ihn Skočibuha und wollte ihm entgegeneilen, doch der Mann war schneller und erreichte die kleine Gruppe, bevor Skočibuha auch nur einen Schritt gemacht hatte.

»Guten Abend«, sagte er, indem er sich leicht verneigte. »Es ist mir eine Ehre, Gast in Eurem Haus zu sein.«

»Nun, nun«, wiegelte Skočibuha ab. »So viel der Ehre sicher nicht. Ich habe nur zu einem kleinen Mahl geladen! Doch gestattet mir, dass ich Euch Gospar Martolosić und seine Gemahlin vorstelle.« Damit deutete er auf Ivan und Mirjana.

Vecellio musterte Ivan und neigte erneut den Kopf. »Euer

Ruf eilt Euch voraus, Gosparu Martolosić. Wie ich höre, seid Ihr stolzer Besitzer einiger hervorragender Schiffe und habt die besten Beziehungen zu den angesehensten Kaufleuten.«

Bevor Ivan etwas erwidern konnte, lachte Skočibuha neben ihm leise und deutlich amüsiert auf. »Ich sehe schon, ich bin hier überflüssig und Ihr bereits dabei, neue Verbindungen zu knüpfen!« Er wandte sich an Ivan. »Ihr müsst wissen, Signor Vecellio ist Kaufmann aus Venedig und hat beschlossen, sich hier niederzulassen.«

Auch ohne Skočibuhas Erläuterung hätte Mirjana auf der Stelle gewusst, dass dieser Mann der Venezianer war, von dem Petrunjela berichtet hatte. Sie sah, dass dessen selbstbewusstes Auftreten Ivan beeindruckte, und ahnte, dass Signor Vecellios Bemühungen, sich mit einem Schiffseigner wie ihrem Gemahl gut zu stellen, von Erfolg gekrönt sein würden. Dann spürte sie zum ersten Mal die blauen Augen auf sich selbst ruhen.

»Beim Anblick von so viel Schönheit fällt es mir besonders leicht, Venedig für eine Weile den Rücken zu kehren«, sagte er. »Ragusa hat sehr viele Reize.«

Vecellios Anspielung war mehr als deutlich, was auch Ivan nicht verborgen bleiben konnte, der einmal kurz die Stirn runzelte, woran Mirjana sogleich erkannte, wie wenig ihm das Schöntun des Venezianers gefiel. Abgesehen davon aber blieb er erstaunlich gelassen. Vielleicht witterte er ein lohnendes Geschäft mit Vecellio und hatte daher beschlossen, die Bemerkung zu ignorieren. Mirjana dagegen spürte, wie sich Vecellios Blick zunächst in ihr Gesicht bohrte und danach über ihren Körper wanderte, während Skočibuha in die Hände klatschte und seine Gäste zu Tisch bat.

Sie bemühte sich, während des Essens äußerlich gelassen zu bleiben, obwohl Vecellios Gegenwart etwas in ihr auslöste, das sie nicht klar zu fassen vermochte. Er schien ein Mann zu sein, der wusste, was er wollte, und der es sich nahm – ohne Rücksicht auf den Wunsch oder den Willen anderer. Das machte ihn anziehend, aber auch gefährlich.

Bei Tisch saß Mirjana neben Ivan auf der einen und neben Cvijeta auf der anderen Seite. Ihre Freundin neigte den Kopf in ihre Richtung und stellte scharfzüngig fest:

»Der Venezianer verschlingt dich mit seinen Augen! Er soll nur aufpassen, dass er dich nicht mit seiner Ware verwechselt und glaubt, dich besitzen zu können.«

So hatte also auch ihre Freundin den Charakter Vecellios ähnlich eingeschätzt wie Mirjana selbst, die kaum merklich mit den Schultern zuckte und leise antwortete: »Es wird ihm nicht bekommen, sollte er das versuchen.«

»Nein«, flüsterte Cvijeta zurück, »das kann ich mir vorstellen. Wenn Ivan ihn nicht in hohem Bogen aus der Stadt jagt, wirst du ihm ein passendes Gebräu einträufeln, und er wird zahm wie ein Lamm …«

Mirjana nickte zustimmend. Dabei fiel ihr ein, dass sie an diesem Tag versäumt hatte, Nikola aufzusuchen und ihn um seine bewährten Dienste zu bitten. Aber es war einiges passiert, das sie davon abgelenkt hatte, wie zum Beispiel das Auftauchen der Fremden, das sie so viele Gedanken kostete. Vor allem, da sie ahnte, was es bedeutete. Die Angst, die sie verdrängt hatte, kroch plötzlich wieder in ihr hoch. Wenn sie es doch nur abwenden könnte. Doch dann besann sie sich darauf, dass sie bereit gewesen war zu akzeptieren, was auf sie zukam. Es gab Dinge, die sie nicht ändern konnte, auch nicht mit all ihrem Wissen, und das Schicksal zählte dazu. Unhörbar seufzte sie ein wenig und spürte einmal mehr die Fremde in ihr, beständige Erinnerung an das, was kommen würde.

Sie schaute von ihrem Teller hoch, auf dem sich noch

Reste der Kapaunleber mit Rosenwasser befanden, und konzentrierte sich auf die Unterhaltung der Männer.

»Ich halte das für ausgesprochen unklug!«, sagte Ivan gerade. »Schließlich hat sich unsere Regierung in der Vergangenheit lange genug dafür eingesetzt, Kontrolle über die religiösen Orden zu erlangen, damit jegliche Ämter in den Klöstern und Konventen in verlässlichen ragusanischen Händen liegen.«

»Ist das nicht ein wenig veraltet?«, wandte Skočibuha ein.

»Der Meinung bin ich auch«, stimmte Vecellio zu.

Mirjana bereitete es Mühe nachzuvollziehen, wovon geredet wurde, weil sie den Anfang des Gesprächs verpasst hatte.

»Zweifellos, besonders was die Franziskaner im venezianisch beeinflussten Dalmatien betrifft, nicht wahr, Signor Vecellio?«, lächelte Ivan in einer Mischung aus Sarkasmus und gutmütigem Spott. Mirjana war klar, dass er es nicht auf einen Streit mit dem Kaufmann ankommen lassen, jedoch gleichzeitig auf seiner Meinung beharren wollte. »Sie sind natürlich finanziell benachteiligt durch die Tatsache, dass sie von der wohlhabenden ragusanischen Franziskaner-Gemeinde und der damit einhergehenden Unterstützung getrennt wurden. Doch Ihr müsst zugeben, dass es für die Politik Ragusas nur von Vorteil ist.«

»Ich muss mich Eurem Argument beugen«, gab Vecellio zu. »Dennoch bin nicht ich für die Entscheidung verantwortlich, die zudem den dominikanischen Orden betrifft.«

»Fremde haben in unseren religiösen Häusern stets für Unruhe gesorgt«, murmelte Ivan, »einerlei in welchem.«

»Nun, warten wir es ab«, vermittelte Skočibuha. »Wenn dieser dominikanische Mönch aus dem Heiligen Römischen Reich Deutscher Nation zu seinen Brüdern stößt, werden wir sehen, ob er Unruhe stiftet oder sich eingliedert.

Ich persönlich denke, dass niemand von dieser genehmigten Ausnahme Schaden davontragen wird.«

»Warum hat man dem Bruder denn gestattet, bei den Dominikanern unterzukommen?«, mischte sich Mirjana nun doch ein.

»Soweit ich weiß, ist die Lage des Regensburger Klosters ein wenig schwierig geworden durch diese gotteslästerliche Glaubensspaltung«, erklärte Skočibuha. »Die Stadt hat mit unglaublichem Hochmut die Stirn gehabt, das Schiff der Kirche des Heiligen Blasius für den Gottesdienst der Abtrünnigen zu beschlagnahmen.«

»Die Kirche des Heiligen Blasius?«, wiederholte Mirjana.

»In der Tat«, lächelte Skočibuha. »Wahrscheinlich hat sich der weise Rat deshalb bereit erklärt, unseren Dominikanern zu gestatten, einen ihrer Glaubensbrüder bei sich aufzunehmen. Sveti Vlaho verbindet uns gewissermaßen mit dem fernen Regensburg.«

Das Für und Wider des geplanten Besuches aus dem fernen Land wurde noch eine Weile erörtert, doch bald redete man von anderen, weniger ernsthaften Dingen. Mirjana plauderte mit Cvijeta, die ihr von einer Reise berichtete, und Skočibuha war mit deren Gemahl in ein einvernehmliches Gespräch vertieft, während Ivan sich mit Vecellio austauschte.

Trotz der zwanglosen Atmosphäre in Skočibuhas Haus fühlte sich Mirjana an diesem Abend nicht recht wohl. Sie spürte noch immer die Gegenwart der Fremden – und den gelegentlichen Blick Vecellios. Hin und wieder fragte sie sich, wovor sie sich mehr in Acht nehmen sollte.

Die Uhr schlug schon beinah Mitternacht, als sie mit Ivan aufbrach. Er schien endgültig seinen Ärger wegen der Karacke überwunden zu haben und war bester Laune.

»Dieser Venezianer«, vertraute er Mirjana an, bevor sie

sich zu Bett begaben, »ist ein sehr wohlhabender Mann. Wenn ich mit ihm ins Geschäft komme, könnte es Gewinn bringend für uns beide sein – und es sieht ganz danach aus, als wäre es mir heute Abend gelungen, den Grundstein dafür zu legen.«

»Vielleicht«, stimmte Mirjana eher halbherzig zu. »Dennoch: Er hat etwas an sich, das ich nicht durchschaue.«

»Was gibt es da zu durchschauen, Mirjana? Er hat Augen im Kopf und deine Schönheit bemerkt. So lange er dabei seine Grenzen kennt, beschränke ich mich darauf festzustellen, dass er sich auf die Kunst des Handeltreibens versteht wie kaum ein Zweiter, der mir begegnet ist. Du wirst sehen, die Bekanntschaft mit Vecellio wird Folgen für uns haben!« Ivan beugte sich zu ihr herüber. »Oder sollte ich mir etwa deinetwegen Sorgen machen? Er ist ein recht gut aussehender Mann …« Ivans Tonfall war scherzhaft, doch Mirjana beeilte sich, mit Ernst in der Stimme zu antworten.

»Nun, es mag sein, dass gewisse Frauen so empfinden. Doch mir scheint er ein wenig oberflächlich.«

Zufrieden wickelte Ivan eine Locke Mirjanas um seinen Finger. »Genug Gedanken an Venedig verschwendet, mein Herz. Zeit, sich anderen Dingen zuzuwenden.«

Mirjana wusste, was geschehen würde, und sie wusste, sie musste es über sich ergehen lassen. Dabei wünschte sie so sehr, es könnte wieder so sein wie früher. Sie neigte ihren Kopf zur Seite und hoffte, Ivan möge das als deutliches Zeichen sehen, doch diese Nacht schien er nicht gewillt, auf seine ehelichen Rechte zu verzichten. »Mein Herz«, wisperte er. »Du bist schön. Und du bist mein.«

Mirjana schloss die Augen und spürte die Präsenz der Fremden in ihr plötzlich deutlicher als je zuvor. Woran mochte das liegen? Daran, dass sie selbst in diesem Moment so verletzlich war? Sie riss sich zusammen und führte sich vor Augen, dass sie alles andere als verletzlich sein konnte, dass sie stark sein konnte und über Macht verfügte, selbst über Ivan. Sie besann sich ihrer Fähigkeiten und brachte Ivan dazu zu vergessen, dass er sie besaß. Stattdessen besaß sie ihn. Niemand würde sie besitzen, nicht ihren Körper und erst recht nicht ihre Seele.

Verschwinde!, schrie sie die Fremde in Gedanken an und hoffte, damit tatsächlich etwas auszurichten. Sie wollte sie jetzt nicht bei sich haben.

Verschwinde! *Das Wort hallte wie ein Donnerschlag in meinem Kopf, und ich wurde hinauskatapultiert in ... ja, in was? Mit einem Mal war alles dunkel um mich, eine gespenstische Stille herrschte, nachdem Mirjana beschlossen hatte, mich auszuschließen. Es war, als befände ich mich in einem Vakuum ohne Anfang und ohne Ende. War es so, wenn man starb? Gab es kein Oben und kein Unten mehr, keine Richtung und keinerlei Orientierung, nur ein gnadenloses Nichts?*

Ich wollte zurück zu Safet, zurück nach Hause, zurück in meine eigene Gegenwart. Verzweifelt versuchte ich zu rufen, aber ich fand meine Stimme nicht. Ich schien überhaupt nicht zu existieren. Stattdessen schwebte ich verloren irgendwo zwischen Raum und Zeit. Die Panik, die ich vor Stunden zum ersten Mal gespürt hatte, kehrte in nur leicht verminderter Form zurück, ein Gefühl, für das ich während der letzten Ereignisse gar keinen Sinn gehabt hatte. So viel war auf mich eingeströmt, das mir eigentlich hätte fremd sein müssen, mir aber durch Mirjana auf merkwürdige Weise vertraut vorkam. Nie hatte ich zum Beispiel darüber nachgedacht, wie ich die Menschen des alten Ragusa verstehen würde – ich verstand sie einfach, ich verstand ihre Sprache, und ich verstand, wie sie dachten.

Ich konnte an meinem derzeitigen Zustand nichts ändern, also musste ich mich zwangsweise damit auseinander setzen. Je län-

ger ich das tat, desto ruhiger wurde ich und kam dabei zu dem Schluss, dass das Ganze nicht direkt oder bewusst von Mirjana ausging. Sie mochte mich erwartet haben, aber offenbar war sie überrascht über den Zeitpunkt gewesen. Zwar konnte sie mich sozusagen rausschmeißen, wenn ich ihr zu viel wurde – aber würde es ihr auch gelingen, mich wieder zu ihr zu bringen? Oder tat das jemand oder etwas anderes? Das Schicksal? Wenn das so war, blieb mir nichts übrig, als darauf zu vertrauen, dass das Schicksal tat, was es zu tun vorhatte. Ich war nach wie vor hier, also glaubte es anscheinend, dass ich noch nicht fertig war und noch nicht genug beobachtet hatte.

Wie auch immer – die Perlenkette war zweifellos ein wichtiges Bindeglied zwischen Mirjana und mir. Ohne dieses Schmuckstück, das zuerst ihr und dann mir gehörte, wäre ich kaum in der Vergangenheit gelandet. Dass Mirjana allerdings meine Gegenwart nicht nur wahr-, sondern auch als gegeben hinnahm, während jeder andere Mensch an seinem Verstand gezweifelt hätte, zeugte von ihrem hoch entwickelten spirituellen Glauben. Das, was sie erlebte, wurde im 16. Jahrhundert mit ziemlicher Sicherheit gleichgesetzt mit Besessensein – vom Teufel im schlimmsten Fall. Sie dagegen erkannte, dass es etwas anderes war, dass das Schicksal es so bestimmte, dessen Lauf sie nicht ändern konnte. Bisher gab es keinerlei Anzeichen dafür, das Mirjana das war, was von ihr behauptet wurde: eine Hexe im üblichen Sinn. Daran hatte ich selbst auch nie wirklich geglaubt, wohl aber daran, dass Mirjana etwas Besonderes war. Ich hatte es gespürt, als ich vor ihrem Bild stand, und meine Erlebnisse mit den Perlen taten ein Übriges. Was sie vermochte und wahrnahm, machte sie anders als andere Menschen, man musste nicht an Hexen glauben, um das zu akzeptieren. Aber war ihr selbst bewusst, über welche Fähigkeiten, ja sogar Macht sie tatsächlich verfügte? War ihr möglicherweise gar nicht klar, dass sie selbst mich gerufen hatte, weil ihr Unterbewusstsein den richtigen Zeitpunkt dafür kannte?

Während ich noch grübelte, spürte ich plötzlich eine Art Sog in meinem nicht vorhandenen Kopf. Ich schaute mich um, was komisch war, denn ich hatte keinen Körper, und so sah ich praktisch alle ebenfalls nicht vorhandenen Richtungen gleichzeitig. In weiter Ferne entdeckte ich ein kleines Licht, das von einer Kerze zu kommen schien. Der Sog in meinem Kopf zog mich auf das Licht zu, das immer größer wurde, wenn auch nur unwesentlich heller.

Tatsächlich handelte es sich um eine Kerze, die auf einem Tisch mit goldverzierten und verschnörkelten Beinen stand, der Rest des Zimmers lag im Dunkeln. Plötzlich hörte ich ein Geräusch. Eine Tür öffnete sich, durch die ein Mann in den Raum trat, einen weiteren im Gefolge, der der Kleidung nach zu urteilen sein Diener war.

Was um alles in der Welt tat Mirjana hier mitten in der Nacht? Dann lauschte ich in mich hinein und bemerkte kein Zeichen ihrer Gegenwart. Ich war nicht in ihr, ich war allein und konnte nur hoffen, dass ich auch irgendwie unsichtbar war, sonst hätte sich der Venezianer vermutlich sehr gewundert, was die fremde Frau in seinem Schlafzimmer suchte.

»Das war ein gelungener Abend, Claudio«, stellte Vecellio fest. »Martolosić jedenfalls hängt an der Angel.«

»Ihr habt lange dafür gearbeitet, Signor«, gab der Diener zurück, der seinem Herrn beim Auskleiden half.

»Richtig, mein Guter, und meine Arbeit ist belohnt worden. Mit Skočibuha selbst Geschäfte zu machen, ist ein wenig zu gefährlich. Er ist klüger als Martolosić und könnte früher oder später hinter Dinge kommen, die besser im Verborgenen bleiben.«

»Was ist mit dem Florentiner?«, fragte Claudio. »Könnte der nicht …«

Müde winkte Vecellio ab. »Das Einzige, was der Mann besitzt, ist eine blitzgescheite Gemahlin. Vor dem Weib sollte man sich vorsehen, sie ist schön, hat aber eine spitze Zunge.«

»Und die Gemahlin des Gospar Martolosić? Es heißt, sie verfügt über gewisse Heilkräfte.«

Vecellio runzelte nachdenklich die Stirn. »Ja, in der Tat, diese Frau hat etwas an sich, das ich nicht ergründen kann. Sie ist faszinierend. Ich wüsste gar zu gern …« Der Rest des Satzes blieb unausgesprochen. Stattdessen gähnte Vecellio und machte es sich auf seinem Bett bequem. »Ist dieses Mädchen eigentlich noch im Haus?«

Claudio erlaubte sich ein hintergründiges Lächeln, das Vecellio jedoch wegen des Dämmerlichts im Raum nicht sah. »Die mit den … gewissen Qualitäten meint Ihr?«

»Die Qualität, die mich im Augenblick interessiert, ist ausschließlich ihre Verbindung zum Hause Martolosić. Schick sie zu mir, Claudio.«

»Um diese Zeit, Signor? Sie wird längst schlafen.«

»Dann weck sie eben. Wenn ihr daran gelegen sein sollte, im Bett zu liegen, kann sie das bei mir genauso gut. Es wird ihr sicher nichts ausmachen, nebenbei noch ein paar Fragen zu beantworten.«

»Wie Ihr wünscht, Signor.«

Claudio verschwand, während Vecellio ins Kerzenlicht schaute und auf das Mädchen wartete. Er seufzte und stand wieder auf, ging ungeduldig im Raum hin und her. Endlich klopfte es zaghaft an die Tür.

»Komm herein«, rief Vecellio.

Die Tür öffnete sich nur einen Spalt, das halbe Gesicht eines Mädchens lugte hervor, bleich und erschrocken.

»Komm herein, habe ich gesagt«, wiederholte Vecellio, lauter und mit befehlsgewohnter Stimme. »Ganz, wenn es dir beliebt, und nicht nur zur Hälfte.«

Das Mädchen schob sich durch den Türspalt und blieb

dann angespannt an die Wand gedrückt stehen. Sie war nervös, ihre Brust hob und senkte sich in schnellem Rhythmus, ihre Augen waren groß und dunkel. Vecellio blickte sie einen Moment lang wortlos an und dachte wohl an Claudios Worte. Das Mädchen hatte tatsächlich gewisse Qualitäten, nur war es viel zu schüchtern.

»Wie ist dein Name?«

»Andrijana«, kam es leise zurück.

»Komm her, Andrijana«, forderte Vecellio sie auf.

Sie bewegte sich keinen Schritt vorwärts, sodass er es war, der auf sie zuging. Hätte sie die Möglichkeit gehabt, wäre sie noch weiter zurückgewichen, so stand sie nur da und starrte ihn an.

»Findest du mich so Furcht erregend?«, fragte Vecellio fast ein wenig amüsiert, während er mit dem Zeigefinger ihr Kinn hob.

Andrijana schüttelte den Kopf, ganz wenig nur, als hätte sie Angst. Doch ob sie Angst vor Vecellio hatte oder davor, von ihm fortgestoßen zu werden, war mit einem Mal nicht mehr klar zu erkennen. Vecellio neigte den Kopf hinab und berührte sanft, fast zärtlich Andrijanas Lippen. Der Körper des Mädchens begann zu beben, Vecellio umfasste ihre Schultern, wobei er nach wie vor mit ihren Lippen spielte. Schließlich ließ er ein wenig von ihr ab.

»War das so schlimm?«

Erneut schüttelte Andrijana wortlos den Kopf, doch ihren Augen war anzusehen, was sie dachte. Es stand derart deutlich in ihrem Gesicht geschrieben, dass Vecellio darin las wie in einem Buch. Er hätte ohnehin bekommen, was er wollte, doch auf diese Weise war es weitaus angenehmer. Er zog sie auf sein Bett und begann ganz langsam, sie zu entkleiden.

Wieder spürte ich den Sog, der mich fortzog vom Geschehen, wofür ich dankbar war. Ich mochte nicht zusehen, wie der Venezianer das arme Mädchen verführte, das offensichtlich verliebt in ihren Herrn war – nur damit er durch sie, die mit Mirjanas Zofe bekannt war, an Informationen aus deren Haus kam. Informationen über Martolosić oder über Mirjana? Ich fragte mich, worum es ihm vorzugsweise ging, denn zweifellos war er nicht nur darauf aus, mit Ivan Geschäfte zu machen, sondern auch von Mirjana fasziniert gewesen.

Allmählich gewöhnte ich mich an den Zustand, in diesem Vakuum zu schweben. Es ließ mir Zeit, das, was ich gesehen hatte, zu überdenken und mich zu fragen, wohin es mich führte. Auf jeden Fall gab es einen bemerkenswerten Unterschied zwischen meinen Erlebnissen. Wenn ich bei Mirjana war, war ich nicht nur bei ihr, sondern im wahrsten Wortsinn in ihr. Ich teilte, zumindest soweit sie es zuließ, ihre Gedanken und Gefühle, ich sah durch ihre Augen, ich hatte sogar den Kapaun auf »meiner« Zunge geschmeckt. Das hieß, ich nahm, wenn auch indirekt, am Geschehen teil. Bei Vecellio dagegen war ich nur Beobachterin, ich steckte weder in ihm noch in jemandem aus seiner Umgebung. Das bedeutete, ich konnte zwar sehen, was er tat, aber ich konnte nicht wissen, warum er es tat oder was er dachte und fühlte. Das blieb meiner Fantasie und meiner Interpretation überlassen.

Während ich immer mehr in die Vergangenheit eintauchte und immer weniger an meine eigene Gegenwart dachte, weil sie so unendlich weit weg war, spukte mir eine Frage im Kopf herum: Als ich »ankam«, war es Morgen gewesen, jetzt war es tiefe Nacht, der neue Tag würde bald anbrechen. Wie viele Stunden vergingen wohl in meiner Zeit? Stand ich noch immer vor dem Spiegel, mit einem beunruhigten Safet hinter mir, der keine Ahnung hatte, was er mit meiner leeren »Hülle« anfangen sollte?

Wie dem auch sei: Wir hatten beide gewollt, dass ich das hier tat, und sowieso nicht mehr darüber zu entscheiden, wann ich zu-

rückkehrte. Den Gedanken daran, ob *ich je zurückkehrte, wagte ich nicht zu Ende zu formulieren.*

Stattdessen verspürte ich eine eigenartige Unruhe, ein Gefühl, das mir sagte, ich müsse voranschreiten, mehr beobachten und dadurch mehr begreifen. Erneut wurde ich fortgezogen aus dem Vakuum, fortgezogen aus dem Nichts und hinein ins Tageslicht.

Mirjana blinzelte in die ersten Strahlen der Morgensonne, während sie am Dom vorbeilief, der nach der alten Legende vom Gold des Richard Löwenherz selbst erbaut worden war – aus Dank für seine Rettung aus Seenot auf der Insel Lokrum direkt vor den Toren der Stadt. Im Augenblick stand Mirjana jedoch nicht der Sinn nach Legenden. Im Augenblick musste sie sich beeilen, damit sie Nikola antraf.

Als sie erwacht war, hatte sie das Bett neben sich leer gefunden. Ivan musste das Haus noch vor der Dämmerung verlassen haben und bereits auf dem Weg nach Gruž sein, um die Ausbesserungsarbeiten an dieser vermaledeiten Kapitänskajüte zu besprechen.

Dennoch war Mirjana nicht gänzlich allein erwacht. Die Fremde war wieder da. Diesmal hatte sie sie nicht fortgeschickt, es reichte ihr zu wissen, dass sie es konnte.

Endlich lag das Franziskaner-Kloster mit dem spitzen Turm vor ihr, am Haupteingang des prachtvollen Kirchenbaus die in Stein gearbeitete Pietà, die ihr jedes Mal wieder Ehrfurcht einflößte. Sie schritt daran vorbei, bis sie in den schmalen Durchgang trat, der sie zwischen der Erlöserkirche direkt neben der Stadtmauer und der Franziskaner-Kirche zur Apotheke führen würde. Hinter ihr im Sonnenlicht lagen der zweistöckige Onofrio-Brunnen und der Konvent der Klarissinnen.

Mirjana schluckte und beeilte sich, ihre Gedanken auf anderes zu lenken, bevor sie zu lange dabei verweilte. Kurz darauf umrundete sie halb den Kreuzgang und stand endlich vor der Apotheke.

»Schschscht!«, machte es plötzlich aus einiger Entfernung.

Mirjana drehte sich um, konnte jedoch zunächst niemanden sehen. Sie kniff die Augen zusammen, und erst da sah sie den jungen Nikola hinter dem Brunnen im Hof des Kreuzgangs stehen. Er winkte sie zu sich.

»Nikola! Was tust du hier draußen?«, fragte Mirjana. »Hast du heute keinen Dienst in der Apotheke zu verrichten?«

»Sie haben entdeckt, dass ich für Euch gestohlen habe«, sagte Nikola leise.

Mirjana erschrak. Das hatte für sie beide Folgen, die sie sich gar nicht ausmalen mochte. Wenn Ivan erfuhr, dass sie mit den scheinbar harmlosen Kräuterbeeten im Garten ihrer Villa in Lapad ernsthaftere Interessen verfolgte, als hin und wieder einen Tee zuzubereiten, wäre er ganz und gar nicht erfreut. Vor allem, wenn er begriff, welche Ausmaße ihre Beschäftigung mit Heil- und sonstigen Rezepturen mittlerweile angenommen hatte. Für den Novizen Nikola allerdings, der den Franziskaner-Brüdern als Apothekengehilfe diente, waren die Konsequenzen sicher noch weitaus ernster. Es war ihre Schuld, sie hätte sich etwas anderes einfallen lassen müssen, statt den Jungen für sich einzuspannen.

»Es tut mir so Leid! Bist du hart bestraft worden?«, fragte sie besorgt.

Nikola hob die Schultern, zuckte jedoch dabei zusammen, was Mirjana als schlechtes Zeichen deutete.

»Sie wissen nicht, dass ich es für Euch tat«, korrigierte sich Nikola, und Mirjanas Herz machte einen selbstsüchtigen Sprung der Erleichterung. Nikolas Gesicht leuchtete trotz des Schmerzes, den er bei jeder Bewegung verspüren musste, auf. »Sie haben mich dabei erwischt, als ich um den Schrank herumschlich, wisst Ihr, und dabei fanden sie einen kleinen Rest Kampfer, den ich für Euch beiseite gelegt hatte.«

»Um den Schrank?«, wiederholte Mirjana. Gegenüber der Sache mit dem Schrank verblasste selbst der überaus wertvolle Kampfer zur völligen Bedeutungslosigkeit. »Um der Liebe Gottes willen, Nikola, du bist verrückt. Das durftest du nicht!«

»Aber Ihr habt gesagt, Ihr würdet Eure Seele dafür verkaufen, an die geheimen Rezepturen im Giftschrank zu kommen!«

Mirjana seufzte. Es stimmte, das hatte sie gesagt, aber sie hatte es nicht wörtlich gemeint. Sie selbst kannte genug Rezepturen, für die die Franziskaner-Brüder vermutlich ebenfalls ihre Seele verkauft hätten. Es wäre überaus reizvoll gewesen, beide miteinander zu vergleichen, aber nicht um diesen Preis. Offenbar hatte sie Nikola unabsichtlich auf falsche Gedanken gebracht.

»Ich würde niemals wirklich meine Seele verkaufen, nicht für alle Rezepturen dieser Erde, Nikola.« Oder habe ich das bereits getan?, fragte sie sich, ohne es laut auszusprechen. »Es ist wahr, der Inhalt dieses Schrankes ist sehr kostbar und sehr wichtig für alle Heilkundigen und …«

»Ich kann an drei der Schlüssel kommen«, unterbrach sie Nikola eifrig. »Deshalb war ich am Schrank, um zu sehen, ob die Schlüssel, deren Bärte ich zuvor sorgsam abgezeichnet hatte, zu den Schlössern passen würden. Ich bin mir sicher, die richtigen gefunden zu haben! Nur der vierte fehlt noch!«

»Drei Schlüssel?« Entgegen allen Vorsätzen merkte Mirjana, wie die Härchen auf ihrem Arm sich aufstellten und sie vor Aufregung eine Gänsehaut bekam. Dann besann sie sich auf das, was sie zu tun hatte, nämlich Nikola diese Flausen auszureden, so aufregend es auch wäre zu sehen, was sich hinter den vier Schlössern des Schrankes verbarg. Der Giftschrank, der außer Rezepturen auch gefährliche Substanzen enthielt, war besonders gesichert. Je ein Mönch besaß einen Schlüssel, und nur alle vier gemeinsam konnten den Schrank öffnen.

»Ja«, flüsterte Nikola inzwischen. »Von diesen drei Schlüsseln kenne ich den Platz, an dem sie aufbewahrt werden.«

»Aber das geht nicht«, widersprach Mirjana. »Du bist schon einmal erwischt worden. Wie hast du ihnen überhaupt erklärt, was du am Schrank wolltest? Und mit dem Kampfer? Du hast doch nicht etwa behauptet, du wolltest dich damit berauschen?«

»Ich wusste mir sonst nicht zu helfen, und meine Brüder glaubten mir.«

»Deshalb haben sie dich so hart bestraft.«

Nikola gab ein unbestimmtes Geräusch von sich. »Sorgt Euch nicht! Was den Schrank betrifft, ist mir niemand auf die Schliche gekommen. Die Zeichnungen der Schlüssel trug ich nicht bei mir, ich hatte sie mir gut eingeprägt, und so genügte ihnen meine Beteuerung, ich sei nur neugierig gewesen.«

»Das mag einmal gelungen sein, doch es wird kein zweites Mal gelingen! Willst du eine noch härtere Strafe in Kauf nehmen? Sie könnten dich aus dem Orden ausschließen.«

Nikola zuckte mit den Schultern. »Sie werden mich vielleicht auf eine lange und beschwerliche Pilgerreise schicken, doch ausschließen werden sie mich nicht.«

»Aber wer soll mir dann hier helfen, wenn du fort bist? Ich kann niemandem so vertrauen wie dir«, versuchte es Mirjana auf diese Weise.

Wenigstens das schien Nikola einzuleuchten, seine Züge

verdunkelten sich, er nickte. »Vielleicht habt Ihr Recht.« Er wühlte in seiner Kutte und brachte einen kleinen Beutel zum Vorschein, den er Mirjana so unauffällig reichte, dass niemand, der sie möglicherweise vom Kreuzgang aus beobachtete, es bemerken würde. »Das hier konnte ich in meiner Zelle verstecken, sie haben es nicht gefunden.«

Mirjana nahm den Beutel an sich und ließ ihn ebenso unauffällig zwischen den Falten ihres Kleides verschwinden. »Danke, Nikola, und versprich mir, dass du keine Dummheiten machen wirst. Ich muss eben in der nächsten Zeit sehen, wie ich mit dem zurechtkomme, was mir zur Verfügung steht.« Das würde schwierig werden, besonders, wenn sie an die arme alte Pera dachte, die auf sie wartete. Wenn es gar nicht anders zu bewerkstelligen war, musste sie für den Schlafschwamm eben Alraune nehmen, falls die Schmerzen bei der Behandlung der Wunde im Wachzustand zu unerträglich wurden.

»Keinen vierten Schlüssel, hörst du? Auf keinen Fall!«

Nikola runzelte unwillig die Stirn, sichtlich nicht einverstanden mit dieser Form der Tatenlosigkeit. »Aber stellt Euch vor, wir finden die Rezeptur für den Goldfluss!«

»Wenn sie dich wieder erwischen, wirst du ganz etwas anderes finden«, ermahnte ihn Mirjana kopfschüttelnd, obwohl sie seinen Eifer verstand. Der Goldfluss war ein dunkler Stein, der, wurde er bei hohen Temperaturen geschmolzen, wie flüssiges Gold glänzte, woher sein Name rührte. Am Leib getragen brachte er seelisch Kranken ihr inneres Gleichgewicht zurück und war deshalb an Wert kaum zu messen, besonders für jene, die sich nicht auf seine Herstellung verstanden. Einen Augenblick überlegte Mirjana, ob sie Nikola in ihr Geheimnis einweihen sollte, schon allein, um ihn von weiteren Abenteuern abzuhalten. Doch je weniger wussten, was sie vermochte, desto besser.

»Versprich mir also Gehorsam deinen Mitbrüdern gegenüber«, forderte sie stattdessen, legte eine Hand auf seine Schulter und sah ihm in die Augen, als er nicht sofort antwortete. »Versprich es«, wiederholte sie.

Nikola starrte sie an, schluckte und nickte dann langsam.

»Gut«, beschied Mirjana und sah dabei zum ersten Mal ganz deutlich, dass Nikola kein Junge mehr war. Beinah unbemerkt war er zum Mann herangewachsen, zu einem Mann noch dazu, der in ihr nicht länger die heilkundige Freundin sah, die er bewunderte, sondern die Frau. Sie würde vielleicht in Zukunft doch auf seine Dienste verzichten müssen, wenn sie ihn nicht noch mehr in Schwierigkeiten bringen wollte. Schwierigkeiten, die sehr viel ernsthafter werden konnten als die Bestrafung für einen kleinen Diebstahl aus der Apotheke.

»Ich muss gehen«, sagte sie schließlich. »Eine Kranke erwartet meinen Besuch.«

»Ihr werdet ihr gewiss helfen können«, sagte Nikola zuversichtlich.

»Das hoffe ich«, murmelte Mirjana, eher zu sich selbst als zu ihm. Sie bedachte Nikola noch einmal mit einem viel sagenden Blick, dann machte sie kehrt und verließ das Kloster. In dem dunklen Gang, der sie zurück auf den Stradun führte, holte sie mit einem Griff den Beutel hervor und roch daran.

Einen Moment hielt sie inne und dachte an die Fremde, die noch immer bei ihr war. *Erkennst du den Duft?,* fragte sie still, ohne eine Antwort zu erwarten, die sie gleich selbst gab. *Es ist Weihrauch.*

Dann beeilte sie sich, den Beutel wieder unsichtbar zu verstauen. Der gute Nikola! Er hatte stets ein sicheres Gespür für das, was sie brauchte. Natürlich hätte sie den Kampfer, den Weihrauch und viele andere Pflanzen und Gewürze, die sie für ihre Rezepturen benötigte, auch viel leichter auf andere Weise beschaffen können, schließlich war Ivan mit vielen Kaufleuten bekannt. Doch je weniger er wusste, desto unabhängiger war sie und desto sicherer fühlte sie sich.

Draußen blendete sie die Helligkeit, als sie hinüber zum großen Brunnen und zum Klarissinnen-Konvent sah. Nein!, hielt sie sich augenblicklich an, das waren verbotene Gedanken! Sie ignorierte den Konvent und den Brunnen und drehte sich um, um nach Hause zurückzulaufen, sich umzukleiden und dann von dort nach Lapad aufzubrechen.

Sie hatte sich jedoch zu schwungvoll umgewandt, sodass sie mit jemandem auf recht schmerzhafte Weise zusammenstieß.

»Wohin so eilig, Gospođa? Und das zu dieser frühen Stunde?« Sie erkannte die Stimme des Mannes, der sie festhielt, damit sie nicht stürzte, sofort wieder.

»Signor Vecellio«, sagte sie, sobald sie sich von ihrem Schrecken erholt hatte. »Verzeiht mir, ich hätte meine Augen offen halten sollen. Ich hoffe, ich habe Euch nicht verletzt?«

»Nur meinen Stolz«, lächelte Vecellio. »Ich pflege sonst von der Damenwelt nicht so einfach übersehen zu werden.«

Versuchte dieser Mann zu kokettieren? Sie konnte solcherlei Verhalten schlecht dulden, besonders da sie ganz allein mit ihm auf offener Straße stand, statt ihre Zofe bei sich zu haben. Ivan sollte dieses Zusammentreffen besser nicht zu Ohren kommen.

»Nun«, sagte sie, »Ihr müsst entschuldigen, dass ich mit den Gedanken nicht bei Euch, sondern bei wichtigen Dingen war.«

Vecellio starrte sie einen Wimpernschlag lang an, bevor er beschloss, ihre Unverschämtheit zu übergehen. »Dann werde ich Euch das in der Tat nachsehen müssen. Gestattet mir jedoch, Euch nach Hause zu geleiten – oder wo immer Euer Weg Euch hinführt. Mir wäre wohler zumute, wenn ich Euch nicht allein wähnte.«

»Signor Vecellio, habt Dank für Euer Angebot, ich weiß Eure Sorge zu schätzen. Doch ich glaube kaum, dass es sich für mich schickt, von einem anderen Mann als meinem Gemahl begleitet zu werden.«

»Ich denke«, sagte Vecellio, ein mokantes Lächeln auf den Lippen, »Ihr tut im Allgemeinen eher, was Euch beliebt, und weniger das, was sich schickt. Oder täusche ich mich?«

Der Venezianer hatte sie gerade am vorigen Abend zum ersten Mal gesehen, wie konnte er so etwas über sie wissen? Es kostete sie einige Mühe, sich weder ihr Erstaunen noch ihre leichte Beunruhigung anmerken zu lassen.

Glücklicherweise wurde sie einer Antwort enthoben, denn die Aufmerksamkeit auf der breiten Straße richtete sich einmütig auf die Männer, die gerade durch das Stadttor traten. Sie trugen lange weiße Kutten, zusammengehalten mit dunklen Kordeln, und schritten bedächtig die Straße hinauf. Jener Mann, der in der Mitte ging, schaute sich hoch erhobenen Hauptes um. Er war größer und noch hagerer als seine dominikanischen Brüder. Sein Gesicht zierte eine schmale, lange Nase, die stahlgrauen Augen darüber blickten streng und unnachgiebig.

Mirjana dachte an Nikola und war froh, dass der Fremde aus Oberdeutschland, um den es sich zweifellos handelte, nicht zu den Franziskanern gehörte.

Als die Dominikaner vorübergegangen waren, schnalzte Vecellio mit der Zunge. »Wie es aussieht, ist das der Gast aus dem Norden. Ich frage mich, ob Euer Gemahl gestern nicht doch Recht hatte. Man kann wahrlich nicht behaupten, dass dieser Mönch ein sonderlich einnehmendes Wesen hat.«

Mirjana war erstaunt, ihre eigenen Gefühle von Vecellio in Worte gefasst zu hören. Derartiges Gespür hatte sie ihm nicht zugetraut. Andererseits musste man als erfolgreicher Kaufmann selbstverständlich über ein gewisses Maß an Einfühlungsvermögen verfügen, wenn auch auf andere Weise.

»Wie könnt Ihr das wissen? Ihr habt ihn nur im Vorbeigehen gesehen, da lässt sich schwerlich ein Mensch einschätzen«, widersprach sie dennoch.

Vecellio zuckte die Schultern. »Mag sein, Gospođa, aber mein Instinkt trügt mich selten.« Erneut zauberte er ein Lächeln in sein Gesicht. »Oder solltet Ihr die berühmte Ausnahme der Regel sein? Wollt Ihr mir erlauben, es herauszufinden?«

Mirjana war sich der Wirkung, die sie auf Männer hatte, durchaus bewusst. In ihrer Jugend hatte sie sie genossen, als verheiratete Frau hatte sie sie hingenommen, ohne jemals ernstlich daran zu denken, sie auszunutzen. Im Augenblick jedoch begann sie, diese Wirkung zu verfluchen. Was sie vor dem Eintreffen der Dominikaner gesagt hatte, entsprach der Wahrheit: Es gab Wichtigeres, als sich der Annäherungsversuche des Venezianers erwehren zu müssen.

»Ihr werdet es sicher ohne mich herausfinden können, Signor. Wie Ihr vorhin selbst bemerktet, habe ich es eilig.« Mirjana bemühte sich, ihre Worte mit einem Lächeln zu entschärfen, nickte Vecellio noch einmal zu und schob sich dann an ihm vorbei.

»Gospođa!«, rief er ihr hinterher.

Wohl oder übel musste sie sich umdrehen, wenn sie nicht die Grenze zur Unhöflichkeit überschreiten wollte.

»Wenn ich schon auf das Vergnügen Eurer Gesellschaft verzichten muss, verratet Ihr mir, wo ich Euren Gemahl antreffe? Wir waren übereingekommen, ein wenig miteinander zu sprechen – über Geschäfte, Ihr versteht.«

»Ihr findet ihn auf der Werft in Gruž«, sagte Mirjana, »bei der Überwachung der Schiffsbauarbeiten.«

Vecellio dankte ihr und verbeugte sich leicht, bevor er sich umwandte und durch dasselbe Tor die Stadt verließ, durch das die Mönche sie betreten hatten.

Auf dem Weg zurück nach Hause dachte Mirjana beständig über den Venezianer nach. Noch immer durchschaute sie sein Verhalten nicht ganz. Es gehörte schon Dreistigkeit dazu, mit Ivan Geschäfte machen und gleichzeitig mit dessen Gemahlin anbändeln zu wollen. Was genau beabsichtigte dieser Mann? Unbewusst seufzte sie laut auf, als sie in ihre Straße einbog, die wenigen Treppenstufen erklomm, an Gospar Skočibuhas Palazzo vorbeiging und schließlich ihr eigenes Haus betrat.

»Petrunjela!«, rief sie nach ihrer Zofe, sobald sie den Beutel mit dem Weihrauch in einer kleinen Tasche verstaut hatte, die sie mit nach Lapad nehmen würde. Als Petrunjela, die sie begleiten sollte, nicht erschien, machte sie sich kurzerhand selbst reisebereit und suchte erst wieder nach ihrer Zofe, nachdem sie fertig war. Sie fand sie mit zwei anderen Frauen in der Küche beim Schwatzen. Das eine Mädchen war Marija, die in der Küche arbeitete, das andere sah sie zum ersten Mal.

Als Mirjanas Blick auf das fremde Mädchen fiel, zuckte ich zusammen. Oder wäre zusammengezuckt, wenn es mir möglich gewesen wäre. Ich erkannte sie sofort und versuchte mit aller Macht, Mirjana zu warnen.

Mirjana!, *rief ich ihr zu.* Sie ist Vecellios Geliebte! Daher weiß er so genau über dich Bescheid!

Einen Moment schien es, als stutze Mirjana, als habe sie etwas von mir »empfangen«. Keine Worte, eher mein Gefühl bei Andrijanas Anblick. Doch die Wahrnehmung war für sie wohl zu flüchtig gewesen, sie reagierte nicht weiter. Dabei hätte ich ihr liebend gern empfohlen, Andrijana aus dem Haus zu werfen und ihrer Zofe jeden weiteren Umgang mit ihr zu verbieten. Wie es aussah, musste ich mir das abschminken und stattdessen einfach nur zusehen, was weiter geschehen würde.

Ich mochte diesen Gedanken überhaupt nicht – genauso wenig wie ich Vecellio mochte. Aber das lag möglicherweise daran, dass ich mehr über ihn wusste als Mirjana, die mit sich selbst etwas uneinig war, was den Venezianer betraf. Selbstironisch erinnerte ich mich an meine Gefühle Safet gegenüber, als wir uns zum ersten Mal begegneten. Das hatte sich alles sehr ähnlich abgespielt, und möglicherweise war das auch der Grund, weshalb ich ausgerechnet zu Vecellio gezogen wurde, wenn ich nicht bei Mirjana war.

Als ich mich von meinen Überlegungen löste und endlich wieder auf die Umgebung konzentrierte, stellte ich erschrocken fest, wie vollkommen fremd mir alles war. Hatte Mirjana mich erneut loswerden wollen? Dann jedoch spürte ich ihre Gegenwart und ahnte, dass ich mich entweder durch den Versuch der Einmischung selbst eine Weile aus dem Verkehr gezogen und verpasst hatte, wie wir hierher gekommen waren. Oder ich war – wie schon mal, nachdem Mirjana vor dem Spiegel zu mir sprach – einfach zu abgelenkt gewesen. Jetzt jedenfalls befanden wir uns längst außerhalb der Stadtmauern.

Laut und vernehmlich klopfte Mirjana an die Tür zu Peras kleinem Haus, das eigentlich eher die Bezeichnung Hütte verdient hätte, erhielt jedoch keine Antwort.

»Pera!«, rief sie. »Pera, bist du zu Hause?« Sie klopfte erneut, doch wieder blieb alles ruhig. »Halt das und warte hier!«, befahl sie Petrunjela und drückte ihr den Korb in die Hand, den sie die ganze Zeit über getragen hatte. Dann umrundete sie die von hohem Gestrüpp umgebene Hütte, bis sie die Rückseite erreichte, wo eine klapprige Holztür nur angelehnt war. Vorsichtig trat sie ins Dunkel des Innern.

»Pera?«

Endlich hörte sie ein leises Stöhnen, das aus dem zweiten der beiden Räume kam. Sie zog einen zerschlissenen Vorhang zur Seite und sah nur einige Schritte vor sich die alte Frau auf einer Bettstatt liegen. Sie stöhnte und schien fiebrig. Mirjana eilte zur Vordertür, um Petrunjela einzulassen, die ihr den Korb reichte, einen Blick auf die alte Frau warf und sich zum Brunnen hinter dem Haus begab. Mirjana war froh, dass sie nicht mehr alles erklären musste, was zu tun war. Petrunjela wusste inzwischen gut Bescheid und machte sich daran, Wasser abzukochen. Sauberkeit war unglaublich wichtig, Mirjana fragte sich immer aufs Neue, warum diese einfache Tatsache von so vielen ignoriert wurde.

Pera murmelte im Fieber vor sich hin. Aus ihrem Korb holte Mirjana ein Fläschchen mit Tropfen, die sie aus pflanzlichen Extrakten hergestellt hatte. Sonnenhut, Eisenhut, Wasserhanf und Tollkirsche sollten Peras Fieber senken. Behutsam flößte sie ihr die Flüssigkeit ein, doch das war erst der einfache Teil ihrer Behandlung. Als Mirjana das Bettzeug zurückschlug und auf Peras Bein sah, fand sie ihre Befürchtungen bestätigt. Warum nur hatte Peras Tochter ihr nicht früher Bescheid gesagt? Das Bein sah überhaupt nicht gut aus, aus mehreren offenen Wunden nässte und eiterte es bereits stark.

Nur eine Sekunde lang, bevor sie sich an die Arbeit machte, erlaubte sich Mirjana einen Gedanken an die Fremde in ihrem Kopf, die solcherlei Anblick und auch den begleitenden Geruch vermutlich nicht gewohnt war. Nun, da konnte sie ihr leider nicht helfen.

Dann machte sie sich wieder an ihrem Korb zu schaffen,

um eine weitere Flasche hervorzuholen, diesmal mit pulverisierter Lindenholzkohle, die sie bei eitrigen Wunden und offenen Beinen zur Abheilung anwandte.

Mitten in der Bewegung rollte eine Welle der Übelkeit über sie hinweg, die ihr vollkommen fremd war und die sie im Augenblick auch keinesfalls brauchen konnte. Gleichzeitig durchzuckte sie der Gedanke, dass sie jetzt zum zweiten Mal etwas wahrnahm, das über das bloße Erspüren der Gegenwart der Fremden hinausging. Beim ersten Mal schien es ein starkes Gefühl kurz nach ihrem Auftauchen bei Mirjana gewesen zu sein. Sie holte tief Luft, schloss die Augen und befahl der Fremden, sich zurückzuziehen.

»Wenn du das nicht aushältst, komm später wieder!«, wisperte sie.

Selten war ich für einen Rausschmiss so dankbar gewesen. In einem heftigen Sog verließ ich sie, nur um fast gleichzeitig woanders aufzutauchen. Die Sonnenstrahlen auf dem Meer hätten mich blenden sollen, doch sie taten es nicht – weil es keine Augen gab, durch die ich sah. Und das bedeutete wohl, dass ich wieder bei Vecellio war.

Während ich mich suchend umschaute und mich immer noch fragte, wie ich das ohne Körper eigentlich bewerkstelligte, dachte ich darüber nach, dass Mirjana meine Übelkeit wahrgenommen hatte. Die war sehr viel heftiger gewesen als mein Empfinden beim Anblick von Andrijana, und Mirjana hatte es dementsprechend sehr viel deutlicher gespürt. Das schien meinen Verdacht zu bestätigen, dass sie zwar keine Worte verstand, Gefühle aber schon. Vielleicht weil ein Gefühl, besonders ein ganz unbewusst hervorgerufenes, sehr viel ursprünglicher und tiefer war, als Worte je sein konnten.

Bevor ich diesen Gedanken weiter verfolgen konnte, sah ich einen Mann herankommen, der mir vergangene Nacht zum ersten Mal begegnet war. Er trat aus einem Kontor auf die Straße, trug leicht ge-

pluderte hellbraune Hosen, dazu ein passendes einfaches Wams und blieb einen Moment lang unentschlossen stehen.

Schützend legte Claudio seine Hand über die Augen. Die Sonne schien heute erbarmungslos heiß auf den Hafen von Gruž hinunter und blendete ihn, wenn er auf das Wasser schaute.

»Claudio!«

Vecellios Stimme ließ ihn herumfahren. Offenbar hatte er seinen Herrn nicht erwartet.

»Claudio, dich schickt der Himmel!« Vecellio grinste breit. »Ich habe mit dir zu reden. Lass uns in die Schenke dort gehen, wo wir ungestört sind.«

Vecellio setzte sich in die hinterste und dunkelste Ecke, während Claudio den Wirt nach Wein rief und sich dann zu ihm gesellte. In der Abgeschiedenheit berichtete Vecellio von seinem Zusammentreffen mit Mirjana.

»Claudio, ich sage dir, das ist ein anderes Kaliber als die kleine Andrijana, die zwar ganz amüsant für ein paar Nächte sein mag, aber kaum für mehr taugt.«

»Sie ist verheiratet mit dem Mann, mit dem Ihr Geschäfte machen wollt«, erinnerte ihn Claudio.

»Das weiß ich«, lächelte Vecellio versonnen. »Aber so etwas wäre schließlich nicht das erste Mal für mich. Es hat seine Reize, wie ich dir versichern kann.«

»Und was sagt die Dame dazu, Signor?«

Vecellio hob die Brauen. »Das zumindest ist neu.«

»Sie will nicht.«

»Noch nicht«, berichtigte Vecellio. »Das wird sich ändern.«

In diesem Augenblick kam der Wirt mit dem Wein, Vecellio leerte die Hälfte des Bechers in einem Zug. »Aber kommen wir zur Sache. Ich hatte heute Morgen mehrere sehr aufschlussreiche Gespräche, unter anderem eine Unterredung mit einem Mann, der sehr interessiert ist an einer künftigen Zusammenarbeit.«

»Doch wohl nicht mit Ivan Martolosić.«

»Nein, Claudio, zu dem komme ich später. Tatsächlich war ich gerade auf dem Weg zu ihm, er soll hier auf der Werft sein.«

»Oh, dann meint Ihr …« Claudio ließ den Rest des Satzes in der Luft hängen.

»Richtig, richtig. Da scheint sich ein ausgesprochen zufrieden stellendes Geschäft anzubahnen. Was ist, Claudio, warum umwölkt sich deine Stirn? Diese … Beziehungen werden uns enormen Gewinn bringen, vergiss das nicht. Immerhin haben wir einige Verluste gutzumachen.«

»Wenn Ihr Euch nur nicht übernehmt, Signor. Ihr habt hier gerade wieder Fuß gefasst und solltet vorsichtiger sein.«

Mit zusammengekniffenen Augen ruhte Vecellios Blick auf seinem Diener. Er blieb eine Weile stumm, erst dann sagte er ruhig: »Claudio, wenn du mir in der Vergangenheit nicht schon so viele unschätzbare Dienste erwiesen hättest, würde ich dir eine Ohrfeige verpassen und dir sagen, du hättest dich nicht in meine Angelegenheit zu mischen. Anschließend würde ich dich vor die Türe setzen, und du könntest zusehen, wo du bleibst.«

»Ihr meint wohl eher, wenn ich nicht zu viel über Euch wüsste, was, Signor?«, antwortete Claudio, ohne im Mindesten beunruhigt oder verängstigt zu wirken.

Wieder verzog Vecellio kaum eine Miene, bevor er den Kopf zurückwarf und lachte. »Du bist einfach unersetzlich, mein Guter. Ja, ich weiß, du hast Recht, aber bei diesem Angebot konnte ich einfach nicht widerstehen. Außerdem darfst du nicht vergessen, dass es sich diesmal um erstklassige Ware handelt – kein verdorbener Wein, kein minderwertiges Tuch und kein schlechtes Getreide. Ich werde kein zweites Mal vor kleinlichen Gläubigern und wütenden Käufern die Flucht ergreifen müssen.«

»Erstklassige Ware vielleicht, Signor, aber bedenkt, woher sie kommt.«

»Ach, Unsinn! Niemand wird ihren Weg nachvollziehen können.«

»Es sei denn, man wird der Seeräuber habhaft, und sie werden unter der Folter geständig.«

»Wirst du wohl aufhören, ständig den Teufel an die Wand zu malen? Nichts wird misslingen, und wir beide verdienen eine hübsche Summe, die auch du kaum verachten wirst.«

Claudio seufzte verhalten. Es war ihm anzusehen, dass er seinem Herrn gern noch einmal ins Gewissen geredet hätte, aber wusste, dass das vergeblich wäre.

»Geschäft oder Frauen, einerlei, ohne Wagnis erreicht man gar nichts«, stellte Vecellio abschließend fest. »Und nun zu dem, was du für mich erledigen sollst, während ich Gospar Martolosić aufsuche.« Aus seinem hellroten Wams holte er ein Stück Papier hervor. »Hier ist die Adresse des Mannes, den wir aufsuchen müssen. Es handelt sich um einen sehr ausgeklügelten Plan, dank dessen wir vor Entdeckung vollkommen sicher sein können. Jeder kennt immer nur den jeweils nächsten Verbindungsmann, niemals den übernächsten und überübernächsten. Dies hier ist unserer, der uns benachrichtigen wird, sobald wieder neue Ware eintrifft. Geh zu ihm und sage ihm alles, was er wissen muss, das Weitere geschieht vorerst ohne unser Zutun.«

»Gut, Signor. Aber sagtet Ihr nicht, Ihr habt heute bereits mit …«

»Scht!«, unterbrach Vecellio ungehalten. »Keine Namen. Ich weiß, was du sagen willst, aber bei ihm ist das etwas anderes. Ein Treffen war unumgänglich, immerhin ist er derjenige, der alles plant und bei dem die Fäden zusammenlaufen. Selbstverständlich will er sich vergewissern, mit wem er es zu tun hat.«

»Zu viele Köche verderben den Brei«, murmelte Claudio. »Und dieser …« Diesmal unterbrach er sich selbst. »Also, dieser Mann ist mir nicht geheuer. Wenn angeblich alles so geheim abläuft, scheint mir jemand, bei dem alle Fäden zusammenlaufen, eine gewisse Gefahr darzustellen.«

»Normalerweise würde ich dir zustimmen. Doch dies ist kein Normalfall, wenn man bedenkt, um wen es sich handelt.«

Claudio grummelte vor sich hin, konnte sich aber wohl diesem Argument nicht verschließen. Er trank seinen Wein aus und machte sich dann auf den Weg, den Befehl seines Herrn auszuführen, während Vecellio noch sitzen blieb, einen zweiten Becher leerte und erst dann wieder ins gleißende Tageslicht zurücktrat.

Er brauchte eine Weile, bis er Ivan Martolosić fand, der eine der unwichtigsten Arbeiten auf seinem ansonsten fertig gestellten und in der Tat beeindruckenden Viermaster beaufsichtigte – den Umbau der Kapitänskajüte. Martolosić zeigte sich ausgesprochen erfreut über Vecellios Besuch, schien jedoch trotzdem nicht ganz bei der Sache zu sein, sein Blick wanderte immer wieder zu den Arbeitern.

»Ihr müsst meine Unaufmerksamkeit entschuldigen«, bat er, als er Vecellios Irritation bemerkte. »Ich kann Dinge, die nicht genau so sind, wie ich sie haben möchte, nicht ausstehen. Wo immer es geht, sollte alles absolut vollkommen sein, findet Ihr nicht? Nur dann ist die Freude ebenfalls vollkommen. Es gibt genügend andere Dinge, die man schlecht beeinflussen kann, es reicht, wenn man sich darüber ärgern muss.«

Vecellio lachte. »Ich habe es noch nie so betrachtet, doch Euer Bestreben ist sehr wohl nachvollziehbar. Vielleicht sollten wir unser Gespräch fortsetzen, wenn sich hier alles zu Eurer Zufriedenheit entwickelt hat.«

»Seid doch heute Abend unser Gast in unserer Villa in Lapad«, lud Martolosić den Venezianer ein. »Da können wir ungestört reden und dazu noch vorzüglich speisen.«

»Mit Vergnügen«, nahm Vecellio das Angebot an. »Ich wusste nicht, dass Ihr hier in dieser reizvollen Umgebung eine Residenz besitzt.«

»Es ist nur ein bescheidenes Haus direkt am Wasser. Doch es ist recht angenehm, besonders in der Hitze des Sommers, gelegentlich aus der Stadt fliehen zu können.«

»Und für Euch zweifellos doppelt bequem, da Ihr häufig hier zu tun habt. Dann verabschiede ich mich einstweilen und hoffe, Euch und Eure Gemahlin in einigen Stunden wiederzusehen.«

Besonders wohl die Gemahlin, dachte ich spöttisch. Doch das hätte ich lieber unterlassen sollen. Allmählich begann sich das, was ich bisher eher als Theorie formuliert hatte, als Gewissheit herauszuschälen: Wenn ich »dabeibleiben« wollte, durfte ich meinen eigenen Überlegungen nicht mehr folgen als dem Geschehen – sonst wurde ich von einer Szene in die nächste geworfen. Immerhin geschah das jetzt schon zum dritten Mal.

Es sei denn, Mirjana hatte mich selbst gerufen. Oder das Schicksal, das fand, ich habe genug über Vecellios Machenschaften erfahren. Einmal mehr fühlte ich mich wie ein Spielball höherer Gewalt, der mit sich machen lassen musste, was ihm beschieden war. Was ich gehört und gesehen hatte, war jedenfalls sehr aufschlussreich gewesen.

Diese Tatsache wurde in dem Moment wieder in den Hintergrund gedrängt, in dem ich bei Mirjana auftauchte, die sich in einer furchtbaren Verfassung befand. Eine Verfassung, die ich als blanke Verzweiflung erspürte und augenblicklich teilte, auch wenn ich zunächst nicht ahnte, wodurch sie ausgelöst worden war.

»Es ist nicht Eure Schuld«, sagte Petrunjela leise.

»Aber ich hätte es verhindern können.« Mirjana nahm die Hände vom Gesicht. Ihre Handflächen waren feucht von den Tränen, die sie vergossen hatte. »Gott, wie konnte sie das tun? Es ist so etwas Wunderschönes, ein Kind …« Sie sprach nicht weiter und verbot sich gleichzeitig, den aufkeimenden Gedanken zu Ende zu denken. Es hatte keinen Sinn.

»Nicht in ihrer Lage, Gospođa, das wisst Ihr.«

Mirjana seufzte. »Ja, natürlich. Dennoch … Wenn sie es unbedingt loswerden wollte, hätte sie es nicht selbst versuchen dürfen. Ihr Tod war vollkommen unnötig. Ich hätte ihr helfen können, wenn ich es nur gewusst hätte. Warum hat sie nichts gesagt?«

»Sie hatte Angst.«

»Vor mir?«

»Ihr seid … Ihr wart ihre Herrin. Sie fürchtete nicht nur die Schande, sondern auch, ihre Stellung zu verlieren. Sie war schließlich nur eine Küchenmagd, die Euch kaum je zu Gesicht bekommen hat und nicht ahnte, dass sie sich Euch hätte anvertrauen können.«

»Ach, Petrunjela. Manchmal wünschte ich, ich könnte das, was ich tue, ganz offen tun.«

»Auch wenn es darum geht, ein Kind im Mutterleib zu töten?«, warf Petrunjela ein.

»Auch dann! Es wird eine Zeit kommen, da wird man keine Frau mehr zwingen, ein Kind zu gebären, das sie nicht will, eines, das empfangen wurde, weil man ihr Gewalt antat.« Mirjana wandte sich dem Fenster zu und schaute in den Garten. »Weißt du, wer dafür verantwortlich war?« Bitte, lass es nicht Ivan sein, dachte sie. Wie eifersüchtig er auch immer über sie wachte, war er doch der Meinung, ein Mann brauche seine Freiheiten. Ein Teil von ihr liebte ihn noch immer und konnte die Vorstellung nicht ertragen, dass er verantwortlich sein sollte für den Tod eines Kindes und des Mädchens. Und für eine Vergewaltigung.

»Nein. Aber Ihr braucht nichts zu befürchten«, sagte Petrunjela leise, als wisse sie genau um Mirjanas Furcht. »Es muss vor drei Monaten geschehen sein.«

Mirjana atmete auf. Zu der Zeit war Ivan auf einer Reise gewesen. Trotzdem blieb die Tragödie des Mädchens, das sich nicht anders zu helfen gewusst hatte.

»Es ist gut, Petrunjela, bitte lass mich allein.«

Nachdem Petrunjela sich zurückgezogen hatte, legte sie ihre Haube ab und ließ sich auf einen mit kostbarer Seide bezogenen Stuhl fallen. Heute war kein guter Tag. Zu allem Überfluss spürte sie seit kurzem wieder die Gegenwart der Fremden, die sie daran erinnerte, dass auch sie selbst ihrem Schicksal nicht entrinnen würde. Ebenso wenig wie das unglückliche Mädchen.

Seufzend blickte sie im Raum umher. Wie wohl die Fremde dies alles sah? Es war Mirjanas eigene Kammer, die sie sich mit Ivans Erlaubnis eingerichtet hatte und in der sie die meiste Zeit verbrachte, wenn sie allein in der Villa war. Schon als junges Mädchen war sie immer darauf bedacht gewesen, sich ein kleines Stück Zurückgezogenheit zu bewahren, und ihr Vater hatte es respektiert.

Mirjana löste ihr Haar, das weich auf ihre Schultern fiel, und massierte sich selbst den Nacken. Vergessen war für eine Weile die Fremde, stattdessen dachte sie an die Zeit im

Haus ihres Vaters. Es waren glückliche Jahre gewesen, auch wenn die Mutter fehlte, die die Geburt eines Sohnes nicht überlebt hatte. Doch dann schlug das Schicksal ein zweites Mal grausam zu. Mirjanas Bruder erkrankte und folgte seiner Mutter, und ihr Vater vergrub sich in seine Bücher. All sein Können als Arzt hatte weder seiner Frau noch seinem Sohn geholfen, so gab er sich die Schuld an beider Tod. Erst als er das Interesse seiner Tochter an den Heilkünsten bemerkte, wurde er wieder zugänglicher und begann, sie in sein Wissen einzuweihen – bis er auf der Straße überfallen, ausgeraubt und getötet wurde. Mirjana hatte sich geschworen, das Werk ihres Vaters fortzuführen, aber ihr Vormund war anderer Ansicht gewesen und beschloss, sie zu verheiraten.

Ivan Martolosić war hin und wieder geschäftlich in Ston auf der Halbinsel Pelješac und gleichermaßen von Mirjanas mehr als großzügiger Mitgift und von ihrer Schönheit angetan gewesen. Dass sich seine zukünftige Gemahlin ein wenig für die Heilkunde zu interessieren schien, tat er als unwichtige Liebhaberei ab, die ihn kaum berührte. Anfangs sträubte sich Mirjana gegen diese erzwungene Heirat, doch bald gab sie seinem Werben nach und verliebte sich in den wohlhabenden Schiffseigner. Was ihre Studien betraf, ließ sie ihn in seinem Glauben, denn sie spürte, dass Ivan es nicht schätzen würde, wenn sie sich ernsthaft mit anderen Dingen als ihm und dem Haushalt beschäftigte. Was sie dennoch tat, geschah weitgehend im Verborgenen, und sie kam besser voran, als sie für möglich gehalten hätte. So führte sie ein zufriedenes und ausgefülltes Leben. Bis …

In Mirjana verkrampfte sich alles. Sie durfte nicht der Vergangenheit nachhängen, sie musste sich anderen Dingen zuwenden. Sie richtete ihre Gedanken auf Pera, der sie hatte helfen können; es würde ihr bald wieder gut gehen. Das Mädchen hingegen war verloren.

Umgekehrt wäre es besser gewesen, dachte sie. Pera war alt, das Mädchen hatte erst siebzehn Jahre gezählt. Kurz darauf schämte sie sich wegen dieses Vergleiches. Auch eine alte Frau verdiente zu leben.

Müde legte Mirjana ihren Kopf auf ihre Arme, die auf dem zierlichen Tisch vor ihr ruhten, und schloss die Augen, doch schon begannen ihre Gedanken wieder in die verbotene Richtung zu wandern. Dankbar bemerkte sie daher den Lärm, der von unten im Haus zu ihr heraufdrang und Ablenkung versprach. Tatsächlich stand kurz darauf Petrunjela vor ihr.

»Gerade kam ein Bote von Eurem Gemahl aus Gruž«, verkündete sie. »Wir werden einen Gast zum Nachtmahl haben.«

»Ausgerechnet heute? Kommen sie in der Küche ohne das Mädchen zurecht?«

»Ich könnte nach Peras Tochter schicken lassen, bestimmt ist sie bereit auszuhelfen«, schlug Petrunjela vor.

»Ja, bitte, tu das. Und kein Wort über den Vorfall zu meinem Gemahl, sag das auch den anderen. Es ist besser, wenn er nichts erfährt. Wen erwarten wir denn eigentlich? Hat der Bote das erwähnt?«

Bedauernd schüttelte Petrunjela den Kopf. »Ich bin rechtzeitig zurück, um Euch beim Umkleiden zu helfen.«

»Ja, danke.« Mirjana war wieder allein und sah sich auf dem Tisch um. Sie war seit einigen Tagen nicht mehr hier gewesen, die sie nicht nur wegen ein paar Erledigungen – der Himmel segne Nikola! –, sondern hauptsächlich wegen der Einladung bei Gospar Skočibuha in der Stadt verbracht hatten. Auf dem Tisch lag ein dünnes Büchlein, das sie nachdenklich in die Hand nahm.

»Hast du je etwas von Marin Držić gelesen?«, fragte sie, obwohl niemand im Raum war. Wenn jemand sie hörte, würde man sie für verrückt erklären, doch sie sprach nicht zu der Luft, sondern zu der Fremden. »Kennt man ihn dort, wo du herkommst? Er war ein kluger Dichter, musst du wissen. In seinen Stücken hielt er uns stets den Spiegel vor und zeigte uns so, wie er uns auf den Straßen Ragusas begegnet ist: habgierig, geizig und eitel. Damit machte er sich nicht nur Freunde, und so starb er fern der Heimat – mit vielen Schulden.« Mirjana verzog ihren Mund zu einem verbitterten Lächeln. »In diesem Stück, meine liebe Fremde, will ein Vater seiner Tochter die Mitgift verweigern, weil er sein Gold mehr liebt als sein eigen Fleisch und Blut. Doch wozu sich aufregen? Ohnehin wäre ihr nichts von all dem Gold geblieben, nur ihr Gemahl hätte darüber verfügt. So ist das nämlich!« Mit einer blitzschnellen Bewegung fegte sie das Büchlein vom Tisch und fuhr zornig auf: »Was könnte ich nicht alles tun ...«

All ihre Hilflosigkeit, die sie noch immer wegen des toten Mädchens fühlte, hatte sich mit einem Schlag Bahn gebrochen, doch ihr Ausbruch half.

»Es ist Zeit, sich an die Arbeit zu machen«, sagte sie schließlich ruhiger, diesmal halb zu sich selbst und halb zu der Fremden. »Sieh zu, wenn du willst.«

Sie erhob sich, jedoch nicht um Držićs Werk zurück auf den Tisch zu legen, sondern um an einen Schrank zu treten, dessen linke Tür sie öffnete. Dann trat sie zwischen einige Gewänder, tastete im Inneren nach einem der zwei geheimen Fächer. In dem oberen befanden sich mehrere kleine Fläschchen und Tiegel verschiedenen Inhalts, doch daran hatte sie im Moment keinen Bedarf. Stattdessen zog sie etwas aus dem unteren Fach.

Ihre Haare waren ein wenig durcheinander geraten, als

sie erneut an den Tisch trat und das darauf ablegte, was sie geholt hatte: ein Buch. Nicht irgendein Buch, sondern ihres. Das Buch, in dem sie alles über ihre Heilkunst aufschrieb, was sie wusste, alles über Kräuter, Gewürze, Rezepturen und ihre Wirkungen. Vorsichtig strich sie über den Ledereinband, dann stutzte sie plötzlich und horchte in sich hinein. Sie spürte die Aufregung ähnlich intensiv wie vor einigen Stunden die Übelkeit der Fremden.

Warum war sie aufgeregt? Wusste sie, was da vor ihr lag? Mirjana lehnte sich zurück und ließ das Buch ungeöffnet auf dem Tisch liegen. Stattdessen betrachtete sie es, als sähe sie es zum ersten Mal, ähnlich wie vorhin diese Kammer – mit den Augen der Fremden.

Es maß in der Länge etwas mehr als eine halbe Elle, in der Breite etwas weniger. In das dunkelbraune Leder waren ein sehr feines Rankenmuster und die Jahreszahl 1560 geprägt worden, das Jahr, in dem sie begonnen hatte, ihre Rezepturen aufzuschreiben. An der aufzuklappenden rechten Seite befanden sich zwei schmale Metallbeschläge.

Schließlich schlug sie das Buch auf und blätterte langsam durch die Seiten, die angefüllt waren mit ihrer zierlichen Schrift und vielen Zeichnungen von Pflanzen und Gerätschaften, die sie zur Herstellung der Salben, Pillen und Tinkturen benötigte.

Es ist wichtig, merk es dir, gebot sie der Fremden in ihrem Kopf. Tonlos diesmal, weil sie alles, was mit dem Buch zu tun hatte, ehrfürchtiger und bedächtiger tat als andere Dinge.

Dann endlich kam sie zur nächsten freien Seite, um mit ihrer neuen Niederschrift zu beginnen. Doch noch bevor sie den Federkiel in die Tinte getaucht hatte, sah sie wieder hoch und starrte aus dem Fenster in den wolkenlosen Himmel. Sie erhob sich und schaute hinab in die Gärten, von denen man von hier nur einen kleinen Teil erahnen konnte. Hinter dem Haus waren sie groß angelegt, durchschnitten von Alleen und begrenzt von Pergolen, an denen Wein und Jasmin rankte. Es gab Orangen- und Zitronenbäume – und ihren eigenen kleinen Garten, ganz am hinteren Ende des Grundstücks, in dem durchaus die eine oder andere Pflanze wuchs, die falsch angewendet verheerende Wirkung haben konnte. Ivan wusste nichts von den Dimensionen dieses Gartens, und sollte er ihn jemals betreten, würde er den unauffälligen Holzverschlag sicher für einen Geräteschuppen halten statt für das, was er wirklich war: Mirjanas kleines Laboratorium. Vermutlich jedoch lenkte Ivan seine Schritte ohnehin nie in diese Richtung, denn alles, was nicht mit Schiffen und den daraus resultierenden Geschäften zu tun hatte, interessierte ihn wenig.

Was, wenn es Nikola tatsächlich gelang, den Giftschrank zu öffnen? Sie konnte sich ausrechnen, dass er früher oder später sein Versprechen vergessen und ihre Warnungen in den Wind schlagen würde. Wer wusste schon, was sich alles darin verbarg?

Träumerisch blickte Mirjana weiter auf das Grün unter ihr, jenseits davon lag der Golf von Gruž, die abendlichen Sonnenstrahlen tanzten auf den seichten Wellen. Da war ein kleines weißes Boot, das mit unglaublicher Geschwindigkeit über das Wasser schoss, mit einer Geschwindigkeit, die selbst der stärkste Wind und die größten Segel nicht hätten zustande bringen können, und doch besaß dieses kleine Boot nicht einmal Segel. Einen Moment lang glaubte sie, einen ohrenbetäubenden Lärm von ihm ausgehen zu hören, doch dann war das Geräusch verschwunden – genau wie das Boot. Da war gar nichts mehr auf dem Wasser.

Mirjana rieb sich die Augen. »Gehört das zu dir?«, fragte

sie die Fremde flüsternd. »Deine Welt ist ... so anders. Ich würde sie gern sehen. Vielleicht wäre sie lebenswerter als meine, vielleicht wären mir Taten und Dinge möglich, die ich hier niemals tun darf. Vielleicht ...«

Abrupt stieß Mirjana sich vom Fenster ab. Es hatte keinen Sinn, über etwas nachzudenken, das ohnehin unabänderlich war. Dennoch würde sie die Arbeit an dem Buch verschieben, das Schreiben und Zeichnen verdiente Konzentration, zu der sie heute nicht mehr in der Lage schien. Sorgsam versteckte sie das Buch wieder in dem Fach im Schrank und trat dann durch die Halle im oberen Stockwerk, in dem ihr kleines Zimmer sich befand, auf die großzügig angelegte Terrasse über dem Säulengang. Sie schritt die Treppe hinunter, blieb kurz am Fischteich stehen, den nur eine hohe Mauer vom Meer trennte, und lief dann weiter durch die Gärten, bis sie zu ihrem Reich kam.

Sie hatte ihren Garten nach dem Muster von Klostergärten angelegt, hier gab es neben Wild-, Duft-, Gewürz- und Heilkräutern auch Rosensträucher und Lavendelbüsche. Vor allem die ätherischen Öle des Lavendels hielten andere Pflanzen frei von allerlei Schädlingen. Mirjana bückte sich, um ein winziges Büschel Unkraut aus einem kreisrunden Beet zu reißen, dann strich sie sanft über die Kräuter, als wolle sie sie liebkosen.

»Bellissima«, hörte sie plötzlich hinter sich eine Stimme.

Mit einem Ruck richtete sie sich auf und wirbelte herum.

»Ihr passt gut hinein in das Bild eures Zauberbeets«, sagte Vecellio lächelnd.

»Zauberbeet?«, wiederholte Mirjana, die sich Mühe gab, ihre Überraschung und mehr noch ihr Erschrecken über das Auftauchen des Venezianers zu verbergen. Sie hätte sich denken können, dass er der Gast war, der zum Abendmahl erwartet wurde.

»Aber ja doch«, nickte Vecellio. »Kreisrund angelegt, als schutzwirkender Bannkreis gegen böse Mächte. Das ist doch der Zweck, nicht wahr? Allerdings muss ich zugeben, dass ich die einzelnen Kräuter nicht erkenne – abgesehen von dem Knoblauch. Wollt Ihr mir erklären, was Ihr dort anpflanzt?«

»Ich kann mir nicht vorstellen, dass das einen Kaufmann wie Euch interessiert.«

»Oh, aber sicher. Sonst hätte ich nicht gefragt.«

»Königskerze, Andorn, Johanniskraut«, erklärte Mirjana eher widerwillig und deutete auf die entsprechenden Pflanzen, die stark rochen und wirkten und tatsächlich Krankheit und Tod von Haus und Menschen fern halten sollten. Als sie wieder zur Vecellio zurücksah, bemerkte sie, dass er ihren Erläuterungen nicht gefolgt war, sondern stattdessen sie selbst beobachtete. Dennoch nickte er, als hätte er aufmerksam zugehört, und deutete dann zu einem mit Holzplanken eingefassten Bereich hinüber.

»Und was ist das?«

»Hochbeete, Signor.«

Vecellio hob die Brauen, als sie nicht weitersprach und wartete. Doch Mirjana beschloss, genug gesagt zu haben.

»Ich möchte Euch wirklich nicht langweilen und schlage vor, wir begeben uns ins Haus, wo man Euch eine Erfrischung bringen wird.«

»Ihr langweilt mich keineswegs, Gospođa«, widersprach Vecellio und trat näher an die Hochbeete. »Meine Kenntnisse im Bereich der Pflanzen- und Heilkunde sind eher begrenzt, doch Eure scheinen sehr ausgeprägt zu sein, wie ich der Größe Eures Gartens entnehme. Das dort sind – lasst mich nachzählen – vierundzwanzig Hochbeete. Hat diese Zahl etwas zu bedeuten? Sie scheint mir nicht frei von einer gewissen Symbolik.«

»Sie entspricht der Zahl der Tagesstunden sowie der Verdoppelung der Jünger Christi und der Monate.«

»Tatsächlich.«

Mirjana wurde allmählich unwohl zumute. Führte dieser Mann etwas im Schilde oder wollte er ihr nur Angst machen? Immerhin konnte sie dankbar sein, dass ihm von diesem Standpunkt aus anderes im Garten verborgen blieb. Sie würde ihn davon abhalten müssen, dorthin vorzudringen, und beeilte sich, noch eine weitere harmlose Erklärung über die Hochbeete hinzuzufügen.

»Wie Ihr seht, befinden sich an allen vier Seiten dieses Gartenteils jeweils vier Beete, ebenso rechts und links dieses kleinen Weges. Die Zahl steht für Stabilität, Stärke, Ewigkeit, vier Evangelien, Himmelsrichtungen und Temperamente.«

»Und welches Temperament entspricht dem Euren?«, fragte Vecellio, dem damit mühelos die Überleitung zu einem sehr zweideutigen Thema gelang.

»Findet es besser nicht heraus«, gab Mirjana scharf zurück.

Vecellio lachte. »Ich glaube, ich habe es gerade herausgefunden!« Dann wurde er wieder ernst. »Wie oft werdet Ihr gerufen, wenn jemand erkrankt?«

»Gerufen? Ich weiß nicht, was Ihr meint«, gab Mirjana vorsichtig zurück. »Gelegentlich werde ich um ein paar Kräuter und Pflanzen gebeten, das ist alles.«

»Ihr versteht Euch nicht auf Liebeszauber und Ähnliches?«

»Solche Dinge sind Unsinn«, stellte Mirjana fest. »Man kann die Liebe eines anderen Menschen nicht herbeizaubern.«

»Habt Ihr es je versucht?«

»Natürlich nicht!«

»*Davvero.* Ihr benötigt auch kaum die Hilfe solcher Mittel. Eure Schönheit allein ist betörend genug.« Vecellio trat näher zu Mirjana heran, so nah, wie er es in der Stadt nicht gewagt hätte und auch nicht in Gegenwart ihres Gemahls. Doch hier waren sie allein.

Unwillkürlich wich Mirjana ein Stück zurück. »Ich glaube, die Hitze bekommt Euch nicht. Ihr braucht eine Erfrischung, bitte folgt mir ins Haus.«

»Ich folge Euch, wohin Ihr wollt.«

Der Venezianer war unerträglich in seiner Aufdringlichkeit. Mirjana hoffte, er würde sich später ausgiebig mit Ivan unterhalten und darüber ihre Gegenwart vergessen. Einstweilen musste sie ihn selbst auf Abstand halten. Mit weit ausholenden Schritten ging sie ihm voran den Weg zum Haus zurück. Sie spürte seinen Blick in ihrem Nacken und wusste, was er dachte, auch ohne dass er es aussprach. Hätte sie sich ihm hingegeben, hätte er sie hier genommen, in ihrem eigenen Garten im Haus ihres Gemahls. Und Vecellio hätte nur eine Stunde später Geschäfte mit Ivan besprochen, ohne die geringsten Skrupel. Was für eine Arroganz.

Gibt es solche Männer auch dort, wo du herkommst?, fragte sie unwillkürlich die Fremde, deren Gegenwart sie im Moment wieder sehr deutlich spürte. Obwohl sie keine Antwort hörte, nicht mal sicher wusste, ob die Fremde ihre Frage verstand, lachte sie bitter in sich hinein. Solche Männer gab es in jedem Land der Welt und zu jeder Zeit.

Abrupt blieb sie stehen. Sie hatte ein Bild vor Augen gehabt, eine Vision, wie sie sie gelegentlich hatte, doch diese war zu kurz gewesen, um sie fassen zu können. Dennoch war das damit verbundene Gefühl heftig gewesen – heftig und Furcht erregend.

»Was habt Ihr?«, fragte Vecellio, der fast auf sie geprallt wäre.

»Nichts. Mir kam nur gerade ein Gedanke.«

»Hoffentlich nichts Unangenehmes. Euer Schritt verharrte so plötzlich, als hättet Ihr einen Geist gesehen.«

»Es gibt keine Geister.«

»Ebenso wenig wie Liebeszauber?« Vecellio klang amüsiert. »Gestattet, dass ich anderer Meinung bin. Es gibt sehr wohl Geister. Es soll sogar Hexen und Zauberer geben, die mit dem Teufel im Bunde sind und sie heraufbeschwören können. Vor diesen Wesen sollte jeder gläubige Christ sich hüten.«

»Ihr kommt mir sonst nicht so ängstlich vor, Signor.«

»Da denkt Ihr ganz recht, meine Teure. Ich fürchte den Teufel nicht, vielmehr sind es die Menschen, die man fürchten muss. Fürchtet Ihr mich?« Ganz plötzlich hatte sich Vecellios Tonfall geändert, war nicht mehr belustigt, sondern leise und eindringlich geworden.

»Ich wüsste nicht, weshalb ich Euch fürchten sollte.« Mirjanas Herz klopfte bis zum Hals. Wie kam der Venezianer dazu, plötzlich vom Teufel zu reden?

»Das frage ich mich«, stellte Vecellio fest, der sich nicht von der Stelle gerührt hatte. »Andererseits sollte vielleicht eher ich es sein, der Euch zu fürchten hat.«

»Ihr redet wirr«, sagte Mirjana, drehte sich um und wollte nun endgültig ins Haus. Doch Vecellio umfasste ihren Arm und hielt sie mit festem Griff zurück.

»Oh nein. Ihr habt mich verzaubert. Und nicht nur mich, wie es scheint. Auch den jungen Franziskaner-Novizen Nikola Getaldić, der von Euch spricht, als wärt Ihr eine Göttin.«

Nikola! Großer Gott, was spielte Vecellio für ein Spiel? Zweifellos hatte er Mirjana am Morgen beobachtet und war nach ihrem Zusammentreffen ebenfalls ins Kloster gegangen, um sich über ihr Tun zu erkundigen. Dabei musste er ausgerechnet an Nikola geraten sein. Was hatte er dem Jungen gesagt und was der ihm daraufhin anvertraut?

»In der Tat frage ich mich, ob er Recht hat«, fuhr Vecellio fort. »Seid Ihr eine Göttin? Oder seid Ihr eine Hexe?« Erneut hatte sich sein Ton geändert, er sprach leichthin, keine Spur von Bedrohung lag in seiner Stimme, nur Belustigung.

»Wenn ich sage, es gibt nur einen Gott«, begann Mirjana, »dann werdet Ihr daraus schlussfolgern, dass ich mich nicht für eine Göttin, sondern für eine Hexe halte. Sage ich, ich bin eine Göttin, könntet Ihr mir Blasphemie vorwerfen. Ihr seid ein geschickter Taktiker, Signor Vecellio, doch versucht das lieber nicht bei mir.«

»Ihr droht mir?« Vecellios Lächeln war eine Spur kühler geworden.

»Keineswegs. Ich äußerte nur eine Bitte.« Mirjana sprach klar und fest, drehte sich erneut entschlossen um und ging zum Haus. Sie wagte nicht zurückzusehen, um festzustellen, ob Vecellio ihr folgte. Wenn er es tat, dann hielt er genug Abstand, sodass sie seine Gegenwart nicht derart überdeutlich wahrnahm wie zuvor.

Was hatte dieser Mann nur an sich, dass sie halb abgestoßen von ihm war und doch zugleich auch fasziniert? Erstmals ließ sie diesen Gedanken zu, denn zweifellos war seine Nähe ihr zwar unangenehm gewesen, andererseits hatte sie ein Verlangen gespürt, das ihr seit langer Zeit fremd geworden war. Weil Vecellio sie – noch – nicht als sein Eigentum betrachtete wie Ivan, sondern sich stattdessen mit ihr auseinander setzte und sie damit in gewisser Weise auf eine Stufe mit sich selbst stellte?

Sie durfte sich davon nicht beeinflussen lassen, sondern musste unbedingt herausbekommen, was es mit seinem Gespräch mit Nikola auf sich hatte. Sie musste wissen, was Vecellio wusste. Das bedeutete, sie musste in die Stadt zurück, um mit Nikola zu reden, denn Vecellio würde ihr kaum Näheres verraten. Es sei denn …

Lass bloß die Finger von dem, egal zu welchem Zweck!, *versuchte ich Mirjana erneut zu warnen, obwohl ich wusste, dass das nichts brachte. So wie ich die meisten ihrer Gefühle teilte, teilte ich auch ihr diffuses Verlangen nach Vecellio. Immerhin hatte ich vor kurzem dasselbe durchgemacht wie sie – mit Safet. Ich hatte meinem Verlangen nachgegeben, nur mit dem gewaltigen Unterschied, dass mir kein grauenhafter Tod als Hexe drohte. Oder doch?*

Für einen Sekundenbruchteil war sie wieder da, die Angst, für immer in dieser Zeit gefangen zu sein. Mit Mirjana zu sterben, ihr Schicksal bis zum bitteren Ende zu teilen. Ich wollte zurück, nach Hause, in meine Gegenwart. Ich wollte raus!

Stopp!, versuchte ich mich zu beruhigen und mich auf etwas anderes zu konzentrieren. Auf das Buch zum Beispiel. Safet hatte Recht gehabt, es existierte tatsächlich. Es war mir sogar gelungen herauszufinden, wo sie es verbarg – auch wenn das keineswegs hieß, dass wir es in der Gegenwart einfach nur noch einzusammeln brauchten.

Allmählich fühlte ich mich besser, aber der Preis für meine eigenen Gedanken war wieder mal, dass ich mich aus Mirjana hinausbefördert hatte. Nicht zu Vecellio, sondern in das Vakuum, in dem ich zu landen schien, wenn ich allein in der Vergangenheit strandete, niemanden beobachtete und nicht wirklich bei Mirjana war. Vielleicht lag das diesmal daran, dass sie und Vecellio einander im Moment zu nah waren.

Als ich wieder durch Mirjanas Augen blickte, saßen sie gemeinsam in einem mit aufwändigen Wandmalereien dekorierten großen Raum an einem reich gedeckten Tisch, an dessen Ende Ivan Martolosić Platz genommen hatte.

Mit äußerstem Widerwillen griff Mirjana nach dem Besteck und begann zu essen. Dabei fragte sie sich, warum sie sich eigentlich solche Mühe gab, den Schein zu wahren, statt einen Bissen zu nehmen und den Rest einfach zurückzuweisen. Keiner der beiden Männer achtete auf sie, und in der Küche waren mit Sicherheit alle mehr mit ihren Gedanken bei dem toten Mädchen als bei ihrer Herrin, die an diesem Abend keinen Appetit verspürte.

Vecellio behandelte sie, wie Männer Frauen normalerweise behandelten: mit der höflichen Beachtung, die man einem schönen Möbelstück zukommen ließ. Er und Ivan sprachen über Geschäfte, während Mirjana daneben saß und abwechselnd über das Schicksal der Küchenmagd und Vecellio nachdachte. Sie aß von der gebratenen Ente, von dem Geräucherten und von der Mortadella mit sauren Gurken, ohne etwas zu schmecken, und zwischen den Gängen dachte sie auch an die Fremde in ihr und an die Bedeutung ihres Auftauchens.

Mirjana war klug genug, um all die Ereignisse in einem großen Ganzen zu sehen und die Zusammenhänge zu erahnen. Sie wusste außerdem, dass es keinen Sinn hatte, sich zu wehren, es gab einfach Dinge, die vorausbestimmt waren. Dennoch bestand die geringe Möglichkeit, dass sie sich irrte, und deshalb konnte sie nicht einfach so aufgeben. Sie würde kämpfen.

Kämpfen weswegen?, fragte ich mich. Welche Zusammenhänge? Wieso musste mich Mirjana ausgerechnet bei dieser wichtigen Frage von ihren innersten Gedanken aussperren und beschließen, mir gegenüber zurückhaltend zu sein? Oder waren das in diesem Fall gar keine bewussten Entscheidungen? Möglicherweise passierte nur so viel so schnell gleichzeitig in ihrem Kopf, dass ich es deshalb nicht nachvollziehen konnte – weil mir bestimmte Dinge fehlten, die Mirjana nicht mal zu denken brauchte, die einfach da waren, in ihr.

All das lenkte mich vom weiteren Geschehen bei Tisch ab, sodass ich verpasste, was beim letzten Gang des Abendessens vor dem Dessert passierte. Als ich wieder dabei war, redeten Vecellio und Martolosić noch immer von ihren künftigen Geschäftsbeziehungen, und Vecellio war es offenbar ausgezeichnet gelungen, Ivan genau dahin zu bekommen, wo er ihn haben wollte. Etwas, das ihm bei Mirjana schwerer fallen dürfte.

»Dieser heiße Marzipankuchen ist vorzüglich«, sagte Vecellio und riss Mirjana aus ihren Grübeleien, weil er sie seit Stunden das erste Mal direkt ansprach.

»Ich werde es der Köchin ausrichten lassen«, lächelte Mirjana und nickte dem Venezianer dabei zu.

Vecellio erwiderte das Lächeln einige Sekunden lang wortlos, so lange, dass Mirjana zu befürchten begann, Ivan könne etwas hineinlesen, was er für wenig wünschenswert hielte. Doch Vecellio war vorsichtig genug, seine knospenden Geschäftsbeziehungen nicht zu gefährden. Er sah weg, gerade als von draußen her ein gewaltiger Donnerschlag ertönte.

»Ein Gewitter«, stellte Ivan fest und rief nach einem Diener, der kam, um die Fenster zu schließen. »Und ein schweres noch dazu.«

In der Tat folgten Donner und Blitz schnell aufeinander, und der Regen prasselte einer Sintflut gleich auf die Erde hinab.

»Ihr könnt Euch unmöglich bei diesem Wetter hinauswagen, Signor Vecellio. Der Rückweg auf dem Wasser ist zu gefährlich, und leider ist das der einzige Zugang zu unserem Haus. Wenn wir Euch also eine bescheidene Unterkunft für diese Nacht stellen dürften, wäre uns das eine Freude.«

Vecellio war aufgestanden und hatte eines der Fenster wieder geöffnet. Er starrte hinaus in die Dunkelheit, die kurz von einem Blitz erhellt wurde, und wandte sich erst nach einiger Zeit um. Seine Worte waren an Ivan gerichtet, sein Blick ruhte jedoch zuerst kurz auf Mirjana, als er antwortete.

»Ob Himmel oder Hölle für dieses Unwetter verantwortlich ist, vermag ich nicht zu sagen, aber ich nehme Eure Gastfreundschaft dankend an.«

»Du warst so still heute Abend, mein Herz. Liegt dir etwas auf der Seele?«, fragte Ivan später, als er zu Mirjana ins Bett stieg.

»Ich wollte euer Gespräch nicht stören.«

Ivan sah seine Gemahlin von der Seite an. »Darauf nimmst du gewöhnlich weniger Rücksicht. Wie steht es übrigens mit deinen Vorbehalten gegenüber dem Venezianer? Du hast sie hoffentlich inzwischen ins Reich deiner Fantasie verbannt.«

»Nein. Ivan, ich bitte dich, hör auf mich. Signor Vecellio ist …«

»… reich und hat gute Beziehungen«, beendete Ivan den Satz ungeduldig.

»Wir brauchen weder ihn noch sein Gold, noch seine Beziehungen. Wir haben selbst genug von allem.«

»Es gibt Dinge, von denen man niemals genug haben kann, mein Herz. Vertrau meinem Gespür!« Es war deutlich, dass Ivan keine weitere Auseinandersetzung wünschte. Trotzdem wollte Mirjana es ein letztes Mal versuchen.

»Ivan, ich …«

»Warum tust du so, als wäre er dir lästig? Wen willst du täuschen?« Ivans Stimme klang plötzlich kalt. »Ich habe wohl bemerkt, dass Vecellio an dir Gefallen findet, obschon er sich heute Abend Mühe gab, es zu verbergen. Und auch deine Blicke, die du ihm zuwarfst, habe ich gesehen. Du scheinst mir zu viel Wert darauf zu legen, ihn von hier fortzubekommen. Mein Herz.« Letzteres sagte er mit spöttischem Unterton.

»Wenn du gesehen hast, dass ich ihn ansah, dann hast du auch gesehen, welche Sprache meine Augen sprachen«, sagte Mirjana beinah ebenso kalt.

Eine Weile blickte Ivan Mirjana an, ohne eine Miene zu verziehen, dann seufzte er. »Du hast Recht, verzeih. Es ist nur, dass ich mir manchmal allzu unsicher bin, was in deinem schönen Kopf vor sich geht. Ich schätze es nicht, der Unwissende zu sein.«

»Genauso wenig wie du schätzt, wenn ich mich in deine Angelegenheiten mische, nicht wahr?«, neckte Mirjana ihren Gemahl.

»Solange du dabei nur an die Geschäfte und nicht an die Geschäftsmänner denkst, werde ich mich wohl damit abfinden müssen.« Damit gähnte er herzhaft und beugte sich hinüber zu der Kerze, die auf dem Beistelltischchen brannte. Offenbar war Schlaf das Einzige, was er diese Nacht wollte, für andere Dinge hatte er zu viel Wein getrunken. Er löschte die Kerze, drehte sich um und fing fast sofort an zu schnarchen, während Mirjana wach neben ihm lag und darüber nachdachte, wie misstrauisch Ivan bereits geworden war. Wenn Vecellio sie nicht in Ruhe ließ und Ivan das beobachtete, würde sie Mühe haben, ihn ein zweites Mal zu beruhigen.

Mirjana unterdrückte einen Fluch. Dieser Mann war wirklich eine Plage, nicht nur weil er sie Ivan gegenüber in Schwierigkeiten brachte. Da war auch noch Nikola. Wie konnte sie nur möglichst schnell und unauffällig etwas über Vecellios Unterredung mit dem Jungen erfahren?

Ivans Schnarchen wurde lauter, und Mirjana warf sich ruhelos auf die andere Seite. Es machte wenig Sinn, hier tatenlos zu liegen und auf den Morgen zu warten. Mirjana beschloss, ihre Arbeit an dem Buch nachzuholen, die sie am Tag nicht geschafft hatte. Vorsichtig stand sie auf, warf sich einen Umhang über und verließ leise das Schlafgemach, um in den großen Zentralraum zu treten, von dem die anderen Räume abgingen. Plötzlich verharrte sie mitten im Schritt.

Ein Lichtschimmer flackerte durch den winzigen Spalt zwischen Tür und Rahmen zu ihrer Kammer. Derjenige, der unbefugt den Raum betreten hatte, hatte versäumt, sie ganz hinter sich zu schließen. Mirjana stieß die Tür auf.

»Was habt Ihr hier zu suchen?«, rief sie, laut genug, um Vecellio zusammenfahren zu lassen, und zu leise, als dass sie Ivan wecken würde.

Zum ersten Mal sah sie Vecellio um Worte verlegen. Er stand wie festgewachsen mit einem Buch in der Hand und starrte sie erschrocken an. Für einen Augenblick drohte Mirjanas Herz stehen zu bleiben, doch dann erkannte sie, dass der Schrank geschlossen war und es sich nicht um ihr Buch der Rezepturen handelte.

»Nun? Habt Ihr die Sprache verloren?«

»Ihr müsst meine Neugier verzeihen«, räusperte sich der Venezianer. »Ihr seid eine so rätselhafte und geheimnisvolle Frau, dass ich ein wenig mehr über Euch wissen wollte. Und ich war sicher, dass Ihr auf meine Fragen keine Antwort gegeben hättet.«

»Habt Ihr Eure Antworten gefunden?« Mittlerweile hatte Mirjana einen Schritt in ihre Kammer getan und die Tür geschlossen, damit nicht doch noch jemand im Haus erwachte.

»Eure Lektüre ist recht aufschlussreich«, lächelte Vecellio wieder selbstsicherer und hob das Büchlein mit Držićs Komödie *Skup* in die Höhe. »Ihr solltet eine Kostbarkeit wie diese jedoch nicht achtlos auf dem Boden liegen lassen.«

»Es ist nur ein Buch, Signor Vecellio, keine Kostbarkeit.«

»Wo ich herkomme, ist ein Buch keine Selbstverständlichkeit, Gospođa. Wo ich herkomme, ist es auch nicht selbstverständlich, lesen zu können. Ein Buch zu kaufen gehört dort zu den Dingen, an die man nicht einmal denkt, weil man damit beschäftigt ist, in Brotlaiben zu rechnen und in Mäulern, die man zu stopfen hat. Ein Buch ist sehr wohl eine Kostbarkeit.«

Damit hatte ihr Vecellio mehr über sich und seine Herkunft verraten, als sie je geglaubt hätte zu erfahren.

»Offensichtlich verstandet Ihr es ganz vortrefflich zu rechnen«, stellte Mirjana fest. Sie war nicht gewillt, irgendeine Art von Mitleid zu zeigen, was Vecellio gewiss mit seinen Worten hervorzurufen gehofft hatte, um sie von seinem Eindringen in ihre Kammer abzulenken.

Selbstironisch verbeugte sich Vecellio. »Habt Dank für Euer Kompliment. Ich gebe zu, dass ich immer einen Sinn für Zahlen hatte. Und für Schönheit.«

»Ihr tätet besser daran, Euch auf das Rechnen zu beschränken«, wies Mirjana ihn zurecht. »Im Gegensatz zu Zahlen kann Schönheit schnell gefährlich werden.«

»Gefahr hat mich noch nie geschreckt, Mirjana.« Er trat so dicht an sie heran, dass sie seinen Atem auf ihrer Wange spürte. »Und die Kombination aus Schönheit und Gefahr ist ein ganz besonderer Reiz, *non è vero*?«

Mirjana schloss die Augen und ließ zu, dass Vecellios Mittelfinger ihr Gesicht liebkoste. Seine andere Hand legte sich auf ihre Schulter, wollte sie zu sich heranziehen, doch sie entwand sich seinem Griff.

»Nicht, Signor«, flüsterte sie.

»Mein Name ist Lodovico«, wisperte Vecellio zurück.

»Ich würde das lieber von dir hören als dieses allzu förmliche Signor.«

Mirjana blieb stumm, schüttelte nur den Kopf.

»Warum nicht?«, fragte Vecellio, noch immer einschmeichelnd und leise. »Das Leben ist zu kurz, um sich nicht zu nehmen, was man will.«

»Für einen Mann vielleicht. Für eine Frau ...« Mirjana wandte ihm den Rücken zu und trat ans Fenster, unter dem eine kleine Kommode mit einer Karaffe und mehreren kunstvoll gearbeiteten Murano-Gefäßen stand. Ihre Finger zitterten, als sie damit hantierte und schließlich ein Glas Wein einschenkte.

Mit einem Mal war Vecellio neben ihr, nahm ihr das Glas aus der Hand und betrachtete die dunkelrote Flüssigkeit, bevor er es zurück auf die Kommode stellte. »Für eine Frau ebenso. Was willst du mit einem Mann, der nur an sein Schiff denkt und der eine Kajüte, die ein paar Ellen zu klein geraten ist, wichtiger nimmt als eine Frau? Er hat sein Schiff, du ...«

»Ich könnte Euch haben?«

Vecellio lächelte. »Das könntest du.«

»Vielleicht seid Ihr mir das Risiko nicht wert. Ich habe schon einen alten Mann in meinem Bett liegen, was soll ich mit einem zweiten, der nicht wesentlich jünger ist?«

»Du beliebst zu scherzen!«, sagte Vecellio, jedoch mit einem unsicheren Ton. »Ich zähle mindestens zehn Jahre weniger als dein Gemahl! Und du willst doch wohl kaum einen Knaben wie den Novizen Nikola – obwohl er sicher gern bereit wäre, jetzt mit mir zu tauschen.« Wieder strich Vecellios Finger über Mirjanas Gesicht, er hob ihr Kinn und berührte fast ihre Lippen mit den seinen.

»Fürchtet Ihr Euch vor einem Wettstreit?«, fragte Mirjana. »Nikola ist sehr jung, das ist wahr, aber im Gegensatz zu Euch noch formbar. Er wäre Wachs in meinen Händen, und es läge in meiner Macht, ihn eine Entscheidung treffen zu lassen zwischen einer Frau – und Gott. Ist das nicht ein größerer Anreiz als die Kombination von Gefahr und Schönheit?«

»Ein Wettstreit, *cara mia,* belebt nur das Geschäft. Doch nimm nicht an, dass ich ein Wort von dem glaube, was du mir hier erzählst. Du bist eine Frau, kein Mädchen, und wenn es etwas gibt, das du von Nikola begehrst, dann nicht seine Manneskraft. Du willst etwas ganz anderes, nicht wahr?«

»Was sollte ich wohl von ihm wollen?«

Vecellio legte den Kopf schief und sah sie an, dann lachte er leise. »Du bist eine Teufelin, fürwahr!« Er trat von ihr zurück, nahm das Glas mit dem Wein und leerte es in einem Zug. »Ein guter Tropfen«, befand er und wollte das Glas auf der Kommode absetzen. Er verfehlte das Schränkchen, das kostbare Glas kippelte kurz, bevor es von der Kante auf den Boden fiel und zerbrach.

Vecellio starrte eine Sekunde verwirrt darauf und hob dann die Hand, die eben noch das Glas gehalten hatte, an seine Schläfe, als sei ihm schwindelig.

»Ist Euch nicht gut?«, fragte Mirjana.

Vecellio richtete seinen Blick auf sie, fand es aber offenbar schwer, ihn zu fixieren. »Deine Schönheit verwirrt meine Sinne«, artikulierte er mühsam. Doch war er genug bei Sinnen, um zu verstehen, was mit ihm geschah. Und er verfügte über genug Kraft, um nach ihr zu greifen. »Was hast du mir gegeben?«

»Nur einen guten Tropfen«, lächelte Mirjana. »Er wird Euch angenehm ruhen lassen, bis Ihr wieder bei Verstand seid.«

»Ich bin noch bei Verstand! Und bei Gott, ich werde dich

lehren, was es heißt, mich übertölpeln zu wollen!« Vecellio klammerte sich an Mirjana fest, sein Griff war erstaunlich kräftig nach der Menge des Schlafmittels, das er mit dem Wein zu sich genommen hatte. Er musste über eine wahrhaft ausdauernde Körperkraft verfügen. Sein Mund traf auf ihre Lippen und zwang sie auseinander.

Mirjana stieß ihn von sich, sodass er gleichermaßen schwankend und aufgebracht vor ihr stand und erneut nach ihr zu greifen versuchte. Doch bevor er sie erreichte, holte sie schwungvoll mit der rechten Hand aus und erfüllte sich einen Wunsch, den sie seit langem gehegt hatte.

DRITTER TEIL

1.

Verdammt noch mal, was hab ich jetzt wieder getan?« Safet rieb sich die gerötete Stelle in seinem Gesicht, während ich vor ihm stand und abwechselnd auf ihn und meine brennende Handfläche starrte.

»War ich das?«

»Was soll das heißen, warst du das? Wer sonst? Mirjana etwa? Du hast vielleicht einen Schlag am Leib! Wenn du's dir anders überlegt hast, wieso sagst du's nicht einfach?«

»Anders überlegt? Was?«, hörte ich mich fragen. In Gedanken war ich noch immer bei Mirjana und Vecellio und bei dem, was sich in Mirjanas Kammer abgespielt hatte.

Und dann kam die Erkenntnis über mich wie eine gewaltige Welle. Ich war zurück! Von einem Moment auf den anderen war Mirjana verschwunden, als hätte sie nie existiert. Wie war das möglich? Wie konnte das so schnell geschehen ohne jede Vorwarnung? Dabei schienen sich beide Zeitebenen irgendwie überlappt zu haben, denn offenbar hatte ich in der Gegenwart dasselbe getan wie Mirjana in der Vergangenheit: einem Mann eine gelangt, und zwar gründlich. Etwas, das bei uns beiden längst fällig gewesen war, nebenbei gesagt. Hatte ihre Tat meine ausgelöst? Und war es vielleicht sogar dieses synchrone Handeln gewesen, das den Zeitenwechsel hervorgerufen hatte?

Ich sah in Safets einerseits verblüfftes, andererseits wütendes Gesicht und fing an zu lachen.

»Haha!«, machte er. »Wenn du dich wieder beruhigt hast, sag mir doch, was du so witzig findest.«

»Du und Vecellio – ihr seid euch wirklich sehr ähnlich«, stellte ich fest, nachdem ich wieder Luft bekam. »Dieselbe Arroganz, dieselbe Überzeugung, unwiderstehlich zu sein und bloß mit dem Finger schnippen zu müssen. Männer!«

»Vecellio?« Safets Blick wurde plötzlich wachsam, er schien seine schmerzende Wange vergessen zu haben. »Wer soll das sein?«

Diese Frage ernüchterte mich augenblicklich. Ja, ich war zurück. Aus dem 16. Jahrhundert. Erst jetzt begriff ich langsam, *wo* ich eigentlich gewesen war. Ich hatte etwas gesehen, das ich nach allen Regeln des linearen Zeitverlaufs nie hätte sehen dürfen. Ich hatte mehr als vierhundertdreißig Jahre überbrückt!

»Ich muss mich setzen«, sagte ich schwach.

Safet nahm meinen Arm und führte mich zu einem Sessel, von dem er ein großes, mit Farbklecksen übersätes Laken nahm, bevor ich mich hineingleiten ließ. Mein Blick fiel auf den Spiegel an der gegenüberliegenden Wand. Ich sah mein Gesicht nicht darin, weil ich zu niedrig und zu weit davon entfernt saß, trotzdem schaute ich schnell weg. Vorerst hatte ich genug von Spiegeln und ihren Wirkungen. Ich wandte den Kopf in die andere Richtung – und sah die Staffelei, die mir vorhin, als wir den Raum betreten hatten, schon aufgefallen war. Jetzt erkannte ich, dass da auch eine Leinwand stand und dass jemand darauf mit einem Bild begonnen hatte.

»Du malst?«, fragte ich vollkommen perplex. »Die Bilder – das mit den Tulpen und das von Fort Lovrjenac – die sind von dir!«

Safet zuckte ungeduldig mit den Schultern. »Und? Das ist im Moment wohl kaum der Rede wert. Wer ist Vecellio? Wo bist du gewesen?«

»Nicht der Rede wert?«, wiederholte ich. »Wieso hast du das nicht erzählt, als ich nach den Bildern gefragt habe? Du hast ein unglaubliches Talent!«

»Herr im Himmel, Nella! Es gibt eine Menge Dinge, die du nicht von mir weißt und die auch absolut unwichtig sind! Würdest du bitte endlich damit rausrücken, was mit dir passiert ist?«

Ich holte tief Luft, hielt dann aber inne. »Wie lange war ich eigentlich weg?«

Safet hob die Brauen. »Du warst überhaupt nicht weg. Du hast da gestanden vor dem Spiegel.«

»Ich meine nicht körperlich. Ich meine, ich muss doch irgendwie weggetreten gewesen sein, ohne Bewusstsein, oder nicht? Wie lange?«

»Gar nicht, sag ich ja. Du hast festgestellt, wir könnten hinterher … ins Bett gehen, anschließend hast du dich zum Spiegel umgedreht – und dann ein paar Sekunden später gleich wieder zu mir, um mir diese Ohrfeige zu verpassen.«

Ich biss mir auf die Lippen, um ein Lachen zu unterdrücken. Wahrscheinlich sollte ich mich dafür entschuldigen, aber ich kriegte die passenden Worte einfach nicht raus, dafür musste wohl mein Unterbewusstsein verantwortlich sein. Außerdem hatte ich genug damit zu tun, über den erstaunlichen Umstand nachzudenken, dass hier praktisch überhaupt keine Zeit vergangen war, während ich mehrere Tage bei Mirjana verbracht hatte. Vielleicht sollte mich das aber gar nicht so überraschen, denn immerhin war mir ja aufgrund der Perlen schon öfter jegliches Zeitgefühl abhanden gekommen.

Aber Safet wartete noch immer auf meine Erzählung.

»Du solltest dich lieber hinsetzen, es wird eine ziemlich umfangreiche Geschichte«, stellte ich fest und lehnte mich im Sessel zurück. Als ich fertig war, blieb es lange Zeit still.

Safet hatte mir mit halb geschlossenen Augen gegenübergesessen, zugehört und mich kein einziges Mal unterbrochen. Auch jetzt sagte er kein Wort, und sein Gesichtsausdruck verriet nichts von dem, was ihn ihm vorging. Dabei brannte ich darauf zu erfahren, was er von all dem hielt – besonders davon, dass das Buch wirklich existierte. Aber er rührte sich nicht. Was sollte das? Glaubte er mir nicht? Hielt er das alles für Hirngespinste? Sein Schweigen machte mich ganz nervös und brachte mich dazu, mich selbst in Zweifel zu ziehen. Vielleicht hatten mir meine Erwartungen einen Streich gespielt, vielleicht hatte ich Dinge gesehen, die nicht nur nicht wirklich, sondern sogar für das damalige Ragusa ganz unmöglich waren.

»Kann natürlich auch sein, dass ich an einem Übermaß an Fantasie leide und mir das alles nur eingebildet habe«, sagte ich leise.

Da endlich hob Safet den Kopf. Seine Augen waren nie von einem tiefen Braun, sondern eher von einem helleren Bernstein gewesen, doch für einen Moment schienen sie sehr viel dunkler zu sein, als hätte sich ein Schatten darüber gelegt. »Nein«, sagte er.

»Was, nein?«, wollte ich ungeduldig wissen, als er nicht weitersprach.

Ich hatte Safet noch nie so erlebt. Er sah aus wie ich mich fühlte, wie jemand, der aus den Tiefen eines Traums zu sich kommt und erst mal in die Wirklichkeit zurückfinden muss. »Nein, du hast dir nichts eingebildet.«

Verblüfft über diese bestimmte Aussage fragte ich: »Wie kannst du so sicher sein?«

»Weil ich bezweifele, dass du genug über Ragusas Geschichte und die Menschen weißt, die damals gelebt haben, um dir so was auszudenken.« Er stand aus dem Sessel auf und ging hinüber zu einem Regal, aus dem er ein Buch zog.

Anscheinend suchte er etwas im Index, er blätterte, dann kam er mit der aufgeschlagenen Seite zurück.

Der Mann auf dem abgebildeten Gemälde war älter, als ich ihn vor mir gesehen hatte, aber es handelte sich zweifellos um Vice Stjepović Skočibuha, einen Mann, von dem ich zuvor nie gehört hatte.

»Sein Palazzo steht noch, in der Ulica Restićeva. Du bist an einem einzigen Abend gleich zwei sehr bekannten Persönlichkeiten aus Ragusa begegnet. Das halte ich für Beweis genug, dass das, was du erlebt hast, echt war.«

»Zwei? Da war doch sonst kein bedeutender Mann, und Vecellio kannst du ja wohl kaum meinen.«

Safet lächelte hintergründig. »Komm wieder in die Gegenwart und denk nicht so patriarchisch. Es gab zwar nicht viele, aber hin und wieder ist auch eine Frau zu Berühmtheit gelangt. Cvijeta Zuzorić hat der Welt ein paar ausgezeichnete Gedichte hinterlassen.«

Mirjanas Freundin Cvijeta, die mit dem Florentiner verheiratet war und deren spitze Zunge Vecellio seinem Diener gegenüber erwähnt hatte.

»Also habe ich wirklich die Vergangenheit gesehen«, murmelte ich.

»Ja. Schade nur, dass du zu früh zurückgekommen bist.«

»Zu früh? Immerhin hast du damit die Bestätigung, dass es dieses Buch gab! Das war es doch, was du wolltest!«

»Das stimmt. Aber selbst wenn du die Stelle wiederfindest, an der die Villa gestanden hat, selbst wenn sie immer noch dort sein sollte – der Schrank wird längst verschwunden sein und mit ihm das Buch.«

»Was hast du denn erwartet? Dass Mirjana es für dich in einen Tresor legt, damit es da jahrhundertelang auf dich wartet?«, fragte ich ein wenig spöttisch.

»So was Ähnliches«, gab Safet zu. »Ich hatte gehofft, dass

sie es an irgendeinem wirklich sicheren Ort aufbewahrt.« Er zuckte mit den Schultern und verzog die Mundwinkel. »Aber du hast schon Recht, immerhin wissen wir jetzt mit Bestimmtheit, dass wir keinem Phantom hinterherjagen.«

»Wir?«

Safet runzelte irritiert die Stirn, dann korrigierte er sich. »Ich.«

»Während ich entschieden weniger von meiner Zeitreise profitiere«, stellte ich fest. »Ich wollte Mirjanas Geschichte, aber die hab ich nur zur Hälfte bekommen, wenn überhaupt. Vecellio scheint irgendwas mit dieser Hexensache zu tun zu haben, aber wie es nun letztlich dazu gekommen ist, darüber hat sich die Vergangenheit ausgeschwiegen.«

Safet schien kaum richtig zugehört zu haben, sondern stattdessen an ganz was anderes zu denken. »Etwas ist merkwürdig. Du hast gesagt, Mirjana hätte dich nicht nur erwartet, sondern wollte offenbar auch, dass du dir merkst, wie das Buch aussieht. Sie sagte, das sei wichtig, wenn ich deine Worte richtig in Erinnerung habe.«

Ich nickte. Das war mir auch schon aufgefallen, obwohl ich mir nicht vorstellen konnte, was es damit auf sich haben sollte.

Safet tigerte im Zimmer hin und her und blieb dann direkt vor mir stehen. »Das heißt, Mirjana hat dich mit dem Buch in Verbindung gebracht, ist dir das klar?«

»Sieht so aus, ja.«

»Und was heißt das?«

»Sag du's mir!«

»Dass du noch nicht fertig warst bei Mirjana! Wenn sie wollte, dass du über das Buch Bescheid weißt, dann doch wohl, weil sie was von dir erwartet. Du bist zu früh zurückgekommen, sie hätte dir vielleicht noch viel mehr gezeigt! Wieso musstest du diesem Venezianer unbedingt eine verpassen und dich damit selbst aus der Vergangenheit befördern?«

»Das war nicht ich, falls du das vergessen haben solltest, sondern Mirjana. *Ich* habe *dir* eine verpasst – und du weißt sicher ganz genau, wofür du das verdient hast.«

Safet hatte den Anstand, zuerst wegzusehen, obwohl er mir anhören musste, dass ich nicht mehr ernsthaft sauer war. Was ich sozusagen als Entschädigung bekommen hatte, wog sein ziemlich mieses Spiel mit mir auf. Wahrscheinlich gab es nur sehr wenige Menschen auf dieser Welt, die was Vergleichbares wie ich erlebten. Wenn überhaupt.

»Da sind noch ein paar Unklarheiten«, stellte ich fest, bevor Safet sein Umherwandern wieder aufnahm.

»Das, was Mirjana vor dir verbergen will?«

»Genau.« Ich war immer noch ein bisschen erschöpft, aber andererseits wollte ich auch nicht länger aus meiner Position im Sessel zu Safet aufsehen. Ich stand auf und schob mich nachdenklich an ihm vorbei zu der Staffelei hin. Auf diesem Bild war kein Blau zu sehen, nur eine Fülle von Rot- und Orangetönen, scheinbar wild durcheinander, ohne allzu viele Konturen. Dennoch glaubte ich zu erkennen, was es werden sollte. Rätselhafter Safet. Mit Sicherheit würde er sich weiterhin weigern, auf direkte Weise irgendwas von sich preiszugeben. Aber ich war genauso hartnäckig, ich wollte diese Nuss immer noch knacken. Mich faszinierte einfach zu viel an Safet, das ich nicht wirklich benennen, geschweige denn verstehen konnte, und ein Teil davon lag vermutlich im Kern der Nuss verborgen. Mit dem Zeigefinger tippte ich auf einen karmesinroten Tupfer.

»Lass das besser, es ist noch feucht«, warnte mich Safet, der herangekommen war.

Ich betrachtete meine Fingerkuppe, auf der sich das Rot

abzeichnete wie verschmiertes Blut. »Wann hast du zuletzt daran gearbeitet?«, wollte ich wissen, obwohl ich die Antwort ahnte, da die Ölfarbe längst nicht getrocknet war.

»Gestern Nachmittag, als du geschlafen hast«, bestätigte Safet meine Vermutung. »Ich dachte mir, dass du eine Menge Schlaf nachzuholen hast, und wollte die Zeit nutzen. Normalerweise komme ich nämlich nur selten zum Malen, und wenn ich es tue, arbeite ich am liebsten mehrere Stunden am Stück. Aber dann hab ich mich doch nicht richtig konzentrieren können.«

Ich drehte mich um und musterte Safet. In seinen Augen las ich, dass das vorerst alles war, was ich über ihn und seine Malerei erfahren würde.

»Ich wüsste zu gern, was es mit Mirjanas zwiespältigem Verhältnis zu Ivan auf sich hat«, sagte ich also, ohne weiter auf das einzugehen, was Safet mir gerade erzählt hatte. »Ein Teil von ihr liebt ihn, ein anderer scheint ihn beinah zu hassen, obwohl sie das im Grunde gar nicht will, sondern möchte, dass alles wieder so wird wie zuvor.«

»Sie hat nichts darüber … gedacht, was sie mit zuvor meinte?«

Ich schüttelte den Kopf. »Nein, nicht bewusst jedenfalls. Oder sie wollte es sogar ganz bewusst vor mir verbergen. Hin und wieder hatte ich das Gefühl, als wäre ich von einem Teil ihrer Gedanken ausgesperrt, aber ich kann nicht beschwören, dass sie das absichtlich tat.« Ich machte eine Pause, in der mir etwas ganz anderes durch den Kopf ging. »Du hast doch was von einem toten Baby erwähnt, und sie war vollkommen außer sich, als diese Sache mit dem Küchenmädchen passierte. Sie sagte, ein Kind sei was Wunderschönes – als ob sie alles dafür gegeben hätte, selbst eins zu haben. Vielleicht meinte sie mit früher also die Zeit vor dem Tod ihres Kindes.«

»Aber was hat Ivan damit zu tun? Glaubst du, er war verantwortlich dafür, dass das Kind starb?«

»Wenn ich das wüsste. Sie hat mit ihm geschlafen, aber nur, weil sie es musste, nicht weil sie es wollte. Vielleicht hatte sie Angst davor, wieder schwanger zu werden.«

Zweifelnd hob Safet die Brauen. »Wenn sie das nicht wollte, wird sie gewusst haben, was da zu tun war.«

»Sicher. Allerdings …« Ich zögerte zu formulieren, was mir gerade einfiel.

»Was?«

»Weißt du was Genaueres über den Tod des Babys? Hatte sie eine Fehlgeburt oder starb es später?«

»Keine Ahnung, ich kann nicht mal mit Bestimmtheit behaupten, dass da was Wahres dran ist. Obwohl es ja wohl so aussieht. Woran denkst du?«

»Das ist ein bisschen schwer für mich auszudrücken, weil ich nur spekulieren kann. Ich meine, ich war nie schwanger und habe natürlich auch nie ein Kind verloren. Was das betrifft, wollte ich bisher noch nicht mal eins. Bei Mirjana kommt aber alles zusammen. Wär doch möglich, dass sie gern wieder ein Kind hätte, aber gleichzeitig Angst davor hat, weil sie es wieder verlieren könnte, entweder während der Schwangerschaft oder auch später, ohne dass sie was dagegen tun könnte.«

»Warum wolltest du nie ein Kind?«, fragte Safet und überrumpelte mich damit völlig. Weil ich nicht gleich antwortete, hakte er nach. »War dir deine Karriere wichtiger?«

»Reden wir jetzt über Mirjana oder über mich?«, wich ich aus. Ich war im Moment nicht in der Stimmung, über mein kompliziertes Innenleben diesbezüglich nachzudenken. Safet wollte schließlich auch nicht über sich selbst sprechen, da musste er mir schon das gleiche Recht zugestehen.

Eine Sekunde lang durchbohrte mich sein Blick, dann

sah er seltsamerweise auf sein angefangenes Gemälde und nickte wortlos.

»Willst du ein Kind?«, fragte ich, einer Eingebung folgend.

»Nein!« Das kam spontan und gleichzeitig sehr entschieden. Trotzdem beschlich mich der Verdacht, dass er selbst erschrocken darüber war, etwas von sich offenbart zu haben, das er für gewöhnlich verborgen hielt. Wie um das abzumildern, lachte er plötzlich auf. »Dann passen wir ja eigentlich ganz gut zusammen, oder?« Da war der alte Safet wieder, der seinen Charme anknipste, dessen Augen funkelten und der sich vom Leben nahm, was er wollte. »Meinst du, du findest die Martolosić-Villa wieder, falls sie noch steht?«

»Vielleicht, wenn wir vom Wasser her kommen.«

»Dann lass es uns ausprobieren.«

Amüsiert hob ich die Brauen. »Wozu? Du glaubst doch selbst nicht, dass das Buch noch da ist.«

»Tu ich auch nicht. Aber man kann nie wissen, vielleicht finden wir irgendeinen anderen Hinweis. Immerhin haben wir schon eine ganze Menge entdeckt, wofür du weiß Gott viel auf dich genommen hast. Mirjana wiederum wollte das offensichtlich, da kann das alles doch nicht umsonst gewesen sein. Also, was ist, kommst du mit?«

»Natürlich«, stimmte ich zu. »Willst du in Gruž ein Boot mieten? Oder hast du selbst eins?«

Safet lachte wieder. »Nein, hab ich nicht, aber es wäre eine Überlegung wert. Ich miete fast jedes Mal eins, wenn ich hier bin, um auf eine der Inseln rüberzubrausen. Wir sollten mal zusammen nach Lokrum, da gibt's einen erstklassigen FKK-Strand.«

»Wer will bei solchen Alternativen schon ein altes verstaubtes Buch suchen?«

»Wir«, sagte Safet, klang jedoch plötzlich nicht mehr ganz

so wild darauf. Stattdessen suchten seine Augen meine und schienen zu fragen, ob er tun durfte, was er gern wollte.

»Seit wann bist du so vorsichtig?«, erkundigte ich mich mit belegter Stimme. Dann spürte ich Safets Atem auf meiner Wange. Er küsste mich eher zurückhaltend, erst als ich den Kuss erwiderte, zog er mich an sich. Ich wusste, dass wir bei Mirjana zwei unterschiedliche Ziele verfolgten und ich jetzt eigentlich an sie denken sollte. Aber Gefühle ließen sich nun mal nicht steuern. Ich sehnte mich nach Safet, nach seiner Haut auf meiner, ich spürte ein Verlangen in mir, das schmerzte. Ich berührte sein Gesicht, küsste seinen Hals, meine Hand wanderte über seinen Nacken und unter sein Shirt.

Er hielt die Luft an, für einen kurzen Moment erstarrte er wie unter einem Stromschlag, dann griff er nach mir, verschlang seine Finger mit meinen und zog mich zu dem Sessel, in dem ich noch eben gesessen hatte. Kein einziger Millimeter trennte uns, ich spürte jede Faser seines Körpers, als wir gemeinsam auf das Polster sanken, Safet unter mir.

Unsere Lippen liebkosten einander, während unsere Hände damit beschäftigt waren, uns gegenseitig auszuziehen, bis ich auf Safet glitt und meinen Unterleib langsam kreisen ließ. Ich spürte den Höhepunkt kommen, schneller als die beiden Male zuvor. Es brach über mich herein, ohne dass ich es verhindern konnte, und auch Safet bebte unkontrolliert und stemmte sich gegen mich, als er kam. Langsam beugte ich mich zu ihm hinunter und legte meinen Kopf an seine Wange, beide gelangten wir nur allmählich wieder zu Atem.

Meine Gedanken wirbelten durcheinander, in mir tobte ein Chaos aus Gefühlen – die Safet betrafen und mich selbst und den Grund, warum das alles geschah. Erst nach und nach gelang es mir, in einigermaßen geordneten Bahnen zu denken, und selbst da kam mir das Erste, das in mir herumspukte, auf seltsame Weise ganz logisch und gleichzeitig vollkommen verrückt vor. Denn in diesem Moment schien es mir, als »passierte« das alles nicht nur mir, sondern auch Safet.

Ich konnte nicht mehr glauben, dass das eben noch zu seinem Spiel gehörte. Wozu? Immerhin wusste ich um seine Motive, er brauchte mir nicht länger etwas vorzumachen.

Warum also? Gab es eine Antwort darauf? Wenn ich den Gedanken konsequent zu Ende dachte, landete ich – bei Mirjana. Aber das war dann wohl doch etwas zu weit hergeholt. Sie mochte mich durch die Kette, die der Anfang von allem war, zu sich gerufen haben, mit Safet hatte sie nichts zu tun. Das war meine Angelegenheit.

Ich spürte Safets Hand, die langsam, wie gedankenverloren über meinen Rücken strich. Auch wenn ich gern noch länger hier bei ihm gelegen hätte – Mirjana erinnerte mich daran, was noch auf mich wartete. Auf uns. Es war schließlich unsere Suche, Safets nach dem Buch und meine nach Mirjana *und* dem Buch. Sie hatte gesagt, es sei wichtig, also war es ja für mich genauso bedeutsam wie für ihn.

»Und jetzt spüren wir Mirjanas Villa auf?«, murmelte ich in Safets Halsbeuge.

Safet unter mir bebte wieder, diesmal aus einem anderen Grund. Er lachte lautlos. »Weißt du, was so Besonderes an dir ist?«

»Verrat's mir. Und Goran, wenn du willst.«

»Du bist unberechenbar, sogar für mich.«

2.

Mit einem Motorboot brausten wir über den Golf von Gruž. Bei der Geschwindigkeit konnte ich unmöglich irgendein Haus erkennen, aber das war im Augenblick zweitrangig. Das Meer funkelte in der Abendsonne, die meine Haut noch immer wärmte, selbst das laute Röhren des Motors konnte der Stimmung nichts anhaben. Das Gefühl absoluter Freiheit überkam mich, während wir auf dem Wasser dahinglitten. Ich hielt mein Gesicht in den Himmel, ab und zu bekam ich einen Spritzer ab, und genoss den Moment.

Dann plötzlich erinnerte ich mich an etwas, das mich aus all meinen Träumereien genauso herauskatapultierte wie ich ein paarmal aus Mirjana katapultiert worden war. Ich blickte nach rechts und links, um mich zu vergewissern, zwei-, dreimal. Ich täuschte mich nicht. Unglaublich. Meine Handflächen wurden feucht.

Safet, der neben mir gestanden hatte, bemerkte meine Unruhe und drosselte das Tempo, sodass auch das Motorengeräusch leiser wurde und wir uns nicht anbrüllen mussten, um uns zu verständigen.

»Was ist los?«

Ich wandte den Kopf wieder nach links und suchte die stark bebaute lang gezogene Küste von Lapad ab. »Irgendwo dort drüben muss es sein.«

»Bist du sicher?«

»Bin ich.«

Safet steuerte auf das Ufer zu und stellte den Motor ganz ab, als wir nah genug waren.

»Fahr etwas zurück«, bat ich.

Ganz langsam tuckerten wir an den Häusern entlang. Hin und wieder war eines darunter, das durchaus an eine herrschaftliche alte Villa erinnerte, das meiste allerdings waren hübsche kleine oder größere Neubauten.

»Nein, es ist nicht mehr da«, seufzte ich. »Wär ja auch zu schön gewesen.«

»Wir könnten ein Stück weiter fahren, in Richtung Stadt und umgekehrt«, sagte Safet.

Wieder schüttelte ich den Kopf. »Unnötig. Es war hier an diesem Küstenabschnitt.«

»Aber vielleicht irrst du dich.«

»Ausgeschlossen. Mirjana hat uns gesehen.«

»Wie bitte?«

»Mirjana hat an jenem Abend, an dem Vecellio zu Gast war, an ihrem Fenster gestanden und aufs Meer hinausgesehen. Dabei hat sie ein weißes Boot beobachtet, das mit einer Geschwindigkeit übers Meer geschossen ist, die für die damalige Zeit unmöglich war. Sie hat mich gefragt, ob das in meine Zeit gehört. Ich konnte kaum glauben, was da passierte, weil das bedeutete, dass sie tatsächlich einen Blick in die Zukunft warf – auch wenn ich damals natürlich keine Ahnung hatte, was genau sie eigentlich sah: uns auf der Suche nach ihr.«

»Das hätte auch irgendwas anderes sein können. Ich meine, schon die Zukunft, aber nicht notwendigerweise wir.«

»Doch. Es stimmt alles. Die Tageszeit, das Licht, die Richtung, in die sie schaute.«

»Aber wenn sie ein so schnelles Boot beobachtete, musste sie zwangsweise einen langen Teil der Küste gegenüber verfolgen, der noch dazu damals ganz anders ausgesehen hat als heute. Dabei kannst du höchstens den ungefähren Abschnitt bestimmen, und das Licht kann täuschen.«

»Ja, mag sein. Ich weiß trotzdem, was Mirjana gesehen hat.« Mit einem Mal spürte ich eine Verzweiflung in mir, die bisher ausgeblieben war – als würde ich erst jetzt endgültig begreifen, dass das, was damals geschehen war, nicht nur irgendwelche Personen betraf, die irgendwann in der Vergangenheit mal existiert hatten. Es betraf Menschen, die ich gekannt hatte, Menschen, die gelebt, gelitten und geliebt hatten wie ich selbst. Nur weil es schon so lange zurücklag, war es nicht weniger wirklich. Mirjana würde sterben, und höchstwahrscheinlich keines natürlichen Todes. Etwas Furchtbares würde mit ihr geschehen.

»Ich muss zurück«, murmelte ich.

»Du hast Recht, wir sollten es noch mal probieren«, stimmte Safet zu und klang dabei, als hätte er im Gegensatz zu mir diese Idee schon seit längerem verfolgt. »Wir müssen das Buch finden.«

»Vergiss doch mal das Buch!«, sagte ich ungehalten, obwohl ich insgeheim bezweifelte, dass Mirjana selbst es vergessen hätte. Aber hier ging es jetzt um viel mehr. »Ich muss Mirjana warnen! Ich muss doch irgendwas tun können, um ihr zu helfen.«

Safet warf den Motor wieder an und schipperte langsam um die Halbinsel Lapad herum. Lange Zeit sagte keiner von uns ein Wort, bis er aufseufzte, als hätte er eine Entscheidung getroffen. »Du kannst sie nicht warnen. Hast du vergessen, dass du nicht mal zu ihr durchdringen konntest?«

»Nicht mit Worten. Aber mit meiner Gegenwart und mit meinen Gefühlen schon. Sie würde meine Angst spüren, sie möglicherweise richtig interpretieren und danach handeln.«

»Nella. Überleg mal. Wenn du sie warnen könntest, und all das, was damals passiert ist, würde nicht passieren, dann gäbe es keine Legende. Wir wären beide nicht hier. Du nicht, um ihre Geschichte zu erfahren, weil es gar keine gäbe. Ich nicht, weil es kein Buch zu finden gäbe, das Teil der Legende ist. Also wärst du auch nie zurückgegangen, um sie zu warnen. Und deshalb passiert genau das, was passiert ist.«

Das hatte allerdings was. Das berühmte Zeitreiseparadoxon. Außer vielleicht …

»Du hast gesagt, sie ist einfach verschwunden, oder? Wenn sie nun nur einfach deshalb verschwindet, weil ich sie warne und ihr sage, dass sie sonst stirbt? Das könnte bedeuten, ich *muss* zurück, damit die Legende entsteht – und sie Zeit hat, das Buch zu verstecken. Damit ist alles vorherbestimmt. Es würde im Übrigen auch erklären, warum sie mich erwartet hat und warum sie weiß, dass das Buch für mich wichtig ist.«

»Du solltest Fantasy-Romane schreiben«, meinte Safet.

»Ich werd's in Erwägung ziehen als eine Möglichkeit, meine Arbeitslosigkeit zu überbrücken«, witzelte ich, dann wurde ich wieder ernst. »Aber du musst zugeben, dass mein Argument stichhaltig ist, oder?«

»Ja.« Er machte eine Pause. »Du solltest das aber heute nicht mehr probieren, einverstanden? Du brauchst ein bisschen Ruhe.«

Ich wusste, dass er Recht hatte, trotzdem konnte ich mir einen Kommentar nicht verkneifen. »Ruhe? Vorhin hab ich nichts davon bemerkt, dass du so besorgt um meine Ruhe bist …«

Lächelnd beugte Safet sich zu mir herüber und küsste mich auf die Stirn. »Das war sehr egoistisch von mir, *draga.*«

Mittlerweile waren wir um ganz Lapad herumgefahren, Safet deutete auf eine Insel in der Ferne. »Das ist übrigens Lokrum. Wir sollten da wirklich irgendwann mal hin.«

Bald darauf umrundeten wir auf der Seeseite die Festungsmauer von Dubrovniks Altstadt. Von hier aus kam sie mir noch gewaltiger vor, weil wir von so weit unten zu ihr hinaufsahen. Immer wieder entdeckte ich in der Mauer kleine weiße Statuen von Sveti Vlaho, die das Meer bewachten, bis wir schließlich im alten Hafen anlegten.

»Lass uns irgendwo hier in ein Restaurant gehen, dann fahren wir zurück und gönnen uns einen ruhigen Abend«, meinte Safet, während er mir aus dem Boot half. »Ich hoffe doch, heute kommen wir wirklich zu unserem Essen …«

Da war er nicht der Einzige, ich hatte inzwischen gewaltigen Hunger. Die Konoba in der kleinen Seitengasse, in die er mich führte, war das genaue Gegenteil zu dem Nobelteil vom Abend zuvor, ursprünglich und gemütlich, fast familiär. Wir saßen lange zusammen bei schwarzem Risotto mit Kuttel- und Tintenfisch, dazu wurde ein Weißwein mit dem hübschen Namen Malmsy gereicht, von dem ich mehr trank, als ich hätte sollen. Wir redeten über vieles, nur nicht über Mirjana – oder über irgendwelche persönlichen Dinge, die wir sorgfältig vermieden.

Erst viel später schlenderten wir durch die erleuchteten Straßen der Stadt. Zwar hatte ich Dubrovnik schon einmal bei Nacht gesehen, aber da war ich mehr mit der Suche nach einem Zimmer beschäftigt und kaum in der Stimmung gewesen, den Anblick wahrzunehmen, weshalb mir das alles ganz neu vorkam. Der Himmel war fast schwarz, an jedem Haus brannte eine Laterne, dessen Licht die Fassaden elfenbeinfarben schimmern ließ und sich zudem in den Steinplatten widerspiegelte. Der Stradun war voller Leben, voller Menschen mit fremden und einheimischen Stimmen, aus den Nebengassen ertönte Musik.

Unwillkürlich blieb ich stehen. »Das ist schön«, sagte ich beinah andächtig, die Atmosphäre war unbeschreiblich.

»Ja.« Das blieb Safets einzige Erwiderung, aber seine Stimme hatte einen eigentümlich abwesenden Klang, als sähe er den Stradun und doch auch wieder nicht. Oder als sähe er das, was dahinter lag, im Verborgenen, das Unsichtbare. Dann wandte er sich plötzlich zu mir um und lächelte. »Manche Dinge können noch so oft zerstört werden, sie erstehen immer wieder auf und lassen sich nicht unterkriegen.«

Das erinnerte mich sehr an die Geschichte mit den Tulpen. Ich hielt die Luft an und wartete, dass er weitersprach, aber wieder ließ er den Rest ungesagt, sondern legte seinen Arm um mich und wollte sich in Bewegung setzen. Diesmal weigerte ich mich, einfach so aufzugeben, und hielt ihn zurück.

»Meinst du das Erdbeben und den Krieg?«

»Am 6. Dezember 1991 schlugen hier so viele Granaten ein, dass große Teile des Stadtkerns zerstört wurden. Am Nikolaustag. Kannst du dir vorstellen, wie Dubrovnik danach aussah?« Er gab sich gleich selbst die Antwort. »Nein. Kannst du nicht. Niemand kann das, der nicht hier war.«

»Und du warst hier.«

Er schien mich gar nicht gehört zu haben, sondern fuhr leise fort: »Bevor das Aufräumen nach dem Chaos begann, war kein Mensch zu sehen auf dem Stradun, nur Staubwolken und Schutt wie in einer Geisterstadt. Hinten auf dem Luža-Platz lag eine tote Taube mitten im Nichts. Eine Taube, Nella, verstehst du? Der Frieden hatte uns tatsächlich verlassen.«

Ich versuchte, dieses Bild heraufzubeschwören, doch das war unmöglich in dieser Nacht, in der es von Leben nur so wimmelte. »Warum bist du damals hier gewesen?«, fragte ich schließlich zögernd.

»Ich hatte was zu erledigen und wollte außerdem meine Eltern besuchen, was natürlich Wahnsinn war, immerhin gab es täglich Angriffe. Aber irgendwas sagte mir trotzdem, ich müsste unbedingt kommen. Weißt du, man soll seine Eltern sehen, so oft es geht – so lange sie noch leben.« Während er sprach, hatte Safet mich angesehen, jetzt schaute er weg. »Mein Vater wurde an diesem Tag getötet.«

Obwohl ich das geahnt hatte, wusste ich nicht, was ich darauf sagen sollte. Alle Mitleidsbekundungen hätten nur banal geklungen, also schwieg ich, und Safet schien auch nichts anderes zu erwarten.

In stillem Einvernehmen legten wir den Weg zum Hafen, die ganze Bootsfahrt und anschließend die kurze Strecke mit dem Wagen wortlos zurück. Es war kein unangenehmes Schweigen, im Gegenteil, es war einfach alles so, wie es sein sollte.

In Safets Haus gingen wir nebeneinander die Treppe hinauf, auf dem Absatz drehte er sich zu mir um und sah mich zum ersten Mal, seitdem wir Dubrovnik verlassen hatten, wieder an.

»Du kannst im Gästezimmer schlafen, wenn du willst. Oder bei mir.«

»Ich glaube«, sagte ich wahrheitsgemäß, »ich bin zu müde. Vielleicht hätte ich weniger Wein trinken sollen.«

Safet lächelte. »Ich meinte wirklich schlafen. Wie in: Augen zu, und wenn du sie wieder aufmachst, sind sechs Stunden vergangen, in denen du nichts weiter getan hast, als vollkommen ruhig unter einer Decke zu liegen.«

»Ach das! Hab ganz vergessen, dass es diese Option überhaupt gibt … Ich glaube, das könnte mir gefallen.«

3.

Als ich aufwachte, war ich mit einem Schlag hellwach. Ich hatte das Gefühl, ein Geräusch hätte mich geweckt oder vielleicht eine Bewegung, aber es war kein Laut zu hören, nicht mal Safets ruhiger Atem. Es war schön gewesen, neben ihm einzuschlafen, ich hatte seine Nähe und seine Wärme gespürt und mich einfach nur wohl gefühlt, aber nun lag ich allein hier. Im spärlichen Silberlicht des Mondes, das durch das geöffnete Fenster hereinschien, erkannte ich nur die zurückgeschlagene Decke.

Meine Armbanduhr zeigte kurz vor zwei, und eigentlich hätte ich halbtot vor Müdigkeit sein müssen, stattdessen fühlte ich mich ausgeruht, als hätte ich lange geschlafen. Wahrscheinlich sollte ich das nicht tun, dachte ich, noch während ich aufstand. Trotzdem war ich schneller auf der Galerie, als ich mir nachdrücklich verbieten konnte.

Ich gab mir wenig Mühe, leise zu sein, weil Safet nicht glauben sollte, ich würde ihm hinterherspionieren, aber selbst wenn ich mit lautem Getöse in den Raum marschiert wäre, in dem ich ihn vermutete, hätte er mich wohl kaum bemerkt. Er stand vor der Leinwand, auf der ein wahres Inferno aus verschiedenen Rot-, Gelb- und Orangetönen tobte. Die Gestalt eines Feuer speienden Drachens, die ich zuvor nur erraten hatte, war jetzt eindeutig zu erkennen. Das Ungetüm war ein Tier mit fast menschlichen Zügen, die ein Gefühl zur Schau trugen, das mich gleichzeitig abschreckte und seltsam anrührte, obwohl ich es nicht mal ansatzweise erklären konnte.

Ich kam mir vor wie ein Eindringling, schloss die Tür hinter mir und ging zurück ins Bett, wo ich mich hin und her wälzte. Meine Gedanken wirbelten durcheinander, mal drehten sie sich um Mirjana, mal wanderten sie zu Safet. Egal, worüber ich auch nachgrübelte, nichts führte zu irgendeinem Ergebnis.

Schließlich stand ich auf und entdeckte beim Umherwandern im Schlafzimmer Safets Mini-Stereoanlage mit ein paar CDs daneben. Ich legte eine von Gibonni ein, nahm mir das Textheft dazu und mein Wörterbuch. So verbrachte ich die nächsten zwei Stunden damit, mich durch ein Lied mit dem Titel *Ozdravi mi ti* zu kämpfen, was offenbar so viel hieß wie »Werde gesund«. Es war bestürzend schön, und die letzte gesprochene Strophe ließ mich mehrfach schlucken, bevor ich überhaupt wusste, was gesagt wurde. Als mir endlich die Augen zufielen, hatte ich die Sätze zumindest sinngemäß übersetzt, die nicht nur bestürzend schön, sondern vor allem sehr traurig waren.

Beim nächsten Aufwachen fühlte ich mich so, wie ich mich während der Nacht hätte fühlen sollen: unausgeruht und kaputt. Inzwischen war es draußen hell, es war halb neun und Safet nach wie vor nicht aufgetaucht. Die kalte Dusche half, mich munterer zu machen, danach suchte ich Safet, um ihn zu fragen, ob er auch einen Kaffee wollte. Selbst in der größten Kreativitätsphase konnte das nicht schaden, besonders, wenn man die ganze Nacht durchgearbeitet hatte.

Aber Safet war nicht in seinem Atelier oder wie auch immer er den Raum nannte, in dem ich in den Spiegel gesehen hatte und bei Mirjana gelandet war. Ich klopfte an eine zweite Tür und trat neugierig ein, als keine Antwort ertönte. Das hier war so ziemlich der größte Gegensatz zu seinem Atelier, den man sich vorstellen konnte: ganz offensichtlich Safets Büro, geradezu spartanisch eingerichtet. Auf einem einfachen Schreibtisch aus Metall stand sein Notebook, der Stuhl davor wirkte nicht sonderlich bequem. Außerdem gab es noch ein breites Regal an der Wand, ebenfalls aus Metall, mit Büchern, die aussahen, als gehörten sie in die Fachabteilung für Finanzen, Wirtschaft oder Recht. Jedenfalls hatten sie rein äußerlich nichts gemein mit denen aus dem Atelier, die wahrscheinlich Kunst- und Geschichtsbände waren.

Ich schloss die Tür wieder und horchte. Nach wie vor war es irritierend still im Haus, und allmählich glaubte ich, dass Safet sich aus dem Staub gemacht hatte. Allerdings war ich noch nicht unten gewesen, irgendwo da musste die Küche sein, und vielleicht war er dort. Als ich unten ankam, hörte ich ein leises Geräusch, dem ich folgte und das mich tatsächlich in die Küche führte.

Safet stand an der Arbeitsplatte eines Schrankes und schnippelte frisches Obst in eine große Schüssel Joghurt. Die Kaffeemaschine blubberte – das Geräusch, das ich gehört hatte –, und auf dem Tisch standen zwei Gläser Orangensaft.

»'Bro jutro, draga«, sagte Safet und drehte sich um. »Magst du Joghurt zum Frühstück?«

»Naravno«, bestätigte ich.

Safets Lächeln entnahm ich, dass ich ein richtiges Wort erwischt hatte. »Dann setz dich.« Er kam mit der Schüssel an den Tisch, füllte zwei Schälchen und nahm mir gegenüber Platz. Ihm war nicht anzumerken, dass er die ganze Nacht gemalt hatte, möglicherweise raubte ihm das keine Kraft, sondern bewirkte das Gegenteil. Trotzdem wollte ich ihn lieber nicht auf den Drachen ansprechen.

Während wir unseren Joghurt löffelten, dudelte Safets Handy. Er verdrehte die Augen, stand jedoch nach dem vierten Klingeln auf, um es vom Kühlschrank zu holen. Eine ganze Zeit lang hörte er nur zu, dann redete er so schnell, dass ich kein einziges Wort verstand. Schließlich beendete er das Gespräch und legte das Handy mit einer ungeduldigen Bewegung neben sich.

»Ärger?«, fragte ich.

»Meine Schuld. Ich hab gestern einen Termin sausen lassen und auch noch komplett vergessen, ihn wenigstens abzusagen. Muss wohl irgendwie abgelenkt gewesen sein …« Er sah auf und verzog amüsiert den Mund. »Hast du immer noch vor, ein zweites Mal in die Vergangenheit zu gehen?«

»Ich denke schon.« Mir blieb keine Wahl, ich musste einfach versuchen, Mirjana zu warnen.

Safet nickte. »Ich muss jetzt weg, um meinen Kunden friedlich zu stimmen. Zum Glück hab ich genau, was er will und was er von niemandem sonst kriegt. Trotzdem wird das leider ein bisschen dauern, weil der Mann auf Šipan lebt, einer Insel ein ganzes Stück die Küste rauf. Aber ich möchte, dass du nichts tust, bevor ich wieder da bin, klar? Keine Experimente oder so.«

»Was sollte schon dabei passieren? Es ist doch letztes Mal auch alles gut gegangen«, widersprach ich, obwohl ich durchaus nicht vorhatte, ohne Safet eine Reise zu Mirjana zu wagen. Was einmal gut ging, musste nicht zwangsweise genauso ein zweites Mal ohne Komplikationen ablaufen.

Safet schüttelte den Kopf. »Versprich mir einfach, dass du dich vor keinen Spiegel stellst, ja?«

Ergeben nickte ich und erklärte mich bereit, auf ihn zu warten. *»Ja ću čekati na tebbe.«*

Safets Blick war jede durchwachte Minute der letzten Nacht wert. »Dein Kroatisch ist beachtlich. Wie hast du das so schnell gelernt?«

Gespielt gleichgültig zuckte ich mit den Schultern, was mich enorm viel Mühe kostete.

Als von mir keine weitere Erklärung kam, stand Safet auf. »Ich muss los, wir sehen uns in ein paar Stunden. *Čuvaj se!*«

Damit hatte er mich. »Ich fürchte, das hab ich nicht verstanden. Leider bin ich nämlich nicht perfekt, ich kann bloß Gibonni-Texte zitieren«, gab ich zu und erklärte, womit ich die letzte Nacht beschäftigt gewesen war.

Safet sah mich verblüfft an, schließlich warf er den Kopf zurück und lachte. »Du sollst auf dich aufpassen, *draga*«, übersetzte er und beugte sich zu mir herunter, um mich zu küssen.

Kurz darauf war er verschwunden, ich hörte nur noch die Haustür ins Schloss fallen.

Nachdem ich das Geschirr in den Geschirrspüler geräumt hatte, ging ich nach oben. Ich würde meinen Bikini aus dem Koffer holen, mich auf die schattige Terrasse legen und den Blick aufs Meer genießen. Als ich an der Tür zu Safets Atelier vorbeikam, setzte sich allerdings ein Gedanke in mir fest: Wenn ich wirklich noch mal zurückging und dabei sogar was für Mirjana zu tun gedachte, sollte ich ein bisschen besser über das damalige Ragusa Bescheid wissen – und wo konnte ich darüber mehr erfahren als in Safets Büchern? Leider stellte sich schnell raus, dass die mir überhaupt nichts brachten, weil sie allesamt auf Kroatisch waren. Also doch Bikini und Terrasse? Oder das Notebook! Bestimmt gab es im Internet die Informationen, die ich brauchte.

Trotzdem betrat ich nur sehr zögernd Safets Büro und starrte eine ganze Weile unentschlossen auf das Notebook. Andererseits tat ich ja nichts Verbotenes, sondern wollte bloß ins Internet und würde alle anderen Programme unberührt lassen. Das sollte ich auch besser, denn wenn er rausfand, dass ich mich daran zu schaffen gemacht hatte, bekäme ich vermutlich haufenweise Ärger. Ganz deutlich erschien ein Bild vor meinen Augen, und zwar das von Safet, der eilig eine Mail wegklickte, als er merkte, dass ich ihn beobachtete.

Ich gab mir einen Ruck, klappte das Notebook auf und schaltete es an. Viel weiter kam ich aber auch nicht, denn als der Rechner hochgefahren war, erschien eine Maske, die mir den Benutzernamen Vujović anzeigte und ein Passwort von mir verlangte. Kurz entschlossen versuchte ich es hintereinander mit »Ragusa« und »Mirjana«, bekam jedoch immer eine Meldung, die ich zwar nicht wörtlich übersetzen konnte, aber trotzdem verstand. Das wäre ja auch zu einfach gewesen. Ich hatte keine Ahnung, wie viele Versuche mir gestattet waren, bevor das Betriebssystem endgültig protestierte und sich weigerte, überhaupt was zu tun. Das Passwort konnte sonst wie lauten, und falls es was Kroatisches war, hatte ich sowieso mit Zitronen gehandelt.

Vielleicht, überlegte ich, war es etwas ganz Simples. Ich selbst hatte die Angewohnheit, meine Dateien, die ich vor fremdem Zugriff schützen wollte, mit Passwörtern zu versehen, die identisch mit dem Namen der Datei waren. Das war so einfach, dass es schon wieder sicher war. Ich tippte »Vujović« ein, hackte auf Enter – und landete ein kurzes Gurgeln später auf Safets Desktop.

Diverse Icons warteten darauf, angeklickt zu werden, unter anderem das des Internet Explorers. Der Zeiger der Maus schwebte schon darüber, als ich daneben das Symbol des Mail-Programms sah. Hatte ich nicht gerade gedacht, ich wollte nichts Verbotenes tun und war mir über mögliche Konsequenzen klar geworden? Trotzdem – und obwohl ich mir ein bisschen schäbig vorkam – machte sich in mir ein Gedanke breit. Wie zur Warnung sah ich Safet vor mir, ich sah ihn lächeln, ich sah den Ausdruck auf seinem Gesicht, als wir uns geliebt hatten. Ich sah ihn vor der Leinwand mit dem Feuer speienden Drachen stehen, und ich sah, wie er blitzschnell jene Mail wegklickte.

Das Symbol des Mail-Programms grinste mich einladend und verführerisch an.

Meine Skrupel und meine Bedenken waren groß, meine Neugier noch größer. Mit rasendem Herzklopfen klickte ich mich in die Mailbox. Im Posteingang befanden sich ungefähr zwanzig Mails, drei davon noch ungelesen. Ich überflog die Betreffzeilen, ohne dass mir was Bemerkenswertes auffiel, abgesehen davon, dass etwa die Hälfte der gesamten Mails deutsch, die andere Hälfte kroatisch waren. Dann bezog ich die Absender mit ein – und bei der vorletzten Mail stockte mir der Atem.

Da stand es schwarz auf weiß: Henning Laurenz. Safet kannte meinen Vater!

Ich wusste, ich sollte die Kiste ausmachen und vergessen, was ich da gelesen hatte, aber ich wusste genauso gut, dass es längst zu spät war. Ich klickte die Mail an, die sich in einem weiteren Fenster öffnete, und begann zu lesen. Typisch für meinen Vater verzichtete er auf jede höfliche Anrede, sondern kam gleich zur Sache.

»Ich finde es etwas befremdlich, dass Sie offenbar so große Schwierigkeiten haben voranzukommen. Schließlich habe ich mich nach einigen Fehlschlägen nicht nur deshalb an Sie gewandt, weil Sie mir als sehr zuverlässig empfohlen wurden, sondern vor allem, weil Sie als Kroate sich bestens in dem Land auskennen dürften. Ich habe mit deutlich mehr und deutlich schnelleren Ergebnissen gerechnet und würde es schätzen, wenn Sie mir wenigstens kurz mitteilen, was Sie bisher über den Verbleib von Mirjanas Buch herausgefunden haben.

Darf ich Sie daran erinnern, dass ich Sie mehr als großzügig allein für Ihre Recherchen entlohne – nicht zu vergessen die Summe, die ich bereit bin, im Falle eines Erfolges für das Buch zu zahlen.«

Die Mail trug das Datum meines Ankunftstages in Dubrovnik, das erklärte wohl so einiges. Wie vom Donner gerührt saß ich vor Safets Notebook und starrte auf die Buchstaben, ich las die Mail ein zweites, sogar ein drittes Mal und vergewisserte mich erneut, dass der Absender tatsächlich Henning Laurenz war.

Mein Vater, der Kunstsammler. Mein Vater hatte Safet mit der Beschaffung von Mirjanas Buch beauftragt.

Und womit wohl noch?, fragte ich mich fassungslos. Fieberhaft suchte ich in den Ablageordnern des Mail-Programms nach weiteren Nachrichten von ihm, konnte aber nichts finden. Wahrscheinlich waren sämtliche vorherigen Mails gelöscht worden, und diese hier lag nur deshalb noch im Eingangskorb, weil Safet sie noch nicht beantwortet hatte.

Aber eigentlich brauchte ich keine weiteren Mails. Ich konnte mir ohnehin denken, was drinstand – dass mein Vater Safet auch damit beauftragt hatte, sich an mich ranzumachen. Er selbst war ja auf dem direkten Weg zu mir gescheitert, weil ich seinen schön klingenden Lügen bei der Beerdigung meiner Mutter keinen Glauben geschenkt hatte. Mein Vater wollte nicht nur das Buch, er wollte Mirjanas Perlen dazu, und wer weiß, vielleicht wusste er sogar, was es damit auf sich hatte. Immerhin musste es einen Grund dafür geben, dass meine Mutter sie nie getragen hatte, einen Grund, den Henning Laurenz möglicherweise besser kannte, als ich mir vorstellen konnte.

Und dann hatte Safet die Gelegenheit beim Schopf ergriffen, als ihm klar wurde, auf welche Weise die Perlen und damit ich ihn zu dem Buch führen konnten. Ich zitterte vor Wut, wenn ich daran dachte, wie leicht ich es ihm gemacht hatte, mich reinzulegen und zu benutzen, gleich zweimal hintereinander. Wie hatte ich so naiv, so dämlich sein können, so …? Mir gingen die Adjektive aus für meine eigene Dummheit, nicht von Anfang an das ganze Ausmaß dieses Spiels begriffen zu haben.

Während ich krampfhaft versuchte mich zu beruhigen, wurde mir etwas sehr Wesentliches klar: Es war weniger die Tatsache, von Safet reingelegt worden zu sein, die mich aufbrachte – die Empörung darüber hatte ich ja genau genommen schon hinter mir. Wenn das alles wenigstens auf seinem Mist gewachsen wäre, hätte ich immerhin noch seinem Einfallsreichtum einen gewissen Respekt zollen können. Dass die Initiative aber ausgerechnet von meinem Vater ausging und Safet sich an den Menschen verkaufte, den ich mehr als jeden anderen auf dieser Welt verachtete, das nahm ich ihm wirklich übel.

Ich ließ das Notebook herunterfahren und schloss es. Wenn Safet erfuhr, dass ich hier gesessen hatte – na und? Sollte er ruhig.

»Ich finde Mirjanas Buch, Safet, und zwar vor dir. Worauf du dich verlassen kannst. Du und mein Vater, ihr werdet leer ausgehen, dafür sorge ich!«, wisperte ich in den leeren Raum.

4.

Ist Ihnen das Zimmer recht?«, fragte mich die Frau mit dem Kind an der Hand auf Englisch. Der kleine Junge sah mich neugierig mit großen Augen an.

Der Einfachheit halber hatte ich es bei derselben Unterkunft versucht wie bei meiner ersten Übernachtung in Dubrovniks Altstadt, aber da war alles belegt gewesen, sodass ich in einem anderen der vielen Privathäuser fragen musste, die Gästezimmer vermieteten. Der Raum war klein und ein wenig dunkel, weil das Fenster auf die enge Gasse hinausging, dafür aber gemütlich eingerichtet, und vor allem hing ein großer Spiegel an der Wand. Den würde ich brauchen.

»Ja, vielen Dank«, stimmte ich zu. »Ich würde gern für ein paar Tage bleiben, geht das?«

»Selbstverständlich! Ich freue mich, wenn Sie sich bei mir wohl fühlen, und sagen Sie nur, wenn Sie etwas brauchen!« Damit zog sie sich mit einem freundlichen Lächeln zurück, der kleine Junge winkte mir zu und kicherte. Ich winkte zurück, obwohl mir nicht sehr zum Lachen zumute war.

Meinen Koffer stellte ich auf den Tisch und ließ mich selbst auf das Bett fallen. Da war ich nun allein in diesem Zimmer und würde genau das tun, was Safet gewollt hatte: auf mich aufpassen, denn schließlich war ich jetzt gezwungen, die ganze Sache allein durchzuziehen. Wenn er von Šipan zurückkam, würde er das Haus leer und ohne weitere Erklärung von mir vorfinden. Diesmal war ich endgültig aus seinem Leben verschwunden und nicht nur mal eben in seinem Wagen davongebraust. Während der Busfahrt und später auf der Zimmersuche hatte ich nicht aufhören können, an Safet und an Mirjana zu denken. Meine Illusionen waren wirklich gründlich zerstört worden, besonders, da ich zuvor immer noch geglaubt hatte, dass es Safet nicht ausschließlich um den Profit, sondern wenigstens ein bisschen um das Buch selbst ging, weil ihn die Legende durch seine Kindheit begleitet hatte. Schwerfällig stand ich auf, bevor mich die Gedanken wieder einholten, die mich vorhin zusätzlich und ganz und gar ungebeten überfallen hatten. Es gab andere Nüsse zu knacken als Safet.

Je eher ich mich daranmachte, meinen Teil zu Mirjanas Geschichte beizutragen, desto besser. Aus meinem Koffer kramte ich die Perlenkette hervor, legte sie um und trat dann zögerlich vor den Spiegel. Ich hatte Angst, fast so sehr wie beim ersten Mal, aber das konnte ich mir nicht leisten, deshalb hob ich den Blick und überwand mich, mein Spiegelbild anzusehen.

Doch da war nur ich, sonst gar nichts, kein fremdes Gesicht schob sich über meins. Ich wartete eine ganze Weile, bis ich mir sicher sein konnte, dass Mirjana mir keinerlei Zeichen schickte. Hieß das, es war vorbei? Hatte ich eine einmalige Chance bekommen und vertan?

»Wo bist du?«, fragte ich leise, ohne eine Antwort zu erwarten. Vielleicht war ich zu sehr mit meinen eigenen Problemen beschäftigt, und Mirjana spürte das. Dauernd drängte sich Safet dazwischen, ich war gar nicht bereit für Mirjana. Um mich besser auf sie einzustellen, musste ich wohl an die Orte gehen, die voller Erinnerungen an sie waren: zum Franziskaner-Kloster, in die Apotheke oder zu ihrem Haus in der Ulica Restićeva.

Kurz entschlossen ließ ich die Perlen unter meine zwar ärmellose, aber recht hochgeschlossene Bluse gleiten und machte mich auf den Weg zum Kloster, das sich von hier aus gesehen auf der anderen Seite des Stradun befand. Schließlich stand ich davor, starrte es an, als sähe ich es zum ersten Mal, und bemerkte dabei, wie fremd es mir war. Ich erkannte es kaum wieder, so sehr hatte es sich seit damals verändert. Der Kirchturm war nicht mehr spitz, sondern trug eine Kuppel, der Außenfassade fehlte abgesehen von der Pietà, die das Kirchenportal auch damals schmückte, jede kunstvolle Verzierung. Es schien ein ganz anderer Bau zu sein.

»Wo haben Sie Safet gelassen?«

Erschrocken drehte ich mich um und sah mich einer Frau gegenüber, die ich im ersten Moment nicht einordnen konnte, so sehr war ich eben noch in der Vergangenheit gewesen. Dann erkannte ich Eva, Gorans Frau, und wunderte mich, dass sie mich überhaupt ansprach. Bei unserer letzten Begegnung schien sie meine Anwesenheit eher gestört zu haben.

»Auf Šipan«, sagte ich wortkarg. Ich legte wenig Wert darauf, mit ihr zu reden, erst recht, weil sie Safet über den Weg laufen und ihm sagen konnte, dass ich noch in Dubrovnik war.

»Wie schade. Da müssen Sie ja ganz allein einen Stadtrundgang machen. Dabei kann er doch so gut erzählen. Das Franziskaner-Kloster zum Beispiel wurde während des Erdbebens im Jahre 1667 stark zerstört, besonders die Kirche«, dozierte sie herablassend. »Deshalb ...«

»Sehr nett von Ihnen, aber bemühen Sie sich nicht«, imitierte ich ihren Tonfall. »Ich bin sicher, es gibt einen ganz ausgezeichneten Touristenführer.«

»Oh«, machte sie. »Sie wollen nicht auf Safet warten? Heißt das, er hat Sie an die Luft gesetzt? Das Beste, was er tun konnte, wenn Sie mich fragen. Er hat was Besseres verdient als Sie.«

»Tatsächlich? Sie vielleicht?«, schoss ich zurück.

Einen Moment lang dachte ich, ich hätte sie da getroffen, wo es wehtat, ihre Augen weiteten sich. Dann jedoch schüttelte sie beinah mitleidig den Kopf.

»Hat Ihnen schon mal jemand gesagt, wie überheblich Sie sind? Sie sollten aufhören, andere nach sich selbst zu beurteilen.« Eva ließ mir keine Chance zu einer Erwiderung, sondern drehte sich um und ging. War vielleicht auch besser so, sonst wären mir noch ein paar Dinge rausgerutscht, die ich später bereut hätte. Was, zum Teufel, glaubte sie, wer sie war?

So weit zu meinem Vorhaben, mich von Safet abzulenken

und mich Mirjana zuzuwenden. Ich tat es Eva gleich und wandte mich ebenfalls um, nur in die andere Richtung. Vor mir lag mit seinen sechzehn Wasser speienden Gesichtern der große Onofrio-Brunnen, der heute nicht mehr zweistöckig war, dahinter stand ein Gebäude, in dem sich ein Restaurant befand. Mirjana hatte das als den Konvent der Klarissinnen bezeichnet und den Gedanken daran ganz schnell wieder von sich gewiesen. Warum eigentlich?

Ich trat durch den Torbogen und entdeckte im Durchgang ein Sportgeschäft und dahinter im Hof Tische und Stühle mit Sonnenschirmen. Nichts davon ließ erahnen, dass hier einmal Nonnen durch einen Kreuzgang gewandelt waren. Und nichts erinnerte an Mirjana.

»Möchten Sie etwas essen?«, fragte mich ein Kellner und wollte mir schon einen Tisch zuweisen, aber ich war mir sicher, dass ich in nächster Zeit keinen Hunger kriegen würde.

Stattdessen ging ich den Stradun hinauf, den Uhrturm vor mir. Wie viel sich hier verändert hatte. Nicht nur die Kirche des Franziskaner-Klosters, auch die restlichen Gebäude hatten nach dem Erdbeben sämtlich neue Fassaden bekommen. Safet hatte das bei unserem ersten Gang durch die Stadt erwähnt, aber die Veränderungen jetzt nach meiner Reise zu Mirjana mit eigenen Augen zu sehen, war völlig anders.

Einzig der Sponza-Palast war mir vertraut, die Loggia mit den Rundbögen und den zierlichen Kapitellen, die Fenster mit den Kielbögen darüber – all das hatte die Katastrophe überstanden. Die Kirche Sveti Vlaho schräg gegenüber dagegen war ebenfalls neu, obwohl an derselben Stelle auch damals eine gestanden hatte. Ob sie allerdings durch das Erdbeben oder durch etwas anderes zerstört worden war, wusste ich nicht.

An der Kirche bog ich um die Ecke und erwartete, direkt auf den bekannten Dom zu blicken, doch es begegnete mir ein ganz anderer Dombau. Nachdenklich blieb ich schließlich neben dem Rektorenpalais stehen, das genauso wenig noch exakt dasselbe war, und überlegte, wie es kam, dass mich dieser Wandel jetzt so irritierte. Umgekehrt hatte ich das nicht so empfunden. Wenn Mirjana durch die Straßen gelaufen war, hatte ich nie Vergleiche zu meiner eigenen Zeit angestellt, sondern das, was ich durch ihre Augen sah, als gegeben, ja sogar vertraut hingenommen. Langsam ging ich weiter, immer geradeaus, so wie Mirjana damals gegangen war. Auf diese Weise würde ich zur Ulica Restićeva gelangen. Schließlich stand ich vor einer Treppe, an deren oberem Ende eine Konoba ihre Tische aufgestellt hatte, an denen ich vorbeilief – und da lag er vor mir: der Eingang zu der Straße, in der Mirjana gelebt hatte.

Ich zögerte eine geraume Weile, bis ich mich endlich durchrang, die flachen Stufen zu erklimmen, die die Ulica Restićeva hochführten. Tatsächlich, der Palazzo des Vice Stjepović Skočibuha hatte die Zeit überlebt, ich erkannte die Fassade mit den für die Renaissance so typischen dreiecksförmigen Tür- und Fensterbekrönungen wieder, auch wenn ich den Anblick der am Haus auf Wäscheleinen hängenden T-Shirts und Hemden gewöhnungsbedürftig fand. Vielleicht war der Palast heute in mehrere Wohnungen unterteilt. Die Haustür stand offen, sodass ich unauffällig hineinsehen und das kunstvoll gemeißelte Treppengeländer bewundern konnte, das zwar nicht mehr ganz so prachtvoll wie damals, aber immer noch beeindruckend genug war.

In Gedanken versunken stand ich da, als ich hinter mir eine heisere Stimme hörte. Ich drehte mich um und sah mich einer alten Frau gegenüber, die mich freundlich und erwartungsvoll anlächelte.

»Molim?« Entschuldigend zuckte ich mit den Schultern und fügte hinzu, dass ich kein Kroatisch konnte.

Die Frau lachte und fragte: »Deutsch?«

Das schien hier wirklich an der Tagesordnung zu sein. Erleichtert nickte ich.

Immer noch lächelnd zeigte sie hinauf zu Skočibuhas Palast und wiederholte ihre Erklärung etwas gebrochen in meiner Sprache.

»Das ist Haus von berühmte Mann aus Dubrovnik.«

Ich fragte mich, was sie wohl davon halten mochte, wenn ich ihr erzählte, dass ich diesem berühmten Mann leibhaftig begegnet war. Sicherheitshalber ließ ich es nicht drauf ankommen, stattdessen hörte ich mir an, was sie über Skočibuha zu erzählen hatte. Schließlich deutete sie auf das Gebäude nebenan.

»Da hat gewohnt berühmte Frau aus Dubrovnik«, sagte sie mit leiser Ironie. »Ist groß – wie heißt das? *Tajna?*«

Das Wort war mir vollkommen unbekannt, aber was konnte die Frau schon meinen?

»Geheimnis?«, versuchte ich also.

Sie strahlte. »*Da*. Geheimnis. Sehr groß Geheimnis!« Dann runzelte sie plötzlich die Stirn, als würde ihr etwas einfallen, dabei sah sie mich durchdringend an. »Sie haben auch Geheimnis«, sagte sie ganz leise und wich ein winziges Stück vor mir zurück. »Sie … zwei Frauen.«

Ich schluckte. »Was meinen Sie?«

Eine ganze Weile blieb sie stumm, bis sie zugab, es nicht zu wissen. »*Ne znam*. Aber Sie zwei Frauen. Sie müssen gehen.«

Zwei Frauen – das konnte ich nachvollziehen, wenn auch weiß Gott nicht, wie sie darauf kam. Ihre Aufforderung zu gehen, machte mich dagegen ratlos.

»Wohin?«

»Weit«, sagte sie.

»Weg aus Dubrovnik?«, versicherte ich mich.

Vehement schüttelte sie den Kopf und wiederholte nur noch einmal »Sehr weit!«, bevor sie sich eilig davonmachte.

Ich blieb auf dem Treppenabsatz stehen und sah ihrem gebeugten Rücken nach. Das war deutlicher gewesen, als sie selbst wahrscheinlich wusste. Für mich hatte es die Qualität einer Prophezeiung, denn dass sogar diese fremde Frau es spürte, ließ nur den einen Schluss zu: Ich musste zurück zu Mirjana. Selbst wenn ich nicht gewollt hätte, blieb mir überhaupt keine andere Wahl. Das vorhin vor dem Spiegel hatte zwar nicht funktioniert, trotzdem durfte ich nicht aufgeben, ich musste es noch mal probieren.

Ich lehnte mich gegen die kühle Hauswand des Skočibuha-Palastes, schloss die Augen und merkte, wie müde ich war. Kein Wunder, schließlich hatte ich letzte Nacht kaum geschlafen – schon erstaunlich, wie viele schlaflose Nächte ich verbracht hatte, seit ich Safet kannte.

Ich stieß mich von den Steinen ab und machte mich auf den Weg zurück zu meinem kleinen Zimmer. Um mich herum waren die Straßen voller bummelnder Menschen, ich allerdings bekam kaum was davon mit. Ich wollte nur vor den Spiegel, um einen zweiten Versuch zu wagen.

Aber bei dem Versuch blieb es auch.

»Das ist wie verhext«, flüsterte ich vor mich hin und musste trotz meines Scheiterns fast lachen, weil ich unbewusst dieses Wort benutzt hatte. Abgesehen davon stimmte es leider: Mirjana rührte sich nicht. Wieder mal schwirrte mir dieser berüchtigte Satz im Kopf herum: Morgen ist auch noch ein Tag. Vielleicht war es sogar besser so, denn wie sollte ich Mirjana helfen, wenn ich mich unausgeruht und zerschlagen fühlte? Dankenswerterweise bereitete es mir trotz der ungewöhnlichen Tageszeit endlich mal keine Schwierigkeiten einzuschlafen. Ich hatte kaum das Kissen berührt, als ich auch schon wegdämmerte.

5.

Erst am nächsten Morgen gegen acht wurde ich von protestierendem Kindergeschrei geweckt. Die Mutter schimpfte ebenso laut zurück, nach einer Weile knallte eine Tür, dann war es still.

Ich hatte endlich genug Schlaf nachgeholt und fühlte mich zum ersten Mal seit langem entsprechend fit. Als ich später in der Sonne auf dem Luža-Platz stand, hinauf zur Figur des Sveti Vlaho schaute und überlegte, was ich nach einem Frühstück in der Gradska Kavana machen sollte, fühlte ich mich bereit, für Mirjana in den Kampf zu ziehen. Ihre Kette trug ich diesmal unter einem weniger hochgeschlossenen Shirt, doch es genügte, damit die wenigen sichtbaren Perlen nicht deutlich als diejenigen Mirjanas identifiziert werden konnten.

Nach meinen diversen Fehlschlägen vorm Spiegel, die zwar mit meiner Verfassung, genauso gut aber auch mit etwas anderem zu tun haben mochten, fragte ich mich, was wohl eine zweite Reise in die Vergangenheit auslösen würde, wenn die Perlen und ein Spiegel allein nicht mehr genügten. Aber wie sollte ich rausfinden, was das war, wo ich kein Kroatisch beherrschte? Es konnte gut passieren, dass ich über was Wichtiges stolperte und es nicht einmal merkte.

Dann durchzuckte mich mit einem Mal die Lösung, oder doch zumindest die Hoffnung auf eine Lösung. Wenn es ein Spiegel nicht tat, dann vielleicht etwas Ähnliches, etwas, in dem ich Mirjana sehen konnte. Ihr Porträt im Kuriositätenmuseum.

An dem wackeligen Tisch saß heute ein wesentlich jüngerer Mann, der mich vage an jemanden erinnerte, mich aber seinerseits kaum eines Blickes würdigte, als er mir gegen ein paar Kuna mein Ticket gab.

Der Raum war stickig, genau wie beim letzten Mal, und düsterer dazu, weil die Fensterläden halb geschlossen waren. Trotzdem konnte ich das Gemälde gut genug erkennen. Ich starrte es an, während ich mit meinem Zeigefinger sachte über die Perlen in meinem Nacken strich. Zum ersten Mal seit langem vibrierten meine Fingerspitzen bei der Berührung, ein wenig nur, aber die Magie war da. Bevor ich wusste, was ich tat, fing ich an, leise mit Mirjana zu reden.

»Mirjana, bitte! Ich möchte dir helfen, oder willst du keine Hilfe? Du kannst doch nicht immer alles im Alleingang durchziehen!«

Na ja, dachte ich, das war vielleicht nicht unbedingt die angemessene Sprache. Unsicher schaute ich mich um und hoffte, dass niemand kam, wenn ich es gleich noch mal versuchte. Der junge Mann am Eingang sollte lieber bleiben, wo er war. Wenn er mich dabei beobachtet hätte, wie ich mit einem Bild sprach, hätte er womöglich angenommen, ich würde die Hexe Mirjana anbeten wie eine Marienstatue. Ich seufzte und begann von neuem.

»Du magst stark sein, Mirjana, und du magst ahnen, was auf dich zukommt. Aber lass mich wenigstens versuchen, dir zu helfen. Bitte.«

Meine Augen suchten ihre, einen winzigen Moment kam

es mir so vor, als träfen sich unsere Blicke, dann merkte ich, dass mir schwindelig wurde und dass ich anfing zu schwanken. Gerade rechtzeitig bekam ich eine Vitrine zu fassen, an der ich mich festhalten konnte, doch selbst das schützte mich nicht vor dem Sog, den ich plötzlich spürte. Ich kannte das Gefühl und wusste, was es bedeutete: Unaufhaltsam wurde ich in Mirjanas Porträt hineingezogen. Nein, korrigierte ich mich in einem letzten bewussten Gedanken, der mich mit meiner eigenen Zeit verband, nicht in ihr Porträt – in ihr Leben.

VIERTER TEIL

Ragusa, 1573

So seid doch leise!«, entfuhr es Nikola.

Mirjana presste die Lippen zusammen, doch es war zu spät. Sie hatte sich so erschrocken, dass sie ihren Aufschrei nicht mehr unterdrücken konnte. Nikola war ganz blass, was sie trotz der Dunkelheit deutlich erkannte. Erst nach einer ganzen Weile, in der er stocksteif lauschend dagestanden hatte, griff er nach ihrer Hand und zog sie mit sich, vorbei an dem in die Wand eingelassenen Brunnen.

»Was ist denn plötzlich in Euch gefahren?«, wisperte er.

Nikola hatte es besser ausgedrückt, als er sich vorstellen konnte. Tatsächlich war etwas in sie gefahren: die Fremde nämlich. Seit jener Nacht, in der sie dem Venezianer eines ihrer Mittel eingeflößt und anschließend eine Maulschelle verpasst hatte, war die Fremde plötzlich verschwunden gewesen – und Mirjana hatte begonnen, sich sicher zu fühlen und zu glauben, sich geirrt zu haben. Die Gefahr, die von Vecellio auszugehen drohte, schien gebannt. Doch wie es aussah, war das ein Irrtum gewesen, sonst wäre die Fremde nicht wieder aufgetaucht, deren Anwesenheit sie sogar weit intensiver wahrnahm als beim letzten Mal.

»Verzeih, Nikola, ich bin gestolpert«, flüsterte sie indes zurück und folgte ihm weiter durch den finsteren Kreuzgang.

Am Morgen hatte Nikola ihr durch Petrunjela, die in der Apotheke gewesen war, eine Nachricht zukommen lassen, die nur aus zwei Worten bestand: der Vierte! Das Wort

Schlüssel musste er nicht hinzufügen, Mirjana verstand auch so. Sie hatte gewusst, dass Nikola alle Vorsicht in den Wind schlagen und nicht aufgeben würde, bevor er sein Ziel erreicht hätte, auch wenn sie mittlerweile wünschte, er hätte sich an ihren Rat gehalten.

Und ausgerechnet jetzt war die Fremde zurück. Sie konnte nicht umhin, sich zu fragen, ob sie selbst dafür verantwortlich war, weil sie sich auf dieses nächtliche Abenteuer im Franziskaner-Kloster einließ. Ob alles sich zum Guten gewendet hätte, wenn sie heute Nacht im Hause geblieben wäre? Ob diese Nacht ihr das Verhängnis brachte, das sie bereits abgewendet zu haben glaubte?

Andererseits wusste sie, dass es das allein nicht sein konnte. Sie hatte niemals Grund gehabt, an ihren Visionen zu zweifeln, auch diese würde sich früher oder später erfüllen. Sie betete um ein Später, doch letztlich blieb es einerlei, ob der Auslöser für ihr Verhängnis ihr Wissensdurst war oder der Venezianer.

Bei dem Gedanken an Vecellio musste sie unwillkürlich lächeln. Ihrem Schlag hatte er nicht standhalten können, er war zurückgetaumelt und dann auf den Boden gefallen, wo er noch einmal versucht hatte, sich aufzurichten, dann aber in sich zusammengesunken war. Das Schlafmittel reichte für wenige Stunden. Mirjana wusste, dass Vecellio früh genug zu sich kommen würde, um in seine Kammer zu gelangen und am Morgen so zu tun, als habe er die ganze Nacht dort verbracht. Sie war sich außerdem sicher, dass er Ivan gegenüber kein Wort über den Vorfall verlieren würde, schließlich hatte er sich sehr viel Mühe gegeben, mit ihrem Gemahl ins Geschäft zu kommen. Freiwillig hätte er das kaum aufs Spiel gesetzt. Und genauso war es gekommen.

Sie selbst hatte ihn nur kurz gesehen, als er sich von Ivan verabschiedete und sich erneut für dessen Gastfreundschaft bedankte. Als Ivan sich einmal abwandte, hatte sie allerdings Vecellios Blick auf sich gespürt und ihn wie selbstverständlich erwidert. Was sie darin las, würde sie nicht so schnell vergessen: eine merkwürdige Mischung aus etwas, das Hass sehr nahe kam, und Respekt.

»Wir sind da«, flüsterte Nikola. Aus seiner Kutte fischte er den großen Schlüssel für das Tor zur Apotheke. In seiner Nachricht hatte es keiner weiteren Abmachung bedurft, es gab für den Fall, dass sie einander nicht zur normalen Tageszeit treffen konnten, die Verabredung, dass Mirjana nachts um halb zwei am Kirchenportal des Franziskaner-Klosters warten solle. Heute musste sie nicht einmal besonders vorsichtig sein, denn Ivan war nicht zu Hause, und nur Petrunjela wusste, wo sie sich aufhielt.

Sorgfältig verschloss Nikola die Tür hinter ihnen, dann entzündete er eine mitgebrachte Kerze, die er in einen Halter aus Messing steckte. Der hohe Raum wurde nur dürftig erhellt, doch Mirjana erkannte die Regale mit den großen und kleinen Gefäßen darin, dessen Schmuckstück ein kostbares rundes Porzellangefäß aus China war, bemalt mit gelben, grünen und blassblauen Ranken.

»Haltet die Kerze dicht an die Schlösser«, bat Nikola.

Mirjana bückte sich und tat, wie ihr geheißen. Dabei hörte sie die vier Schlüssel in Nikolas Hand aneinander klimpern und spürte ihre innere Spannung. Was würde sie in dem Schrank entdecken? Und welche Kostbarkeiten, an die sie unter anderen Umständen niemals käme, könnte sie abzweigen, ohne dass es auffiel?

Nikola führte den ersten Schlüssel ins erste Schloss und drehte ihn. Das Schloss sprang auf. Zufrieden brummte er vor sich hin und öffnete das zweite und dritte Schloss auf die gleiche Weise. Dann richtete er sich auf, ein Funkeln in den Augen.

»Wollt Ihr?«, fragte er und hielt Mirjana den vierten Schlüssel hin.

Mirjana lächelte und nahm ihn entgegen. »Du weißt, dass wir beide wahrscheinlich zu ewiger Hölle verdammt werden für das, was wir hier tun, nicht wahr?« Nur einen kurzen Moment dachte sie daran, dass das zumindest in ihrem Fall mehr als nur so dahingesagt war und dabei in keiner Weise mit ihrem kleinen Abenteuer zusammenhing.

»Ich denke, der Herr findet, dass Ihr es wert seid, sonst hätte Er uns nicht hierher geführt«, erklärte Nikola verschmitzt und deutete auf das letzte Schloss. »Nun eilt Euch!«

»Du sollst Gott nicht lästern!«, sagte Mirjana gespielt empört, bückte sich erneut und schob den Schlüssel ins Schloss. Einmal noch holte sie tief Luft, dann drehte sie ihn nach rechts, hörte das Schloss aufschnappen und trat vom Schrank zurück. »Öffne du ihn!«

»Aber …«

»Du hast die Schlüssel gefunden, ohne dich würde der Schrank weiter seine Geheimnisse hüten. Also ist es nur gerecht, dass du ihn öffnest.«

Behutsam, fast ehrfürchtig schob Nikola seine Finger in den schmalen Spalt zwischen die reich mit Schnitzereien verzierten Türen des Schrankes und schob sie auseinander, während Mirjana mit der Kerze hineinleuchtete.

Der Schrank war nicht sehr hoch, nur wenig größer als Nikola, doch er war tief und ließ viel Platz für Bretter, auf denen schlichte Flaschen und zweckmäßige Porzellangefäße standen – und ein großer Holzkasten mit einer Lade zum Ausziehen. Es war der Kasten, der Mirjana sofort in seinen Bann zog. Ganz langsam streckte sie ihre Hand aus, um die Lade herauszuziehen. Als sie sie berührte, durchzuckte sie ein Schlag. Nicht von der Fremden, die die ganze

Zeit bei ihr war und beinah so gespannt zu sein schien wie sie selbst. Diesmal rührte es von etwas anderem, von etwas, das sie nicht zu deuten vermochte.

»Hier, halt die Kerze!«, forderte sie Nikola auf, der sie entgegennahm und das Licht dicht an den Kasten brachte.

Voller Neugier, doch zugleich seltsam beunruhigt öffnete Mirjana ihn und fand mehrere zusammengerollte Papiere darin. Zögernd schwebten ihre Finger darüber, bald wollten sie nach einer, bald nach einer anderen Rolle greifen.

Draußen schlug die Kirchenglocke zwei, und endlich griff Mirjana entschlossen nach einem Papier, das kleiner war als die übrigen, rollte es auseinander und begann zu lesen, was dort in Latein geschrieben stand. Als sie hochsah, lag ein höchst amüsierter Ausdruck auf ihrem Gesicht.

»Was habt Ihr?«, fragte Nikola. »Was steht da?«

»Die Rezeptur für einen Tee aus Salbei, Pfefferkraut und Minze, zu süßen mit Honig.«

»Das ist alles?« Nikolas verblüffte Miene erheiterte Mirjana noch mehr. »Ich meine, das ist doch nichts Außergewöhnliches, was meint Ihr?«

»Nicht für mich, und nicht für jeden gemeinen Bürger unserer Republik. In einem Kloster allerdings gelten andere … Grundsätze, da ist es durchaus verständlich, solche Rezepturen verschlossen zu halten. Dieser Tee hat eine ausgesprochen aphrodisierende Wirkung!«

»Oh …«, war alles, was Nikola zustande brachte. Seine Wangen glühten plötzlich.

Mirjana tat, als sähe sie es nicht, legte das Papier zurück und griff nach einer zweiten Rolle. Kurz darauf zuckte sie mit den Schultern, als wolle sie sagen, sie wisse nicht, was an dieser Rezeptur Besonderes sei, und legte sie zurück.

Nikola hatte einen hohen Kerzenständer geholt, ihn neben Mirjana aufgestellt und war selbst nervös auf und ab gegangen. Gerade jetzt aber blieb er vor dem Fenster stehen, von dem man den Kreuzgang einsehen konnte, und blickte angestrengt hinaus.

»Was hast du?«, erkundigte sich Mirjana, schon mit der nächsten Rolle in der Hand.

»Ich dachte, da sei ein Schatten gewesen«, sagte Nikola, »aber nun ist er verschwunden. Ich muss es mir eingebildet haben.«

Unsicher verweilte Mirjanas Blick auf Nikola, der sich nicht umgewandt hatte. War dort draußen tatsächlich niemand? Andererseits war sie jetzt so weit gekommen, wer wusste schon, wann sich wieder solch eine Gelegenheit ergab, und zweifellos passte Nikola gut auf. Er würde sie warnen, sobald Gefahr drohte. Sie widmete sich wieder dem Schriftstück in ihren Händen und vertiefte sich hinein. Diesmal blieb es sehr lange still, bis sie endlich aufsah.

»Bei allen Heiligen, Nikola«, flüsterte sie. Ihre Stimme klang heiser, obwohl sie sich nicht bemühte, leise zu sprechen.

»Habt Ihr tatsächlich die Rezeptur für den Goldfluss gefunden? Könnt Ihr es Euch merken?«, fragte Nikola, nicht minder aufgeregt.

Mirjana schüttelte erst den Kopf, dann nickte sie. »Nein, nicht den Goldfluss. Und ja, ich kann mir merken, was hier steht, so umfassend es auch ist. Aber ich werde das nicht herstellen. Niemand sollte das tun. Niemals.«

»Weshalb denn nicht? Meint Ihr, es ist wirkungslos?«

»Im Gegenteil, ich bin sicher, es wirkt sogar weit mehr als deine Brüder sich träumen lassen. Das ist ungeheuerlich!« Sie wollte das Papier schon zur Seite legen, als ihr plötzlich etwas auffiel. Nachdenklich runzelte sie die Stirn. »Man könnte allerdings …« Sie ließ den Satz in der Luft hängen.

»Ja, ich glaube, das wäre möglich. Nikola, wenn man das hier ein wenig abändert, dann …«

»Schschscht!«, machte Nikola plötzlich und legte den Finger an den Mund.

Mirjana achtete nicht auf ihn, sie war viel zu gefangen von ihrem Einfall. »Man könnte damit innere Geschwüre heilen, Nikola!«, wisperte sie. »Geschwüre, die unsere Organe angreifen und sich durch den ganzen Körper fressen. Man müsste nur …«

»Schschscht!« Hastig drängte Nikola Mirjana hinter die Tür, die beinah im selben Moment von außen geöffnet wurde.

»Jemand ist hier gewesen!«, sagte eine Männerstimme.

Mirjanas Herz schlug bis zum Hals. Sie stand mit Nikola zwischen dem zurückgeworfenen Türflügel und der Wand und hielt krampfhaft das Papier mit der Rezeptur umklammert, während Franziskaner-Brüder in die Apotheke traten.

»Da brennt eine Kerze«, stellte der zweite Mönch fest. »Der Eindringling muss noch da sein!«

Wenn sie blieben, wo sie waren, würden sie früher oder später entdeckt werden, also mussten sie versuchen zu fliehen, auch wenn sie vermutlich nicht allzu weit kamen. Es war ihre einzige Chance, also stieß Mirjana den Türflügel nach vorn, zerrte an Nikolas Ärmel und zog ihn im Laufen mit sich hinaus in den Kreuzgang.

»Halt!«, rief einer der Brüder. »Bleibt stehen!«

Mirjana sah nicht nach hinten, sie lief blindlings weiter, doch während sie rannte, merkte sie, dass Nikola sie losließ und stehen blieb. Obwohl sie keinen klaren Gedanken fassen konnte, wusste sie, dass er sich für sie opferte. Die Mönche würden sich möglicherweise mit ihm begnügen, solange sie nur überhaupt jemandes habhaft wurden.

»Du!«, hörte sie die empörte Stimme eines Franziskaners, als er Nikola erkannte, dessen Rechnung nicht aufzugehen schien. Denn der zweite Mönch blieb ihr auf den Fersen, als sie auf die Tür zur Sakristei zulief, von wo aus sie erst die Kirche und anschließend die Straße zu erreichen hoffte.

Dank ihres kleinen Vorsprungs schaffte sie es, unbehelligt in die Kirche zu gelangen, doch schon hörte sie hinter sich Schritte durch die Sakristei eilen und glaubte sich endgültig verloren. Es war düster hier, der Mönch kannte sich besser aus als sie, und zweifellos würde er sie einholen. In diesem Moment wurde sie von einer Hand gepackt und in eine dunkle Ecke hinter einer Säule gezogen. Eine zweite Hand legte sich auf ihren Mund, die sie zu ersticken drohte, sollte sie auf den Gedanken kommen, sich zu wehren. Also hielt sie still, atmete flach und spürte dabei den rauen Stoff eines fremden Kleidungsstückes an ihrer Wange.

Während sie bewegungslos dastand, sah sie den Franziskaner schemenhaft durch die Kirche laufen. Vor dem Altar blieb er stehen, schaute sich um und lauschte, konnte jedoch niemanden entdecken. Schließlich setzte er sich erneut in Bewegung und geriet aus Mirjanas Blickfeld. Den Geräuschen nach zu urteilen, öffnete er das Kirchenportal, wobei er etwas vor sich hin murmelte, das Mirjana als Überraschung darüber deutete, das Portal unverschlossen vorzufinden. Der Franziskaner trat kurz auf die Straße, dann kehrte er zurück.

»So ist er uns also entkommen«, seufzte er und sperrte die Kirche mit einem Schlüssel ab. Vor dem Altar bekreuzigte er sich, ging in die Sakristei und weiter in den Kreuzgang, zu dem er die Tür ebenso sorgfältig verschloss.

Langsam ließ der Druck auf Mirjanas Mund nach, auch der Arm, der sie umfangen gehalten hatte, löste sich von ihrem Körper, sodass sie endlich fähig war, sich umzudrehen und ihrem Retter von Angesicht zu Angesicht gegenüberzustehen.

»Ihr!«, entfuhr es Mirjana lauter als beabsichtigt.

»Habt Ihr jemand anderen erwartet?«, fragte Vecellio belustigt. »Lasst mich Euch versichern, dass Ihr der reizendste junge Mann seid, der mir seit langem begegnet ist. Wirklich, Männerkleidung steht Euch ausgezeichnet!«

Mirjana hatte sich vor dem Verlassen ihres Hauses ein altes Wams und die Hose eines Dieners übergezogen und die langen Haare unter einer Kappe verborgen, an der nur noch die Reste eines Federbusches steckten. Wie sich nun herausstellte, war die kleine Vorsichtsmaßnahme durchaus gerechtfertigt gewesen. Der Franziskaner hatte sie jedenfalls für einen Mann gehalten, und Mirjana wusste, dass Nikola sie nicht verraten würde.

»Wie kommt es, dass Ihr hier seid?«, überging sie seine Bemerkung. »Seid Ihr mir gefolgt?«

»Ein bisschen dankbarer könntet Ihr Euch schon zeigen«, fand Vecellio, der sich mittlerweile gesetzt hatte und auf den freien Platz neben sich deutete.

Mirjana starrte ihn nur an und blieb stehen. »Ich danke Euch«, sagte sie. »Aber Ihr habt meine Frage nicht beantwortet.«

»Euer Überschwang rührt mich zu Tränen. Und was meine Anwesenheit an diesem geheiligten Ort betrifft, sagen wir einfach, ich hätte mitten in der Nacht plötzlich das Bedürfnis des stillen Gebetes verspürt.«

Nach wie vor starrte Mirjana auf Vecellio herunter, der einen selbstgefälligen Ausdruck im Gesicht trug, ganz anders als bei ihrer letzten Begegnung. Entweder hatte Vecellio seinen Hass gut unter Kontrolle oder er hatte beschlossen, den Respekt vor ihr Oberhand gewinnen zu lassen.

»Wer ist Andrijana?«, fragte Mirjana, bevor ihr selbst klar

wurde, dass sie keine Ahnung hatte, wonach sie sich erkundigte.

Von einem Moment zum anderen verschwand das Lächeln aus Vecellios Zügen, wurde ersetzt durch Wachsamkeit. »Andrijana? Ich fürchte, ich weiß nicht, wen Ihr meint.«

Mirjana wusste es selbst nicht. Ihr war nur plötzlich, als habe sie etwas in ihrem Innern vernommen, eine leise Stimme, den Hauch eines Wortes nur, der geklungen hatte wie der Name einer Frau.

»Wer ist sie?«, setzte sie erneut nach. Vecellios Reaktion ließ keinen Zweifel daran, dass ihm dieser Name sehr wohl bekannt war.

»Wollt Ihr Euch nicht endlich setzen? Wie es aussieht, sind wir hier eingesperrt bis zum Morgen, warum macht Ihr es Euch so unbequem?«

Sie ahnte, dass sie durch Drängen nichts aus Vecellio herausbekommen würde, also tat sie, worum er sie bat, achtete aber auf genügend Abstand zwischen ihnen.

»Wisst Ihr, ich glaube, ich fühle mich hier weitaus sicherer als neulich in Eurem Gemach«, stellte er fest. »Zumindest sehe ich nirgends Karaffen, die vergifteten Wein enthalten könnten. Das war nicht sehr nett, was Ihr da mit mir gemacht habt.«

»Was Ihr mit mir vorhattet, schien mir ebenfalls wenig erstrebenswert«, gab Mirjana zurück.

Vecellio legte den Kopf schief. »Wahrscheinlich war ich ein wenig zu ungestüm. Ich hätte wissen müssen, dass man einer Frau wie Euch ein bisschen mehr Zeit lässt. Allein Eure Gegenwart macht es einem Mann sehr schwer, sich zu beherrschen.«

»Dann sollte ich froh sein, dass dies hier eine Kirche ist. Ihr seid doch wohl ein gottesfürchtiger Mann, nicht wahr, Signor Vecellio?«

»Ich bin, was immer und wann immer ich es für richtig halte. Gottesfürchtig, wenn erforderlich – gefährlich, wenn nötig. Und vielerlei andere Dinge mehr.«

»Das glaube ich Euch aufs Wort. Ihr …« Mirjana hielt inne. Da war es wieder, dieses Drängen in ihr, das von der Fremden kommen musste. Seit sie mit Nikola die Apotheke betreten hatte, war sie so abgelenkt gewesen, dass sie deren Anwesenheit zwar nie vergessen, sie jedoch in den Hintergrund gedrängt hatte.

»Was habt Ihr?«, fragte Vecellio. »Ich dachte nicht, dass ich Euch einmal um Worte verlegen finden würde.«

»Wer ist Andrijana?«, wiederholte Mirjana mit fester Stimme ihre Frage. Die Antwort darauf war ihr plötzlich sehr wichtig.

Vecellio setzte sich aufrecht hin und fixierte Mirjana einen Moment lang. Sein Blick war ruhig und gab nichts von seinen Gedanken preis. »Bei Gott, bisher habe ich eher im Scherz angenommen, dass Ihr eine Hexe seid. Doch nun … Mir scheint, Ihr könnt Gedanken lesen.«

Tatsächlich hatte Mirjana trotz all ihrer Fähigkeiten diese bisher nicht an sich festgestellt. Bisher. Denn es kam ihr so vor, als lese sie tatsächlich jemandes Gedanken, doch nicht die Vecellios.

Das war unglaublich! Ich war nicht nur zurück, ich schien mich sogar endlich Mirjana gegenüber verständlich machen zu können. Sie spürte nicht nur, dass ich ihr etwas sagen wollte, sondern auch, worum es ging – und weder verschwand ich aus ihrem Geist, weil ich mich einzumischen versuchte oder mich zu sehr mit meinen eigenen Gedanken beschäftigte, noch warf sie mich aus eigener Kraft hinaus.

Das musste bedeuten, dass ich mit meiner Vermutung die ganze Zeit richtig gelegen hatte und ich tatsächlich hier war, um ihr zu helfen. Sie musste erfahren, wer Andrijana war und dass Vecellio mit Sicherheit durch sie, nämlich über Petrunjela, von ihrem Ausflug in die Apotheke erfahren hatte – anders konnte ich es mir jedenfalls nicht erklären.

Lass jetzt bloß nicht locker!, *beschwor ich Mirjana in Gedanken.*

»Andererseits, wenn Ihr es könntet«, dachte Vecellio laut nach, »dann wüsstet Ihr, wer Andrijana ist und müsstet nicht fragen. Warum also sollte ich Euch antworten?«

»Weil …« Während Mirjana noch nach einer plausiblen Erklärung suchte, wurde ihr klar, dass Vecellio ebenso gut weiter schweigen konnte. »Sie ist Eure Dienstmagd, nicht wahr?«

Vecellio starrte sie an, und zum ersten Mal seit sie ihm begegnet war, entdeckte sie so etwas wie Furcht in seinem Blick. Möglicherweise Furcht vor Dingen, für die er keine Erklärung fand, Furcht vor Mirjana, vor ihren Fähigkeiten, ihrer Macht. Dabei war es ja gar nicht sie selbst, es war die Fremde, vor der Vecellio sich in Acht nehmen sollte, weil die Fremde die Antworten kannte – nicht Mirjana. Doch davon konnte Vecellio nichts ahnen, und wenn es nach Mirjana ging, dann würde das auch so bleiben.

»Ich sollte mein eigenes Dienstmädchen anweisen, weniger mit anderen zu plaudern«, sagte sie schließlich, denn nur so konnte es geschehen sein: Petrunjela hatte Andrijana entschieden zu viel erzählt. Diese Schwätzerei musste ein Ende haben, sie konnte Mirjana Kopf und Kragen kosten.

»Zumindest könnt Ihr nicht in die Zukunft sehen«, stellte Vecellio fest, der sich gefangen zu haben schien. »Sonst hättet Ihr zuvor schon dafür Sorge getragen.«

»Ihr habt nicht die geringste Ahnung davon, was ich vermag und was nicht, Signor. Wie sagtet Ihr doch vorhin? Ihr seid, was Ihr wollt, wann immer Ihr wollt. Nun, ich halte es ebenso.«

»Wie schön! Endlich eine Gemeinsamkeit!«

Mirjana zuckte mit den Schultern und blieb still. Sie hatte keine Lust, mit Vecellio zu reden, sie wollte in aller Ruhe über die Anwesenheit der Fremden nachdenken und darüber, was sie für sie bedeutete.

»Wollen wir uns nicht ein wenig unterhalten?«, fragte Vecellio in Mirjanas Überlegungen hinein. »Es scheint mir vergeudete Zeit, hier stumm zu sitzen und auf den Morgen zu warten, bis einer der Brüder die Kirche öffnet und wir hoffentlich unbemerkt verschwinden können.«

»Ich bin sicher, Ihr könnt Euch gut allein unterhalten«, murmelte Mirjana. In ihrem Kopf formte sich gerade ein Gedanke, der nicht um die Fremde kreiste, sondern darum, von hier fortzukommen.

»Verratet mir doch ein wenig mehr über mich«, sagte Vecellio, der nicht aufgab. »Ich würde zu gern wissen, was Ihr alles in meinen Gedanken lest.«

Kurz sah Mirjana zu Vecellio hinüber, und plötzlich stürmte eine Flut von Eindrücken auf sie ein, die den Venezianer betrafen. Alles war durcheinander, Satzfetzen, Silben und hin und wieder ein diffuses Bild. Wie ein Teppich erst geknüpft werden musste, um das Muster vollständig zu erkennen, versuchte sie, die Versatzstücke zusammenzusetzen. Und mit einem Mal ergaben sie einen Sinn, der nur eine Schlussfolgerung zuließ: Man würde Vecellio mit Schimpf und Schande aus Ragusa fortjagen, wenn diese Dinge ans Tageslicht gelangten. Einen Augenblick lang dachte sie daran, ihn damit zu erpressen, dann wäre sie ihn möglicherweise endgültig los. Sie tat es nicht. Vielleicht kam ihr das Wissen, das nicht ihres, sondern das der Fremden war, noch zugute, vielleicht konnte sie es zu einem späteren Zeitpunkt wirkungsvoller einsetzen als jetzt. So erlaubte sie sich nur ein angedeutetes Lächeln.

»Ich sollte Euch eine glücklichere Hand bei Euren Geschäften wünschen, als Ihr sie in Venedig hattet. Doch ich werde mich auf die eindringliche Bitte beschränken, meinen Gemahl dabei aus dem Spiel zu lassen.«

Genau genommen war auch dies eine Erpressung, obschon nur eine kleine. Wirkungsvoll war sie dennoch, wie sie an Vecellios zusammengekniffenen Augen erkannte. Er durchbohrte sie mit seinem Blick, dem sie standhielt. Zum Schluss war er es, der wegsah. Er versuchte auch nicht mehr, ihr ein Gespräch aufzudrängen, sondern schwieg.

Mirjana war dankbar dafür, erlaubte ihr sein Schweigen doch, sich wieder dem eigentlichen Problem zuzuwenden. Plötzlich aber schob sich eine andere Frage vor die ihrer Flucht aus der Kirche. Woher eigentlich konnte die Fremde so viel über Vecellio wissen?

… ich bei ihm …

Mirjana schreckte hoch. Was war das gewesen? Fast hatte sie den Eindruck, die Fremde hätte die Frage gehört und versucht, ihr etwas mitzuteilen, auch wenn Mirjana nur Fragmente der Antwort verstand.

Du bist bei ihm? Meinst du das? Wie?, wollte sie sich versichern. Aber diesmal blieb die Fremde stumm.

Ich weiß nicht genau, wie das passiert, *antwortete ich aufgeregt. Endlich mit Mirjana kommunizieren zu können, übertraf alle meine Erwartungen. Ich dachte daran, welche Konsequenzen es hätte, wenn ich ihr all das sagen konnte, was ich wusste.* Kannst du mich verstehen? Weißt du, wer ich bin?

Erst als Mirjana nicht reagierte und sich stattdessen wiederholte, begriff ich enttäuscht, dass die Sache offenbar nicht ganz so einfach war, wie ich gehofft hatte. Es schien so, als verstünde sie mich zu-

erst nur bruchstückhaft und dann überhaupt nicht mehr. Vielleicht brauchten wir mehr Geduld und mehr Übung.

Sie probierte es ein drittes Mal, und ich konzentrierte mich angestrengt auf meine Antwort. Umsonst. Nach einer Weile gab sie auf und sah wieder hinüber zu Vecellio. Ihre Gefühle für ihn waren nach wie vor zwiespältig. Sie genoss es, ihn in seine Schranken gewiesen und ihm Respekt, sogar ein wenig Furcht eingeflößt zu haben. Andererseits …

… hast du mir geholfen, Venezianer, dachte Mirjana. Warum eigentlich? Du hättest mich den Franziskanern ausliefern können, damit hättest du Rache für die Nacht in Lapad genommen. Wieso hilfst du mir?

Vecellio allerdings nahm ihren Blick gar nicht wahr, sondern war im Sitzen, den Kopf zur Seite geneigt, eingeschlafen, ohne dass sie es bemerkt hatte.

Leise erhob sie sich, machte einen Schritt und erschrak über das dabei entstehende Geräusch. Sofort setzte sie sich wieder und schaute prüfend zu Vecellio, der allerdings nach wie vor unbeweglich dasaß und tief und regelmäßig atmete. Schlief er wirklich oder täuschte er sie nur? Sie musste es darauf ankommen lassen.

Sie streifte die Schuhe von ihren Füßen, nahm sie in die Hand und ging so leise wie möglich rückwärts zu der Tür, die in die Sakristei führte. Sie behielt Vecellio dabei stets im Auge, doch er rührte sich nicht.

Der Franziskaner hatte diese Tür offen gelassen, und genau das ermöglichte ihr die Flucht, denn sie wusste, dass man von der Sakristei Zugang erlangte zu einem der Getreidespeicher unterhalb des Klosters. Das neue riesige Getreidelager auf der anderen Seite der Stadt war trotz jahrelangen Bauens noch immer nicht fertig, und bis es so weit sein würde, benutzte man noch die kleineren Speicher, die überall in der Stadt verteilt lagen. Manche dieser Lager waren durch Gänge miteinander verbunden, und laut Nikola war das auch bei dem der Franziskaner der Fall. Wenn sie sich recht erinnerte, bestand eine solche Verbindung zwischen diesem Speicher und dem unter dem Konvent der heiligen Maria, von wo aus sie schnell nach Hause kommen konnte. Falls es ihr überhaupt gelang, den Gang zu finden und dann aus dem Konvent hinauszukommen. Vielleicht stand sie dort ebenso vor verschlossenen Türen wie hier, aber einen Versuch war es wert. Sie konnte unmöglich in der Kirche darauf warten, am Morgen doch noch entdeckt zu werden, nur weil sie allen guten Vorsätzen zum Trotz einschlief. Sie mochte nicht darauf vertrauen, von Vecellio rechtzeitig geweckt und gewarnt zu werden.

In der Sakristei war es geringfügig heller als in der Kirche, weil auf dem schlichten Altar eine Öllampe brannte. Sie zog ihre Schuhe wieder an, dann ließ sie ihren Blick durch den Raum huschen und versuchte, sich Nikolas Worte zu entsinnen.

»Gegenüber dem kleinen Altar befindet sich ein Schrank mit silbernen Kelchen, die abwechselnd zum Abendmahl genutzt werden«, hörte sie seine Stimme aus der Vergangenheit. »Wenn man den Schlüssel des Schrankes nach links statt nach rechts dreht, bewegt sich der ganze Schrank, hinter dem einer der Zugänge zum Getreidespeicher liegt.«

»Aber warum ist das so eine geheime Sache?«, hatte Mirjana verwundert gefragt. »Es ist doch allgemein bekannt, dass das Franziskaner-Kloster über einen Speicher verfügt.«

»Ich habe einen der Brüder sagen hören, dass man diesen Gang angelegt hat, um bei etwaigen Überfällen auf Ragusa gewappnet zu sein. Der offizielle Zugang zu dem Speicher lässt sich so verschließen, dass niemand ihn mehr zu öffnen vermag – also auch keine fremde Macht über das Getreide verfügen kann. Durch den Geheimgang ist es den Brüdern aber möglich, dennoch an genügend Getreide zu kommen, um eine gewisse Zeit auch unter einer feindlichen Belagerung nicht Hunger zu leiden.«

Der Vorsicht der Franziskaner verdankte Mirjana es also, dass ihr zumindest die vage Hoffnung darauf blieb, das Kloster zu verlassen. Sie fand den Schrank und drehte den Schlüssel langsam nach links, wie Nikola gesagt hatte. Mit einem leisen Knarren schwang der Schrank zur Seite. Mirjana trat rasch einen Schritt zurück und beobachtete, wie die Öffnung dahinter größer wurde. Den Gang selbst erahnte sie mehr, als dass sie ihn tatsächlich erkannte. Sie musste sich eine Kerze beschaffen, sonst war sie dort drin verloren. Suchend schaute sie sich in der Sakristei um, bis ihr Blick an einem hölzernen Regal hängen blieb, in dem mehrere Kerzen lagen. Sie nahm eine, entzündete sie an der Öllampe und kehrte zum Schrank zurück. Da bemerkte sie einen Luftzug von der Tür zur Kirche, fast wäre die Kerze dabei verloschen. Noch bevor sie hinübersah, wusste sie, wer dort stand, und das hatte nichts mit Gedankenlesen oder Hellsehen zu tun.

»Seid Ihr aufgewacht?«, fragte sie ruhig, obwohl sie den Venezianer liebend gern in der Kirche zurückgelassen und allein das Weite gesucht hätte.

Einen Moment lang schwieg Vecellio, dann nickte er. »Ein wenig spät, wie mir scheint. Seid gewiss, ich werde kein zweites Mal einschlafen mit Euch in meinem Rücken.«

Hatte Vecellios Stimme zuvor noch leichter Spott, gar Humor angehaftet, seit Mirjanas recht deutlicher Drohung war davon nichts mehr zu hören. Seine Augen blickten kühl, fast so wie an jenem Morgen in Lapad, und auch die Furcht war daraus verschwunden. Vielleicht verbarg er sie gut, vielleicht war sie vorüber, weil er sich einen Plan zurechtgelegt hatte, wie er Mirjana künftig zu begegnen gedachte.

»Dann sollten wir aufbrechen«, schlug Mirjana vor. »Es sei denn, Ihr habt vor, hier zu bleiben und auf die Franziskaner zu warten.«

Vecellio verbeugte sich und deutete auf die dunkle Öffnung in den Geheimgang. »Nach Euch.«

»Zu gütig, doch ich bin es gewohnt, als Frau hinter dem Mann zurückzustehen. Geht Ihr voran und nehmt Euch zuvor noch eine Kerze.« Mirjana sah Vecellio an, dass er gern etwas darauf erwidert hätte, doch stattdessen tat er, wie ihm geheißen, und stieg dann tatsächlich als Erster die schmalen Treppenstufen hinunter.

Kaum war auch sie auf dem ersten Absatz angelangt, schwang der Schrank in der Sakristei von allein wieder an seinen Platz. Falls die Franziskaner ihre Kerzen nicht abzählten, würde niemand je wissen, dass Mirjana und der Venezianer dort gewesen waren. Nur kurz schoss ihr der Gedanke durch den Kopf, dass es nun auch kein Zurück mehr gab, denn Nikola hatte nicht erwähnt, wie man den Geheimgang in umgekehrter Richtung wieder verlassen konnte, wahrscheinlich weil er es selbst nicht wusste.

»Wohin führt der Gang?«, fragte Vecellio.

»Zu einem Getreidespeicher.« Eigentlich widerstrebte es Mirjana, ihm das zu sagen, doch da er ohnehin bei ihr war, würde er über kurz oder lang auch sehen, wohin sie kamen.

»Und von dort?«, verlangte er weiter zu wissen.

»Zum Konvent von Svete Marije. Hoffentlich.«

»Hoffentlich?«, wiederholte Vecellio, während er vorsichtig einen Schritt vor den anderen setzte, bis die Treppenstufen ein Ende hatten und in einen langen Gang mündeten. Er drehte sich um und fixierte Mirjana.

»Ich weiß nur, was man mir erzählt hat, und meine … Quelle war selbst niemals hier.«

»Der junge Nikola«, stellte Vecellio fest. »Er sollte sich

vorsehen, mit wem er sich einlässt. Hexenvolk ist immer gefährlich, erst recht für einen unschuldigen Novizen. Oder ist er gar nicht mehr so unschuldig?«

»Ihr habt eine unanständige Fantasie. Falls Ihr jedoch versucht, mich zu provozieren, gebt Euch keine Mühe, es wird Euch nicht gelingen.« Mirjana trat neben den Venezianer und versuchte, mit der Kerze den Gang auszuleuchten. Eigentlich hätte hier irgendwo der Getreidespeicher oder zumindest ein Zugang dazu sein sollen, eine Falltür möglicherweise. Doch es gab nichts Vergleichbares, nur einen langen, in den Stein gehauenen Tunnel.

»Das sieht mir nicht nach einem Getreidespeicher aus«, murmelte Vecellio, der offenbar denselben Gedanken verfolgt hatte. »Wenn dieser Gang also in kein Lager führt, muss er einem anderen Zweck dienen, und die Geschichte mit dem Speicher wurde nur für neugierige Ohren erfunden. Würdet Ihr mir zustimmen?«

Mirjana nickte wortlos und setzte sich wieder in Bewegung.

»Noch etwas«, fuhr Vecellio fort. »Angenommen, Nikolas Angaben zum Endpunkt dieses Ganges sind richtig, was ich inzwischen bezweifeln möchte – habt Ihr eine Vorstellung, wie wir dann aus dem Konvent hinausgelangen?«

»Nein, noch nicht. Aber alles schien mir besser, als tatenlos in dieser Kirche zu sitzen, und es wird sich schon eine Lösung finden, wenn wir erst einmal dort sind.«

Vecellio zuckte mit den Schultern. »Wie Ihr meint.«

»Ihr hättet ja oben bleiben können. Niemand hat Euch gezwungen, mich zu begleiten.«

»Ich fühle mich sicherer, wenn ich sehe, was Ihr tut.«

Sie gingen eine Weile schweigend zuerst nebeneinander, dann hintereinander, weil der Gang sich wieder verengte. Mirjana stellte sich die Straßen über ihnen vor. Wenn Nikola Recht behielt, dann müsste dieser Gang bald nach rechts abzweigen, sollte er auf direktem Weg zu dem Konvent führen. Vor ihr blieb Vecellio plötzlich wie angewurzelt stehen, sodass sie fast auf ihn geprallt wäre.

»Ist Euch eine Maus begegnet?«, fragte Mirjana spöttisch.

Vecellio schien sie gar nicht gehört zu haben. Stattdessen starrte er angestrengt nach vorn, und nun erkannte Mirjana den Grund dafür: Vor ihnen gabelte sich der Tunnel.

»Rechts«, kommandierte Mirjana und ging diesmal vor, um ihrem Befehl Nachdruck zu verleihen. Vecellio jedoch hielt sie zurück.

»Nein, wartet.« Der Ernst in seiner Stimme ließ sie innehalten, obwohl sie es nicht wollte.

»Dies hier hat nichts mit Lagern oder Speichern zu tun, und wenn wir davon ausgehen, dass dieses unterirdische Netz einem Zweck dient, den wir nicht kennen, dürfen wir keine voreiligen Schlüsse ziehen, auch wenn der Konvent in dieser Richtung dort liegt.« Vecellio deutete nach rechts, dann biss er sich nachdenklich auf die Lippen. »Ihr kennt Euch in der Stadt aus, aber ich kenne mich mit solchen verzweigten Gängen aus, glaubt mir.«

Mirjana glaubte ihm aufs Wort. Die Worte Schmuggel und Piraterie schlichen sich in ihre Gedanken. Sie mochten von der Fremden kommen, die nach wie vor da war, jedoch nicht mehr zu ihr sprach, oder aus ihr selbst heraus. Das abzuleiten aus dem, was sie bereits über Vecellio »wusste«, war nicht schwierig. Trotzdem widersprach sie ihm.

»Ich bin sicher, Ihr schöpft aus einem großen Erfahrungsschatz, doch vergesst nicht, dass diese Gänge von einem Kloster ausgehen und nicht von einem Piratennest.«

»Das habe ich keineswegs vergessen. Die Kirche und die Piraterie haben mehr gemein, als manche glauben.«

Mirjana hätte entsetzt sein müssen, war es aber zu ihrem eigenen Erstaunen nicht und beugte sich Vecellios Argument. »Gut«, sagte sie. »Wenn Ihr also meint, gehen wir nach links.«

»Ich sagte nicht ausdrücklich, dass wir diesen Weg einschlagen sollten«, widersprach er. »Ich plädierte vielmehr für reifliche Überlegung.«

»Aber wir haben nicht die ganze Nacht Zeit für Überlegungen. Ich bin immer noch für rechts. Also?«

»Würdet Ihr mir zustimmen, wenn ich sage, dass rechts zu offensichtlich ist?«

»Gewiss. Jedoch … Würdet Ihr mir zustimmen, wenn ich sage, dass eben das geradezu zum linken Weg verführen soll?«

»Möglicherweise ist das ein wenig zu sehr um die Ecke gedacht. Ich sage links.« Entschlossen ging er voran, und Mirjana folgte ihm. Seine Vermutung konnte letztlich ebenso richtig oder falsch sein wie die ihre. Nach einigen Metern wurden sie erneut vor dieselbe Entscheidung gestellt. Diesmal einigten sie sich auf rechts, doch auch das brachte sie nicht weiter, denn von diesem Gang zweigten ebenfalls bald zwei weitere ab, sodass Vecellio trotz seiner Erfahrung mehr und mehr die Orientierung verlor. Nicht so Mirjana. Sie wusste stets, wo sie sich befanden, und seufzte schließlich tief auf.

»Das hier bringt uns nirgendwohin, Signor, wir bewegen uns im Kreis. Hier sind wir schon einmal gewesen.«

Wütend hieb Vecellio auf die Tunnelwand ein. »Dann haben wir in einem der Gänge die falsche Abzweigung genommen. Nur in welchem?«

Mirjana war sich recht sicher, dass sie gleich zu Anfang in die von ihr vorgeschlagene Richtung hätten gehen müssen, konnte jedoch nicht ausschließen, dass Vecellios Gang, hätten sie später eine andere Abzweigung genommen, ebenso ans Ziel geführt hätte.

»Lasst uns zum Ausgangspunkt zurückkehren«, schlug sie vor. »Dann beginnen wir von vorn.«

»Allmählich glaube ich, es wäre einfacher gewesen, in der Kirche abzuwarten.«

»So schnell gebt Ihr auf?« Unbekümmert machte sich Mirjana auf den Weg, ohne darauf zu achten, ob Vecellio ihr folgte. Sie bog um die nächste Ecke, dann wieder um eine und um eine dritte und stand schließlich an der ursprünglichen Weggabelung.

»Jetzt sollten wir rechts ausprobieren«, sagte sie, bekam allerdings keine Antwort. Sie drehte sich um, doch hinter ihr war niemand. »Wo seid Ihr?«, rief sie in die Dunkelheit hinter sich. Alles blieb still. Hatte der Venezianer zu lange gezögert und sie aus den Augen verloren? Ärgerlich verdrehte sie die Augen und ging an die Stelle zurück, an der sie noch vor wenigen Minuten gemeinsam gestanden hatten. Aber auch dort war Vecellio nicht mehr zu sehen. Es musste wohl so sein, er hatte den Anschluss verpasst und dann eine falsche Abzweigung genommen. Nun, sie war nicht seine Kinderfrau, früher oder später würde er zu einem Ausgang gelangen, es gab bestimmt mehrere aus diesem Labyrinth.

Sie kehrte zu der Gabelung zurück, wandte sich entschlossen nach rechts und folgte dann ihrem Instinkt. Einige Male hatte sie das Gefühl, sich erneut im Kreis zu bewegen, aber es schienen Kreise mit immer größerem Radius zu sein, und bald wusste sie, dass sie sich keinesfalls in der Nähe des St.-Marien-Klosters befand. Entweder hatte sie doch eine falsche Abzweigung genommen oder es gab entgegen Nikolas Aussage, die ja ohnehin nur auf Hörensagen beruhte, überhaupt keinen Gang dorthin. Im Augenblick jedenfalls stand sie direkt unter dem Rektorenpalast, sie konnte das Wimmern der Gefangenen in den Zellen über sich hören.

Langsam wurden die Geräusche leiser, und dann merkte

sie, wie der Boden unter ihren Füßen anstieg. Außerdem spürte sie mit jedem Schritt einen zunehmenden Lufthauch, eine Meeresbrise, die vom Hafen hinter dem Palast kam. Schützend hielt sie eine Hand vor die Kerze und folgte dem Windhauch ein ganzes Stück, bis sie sich nahe der Festung Sveti Ivan befand. Der Gang führte weiter, dann wusste sie das Fort ganz über sich, doch da war auch der Wind nicht mehr zu spüren. Irgendwo musste sie einen Ausgang übersehen haben. Sie kehrte um und bemerkte an einer Stelle den Lufthauch ganz deutlich. Er kam aus einer kaum wahrnehmbaren Ritze in der Außenmauer, was bedeutete, dass sie sich wahrscheinlich im unteren Teil der Stadtmauer bewegte. Mit ihrer Kerze leuchtete sie die Wand ab und erkannte mühsam eine exzellent getarnte Tür. Dass der Wind hindurchblies, ließ darauf schließen, dass man sie ausbessern musste, der verräterische Luftzug war sicher nicht beabsichtigt.

Ebenso wenig hatte Mirjana beabsichtigt, ihre Kerze erlöschen zu lassen, doch genau das geschah. Sie hatte nichts, um sie wieder anzuzünden, also konnte sie nur hoffen, dass sie durch diese Tür hinaus in die Freiheit gelangte. Erst als sie die Mauer abzutasten begann, wurde ihr bewusst, dass ihr diese Freiheit nichts nützte, denn sie würde zweifellos draußen am Hafen landen, und von dort aus unbeobachtet wieder in die Stadt hineinzugelangen, war ein äußerst schwieriges Unterfangen.

Sollte sie zurückgehen? Dieses ausgeklügelte Tunnelnetz führte durch die ganze Stadt, von einem Kloster bis zu einer der wichtigsten Stadtbefestigungen, und dies war sicher nur einer der möglichen Ausgänge. Vielleicht gab es einen zweiten in der Nähe, immerhin endete der Gang ja nicht. Vorsichtig setzte sie sich wieder in Bewegung, doch ohne Kerze war das Vorankommen schwierig.

Mirjana hatte gewusst, dass Ragusa gegen alles gewappnet war und sich gern doppelt und dreifach absicherte – allerdings hatte sie das bisher immer auf finanzielle Abkommen mit fremden Mächten bezogen, weniger auf ein solches Netz aus Fluchtwegen für größte Notfälle. Im Geiste hörte sie Vecellios Stimme sie verspotten, und möglicherweise sogar zu Recht, denn das hier mochte ebenso gut ganz anderen Zwecken dienen, die seinem Geschäftsgebaren sehr viel näher standen als jeder Gedanke an Gefahr für die Republik.

Stück für Stück tastete Mirjana sich an der Mauer entlang, bis sie sich erneut unter der Festung befand, doch schließlich wurde belohnt, dass sie nur so langsam gehen konnte. Dadurch entdeckte sie überhaupt die rettende Tür. Ihre Finger fuhren über die Einfassung und das Holz selbst, suchten einen Mechanismus, ähnlich dem im Franziskaner-Kloster. An der Tür entdeckte sie nichts dergleichen, also erweiterte sie ihre Suche auf die Tunnelwand. Ihre Handflächen glitten über die Steine, von oben nach unten, von links nach rechts. Nichts. Auf der anderen Seite der Tür versuchte sie erneut ihr Glück. Oben: nichts. Unten: nichts. Ein Stück nach links: nichts. Nach … Halt! Ihre Hand streifte die Wand an derselben Stelle wie zuvor ein zweites Mal. Da war etwas. Vielleicht nur ein herausragender Fels, vielleicht jedoch etwas Bedeutenderes. Sie fingerte eine Weile blind an dem Stein herum, dann hörte sie plötzlich ein Quietschen. Die Tür vor ihr hatte sich einen winzigen Spalt geöffnet.

Mirjana hielt den Atem an. Sie wusste nicht, wer oder was sich hinter der Tür befinden mochte, es hieß also vorsichtig sein. Ganz langsam lugte sie durch den Spalt hindurch, sah aber nur Dunkelheit. So leise sie konnte, zwängte sie ihren Körper durch den Spalt, drückte sich dann an die Wand und versuchte, ihre neue Umgebung zu erkennen. Dabei lauschte sie angespannt, doch sie hörte nur ihr eigenes Atmen, das ihr so laut vorkam wie das Schnarchen zehn berauschter Männer.

Als sie sich überzeugt hatte, allein in einem kleinen Gewölbe zu sein, allein nur mit einigen Kanonen und einem ganzen Lager von Kanonenkugeln, wurde sie ruhiger. Sie verschloss die Tür zum Geheimgang wieder, die von dieser Seite kaum als Öffnung auszumachen war und sich hinterher auch nicht mehr als solche gebrauchen ließ. Auch hier war bestimmt irgendwo ein Mechanismus versteckt, aber Mirjana hatte anderes zu tun, als ihn zu suchen. Durch das vergitterte Fenster im Raum drang zwar noch kein Morgenlicht, doch lange würde es wohl nicht mehr auf sich warten lassen. Sie musste sich beeilen, wenn sie vor Ivans Rückkehr zu Hause sein wollte.

Bevor sie versuchen konnte, möglichst unauffällig zu verschwinden, hörte sie jenseits des Gewölbes Stimmen, die sich ihr langsam näherten. Wie vor einigen Stunden in der Apotheke bemühte sich Mirjana um Deckung und kauerte sich hinter eine der Kanonen.

»Bald werden wir abgelöst, warum noch …«

»Ach, hab dich nicht so«, unterbrach ein zweiter Mann. »Dort drin habe ich einen guten Schluck versteckt, den sollten wir uns genehmigen, bevor der Tag anbricht.«

Ein wenig überzeugter Protest war die Entgegnung, kurz darauf betraten die beiden Männer das Gewölbe, von denen einer zielstrebig auf die Kanone zumarschierte, hinter der Mirjana sich verborgen hielt.

War sie so weit gekommen, um sich in letzter Sekunde erwischen zu lassen? Mirjana brach der Schweiß aus. Es wäre schwierig genug gewesen, ihre Anwesenheit in der Apotheke zu erklären – für die Festung Sveti Ivan war das schier unmöglich. Dann jedoch schien dem Mann etwas einzufallen. Mit schon halbschwerer Zunge sagte er: »Ach, nein, es war doch die andere«, machte kehrt und winkte den zweiten zu sich herüber.

Ohne lange das Für und Wider abzuwägen, streifte sich Mirjana zum zweiten Mal innerhalb kurzer Zeit die Schuhe von den Füßen und nutzte die Gunst der Stunde. Sie huschte aus dem Gewölbe hinaus, einen weiteren kurzen Gang entlang und eine Steintreppe empor, bis sie schließlich das unbewachte Tor vor sich liegen sah, das sie nach draußen auf die Stadtmauer führte. Es kostete sie eine weitere Viertelstunde, ungesehen die Mauer zu verlassen und mit der Gasse darunter zu verschmelzen, dann hatte sie es geschafft. Nie zuvor in ihrem Leben hatte sie sich mitten in Ragusa so befreit gefühlt.

Als sie endlich vor ihrem Haus stand, war sie sogar bereit, Vecellio halbwegs zuzustimmen – es wäre wohl einfacher gewesen, in der Kirche zu warten, aber sicher vor Entdeckung wäre sie dort nicht gewesen und damit auch nicht sicher vor unangenehmen Folgen.

Leise schlich sie die Treppe hinauf zu ihrem Schlafgemach, obwohl sie daran dachte, zuerst Petrunjela scharf zurechtzuweisen und ihr für die Zukunft jeden Umgang mit der Dienerschaft des Venezianers zu untersagen. Doch das musste Zeit haben, bis sie ein wenig geschlafen hatte.

Als sie die Kammer betrat, spürte sie auf der Stelle, dass etwas nicht so war, wie es sein sollte – noch bevor sie Ivans donnernde Frage hörte:

»Wo bist du gewesen, Weib?«

Für den Bruchteil einer Sekunde sah sie ein Bild vor ihrem inneren Auge, so deutlich, als würde sich die Szene gerade jetzt abspielen: Ihr Körper lag auf dem Boden, der Kopf zur Seite gedreht, ihre Augen geschlossen. Merkwürdigerweise war es der dreckige Zustand ihrer Kleider, den sie dabei am deutlichsten wahrnahm.

»Antworte!«

Ein Zittern durchfuhr Mirjana. Sie wusste, was kam. Sie hatte es gesehen, und egal, was sie tat oder unterließ, es würde genauso kommen, wie ihre Vision es ihr gezeigt hatte.

»Hast du nicht gehört, Mirjana? Ich verlange eine Antwort!« Ivan wurde immer ungehaltener und trat einen Schritt auf sie zu. »Was hast du mitten in der Nacht auf den Straßen der Stadt verloren gehabt wie eine dahergelaufene …« Gerade rechtzeitig schien er sich zu beherrschen.

Mirjana öffnete den Mund, um wenigstens den Ansatz einer Erklärung zu liefern, doch Ivans Geduld war bereits am Ende. »Du musst nichts sagen, ich weiß es bereits.« Auf einmal klang seine Stimme gefährlich leise und ruhig. »Es ist der Venezianer, nicht wahr? Ich habe ihn vor einigen Stunden gesehen, er wird wohl auf dem Weg zu eurem Stelldichein gewesen sein. Doch glaube nicht, Ivan Martolosić ließe sich Hörner aufsetzen, glaube das nur nicht, meine Teure!« Er war wieder lauter geworden, so laut, dass Mirjana fürchtete, das ganze Haus sei durch sein Toben erwacht.

»Ivan!«, fand Mirjana endlich ihre Sprache. »Ich bitte dich, das kann nicht dein Ernst sein! Erinnere dich, dass ich dich sogar vor Vecellio warnte!«

Ivan lachte auf, doch er klang keineswegs amüsiert. »Weiber sagen das eine und denken das andere. Du täuschst mich nicht!«

Sie war sich der Hoffnungslosigkeit ihrer Situation bewusst gewesen, dennoch hatte sie zumindest protestieren, nicht alles widerspruchslos hinnehmen wollen. Nun aber sah sie seinen Augen an, dass Ivan nur zu einem einzigen Gedanken fähig war, einem Gedanken, der sich wie in einer Gebetsmühle hinter seiner Stirn wiederholte: Seine Gemahlin hatte für ihn die Aura des Vollkommenen verloren. Mochte dies auch nur seiner Einbildung entspringen, für Ivan war es Wirklichkeit, und nichts würde ihn in dieser Stunde vom Gegenteil überzeugen.

Mit einem einzigen Schritt war er bei ihr, packte ihre Schultern und schleuderte sie mit aller Kraft von sich.

Mirjana versuchte, sich an irgendeinem Möbel festzuhalten, ihre Hände griffen jedoch ins Leere, ihre Füße verloren den Halt auf dem Boden. Sie fiel, und ihr Kopf stieß an die vergoldete Armlehne eines Stuhls. Der Schmerz durchschoss sie wie eine gewaltige Woge, hinter ihren Augen zuckten Blitze in den verschiedensten Farben auf, und dann war alles finster.

Ich schrie auf vor Schmerz, zumindest kam es mir so vor. Aber Mirjana hatte keinen Ton von sich gegeben, und daher ich wohl ebenso wenig. Hätte ich Hände gehabt, hätte ich mir den Kopf gehalten, und hätte ich Augen gehabt, hätte ich sie krampfhaft zugekniffen. Es war eine sehr merkwürdige Angelegenheit, mit Schmerzen fertig zu werden, die so wirklich und gleichzeitig so unwirklich waren.

In derselben Sekunde, in der für Mirjana alles dunkel wurde, umhüllte mich gnädige Gefühllosigkeit. Gleichzeitig spürte ich, wie ich aus ihrem Körper floss. Eigentlich hätte ich erwartet, dass ich bei dieser brutalen Behandlung und Mirjanas Zustand geradezu hinausgeschleudert würde, doch das Gegenteil war der Fall. Vielleicht bedingt durch ihr langsames Hinübergleiten in die Ohnmacht schwebte ich aus ihrem Körper in den Raum hinaus, in dem Ivan regungslos über Mirjana stand und auf sie hinunterstarrte, als frage er sich, was er da gerade getan hatte. Fragte er sich das wirklich? Oder fragte er sich bloß, ob sie noch lebte? Volle zwei Minuten lang tat er überhaupt nichts, bückte sich nicht, half ihr nicht, gar nichts.

Du brutales Schwein!, brüllte ich ihm stimm- und machtlos entgegen. Als ob das was ändern könnte. So viel zu meinen guten Vorsätzen, Mirjana zu helfen.

Endlich kam Bewegung in ihn, er kniete neben Mirjana nieder und hob sie mit einer Behutsamkeit hoch, die dem, was gerade eben passiert war, auf groteske Weise spottete. Ivan legte Mirjana aufs Bett, strich ihr die Haare aus der Stirn und tastete ihren Kopf nach Verletzungen ab. Sie schien nirgends zu bluten, und ich hoffte, dass sie sich auch sonst nicht verletzt hatte. Mein Blick flog hinüber zu dem Stuhl, doch da gab es keine spitzen Kanten, die Armlehne war Gott sei Dank abgerundet.

»Verzeih«, *murmelte Ivan.* »Mein Herz, verzeih …«

Das hättest du dir eher überlegen sollen!, dachte ich. Ivan breitete eine Decke über Mirjana, zog den Stuhl neben das Bett, setzte sich und wartete, dass sie zu sich kam. Dabei ließ er sie nicht aus den Augen.

Es war schon absurd, vermutlich hätte Mirjana selbst ganz genau gewusst, was sie sich verabreichen musste, um das Bewusstsein wiederzuerlangen, aber dieses Wissen nützte ihr jetzt reichlich wenig.

Ich weigerte mich, Mitleid mit dem Mann zu haben, der noch nicht mal den Anstand besaß, jemanden von der Dienerschaft zu Hilfe zu holen oder um Wasser und ein Tuch für ihre Stirn zu bitten, bloß weil er befürchtete, die Diener könnten sich das Maul darüber zerreißen, was er seiner Frau angetan hatte.

Unwillkürlich fragte ich mich, was Vecellio wohl in dieser Situation getan hätte. Oder ob er überhaupt je in solch eine Situation kommen würde. Ob er imstande war, sich so weit zu vergessen, so dermaßen die Kontrolle über sich zu verlieren. Eine interessante Frage. Was wäre wohl, wenn …

Das Zimmer wurde auf einmal seltsam nebelig. Hatte Ivan das Fenster aufgelassen, sodass der Morgendunst hereindrang? Ich schaute hinüber zum Fenster, das fest geschlossen war, doch der Nebel wurde immer dichter. Plötzlich spürte ich ein vertrautes Ziehen, das ich bei meinem diesmaligen Aufenthalt in der Vergangenheit noch nicht wahrgenommen hatte.

Der Sog. Der mich unaufhaltsam fortzog von Mirjana, aus dem

Zimmer, aus dem Haus. Hinein in eine andere Umgebung, eine, die düster war und kühl, eine, die ich erst vor kurzem verlassen hatte: die Tunnelwelt unterhalb Ragusas.

»Verfluchte Hexe!«, *hörte ich jemanden murmeln. Meine nicht vorhandenen Augen hatten sich bald an die Dunkelheit gewöhnt, die von Kerzenschein notdürftig erhellt wurde.*

Vor mir lief jemand durch die Gänge, der ganz offenbar die Orientierung verloren hatte.

Geschieht dir ganz recht, du hättest auf sie hören sollen, dachte ich und bedauerte zutiefst, nicht mal schadenfroh grinsen zu können.

»Verfluchte Hexe«, stieß Vecellio erneut hervor, deutlich lauter diesmal, als er zu allem Überfluss auch noch über eine Unebenheit im Boden stolperte und sich gerade noch an der Felswand abstützen konnte. Dann stutzte er, hob die Hand und fuhr mit den Fingern über den Stein. *»Che cosa c'è?«*

Da schien etwas in den Stein gemeißelt zu sein, ein Zeichen oder eine Inschrift. Er hielt die Kerze dicht daran und erkannte mehrere Worte, die er mühsam entzifferte: *»Ordo Fratrum Praedicatorum* – Orden der Prediger-Brüder. Ich muss unterhalb des Dominikaner-Klosters sein. Wie ausgesprochen passend«, feixte er. »Könnte nicht schaden, wenn sich hier irgendwo ein ähnlicher Ausgang befindet wie bei den Nebenbuhlern um die Gunst Gottes am anderen Ende der Stadt.«

Er machte sich daran, die nähere Umgebung zu erkunden, bis er schließlich einem herausragenden Steinquader Beachtung schenkte. Der große Quader schien ein gut getarntes bewegliches Tor in der Mauer zu sein.

Vecellio hatte Mirjana beobachtet, als sie den Schrank in der Franziskaner-Sakristei mit dem Schließmechanimus bewegt hatte, doch hier gab es kein Schloss. Geduldig tastete er jedes Stückchen des Quaders ab, bis er mit einem Mal die Stelle erwischte, auf die es ankam. Es knirschte, der Quader bewegte sich gerade genug, um eine schlanke Person durch einen Spalt in einen Gang zu entlassen, der gänzlich ohne Stufen steil nach oben führte.

Vecellio musste sich an den Wänden links und rechts abstützen, was es ihm unmöglich machte, gleichzeitig auch noch die Kerze zu halten. Doch einen Ausgang zu finden war ihm wichtiger. Er blies den Stummel aus und verstaute ihn in seinem Wams, dann kletterte er weiter. Am Ende des Ganges stand er vor einem Holzgitter, vor dem auf der anderen Seite ein Vorhang hing.

Zunächst blieb alles ruhig, doch dann erklang aus dem Raum nebenan eine leise und zugleich tadelnde Stimme, die, wie Vecellio sofort bemerkte, Italienisch sprach: »Ich denke wirklich, du solltest noch einmal in dich gehen. Im Gebet wirst du erkennen, dass es andere Wege gibt.«

»Vergebt mir, Ehrwürdiger Vater«, antwortete der Getadelte in derselben Sprache, jedoch weit weniger flüssig, »ich bin nicht würdig, Euch zu widersprechen. Dennoch …«

»Dennoch«, unterbrach die erste Stimme, »tust du gerade genau das. Ich kann dir verbieten zu tun, was du tust, vergiss das nicht. Ich schätze jedoch Verbote nicht sonderlich und möchte dir daher nur anraten, deine Gepflogenheiten im Zaum zu halten – und vor allem deine Mitbrüder nicht mit diesen Ideen anzustecken. Habe ich mich klar ausgedrückt?«

»Ja, Ehrwürdiger Vater.« Das war zwar ein Eingeständnis, doch der Ton, in dem es vorgebracht wurde, war keinesfalls demütig.

Neugierig schob Vecellio seinen Zeigefinger in eine der äußeren Lücken des Holzgitters und versuchte, den Vorhang möglichst unauffällig zur Seite zu schieben, um sehen zu können, was sich vor ihm abspielte.

Mehrere Öllampen erhellten den komfortabel ausgestatteten Raum, in dem ein älterer Mann in einer weißen Kutte auf und ab ging und dabei den zweiten mit nachdenklichen Blicken maß. Gerade blieb er vor dem Holzgitter stehen, mit dem Rücken zu dem anderen Mönch, mit dem Gesicht Vecellio zugewandt, als fühle er, dass er beobachtet wurde. Seine Nase war breit, seine Wangenknochen hoch und seine Augen von einer ungewöhnlich hellen Intensität.

Selbst wenn Vecellio mit dem Gedanken gespielt hätte, das winzige Stück Vorhang ganz sachte wieder vor das Gitter fallen zu lassen und sich in den Gang zurückzuziehen, wäre das ein sinnloses Unterfangen gewesen. Für einen winzigen Moment sah er die Augen des Geistlichen aufblitzen und wusste, dass er vom Prior des Dominikaner-Klosters entdeckt worden war.

Nichts sonst jedoch ließ diese Tatsache erahnen. Der Prior drehte sich wieder um und sprach weiter mit dem Mönch.

»Das will ich hoffen.« Die Worte wurden von einem Seufzen begleitet, das anklingen ließ, wie wenig Hoffnung er in Wirklichkeit hegte. »Du kannst dich jetzt in deine Zelle begeben, Bruder Heinrich.«

Der Angesprochene senkte das Haupt und wandte sich der Tür zu, nicht ohne im Hinausgehen etwas vom Tisch nehmen zu wollen, wobei ihm der Prior jedoch Einhalt gebot. »Es ist sicher besser, wenn das vorerst hier bleibt.«

Bruder Heinrich zögerte kaum merklich, dann senkte er abermals den Kopf und verließ den Raum mit leeren Händen.

Der Prior blieb allein zurück, stand mitten im Raum und lauschte in die Stille der Nacht. Dann drehte er sich schwungvoll herum und zog mit einer fast elegant zu nen-

nenden Bewegung den Vorhang zurück, hinter dem Vecellio noch immer wartete.

»Und nun zu Euch.« Alles Gütige hatte die Stimme des Priors verlassen, sie klang ausgesprochen kalt, als er die Verriegelung des Holzgitters löste. »Tretet ein und seid mein Gast.«

Das war eher als Drohung, denn als Einladung zu verstehen, doch Vecellio hatte kaum eine andere Wahl, als dem Befehl zu folgen. Er trat ins warme Licht des Raumes dem Prior entgegen, der ihn ein, zwei Sekunden sprachlos musterte.

»Ihr?«, fragte er schließlich und befleißigte sich erneut der italienischen Sprache, nachdem er zuvor in seine eigene zurückgefallen war.

Vecellio lächelte und verbeugte sich spielerisch. »Ich muss etwas an mir haben, das eine solche Reaktion auslöst. Genau das habe ich diese Nacht schon einmal gehört.«

Der Prior fasste sich schnell wieder, schloss das Holzgitter und zog den Vorhang davor. »Woher wisst Ihr von dem Geheimgang?«

»*Dem* Geheimgang?«, wiederholte Vecellio ironisch. »Ihr meint wohl eher das Tunnelnetz unter der Stadt. Ich muss gestehen, dass ich eine geraume Weile benötigte, zu Euch zu finden.«

»Ihr habt meine Frage nicht beantwortet.«

»Vergebt mir, Ehrwürdiger Vater«, imitierte Vecellio Bruder Heinrich, nicht nur in den Worten, sondern auch im Ton, der deutlich machte, dass er auf die Vergebung des Priors kaum angewiesen war. »Ich denke, das behalte ich lieber für mich. Doch gestattet mir, Euch meine Verehrung auszudrücken. Ich fange an zu begreifen, wie Ihr es schafft, solch ausgeklügelte ... Handelsbeziehungen zu organisieren und aufrechtzuerhalten. Und ich bewundere Eure Risikobereitschaft, obwohl ich es weniger schätze, einer derjenigen zu sein, die dieses Risiko mittragen. Ihr seid doch sicher nicht der Einzige, der sich dieser unterirdischen Gänge bedient, oder täusche ich mich da?«

»Das Risiko ist recht gering, gemessen am zu erwartenden Gewinn, vor allem da das Tunnelnetz heute nicht mehr allzu häufig genutzt wird.« Der Prior schenkte aus einer Karaffe Wein in zwei Becher und hielt einen davon Vecellio hin.

Der wollte schon zugreifen, doch da besann er sich anders. »Wenn Ihr erlaubt, hätte ich lieber den anderen. Ich mache ungern denselben Fehler zweimal.«

Der Prior zuckte mit den Schultern und nahm einen Schluck aus dem für Vecellio bestimmten Becher. »Welchem Umstand verdanke ich Euren unerwarteten Besuch? Gibt es Schwierigkeiten mit dem Verbindungsmann, den ich Euch nannte?«

Vecellio schüttelte den Kopf. »Nein, bisher läuft dank Eurer Vermittlung alles hervorragend.« Ein Schweißtröpfchen bildete sich auf seiner Stirn. Ihm war zuvor schon klar gewesen, dass er sich früher oder später in Erklärungsnot befinden würde, schließlich stand es ihm schlecht an zuzugeben, nur aus purem Zufall hier gelandet zu sein. Nun entschloss er sich zu einer Halbwahrheit. »Als mir dieser Ausflug unter die Stadt dargeboten wurde, konnte ich einfach nicht widerstehen, Euch …«

Ein Klopfen an der Tür unterbrach seine Ausführungen. Der Prior drehte sich um und hieß den späten – oder wohl eher frühen, wenn man der Stunde Rechnung zollte – Besucher eintreten, nicht ohne zuvor Vecellio in eine dunkle Ecke des Raumes zu winken. Vecellio gehorchte und atmete kaum merklich auf.

Ein übermüdet wirkender Mönch erschien auf der Schwelle. »Ehrwürdiger Vater, bitte kommt. Es geht zu Ende mit Bruder Mihajlo.«

Der Prior nickte. »Ich bin gleich bei Euch.«

Sobald der Mönch verschwunden war, drehte sich der Prior zu Vecellio um. »Wenn Ihr mir nur Eure Klugheit beweisen wolltet und Euch nichts Wichtiges umtreibt, dann gestattet Ihr mir sicher, zu einem Sterbenden zu eilen.« Er klang verärgert, als wolle er eigentlich sagen, dass Vecellio seine Geduld über Gebühr und vollkommen unnötig beansprucht habe. »Ihr könnt hier warten oder das Kloster auf demselben Weg verlassen, wie Ihr es betreten habt. Ich nehme an, Ihr wisst, wie Ihr unauffällig wieder ans Tageslicht gelangt?«

Vecellio erkannte die Falle und nickte lächelnd. »Lasst Euch durch mich nicht aufhalten. Ich finde schon hinaus.«

Kurz darauf war er allein und ließ seine Faust wütend auf den Tisch niedersausen. Er hatte ganz sicher nicht vor, sich wieder in die Unterwelt zu begeben, aber bedauerlicherweise auch keine Ahnung, wie er sonst das Kloster ungesehen verlassen sollte. Nun fiel sein Blick auf das Buch, das auf dem Tisch lag und sich aufgrund seines Gewichts trotz des Fausthiebs kaum bewegt hatte. Dieses Buch hatte der deutsche Mönch vorhin mitnehmen wollen, und es war anscheinend auch Grund der Auseinandersetzung zwischen dem Prior und Bruder Heinrich gewesen.

Vecellio nahm es zur Hand. *»Malleus Maleficarum«*, las er laut vor und pfiff durch die Zähne. »So ist unser Bruder Heinrich also ein Verfechter der Hexenverfolgung. Und seine Bibel, den *Hexenhammer,* hat er gleich dabei. Dieses Volk nördlich der Alpen muss immer gleich so übertreiben bei allem, was es tut. Fanatiker durch und durch.« Dann plötzlich lachte er leise auf. »Möchte wohl wissen, was Bruder Heinrich von der teuren Mirjana hielte.« Ganz langsam verschwand das Lachen aus seinem Gesicht. Nachdenklich starrte er auf das Buch hinunter, ohne es wirklich zu sehen.

Erst ein erneutes Klopfen an der Tür brachte ihn in die Gegenwart zurück, doch nicht rechtzeitig genug, um sich zu verbergen. Er stand nach wie vor mit dem Buch in der Hand neben dem Tisch, als eine hagere Gestalt ohne Aufforderung eintrat.

»Ehrwürdiger Vater, ich …« Bruder Heinrich hielt mitten im Satz inne, als er seinen Irrtum bemerkte. Verwirrt schürzte er beim Anblick des Unbekannten die Lippen. »Wer seid Ihr? Und was tut Ihr hier zu dieser frühen Morgenstunde? Wo ist der Prior?«

Vecellio hob die Brauen und machte das Beste aus der Situation. »Vielleicht solltet Ihr Euch einigen, was Ihr zuerst von mir hören wollt?«, sagte er in der Muttersprache des Mönches.

Das wiederum irritierte Bruder Heinrich noch mehr. Vecellio neigte den Kopf und sagte: »Ich bin schon ein wenig in der Welt herumgekommen, Bruder Heinrich, auch in Eurem für meinen Geschmack zu kühlen Land.«

»Ihr kennt meinen Namen?«

»Eure Ankunft in Ragusa ist kaum mit großer Heimlichkeit vonstatten gegangen. Ihr habt Euch übrigens in der Tat einen sehr passenden Ordensnamen ausgesucht, wenn man bedenkt, dass dies hier Euch gehört.« Er deutete auf den *Hexenhammer*. »Es gehört doch Euch, nicht wahr?«

Bruder Heinrich nickte und gewann ein Stück seiner Selbstsicherheit und den unbeirrbaren kalten Blick seiner Augen zurück. »Gewiss. Ihr seid mit dem Werk des Institoris, des unfehlbaren Heinrich Kramer vertraut?«

»Ein wenig. Wenn ich mich recht erinnere, hat er im letzten Jahrhundert seine Inquisitionsreise unterbrochen, um dieses Buch zu schreiben.«

»Nun … ja«, nickte Bruder Heinrich. »Es ist in drei Abschnitte gegliedert, wie Ihr vielleicht wisst: Der erste enthält

Wissenswertes über Zauberei, Teufel und Teufelsdiener und der zweite alles über die Arten und Wirkungen von Zauberei sowie Maßnahmen zur Abwehr und Behebung. Der dritte Teil schließlich ist der wichtigste. Darin wird eine Anleitung dargelegt ...«

»... zur gerichtlichen Verfolgung der Zauberei. Ja, das ist mir bekannt. Das *Malleus Maleficarum* ist sicher das umfangreichste Kompendium der Hexenverfolgung.«

Wieder nickte Bruder Heinrich, sichtlich erfreut, auf jemanden gestoßen zu sein, der seine Leidenschaft teilte. Beinah fordernd streckte er die Hand nach dem Buch aus, und Vecellio überreichte es ihm mit undeutbarem Blick.

»Allerdings«, sprach der Venezianer weiter, »nun, wo ich darüber nachdenke: War es nicht vielmehr so, dass Heinrich Kramer seine Inquisitionsreise eher unfreiwillig unterbrach, nachdem er damit prahlte, hunderte von Frauen auf den Scheiterhaufen gebracht zu haben? Das wussten weder die Bürgerschaft noch die Geistlichkeit sonderlich zu schätzen, weil er dabei den Angeklagten jegliche Verteidiger verweigerte und noch dazu deren Aussagen gründlich verdrehte.«

Bruder Heinrich runzelte ärgerlich die Stirn. »Auch wenn man ihm vorwarf, rechtliche Grundsätze außer Kraft zu setzen, tat er das nur, weil es getan werden musste. Seid Ihr anderer Meinung?«

»Oh, ich bin sicher, er war ein Meister seiner Kunst. Genauso wie ich sicher bin, dass der Ehrwürdige Prior dieses ehrbaren Klosters zwar Euer Gastgeber, aber Euren Anwandlungen weniger geneigt ist. Er hat doch dieses Buch konfisziert, nicht wahr?«

»Er hat kein Recht dazu!«, fuhr Bruder Heinrich auf.

»Nun, als Prior hat er durchaus das Recht dazu. Und wenn Ihr klug seid, lasst Ihr ihn gewähren. Ihr braucht das

Buch nicht, um Euch des Inhalts zu entsinnen.« Vecellio nahm es Bruder Heinrich aus den Händen und legte es zurück auf den Tisch. »Wenn Ihr das Böse bekämpfen wollt, könnt Ihr das auch ohne gedruckte Worte. Es kommt doch nur auf das an, was in Eurem Herzen wohnt.«

»Das Böse ist überall«, murmelte Bruder Heinrich. »Ich sah es in den Blicken der Frauen, als ich in diese Stadt kam. Hier ist es verbreiteter als in meiner Heimat, hier muss es ausgerottet werden. Dringlichst. Doch der Ehrwürdige Vater will nicht auf mich hören.«

Eine Weile blieb es still nach diesem Ausbruch. Der Mönch starrte ins Nichts, vorbei an Vecellio, der den Dominikaner interessiert beobachtete.

»Bruder Heinrich«, sagte er schließlich. »Ich fürchte, ich nehme die Gastfreundschaft des Priors schon zu lange in Anspruch. Er wurde zu einem sterbenden Bruder gerufen und wird bestimmt erschöpft sein, wenn er zurückkommt. Würdet Ihr mich freundlicherweise hinausführen?«

Seufzend wandte Bruder Heinrich sich um. »Wie Ihr wünscht.«

Er dachte nicht mehr daran, dass Vecellio ihm keine einzige seiner drei vorhin vorgebrachten Fragen beantwortet hatte. Stattdessen schritt er Vecellio voraus durch die noch ruhigen Gänge des Klosters und den Kreuzgang. Bald standen sie vor einem Tor, das der Mönch öffnete, um Vecellio in die Weltlichkeit zu entlassen.

Vecellio verbeugte sich zum Dank und trat hinaus auf die Straße. Seine Augen blitzten auf, er hatte es geschafft, schienen sie zu sagen. Es brauchte nur die richtige Taktik, die richtigen Worte, jedermann einzuwickeln und ihm zu sagen, was er hören wollte. Schon hatte man gesiegt.

»Ihr habt etwas verloren«, hielt ihn die Stimme des Dominikaners zurück.

Vecellio drehte sich um und bekam gerade noch mit, wie Bruder Heinrich ein Papier vom Boden aufhob.

»Das gehört mir nicht«, stellte er fest, doch dann sah er, dass das Gesicht des Mönches erbleichte.

»Aber es fiel aus Eurem Wams«, widersprach der Dominikaner und musterte Vecellio aus zusammengekniffenen Augen. »Wenn es Euch nicht gehört, müsst Ihr es gestohlen haben. Von wem?«

»Gestohlen? Wie könnt Ihr es wagen, solcherlei Vorwürfe gegen mich zu erheben? Was habt Ihr da überhaupt?« Ungeduldig und wütend zugleich griff er nach dem Papier und riss es an sich, bevor Bruder Heinrich ihn davon abhalten konnte. Er warf nur einen flüchtigen Blick darauf, denn auch ohne es zu lesen, wurde ihm klar, was es sein musste. »Ach, das meint Ihr! Ich habe es nicht gestohlen. Vielmehr habe ich es gerettet, denn jemand, den ich kenne, hat es verloren. Ich muss es gleich morgen zurückgeben.«

»Wem gehört es?«, wollte Bruder Heinrich in äußerst scharfem Ton wissen, der deutlich machte, dass er sich diesmal nicht abspeisen lassen, sondern auf einer Klärung beharren würde.

»Ich glaube wirklich nicht, dass Euch das etwas angeht«, gab Vecellio leicht ungehalten zurück.

»Ihr sagtet doch, ich solle das Böse bekämpfen. Wie kann ich das, wenn ich nicht weiß, wo ich es auslöschen soll? Diese Rezeptur ist des Teufels, und Ihr tätet gut daran, mir zu sagen, von wem Ihr sie habt! Es sei denn, Ihr selbst seid ein Zauberer und beschäftigt Euch im Geheimen damit, diese Dinge herzustellen. In dem Fall müsste ich meine Beobachtungen sofort dem Ehrwürdigen Vater mitteilen.«

Nun war es Vecellio, der erblasste, dennoch blieb er ansonsten äußerlich ruhig. »Wollt Ihr mir drohen? Seid gewiss, ich weiß mich dessen zu erwehren.« Ohne eine weitere Erwiderung des Dominikaners abzuwarten, machte er auf dem Absatz kehrt und ließ ihn stehen.

»Mirjana, Mirjana, in welch tiefe Abgründe hast du mich da hineingezogen?«, murmelte er kaum hörbar und versuchte im Gehen trotz des Dämmerlichts die Bestandteile der teuflischen Rezeptur zu entziffern. Mitten auf der Straße blieb er plötzlich stehen und hielt das Papier noch dichter an seine Augen, als könne er nicht glauben, was er da gerade eben gelesen hatte.

Etwas in meinem Geist krampfte sich vor Angst um Mirjana zusammen, als ich endlich begriff, was passiert sein musste. Mirjana hatte die Rezeptur aus der Franziskaner-Apotheke bei ihrer Flucht durch den Kreuzgang noch in der Hand gehalten. Wahrscheinlich war ihr das nicht mal bewusst gewesen, sodass sie sie später in der Kirche ganz unbemerkt verlor, wo Vecellio sie vom Boden aufklaubte. Vermutlich sogar unmittelbar, bevor er Mirjana in die Sakristei folgte, sonst hätte er sich bestimmt die Zeit genommen, das Papier nicht nur einzustecken, sondern auch zu lesen. Ahnte er, dass die Rezeptur gar nicht Mirjanas Eigentum war, sondern das der Franziskaner? Oder glaubte er wie Bruder Heinrich jetzt, dass Mirjana tatsächlich eine Hexe war? Es hatte nicht so ausgesehen, als sei Vecellio dem gleichen Fanatismus verfallen wie der Dominikaner, doch er hatte Mirjana schon hin und wieder als Hexe bezeichnet. Außerdem war er noch dazu in den Genuss von Mirjanas angeblichen telepathischen Fähigkeiten gekommen.

Ein Schreck durchzuckte mich. Das war nur passiert, weil ich ihr gesagt hatte, was sie eigentlich nicht wissen konnte. War ich etwa dafür verantwortlich, wenn er sie wirklich für eine Hexe hielt? Ich wollte Mirjana helfen, nicht ihr zusätzlich Schaden zufügen!

Mir wurde ganz kalt, so unmöglich das auch eigentlich war ohne Körper. Nichts wollte ich mehr, als zu Mirjana zurückkehren und sie warnen, auch wenn mir nicht ganz klar war, wovor und vor wem. Vor Vecellio? Dass von ihm Gefahr ausging, schien sie selbst zu spüren. Und vor Bruder Heinrich? Solange er nicht wusste, dass Mirjana irgendwie in der Sache drinhing, war sie zumindest vor ihm sicher. Doch wie lange würde Vecellio seinen Mund halten? Alles hing davon ab, was der Mann glaubte. Oder …

Es gab noch was, woran ich bisher überhaupt nicht gedacht hatte. Was, wenn Vecellio zwar nicht an den Quatsch mit der Hexerei glaubte und stattdessen annahm, sie wüsste die Dinge über ihn aus einer anderen Quelle, sich aber wegen der Zurückweisung an Mirjana rächen wollte? Mit Bruder Heinrich hätte er ein hervorragendes Werkzeug gefunden.

Egal was davon zutraf, ich musste zu Mirjana! Wenn ich es doch nur fertig brächte, zu ihr zu gelangen, statt zuzusehen, wie Vecellio sich gerade wieder mit festen und sehr entschlossenen Schritten in Bewegung setzte. Andererseits konnte es auch nicht schaden zu wissen, was er vorhatte, also fügte ich mich in das, was das Schicksal mir zeigen wollte.

Wenn Safet Recht hatte mit seinem ursprünglichen Argument, die Geschichte nun mal nicht ändern zu können – und gerade kam es mir entschieden so vor –, war es ohnehin zu spät. Etwa vierhundertdreißig Jahre zu spät.

Ich sah Vecellio in eine dunkle Seitengasse einbiegen und fragte mich gerade, ob er wohl auf dem Weg nach Hause war und ich endlich erfahren würde, wo genau in der Stadt er eigentlich lebte, als ich eine Stimme hörte, die meinen Namen rief.

Nella …

Das war völlig undenkbar. Wer sollte mich hier rufen? Oder zu Hause in der Gegenwart? Da stand ich ganz allein vor Mirjanas Porträt. Niemand wusste, dass ich dort war, außer dem Jungen mit den Eintrittstickets, und der kannte kaum meinen Namen. Oder hatte Safet mir etwa hinterherspioniert?

Nella …

Die Stimme wurde leiser, dann wieder lauter.

Nella!

Plötzlich schien ich eine Art doppelten Salto zu machen, die Welt aus meinen Augen zu verlieren. Alles wurde dunkel, langsam spürte ich einen bohrenden Schmerz im Kopf, der mit jeder Sekunde heftiger wurde. Mir war speiübel. Durch dieses überwältigende Elend hindurch erkannte ich Petrunjelas Stimme, die irgendwas Tröstliches murmelte, aber den Sinn erfasste ich nicht. Stattdessen beugte ich mich über eine Bettkante und übergab mich.

»Langsam, Gospođa, es ist gut, bald wird Euch besser!«, flüsterte Petrunjela beruhigend, während sie Mirjanas Kopf hielt.

Kein Vergnügen, in mir herumzuspuken, oder?, dachte Mirjana mit einem Anflug von schwarzem Humor. Erschöpft ließ sie sich wieder in die Kissen zurückgleiten. Sie fühlte die Fremde in sich, es war ihr gelungen, sie zurückzuholen. Trotz ihres Zustandes hatte sie es geschafft, Einfluss auf den Geist Nellas auszuüben. Ihr war nicht recht klar, woher das Wissen über deren Namen stammte, doch die Buchstaben standen deutlich vor ihrem inneren Auge, wenn sie an die Fremde dachte.

... mich gerufen ...

Wieder erhaschte Mirjana nur Wortfetzen dessen, was Nella ihr sagen wollte. Verflucht, warum besaß sie die Macht, die Fremde aus ihrem Körper entweder hinauszuwerfen oder sie zu sich zu rufen, während es ihr noch immer misslang, sich mit ihr zu verständigen?

... kotzübel ...

Trotz ihrer Enttäuschung lachte Mirjana zitternd auf. Das Wort, das Nella da gebrauchte, war ihr zwar nicht geläufig, die Bedeutung zu verstehen fiel ihr angesichts des Jammers in deren Tonfall jedoch leicht.

»Was habt Ihr?«, erkundigte sich Petrunjela besorgt.

»Nichts, gar nichts. Ich musste nur gerade an etwas denken.«

»Dann ist es gut, dass Ihr offenbar etwas Amüsantes im Kopf habt, obwohl es Euch so schlecht geht.«

Mirjana nickte schwach und starrte weiter gegen die Decke, wobei sie sich auf Nellas Gegenwart konzentrierte. Sie war sich ziemlich sicher, dass die Fremde keine Probleme hatte, sie zu verstehen, nur umgekehrt wollte es nicht klappen.

Wo bist du gewesen?

Keine Antwort, nicht mal eine Silbe. Sie versuchte es erneut, ohne allzu viel Hoffnung.

Warst du wieder bei ihm? Bei dem Venezianer?

Nichts. Trotzdem war Nella noch da, Mirjana spürte sie sehr deutlich, ebenso wie die Tatsache, dass das, was Nella in der Zwischenzeit gesehen haben mochte, von großer Wichtigkeit war.

»Ich lasse Euch jetzt allein, Gospođa«, sagte Petrunjela, nachdem sie Mirjana ein kühles feuchtes Tuch auf die Stirn gelegt hatte. »Wenn Ihr mich braucht, ruft mich.«

Bevor Petrunjela sich endgültig erheben konnte, packte Mirjana sie am Handgelenk und hielt sie mit erstaunlicher Kraft fest.

»Einen Augenblick.« Sie richtete sich auf, was ihr weniger Schwindel verschaffte als befürchtet. »Da drüben in dem Schrank findest du eine Ampulle mit einer Flüssigkeit. Gib drei Tropfen davon in ein Glas Wasser und vermische es sorgfältig. Drei, keinen mehr.«

Petrunjela nickte und ging hinüber, um zu tun, was ihre Herrin ihr aufgetragen hatte. Mirjana blieb zurück und beobachtete Petrunjelas Rücken. Konnte sie ihr trauen? War es wirklich nur Schwatzhaftigkeit gewesen, die Petrunjela dazu veranlasst hatte, dieser Andrijana zu erzählen, dass

Mirjana sich letzte Nacht beim Franziskaner-Kloster mit jemandem treffen wollte? Vielleicht spionierte sie absichtlich für Vecellio.

Als Petrunjela sich schließlich umdrehte und mit dem Trank auf sie zukam, schien Mirjana diese Vorstellung gleich wieder absurd. Petrunjela war seit fast zehn Jahren ihre Zofe und ihr treu ergeben. Dennoch bohrte sich kurz eine Stimme in Mirjanas Hirn, die ihr selbst und nicht der Fremden gehörte: Tatsächlich?, fragte sie.

Sie führte das Glas an die Lippen und trank, wobei sie Petrunjelas Blick festhielt, doch die musterte sie nur gleichbleibend besorgt und nahm ihr das leere Glas wieder ab.

Wortlos bedeutete Mirjana Petrunjela, auf dem Stuhl neben ihrem Bett Platz zu nehmen, und wartete. Wenn Petrunjela sich an ihre Anweisungen gehalten hatte, würde es ihr binnen kurzer Zeit besser gehen. Falls nicht, würde sie sich im günstigsten Fall erneut übergeben müssen. Langsam atmete sie tief ein und aus, mit jedem Atemzug wich die Übelkeit aus ihrem Körper, zurück blieb nur eine leichte Benommenheit, die sich innerhalb der nächsten Stunden ebenfalls verflüchtigen würde.

»Noch eins, bevor du gehst, Petrunjela«, sagte sie schließlich. »Ich wünsche nicht, dass du jemals wieder Umgang mit Signor Vecellios Dienstmagd pflegst. Ist das klar?«

Petrunjela schaute zuerst verwirrt, dann schlich sich etwas anderes in ihr Gesicht, das aussah wie ein schlechtes Gewissen.

»Außerdem habe ich mich bisher immer auf deine Verschwiegenheit verlassen können, was meine kleinen Unternehmungen betrifft. Ich möchte, dass das so bleibt. Haben wir uns verstanden?«

Noch immer schuldbewusst nickte Petrunjela und hob an, etwas zu sagen, doch Mirjana winkte ab. »Lass es gut sein.

Was geschehen ist, lässt sich nicht mehr ändern. Denke einfach an das, was ich dir gesagt habe.« Petrunjela war schon fast aus dem Raum, als Mirjana sie erneut zurückrief. »Leg mir bitte das grüne Kleid heraus, ich werde es heute Nachmittag brauchen.«

»Ihr wollt aufstehen?«

»Das habe ich vor.« Sie hatte schon viel zu lange untätig im Bett gelegen, es wurde Zeit, dass sie bald auf die Beine kam. Sie war es Nikola schuldig, sich bei ihm blicken zu lassen. Sollte er nicht in der Apotheke Dienst tun, sodass sie ihn selbst nach seinem Befinden fragen konnte, wäre es recht unauffällig, sich bei einem seiner Brüder nach ihm zu erkundigen. Es war bekannt, dass sie sich, wann immer sie in der Apotheke war, am liebsten von ihm beraten ließ.

Wenig später versuchte sie, sich zu erheben, doch obwohl ihr nicht mehr schwindelig war, fühlte sie sich kraftlos und ließ sich zurückfallen. Sie benötigte Schlaf, bevor sie etwas unternehmen konnte, also schloss sie widerwillig die Augen und schlug sie erst ein paar Stunden später ausgeruht und einigermaßen erfrischt wieder auf.

Mit noch wackeligen Beinen kleidete sie sich an, ohne nach Petrunjela zu rufen. Kurz hielt sie eine Kette aus goldenen Filigrankugeln in Händen, die durch dreireihige feine Perlenstränge miteinander verbunden waren, entschied sich dann aber dagegen. Ein schlichter Aufzug war glaubwürdiger und passte besser zu ihrem blassen Gesicht, das ihr aus dem Spiegel entgegenstarrte. Sie wandte sich ab, doch dann hörte sie plötzlich undeutliche Worte in ihrem Kopf, von denen sie nur zwei verstand.

... die Kette ...

Die Kette?, wiederholte sie lautlos. *Was ist damit? Soll ich sie anlegen?*

Ihr war, als verneinte Nella das, versuchte aber gleichzeitig, ihr etwas anderes mitzuteilen. Ratlos öffnete sie ihre Schmuckschatulle und betrachtete die Stücke, die dort lagen. Es waren sehr viele, doch als ihr Blick auf die apricotfarbenen Perlen mit dem goldenen Tropfenanhänger fiel, schien es ihr plötzlich richtig. Sie nahm sie in die Hände und spürte ein leises Vibrieren in ihren Fingerspitzen. Sie sah hoch, direkt in den Spiegel, und da waren sie wieder, die graublauen Augen der Fremden, Nellas Augen.

Und auf einmal begriff sie: Die Perlen waren ein Teil der Verbindung zwischen ihr und Nella. Sie hatte sie getragen, als Nella zum ersten Mal aufgetaucht war, was immer das bedeutete. Vielleicht hieß das auch, dass sie einander wirklich verstehen konnten, wenn sie sie auf ihrer Haut trug. Zwar war das damals nicht der Fall gewesen, aber dieses zweite Mal war Nellas Präsenz ohnehin viel stärker. Es kam also auf den Versuch an.

Sie neigte den Kopf nach vorn, um die Kette im Nacken zu verschließen, was sich besonders durch ihre langen offenen Haare recht schwierig gestaltete. Doch während sie damit kämpfte, lagen die Perlen schon auf ihrem Dekolleté, und sie hörte Nella mit einem Mal ganz deutlich.

… mich verstehst! Ich muss dir so viel sagen über den Venezianer und über deine Zukunft. Du hast …

»Mein Herz.« Ivans Stimme ließ Mirjana zusammenfahren, die Kette entglitt ihren Fingern und fiel vor ihre Füße. Bevor sie danach greifen konnte, war Ivan neben ihr, hob sie auf und legte sie achtlos zurück in die Schatulle. »Kannst du mir verzeihen?«

Was genau?, dachte Mirjana verbittert. Es gibt Dinge, die ich dir niemals verzeihen werde, und dass du mich letzte Nacht in deiner Wut zu Boden geschleudert hast wie eine leblose Puppe, zeigt mir nur einmal mehr, dass du mich als deinen Besitz betrachtest, mit dem du tun kannst, was dir beliebt. Auch wenn das nichts war im Vergleich zu dem, was du mir bereits angetan hast.

»Mirjana«, versuchte Ivan es erneut, als sie schwieg. Er berührte ihren Arm, um sie dazu zu bringen, sich umzudrehen und ihn anzusehen.

»Lass deine Hände von mir!«, fauchte sie, erschrocken über ihre eigene Reaktion. Sie hatte nicht vorgehabt, ihn spüren zu lassen, was sie dachte und was sie so lange versucht hatte zu verbergen – vor ihm und meist sogar vor sich selbst. Tatsächlich ließ Ivan von ihr ab, doch der Blick, mit dem er sie bedachte, verhieß nichts Gutes. »Wie du willst. Ich werde mich deinem Wunsch beugen. Im Moment. Doch vergiss nicht, wem du gehörst und in wessen Haus du hier lebst, ein Haus, das du im Übrigen nicht verlassen wirst, bevor ich es dir gestatte. Du wirst mich nicht zum Gespött der Stadt machen, indem du in Männerkleidung durch die Straßen läufst und dich des Nachts herumtreibst.« Wie um seine Forderung zu unterstreichen, riss er mit einer wütenden Handbewegung die Schmuckschatulle von der Kommode, sodass der Inhalt durch den gesamten Raum flog. Dann ließ er Mirjana stehen und verschloss mit einem vernehmbaren Drehen des Schlüssels hinter sich die Tür.

Er hatte sie tatsächlich eingesperrt!

Und sie war selbst schuld daran. Hätte sie nur ihren Mund gehalten. Sie wusste doch, wie sehr Ivan alles verabscheute, das nicht genau so war, wie er es erwartete, und dazu rechnete er auch seine Gemahlin, die schön sein sollte und seinethalben sogar intelligent sein durfte – was schon ein Fortschritt zu vielen anderen Männern dieser Republik war. Doch Gehorsam gehörte leider auch auf seine Liste der Vollkommenheit, eine Bedingung, die sie sich bisher immer zu erfüllen bemüht hatte, zumindest soweit es für ihn ersichtlich war.

Seufzend blickte sie auf das Durcheinander um sich herum, ohne es wirklich wahrzunehmen. Wie sollte sie sich jetzt verhalten? Entweder sie blieb und tat, was von ihr erwartet wurde, um sich zu gegebener Zeit reuig zu zeigen und dieselben Freiheiten wie zuvor zu genießen. Oder sie versuchte, aus dem Haus zu entkommen, ohne dass Ivan es bemerkte.

Nella! Vielleicht konnte sie ihr helfen.

Hastig machte sich Mirjana daran, den Schmuck aufzusammeln, und hatte schließlich alles beisammen, bis auf einen goldenen Ohrring mit kleinen weißen Perlen, der zu der Kette mit den Filigrankugeln passte – und die apricotfarbenen Perlen, durch die sie mit Nella in Verbindung treten konnte. Die beiden Stücke lagen ganz hinten unter dem Bett, das zu schwer war, um es allein zur Seite zu rücken.

Verzweifelt versuchte sie, dennoch irgendwie an die Kette zu gelangen, und zwängte sich so weit es ging unter das Bett, um danach zu hangeln. Doch die Perlen blieben unerreichbar. In diesem Augenblick hörte sie jemanden ihre Tür aufschließen. Sie hoffte, dass dieser Jemand Petrunjela sein würde, und schob sich ein Stück zurück ins Tageslicht, blieb dabei jedoch mit ihren Haaren hängen, sodass es ihr nicht gleich gelang, vollständig unter dem Bett hervorzukriechen.

»Sie ist fort, Gosparu!«, hörte sie Lovros entsetzte Stimme und dann seine Schritte, die die Treppe hinuntereilten.

Als sie endlich wieder aufrecht stand, sah sie eine Suppenterrine auf dem Boden und die Tür weit offen stehen. Der Diener hatte sie von seinem Standpunkt aus nicht sehen können und wohl angenommen, sie hätte die Flucht durch das Fenster ergriffen, was zwar schwierig, aber nicht unmöglich gewesen wäre.

Die offene Tür erleichterte die Sache, sie musste sich nur

schnell entscheiden, was sie tun wollte. Natürlich wäre es vernünftiger, einfach abzuwarten und das, was Ivan als ihre Strafe betrachtete, auszusitzen. Außerdem war da die Perlenkette, die noch immer unter dem Bett lag und ohne die sie nicht erfahren würde, was Nella ihr sagen wollte. Wenn sie die Gelegenheit beim Schopf ergriff und fortlief, hätte sie keine Zeit mehr, an die Perlen zu gelangen. Auf der anderen Seite aber trieb sie die Sorge um Nikola an. Sie hatte keine Ahnung, wie es ihm ging, und konnte nicht vergessen, dass er nur ihretwegen überhaupt in diese verfahrene Situation geraten war. Wenn sie hier blieb, würde sie vermutlich eine Weile ausharren müssen, bevor Ivan ihr den nächsten Besuch in der Apotheke erlaubte.

Ihr Blick huschte ein letztes Mal zwischen dem Bett und der Tür hin und her. Sie musste *jetzt* eine Entscheidung treffen, auch ohne Nellas Hilfe.

»Ich werde gehen, Nella«, flüsterte sie. »Was ich über meine Zukunft wissen muss, weiß ich ohnehin bereits, ebenso, dass sich daran nicht rütteln lässt. Einerlei, welche Rolle Vecellio dabei spielt. Das begreifst du doch, nicht wahr?«

Nein, bleib!, *wollte ich Mirjana zurückhalten, aber es war zu spät. Endlich war es uns gelungen, einander zu verstehen, und diese sture Frau setzte trotzdem ihren Kopf durch! Wie sollte ich in die Vergangenheit eingreifen, wenn sie mir nicht zuhörte?*

Verdammt, Mirjana!, fluchte ich. Es kann doch nicht sein, dass ich so viele Jahrhunderte überbrücke, nur um Safets Meinung bestätigt zu kriegen. Nur damit ich sehe, dass ich sowieso nichts ändern kann.

Derweil schlich Mirjana die Treppe hinunter bis zum nächsten Absatz, wo sie sich in einer Nische hinter einem Vorhang verbarg.

»Wie konnte das geschehen?«, erklang Ivans Stimme, der mit Lovro von unten heraufkam, um sich selbst vom Verschwinden seiner Gemahlin zu überzeugen.

»Sie muss durch das Fenster geklettert sein, Gosparu«, stellte Lovro fest.

Ivan gab ein Schnauben von sich. Mirjana konnte sein Gesicht sehen, als die beiden Männer genau in diesem Moment die Stelle passierten, wo sie sich versteckt hielt. Es war vor Zorn entstellt, und das war der Augenblick, in dem Mirjana wünschte, sie hätte ausgeharrt. Noch konnte sie zurück, noch war Zeit, Ivan ihre Unschuld zu beweisen, und vielleicht würde sie das retten. Nikolas Schicksal konnte sie ohnehin nicht ändern, er würde ertragen müssen, was immer ihm an Buße auferlegt worden war.

Sie trat aus der Nische hervor, folgte Ivan und Lovro in einigem Abstand zu ihrem Schlafgemach und wollte sich gerade bemerkbar machen und sich reuig geben, da hörte sie Ivan sprechen.

»Wir werden an den Fenstern Gitter anbringen müssen.«

Gitter? Wollte er sie wirklich halten wie im Gefängnis? Wie lange? Und was würde er während dieser Zeit herausfinden? Über ihren Garten, über ihr Buch? Das Buch! Mirjana fiel wieder ein, was sie gespürt hatte, als sie es damals mit Nella in sich betrachtete: Nella war auch deswegen hier.

Sie machte ganz leise kehrt und lief nach unten, wo sie ungesehen bis in den Keller gelangte. Ausgerechnet jetzt auf die Straße zu laufen, wo Ivan oben am Fenster stand, kam nicht infrage. Am besten, sie wartete, bis seine Schritte und eine zufallende Tür ihr verrieten, dass er das Haus verließ. So entging sie dem Risiko, ihm versehentlich zu begegnen, wenn sie ihre Nase aus dem Keller steckte. Einmal dachte sie schon, es wäre so weit, doch es war nur Lovro, der ausgeschickt wurde, um sie zu suchen.

Während die Stunden im Dunkeln und Kalten quälend langsam verstrichen, fragte sie sich, ob das, was sie tat, wirklich klug war. Wenn sie weglief, wo sollte sie hin? Sie besaß nichts außer dem, was sie am Leib trug. Was also sollte sie in Zukunft mit ihrem Leben anfangen, das sie vermutlich in irgendeiner Gosse fristen würde? Niemandem wäre damit geholfen, abgesehen von Ivan, der zumindest sein widerspenstiges Weib los war.

Nur mühsam ließ sie den Gedanken zu, dass es schon einmal eine Zeit gegeben hatte, zu der sie aus einem weitaus gewichtigeren Grund erwogen hatte, ihn zu verlassen. Damals hatte sie es wegen der Aussichtslosigkeit des Unterfangens nicht getan und weil dadurch nichts gewonnen war. Letztlich war es für alle Beteiligten die beste Lösung gewesen, alles beim Alten zu lassen. Heute waren die Aussichten kaum besser, aber sie konnte einfach nicht mehr.

Schließlich geschah, worauf Mirjana gewartet hatte. In ihr Versteck drang aus den oberen Stockwerken die übliche Geschäftigkeit der Dienstboten und dann die Stimme Ivans, die ein paar harsche Anweisungen erteilte, bevor er auf die Straße trat. Mirjana schätzte eine weitere Viertelstunde ab, in der Ivan sich weit genug vom Haus entfernt haben müsste, und richtete sich auf. Doch in diesem Augenblick kam jemand in den Keller herunter. Der schmale Lichtspalt, der durch die Tür hereinfiel, genügte, um Petrunjela zu erkennen, die etwas aus dem Vorratsraum holte. Noch vor wenigen Stunden hatte Mirjana sich gefragt, ob sie Petrunjela vertrauen konnte, nun musste sie es darauf ankommen lassen, wenn sie wenigstens eine Chance auf eine Zukunft haben wollte.

»Schsch!«, machte Mirjana.

Petrunjela schrak zusammen und schaute sich suchend um.

»Hier bin ich.« Mirjana trat aus ihrer Ecke hervor. »Du musst mir helfen, Petrunjela.«

»Gospođa! Was tut Ihr denn hier unten? Ihr werdet in der ganzen Stadt gesucht!«

»Ja, ich weiß. Ich muss fort, Petrunjela, und ich brauche deine Hilfe!«

»Aber … ich kann Euch nicht helfen! Euer Gemahl wird …«

»Er muss ja nicht erfahren, dass du mir geholfen hast. Hör zu, ich brauche die Männerkleider, die ich letzte Nacht trug, und irgendein schlichtes von meinen eigenen. Und bring mir zwei, drei wertvolle Schmuckstücke aus meiner Schatulle, am besten auch die Kette mit den goldenen Filigrankugeln.« Viel lieber hätte sie um die apricotfarbenen Perlen gebeten. Doch die waren verloren, denn ihre Dienerin war noch ein ganzes Stück kleiner als sie selbst und hätte sie nie unter dem Bett hervorholen können. Würde Petrunjela aber jemanden um Hilfe bitten, müsste sie erklären, woher sie wusste, dass die Kette dort lag. Und wer außer Mirjana hätte ihr das sagen sollen? Damit wäre auch verraten gewesen, dass sie sich noch im Haus versteckte. Die Gefahr war zu groß.

Während Mirjana diese Gedanken durch den Kopf gingen, stand Petrunjela unentschlossen da und starrte ihre Herrin an, als sähe sie sie zum ersten Mal. Bisher hatte immer ihr Wort gegolten, doch plötzlich war deren Position ihrer eigenen sehr viel näher. Auch sie hatte zu tun, was man von ihr verlangte, und das hieß eigentlich, eingesperrt in ihrem Zimmer zu sitzen.

»Petrunjela!« Mirjana richtete sich kerzengerade auf und legte alle Autorität, zu der sie fähig war, in ihre Stimme. »Wenn du mir nicht hilfst, dann ist alles verloren, verstehst du? Alles, wofür ich gearbeitet habe!«

»Ihr meint …«, begann Petrunjela und riss entsetzt ihre Augen auf.

»Natürlich! Ivan wird das Buch früher oder später finden und mir gewiss nicht gestatten, jemals wieder auch nur ein einziges Kräuterspitzchen anzufassen. Er wird meinen Garten vernichten und meine Aufzeichnungen! Bitte!«

Zwar glaubte Mirjana nicht, dass Ivan sie zuerst in Lapad suchen würde, aber je eher sie dorthin gelangte, desto besser. Das Buch in Sicherheit zu bringen schien ihr das Wichtigste. Auch wenn sie nicht genau wusste, wie in einer fernen Zeit alle Fäden zueinander laufen würden – dass sie es taten, das wusste sie gewiss.

»Gut«, beschied Petrunjela. »Wartet hier, ich bringe Euch, worum Ihr gebeten habt. Und den Schlüssel zum Haus in Lapad, den werdet Ihr brauchen.«

Oh du lieber Gott, nein!, *brüllte ich in Mirjanas Kopf.* Es ist nicht Ivan, vor dem du weglaufen solltest! *Verzweifelt versuchte ich, zu Mirjana durchzudringen, um sie vor ihrem Irrtum zu warnen. Der Mann mochte ein brutaler Renaissance-Macho sein, aber für ihren Tod trug er wohl eher nicht die Verantwortung. Der hing schließlich mit dieser Hexengeschichte zusammen, mit der nur Vecellio was am Hut hatte – aus welchen Motiven auch immer. Und natürlich nicht zu vergessen Bruder Heinrich, sobald der Wind davon bekam.*

Es schien paradox, aber vermutlich war Mirjana hier im Haus in Gefangenschaft sicherer als sonst irgendwo in Ragusa. Jetzt abzuhauen war der größte Fehler, den sie machen konnte.

Aber es hatte keinen Zweck, ohne die Perlen war eine Kontaktaufnahme aussichtslos und ich gezwungen zuzusehen, wie Mirjana in ihr Verderben lief.

Mit einem Bündel, in dem die Sachen steckten, die Petrunjela ihr gebracht hatte, hastete Mirjana durch das Gewirr der engen Gassen. Sie drückte sich nah an die Mauern, um möglichst nicht erkannt und damit aufgehalten zu werden und vor allem, um sich schnell in einen Hauseingang flüchten zu können, sobald sie Ivan irgendwo erspähte. Die ganze Zeit über spürte sie, dass Nella sie warnen wollte, auch ohne ihre Worte zu verstehen. Aber es gab kein Zurück.

Sie musste zum Pile-Tor und von da irgendwie nach Lapad. Natürlich könnte sie versuchen, Ivans Kutscher aufzutreiben und ihm zu befehlen, sie zu fahren, doch auf diesen Gedanken mochte auch Ivan verfallen, also würde sie sich anders durchschlagen müssen.

Etwas außer Atem kam sie beim Onofrio-Brunnen an, schöpfte ein wenig Wasser in ihre Handflächen und trank. Dabei fiel ihr Blick auf das Franziskaner-Kloster gegenüber, während sie das Konvent der Klarissinnen in ihrem Rücken wieder zu ignorieren versuchte wie jedes Mal, wenn sie daran vorbeikam.

Sie sollte sich trotz der Gefahr nach Nikola erkundigen, vielleicht war es die letzte Gelegenheit, ihn zu sehen. Sie wischte ihren Mund trocken und trat von den Stufen des Brunnens herunter, als sie eine Gruppe Mönche in weißen Kutten die Straße entlangkommen sah. Denjenigen in der Mitte erkannte sie wieder, es war der fremde Dominikaner aus Oberdeutschland.

»Guten Abend, Gospođa«, hörte sie plötzlich eine Stimme neben sich. »Wie ich sehe, habt Ihr unser kleines nächtliches Abenteuer gut überstanden. Das freut mich außerordentlich.«

»Ihr offenbar ebenso«, gab Mirjana ohne jede Höflichkeitsfloskel zurück. Wieso lief ihr dieser Mann nur immer zu den ungünstigsten Zeitpunkten über den Weg?

»In der Tat. Übrigens habe ich hier etwas, das Euch gehört und das ich gestern versehentlich eingesteckt habe.« Er hielt ihr ein Stück Papier entgegen, das Mirjana erst verdutzt ansah, bis ihr aufging, worum es sich handelte.

»Ich danke Euch.« Nun hatte sie erst recht einen Grund, Nikola aufzusuchen, der die Rezeptur hoffentlich in den Giftschrank zurücklegen oder unauffällig woanders deponieren konnte, sodass die Franziskaner sie nicht vermissten. Sie sah an Vecellio vorbei zum Eingang des Klosters, mit den Gedanken schon bei Nikola, als sie spürte, dass jemand sie anstarrte. Sie wandte ihren Blick nach rechts, und ihre Augen trafen auf die des Dominikaner-Mönches, der stehen geblieben war und sie und Vecellio beobachtete.

Sie fühlte sich unter seinem scharfen Blick äußerst unwohl.

»Mir scheint, Ihr seid ein wenig abgelenkt«, lächelte Vecellio. »Oder habt Ihr noch nicht genug Ruhe gefunden nach der schlaflosen Nacht und wollt in der Apotheke nach einem Schlafmittel fragen? Obwohl ich eigentlich annehme, dass Ihr selbst Euch solcherlei Mittelchen zusammenbrauen könnt. Wie Ihr Euch vielleicht erinnert, weiß ich das aus eigener Erfahrung.«

Der Dominikaner beobachtete sie noch immer, sein Gesicht war dabei fast ausdruckslos, nur seine Augen schienen Feuer zu speien, ein Feuer der Leidenschaft, das zu einem Mönch nicht passen wollte.

»Was habt Ihr gesagt?«, fragte Mirjana abwesend, die zwar Vecellios Worte gehört, jedoch nicht wirklich verstanden hatte und sich daher nicht in der Lage sah zu antworten.

Vecellio schüttelte den Kopf und wandte sich um, damit er sehen konnte, wohin Mirjana derart gebannt schaute.

»Nicht weiter wichtig«, murmelte er sodann stirnrunzelnd. »Ich wünsche Euch einen schönen Abend.« Damit verbeugte er sich flüchtig und schon halb im Gehen, bevor er auf das Pile-Tor zuschritt.

Zur selben Zeit setzte sich auch der Mönch in Bewegung, und alles war wieder wie zuvor. Als hätte nicht gerade eben die Zeit stillgestanden. Mirjana rieb sich mit der Hand über die Augen, um die Begegnung fortzuwischen. Zugleich fragte sie sich, ob sie die Begegnung mit Vecellio meinte, der heute ungewöhnlich wenig Wert darauf gelegt zu haben schien, sie in ein längeres Gespräch zu verwickeln, oder jene, die nur aus dem Blickkontakt mit dem Dominikaner bestanden hatte.

In der Apotheke ging alles seinen gewöhnlichen Gang – nur Nikola fehlte.

»Er fühlte sich leider heute ein wenig unwohl, Gospođa«, erklärte ihr Bruder Jakov, dem Nikola normalerweise beim Zubereiten und Verkauf der Medizin half. »Aber ich werde ihm gern Ihre Genesungswünsche ausrichten.«

Mirjana nickte und musste sich nicht um einen besorgten Gesichtsausdruck bemühen, der durchaus echt war. »Bitte tut das. Ich hoffe, es geht ihm bald besser.«

»Das hoffen wir alle. Die Genesung an Körper und Geist ist sehr wichtig.«

Mirjana kam es vor, als hätte Bruder Jakov ein wenig zu viel Betonung auf das Wort Geist gelegt. Hatten sie ihn in seine Zelle gesperrt und zu einer Art Buße in Einzelhaft verdammt? Oder hatte Jakov mit Geist in Wirklichkeit Gehorsam gemeint? Es schien, als seien ihr und Nikolas Schicksal sich recht ähnlich, nur dass ihr immerhin die Flucht geglückt war. Auch wenn es nur eine Flucht auf Zeit war, wie sie sehr wohl wusste.

Kurz spielte sie mit dem Gedanken, die Rezeptur in einem unbeobachteten Moment fallen zu lassen, sodass die

Franziskaner annehmen mussten, sie hätten sie in der Nacht zuvor übersehen. Doch es waren zu wenig Menschen in der Apotheke, und ihr Tun wäre aufgefallen. Ohnehin wäre es viel besser, wenn sie das Papier vernichtete, damit es in Vergessenheit geriet und keinen Schaden mehr anrichten konnte. Sie würde es verbrennen, beschloss sie, und verabschiedete sich. Für Nikola konnte sie wohl nichts mehr tun.

Als sie draußen vor dem Pile-Tor stand, die gewaltige Festungsmauer in ihrem Rücken, mit den Gedanken bereits in der Sommervilla in Lapad, wurde ihr bewusst, dass dies womöglich ein Abschied für immer war. Sie hatte dem Leben an der Seite ihres Gemahls abgeschworen, und sie ließ sogar noch weitaus mehr zurück.

Entschlossen drängte sie die aufkommende Verzweiflung zurück und hob den Kopf, als ihr Blick auf die vor dem Tor wartenden Kutschen fiel. Ivans war nicht darunter, was zweierlei bedeuten konnte: Entweder er war in Gruž oder er hatte ihre Pläne erraten und war ihr voraus in ihre Residenz gefahren.

Dann sah sie Vecellio mit einem anderen Mann, vermutlich einem Diener, bei einer Kutsche stehen. War dies sein Gefährt? Und falls ja, konnte sie ihn bitten, es ihr zur Verfügung zu stellen? Selbst wenn er hinterher mit Ivan über den Vorfall sprach, war sie bereits fort und sicher vor ihrem Gemahl, sollte der sie nicht ohnehin in der Villa erwarten.

Hoch erhobenen Hauptes und wie selbstverständlich ging sie auf den Venezianer zu, der in das Gespräch mit seinem Diener vertieft war.

»... dir gewiss sein, Claudio. Ich habe mich davon überzeugen können und jeden Grund anzunehmen, dass ...«

Claudio unterbrach seinen Herrn nicht mit Worten, wohl aber mit einem Seitenblick auf Mirjana, sodass Vecellio mitten im Satz innehielt und sich umwandte.

Mirjana setzte ihr liebenswürdigstes Lächeln auf. »Verzeiht die Störung, Signor. Doch als ich Euch hier stehen sah, fragte ich mich, ob ich Euch um eine Gefälligkeit bitten dürfte.«

Vecellio war sein Erstaunen deutlich anzumerken. Erst nach ein, zwei Sekunden brachte er es zustande, Claudio mit einer Handbewegung zu entlassen. »Wir reden später weiter«, sagte er, um sich gleich darauf Mirjana zuzuwenden. »Ihr stört keineswegs. Wie kann ich Euch behilflich sein?«

»Mit Eurer Kutsche. Es ist doch Eure, nicht wahr?«

»Allerdings. Und sie steht selbstverständlich zu Eurer Verfügung, so lange Ihr sie braucht.«

»Das ist sehr großzügig von Euch. Mein Gemahl wurde überraschend zur Werft nach Gruž gerufen, und ich muss unbedingt nach Lapad.«

»Es wird mir ein Vergnügen sein, Euch dorthin zu begleiten«, sagte Vecellio mit einer angedeuteten Verbeugung.

Das war das Letzte, was Mirjana brauchen konnte, sie bemühte sich jedoch um ein dankbares Lächeln. »Das wird nicht nötig sein, Signor Vecellio. Es reicht, wenn Euer Kutscher mich hinbringt, er muss auch nicht warten, er kann gleich wieder zurückfahren, denn ich werde eine Weile dort bleiben.«

Vecellio sah sie einen Moment lang regungslos an, dann stellte er fest: »Selbst wenn ich mir gestatten würde, Euch schutzlos durch diese schöne Republik fahren zu lassen – was ich niemals täte, denn ich halte Ärger mit Eurem Gemahl für wenig erstrebenswert –, wäre das schlecht möglich. Mein Kutscher ist unglücklicherweise erkrankt, und da Ihr sicher nicht darauf besteht, selbst auf dem Kutschbock Platz zu nehmen, werdet Ihr Euch meinen Fähigkeiten anvertrauen müssen.« Damit öffnete er einladend die Kutsche und ließ Mirjana keine andere Wahl, als sich seinem Vorschlag zu fügen.

Sie stieg ein, während Vecellio selbst sich auf den Kutschbock schwang und die beiden Pferde antrieb. Wenigstens blieb ihr eine Unterhaltung erspart, sodass sie während der Fahrt darüber nachsann, wie sie Vecellio in Lapad loswerden konnte.

Es begann bereits zu dämmern, als sie am Hafen ankamen und Vecellio die Pferde zum Halten brachte.

»Wo liegt Euer Boot?«, fragte er, nachdem er ihr aus der Kutsche geholfen hatte. »Es ist doch richtig, dass man Euer Anwesen nur über den Wasserweg erreichen kann?«

»Ja«, nickte Mirjana, während sie versuchte, sich möglichst im Schatten zu halten. Sie wusste nach wie vor nicht, wo Ivan tatsächlich war, und falls er sich in der Werft aufhielt, bestand immerhin die Gefahr, ihm zu begegnen. Noch dazu war ihr einfach kein Grund eingefallen, Vecellio nun, da sie ihn nicht mehr brauchte, wegzuschicken. »Aber bemüht Euch nicht weiter, ich weiß mit dem Boot umzugehen.«

»Das glaube ich gern«, lächelte Vecellio. »Doch wie ich schon sagte, werde ich Euch um Eurer Sicherheit willen nicht aus den Augen lassen. Es sei denn, Ihr wünscht, dass ich Euch bei Eurem Gemahl abliefere, der Euch dann gewiss auch zu Eurer Residenz bringen wird.«

»Nein«, sagte Mirjana, vielleicht eine Kleinigkeit zu schnell, wie sie Vecellios erhobenen Brauen ansah. Sie musste vorsichtiger sein. »Ich möchte ihn keinesfalls bei wichtigen Arbeiten stören.«

»Dann müsst Ihr mir gestatten, Euch zu begleiten.«

Unwillig führte Mirjana Vecellio zum Anleger und betete darum, das Boot dort vorzufinden, weil das hieß, dass Ivan es nicht benutzt hatte und sich folglich auch nicht in der

Villa aufhielt. Erleichtert registrierte sie, dass es genau dort lag, wo es sein musste, und ließ sich von Vecellio hineinhelfen. Die Fahrt über die Bucht ging schneller, als sie gedacht hatte. Vecellio war kräftig und ruderte mit sicheren Schlägen, bis sie im Bootshaus anlegten, wo er zuerst den Steg betrat und ihre Hand nahm. Es war dunkel, keine Fackel brannte. Nur das leise Klatschen der Wellen an die Wände des Bootshauses und an den Steg war zu hören.

»Mirjana«, sagte Vecellio in die Stille hinein, während sie nach der Tür tastete, die auf den Vorplatz vor dem Fischteich führen würde. Die Art, in der er ihren Namen aussprach, gefiel ihr nicht. Es klang entschieden zu vertraulich. Sie schluckte und tat, als habe sie ihn nicht gehört.

Endlich draußen, atmete sie auf und wandte sich den Stufen zum Garten und damit zum gänzlich unbeleuchteten Haus zu. Natürlich sollten zumindest ein, zwei Dienstboten hier sein, doch da die Herrschaft abwesend war und auch nicht erwartet wurde, hatten sie offenbar entschieden, ihren eigenen Angelegenheiten anderswo nachzukommen. Vecellio hielt noch immer ihre Hand, aber endlich versuchte sie, sich ihm zu entziehen. Dummerweise ließ er das nicht zu, im Gegenteil, er umklammerte sie fest und hinderte sie damit sogar am Weitergehen.

»Mirjana«, wiederholte er. »Wovor läufst du weg? Kein Mensch erwartet dich, kein einziger Dienstbote steht bereit zu deinem Empfang. Was willst du hier so allein?«

»Lasst mich los!«, forderte Mirjana. Sie war wütend, teils auf Vecellio, zum größten Teil aber auf sich, weil sie selbst schuld war an dem Dilemma. Hätte sie den Fußmarsch nicht gescheut, säße sie jetzt nicht in dieser Bredouille.

»Du willst in deinen Hexengarten, nicht wahr? Bist du dort mit dem Teufel verabredet, um einen Sabbat abzuhalten?«

»Ihr seid verrückt!«

Vecellio starrte sie an und beugte sich dann vor, sodass seine Nasenspitze fast die ihre berührte. »Das mag sein. Nach dir.« Und dann küsste er sie.

Mirjana hatte keine Kraft mehr. Sie war innerhalb von vierundzwanzig Stunden in die Apotheke der Franziskaner eingedrungen, hatte eine Rezeptur gestohlen, war durch ein unterirdisches Tunnelnetz geflüchtet, von dessen Existenz sie bis dahin nicht einmal etwas geahnt hatte, war von ihrem Gemahl mit solcher Heftigkeit zu Boden geschleudert worden, dass sie lange ohnmächtig gelegen hatte, dann war sie von ihm eingesperrt worden und hatte nur durch einen puren Zufall die Flucht ergreifen können. Und das alles, um mit dem Mann im Garten ihrer Villa zu enden, mit dessen Auftauchen das ganze Unglück überhaupt erst begonnen hatte.

Sie kannte ihr Schicksal, sie hatte längst verloren, vor Jahren schon, aber bevor sie aufhörte, es hinauszuzögern, bevor sie endgültig aufgab, musste sie noch etwas retten, wenn sie schon das nicht hatte retten können, was ihr mehr bedeutet hätte als alles im Leben.

Schwungvoll hob sie ihr Knie und rammte es dorthin, wo es Vecellio am meisten schmerzte. Sie hörte, wie er scharf Luft in seine Lungen sog, dann ließ er von ihr ab und krümmte sich zusammen.

Mirjana lief los und schaffte es dabei, den Schlüssel zum Haus aus dem Beutel mit ihren wenigen Habseligkeiten zu fischen, die sie am linken Arm trug. Ihre Finger zitterten, als sie versuchte, ihn ins Schloss zu bekommen. Alle ihre Sinne brüllten ihr zu, sich umzudrehen, um nachzusehen, was Vecellio tat, ob er ihr folgte oder noch immer zu sehr mit sich selbst beschäftigt war. Doch sie zwang sich, sich ganz auf das Schloss zu konzentrieren, das endlich aufsprang. Sie hetzte die Treppe hoch, riss die Tür zu ihrer kleinen Kammer auf, die sie sofort wieder schloss, damit Vecellio sie zumindest nicht gleich hier vermutete, und öffnete ihren Schrank.

»Lieber Gott, hilf mir«, betete sie. Endlich hatte sie den Griff der geheimen Schublade gefunden und zog sie heraus. Das Buch war unversehrt, und damit dieser Zustand so blieb, musste sie es fortbringen. In dem Moment hörte sie jemanden an der Kammertür hantieren und zog geistesgegenwärtig die Schranktür hinter sich zu. Stockstill stand sie zwischen all den Kleidern und lauschte.

»Mirjana!« Vecellio war in den Raum getreten, der für ihn leer scheinen musste.

Stille trat ein, in der Vecellio vermutlich auf der Schwelle stand und sich gründlich umsah. »Du bist wirklich das sturste Frauenzimmer, das mir je begegnet ist«, hörte Mirjana ihn leise sagen. »Hexe!«

Sie rührte sich nicht. Auch nicht, als die Tür geschlossen wurde und es lange Zeit ruhig war. Sie vernahm weder Vecellios Schritte auf der Treppe noch sonst wo im Haus, also musste er noch hier sein und sie in Sicherheit wiegen wollen. Dann hörte sie etwas anderes. Es kam von draußen, und es waren Stimmen, die Stimmen zweier Männer, die auf das Haus zukamen. Die eine Stimme gehörte Ivan, der von irgendwem ein zweites Boot geborgt haben musste, als er seines nicht vorfand. Die andere Stimme war Mirjana gänzlich unbekannt. Doch Ivans allein reichte, sie vor Schreck zusammensinken zu lassen. Dabei vergaß sie, dass das Geräusch, das sie damit verursachte, unweigerlich ihren Aufenthaltsort verraten würde.

Eine Sekunde später stand Vecellio vor ihr in der offenen Schranktür. Er sah auf ihre Gestalt hinunter, die zwischen Unmengen kostbarer Stoffe kniete und das Buch an sich klammerte, und runzelte verwundert die Stirn.

»Was hast du da?« Er beugte sich zu ihr hinunter und griff nach dem Buch.

»Nichts, das Euch etwas anginge!«

»Das kann wohl nur ich selbst beurteilen. Es muss schon etwas Bedeutendes sein, wenn du dafür den Weg nach Lapad auf dich nimmst. Du bist doch deshalb hier, nicht wahr?« Ohne auf ihre Proteste zu achten, zog Vecellio Mirjana aus dem Schrank. Sie widersetzte sich mit aller Kraft, doch dabei ließ sie das Buch fallen, das aufgeschlagen auf dem Boden landete.

Vecellio war schneller als sie und hob es hoch. »Rezepturen«, murmelte er und blätterte um. »Du bist begabt mit diesen Zeichnungen, wahrhaftig …«

Während Vecellio noch abgelenkt war, nutzte Mirjana den Moment und riss das Buch wieder an sich. Sie musste ihr Wissen retten und fort von hier, bevor Ivan sie entdeckte!

Vecellio wollte gerade auffahren, da hob jemand vor der Kammer an zu sprechen.

»Hier ist niemand, nicht einmal die Dienerschaft, mit der ich ein ernsthaftes Wort zu reden haben werde«, sagte Ivan. »Ich glaube allmählich, wir jagen Eurer Einbildung hinterher. Was Ihr mir erzählt, kommt mir gar zu fantastisch vor.«

»Glaubt mir, ich habe mich nicht getäuscht. Eure Gemahlin ist eine Hexe, und sie buhlt nicht nur mit dem Teufel, sie betrügt Euch auch mit dem Venezianer. Denkt ihr wirklich, ich hätte mich gegen den Wunsch des Priors nicht nur zu lange dem Kloster fern gehalten, sondern auch noch unerlaubt die Stadt verlassen, wenn ich nicht wüsste, wofür ich es tue? Wir müssen die Seele Eurer Gemahlin retten, bevor es zu spät ist!«

Mirjana wurde eiskalt, und sie sah, wie auch Vecellio erstarrte. Der Mann, der mit Ivan dort draußen stand, war der Sprache des Landes nicht mächtig, weshalb die Unterhaltung auf Italienisch geführt wurde. Sie erinnerte sich an die Begegnung vor wenigen Stunden, an den Blick des Dominikaner-Mönches, der ihr einen Schauer über den Rücken gesandt hatte.

Vielleicht hätte sie Nella doch zuhören sollen, schoss es ihr durch den Kopf, vielleicht wäre es sogar nötig gewesen, um das Buch zu retten. Sie hätte weniger selbstsicher und überheblich sein sollen und demütiger vor dem Schicksal. Wenigstens spürte sie noch immer Nellas Gegenwart, und das betrachtete sie als ihre letzte Hoffnung.

Sie richtete ihre Aufmerksamkeit wieder auf die beiden Männer vor der Tür und überlegte, weshalb der fremde Dominikaner sie wohl für eine Hexe hielt. Bisher war das Vecellio allein vorbehalten gewesen. Dann sah sie ihn an und begriff.

»Ihr habt ihm das eingeredet!«, flüsterte sie.

Vecellio schüttelte den Kopf und legte den Finger auf ihren Mund, um sie zum Schweigen zu bewegen. Doch sie war noch nicht fertig.

»Geschieht Euch recht, dass er Euch gleich mit hineinzieht. Ihr habt mich ins Verderben gestürzt, aber es wird mir eine Befriedigung sein, dass Ihr zumindest in Ragusa keine Geschäfte mehr machen werdet. Ein Mann, der sich mit einer Hexe einlässt, ist sicher nicht sehr wohl gelitten.«

»Sei still!«, zischte Vecellio.

Vergebens. Ob wegen Mirjanas Stimme oder aus Intuition, Ivan hatte die Tür zu ihrer Kammer geöffnet, und was er vor sich sah, bestätigte seine schlimmsten Befürchtungen. Seine Gemahlin stand mit zerzausten Haaren und unordentlichen Kleidern so dicht bei dem Venezianer, dass kein Zweifel mehr an den Worten des Dominikaners bestehen konnte. Hexerei oder nicht, Hörner hatte ihm Mirjana allemal aufgesetzt. In seinem eigenen Haus.

»So ist es also wahr.«

»Ich bin keine Hexe!«, fuhr Mirjana auf. Instinktiv spürte sie, dass hier die größere Gefahr lag. Unschuldsbeteuerungen den Venezianer betreffend würde Ivan ohnehin nicht glauben.

Neben ihr setzte Vecellio an, etwas zu sagen, aber er kam nicht dazu. Ivan hieb seine Faust in dessen Gesicht, sodass der Venezianer beinah den Boden unter den Füßen verloren hätte. Er konnte sich jedoch aufrecht halten und rieb sich stattdessen das Kinn.

»Ich versichere Euch Eures bedauernswerten Irrtums, Signor«, sagte er undeutlich. »Zumindest, was meine Verwicklung in diese höchst tragische Geschichte anbelangt.«

»Ich bin begierig zu hören, welche Erklärung Ihr mir zu geben gedenkt!« Ivans Stimme troff vor Spott. »Nun?«

»Das hier!« Erneut wollte Vecellio Mirjana das Buch aus den Händen reißen, doch diesmal gelang es ihm nicht. »Es ist zu Eurem Besten«, sagte er, »wenn ich die Saat des Bösen an mich nehme. Lasst ab davon!«

Mirjana spuckte ihm ins Gesicht.

Ganz langsam hob Vecellio den Arm, und einen Moment lang dachte sie, er wolle sie schlagen, doch er wischte sich nur seine Wange an seinem Ärmel ab. »Gebt es mir!«, befahl er ihr erneut.

»Nicht, so lange ich mich dessen erwehren kann!«

»Was ist das?«, fragte Ivan ungeduldig und streckte die Hand nach dem Buch aus.

Vecellio drehte sich um. »Der Beweis für Bruder Heinrichs Vorwurf, fürchte ich. In der Tat habe ich Eure Gemahlin unter dem Vorwand, ihr helfen zu wollen, hierher begleitet. Doch in Wahrheit ahnte ich, dass sie vor Euch auf der Flucht war und etwas Bestimmtes vorhatte. Auch in meinem Heimatland haben wir Erfahrungen mit dem Bösen und mit jenen, die mit dem Teufel im Bunde stehen. Ich sah gleich, dass mit Eurer Gemahlin etwas nicht so ist, wie es sein sollte, und habe mir bei meinem ersten Besuch bei Euch ihren Kräutergarten angesehen. Ich bin sicher, Bruder Heinrich wird ihn ebenso interessant finden wie ich.«

»Den Kräutergarten?« Offenbar war Ivan die ganze Angelegenheit nicht recht geheuer. Seine Gemahlin des Ehebruchs überführt zu sehen, war eine Sache, Hexerei eine gänzlich andere.

»Ganz richtig. Und in diesem Buch hat sie ihre giftigen und gefährlichen Rezepturen aufgeschrieben, die sie heimlich anwendet.«

»Euch sind sie allerdings schlecht bekommen, Signor! Ist das Eure Rache dafür?«, rief Mirjana. »Ivan, ich schwöre dir, nichts davon ist wahr! Meine Rezepturen sind nicht des Teufels, und Signor Vecellio kam nur deshalb in den Genuss eines harmlosen Schlaftrunks, weil er sich an mir vergreifen wollte! Ich habe dich vor ihm gewarnt! So glaub mir doch!«

Unsicher schaute Ivan von seiner Gemahlin zu Vecellio und schließlich zu Bruder Heinrich, der traurig den Kopf schüttelte und mit der Zunge schnalzte. »Ich fürchte, Signor Martolosić, so reden alle überführten Hexen. Wir müssen ihre Seele läutern, nur dann kann sie auffahren in den Himmel.« Er wandte sich erstmals direkt an Mirjana, wenn er auch zögerte, ihr allzu nahe zu kommen. »Gib mir das Teufelsbuch, mein Kind.«

»Niemals! Ivan, ich bitte dich, hör mich an! Ich weiß, ich habe dich enttäuscht. Ich enttäuschte dich, als ich dir ein Kind gebar, das nicht des Lebens fähig war, und ich enttäuschte dich mit meinem Ungehorsam. Aber ich habe niemals Unrechtes mit meiner Heilkunst getan.«

»Wo warst du letzte Nacht?«, fragte Ivan. »Sag mir die Wahrheit!«

»Ich …«

»Nun? Wo?«

»Signor Martolosić, es ist …«

»Schweigt, Mönch! Ich gebe meiner Gemahlin die Gelegenheit, sich zu erklären – oder ist das bei Euch nicht üblich?«

»Es ist üblich, die richtigen Fragen zu stellen, um die richtigen Antworten zu erhalten«, antwortete der Dominikaner verstimmt.

»Das Fragen überlasst mir, wo es um meine Gemahlin geht. Nun, Mirjana, ich höre.«

»In der Apotheke der Franziskaner«, antwortete sie. Sie berichtete wahrheitsgemäß, was sich ereignet hatte, ließ zwar Nikolas Namen, jedoch nicht Vecellios Verwicklungen darin aus und endete mit ihrem Auftauchen in ihrem Schlafgemach im Stadthaus.

»Du warst also mit Signor Vecellio zusammen?« Das schien Ivan das Wichtigste zu sein, was von den Geschehnissen der Nacht zu ihm durchdrang. »Das gibst du zu?«

»Ich …«

»Du gibst es zu?«, wiederholte Ivan.

»Ja.« Es blieb Mirjana nichts anderes übrig, obwohl seine Deutung dessen, was sie sagte, eine vollkommen andere war als die, die sie diesem »Zusammensein« beigemessen hätte.

»Was habt Ihr dazu zu sagen?«, wandte er sich an Vecellio.

Vecellios Blick streifte Mirjana sehr kurz, dann sah er an ihr vorbei. »Ich kann nur die Fantasie Eurer Gemahlin bewundern. Wie Bruder Heinrich bestätigen wird, war ich zur fraglichen Zeit im Kloster der Dominikaner und bin keineswegs durch unterirdische Gänge geirrt.«

Bruder Heinrich nickte widerstrebend. »Das ist richtig.

Wir sind uns im Kloster begegnet, wo Signor Vecellio dem Prior einen Besuch abstattete.«

Vecellio zuckte zusammen, doch nur Mirjana sah das, weil sie ihren Blick nicht von dem Mann nehmen konnte, der tatsächlich ihr Feind war. Nicht Ivan hätte sie fürchten müssen, sondern ihn.

Vecellio erholte sich jedoch erstaunlich schnell. »Und eben durch unsere dortige Begegnung verstand ich erst richtig, was es mit dem Bösen in ihr auf sich hatte, weil Bruder Heinrich es mir unabsichtlich offenbarte.«

»Das tat ich?« Das schien selbst für den Dominikaner eine Neuigkeit.

»Aber natürlich! Erinnert Ihr Euch an das Papier, das aus meinem Wams fiel? Zufällig hatte ich gesehen, wie Signora Nalješković es in den Straßen Ragusas verlor, kam jedoch nicht dazu, es ihr sogleich zurückzugeben. So nahm ich es auf, um das später nachzuholen, ohne zu ahnen, was es war. Erst als ich Euer Entsetzen sah, las ich, was dort geschrieben stand. Von da an war die Sache klar für mich.«

»Oh, ich verstehe«, nickte Bruder Heinrich.

Mirjana durchlief ein Schauer. Die Rezeptur, die Vecellio ihr vor dem Franziskaner-Kloster zurückgegeben hatte! Bruder Heinrich hatte sie beobachtet und sich seinen Teil dabei gedacht. Siedend heiß fiel ihr ein, dass sie das Papier noch immer bei sich trug, doch gleich darauf wurde ihr klar, dass ihre Situation kaum schlimmer werden konnte, als sie ohnehin schon war.

Stattdessen fragte sie sich, was Vecellio eigentlich nachts bei den Dominikanern verloren hatte. Ein ungeheurer Verdacht keimte in Mirjana auf, der ihr im selben Augenblick jedoch zu lächerlich vorkam. Der Prior der Dominikaner konnte doch nichts mit Vecellios unsauberen Geschäften zu tun haben? Sicher war der Venezianer nur deshalb im Kloster gewesen, weil ein anderer Ausgang aus dem Tunnelnetz ihn dorthin geführt hatte, genau wie sie in die Festung beim alten Hafen.

»Der Geheimgang!«, brach es aus ihr heraus. »Ivan, sieh ihn dir an, und du wirst erkennen, dass ich wahr gesprochen habe! Er existiert!«

»Das bezweifle ich nicht. Auch nicht, dass du ihn benutztest, um deine Diebstähle aus der Apotheke in Sicherheit zu bringen. Doch wozu du jene Dinge brauchst, das liegt mir nun deutlich vor Augen. Ich hätte gleich begreifen müssen, was du bist, als ich unser totes Kind sah.«

»Ivan!« Der Schrei, den Mirjana ausstieß, war beinah unmenschlich. Sie stürzte sich auf ihren Gemahl und zerkratzte ihm das Gesicht. »Wie kannst du es wagen … Du …«

Weiter kam sie nicht. Jemand packte sie an den Armen und zerrte sie fort von Ivan, der sich seine blutende Wange hielt.

»Ich verfluche dich!«, rief Mirjana. »Du sollst bereuen, jemals auf dieser Welt gelebt zu haben. Alles Leid, das du mir bereitet hast, soll doppelt über dich kommen!«

Sie starrte den Mann an, den sie einmal geliebt hatte, und verbot sich den einen Gedanken, der den Mönch vielleicht zum Nachdenken angehalten hätte, bevor sie ihn zu Ende brachte, denn er barg noch größere Gefahr als ihren eigenen Tod. Dass dieser Hoffnungsschimmer ohnehin nur allzu trügerisch gewesen war und die Bedrohung in diesem Fall eher von Bruder Heinrich als von Ivan ausgegangen wäre, wurde ihr erst bewusst, als ihr Blick zu dem Dominikaner hinüberwanderte. Nicht sie war vom Teufel besessen, sondern er.

Was jedoch den Hass auf sie anging, übertraf Ivans Gefühl bei weitem das jedes anderen. Mirjana ahnte sehr wohl, dass er sie keinen Moment für eine Hexe hielt, aber hier bot sich ihm eine Gelegenheit, seine Gemahlin auf elegante Weise aus dem Weg zu schaffen, die er für untreu, beschmutzt und unvollkommen hielt. Das war sein einziger Antrieb.

Vecellio hielt sie noch immer fest, doch sie wehrte sich nicht mehr. Endlich gab sie auf. Mit einem Mal spürte sie eine ungeheure Trauer in sich, und kurz fragte sie sich, ob es ihre eigene war, die sie bisher immer unterdrückt hatte. Doch es war Nellas Trauer. Sie weinte – und sie fühlte Schuld. Aber Nella konnte nichts für das, was geschah. Es war ihr Schicksal, das sich erfüllte, nichts weiter.

Mein Buch, sagte sie in Gedanken. *Du musst es finden, was immer damit geschieht. Versprich es mir!*

Erneut spürte sie Nellas Verzweiflung und versuchte, sie zu trösten.

Wie absurd. Mirjana redete mir zu, beruhigte mich, sagte mir, dass alles seinen Sinn habe und dass ich nicht traurig sein solle. Ich verstand nicht, was hier vor sich ging, ich verstand nicht, warum Mirjana ihre Gedanken vor mir zurückhielt. Außer, sie hielt sie weniger vor mir als vor sich selbst zurück, weigerte sich, sie zu Ende zu denken, weil sie zu schmerzhaft für sie waren.

Ich wünschte so sehr, ihr helfen und für sie kämpfen zu können, stattdessen war ich machtlos, eingesperrt in ihr und bei ihr bis zu ihrem Tod. Und darüber hinaus? Bisher war das der Gedanke gewesen, den ich *mich geweigert hatte, zu Ende zu denken. Würde ich ihr Sterben miterleben? Was geschah danach? Mit mir? Mit Mirjana?*

Die Legende besagte, sie sei einfach verschwunden. Würden sie sie irgendwo verscharren? Ich konnte mir nicht vorstellen, dass der Mord an ihr mit Billigung des Dominikaner-Priors geschehen würde, der so offensichtlich gar nichts von der Hexenverfolgung hielt – wenn er, nach allem, was ich wusste, als Kopf einer Schmugglerbande auch nichts dagegen hatte, mit unorthodoxen Mitteln Gold zu scheffeln. Falls also Bruder Heinrich wirklich Mirjanas »Seele reinigen« wollte, musste er das heimlich tun.

So versunken war ich in meinen Schmerz, in meine Trauer und in meine Verwirrung, dass ich nichts um mich herum bemerkte. Ich spürte Mirjanas Gegenwart und ihren Trost, den sie kurioserweise mir spendete statt umgekehrt, sodass ich dem äußeren Geschehen erst wieder folgte, als auch Mirjana von mir abgelenkt wurde.

Sie saß mit Bruder Heinrich und Vecellio in einer Kutsche, die sie in die Stadt zurückbrachte, während Ivan die Pferde antrieb, ungeübt zwar, doch wollte er wohl angesichts der Lage auf die Dienste seines Kutschers verzichten. Er ließ die Peitsche wild knallen, sodass sie mit rasender Geschwindigkeit auf der unebenen Straße voranpreschten, bis eines der Räder über einen Stein holperte und dadurch brach. In der Kutsche purzelten die drei Insassen durcheinander, und noch während sie auf den Venezianer fiel, ergriff Mirjana die Möglichkeit der Flucht.

Ihre Hände waren gefesselt, dennoch gelang es ihr, über Vecellio hinweg aus der zerstörten Tür zu klettern und ein Stück weit in den Wald zu laufen, aber sehr weit kam sie nicht, weil Ivan sich vor ihr aufbaute.

»Nicht so schnell, mein Herz. Du wirst gewiss nirgends hingehen, deinen Anteil an nächtlichem Umherwandern hattest du schon vierundzwanzig Stunden zuvor.« Er schaute hoch und zur Kutsche hinüber, wo Vecellio gerade dabei war, sich mühevoll aus ihr zu befreien. »Signor Vecellio, kommt her und gebt Acht auf sie. Ich kümmere mich um den Dominikaner.«

Er wartete, bis Vecellio herangekommen war, dann übergab er ihm Mirjana und machte sich daran, Bruder Heinrich zu helfen, der noch immer eingeklemmt war.

Mirjana sah Vecellio an, der sie ohne jede Regung musterte. Sie war niemals schlau aus dem Venezianer geworden und hätte gar zu gern gewusst, ob er sein Spiel mit Ivan trieb, um in ihm den Gedanken auszulöschen, er habe ihn mit Mirjana hintergangen. Auf diese Weise gedachte er vielleicht, seine zukünftigen Beziehungen zu einem der mächtigsten Schiffseigener Ragusas zu retten. Falls das so war, strengte er sich ganz umsonst an. Es war ohnehin Ivans feste Überzeugung, dass Vecellio Mirjana besessen hatte, und nichts würde ihn davon abbringen. Genau deshalb konnte der Venezianer die Geschäftsbeziehungen, die er mit ihm einzugehen plante, getrost vergessen, ebenso wie einen glanzvollen kaufmännischen Aufstieg in Ragusa. Wer Ivan hinterging, würde dafür büßen, selbst wenn der einen Betrug nur annahm. Letztlich hatten sie beide verloren: Mirjana ihr Leben und Vecellio seine Geschäfte. Sein Pech, wenn er das später selbst einsehen musste.

Oder glaubte er all den haarsträubenden Unsinn über die Hexerei, das Böse und den Teufel, den er erzählt hatte? Wenn sie an seine zahlreichen Anspielungen in der Vergangenheit dachte, war er möglicherweise tatsächlich ein Fanatiker wie der Dominikaner.

»Bereitet es Euch Befriedigung, meine vergiftete Seele bald von Bruder Heinrich gereinigt zu sehen?«, fragte sie.

»Haltet den Mund und dreht Euch um.«

»Könnt Ihr meinen Anblick nicht mehr ertragen?«, stichelte sie. »Er hat in Euch noch vor wenigen Stunden ganz andere Gefühle als Abscheu hervorgerufen.«

»Ihr redet zu viel, das ist einer Eurer kleinen Fehler, auch wenn Ihr, wie ich zugeben muss, meist sehr amüsant dabei seid. Und nun dreht Euch endlich um!«

Mirjana begann unkontrolliert zu lachen, tat ihm jedoch den Gefallen. Sie fand es ganz erholsam, nicht ständig mit ihm konfrontiert zu sein. »Amüsant? Soll mich dieses Kompliment freuen?«

»Bewegt Euch nicht so heftig, um Himmels willen. Wie kann ich dabei Eure Fesseln lösen?«

»Warum solltet Ihr das tun?«, fragte Mirjana irritiert, hielt aber augenblicklich still, als sie merkte, dass er tatsächlich an den Stricken hantierte.

Vecellio seufzte. »Ich fürchte, ich bin mir selbst nicht gänzlich sicher, was Euch und Eure Fähigkeiten betrifft. Ihr wisst entschieden zu viel, und Gedanken lesen könnt Ihr scheinbar auch. Kann also gut sein, dass ich meine eigene Haut rette, wenn ich einer Hexe behilflich bin statt sie auszuliefern. Ihr habt Euren Gemahl verflucht, ich möchte nicht der Nächste sein.« War hier ein Hauch von Spott in seiner Stimme oder verbarg er damit nur seine Unsicherheit? »Vielleicht habt Ihr mich aber auch verhext und damit gezwungen, Euch zu befreien? Ich denke, ich werde letztere Version erzählen, wenn Euer Gemahl mit dem Mönch zurückkommt und die beiden mich allein vorfinden. Damit meine Erklärung noch ein wenig glaubwürdiger klingt, solltet Ihr mich mit diesem Stein dort niederschlagen.« Mit einem letzten Griff zog er den Strick von Mirjanas Handgelenken. »Also, was ist? Wollt Ihr sehen, wie viel Kraft in Euch steckt? Schlagt zu, ich habe einen harten Schädel!« Vecellio drückte Mirjana den schweren Stein in die Hand. Sie überlegte nur einen winzigen Moment, ob das eine neue Falle war, dann ließ sie den Stein auf seinen Kopf niedersausen.

Vecellio verdrehte die Augen und sackte auf der Erde zusammen, Mirjana dagegen verschwand im Gebüsch, gerade rechtzeitig, bevor Ivan mit Bruder Heinrich zurückkehrte.

Beide zeigten sich wenig besorgt um Vecellio, wie Mirjana den Schritten entnahm, die sie verfolgten. Sie schlug mehrere Haken und schließlich den Weg zurück zur Kutsche ein, weil sie hoffte, dass das die Richtung war, die weder Ivan noch Bruder Heinrich vermuteten, die sie weiter entfernt suchten. Zudem musste sie ihr Buch an sich bringen, das noch in der Kutsche lag.

Als sie sie erreichte, sah sie sich vorsichtig um, konnte jedoch weder ihren Gemahl noch den Dominikaner entdecken, also spähte sie in die Kutsche hinein und entdeckte das kostbare Buch, in dem all ihr Wissen steckte, zu Boden geschleudert in einer Ecke liegen. Sie hangelte danach und bekam es tatsächlich zu fassen, doch im selben Augenblick, da sie es hochhob und an sich nahm, spürte sie ein paar Hände auf ihren Schultern, die sie aus der Kutsche zurückzogen.

»Seid Ihr wahnsinnig?«, fuhr Vecellio sie an. Aus einer Wunde am Kopf war ein Faden Blut auf seine Stirn gelaufen, das bereits zu trocknen begann. »Was in Gottes Namen tut Ihr hier wegen dieses verdammten Buches? Wollt Ihr Euer verfluchtes Leben denn ständig aufs Neue in Gefahr bringen?«

»Ihr versteht das nicht. Dieses Buch ist alles, was ich bin!«

»Ihr werdet bald gar nichts mehr sein, wenn Ihr nicht endlich verschwindet!«

»Ihr habt sie! Das ist ganz ausgezeichnet!«, erscholl ein Ruf hinter ihnen.

Vecellio seufzte leise. »Da seht Ihr's. Jetzt kann ich nichts mehr für Euch tun.« Er drehte sich um und sah Bruder Heinrich kommen, dem offenbar entging, dass Vecellio die Gefangene nicht einmal festhielt.

»Wie habt Ihr …« Dann bemerkte der Mönch, was Mirjana in den Händen trug. »Ah, sie wollte das Teufelswerk! So ist es dir endlich zum Verhängnis geworden! Siehe also, dass Gott dir den rechten Weg weisen wird.«

»Er sollte lieber Euch den rechten Weg weisen«, gab Mirjana zurück. »Denn Ihr seid davon abgekommen durch Euren Irrglauben und durch blinde Verleumdungen.«

Von der anderen Seite kam Ivan heran, dessen Gesichtsausdruck von tiefer Befriedigung zeugte.

»Diesmal passt Ihr auf Sie auf, Bruder Heinrich«, befahl er, »während Signor Vecellio und ich uns um die Reparatur der Kutsche kümmern.«

Der Dominikaner führte Mirjana an die Seite und hieß sie auf ein Moosbett setzen. »Da hast du es, mein Kind, Gott sorgt für Gerechtigkeit. Du warst es gewiss, die mit einem Zauberspruch das Rad der Kutsche brechen ließ, doch der Herr wacht über uns, Er verhinderte, dass deine Flucht gelang.«

So ging es unaufhörlich weiter, Mirjana ersparte sich jeden Widerspruch und versuchte, ihre Ohren taub zu stellen. Als Bruder Heinrich schon ganz heiser war vor lauter Eifer, beendete er seine Tirade mit den Worten: »Es ist Fügung des göttlichen Schicksals, das mich dazu auserwählt, die Welt vom Bösen zu erretten.«

»Glaubt Ihr all das Zeug wirklich?«, fragte Mirjana müde. Sie beobachtete Ivan und Vecellio, wie sie letzte Hand an die Kutsche legten, und dachte, dass es schließlich doch ganz richtig gewesen war, Ivan zu fürchten und nicht Vecellio. Dann wurde ihr klar, dass die beiden Männer letztlich gemeinsam ihre Vernichtung besiegelten. Bruder Heinrich war nur der Ausführende, der von Ivan dazu benutzt wurde, sich seiner Gemahlin zu entledigen, und von Vecellio dazu, seine aufblühenden Geschäfte nicht zu gefährden. Männer waren der Untergang dieser Welt, nicht die Frauen, wie Bruder Heinrich ihr ständig vorhielt.

»Alles Weibliche ist des Teufels!«, brach es gerade aus ihm hervor. »Du beherrschst Latein, nicht wahr? Schon Institoris pflegte das Wort ›feminin‹ aus dem Lateinischen abzuleiten und es als ›weniger gläubig‹ zu übersetzen. Ist das nicht Beweis genug, dass die Frauen unser Verderben sind?

Ihre Seelen müssen gerettet werden. Und ich werde deine retten, mein Kind. Ich werde dich dazu bringen, deine Untaten zu gestehen und im Tode endlich das Licht zu sehen.« Er griff nach Mirjanas Buch, das vor ihm auf dem Boden lag. »Und das hier wird der Zerstörung anheim gegeben, den reinigenden Flammen.«

»Trefflich gesprochen«, sagte Vecellio, der plötzlich neben ihnen aufgetaucht war. »Gebt es mir bis dahin in Verwahrung, damit Ihr Eure heiligen Hände nicht mit Schmutz besudelt, Bruder Heinrich.«

Als hätte er sich verbrannt, ließ der Dominikaner das Buch fallen. Vecellio hob es auf und sah für einen Sekundenbruchteil zu Mirjana herüber, bevor er sich wieder an Bruder Heinrich wandte. »Die Kutsche ist bereit, wir können weiterfahren.«

Diesmal hatte Ivan es weniger eilig, wohl weil er einen zweiten Radbruch vermeiden wollte. Gemächlich trabten die Pferde voran, bis sie bei Morgengrauen vor dem Pile-Tor Halt machten. Am Abend zuvor hatte Mirjana geglaubt, es sei ein Abschied für immer und sie habe Ragusa den Rücken gekehrt. Nun war sie wieder hier, jedoch unter den schlechtesten Umständen.

»Ihr geht vor«, sagte Ivan zu Bruder Heinrich. »Es ist besser, wenn man uns nicht zusammen sieht. Benachrichtigt mich später in meinem Haus über das weitere Vorgehen.«

Der Dominikaner nickte. »Verlasst Euch auf mich. Wir werden die Seele Eurer Gemahlin retten.«

»Wenn ich noch einmal das Wort Seele höre, schreie ich«, murmelte Mirjana, erntete dafür jedoch eine Ohrfeige von Ivan.

Bruder Heinrich wandte sich um und ging auf das Pile-Tor zu, das er bald darauf nach einem kurzen Wortwechsel mit dem Wachtposten durchschritt.

»Nun zu uns. Du wirst dich so verhalten, wie du es gewöhnlich tust, wenn wir von Lapad zurückkehren, nicht anders, mein Herz. Und Ihr seid unser Gast gewesen, Signor Vecellio.«

Der Venezianer nickte und folgte Ivan und Mirjana. Dabei trug er ihr Buch unter dem Arm, das Ivan ihm abnehmen wollte, nachdem sie die noch ruhige Stadt betreten hatten.

»Nein, lasst, Gosparu Martolosić«, widersprach Vecellio. »Ich habe Bruder Heinrich versprochen, gut darauf aufzupassen, damit er es später den Flammen übergeben kann.«

Ivan runzelte die Stirn. »Wie Ihr meint«, sagte er, und nur Mirjana hörte den leicht ungeduldigen Ton. Vecellio hatte sichtlich immer noch nicht verstanden, dass er sein Schauspiel in Ivans Fall vor leerem Auditorium veranstaltete.

»Signor, Ihr …«, begann Mirjana. Er hatte ihr helfen wollen, also schuldete sie ihm wohl Vergleichbares, obschon er es alles andere als verdiente.

»Still, Weib!«, fuhr Ivan sie an. »Alles, was du sagst, kann deine Lage nur verschlimmern!«

»Es sei denn, sie will bereuen«, sprang Vecellio ein.

Ivan runzelte die Stirn. Es kostete ihn Anstrengung, den Venezianer nicht zu verwünschen, sondern ihn scheinbar gewähren zu lassen. Zweifellos schaffte er es nur im Hinblick auf die Schadenfreude, die er empfinden würde, wenn er ihn später aus der Stadt jagte.

»Bruder Heinrich sagt, sie kann nur im Angesicht Gottes bereuen – und dabei wird er zugegen sein. Ich denke, es ist besser, wenn unsere Wege sich vorerst trennen.« Er verbeugte sich nur andeutungsweise. »Wenn die Zeit gekommen ist, werden wir uns wiedersehen.«

Auch Vecellio verbeugte sich knapp, ohne Mirjana noch eines weiteren Blickes zu würdigen. Das Letzte, was sie von ihm sah, war sein Rücken, der in einer schmalen Gasse verschwand.

»Und so bekommt jeder, was er verdient, nicht wahr?«, sagte Mirjana leise. »Du spielst Gott, doch sei vorsichtig, dass Er dir dabei nicht über die Schulter sieht.«

»Schweig!«, wies er sie erneut zurecht, und so legten sie den Rest des Weges ohne ein weiteres Wort zurück.

Im Haus rief Ivan nach Petrunjela, die noch halb schlafend aus ihrer Kammer kam. »Sorg dafür, dass sie schläft«, fuhr er sie an. »Und zwar für Stunden.«

Entsetzt bemerkte Petrunjela Mirjanas Zustand und führte sie behutsam nach oben, wo sie ihr beim Auskleiden half. Mirjana tat alles nur noch mechanisch, ohne nachzudenken. Bei allem war ihr bewusst, dass dies das letzte Mal war. Das letzte Mal würde sie in diesem Bett schlafen, das letzte Mal die Sonne sehen, die gerade über den Dächern aufging. Sie sollte darüber nachdenken zu fliehen, es war ihr zweimal beinahe gelungen, vielleicht wäre ein drittes Mal von Erfolg gekrönt? Doch wozu noch davonlaufen? Sie würde wieder gefunden und wieder und wieder – es war aussichtslos.

»Wie viele Tropfen, Gospođa?«, fragte Petrunjela sanft und hielt ein kleines braunes Fläschchen in die Höhe. Es war eine von Mirjanas eigenen Rezepturen, wie Petrunjela sehr wohl wusste, nicht eine aus der Apotheke. Sie würde ihrer Herrin einen sehr ruhigen Schlaf bescheren und sie erfrischt aufwachen lassen, wenn sie ihr nicht zu viel gab. »Es tut mir so Leid, aber ich muss das tun.« Ehrliches Bedauern lag in ihrer Stimme.

Mirjana nickte, sie verstand Petrunjelas Angst vor ihrem Herrn. Kurz dachte sie, dass sich ihr hier eine Möglichkeit bot, Ivan zu überrumpeln. Sie musste Petrunjela nur die falsche Anzahl nennen, und sie würde hinüberdämmern in den ewigen Schlaf. Zumindest der Seelenreinigung würde sie entgehen, und Ivan würde ihren Tod irgendwie erklären müssen. Dann wurde ihr klar, dass sie ihrem Leben nicht selbst ein Ende setzen durfte. Das wäre eine Todsünde und sie würde nicht im ewigen Schlaf, sondern im ewigen Fegefeuer enden.

»Sieben«, sagte sie schwach und nahm das Glas.

Nella, dachte sie kurz vorm Einschlafen, *geh! Sieh nicht mit an, was mit mir geschieht. Geh fort! Und finde mein Buch! Finde mein Vermächtnis!*

Fast wäre ich mit Mirjana hineingesunken in die Bewusstlosigkeit, nur die Angst, dass ihre Macht, mich fortzuschicken, nicht reichen, sondern ich stattdessen ihren Tod erleben würde, hielt mich wach – und ihre beschwörende Bitte.

Vecellio hatte das Buch, also musste ich zu ihm, um herauszufinden, was er damit tat. Eine Weile noch schwebte ich in meinem merkwürdigen Vakuum-Zustand über der schlafenden Mirjana, es fiel mir schwer, mich zu verabschieden, vor allem, weil ich nicht wusste, ob ich überhaupt allein zu Vecellio gelangen konnte. Bisher hatte ich nie selbst entschieden, ich war immer entweder geschickt oder gerufen worden.

Schließlich, als Mirjana sich gar nicht mehr rührte, konzentrierte ich meine Gedanken auf den Venezianer, der mich ebenso überrascht hatte wie sie und den ich schwer einschätzen konnte. Der Mann war ein einziger Widerspruch. Und das Buch? Hatte er es an sich genommen, um es in Sicherheit zu bringen, oder wollte er es tatsächlich Bruder Heinrich überlassen, damit seine Geschichte stimmig blieb?

Ich holte tief Luft, zumindest hätte ich es getan, wenn es mir möglich gewesen wäre. Vielleicht war es diese imaginäre Luft, vielleicht etwas anderes, aber der schon vertraute Sog setzte wieder ein und zog mich dahin, wo ich sein wollte.

Vecellio saß in seinem Salon an einem Tisch, das Buch aufgeschlagen vor sich liegen, den Kopf in die Hände gestützt. Es sah aus, als schliefe er im Sitzen, doch als es an der Tür klopfte, sah er sofort hoch.

»*Avanti,* Claudio.«

»Wo seid Ihr gewesen?«, erkundigte sich der Diener.

»Wir haben ein Problem«, sagte Vecellio, ohne auf die Frage einzugehen. »Ein recht großes Problem.«

»Der Dominikaner-Prior? Ihr habt doch gesagt, damit wäre alles in trockenen Tüchern. Der Mann soll ein Genius sein, habt Ihr behauptet.«

»Ist er auch. Das Problem heißt Martolosić.«

»Ich wusste, Ihr würdet Euch an dessen Frau die Finger verbrennen.«

»Ich hätte auf dich hören sollen«, nickte Vecellio, »aber nun ist es zu spät, und hinterher ist man immer klüger. Es steht völlig in den Sternen, welchen Schaden Martolosić anrichten kann. Ich weiß unmöglich abzuschätzen, ob er mir nach wie vor vertraut, wenngleich ich alles dafür getan habe. Ist sein Misstrauen trotzdem erwacht, könnte er auf den Gedanken kommen, in meiner Vergangenheit herumzustochern, und darauf verzichte ich gern.«

»Das heißt, wir brechen die Zelte ab? Bevor wir noch zum großen Schlag ausholen?«

»Darüber habe ich eben nachgedacht. Besser mit heiler Haut davonkommen und woanders neu beginnen, als alles auf eine Karte setzen und verlieren.« Vecellio stand auf. »Klaube unsere Sachen zusammen, Claudio, und verstau das hier besonders gut!« Damit reichte er ihm Mirjanas Buch. »Es ist sehr kostbar, also wickele es in ein paar Lagen Stoff und pack es ganz unten in die Reisetruhe.«

»Das?« Claudio blätterte durch die Seiten. »Was soll das sein? Ein Kräuterbuch?«

»Es ist mehr als das, es ist ein Leben wert.«

»Mit Verlaub, Signor, das verstehe ich nicht.«

»Ich ebenso wenig. Aber vielleicht treffen wir bei unseren Reisen auf jemanden, der es versteht.«

»Wie Ihr meint. Wann soll es losgehen?«

»Sobald ich zurück bin.«

»Ihr wollt noch einmal fort?«

»Allerdings.«

Kurz darauf trat Vecellio auf die schmale Gasse, die auf der einen Seite zur Stadtmauer empor- und zur anderen auf den Stradun hinunterführte. Er sah sich um, bevor er die Treppenstufen abwärts stieg, doch es war niemand zu sehen außer einer Dienstmagd, die vermutlich von ihrer Herrschaft auf einen Botengang geschickt worden war.

Vecellio bog nach links in den Stradun ein und ging ihn langsam hinauf in Richtung Uhrturm, vorbei am Sponza-Palast und schließlich durch den Durchgang, der ihn heute ganz offiziell zum Dominikaner-Kloster führte. Unterwegs wurde er von zwei, drei Männern gegrüßt, deren Bekanntschaft er während der letzten Wochen und Monate in Ragusa gesucht hatte, doch heute achtete er kaum auf sie, sondern erwiderte den Gruß nur flüchtig.

Am Kloster hämmerte er gegen das Tor, und als geöffnet wurde, nannte er seinen Namen und ersuchte um eine Unterredung mit dem Prior.

Der Bruder, der ihm gegenüberstand, schüttelte bedauernd den Kopf. »Der Ehrwürdige Vater ist in der Andacht. Ihr werdet Euch gedulden oder später wiederkommen müssen.«

»Wenn ich die Zeit dazu hätte, wäre ich gleich zu späterer Stunde gekommen. Was ich mit dem Prior zu besprechen habe, ist sehr wichtig, bitte richtet ihm das aus. Er wird mich sicher empfangen.«

Über so viel Dreistigkeit empört, hob der Bruder ein wenig die Stimme. »Wie könnt Ihr wagen zu verlangen, den Prior während der Andacht zu stören? Ist Euch nichts heilig?«

»Hört zu, Mönch«, sagte Vecellio, im Gegensatz zu dem Dominikaner sehr leise, aber mit drohendem Unterton, »ich sagte, ich wünsche den Prior zu sprechen. Jetzt gleich. Es ist mir einerlei, wo er sich befindet oder was er gerade tut. Wenn er nicht höchstselbst auf dem Sterbebett mit dem Tode ringt und Gott schon näher ist als dieser Erde, dann bringt mich zu ihm!«

Dem Dominikaner bereitete es Mühe, Vecellio nicht ins Gesicht zu sagen, was er von dessen Verhalten hielt, und sich stattdessen wie ein Mann der Kirche zu verhalten. Er winkte einen seiner Brüder heran, ging ihm halb entgegen, flüsterte ihm etwas ins Ohr und deutete zu Vecellio hinüber. Der andere nickte kurz und verschwand dann durch den kunstvollen Säulenkreuzgang wieder in die Richtung, aus der er gekommen war.

Wortlos deutete der Dominikaner auf eine Steinbank, auf der Vecellio sich niederließ, dann kehrte er zu seinen Pflichten am Tor zurück und beachtete ihn nicht weiter. Kurze Zeit später erschien ein sehr junger Novize und blieb zögernd vor ihm stehen. »Bitte folgt mir, Signor. Der Ehrwürdige Vater ist bereit, Euch zu empfangen.«

Vecellio wurde zu denselben Räumen geführt, in denen er bereits in jener Nacht mit dem Prior gesprochen hatte, und fand ihn auf und ab gehend vor.

»Ich hoffe, Ihr habt einen guten Grund, mich aus meiner Andacht zu holen, Vecellio! Das hier ist ein Kloster, kein Marktplatz, auf dem Ihr zu jeder Zeit ganz nach Belieben erscheinen könnt, merkt Euch das! Ich dachte, ich hätte bei unserer ersten Begegnung deutlich gemacht, dass das gleichzeitig die letzte zu bleiben hätte, und nun sehe ich Euch schon zum dritten Mal. Ihr setzt nicht nur Euch, sondern auch mich und damit unsere gesamte Operation großer Gefahr aus.«

»Wenn ich glaubte, weitaus Schlimmeres anders verhindern zu können, hätte ich es getan. Aber leider muss ich Euch davon in Kenntnis setzen, dass einer Eurer Mitbrüder das, was Ihr so schön als ›unsere Operation‹ bezeichnet, einem sehr viel größeren Risiko aussetzt.«

»Was soll das heißen? Niemand weiß hier von dem, was ich tue.«

»Nein, aber es wäre möglich, dass Euer Kloster bald mehr Aufmerksamkeit auf sich lenkt, als gut für das wäre, was Ihr tut. Ihr solltet das verhindern.«

Der Prior trat ganz dicht an Vecellio heran. »Wovon, zum Teufel, redet Ihr?«

Vecellio hob die Brauen ob dieses Fluches des Ehrwürdigen Vaters, äußerte sich aber nicht dazu. »Mir ist zu Ohren gekommen, dass einer Eurer Brüder, derjenige, der aus dem Heiligen Römischen Reich Deutscher Nation zu Euch gestoßen ist, eine kleine Schwäche für die Sache der Hexenverfolgung hat. Bedauerlicherweise ist er dem Irrglauben aufgesessen, eine der Damen dieser Stadt sei eine Hexe, und will nun ihre Seele läutern. Ich muss Euch nicht sagen, mit welchen Methoden so etwas für gewöhnlich geschieht, nehme ich an.«

Der Prior runzelte die Stirn. »Kann es sein, dass diese Dame, von der Ihr sprecht, zufällig diejenige Eures Herzens ist?«

Vecellio sah den Prior zwei Sekunden lang regungslos an. »Ich sehe, das, was ich sagte, erweckt keinerlei Erstaunen bei Euch. Soll ich dem entnehmen, Ihr seid mit den Machenschaften dieses Mannes einverstanden? Ist Euch klar, was das für unsere Geschäfte bedeuten kann, wenn davon etwas diese Mauern verlässt? Möglicherweise Untersuchungen von höherer kirchlicher Stelle.«

»Ich bin hier die höchste Stelle, verehrter Vecellio. Wenn ich nicht will, dass etwas aus diesem Kloster nach außen dringt, wird es nicht geschehen. Eure Sorge ist also unbegründet. Es sei denn, ich hätte mit meiner Vermutung ins Schwarze getroffen, und die Dame, die es betrifft, steht Euch nahe.«

»Die Dame, die es betrifft, steht jemand anderem in dieser Republik sehr viel näher als mir. Ich glaube kaum, dass ihr Gemahl es schätzen wird, wenn seine Frau der Hexerei bezichtigt und einer peinlichen Befragung unterzogen wird. Mag sein, dass Ihr in diesem Haus höchste Macht genießt, doch er genießt draußen in der weltlichen Republik nicht minder große Macht. Und sollte er herausfinden, was hier geschieht, wird er sich vor Euren Toren kaum damit zufrieden geben zu warten, was Euer Mönch von seiner Gemahlin übrig lässt.«

Der Prior nahm seine Wanderung durch den Raum wieder auf. Offenbar war Vecellio endlich zu ihm durchgedrungen. Nach einer Weile blieb er direkt vor dem Venezianer stehen. »Ich werde dafür sorgen, dass Bruder Heinrich niemandem Schaden zufügt – weder der Frau noch unserer Operation.«

»Was gedenkt Ihr zu tun?«

»Das überlasst getrost mir. Nun geht – und ich möchte Euch dringend bitten, so schnell nicht wieder hier aufzutauchen.«

Vecellio verbeugte sich und verließ den Prior. Er hatte getan, was er konnte. Vor dem Kloster wandte er sich zum Ploče-Tor, dem Gegenstück des Pile-Tors auf der anderen Seite der Stadt, doch kurz bevor er es durchschritt, blieb er stehen und hob den Blick zum Himmel. Eine geraume Weile verharrte er so, bis er leise aussprach, was er dachte.

»Der Mönch ist ein Fanatiker«, wisperte er vor sich hin, dabei wanderten seine Augen zurück zum Kloster. »Nichts wird ihn abhalten, möglichst schnell zu tun, wozu er sich berufen fühlt. Aber wenn der Prior ihn im Auge hat, darf er sich nicht weit entfernen …«

Nachdenklich setzte sich Vecellio wieder in Bewegung, machte kehrt und ging fast bis zur Festung Sveti Ivan am Hafen entlang, wo er sich in einer Schenke bei einem Krug Wein niederließ und hinaus auf das Wasser starrte. Dabei schien er weniger das Treiben im Hafen an sich zu sehen, sondern vielmehr etwas, das sich nur in seinem Kopf abspielte.

»Wirt!«, rief er schließlich. »Bring mir noch ein paar Becher!«

Der Wirt schaute zweifelnd. »Habt Ihr den Krug schon geleert?«

»Bist du taub? Ich verlangte nach Bechern, nicht nach Wein. Bring mir leere Becher.«

Der alte Mann murmelte undeutlich vor sich hin, doch er brachte Vecellio, worum dieser gebeten hatte.

Der begann, die Becher auf dem Tisch aufzubauen: einen links oben, einen rechts oben, einen links an die Seite, einen rechts unten. Den letzten behielt er in der Hand und ließ ihn unsicher über dem Tisch kreisen, wobei er zwischen der linken unteren Ecke und der Mitte unten schwankte. Er entschied sich schließlich für links unten, nahm dann noch seinen Krug und stellte ihn in die Mitte, jedoch ein kleines Stück nach oben. Nun malte er mit seinem Zeigefinger imaginäre Linien auf den Tisch, die die Becher und den Krug miteinander verbanden, immer wieder aufs Neue in allen nur möglichen Kombinationen.

Vecellio hielt sich eine ganze Zeit lang an seinem Krug Wein und den sechs Bechern fest, bis er endlich aufbrach und sich auf den Weg zu seinem Haus machte.

In der dunklen Eingangshalle lief er beinah Andrijana in die Arme, die errötete, als sie ihren Herrn sah. Er blieb stehen und winkte sie zu sich heran.

»Andrijana, willst du mir einen Gefallen tun?«

»Das wisst Ihr doch!«

»Gut. Geh in die Apotheke der Franziskaner und frag nach dem Novizen Nikola. Sag ihm, dass du eine Freundin von Petrunjela bist, die dich schickt, um Nachrichten von ihrer Herrin zu bringen. Sie ist in Gefahr, und er muss sich bereithalten, ihr zu helfen, indem er die Sakristei frei von seinen Brüdern hält.«

Verständnislos starrte Andrijana Vecellio an. »Aber ...«

»Er weiß dann schon, was gemeint ist, doch du darfst nur mit ihm darüber reden, mit niemandem sonst. Hast du das verstanden?«

»Ja, Signor. Aber wie soll er ...?«

»Das ist seine Sache, er muss es schaffen! Sag ihm das.«

»Für wie lange?«

»Ich weiß es nicht sicher, denke aber, es wird nichts vor dem Abend geschehen. Nun lauf – und zu niemandem ein Wort!«

Andrijana nickte. »Bestimmt nicht, Signor.«

»Bene.« Vecellio wandte sich um, hielt jedoch mitten im Schritt inne und bat Andrijana noch einmal zu sich. Dabei fischte er ein Papier aus seinem Wams hervor. »Und wenn du schon mal bei Nikola in der Apotheke bist, besorge mir das hier gegen meine Magenschmerzen.«

Er sah ihr nach, wie sie auf die Straße lief, dann rief er nach seinem Diener.

»Ihr seid schneller zurück, als ich dachte, Signor«, stellte Claudio fest. »Ich fürchte, ich konnte noch nicht alle Vorbereitungen treffen, um ...«

»Das macht nichts«, unterbrach ihn Vecellio. »Ich habe

selbst noch etwas zu erledigen. Gib mir diesen Tag Zeit und die Nacht. Sollte ich bis zum Morgen nicht wieder hier sein oder zumindest von mir hören lassen, verschwinde ohne mich. Falls es dann nicht schon zu spät ist. Ach, du hast genug Erfahrung, mach dich einfach davon, wenn du es für angemessen hältst.«

Claudios Augen weiteten sich. »So ernst steht es?«

»Durchaus möglich.« Mit einer Handbewegung entließ er Claudio, der sich nach einem langen Blick auf seinen Herrn entfernte.

Vecellio war in Gedanken bereits woanders und nahm auch später seine Umgebung nicht wahr, während er durch die Gassen wanderte. Erst als er vor einer Schenke stand, die den Blick auf den Uhrenturm erlaubte, tauchte er lange genug in der Gegenwart auf, um sich dort niederzulassen.

Bald stand Wein vor ihm, und erneut versank er in Grübeleien, runzelte hin und wieder die Stirn, als sei er sich seiner selbst nicht sicher, schob diesmal nur einen einzigen Becher bald hierhin, bald dorthin auf dem schmalen zerkratzten Tisch, hielt inne und verharrte minutenlang reglos. Irgendwann jedoch ging ein Ruck durch ihn. Suchend sah er sich um und entdeckte einen herumlungernden Jungen, dem er ein paar Münzen in die Hand drückte und auf einen Botengang schickte. Als der Junge zurückkam, nahm Vecellio einen Gegenstand in Empfang, der in ein weiches Tuch gewickelt war, zahlte beim Wirt seine Zeche und verließ schlendernd den Schankraum.

Draußen allerdings änderte sich sein Auftreten. Zielsicher und schnell ging er am prächtigen Rektorenpalast vorbei, den er keines Blickes würdigte, ebenso wenig wie den Dom, den er hinter sich ließ, als er eine Straße betrat und ihre Stufen bis zur Stadtmauer erklomm, nur um jene, die parallel zu ihr verlief, ein kleines Stück hinunterzugehen, sich in einen Hauseingang zu stellen und zu warten.

Er wartete sehr lange bis zur Abenddämmerung, doch schließlich wurde seine Geduld belohnt, als sich vor dem Haus, das er beobachtet hatte, etwas tat. Die Tür öffnete sich, zwei Sänftenträger erschienen und liefen eilig in die entgegengesetzte Richtung die Treppen hinunter.

»Wusst ich's doch!«, presste Vecellio zwischen seinen Zähnen hervor, doch er klang trotz der Tatsache, dass er Recht behalten hatte, keineswegs befriedigt. Er stieß sich von der Mauer ab und folgte den beiden Männern, von denen einer nur als Diener verkleidet war.

Endlich, endlich passierte etwas, und ich schwebte irgendwie hinter Vecellio her, so wie ich das den ganzen verhältnismäßig ereignislosen Tag lang getan hatte. Die Zeit in den beiden Schenken schien geradezu abenteuerlich gewesen zu sein, verglichen mit den absolut langweiligen Stunden in der Ulica Restićeva, wo zum Glück für Vecellio kaum je ein Mensch vorbeigekommen war. Mein Herz, auch wenn es eigentlich irgendwo in der Zukunft schlug, klopfte wie wild. Ich wusste, wer in der Sänfte saß, genauso wie der Venezianer es wusste. Ich wusste nur nicht, was er zu tun vorhatte oder wohin Ivan Martolosić und Lovro mit Mirjana wollten.

Bis wir uns dem Kloster näherten. Da nämlich durchzuckte mich eine Erinnerung, die ich bisher vollkommen verdrängt hatte: mein Erlebnis im Kreuzgang der Dominikaner, meine Angst und das unheimliche Gefühl der Bedrohung. Ivan brachte Mirjana zu Bruder Heinrich. Offenbar war es dem Mönch gelungen, ihm ohne das Wissen des Priors eine Nachricht zukommen zu lassen, und wenn meine Vermutung stimmte, dass Mirjanas so genannte Seelenrettung im Kloster stattfinden sollte, dann musste er auch einen Weg gefunden haben, sie heimlich genau dahin zu bringen, wohin er sie haben wollte. Ich konnte mir nicht vorstellen, wie das funktionieren sollte, immerhin bestand das nicht unerhebliche Problem, Mirjana irgendwie am Prior und an sämtlichen anderen Brüdern vorbei ins Kloster zu schaffen. Trotzdem war das mit Sicherheit sehr ausgeklügelt organisiert worden.

Zweifellos hatte Vecellio damit gerechnet. Er lief schneller, bis er zu der Sänfte aufschloss und dann in einen Schritt mit Ivan fiel.

»Gosparu Martolosić«, *sagte er leise im Verschwörerton.* »Ich sehe, es läuft alles nach Gottes Plan.«

Ivan zuckte erschrocken zusammen, sodass er aus dem Tritt kam und beinah sein Ende der Sänfte losließ. Drinnen musste es gewaltig geschaukelt haben, und auch Lovro, der die Sänfte vorne trug, wurde davon in Mitleidenschaft gezogen. Dann erkannte Ivan Vecellio.

»Ah, Ihr werdet also auch zugegen sein«, *sagte er.*

Vecellio nickte, und mir wurde klar, was er plante. Von nun an musste er auf sein Glück bauen und hoffen, dass Martolosić annahm, Bruder Heinrich habe ihn verständigt, und dass Bruder Heinrich davon ausging, Martolosić wolle ihn dabeihaben.

Während ich mich noch fragte, ob das gut gehen konnte, drehte sich plötzlich alles in mir. Dann wurde ich ungeheuer müde, als hätte ich zu viele Schlaftabletten genommen und würde nun versuchen, zu mir zu kommen. Aber ich sackte dauernd wieder weg, schreckte hoch, dann dämmerte ich erneut vor mich hin, ohne zu wissen, wo ich war und was mit mir geschah.

Mirjanas Kopf dröhnte, ihre Schläfen pochten wie nach einem heftigen Schlag. Übelkeit stieg in ihr empor, instinktiv wollte sie schützend ihre Hände zum Mund führen, doch es gelang ihr nicht. Ihre Arme waren hinter ihrem Rücken zusammengebunden.

Warum? Was war geschehen? Wo befand sie sich? Sie versuchte, die Augen zu öffnen, aber ihre Lider waren viel zu schwer.

Als sie den Kopf hob, stieß sie gegen den hölzernen viereckigen Pfosten, an den sie gefesselt war. Ein stechender Schmerz schoss durch ihren Hinterkopf, ließ sie aufstöhnen und hielt sie wieder davon ab, ihre Augen aufzuschlagen.

»Wie schön«, vernahm sie stattdessen eine schleimige Stimme nur wenige Schritte vor sich. »Ihr kommt zu Euch, wir können also mit der Reinigung beginnen.«

Nur ein Wort aus seinem Mund genügte, um zu erkennen, wer da mit ihr sprach, und plötzlich war alles wieder da. Die Erinnerung an die letzte Nacht, an den ganzen Irrsinn, der ihr widerfahren war. Und daran, was mit ihr geschehen würde. Erneut spürte sie eine Welle der Übelkeit. Konzentrieren. Sie musste sich konzentrieren, am besten auf ein Licht in ihrem Innern, ein Licht, das sie wärmte und ihr das Gleichgewicht zurückbrachte. Sie fand nicht das Licht, stattdessen fand sie Nella.

Nella war bei ihr, und obwohl sie sie am Morgen fortgeschickt hatte, war sie nun dankbar für ihre Anwesenheit, dankbar, dass sie nicht ganz allein war, sondern dass jemand ihr beistand, auch wenn es sich dabei nur um eine spirituelle Gefährtin handelte.

Es half, und bald ging ihr Atem regelmäßig, die Übelkeit ebbte ab. Langsam schärften sich ihre Sinne, sie bemerkte die Kälte der Steinmauern um sich herum und die Feuchtigkeit der modrigen Luft.

»Geht zum Teufel«, sagte sie mit schwerer Zunge. Lovro hatte ihr noch zweimal von dem Mittel eingeflößt, wohl weil Ivan seinen Diener letztlich für vertrauenswürdiger hielt als Petrunjela. Dass ihr das Mittel so häufig verabreicht worden war, machte sie nun ganz benommen.

»Armes Kind«, gab Bruder Heinrich zurück. »Es stimmt mich froh zu wissen, dass ich helfen werde, dich auf den wahren Pfad zurückzubringen.«

»Helfen?«, brachte Mirjana krächzend heraus und schaffte es auch endlich, ihre Augen zu öffnen und Bruder Heinrich anzusehen, der in seiner weißen Kutte vor ihr stand. »Ihr meint, Ihr werdet mich foltern.«

»Folter ist eine schreckliche Sache, mein Kind, jedoch ist Hexerei auch ein Ausnahmeverbrechen, über das man nichts herausfände, wendete man kein Ausnahmeverfahren an. Natürlich wird sie in deinem Falle nur notwendig, wenn du nicht gestehst. Aber selbst dann werde ich keine Hand an dich legen, denn wie schon Institoris sagte, ist es besser, solche Prozesse den weltlichen Gerichten zu überlassen.«

»Wo«, fing Mirjana an, musste husten, unterbrach sich und begann von neuem. »Wo ist hier ein weltliches Gericht? Ich sehe nicht den Senat, ich sehe nicht den Kleinen Rat, und ich sehe nicht den Rektor.«

»Leider waren sie verhindert, mein Herz«, kam es von linker Hand.

Mirjana fuhr zusammen beim Klang von Ivans Stimme, doch er sprach schon weiter.

»Jemand sehr Würdiges wird den Senat vertreten. Ich wollte es erst selbst tun, doch bin ich schwerlich unbefangen.« Ivan machte eine bedeutungsvolle Pause, und endlich drehte sich Mirjana an ihrem Holzpfosten so, dass sie zu ihm hinsehen konnte. Dabei schmerzten ihr Nacken und die Muskeln in ihren Oberarmen von der unbequemen Haltung an dem Holzpfosten, ihre Handgelenke waren von dem rauen Strick, mit dem sie gebunden waren, halb wund gescheuert. Neben Ivan stand niemand anders als der Venezianer, der sie ebenso kalt musterte wie Ivan selbst. Der einzige Mensch, der wenigstens versucht hatte, ihr zu helfen – und sei es nur aus Angst um die eigene Haut –, stellte sich nun endgültig gegen sie.

Dann erst nahm sie seine Gestalt, die in einem langen fließenden Gewand aus rotem Damast mit eingewebtem Rankenmuster gekleidet war, gänzlich in sich auf.

»Woher habt Ihr die Senatsrobe?«, fragte sie mit schon festerer Stimme, deren Klang sie selbst überraschte.

»Sagen wir, wir haben sie … geborgt«, erwiderte er und trat einen Schritt auf sie zu. »Den Umständen durchaus angemessen, sollte man meinen.«

»Welchen Umständen? Dass Ihr mich gewaltsam gefesselt und verschleppt habt? Ihr solltet den Senat mit Euren zweifelhaften Handlungen besser nicht verspotten, er könnte übel nehmen, was Ihr tut.«

»Ich versichere Euch, es wird alles gerecht zugehen. Ihr sollt Gelegenheit bekommen, Eure Sünden zu gestehen – gänzlich ohne dass Euch ein Leid zugefügt wird.«

»Gibt es jemanden, der für mich spricht? Der mich verteidigt und dem Gericht sagt, dass ich nicht gesündigt habe?«

»Niemand ist ohne Sünde«, ließ sich Bruder Heinrich wieder vernehmen.

»Ihr ganz bestimmt nicht«, spie Mirjana ihm entgegen. »Und du ebenso wenig. Ganz besonders nicht du«, wandte sie sich an Ivan, um dann ihren Blick auf Vecellio zu richten. »Und Ihr, Ihr habt sicher auch kein reines Gewissen. So fangt schon an, dass wir es hinter uns bringen, doch verlangt nicht von mir, etwas zu gestehen, das ich nie begangen habe.«

»Ihr gesteht also nicht? Wollt Ihr nicht zugeben, schwarze Magie zu betreiben, Euch zu Orgien mit anderen Hexen zu treffen, Kinder dem Teufel zu opfern, mit dem Ihr einen Pakt eingegangen seid?«

Mirjana schwieg.

»Dann werden wir beginnen. Signor Vecellio, schreitet zur Tat.«

Vecellio zuckte kaum merklich zusammen. »Ich werde das Verfahren leiten und das Urteil verkünden, wenn es so weit ist. Die Antworten auf Eure Fragen wird jemand anders finden.«

»Nun denn«, wandte sich Bruder Heinrich an Ivan, »so ist es an Euch, Eure Gemahlin dazu zu bringen, geständig zu werden und damit ihre Seele zu läutern. Bevor wir mit der peinlichen Befragung beginnen, bindet sie von dem Pfahl, zieht sie aus und schert ihr Haupt- und Schamhaar. Es ist wohl bekannt, dass der Teufel sich in den Haaren verbirgt.«

Mirjana begann am ganzen Körper zu zittern. Sie sah an sich hinunter, auf ihr hellblaues, mit Goldbrokat geschmücktes Kleid, das an einigen Stellen dunkle Flecken aufwies, die entstanden sein mussten, als man sie hergebracht hatte.

Ohne Zögern band Ivan sie vom Pfosten los und riss ihr das Kleid vom Leib, bis es in Fetzen von ihr hing und sie mit Armen und Händen ihre Blöße bedeckte.

»Habt Ihr ein Messer zum Scheren?«, fragte er.

Bruder Heinrich reichte ihm eines, und Ivan wollte mit seiner Arbeit beginnen. Doch Mirjana trat um sich und stieß ihn von sich mit einer Kraft, die sie nicht in sich vermutet hätte.

Hilf mir, schrie sie dabei innerlich. Natürlich konnte Nella ihr nicht helfen, dem Schicksal zu entrinnen. Niemand konnte das. Alles war vorherbestimmt, und nichts, was sie tat, würde irgendetwas ändern. Aber allein durch diese Hölle zu gehen, schrecklich allein und einsam, schien ihr unerträglich, und so war ihr Hilfeschrei nichts weiter als das Flehen um Nellas Beistand.

Ich werde dich nicht verlassen, *antwortete ich und wusste, dass Mirjana mich verstand. Vielleicht sogar die Worte, vielleicht einen Teil der Worte, ganz sicher aber fühlte sie, was ich ihr sagen wollte.* Ich bin bei dir, was auch geschieht.

Wir waren zwei und eins gleichzeitig. Ich konnte ihr das Leid nicht abnehmen, ich konnte es höchstens teilen und hoffte verzweifelt, dass ihr das wenigstens ein bisschen half. Mirjana war mir so nah wie sonst kein anderer Mensch, wie viel uns auch trennen mochte.

Ich hatte furchtbare Angst. Aber ich würde sie nicht verlassen, und wenn man mir die Rückkehr in meine eigene Zeit auf dem silbernen Tablett bot. Ich würde sie nicht verlassen.

Ich danke dir. Mirjana spürte die Angst der Fremden, die beinah noch größer war als ihre eigene. Aber sie spürte auch deren Entschlossenheit und wünschte sich, sie hätte Nella auf einer anderen Ebene gekannt, hätte mehr als ein paar Worte mit ihr austauschen können.

Noch während sie das dachte, wurde sie von zwei Händen gepackt, die sie festhielten, damit Ivan beginnen konnte. Der Venezianer. Kurz glaubte sie, Nella wolle ihr erneut etwas mitteilen, doch sie konnte nicht beides, sich gegen Vecellio zur Wehr setzen und Nella zuhören, deren Silben unverständlich blieben. Nach einem kurzen Kampf hatte er gewonnen und ließ ihr diesmal keine Möglichkeit, ihn an einer empfindlichen Stelle zu treffen.

Als Ivan ihre langen, einst glänzenden Haare auf Fingerbreite gekürzt hatte und beginnen wollte, Mirjana kahl zu scheren, sagte Vecellio: »Das reicht. Hier kann sich kein Teufel mehr verbergen.«

»Das reicht keinesfalls«, schritt Bruder Heinrich ein. »Sie muss kahl sein, und auch ihr Schamhaar …«

»Ihr hattet den ganzen Prozess in die Hände des weltlichen Gerichtes gelegt, das ich vertrete, Bruder Heinrich«, erinnerte ihn Vecellio. »Gestattet dem Gericht also auch, über die Folter zu entscheiden.«

»Das Scheren ist noch keine Folter!«, protestierte Bruder Heinrich. »Fahrt fort!«

Ivan drängte Vecellio zur Seite und wisperte ganz dicht an Mirjanas Ohr: »Ich werde dich lehren, ein gehorsames Weib zu sein!«

Und endlich begriff Mirjana zur Gänze, welche Strafe Ivan für sie vorschwebte, eine Strafe, die weitaus schlimmer war, als sie zu töten. Er wollte sie gefügig machen, willenlos und schwach. Er würde ihren verunstalteten Leib eine Weile vor der Welt fern halten und sie dann als bedauernswerte Kranke präsentieren, die sich von allem Leben zurückgezogen hatte. Sie würde ein menschliches Wrack sein, erniedrigt und gedemütigt, existierend, doch nicht mehr lebendig. Die Vorstellung war so grauenhaft, dass sie sie kaum ertragen konnte.

»Nein!«, schrie sie. »Nein, tu das nicht!«

Alle Anwesenden mussten glauben, sie spräche von ihren Haaren. Alle, bis auf Ivan, dem sie ansah, dass er ihrem Gedankengang gefolgt war. Er lachte. Dann stieß er sie ein Stück von sich, um ihr gleich anschließend einen Schlag ins Gesicht zu versetzen, der sie zu Boden schickte.

Ihr Auge schwoll auf der Stelle an, ihre Wange brannte. Sie blieb liegen und schaute von unten zu den Männern auf, beobachtete, wie Bruder Heinrich zu ihr trat und sie anstarrte. Dabei las sie in seinen Augen, dass er sie wahrhaft für eine Hexe hielt, für eine sündige Frau, für ein Stück Dreck, für des Teufels Hure – aber zugleich fürchtete er sie, weil sie Begierde in ihm weckte.

»Schert sie«, befahl er schließlich. »Schert sie dort!« Er deutete auf ihre Scham.

»Wenn Ihr sagt, dass das notwendig ist, soll es geschehen!«, sagte Ivan. »Signor Vecellio, wenn ich Euch bitten dürfte, mir behilflich zu sein. Haltet sie am Boden fest.«

Der Blick, mit dem Ivan den Venezianer maß, war berechnend. Mirjana ahnte, was er dachte, doch was in Vecellio vor sich ging, war schwieriger abzuschätzen. Trotz seines vorherigen Eingreifens tat er nun, wie ihm geheißen, ohne mit der Wimper zu zucken.

Nachdem Ivan fertig war, zog er Mirjana grob wieder auf die Beine und sah zu Bruder Heinrich hin. »Seid Ihr nun zufrieden?«

Der Dominikaner schluckte. Er bemühte sich, woanders als auf die Stelle zwischen Mirjanas Schenkel zu sehen, und schließlich nickte er. »Gestehst du nun?«

»Zur Hölle mit dir!«, fluchte Mirjana.

»Bindet sie an den Pfahl und presst das Geständnis aus ihr heraus. Ihre Qual ist nicht umsonst, sie wird für Gott geläutert werden!«

Was dann folgte, ging an die Grenzen dessen, was Mirjana zu erleiden fähig war. Bruder Heinrich verlangte, dass kein Blut fließen dürfe, deshalb wurden ihr im Namen des Herrn Daumenschrauben angelegt und Verbrennungen zugefügt, doch nicht einmal die Gnade der Ohnmacht wurde ihr zuteil. Mirjana hing an dem Holzpfosten, sie wimmerte vor Schmerzen und wollte dennoch weder um Erbarmen betteln noch all die ihr vorgeworfenen Ungeheuerlichkeiten gestehen. Sie wollte nur noch eins: sterben und Ivan damit seinen Triumph nehmen, über sie gesiegt und sie endlich gebrochen zu haben.

»Wir sollten ihr zu trinken geben«, hörte sie wie aus weiter Ferne Vecellio vorschlagen.

»Wozu?«, fragte Ivan.

»Es wird ihren Körper stärken.«

»Wozu?«, wiederholte Ivan, ungehalten diesmal.

»Weil sie sonst ohnmächtig wird und nicht mehr antworten kann.«

»Ohmächtig … Nein, in der Tat, das wäre nicht gut. Gebt ihr also zu trinken.«

Eine kurze Zeit verstrich, dann merkte sie, wie jemand sich ihr näherte. Der Venezianer hob ihren Kopf an und führte einen Becher an ihre Lippen.

»Trinkt«, forderte er sie auf.

Mit der letzten Kraft, die ihr noch blieb, drehte sie den Kopf zur Seite und presste ihre Lippen aufeinander.

Das nächste Mal, als Vecellio ihren Kopf anhob, hielt er ihn fester, eine Hand legte sich um ihren Kiefer und zwang ihren Mund auseinander. »Ihr sollt trinken!«, donnerte er.

Wieder versuchte sie sich fortzudrehen, doch schaffte sie es nicht. Sie starrte in Vecellios Gesicht, das dem ihren ganz nah war, in seine Augen, so blau und tief wie das Meer. Sie schaute hinab in seine Seele – und hörte in sich eine leise schwache Stimme, Nellas Stimme, die mit Vecellios verschmolz: »Trink.«

Und sie trank.

Sanft ließ der Venezianer ihren Kopf zurück auf ihre Brust sinken und strich dabei wie zufällig über ihre Wange. Sie tat einen zitternden Atemzug und sah noch einmal hoch, sah Vecellio vor sich stehen, sah ihn plötzlich so deutlich wie nie zuvor. In all ihren Träumen, ihren Ängsten und Vorsehungen hatte sie eines nie geahnt: dass ausgerechnet er es sein würde, der sie erlöste.

Sie spürte, wie das Leben mit jedem flachen Atemzug ganz langsam aus ihr herausströmte, und sammelte ein letztes Mal ihre Gedanken.

Leb wohl, Nella, dachte sie. *Ich wollte nicht, dass du so leidest, und doch bin ich dankbar, dass du bei mir warst.* Schwindel erfasste sie, es kostete so viel Anstrengung zu sagen, was sie noch zu sagen hatte. *Du bist stark, stärker als ich, darum hat Gott klug gehandelt, dich zu wählen, das zu schützen, was bewahrt werden muss.* Zu dem Schwindel gesellte sich Dunkelheit, die sie umhüllte und schwärzer und tiefer wurde. *Du musst* … Gleich würde es vorbei sein, nur noch dieses eine Wort … *lesen!*

Hätte ich einen Körper gehabt, wäre er zusammengebrochen. Niemals im Leben hätte ich für möglich gehalten, etwas Vergleichbares auszuhalten, ohne wahnsinnig zu werden. Wir waren beide durch eine Hölle gegangen, die der Teufel selbst nicht grauenvoller hätte gestalten können. Ich hatte Mirjanas Schmerzen geteilt, ich hatte mit ihr markerschütternde Schreie ausgestoßen, die ich sogar im größten Schmerz als etwas wiedererkannte, das ich vor langer, langer Zeit in einer fernen Zukunft, in einem anderen Leben, in einem anderen Universum schon einmal gehört hatte – nämlich als Safet und ich uns in seinem Haus liebten und ich dabei Stimmen und Schreie wahrzunehmen glaubte, die ich für Halluzinationen hielt. Tatsächlich waren sie nichts anderes gewesen als eine weit entfernte Wirklichkeit.

Tränen strömten über mein Gesicht, die ich abzuwischen versuchte, bis mir bewusst wurde, dass ich weder Hände hatte noch Augen, aus denen die Tränen fließen, noch Wangen, über die sie laufen konnten. Die Tränen waren gar nicht da – trotzdem kamen sie mir so echt vor wie die Qualen, die wir erlitten hatten.

Dann erst verstand ich endgültig, dass es vorbei war. Mirjana war erlöst, und ich ebenso. Mirjana war tot. Und ich? Was war mit mir? Ich war noch immer hier, schwebte in meinem Vakuum und spürte gar nichts. Jedenfalls keine Schmerzen, die waren wie weggeblasen. Dafür war meine Trauer um Mirjana nicht in Worte zu fassen – ebenso wenig wie meine Wut auf Martolosić und den Dominikaner.

Einerseits wäre ich gern auf der Stelle in mein eigenes Leben zurückgekehrt, um das hier so schnell wie möglich zu vergessen. Andererseits wusste ich, dass ich es niemals vergessen würde, egal in welcher Zeit. Und außerdem konnte ich noch nicht zurück, ich hatte noch was zu erledigen. Ich sah zu Mirjana hinüber, die leblos an dem Pfosten hing, während Martolosić und Bruder Heinrich noch über den Fortgang der Folter debattierten. Vecellio dagegen hielt einigen Abstand zu ihnen und betrachtete wie ich Mirjanas geschundenen Leib.

Wohin würde er das Buch bringen – oder sein Diener, wenn er selbst es nicht schaffte, rechtzeitig wieder in seinem Haus zu sein?

Vecellio, immer wieder der Venezianer. Ich wollte ihn hassen, aber das ließ mein Unterbewusstsein nicht zu. Er hatte eine Menge angerichtet, dennoch hatte er später alles Notwendige getan, Mirjana zu helfen und am Schluss sogar zu erlösen, und dazu gehörte leider auch, sich an den Grausamkeiten zu beteiligen. Wäre er gar nicht dabei gewesen, hätte Ivan gesiegt und Mirjana ihre Zukunft als dahinvegetierende leblose Hülle verbracht. Und hätte Vecellio früher eingegriffen, hätte Martolosić möglicherweise seine Motive erkannt und ihn rausgeschmissen.

Mein Blick ruhte unverwandt auf ihm, auch weil ich es nicht ertrug, Mirjana weiter anzusehen. Jetzt bewegte er sich vorsichtig rückwärts zu dem Tisch, auf dem der Becher stand, aus dem Mirjana getrunken hatte. Dabei behielt er Martolosić und Bruder Heinrich immer im Auge, die nach wie vor diskutierten – wenn man das denn so nennen konnte. Der Dominikaner redete lebhaft und ruderte dabei ausladend mit den Armen, als wolle er Gott preisen – oder diesen Heinrich Kramer, der für ihn gleich nach Gott kam und dabei in Wahrheit eher ein Teufel in Menschengestalt gewesen war. Martolosić nickte zustimmend, aber wenn Bruder Heinrich ein bisschen besser hingeguckt hätte, hätte er gesehen, wie gelangweilt Ivan in Wirklichkeit war.

Währenddessen nahm Vecellio den Becher, goss die letzten Tropfen des Inhaltes hinter den Tisch in eine dunkle Ecke und tauchte ihn anschließend in den großen Wasserkrug. Auf diese Weise füllte er ihn so gut wie lautlos etwa zu einem Viertel und stellte ihn an seinen Platz zurück.

Nach einem weiteren Blick auf die beiden anderen Männer trat er dicht zu Mirjana und legte eine Hand auf ihre Brust, um den Herzschlag zu erfühlen. Eine kleine Weile später schließlich näherte er sein Gesicht dem ihren, doch offenbar nahm er keinen Atemzug wahr. Ein leises Lächeln umspielte seine Lippen, das so schnell verschwand, wie es aufgetaucht war, dann schloss er kurz die Augen. Als er sie wieder öffnete, traf mich fast der Schlag, weil seine genau in meine schauten und er mir dabei kaum merklich zunickte.

Oh Gott, was genau sah er? Mich? Mirjanas Geist? Hielt er mich für Mirjanas Geist? Aber natürlich litt ich nur an zu viel Einbildungskraft. Erleichtert verstand ich, dass sich das, was er gesehen hatte, allein in seinem Kopf abgespielt haben musste.

Er löste Mirjanas Fesseln, ließ sie vorsichtig auf den Boden gleiten und trat von ihr zurück. Ihr gefolterter regloser Körper lag da auf dem kalten Steinboden, das Licht der Fackeln an den Wänden verlieh der Szene etwas Unheimliches und doch zugleich auch eine Art Ruhe und Würde. Niemals mehr würde irgendjemand Mirjana etwas antun können.

Einen kurzen Augenblick verharrten Vecellio und ich gemeinsam in respektvollem Abstand, um ihr Lebewohl zu sagen, bis endlich auch Bruder Heinrich und Martolosić aufmerksam wurden.

»Was tut Ihr da?«, herrschte Martolosić Vecellio an.

»Ihre Seele hat den Leib Eurer Gemahlin verlassen«, sagte Vecellio.

Ivan riss die Augen auf. »Was?«

»Sie ist tot«, stellte Vecellio sachlicher fest.

Bruder Heinrich setzte sich zögernd in Bewegung, wurde jedoch von Martolosić zur Seite gestoßen, der sich an ihm vorbeidrängte, am Boden neben Mirjana niederkniete und sie betrachtete, ohne sie jedoch zu berühren. Er war bleich geworden, aber sein Ausdruck war schwer zu deuten, er mochte Angst ausdrücken oder Ärger, Fassungslosigkeit und sogar einen Ansatz von Trauer oder alles zugleich.

Aus dem Hintergrund ließ sich Bruder Heinrichs abgehackte Stimme vernehmen. »Seid Ihr sicher?«

»Seht selbst«, forderte Vecellio ihn auf und deutete auf Mirjanas Leib. »Sie atmet nicht mehr, und soweit es meine bescheidenen Fähigkeiten erlauben, konnte ich auch keinen Herzschlag mehr feststellen.«

Bruder Heinrich zuckte zurück und beeilte sich, eine betrübte Miene aufzusetzen. »Nein. Ihr werdet schon Recht haben. So ist sie gestorben, ohne zu bereuen, und ihre Seele wird hinabfahren in die Hölle.«

Vecellios Gesicht verdüsterte sich, als wolle er sagen, dass sie dort wohl schon zuvor während der Folter war, stattdessen schwieg er und schaute abwartend zu Martolosić, der noch immer vor Mirjana kniete. Schließlich rührte er sich doch, tat es Vecellio gleich und suchte nach Lebenszeichen, dann erhob er sich und schien den Venezianer mit seinen Blicken aufzuspießen.

»Wie konnte das passieren?« Seine Stimme zitterte vor unterdrücktem Zorn.

Vecellio schüttelte bedauernd den Kopf. »Die Folter muss wohl zu viel für sie gewesen sein. Hatte sie vielleicht ein schwaches Herz? Möglicherweise hätten wir nicht so hart mit ihr umgehen, sondern andere Mittel suchen sollen, sie zu einem Geständnis zu bewegen.«

»Möglicherweise«, begann Martolosić sehr leise, um dann umso lauter hervorzustoßen, »hättet Ihr meinem Weib besser nicht zu trinken gegeben!«

»Ich tat, was ich für richtig hielt, doch kann ich mir schlecht vorstellen, dass ein wenig Wasser für ihren Tod verantwortlich sein soll.«

»Wasser …«, wiederholte Martolosić, » … sicher nicht.«

Mit erhobenen Brauen erwiderte Vecellio Martolosićs Blick. »Wollt Ihr damit etwas Bestimmtes andeuten?«

»Wo ist der Becher, aus dem sie getrunken hat?«, wollte Ivan wissen.

Vecellio drehte sich um, griff nach dem Becher auf dem Tisch und reichte ihn Martolosić. »Es ist noch ein Rest darin. Falls Ihr versuchen möchtet.«

»Ich?« Martolosić lachte hart auf. »Ihr werdet den Rest trinken, bis auf den letzten Tropfen. Jetzt. Ich werde Euch dabei zusehen.«

»Signor Martolosić, ich bitte Euch! Es ist doch ganz eindeutig, was hier geschehen ist«, mischte sich Bruder Heinrich ein.

»So?« Martolosić blitzte den Dominikaner an. »Und was genau ist Eurer Meinung nach geschehen?«

»Wenn die Hexe gestorben ist, bevor sie ihre Sünden gestehen und bereuen konnte, so war das Gottes Wille! Sie muss eine wahrhaft niederträchtige Hexe gewesen sein, wenn der Herr ihr den Weg zur Reue verweigert hat. Versteht doch, das war ein Gottesurteil!«

»Wenn das zutrifft, spricht nichts dagegen, dass Signor Vecellio den Becher leert! Also?«

Vecellio verzog die Mundwinkel. »Wenn Ihr darauf besteht …« Damit hob er den Becher an die Lippen, trank und drehte ihn schließlich um zum Beweis, dass kein Tropfen mehr übrig war.

Zwei Minuten vergingen, in denen ein sehr blasser Bruder Heinrich und ein zunehmend unruhig werdender Ivan Martolosić auf Vecellio starrten und abwarteten.

»Reicht Euch das?«, fragte der Venezianer, nachdem eine weitere Minute verstrichen war. »Wir sollten uns lieber um Eure Gemahlin kümmern. Was wird mit ihrem Leib geschehen?«

Martolosić murmelte etwas Unverständliches in seinen Bart.

»Was habt Ihr gesagt? Sollte das eine Bitte um Verzeihung wegen Eures ungerechtfertigten Verdachts gewesen sein?«, fragte Vecellio.

»Wie Ihr soeben selbst feststelltet, haben andere Dinge nun Vorrang«, wich Martolosić aus und wandte sich an Bruder Heinrich. »Wird nicht der Leib einer Hexe gewöhnlich den Flammen übergeben?«

»Dazu ist es zu spät, sie ist bereits tot. Man hätte sie lebendig verbrennen müssen!«, erklärte der Mönch entschieden.

Martolosić schaute zu Mirjana, dabei legte sich ein Schatten auf sein Gesicht, und einen Moment sah es so aus, als müsse er sich zwingen, ruhig zu bleiben. Kurz darauf hatte er sich wieder gefangen und sprach, als beträfe ihn die ganze Angelegenheit nur am Rande: »Nun, das ist alles nicht mehr mein Problem. Ich kann sie schlecht mitnehmen und in diesem Zustand in meinem Haus aufbahren, bis sie beerdigt wird. Ich werde mir eine Erklärung für die Abwesenheit meiner Gemahlin einfallen lassen, sie wird Verwandte besuchen und dort unerwartet sterben.«

»Aber was soll mit ihr geschehen? Wollt Ihr sie hier unten in diesen Gewölben zurücklassen?«, erkundigte sich Vecellio.

Martolosić wandte sich an den Dominikaner. »Ihr habt doch hier sicher einen Friedhof, auf dem Ihr sie ohne Aufsehen bestatten könnt, nicht wahr, Bruder Heinrich?«

»In geweihter Erde?« In den Augen des Mönches spiegelte sich blankes Entsetzen. »Sie hat nicht bereut! Ich kann unmöglich …«

»Verschont mich damit!«, fuhr Martolosić ihn an. »Ihr seid verantwortlich für das, was geschehen ist, Ihr wolltet die Folter, Ihr wolltet, dass ihre Seele gereinigt wird. Also seht nun zu, wie Ihr mit dem Misslingen Eurer hehren Absicht fertig werdet. Mich entschuldigt Ihr sicher.« Hoch erhobenen Hauptes drehte er sich um und ging davon. Seine Schritte hallten durch das Gewölbe, bis er die schwere Eisentür erreichte, sie mühevoll öffnete und Vecellio und Bruder Heinrich allein zurückließ, ohne noch einen einzigen Blick für sie übrig zu haben.

Vecellio seufzte. »Das heißt wohl, es liegt bei uns. Bringt mich zu Eurem Prior.«

»Wie?« Erneut zeigte sich Erschrecken im Gesicht des Mönches.

»Ich denke, wir werden ihn einweihen in das, was vorgefallen ist, damit er beschließt, was mit der bedauernswerten Sünderin zu geschehen hat.«

»Das … geht nicht.«

»Und weshalb nicht?« Vecellio wurde langsam ungeduldig. »Hört zu, Bruder Heinrich, wenn ich mich nicht irre, graut bald der Morgen, und wenn wir im Kloster möglichst wenig Aufsehen erregen wollen, sollten wir uns beeilen.«

»Der Prior … er wird …«

»… nicht einverstanden sein mit Eurem Handeln?«, beendete Vecellio den Satz. »Er kann nichts mehr ändern, nicht wahr, sondern nur verhindern, dass Eure Tat an die Öffentlichkeit gerät.« Geschickt verstand es Vecellio, endgültig alle Verantwortung und Schuld auf den Dominikaner zu schieben, dem sichtlich unwohler wurde.

»Aber … der Prior ist gar nicht zugegen.«

»Was heißt das?«

»Er ist nicht im Kloster! Er wurde überraschend fortgerufen und musste Ragusa am Morgen verlassen.«

Prüfend schaute Vecellio Bruder Heinrich an, kam zu dem Schluss, dass der Mann die Wahrheit sagte, und nickte verstehend. Offenbar war dem Prior keine Zeit mehr geblieben, Bruder Heinrich ins Gewissen zu reden oder eine der Maßnahmen zu ergreifen, die ihm vorgeschwebt hatten.

Wo das Kind aber nun schon in den Brunnen gefallen war, erleichterte seine Abwesenheit auch vieles. »Könnt Ihr mir den Weg zu seinen Räumen weisen, ohne dass uns jemand sieht?«

»Um diese frühe Stunde sicher. Doch was wollt Ihr dort?«

»Das lasst meine Sorge sein.« Vorsichtig hob Vecellio Mirjana vom Boden auf. »Ihr geht vor!«

»Aber …«

»Tut einfach, was ich Euch sage!«

Kurze Zeit später hatten sie die Räumlichkeiten des Priors erreicht. Vecellio ließ Mirjana auf die Schlafstatt des Ehrwürdigen Vaters gleiten, woraufhin Bruder Heinrich einen heiseren Schrei ausstieß. Ein einziger Blick Vecellios ließ ihn jedoch schnell verstummen. »Und was nun?«

»Wann erwartet Ihr den Prior zurück?«

»Zur Mittagsvesper.«

»Das wird reichen. Kommt in vier Stunden wieder her, dann werden wir darangehen, das Problem zu lösen.«

Wäre Bruder Heinrich nicht so verzweifelt daran gelegen gewesen, dass ihm jemand das Denken und Handeln abnahm, hätte er sich bestimmt gefragt, wozu Vecellio dermaßen viel Zeit benötigte. Stattdessen warf er nur einen letzten Blick auf Mirjana, dann zog er sich zurück und schloss leise die Tür hinter sich.

Kaum war er aus dem Raum, riss Vecellio den Vorhang zur Seite, hinter dem sich der Geheimgang verbarg. Fieberhaft suchte er nach einem möglichen Mechanismus, der das Holzgitter öffnete, und fand ihn nach schweißtreibenden Minuten. Er wickelte Mirjana in eine Decke, trug sie in den Gang und legte sie auf die kleine Plattform, auf der er vorletzte Nacht gestanden und die Unterhaltung zwischen dem Prior und Bruder Heinrich belauscht hatte. Dann zog er das Gitter hinter sich zu und bemühte sich, durch die Holzstäbe hindurch den Vorhang so gut es ging wieder an seinen Platz zu bringen. Als er sich umdrehte und Mirjana hochhob, blickte er in tiefe Finsternis. Er hatte keine Kerze und hätte sie, selbst wenn er eine gehabt hätte, kaum gleichzeitig mit Mirjana tragen können. Er musste sich so zurechtfinden.

Eine ganze Weile blieb er mit geschlossenen Augen stehen, obwohl das bei der Dunkelheit keinen Unterschied machte. Er konzentrierte sich auf etwas, das er vor seinem inneren Auge sah, bevor er sich langsam und vorsichtig auf den steilen Weg nach unten machte. Er durfte nicht stolpern oder fallen und sich dabei gar ein Bein brechen, sonst läge er hier mit Mirjana unter der mächtigen Stadtrepublik Ragusa und würde elendig zugrunde gehen.

Mehrere Abbiegungen und einige Gänge später wurde er noch langsamer und setzte nur sehr zögerlich einen Fuß vor den anderen, bis er mit seinem Schuh gegen etwas stieß. Er hob den Fuß ein Stück und kam auf eine Stufe zu treten, auf die eine zweite und eine dritte folgte. Er hatte die Treppe erreicht, die er gesucht hatte, jene, die in die Sakristei des Franziskaner-Klosters führte – falls er sich nicht hier unten verlaufen haben sollte.

Vorsichtig erklomm er die vielen Stufen, die er sinnloserweise zählte, dann war er oben angekommen. Vor ihm lag die Rückseite des Schrankes, und irgendwo musste sich der Mechanismus befinden. Aber es gab kein Podest, keine Plattform, auf der er Mirjana niederlegen und dadurch besser suchen konnte. Er musste das Risiko eingehen und hämmerte mit der Faust gegen die Schrankwand.

»Nikola!«, rief er dabei. »Hörst du mich? Öffne den Schrank!« Er legte sein Ohr gegen die Wand und lauschte. Zunächst blieb alles still, erst als er noch einmal Nikolas Namen rief, knirschten die Scharniere des Schrankes, der kurz darauf zurückschwang.

Vecellio blinzelte ins Licht, das in seinen Augen schmerzte. Nur undeutlich erkannte er die Gestalt eines Mannes in brauner Mönchskutte, wie sie für die Franziskaner typisch war. Er schien zumindest am richtigen Ort gelandet zu sein. Er machte einen Schritt in die Sakristei hinein.

»Ihr seid das«, sagte eine Stimme fassungslos, die Vecellio als die Nikolas identifizierte. Er musste sich erst an die Helligkeit gewöhnen, bis er Nikolas Gesicht erkannte. Mit einem Blick schaute er sich in der Sakristei um und stellte fest, dass sie tatsächlich allein waren.

»Ja«, sagte er. »Du hast dich also an die Anweisungen gehalten, das ist gut.« Er wankte auf einen reich verzierten, mit rotem Samt gepolsterten Holzstuhl zu und fiel beinahe darauf, Mirjana noch immer auf den Armen. Sein Weg durch das Tunnelnetz mit einer keineswegs kleinen Frau, die er zu tragen hatte, zollte nun Tribut.

Einen Moment lang gönnte er sich Ruhe und kam zu Atem, dann sah er auf und bemerkte, dass Nikola leichenblass geworden war und vor sich hin stammelte.

»Oh großer Gott! Mirjana! Was haben sie dir angetan? Was …« Nikola flog beinah auf sie zu und nahm ganz sanft ihre Hand in seine. »Mirjana«, wiederholte er schluchzend.

»Du kannst ihr nicht helfen«, sagte Vecellio, doch er erreichte ihn überhaupt nicht. »Nikola! Hör zu, du musst etwas für mich erledigen!«

»Ist sie … wird sie … Sie lebt doch, nicht wahr?«

Vecellio fixierte den Novizen mit festem Blick. »Sie ist tot, Nikola.«

»Nein!« Das kam wie ein lang gezogenes Heulen, seine Augen huschten zwischen Mirjana und Vecellio hin und her, als wolle er ihn zwingen, eine Lüge zuzugeben.

»Doch. Ich werde ihr ein würdiges Begräbnis verschaffen,

weit weg von Ragusa, an einem Ort, an dem sie ihre Ruhe findet, das verspreche ich.«

Nikola schluckte. Er ließ ihre Hand nicht los und klammerte sich an eine vergebliche Hoffnung. »Sie ... ist noch ganz warm ...«

Vecellio seufzte. »Natürlich, es ist noch nicht lange her. Nikola, es ist wichtig, dass du mir zuhörst. Es gibt etwas, das du für mich tun musst, damit ich Mirjana fortschaffen kann.«

»Was verlangt Ihr von mir?«

»Geh zu meinem Haus und frage dort nach meinem Diener Claudio. Zeig ihm das hier als Beweis dafür, dass ich dich schicke.« Damit zog er einen goldenen Ring von seinem Finger und legte ihn in Nikolas Hand. »Er soll in einer Stunde mit Sack und Pack draußen vor Fort Minčeta stehen und in der Kutsche auf mich warten, er darf sich nicht verspäten.«

»Was habt Ihr vor?«

»Es kann nicht schaden, wenn du ein paar Gebete für mich sprichst, denn mir bleibt nur die Hoffnung, dass ich mich nicht verrechnet habe«, sagte Vecellio, ohne sich näher zu erklären.

»Der Geheimgang?«, erkundigte sich Nikola, der erst jetzt zu erfassen schien, wo Vecellio eigentlich herkam – nämlich sicher nicht von einem Getreidespeicher. »Ihr meint, es gibt mehrere Gänge, und einer führt nach Fort Minčeta und von dort aus der Stadt?«

»Diejenigen, die dieses Tunnelnetz angelegt haben, waren ganz sicher kluge Köpfe. Es wäre logisch gewesen, mehrere Wege aus Ragusa einzuplanen, und Fort Minčeta scheint mir für den Landweg am aussichtsreichsten. Es gäbe noch den Fluchtweg zur See, entweder bei Fort Bokar oder bei Fort Sveti Ivan, doch ich besitze kein eigenes Schiff, also muss ich es bei Fort Minčeta riskieren. Bete für mich, Junge.«

»Das will ich«, nickte Nikola und stand auf. »Dann werde ich jetzt Eurem Diener Bescheid geben.«

Vecellio nickte, blieb aber noch sitzen. »Bevor du gehst, noch eine Kleinigkeit: Willst du Mirjanas größten Wunsch erfüllen?«

»Was immer es ist!«

»Sie hat ein Buch geführt mit allen Rezepturen, die sie kannte.«

Nikola nickte, und Vecellio fuhr fort.

»Es befindet sich in meinem Besitz. Claudio soll es dir geben, damit du es aufbewahrst, denn du weißt am besten, was damit zu geschehen hat. Behüte es gut, Mirjana war bereit, dafür ihr Leben zu riskieren.«

»Es war ihr sehr wichtig.« Nikola kniete noch einmal nieder und strich zärtlich über Mirjanas Stirn, über ihren Kopf, von dem hier und da Haarbüschel abstanden. »Ich werde dafür sorgen, dass niemand von denen, die ihr das angetan haben, es findet.« Er sah auf. »Wer genau ist eigentlich dafür verantwortlich?«

Vecellio zögerte nur eine Sekunde lang. Die Zeit lief ihm davon, doch Nikola sollte wissen, was geschehen war. »Ich glaube, es ist besser, du vergisst, was du gerade gehört hast«, beendete er seine kurze Erklärung.

Vehement schüttelte Nikola den Kopf. »Oh nein, ich werde kein Wort vergessen. Und wenn es das Letzte ist, was ich tue, ich werde Ivan Martolosić und den Dominikaner öffentlich beschuldigen, sie sollen nicht davonkommen!«

»Damit hilfst du Mirjana nicht – und dir selbst fügst du nur Schaden zu.«

»Aber …«

»Wenn du dafür sorgen willst, dass die Sache bekannt

wird, streu ein paar Gerüchte. Hier ein Wort und dort ein Satz, hier eine Andeutung und da. Nenn keine Namen, vor allem nicht den von Martolosić, er ist zu mächtig in dieser Stadt.«

»Das ist mir einerlei!«

Ungeduldig erhob sich Vecellio und hielt dabei Mirjana fest. Er hatte schon zu lange untätig hier gesessen. »Tu, was du nicht lassen kannst, aber ich habe dich gewarnt! Und nun lauf zu Claudio, wir müssen uns beeilen!«

Vecellio und Nikola verließen die Sakristei zugleich, wenn auch aus verschiedenen Ausgängen. Vecellio verschwand wieder durch den Schrank, Nikola durch die Tür, nicht ohne einen letzten schmerzerfüllten Blick auf Mirjana zu werfen, die in die Decke eingehüllt in Vecellios Armen lag.

Dann war die Sakristei leer, alles war ruhig, kein Laut war zu hören, bis die Kirchenglocke die fünfte Stunde des Tages schlug. So hoch über der Kirche und über der Sakristei schienen die Töne von den Wänden widerzuhallen und ein Echo zurückzuwerfen, das leiser und leiser wurde und endlich ganz verstummte. Es war verklungen in den Tiefen der Vergangenheit, die niemand auferstehen lassen und niemand ändern konnte. Es war geschehen, vergangen und vergessen, ebenso die Worte, die gesprochen worden, die Tränen, die geflossen, und die Pläne, die geschmiedet worden waren. Doch nur scheinbar. Denn nichts, gar nichts auf dieser Welt, ist für immer verloren.

FÜNFTER TEIL

1.

Ganz langsam, in Zeitlupentempo, glitt ich an der Glasvitrine zu Boden, meine Beine waren nicht länger fähig, mich zu tragen.

Anders als beim letzten Mal wusste ich augenblicklich, dass ich zurück war und wo ich mich befand. Vor allem, dass ich wieder einen Körper hatte, der mit jedem Nerv, jedem Knochen protestierte und schrie, als hätte ebendieser Körper mitgemacht, was Mirjana an Folter ertragen musste.

Als ich auf dem Boden ankam, meine Hände noch an den Scheiben der Vitrine, fragte ich mich, wie das sein konnte. Es war doch so viel geschehen, seit Mirjana an diesem Holzpfosten gehangen und ihren letzten Atemzug getan hatte. Während ich Vecellio folgte, waren die Schmerzen verschwunden gewesen.

Zeit allerdings war – wer wusste das besser als ich? – in dieser Sache relativ. Der körperliche Schock blieb wohl nicht aus, auch wenn ich keine echten Wunden davontrug.

Kraftlos lehnte ich an der Vitrine und schloss die Augen. Ich hatte keine Ahnung, wie lange ich so dasaß, aber als ich sie wieder öffnete, fiel mein Blick auf Mirjanas Porträt. Irgendwie schien sie mir ermutigend zuzulächeln, und ich zuckte zusammen. Sie war so wirklich für mich, dass ich fast glaubte, sie würde jeden Moment aus dem Bild zu mir heruntersteigen.

»Zur Hölle mit Ivan!«, fluchte ich, zumindest wollte

ich das. Aber ich brachte keine einzige Silbe heraus, weil meine Stimmbänder mir ihren Dienst versagten. Erschöpft und traurig senkte ich den Kopf, um Mirjana nicht länger ansehen zu müssen, die auf dem Porträt so unglaublich faszinierend und vor allem so lebendig wirkte.

Plötzlich spürte ich eine Hand auf meiner Schulter und hörte jemanden etwas sagen. Ich sah auf und den jungen Mann vom Eingang über mich gebeugt stehen. Zu schade, dass ich mit der Vergangenheit auch die Fähigkeit verloren hatte, diese Sprache zu verstehen und zu sprechen. Allerdings konnte ich ja sowieso gerade nicht sprechen, also war es ziemlich egal.

Der Junge, der kaum älter als achtzehn oder neunzehn sein mochte, reichte mir wortlos seine Hände. Er half mir hoch, merkte aber sofort, dass ich viel zu unsicher auf den Beinen war, um auch nur die paar Meter zur Tür allein zurücklegen zu können.

»Was ist passiert?«, fragte er in sehr holprigem Englisch.

Was sollte ich darauf schon erwidern? Immerhin konnte ich ja mal ausprobieren, ob ich wieder in der Lage war zu reden.

»Ne znam«, versuchte ich es also. Meine Stimme war heiser, aber sie funktionierte.

Der junge Mann führte mich zu dem Stuhl, auf dem er selbst gesessen hatte, holte mir ein Glas Wasser und redete dabei von neuem auf Kroatisch auf mich ein. Das hatte ich davon, die paar Wörter zusammengekratzt zu haben.

»Hvala«, dankte ich ihm für das Wasser, fuhr dann aber fort: »Es tut mir Leid, ich fürchte, ich verstehe Sie nicht.« Ganz in Gedanken hatte ich Deutsch statt Englisch gesprochen, aber das schien ihm nichts auszumachen, im Gegenteil.

Seine braunen Augen leuchteten kurz auf. »Kein Problem, es reicht ja, wenn ich Sie verstehe! Geht es Ihnen besser?« Sein Akzent war stärker als Safets, aber sein Deutsch beinah genauso gut.

Ich nahm noch einen Schluck Wasser, bevor ich nickte. »Ein bisschen, ja. Danke für Ihre Hilfe. Wie kommt es eigentlich, dass hier jeder meine Sprache spricht?« Es gab zwar eigentlich tausend andere Dinge, die ich viel lieber gewusst hätte, aber ich wollte nicht unhöflich sein, wo er sich so rührend um mich kümmerte.

Der Junge zuckte mit den Schultern und lächelte. »Viele haben eine Zeit lang in Deutschland gearbeitet – und es kommen eine Menge deutsche Touristen.«

Wahrscheinlich hätte ich fragen sollen, ob er auch schon mal in Deutschland war, aber für diese Art der Konversation war ich einfach noch zu sehr in der Vergangenheit. Ich wollte nur zwei Dinge: mit jemandem über das alles reden, was ich gesehen und erlebt hatte, vorzugsweise mit jemandem, der mich dann nicht gleich für verrückt erklärte. Da Safet nicht infrage kam und ich sonst niemanden hier kannte, blieb mir nur die Option auf die zweite Sache, die ich dringend wollte: in mein Bett und schlafen.

»Ich glaube, es geht wieder«, sagte ich, stand auf und sackte fast sofort wieder zusammen. Da hatte ich mich eindeutig übernommen, obwohl wenigstens die Schmerzen endlich nachließen und es nur noch die übergroße Benommenheit war, die mich auf dem Stuhl hielt.

»Wo wohnen Sie?«, fragte der junge Mann.

Ich nannte ihm die Adresse, woraufhin er bedenklich mit dem Kopf schüttelte.

»Das ist zu weit von hier für Sie allein. Ich werde Sie begleiten.«

»Aber Sie müssen doch auf das Museum aufpassen«, widersprach ich.

Er zuckte bloß mit den Schultern und grinste. »Sie waren bisher meine einzige Besucherin – es werden wohl in der nächsten Stunde nicht sehr viel mehr kommen.« Er ließ mich kurz allein, um die Fensterläden zu schließen, dann kam er zurück und zog mich hoch. Weiß Gott, ich brauchte seine Hilfe wirklich. Wie sollte ich bloß die vielen Treppenstufen hinunter zum Stradun und auf der anderen Seite wieder hinauf schaffen?

Ich begegnete einem ermutigenden Lächeln – und plötzlich machte etwas »pling« in meinem Kopf. Er war so jung, beinah so jung wie Nikola! Wieso war ich hier? Wieso war ich nicht bei Nikola, um zu sehen, was er mit Mirjanas Buch tat und wo er es versteckte? Wie sollte ich es finden, wenn ich das nicht wusste?

Ich musste ein drittes Mal zurück, und die Erkenntnis ließ mich über meine eigenen Füße stolpern.

»Vorsicht!«, warnte mich mein Begleiter, aber das hörte ich kaum.

Während ich das letzte Mal die Vorstellung auf eine weitere Zeitreise noch verlockend gefunden hatte, war ich jetzt weniger darauf erpicht. Außerdem gab es ein womöglich unüberwindbares Hindernis: Mirjana war tot. Wie sollte ich also zu ihr Verbindung aufnehmen und mich in ihr »Leben« einfinden?

»Können Sie sich immer noch nicht erinnern, was passiert ist?«, wurde ich erneut in meinen Gedanken gestört.

»Nein«, murmelte ich. »Vielleicht das Wetter. Mein Kreislauf.«

»Hm«, machte er zweifelnd. »Haben Sie das Bild angesehen?«

»Welches Bild?«, fragte ich, wider besseres Wissen.

»Das von der Frau mit den langen Haaren.«

»Ja«, gab ich zu.

Er zögerte weiterzusprechen, aber gleichzeitig lag da ein Zug um seinen Mund, der verriet, dass er platzen würde, wenn er nicht mit dem herausrückte, was er sagen wollte. »Das ist Mirjana. Sie war eine Hexe, und ich wette, dass Sie Ihre Ohnmacht ihr zu verdanken haben.«

»Und was hätte Ihre örtliche Hexe von der Ohnmacht einer Touristin?«, ging ich auf seinen Ton ein.

Er lachte. »Wer weiß das schon bei Hexen?«

Mittlerweile waren wir auf dem Stradun angelangt, die Treppen hatte ich besser bewältigt als gedacht.

»Möchten Sie eine Pause machen? Vielleicht einen Kaffee trinken?«

Wir passierten gerade Gorans Kavana, aber das Letzte, was ich wollte, war jemanden zu sehen, der auch nur die kleinste Kleinigkeit mit Safet zu tun hatte, also machte ich mich neben dem jungen Mann so unsichtbar wie möglich. Er deutete mein Schweigen richtig. »Sie haben Recht, es ist bestimmt besser, wenn Sie sich hinlegen.«

Zuverlässig brachte er mich schließlich bis zu meiner Pension, wo er sich noch einmal vergewisserte, ob ich nun zurechtkäme. Er wollte sich schon verabschieden, als ihm etwas einfiel. »Ich war sehr unhöflich, ich habe mich nicht mal vorgestellt. Mein Name ist Duško, und wenn Sie Hilfe brauchen in dieser Stadt, wissen Sie ja, wo Sie mich finden.«

Ich lächelte. »Danke, das ist nett von Ihnen. Ich bin übrigens Nella.« Damit streckte ich ihm die Hand hin, die er ergriff und kräftig schüttelte.

»Wiedersehen, Nella, und passen Sie auf sich auf!«

2.

Ich verschlief den ganzen Tag und die darauf folgende Nacht dazu, als hätte ich wochenlangen Schlaf nachzuholen, obwohl ich mich am Vortag ja eigentlich schon reichlich ausgeruht hatte. Die Reise zu Mirjana hatte mich völlig verausgabt. Verständlich, wenn man bedachte, dass ich in den wenigen Sekunden, die ich in der Gegenwart fort gewesen war, in meiner eigenen Wahrnehmung mehrere Tage und Nächte durchlebt hatte, die man noch dazu kaum als Spaziergang bezeichnen konnte.

Der nächste Morgen begrüßte mich in ungewohnter Form, aber durchaus passend zu meiner Stimmung mit grauen Wolken und Regen. Die Steinplatten auf dem Boden der Straßen glänzten noch mehr als sonst und waren außerdem gefährlich glatt und rutschig, sodass ich zweimal fast hingefallen wäre. Natürlich hatte ich keinen Schirm und hastete deshalb umso schneller unter dem Regen hindurch zur Gradska Kavana, das ich mittlerweile zu meinem Stamm-Café auserkoren hatte, obwohl es bei Goran eigentlich netter war. Mit einem doppelten Espresso saß ich unter den von der hohen Decke hängenden Kronleuchtern und schlug mein Notizbuch auf, das ich im Souvenirladen schräg gegenüber gekauft hatte.

Tief im Innern wusste ich, dass ein erneuter Versuch zurückzugehen, umsonst sein würde, deshalb hatte ich darauf verzichtet. Obwohl Mirjanas Buch nicht das Einzige war, das ich suchte. Es gab da noch die eine oder andere offene Frage, nach wie vor zum Bespiel die nach dem seltsamen Verhältnis zwischen Mirjana und Ivan. War Ivan verantwortlich für den Tod ihres Kindes? Wäre sie unter diesen Umständen tatsächlich bei ihm geblieben? Das konnte ich mir einfach nicht vorstellen, bestimmt gab es noch eine andere Erklärung.

Das Wichtigste allerdings war trotz allem das Buch. Ich musste einen Weg finden, es auch ohne eine dritte Reise in die Vergangenheit aufzustöbern. Der Schlüssel lag irgendwo in dem Teil von Mirjanas Geschichte verborgen, den ich gesehen hatte, alles andere ergab keinen Sinn.

So begann ich also aufzuschreiben, was geschehen war, von Anfang an, rief mir jede noch so scheinbar unwichtige Person, jeden Namen, jeden Schauplatz ins Gedächtnis, trotzdem das mehr als einmal wehtat. Zu sehr war ich an den Ereignissen beteiligt gewesen und hatte mit Mirjana gefühlt. Aber wenn ich schon niemanden zum Reden hatte, würde mir das helfen, meine Gedanken zu sortieren und vielleicht das eine oder andere Detail zu entdecken, das im Nachhinein an Bedeutung gewann. Es dauerte lange, aber irgendwann war ich einigermaßen sicher, nichts vergessen und ausgelassen zu haben. Nach dem Espresso war ich auf Cappuccino umgestiegen, und der Kellner in dem schwarzen Anzug hatte mittlerweile die vierte Tasse und drei Flaschen Wasser gebracht und wieder fortgenommen, während ich schrieb, bis meine Finger schmerzten. Seit der segensreichen Erfindung des Computers war ich das Schreiben mit der Hand überhaupt nicht mehr gewohnt.

Als ich schließlich hochblickte, merkte ich erstaunt, wie leer es in der Gradska Kavana geworden war. Der Regen hatte aufgehört, die Sonne kam hinter den Wolken hervor. Ich klappte das Notizbuch zu, streckte meinen Rücken und winkte dem Kellner, der meine Rechnung mit der gleichen stoischen Miene brachte wie alles andere zuvor.

Draußen ging ich langsam Richtung Sponza-Palast und riskierte einen fast sehnsüchtigen Blick den Stradun hinunter zu Gorans Café. Sehnsüchtig nicht wegen Goran oder seiner Eva, erst recht nicht wegen Safet. Aber es *war* einfach schöner da.

Ich hätte besser nicht daran denken sollen, denn niemand anders als Safet kam gerade aus der Kavana. Wieder mal trug er die Andeutung eines Bartes am Kinn, es schien ihm zu gefallen, sich dauernd zu verändern. Ich machte ein paar schnelle Schritte und stellte mich schräg hinter eine der Säulen des Sponza-Palastes, damit er mich nicht sah. Aber er stand sowieso nur bewegungslos da, starrte scheinbar ins Nichts und zog ab und zu an einer Zigarette. Was hatte er wohl vor? Gab er die Suche nach dem Buch auf? Unwahrscheinlich. Er verfügte ja zumindest über einen Teil der Informationen, die ich selbst besaß, und wenn er von meinem Vater ordentlich Kohle nahm, würde er sich bestimmt anstrengen, sie auch zu verdienen. Immerhin hatte er einen Ruf zu verlieren.

Dann kam Bewegung in Safet, jemand musste ihn aus der Kavana heraus angesprochen haben. Er zuckte zusammen, drehte sich um und trat in das Café zurück, während ich in die nächste Seitengasse bog. Langsam stieg ich die Stufen hinauf, vorbei an kleinen Läden, einer Bäckerei und jeder Menge Grünpflanzen vor den Häusern.

»Nella!«, hörte ich da eine Stimme hinter mir, gerade als ich einer Katze auswich, die plötzlich aus einer Bar gehuscht kam. Die Katze blieb kurz stehen und schaute zu mir auf, bevor sie im nächsten Hauseingang verschwand.

»Nella, warten Sie!«

Endlich drehte ich mich um und sah Duško mit langen Schritten auf mich zukommen. »Ich habe mich schon gefragt, ob wir uns wohl noch mal wiedersehen! Wie geht es Ihnen heute?«

»Viel besser, danke. Bist du auf dem Weg ins Museum?«,

erkundigte ich mich. Dann erst merkte ich, was ich gesagt hatte. Duško war so schrecklich jung, dass mir ein »Sie« seltsam fehl am Platz vorkam. »Ist doch okay, wenn wir uns duzen, oder?«

Duško grinste von einem Ohr zum anderen. »Klar! Nein, heute macht das ein Onkel von mir. Das Museum ist so eine Art Familienbetrieb, musst du wissen, und ich helfe manchmal, wenn ich Zeit habe. Jetzt habe ich gerade viel Zeit, bevor die Uni anfängt.«

»Ich glaube, ich bin deinem Onkel beim ersten Besuch im Museum begegnet.«

»Du warst schon zweimal da drin? Dann hat dich das ja sehr beeindruckt …«

»So was in der Art«, sagte ich unbestimmt.

Duško lachte. »Oder gibt es in Dubrovnik nicht genug zu besichtigen?«

»Doch.« Als er so vor mir stand, kam mir eine Idee. Er hatte mir seine Hilfe angeboten, warum sollte ich sie also nicht annehmen? »Wenn du nicht ins Museum musst, kann ich dich vielleicht als Dubrovnik-Spezialisten buchen?«

»Buchen?«, wiederholte er verständnislos. »Wie meinst du das?«

»Ich brauche jemanden, der mir sagt, wo man was am besten findet und mir vielleicht auch das eine oder andere übersetzt. Könntest du mir dabei helfen? Ich würde dir das natürlich bezahlen.«

Duško sah aus, als hätte ich ihn gerade tödlich beleidigt. »Das Erste: ja. Das Zweite: kommt nicht infrage. Ich habe gestern gesagt, ich helfe, wenn du mich brauchst, und dafür nehme ich kein Geld!«

Wie angenehm, zur Abwechslung mal auf einen Mann zu treffen, für den ein dickes Bankkonto nicht das Höchste auf Erden war!

»Das heißt, du wärst einverstanden, wenn ich dich einfach bitte?«

Er lächelte wieder. »Klar! Wohin möchtest du zuerst?«

»In ein Internet-Café. So was gibt es doch hier?«

»Klar«, wiederholte er. Das war wohl sein Lieblingsausdruck, der nun allerdings von einem verdutzten Blick begleitet wurde. »Willst du E-Mails schreiben?«

»Nein, ich muss ein bisschen recherchieren über ein paar Personen. Kann sein, dass ich dazu nur Informationen auf Kroatisch finde, dann …«

»… werde ich für dich übersetzen«, nickte er, drehte sich um und winkte mir, ihm die Treppen wieder hinunter zum Stradun zu folgen. »Es gibt ein gutes Internet-Café außerhalb der Altstadt, nicht weit vom Pile-Tor.«

Vorbei am Busbahnhof und einem imposanten, aber noch eingerüsteten Gebäude, das einmal das Hilton Imperial Hotel werden sollte, führte er mich ein kurzes Stück die Straße hinauf, bis er vor einem kleinen Laden stehen blieb. Er ließ mich vor ihm eintreten, erklärte dem Café-Betreiber, was wir wollten, dann saßen wir vor dem PC.

»Womit fangen wir an?«, fragte Duško.

Mit der Hauptperson, dachte ich, und wollte schon Mirjanas Namen eintippen, doch während meine Finger noch über der Tastatur schwebten, wurde mir klar, wie unnötig das war. Ich kannte Mirjanas Legende und hatte keinen Grund, an Safets Erzählung zu zweifeln. Ivan Martolosić also? Ich versuchte es damit und merkte, wie Duško sich neben mir rührte.

»Ich sehe, du hast dich inzwischen über Mirjana erkundigt. Glaubst du jetzt auch, dass du durch die Hexe ohnmächtig wurdest?«

Ich war mir nicht sicher, ob er nur Spaß machte, seinem

Gesichtsausdruck nach zu urteilen, wusste er es selbst nicht so genau.

»Kaum«, log ich. »Aber es ist eine interessante Geschichte, und wenn Frauen früher als Hexen verurteilt wurden, hatte oft der eigene Ehemann die Hand im Spiel. Ich wüsste zu gern, ob das hier auch so war.«

Entschieden schüttelte Duško den Kopf. »Über Ivan findest du dazu nichts. Angeblich soll er Mirjana auch dann noch sehr geliebt haben, als herauskam, dass sie eine Hexe war. Als sie verschwand, ließ er die ganze Republik nach ihr absuchen, aber niemand fand sie.«

Und woran hat das wohl gelegen?, fragte ich mich selbst sarkastisch und schadenfroh zugleich. Ich konnte mir Ivans panische Suche genau vorstellen. Es musste ein ziemlicher Schock für ihn gewesen sein, als Bruder Heinrich ihm mitteilte, dass die Leiche seiner Gemahlin sich in Luft aufgelöst hatte. Gratuliere, Venezianer!

Ich schaute auf den Bildschirm, der zehn oder zwölf Links anzeigte, und bedeutete Duško, den Platz mit mir zu tauschen. Er würde schließlich die ganzen Seiten lesen müssen. Nach und nach klickte er die Links an, aber das Ergebnis war unbefriedigend. Über die Hälfte hatte gar nichts mit Mirjanas Ivan zu tun, die restlichen erzählten dasselbe wie Duško.

»Hab ich doch gesagt«, stellte er fest.

Ich seufzte, fand es aber immerhin ganz interessant zu erfahren, was der Mann damals auf die Beine gestellt hatte, um die Menschen zu täuschen.

»Wen jetzt?«

Gute Frage. Brachte das Ganze hier überhaupt was? Es gab nun mal die Legende, und wenn das Internet mehr hergegeben hätte, hätte Safet mich kaum gebraucht. Es sei denn, ich versuchte mich an den Menschen, von deren Existenz er nichts gewusst hatte, wie Vecellio zum Beispiel.

»Lodovico Vecellio.«

»Wer soll das sein? Hat der auch was mit Mirjana zu tun? Ich dachte immer, ich kenne die ganze Geschichte, aber den Namen habe ich nie gehört.«

Wie um alles in der Welt sollte ich Duško erklären, woher ich wusste, dass Vecellio dazugehörte? Vielleicht war es doch keine so gute Idee gewesen, ihn mitzunehmen, besonders da ich die Seiten über einen Italiener ohnehin selbst lesen konnte.

Als ich nicht gleich antwortete, zuckte Duško mit den Schultern. »Das ist wohl – wie heißt das auf Deutsch, wenn man etwas weiß, aber nicht weiß, woher man es weiß?«

»Sechster Sinn.«

Duško lachte auf. »Komischer Ausdruck! Aber ich glaub ja an so was!« Gleichzeitig tippte er den Namen ein und hackte auf Enter.

»Das gibt's nicht!«, entfuhr es mir ungläubig, als ich das Ergebnis betrachtete. »Überhaupt kein Treffer?«

»Bist du sicher, dass das der richtige Name ist?«

»Ja.« Sein Vorname war zwar nur ein einziges Mal gefallen, aber gemerkt hatte ich ihn mir hundertprozentig. »Versuchen wir's nur mit Vecellio.«

»Vielleicht sollten wir zusätzlich noch 16. Jahrhundert eingeben«, schlug Duško vor. Genau das tat er – in mehreren Sprachen, aber alles, was dabei rauskam, waren jede Menge Links auf den Renaissance-Maler Tizian, der eigentlich Tiziano Vecellio hieß und drei Jahre nach Mirjana gestorben war. Dazu hätte ich das Internet nicht gebraucht.

»Noch jemand?«

Den wichtigsten hatte ich bisher außer Acht gelassen, und zwar aus einem ganz einfachen Grund. Wenn ich Nikolas Namen eingab, würde ich bestimmt eine Million Treffer landen. Zu dumm, dass ich seinen Nachnamen nicht kannte.

»Nikola. Am besten auch zusätzlich mit 16. Jahrhundert und mit Ragusa oder Dubrovnik.«

Wir probierten mehrere Kombinationen, sogar mit den Stichwörtern Franziskaner und Apotheke, und kämpften uns durch eine Menge Seiten, die meisten davon auf Kroatisch. Nichts passte.

»Das hat keinen Sinn. Wir können bis morgen früh lesen, ein Vorname ist zu wenig.«

Während Duško las und ich ihm dabei überhaupt nicht helfen konnte, hatte ich mir den Kopf darüber zerbrochen, wo Nikolas Nachname möglicherweise mal gefallen war. In mir nagte das dumpfe Gefühl, dass ich was übersehen hatte, mich an eine bestimmte Situation erinnern musste.

»Lass uns Pause machen und was Frisches trinken. Es ist zu heiß hier drin«, meinte Duško nach fast einer Stunde.

Resigniert nickte ich und stand auf, als mir wegen seiner Bemerkung das Wort Erfrischung einfiel. Dabei sah ich Mirjana in ihrem Garten vor mir und Vecellio, der sich mit ihr über die Kräuter unterhielt und merkwürdige Andeutungen machte. Mirjana wollte ihn unter einem Vorwand ins Haus verfrachten, damit er nicht noch mehr sah, und dann fing Vecellio plötzlich an, von Nikola zu reden und …

»Getaldić! Nikola Getaldić!« Vecellio hatte an diesem Tag tatsächlich seinen Namen erwähnt!

»Getaldić?«, wiederholte Duško gedehnt. »Die Getaldićs waren ziemlich bekannte Leute in Ragusa.«

»Im Ernst?« Ich hatte nie den Eindruck gehabt, dass Nikola aus einer einflussreichen Familie kam. Allerdings passierte es ja öfter, dass ein Sohn ins Kloster ging und in der Bedeutungslosigkeit versank, während der andere in die Fußstapfen des Vaters trat.

Während Duško Nikola Getaldić eintippte, sah ich ihm gespannt über die Schulter. Aber in dieser Zusammensetzung bekamen wir genauso viele Ergebnisse wie für Lodovico Vecellio, nämlich keine.

»Versuchen wir's mit dem Nachnamen allein, auch wenn das wahrscheinlich viel zu viele Treffer bringt. Was haben wir schon zu verlieren?«

»Zeit«, griente Duško, wühlte sich aber dann doch durch eine ganze Menge Seiten. »Hier haben wir Marin Getaldić«, übersetzte er nach einer Weile. »Mathematiker, Physiker und Forscher. Er wurde 1568 in Dubrovnik geboren, wo er 1626 auch starb.«

»Kann sein, dass das zumindest die richtige Familie ist«, dachte ich laut nach. »Aber er war noch ein Kind, als das mit Mirjana passierte. Wen haben wir noch?«

Duško klickte ein paar der Treffer an, bis er aufschaute. »Der ist interessant, vielleicht auch dieselbe Familie, aber leider wieder die falsche Zeit: Blaz Getaldić, Maler, 1446 bis 1502. Hier steht, dass zwei Bilder von ihm erhalten sind: Eins, *Die Taufe Christi,* hängt in einem Museum in Zagreb, und ein … wie heißt das?« Er deutete auf ein Wort auf dem Bildschirm, für das er den deutschen Ausdruck nicht kannte. Ohne viel Hoffnung beugte ich mich vor, doch trotz meiner sehr schwachen Sprachkenntnisse war *Poliptih* einfach zu übersetzen.

»Polyptychon.«

»… also Polyptychon in der Kirche Sveti Vlaho.« Fragend sah Duško mich an. »Halt mich für ungebildet, aber was ist ein Polyptychon? Ich meine, sicher ein Gemälde, aber …«

»Nicht einfach ein Gemälde. Es ist eher ein ganzes Bilderwerk und besteht aus mehreren einzelnen Gemälden, die miteinander verbunden sind. Ein Flügelaltar.«

Duško nickte verstehend und übersetzte weiter. »Die Kirche gehört zum Franziskaner-Kloster in Cavtat, knapp zwanzig Kilometer südlich von hier.«

»Franziskaner?« Wie elektrisiert starrte ich auf das Buchstabengewirr auf dem Monitor. Mein Gott, was für ein Zufall. Meine Gedanken begannen zu rasen. Wenn dieser Blaz Getaldić nun ein Vorfahr von Nikola war oder wenigstens ein entfernter Verwandter? Das musste natürlich überhaupt nichts heißen. Konnte es aber andererseits sehr wohl, und ich hatte bisher nur diesen Anhaltspunkt. Vielleicht war der Mathematiker Getaldić zeitlich passender, aber dass der Maler Getaldić was mit den Franziskanern zu tun gehabt hatte – auch wenn es dabei nur um ein Polyptychon ging –, kam mir vor wie ein Wink des Schicksals. »Was steht da noch über diesen Blaz?«

Duško wandte sich wieder dem Text zu. »Nicht mehr viel. Beschreibungen der Kunstwerke und wie außergewöhnlich sie sind.«

»Könntest du rausfinden, ob es eine Verbindung gibt zwischen Blaz und Nikola? Wenn nicht übers Internet, dann vielleicht in euren Museen oder alten Urkunden?«

»Das wird schwer. Durch das Erdbeben ist viel zerstört worden, aber ich werde es in den Archiven versuchen. Außerdem kenne ich noch jemanden, der eine Menge weiß.« Er machte eine Pause, in der er mich nachdenklich musterte. »Wer sind diese Leute? Was haben sie mit Mirjana zu tun?«

Da ging meine Hoffnung dahin, dass Duško nicht danach fragen würde. Ich holte tief Luft und entschloss mich zu einer wenig eleganten Lösung. »Ehrlich, ich kann dir das nicht sagen. Du würdest mich für verrückt halten, wenn ich es dir erzähle, glaub mir. Aber ich habe meine Gründe, und ich wäre dir furchtbar dankbar für deine Hilfe.«

Eine Weile schwieg Duško und starrte mich dabei so intensiv an, dass ich den Eindruck hatte, er sähe in mich hinein. Schließlich nickte er langsam. »Ich verstehe. Du bist auch eine Hexe.«

Beinahe hätte ich laut gelacht, aber ich las in seinen Augen, dass das nur zum Teil scherzhaft gemeint war. Aus dieser Perspektive hatte ich die Geschichte noch nie betrachtet, und eigentlich lag Duško gar nicht so falsch, wenn man meine Erlebnisse mal überdachte. Und immerhin war die Reaktion der alten Frau in der Ulica Restićeva auf mich ganz ähnlich ausgefallen. Trotzdem schüttelte ich den Kopf. »Nein. Es ist nur …«

»Ich werde nicht weiter fragen«, unterbrach er mich, glitt von seinem Stuhl und lächelte. »Komm morgen Nachmittag ins Museum, vielleicht weiß ich dann mehr.«

3.

Vierundzwanzig Stunden später machte ich mich erneut auf den Weg zu Duško. Zwischen den beiden ummauerten Beeten ging ich auf den Eingang des Museums zu und fragte mich zum wiederholten Mal, ob ich hoffnungslos einem Phantom hinterherlief. Als ich eintrat, saß jedoch nicht Duško, sondern sein Onkel an dem Tisch.

»Dobar dan«, grüßte er und schob mir ein Ticket zu.

Ich erwiderte den Gruß und schüttelte gleichzeitig mit Blick auf das Ticket den Kopf. *»Hvala, nije potrebno.«* Dabei konnte ich nur hoffen, dass das richtig war für »Danke, nicht nötig«. Leider kam der Satz »Ich bin hier mit Duško verabredet« weder in meinem Sprachführer noch in dem Gibonni-Lied vor, das ich übersetzt hatte.

Duškos Onkel schien trotzdem zu wissen, was ich wollte. Er lachte, sagte etwas, von dem ich außer dem Namen seines Neffen nichts verstand, und deutete auf einen Stuhl, der beinah so wurmstichig aussah wie der Tisch. Ich setzte mich und hoffte, dass das Holz mein Gewicht aushielt. Die Zeit verging, kein einziger Besucher kam, und ich dachte darüber nach, wie dieses Museum sich trug. Wenn es ein Familienunternehmen war, kostete es zumindest keine Angestelltenlöhne. Duškos Onkel las eine Sportzeitung, ab und zu sah er auf seine Uhr und dann zu mir. Entweder fragte er sich, wann er von meiner Gegenwart befreit werden oder wann er in den Genuss seines Feierabends kommen würde.

Als endlich jemand die Tür aufriss, war ich so darauf fixiert, endlich mit Duško reden zu können, dass ich im ersten Moment überhaupt nicht registrierte, wer vor mir stand.

»Tag, Nella, schön dich zu sehen. Ach ja, und viele Grüße von Duško, er hat mich gebeten, dir das hier zu geben.« Safet, der zur Abwechslung wieder glatt rasiert war, hielt mir einen braunen A4-Umschlag unter die Nase und genoss sichtlich meine Überraschung. »Willst du nicht wissen, was drin ist?« Damit wandte er sich dem Mann am Tisch zu und begann eine Unterhaltung mit ihm, als wäre ich überhaupt nicht anwesend.

Ich konnte einfach nicht glauben, dass mir das passierte. Wütend – auf Safet, auf Duško und auf mich selbst, weil ich eben kein Wort rausgekriegt hatte – riss ich mit einem Handgriff den Umschlag auf und zog ein paar Blätter hervor: Kopien, die aussahen wie alte Abschriften von noch älteren Dokumenten, dazu zwei Seiten aus einem Kunstführer, wie die Gemäldeabbildungen zwischen dem Text vermuten ließen, und schließlich eine kurze Notiz von Duško.

»Liebe Nella«, stand da, »tut mir Leid, dass ich nicht kommen kann, aber dafür habe ich rausgefunden, was du wissen wolltest. Die Unterlagen können zwar die Verwandtschaft zwischen Blaz und deinem Nikola Getaldić nicht sicher beweisen. Trotzdem ist es sehr wahrscheinlich, dass Blaz Nikolas Urgroßvater war. Ich schicke dir Safet Vujović, er ist ein guter Freund von meinem Vater und wird dir gern beim Übersetzen helfen. Bis bald, Duško. PS: Ich kenne niemanden, der so viel über die Geschichte von Ragusa weiß wie er.«

Es war in höchstem Maße unfair, aber ich hätte Duško mit Freuden erwürgen können. Gab es irgendjemanden in dieser Stadt, den Safet nicht kannte? Ein guter Freund von Duškos Vater … Da ging mir plötzlich ein Licht auf. Ich erinnerte mich, dass mir Duško bei meinem zweiten Besuch im Museum bekannt vorgekommen war, obwohl ich ihn noch nie gesehen hatte. Wenn ich jetzt darüber nachdachte, fragte ich mich, wie ich so blind gewesen sein konnte. Er sah Goran zweifellos ähnlich, und das erklärte auch, woher Duško so gut Deutsch konnte, nämlich durch Eva, obwohl sie nicht seine Mutter sein konnte. Dazu war sie zu jung.

»Ist es das, was du erwartet hast?« Offenbar hatten Safet und Duškos Onkel genug geschwatzt.

»Das musst du doch am besten wissen, oder?«, gab ich bissig zurück. »Erzähl mir nicht, dass du nicht weißt, was das ist!«

»Woher sollte ich? Im Gegensatz zu gewissen anderen Leuten habe ich nicht die Angewohnheit, fremde Post zu lesen.« Natürlich hatte mein Spionieren auf Safets Notebook Spuren hinterlassen. Seine Stimme war kalt, bar jeden Spotts, jeglichen Humors und auch sonst jeder Regung, sodass ich mich in der unangenehmen Situation sah, mich verteidigen zu müssen. Bloß dass ich das weder konnte noch wollte.

»Dafür hast du jede Menge andere Eigenschaften, die entschieden unangenehmer sind.«

Safet starrte mich an, seine Augen waren nur noch Schlitze. »Was hattest du in meiner Mailbox zu suchen?«

»Ich gebe dir durchaus Recht, dass ich das nicht hätte tun dürfen. Aber ich bin verdammt froh, dass ich es getan habe, sonst wäre ich nämlich immer noch so naiv zu glauben, dir könnte allen Ernstes was an mir liegen und nicht nur an Mirjanas Buch.«

»Deiner Äußerung entnehme ich, dass es die Mail von Henning Laurenz war, die dich so empört hat, dass du einfach abgehauen bist«, sagte Safet. Seine Stimme war noch immer sehr unterkühlt, jetzt klang jedoch noch etwas anderes heraus, Ungeduld und leichte Verwunderung. »Ich verstehe allerdings nicht, was die Aufregung soll. Du hast gewusst, dass ich das Buch will.«

»Die Aufregung? Verdammt, Safet, du machst Geschäfte mit meinem Vater, der dich beauftragt, mich ins Bett zu zerren, damit er nicht nur an das Buch, sondern auch noch an die Perlen kommt, und du fragst dich, weshalb ich mich aufrege?«

Safets Augenbrauen schossen in die Höhe, seine schauspielerische Leistung war oscarverdächtig.

»Jetzt tu nicht so ahnungslos und behaupte, du hast nicht gewusst, dass Henning Laurenz mein Vater ist.« Ich hatte meine eigene Stimme kaum mehr unter Kontrolle. Duškos Onkel beobachtete uns, aber es war mir egal, wie viel er von unserem Streit mitbekam.

»Warum sollte ich mir die Mühe machen? Du würdest mir das doch sowieso nicht abkaufen, obwohl ich mit Recht einwenden könnte, dass du immerhin ganz anders heißt als Laurenz.«

»Gott sei Dank«, murmelte ich. »Meine Ehe mag ein Fehlschlag gewesen sein, aber wenigstens bin ich dadurch seinen Namen losgeworden.«

Safet schwieg eine Sekunde, bevor er fragte: »Was hat er dir eigentlich getan?«

»Mir persönlich nichts. Du hättest meine Mutter fragen sollen, aber was kümmert dich das überhaupt? Du bist genauso ein Mann wie mein Vater, du gehst über Leichen, ohne Rücksicht auf Verluste.«

Statt aufzufahren, wie ich es erwartet hätte, wurde Safet weiß wie die Wand. Ohne ein weiteres Wort drehte er sich um, verließ das Museum und schloss die Tür sehr sorgfältig hinter sich.

Als mir bewusst wurde, was geschehen war, wäre ich ihm fast hinterhergelaufen, um mich zu entschuldigen. Die Worte Vater, Leichen und Verluste in einem Atemzug mit Safet zu gebrauchen, war wohl das Unsensibelste, was ich je getan hatte.

Dennoch änderte es nichts an den Tatsachen und an dem Spiel, das Safet mit mir spielte, also würde er auf eine Entschuldigung meinerseits lange warten können.

Ich nickte Duškos Onkel noch einmal zu, dann ging ich ebenfalls. Safet war längst in irgendeiner der zahlreichen Gassen verschwunden, und ich gedachte nicht, nach ihm zu suchen. Stattdessen setzte ich mich auf einen Mauervorsprung und blätterte die Kopien durch. Dabei überlegte ich, ob Safet wirklich nicht wusste, was Duško mir geschickt hatte, oder ob das nur wieder eine seiner Lügen war.

Zu meinem Ärger bemerkte ich, dass ich Tränen in den Augen hatte. Wieso machte mir die Sache mit Safet eigentlich noch so sehr zu schaffen? Und wieso konnte ich diesen verletzten Ausdruck auf seinem Gesicht nicht vergessen?

Eine Ewigkeit verging, die ich dort mit den Kopien saß, ohne sie überhaupt wahrzunehmen, bis ich durch einen Windhauch, der die Hälfte der Seiten von meinen Knien wehte, daran erinnert wurde. Ich sammelte die Blätter ein und versuchte endlich ernsthaft, sie durchzusehen, aber alle Schriftstücke waren nicht nur in verschnörkelter und verblasster Schrift, sondern ausnahmslos auf Kroatisch. Ich hätte schon wieder heulen mögen, ohne genau sagen zu können, warum.

»Nella! Was tust du noch hier? Ich dachte, du bist mit Safet …« Vor mir stand Duško, der abrupt abbrach, als ich den Kopf hob. »Was ist passiert?«

Ich seufzte. »Nichts. Belassen wir es dabei, dass es keine gute Idee war, mir ausgerechnet den Freund deines Vaters zu schicken.«

Duško grinste unsicher. »Warum nicht? Die meisten Frauen mögen Safet.«

»Kann ich mir denken.«

Duškos Lächeln verschwand. »Hat er … ich meine, wollte er … was du nicht wolltest?«

Du lieber Himmel, war das süß, dass er sich darum sorgte. Beruhigend schüttelte ich den Kopf, trotzdem sprach natürlich allein die Frage für sich. »Ist das sonst seine Angewohnheit?«

»Also, Safet ist schon … Ich meine, bevor …« Er biss sich auf die Lippen als hätte er bereits zu viel gesagt. Das hatte er in der Tat, denn ich wurde hellhörig.

»Bevor was?«

»Ach, als er noch jünger war«, wich er aus, dann heiterte sich seine Miene auf. »Da hat er nichts heiß werden lassen.«

Ich musste lächeln. »Anbrennen lassen«, korrigierte ich und fragte mich, ob das wirklich alles war, was er sagen wollte. Bevor … was? Obwohl ich gern mehr erfahren hätte, spürte ich, dass ich nicht weiterkommen würde. Stattdessen wechselte ich das Thema und deutete auf die Kopien. »Weiß er eigentlich, was das hier ist?«

Duško schüttelte den Kopf. »Vorhin hat ein Freund angerufen, der Schwierigkeiten hat. Er wollte mich dringend sehen, und da kam Safet in die Kavana. Ich habe schnell den

Brief geschrieben, ihn mit den Blättern zusammen in den Umschlag gesteckt und zugeklebt und ihm dann gesagt, wo du bist.«

Der Umschlag war nicht geöffnet gewesen, also hatte Safet vielleicht zur Abwechslung mal die Wahrheit gesagt – was bedeutete, dass ich immer noch im Vorteil war.

»Und was genau steht hier nun?«

Duškos Blick sprach Bände. Sicher interessierte ihn brennend, warum nicht mal Zeit geblieben war, Safet um eine Übersetzung zu bitten. Er setzte sich neben mich, sortierte die Blätter wieder in die richtige Reihenfolge und hob drei davon zur Erläuterung hoch. »Das ist so was wie ein ... wie heißt das, wo die Ahnen einer Familie aufgeschrieben sind?«

»Stammbaum.«

»Genau. Man kann sehen, dass es in der Familie von Blaz Getaldić mehrere Nikolas gab, auch einen zu der Zeit, die wichtig für dich ist. Aber Getaldić war kein seltener Name, also muss dein Nikola nicht unbedingt der Urenkel von Blaz sein. Allerdings ...« Duško machte eine Pause, mehr wegen des Effektes, als um Zeit zum Nachdenken zu gewinnen.

»Was?«, fragte ich pflichtgemäß.

»Blaz' Urenkel Nikola starb im selben Jahr wie Mirjana.«

»Was?«, wiederholte ich, fassungslos und sehr viel lauter. Ich sah mich wieder mit Safet vor Gorans Kavana sitzen, wie er mir von dem Franziskaner-Mönch erzählte, einem Novizen, der sich erhängt hatte, weil Mirjana ihn verhext haben sollte. Dann hörte ich Nikola in der Sakristei zu Vecellio sagen: *»Und wenn es das Letzte ist, was ich tue, ich werde Ivan Martolosić und den Dominikaner öffentlich beschuldigen, sie sollen nicht davonkommen!«*

»Damit hilfst du Mirjana nicht – und dir selbst fügst du nur Schaden zu.«

»Aber …«

»Wenn du dafür sorgen willst, dass die Sache bekannt wird, streu ein paar Gerüchte. Hier ein Wort und dort ein Satz, hier eine Andeutung und da. Nenn keine Namen, vor allem nicht den von Martolosić, er ist zu mächtig in dieser Stadt.«

»Das ist mir einerlei!«

Hätte Nikola Vecellios Warnung nur ernst genommen. Es gehörte nicht viel dazu, sich zusammenzureimen, was geschehen war. Nikola hatte versucht, Mirjanas wahres Schicksal zu verbreiten, und Ivan – möglicherweise gemeinsam mit Bruder Heinrich – hatte sich dafür gerächt.

Vor meinem inneren Auge erschien Nikola, der gehetzt wie ein Tier vor zwei Männern davonlief. Seine Füße flogen über den Boden, so schnell, dass sie die Erde kaum zu berühren schienen. Hinter sich hörte er ihre Stimmen, die lauter wurden und immer näher kamen. Im Laufen drehte er sich halb um und erkannte flüchtig die Gestalt des Verfolgers, der ihm am nächsten war, richtete seinen Blick jedoch gleich darauf wieder nach vorn. Zu sehr fürchtete er zu stolpern und hinzufallen, weil das sein Schicksal besiegeln würde. Und dann passierte genau das. Nikola fiel über eine Baumwurzel und landete mit dem Gesicht auf der weichen, feuchten Erde. Er spuckte den Dreck aus und versuchte sich zugleich aufzurappeln, doch es war zu spät. Eine Hand packte ihn am Nacken und zerrte ihn hoch. Die Hand des Mannes, der Nikola aufknüpfte, damit er für immer den Mund hielt. Damit Ivan seine eigene Version von Mirjanas Geschichte in Umlauf bringen konnte, die über die Jahrhunderte hinweg zu der Legende wurde, die man sich noch heute erzählte.

Armer Nikola.

»Versprichst du mir was?«

»Klar!« Duško legte die rechte Hand auf sein Herz und

kniete theatralisch vor mir nieder. »Alles, was du willst! Ich schwöre!«

Der Junge hatte wirklich Talent, mich aufzuheitern. Lachend fragte ich: »Willst du nicht mal vorher wissen, worum es geht?«

»Weiß ich schon. Ich soll Safet nichts von Nikola erzählen, stimmt's?« Seine fröhliche Miene verfinsterte sich etwas. »Ich verstehe nicht, warum. Aber du bist eine Hexe, und wer bin ich?«

»Ich bin keine Hexe, Duško!«

»Ma daj, stvarno?« Seine ganz spontane Reaktion auf meine Behauptung rutschte ihm auf Kroatisch raus, und auch wenn ich die Worte nicht verstand, war der deutliche Zweifel kaum zu überhören. »Was du nicht sagst«, übersetzte er schließlich, wobei sein Blick meinen suchte.

Ich beeilte mich, woanders hinzusehen. »Was ist das hier noch?«

Ohne mich aus den Augen zu lassen, erklärte er: »Ein paar Informationen über Blaz Getaldić, Fotos von dem Bild, das in Zagreb hängt, und von dem Polyptychon in Cavtat. Da wurde er auch beigesetzt, er liegt in einer Gruft in der Kirche Sveti Vlaho.«

Die Qualität der Kopien ließ zu wünschen übrig, für den Text reichte es allemal, aber Getaldićs Werken wurden sie sicher nicht gerecht. Trotzdem sah ich sie mir an und grübelte gleichzeitig, ob mich das nun alles weiterbrachte oder ob ich genauso schlau war wie vorher.

»Ich muss meinen Onkel ablösen, bin spät dran.« Ohne dass ich es bemerkt hatte, war Duško aufgestanden und schaute auf mich hinunter. »Was wirst du jetzt tun?«

»Keine Ahnung«, gab ich zu. »Nachdenken.«

Lächelnd wünschte Duško mir viel Erfolg. *»Puno uspjeha!«*

»*Hvala.* Wenn ich zu einem nennenswerten Ergebnis komme, bist du der Erste, der's erfährt!«

Ich blieb, wo ich war, und tat genau das, was ich gesagt hatte: nachdenken. Wenn ich Nikola wäre und Vecellio hätte mir das anvertraut, was das Wichtigste im Leben der Frau gewesen war, die ich liebte – was würde ich damit tun? Wo würde ich es in Sicherheit bringen? Ich war Franziskaner. Ich hatte damit vielleicht eher Zutritt zu anderen Franziskaner-Klöstern in der Gegend als gewöhnliche Sterbliche. Mein Urgroßvater lag in einer Gruft in einer den Franziskanern gehörenden Kirchen in einem Ort, der nicht allzu weit von der Stadt entfernt lag. Ich müsste ihm mal wieder die Ehre meines Besuches erweisen. Wie leicht ließ sich eine Gruft öffnen? Ich könnte darum bitten, die ganze Nacht in der Kirche zu beten, dann hätte ich viel Zeit. Genügte das? Brauchte ich Werkzeug? War es ein Ding der Unmöglichkeit? Es sollte zumindest den Versuch wert sein. Und wenn ich es geschafft hätte und zurückkehrte, würde ich beginnen, die Wahrheit zu verbreiten.

Entschlossen stopfte ich die Blätter in den Umschlag. Vielleicht war das alles an den Haaren herbeigezogen, aber ich wollte mir trotzdem Werkzeug besorgen, einen Wagen mieten und nach Cavtat fahren.

4.

Laut meines Reiseführers, den ich noch in Dubrovnik gekauft hatte, war Cavtat ein typisches Touristenstädtchen, das vom Krieg bedeutend weniger abbekommen hatte als Dubrovnik. Es sollte dort eine hübsche Hafenpromenade geben, an der sich eine Kavana an die nächste reihte, und außer einem Rektorenpalast und einem Mausoleum auf einem Hügel zwei sehenswerte Kirchen: Sveti Nikola und Sveti Vlaho. Wie passend.

Mit meinem Škoda folgte ich einem Bus, der an einer kleinen idyllischen Bucht am Ortseingang hielt, und suchte mir einen Parkplatz. Die meisten Leute, die aus dem Bus stiegen, waren Touristen, die sich ähnlich unsicher umsahen wie ich und sich dann für den Weg am Wasser entlang entschieden, anstatt der Hauptstraße zu folgen. Ich tat es ihnen gleich, hielt aber einigen Abstand, weil ich möglichst wenig auffallen wollte. Außerdem hatte ich es nicht eilig, es war noch früh am Tag.

Eigentlich war mein Plan gewesen, schon gestern Abend herzukommen, aber es hatte mich zu viel Zeit gekostet einzukaufen, was ich brauchte. Der Mietwagen war kein Problem, aber ohne Duško wurde es schwierig, ein Geschäft zu finden, das das richtige Werkzeug verkaufte, erst recht, weil ich nicht mal wusste, was überhaupt nötig sein würde. Dann besorgte ich einen Rucksack und genügend Verpflegung für ein paar Stunden.

Kurz hatte ich überlegt, ob ich Duško in mein Vorhaben einweihen oder ihn sogar mitnehmen sollte, mich aber dann dagegen entschieden. Nicht, weil ich ihm misstraute, sondern weil ich ihn nicht in Schwierigkeiten bringen wollte, falls mein Abenteuer schief ging.

Der Weg führte um eine zauberhafte kleine Halbinsel herum, das Meer war kristallklar und schimmerte türkis, hier fast noch mehr als drüben in Dubrovnik, dessen Festungsmauern man in der Ferne erahnen konnte. Über mir ragte der grün bewaldete Hügel auf, auf dem das Mausoleum der Familie Račić thronte, die Bäume spendeten angenehmen Schatten.

Dann bog ich um eine letzte Kurve und wurde mit einem Blick auf die Hafenpromenade belohnt. Ganz hinten lag Sveti Nikola im Mittagsdunst, die Turmspitze von Sveti Vlaho dagegen erhob sich zwischen dem Grün der Laubbäume und der Pinien direkt vor mir. Die Kirche leuchtete weiß in der Sonne, das Kreuz aus Stein auf dem Turm war sicher selbst aus großer Entfernung gut zu erkennen. Das Franziskaner-Kloster mit Sveti Vlaho bildete das Ende der Hafenpromenade an dieser Seite, nur eine Straße trennte es vom Wasser, auf dem kleine Boote schaukelten und ein auf alt getrimmter Zweimaster für Fahrten nach Dubrovnik zur Verfügung stand.

War ich da, wo Mirjana mich haben wollte?

Am Eingang der Kirche prangte ein Schild mit den Öffnungszeiten, aus dem hervorging, dass Sveti Vlaho um sechs geschlossen wurde. Das hieß, ich würde mich früh genug hinter irgendeiner Bank oder in einem Beichtstuhl verstecken und mich einschließen lassen.

»War ja klar, dass ich dich hier finde.«

Erschrocken drehte ich mich um und dachte im ersten Moment, Safet vor mir zu sehen. Aber ich war gar nicht gemeint, sondern die Frau, die gerade aus der Kirche kam; der Mann, der gesprochen hatte, war eher das Gegenteil von Safet: strohblond, übergewichtig und mit mürrischem Gesichtsausdruck. Ich erkannte das Pärchen von der Stadtmauer in Dubrovnik wieder. »Wenn irgendwo eine Kirche ist, musst du ja unbedingt rein«, nörgelte er weiter.

»Aber die ist schön!«, rechtfertigte sich die Frau. »Klein, aber wirklich hübsch.«

»Mag sein. Könnten wir trotzdem endlich was trinken, sonst verdurste ich noch.«

»Aber das Mausoleum …«

Der Mann verdrehte die Augen. »Ohne mich. Ich steig

doch nicht auf den Berg da oben! Ich hab Urlaub, will mich ausruhen und brauch ein gutes Pils, falls man in diesem Kaff so was kriegt.«

Ich hasste deutsche Touristen.

»Dann geh doch dein blödes Bier trinken, ich hab was Besseres vor!«

Die meisten jedenfalls.

Die Frau ließ ihn stehen und verschwand in einer kleinen Straße, die bergauf führte.

Ihr Mann drehte sich zu mir um und zwinkerte mir verschwörerisch zu. Ich schüttelte bloß den Kopf. Mir lag auf der Zunge, dass er sich einen Gefallen tun und seinem Körper statt Bier ein bisschen Bewegung gönnen sollte, aber ich behielt es für mich.

Plötzlich veränderte sich seine Miene, er war empört. »Unverschämt!«

Anscheinend hatte ich es doch gesagt, ohne es zu merken, was mir ausgesprochen peinlich war. Fremde Leute zu beleidigen gehörte sonst nicht zu meinen Angewohnheiten, zeigte mir aber jetzt, unter welchem Druck ich unbewusst stand.

»Verzeihung«, murmelte ich seinem Rücken hinterher und betrat dann endlich die Kirche. Ich musste der Frau zustimmen: Sveti Vlaho war zwar nur ein einschiffiger Bau im Stil der späten Gotik und der beginnenden Renaissance, und die Kirchenbänke waren leider neu und daher sehr schlicht. Aber es gab einen wunderschönen, mit Blumenranken verzierten hölzernen Beichtstuhl, die Buntglasfenster leuchteten in intensiven Farben, und in einer Seitenkapelle fand ich das Polyptychon von Blaz Getaldić.

Es bestand aus fünf hohen, in goldene Rahmen eingefassten Gemälden, von denen das mittlere die Jungfrau Maria mit Kind zeigte, die beiden rechts und links von ihr zwei

Heilige und ganz außen schließlich je einen Bischof und einen Mönch. Darüber waren drei kleine spitz zulaufende Gemälde mit Engeln angebracht und darunter zwei mit den Darstellungen des Abendmahls und der Kreuzigung.

Das Polyptychon war also da, aber wo war die Gruft? Ich suchte die ganze Kirche ab, ging mehrmals von einem Ende zum nächsten, hatte meine Augen überall – die Gruft konnte ich nirgends entdecken. Es gab weder einen Sarkophag noch eine in den Boden eingelassene Steinplatte mit dem Namen Getaldić darauf. Deprimiert kehrte ich zu der Seitenkapelle zurück und betrachtete erneut die zehn Gemälde, die sein Kunstwerk bildeten, als käme dadurch die Erleuchtung. Und sie kam tatsächlich. Die beiden Heiligen direkt neben Maria schauten die Jungfrau an, doch der Mönch und der Bischof deuteten nach unten, einer auf die Kreuzigung, einer auf das Abendmahl. Oder noch weiter hinunter.

Unterhalb des Polyptychons befand sich ein kleiner, mit Blüten und Blättern bemalter Altartisch, auf dem zwei Kerzenleuchter und drei Blumenvasen ihren Platz gefunden hatten. Er stand zwischen dem Mauerwerk und einer Art Stufe, die in Größe und Form einer Grabplatte glich, und auf dieser Stufe wiederum lag ein roter Teppich. Nachsehen konnte ich nicht, es waren zu viele Leute in der Kirche, die sich bestimmt gewundert hätten, weshalb ich den Teppich anhob, als ob ich Schmutz darunter suchte. Aber ich musste auch nicht nachsehen, denn ich wusste mit hundertprozentiger Sicherheit, dass genau das die Gruft von Blaz Getaldić war.

Zufrieden verließ ich Sveti Vlaho und machte mich auf den Weg zurück zu meinem Wagen. Den wollte ich lieber in der Nähe der Kirche abstellen für den Fall, dass ich nach meinem nächtlichen Abenteuer schneller verschwinden musste, als ich mir vorzustellen wagte. Den Rest des Tages verbrachte ich damit, auf den Hügel zu steigen, das Mausoleum zu betrachten, das ich ein bisschen zu bombastisch fand, und mich dann auf eine Bank auf dem Friedhof zu setzen und die Aussicht auf das Meer, die kargen Berge und in die andere Richtung auf die Bucht von Cavtat zu genießen. Um fünf machte ich mich auf den Weg zurück nach unten. Dabei bemerkte ich, dass das Werkzeug in meinem Rucksack zu laut klimperte. Ich stopfte es zwischen eine Jacke, einen dünnen Pulli und eine Packung Kekse, aß eine Kleinigkeit in einer Konoba, um mich für das zu stärken, was vor mir lag, und trank sehr wenig, weil ich bezweifelte, dass es in der Kirche Toiletten gab.

Um Viertel vor sechs betrat ich zum zweiten Mal Sveti Vlaho.

Niemand außer mir schien hier zu sein, doch als ich zu Getaldićs Polyptychon kam, stand die Frau von heute Morgen davor und betrachtete es nachdenklich. Als sie mich kommen hörte, drehte sie sich um. Offenbar erkannte auch sie mich wieder. Sie lächelte.

»Das ist wundervoll, finden Sie nicht?«

»Doch, das ist es.«

»Schade, dass nicht jeder das sieht.«

»Das kann man wohl kaum verlangen. Es hat eben nicht jeder die gleichen Interessen.« Wieso verteidigte ich ihren idiotischen Mann? Wohl nur, damit sie endlich ging und ich mich irgendwo verbergen konnte.

Seufzend nickte sie. »Wissen Sie zufällig, wer der Künstler war?«

»Blaz Getaldić, 1446 bis 1502.« Ich befürchtete schon, dass ich zu ungeduldig klang, aber falls dem so war, schien es ihr nichts auszumachen.

»Sie wissen gut Bescheid! Ich interessiere mich zwar auch

für Kunst, aber von diesem Maler habe ich noch nie gehört.«

»Hatte ich vor der Lektüre meines Reiseführers auch nicht«, log ich.

Sie lachte und sah auf die Uhr. »Wird wohl allmählich Zeit, dass wir gehen, die schließen gleich.«

Es wurde allerdings Zeit – dass sie ging, nicht ich.

»Kommst du endlich?« Vom Eingang her ertönte die Stimme ihres Mannes, die verriet, dass er doch lieber Bier getrunken, als sich der Kultur gewidmet hatte. Trotzdem war ich ihm ausnahmsweise dankbar. Nach einem entschuldigenden Blick in meine Richtung drehte sie sich seufzend um und folgte ihm nach draußen.

Kurz vor sechs. Niemand außer mir war noch in der Kirche – da hörte ich Schritte auf dem Steinboden näher kommen. Vielleicht die des Geistlichen, der die Tür zusperrte. Mit einem Satz verschwand ich im Beichtstuhl und blieb mucksmäuschenstill sitzen.

Wie Mirjana saß ich also in einer Kirche und wartete, allerdings im Gegensatz zu ihr erst mal darauf, eingeschlossen, statt wieder entlassen zu werden. Und ich war allein, kein Venezianer, der mich in eine Unterhaltung verstricken wollte. Da war nur der Geistliche, dessen Schritte und raschelnde Kleidung ich hörte. Dann wurde es ruhig. Ich wagte einen Blick nach draußen und zog meinen Kopf gleich wieder zurück. Der Mönch kniete ins Gebet versunken vor dem Altar.

Es schien wie eine Ewigkeit, bis der Franziskaner sein Gebet beendete und endlich die Kirche verließ, mein linker Fuß schlief ein in der starren Haltung, in der ich in dem Beichtstuhl hockte. Ich stand auf, streckte meine Beine und lief ein bisschen hin und her. Noch war es zu früh, um etwas zu unternehmen, ich hatte keine Ahnung, ob noch mal jemand käme, um einen Gottesdienst abzuhalten, vorzubereiten oder sonst was. Ich würde warten müssen, bis es dunkel war. Aber immerhin konnte ich schon mal unter den Teppich sehen. Ich schob ihn ein Stück zur Seite, und zum Vorschein kam eine marmorne Grabplatte mit lateinischer Inschrift, von der nur ein Teil sichtbar war, weil ich noch nicht den gesamten Teppich entfernen wollte. Der Name Getaldić war deutlich lesbar.

Dann setzte ich mich auf eine Bank in der Nähe des Beichtstuhls, um im Notfall noch mal darin verschwinden zu können. Ich sollte an meinem Verstand zweifeln, hier nachts in einer Kirche allen Ernstes eine Gruft öffnen zu wollen. Stattdessen wartete ich einfach.

Um meinen Hals lagen, verdeckt durch ein T-Shirt, seit Tagen unverändert Mirjanas Perlen. Ich hatte sie nie offen getragen und auch keinen Wert darauf gelegt, dass zum Beispiel Duško sie zu sehen bekam. Abgelegt hatte ich sie aber auch nie. Ich benötigte sie nicht, um Mirjana nahe zu sein, und doch gaben sie mir das Gefühl, dass das, was ich tat, nicht nur richtig, sondern unabdingbar war. Als ich sie berührte, spürte ich das vertraute Kribbeln und erschrak fast darüber, weil ich es lange nicht gefühlt hatte. War das ein gutes oder ein schlechtes Omen? Auf jeden Fall bedeutete es wohl, dass ich mich auf dem richtigen Weg befand.

Es dauerte viel zu lange, bis es endlich dunkel wurde und ich vermutete, dass nun niemand mehr kam. Ich zog den roten Teppich fort und kramte in meinem Rucksack nach der Taschenlampe, die ich auf die Erde neben die Gruft legte.

Blaz Getaldić, 2. April 1446 – 12. Dezember 1502. Er ruhe in Gott und in ewigem Frieden, stand auf der Platte, die fest im Boden verankert war.

Mein Herz hämmerte gegen meine Rippen, ich war dem Buch so nahe wie nie zuvor.

»Aber auch nur vielleicht«, ermahnte ich mich selbst halblaut. Schließlich folgte ich hier bloß meiner Eingebung, ich konnte nicht mit Sicherheit wissen, dass Nikola es hergebracht hatte.

Langsam schritt ich die drei zugänglichen Seiten der Platte ab. Direkt hinter der vierten am Kopfende stand, im schmalen Raum zwischen der Gruft und einem aus dem Mauerwerk vorspringenden Sockel, der hölzerne Altartisch. Sicher war dieser Sockel, der mit dem Polyptychon darüber beinah verschmolz, der ursprüngliche Altartisch gewesen. Ich wanderte einmal, ein zweites und schließlich ein drittes Mal an der Gruft entlang, holte mein Werkzeug hervor – und sah, dass es nutzlos war. Um diese Gruft aufzubrechen, brauchte man schwere Maschinen. Ich ließ mich in eine der Kirchenbänke fallen und stöhnte leise auf. Es konnte doch nicht alles umsonst gewesen sein! Wieso hatte dann Mirjanas Kette unter meinen Fingerspitzen vibriert? Doch ein schlechtes Omen? Wollte sie mich darauf aufmerksam machen, dass ich mich täuschte? Ich weigerte mich, das zu glauben.

Während ich noch dastand und einigermaßen verzweifelt auf die Grabplatte von Nikolas Urgroßvater schaute, schreckte ich von einem Geräusch hoch. Da schien jemand an der Tür mit Schlüsseln zu hantieren! Hatte vielleicht ein nächtlicher Spaziergänger oder sogar ein Geistlicher den Lampenschein durch die Glasfenster gesehen? Das Geräusch wurde lauter, etwas klimperte. Hastig schaltete ich die Taschenlampe aus, zog notdürftig den Teppich wieder über die Gruft, klaubte so leise es ging das Werkzeug zusammen, wickelte es in einen Sweater und ließ es in den Rucksack gleiten. Ich dankte Gott, dass derjenige, der da draußen stand, Schwierigkeiten hatte, den richtigen Schlüssel zu finden, denn eigentlich hätte er längst drin sein müssen. Ich konnte mich gerade noch in den Beichtstuhl retten, wo ich den Vorhang nicht ganz zuzog, um mitzukriegen, was in der Kirche vor sich ging.

Der Seiteneingang, aus dessen Richtung die Geräusche kamen, war von hier aus nicht einsehbar, aber nach meiner ersten Erleichterung darüber, genug Zeit zum Verstecken gehabt zu haben, wunderte ich mich jetzt doch, weshalb derjenige, der draußen stand, so lange brauchte. Endlich hörte ich, wie das Portal wieder von innen geschlossen wurde. Es gab zwar noch eine Zwischentür mit Glasscheiben, deren rechter Flügel jedoch offen stand, sodass ich eigentlich Schritte hätte hören müssen. Stattdessen sah ich nur einen Lichtkegel durch die Kirche huschen – wer immer da stand, tat es still und schien wie ich zu lauschen. Dann kam eine Gestalt auf Gummisohlen in mein Blickfeld.

Sie begann einen Rundgang, der Strahl der Lampe wanderte langsam zwischen Boden und Mauerwerk hin und her, bis er reglos genau auf Getaldićs Polyptychon kleben blieb. Schließlich richtete er sich auf den roten Teppich über der Gruft. Die Gestalt legte die Lampe vorsichtig auf eine der Kirchenbänke und bückte sich, um den Teppich wegzuziehen. Dabei fiel das Licht auf das Gesicht des Mannes.

Aus meinem Versteck heraus stellte ich fest: »Vergiss es. Du kriegst die Gruft nicht auf!«

5.

Safet fuhr herum und starrte einen Augenblick in die Dunkelheit, bis er sich gefangen hatte, die Taschenlampe hochnahm und in meine Richtung leuchtete. Ich stand jetzt vor dem Beichtstuhl.

»Nella?« Das klang äußerst ungläubig.

»Wen hast du erwartet? Mirjana höchstpersönlich?« Ich fühlte mich absolut nicht so abgebrüht, wie ich mich gab, aber ich würde den Teufel tun, das vor Safet zuzugeben.

»Das wäre wahrscheinlich die angenehmere Gesellschaft gewesen«, sagte er.

»Ich hätte Vecellio auch vorgezogen, aber man kann sich nicht immer aussuchen, wer einem über den Weg läuft«, schoss ich zurück. »Woher weißt du von Getaldić? Hat Duško geplaudert?«

»Er ist ein extrem hilfsbereiter junger Mann.«

»Sieht ganz so aus.« Es fiel mir schwer, meine Enttäuschung zu verbergen.

»In diesem Fall allerdings konnte ich nicht davon profitieren«, sagte Safet. »Er wäre eher gestorben, als zu verraten, was er für dich gesucht hat. Ich hab zum ersten Mal erlebt, dass er mir gegenüber diese Haltung an den Tag legte. Was hast du ihm eigentlich über mich erzählt?«

»Nichts. Er hat wohl nur gemerkt, dass ich nicht gerade deinen Fan-Club leiten würde. Wie bist du also auf Sveti Vlaho gekommen, wenn nicht durch ihn?«

»Eva würde vielleicht auch nicht unbedingt meinen Fan-Club leiten, wie du das so schön ausdrückst, aber eintreten würde sie schon. Sie hat sich für mich ein bisschen in Duškos Zimmer umgesehen und einen zweiten Satz der Kopien gefunden, die er für dich gemacht hat. Die Namen Nikola und Blaz waren unterstrichen, woraus ich meine eigenen Schlüsse gezogen habe.«

»Und ich dachte, du bist so ein Ehrenmann voller Prinzipien, der Rumschnüffeln grundsätzlich ablehnt«, erwiderte ich spöttisch. »Wohl nur dann, wenn es anderen nützt und nicht dir.«

»Man muss Prioritäten setzen«, zuckte Safet mit den Schultern.

»Ganz meine Meinung. Wie schön, dass wir in diesem Punkt übereinstimmen. Eins versteh ich allerdings nicht.«

»Und was wäre das?«

»Wieso warst du vorhin so erstaunt, mich zu sehen? Es hätte dir doch klar sein müssen, dass ich unter allen Umständen versuchen würde, das Buch zu finden.«

Einen Augenblick lang zögerte Safet, dann lächelte er und erinnerte mich dabei wieder an den Mann, der mich an unserem letzten gemeinsamen Morgen gebeten hatte, auf mich aufzupassen. »Sagen wir, ich hätte dir die kriminelle Energie nicht zugetraut, mitten in der Nacht in eine Kirche einzubrechen.«

»Ich bin nicht eingebrochen. Ich hab mich einschließen lassen.«

»Das ist natürlich ein gewaltiger Unterschied!« Safet lächelte noch immer, und ich war wütend auf mich selbst, weil ich eine Sekunde lang meinen Zorn vergaß und wünschte, niemals in seine Mailbox gesehen zu haben. »Hör mal, es lässt sich ja nun nicht mehr ändern, dass wir zwei dieselbe Idee hatten, wieso arbeiten wir also nicht zusammen weiter? Das ist erheblich effizienter, als sich zu streiten, wer hier wem nachspioniert.«

Das war vermutlich ein weiterer Versuch, mich einzuwickeln, aber so bekam ich wenigstens mit, was Safet tat. »Einverstanden. Vielleicht hast du einen genialen Plan, wie wir das da aufbrechen. Oder einen Presslufthammer im Rucksack?«

»Bedaure«, sagte Safet abwesend und schaute hinunter auf die Steinplatte. »Das hatte Nikola sicher ebenso wenig.«

»Du meinst, er hat das Buch ganz woanders versteckt, weil er die Gruft auch nicht aufbekam? Dann hoffe ich, dass er so rücksichtsvoll gewesen ist, das irgendwo hier in dieser Kirche zu tun, sonst können wir nämlich wieder von vorn anfangen.«

»Du bist hier, oder?«

»Und was beweist das? Ich könnte mich irren. Fang jetzt bloß nicht auch noch mit dem Unsinn an, dass ich eine Hexe bin.«

Verblüfft wandte Safet sich um. »Hat Duško das gesagt? Wenn du Zweifel an deiner eigenen Intuition hast, dann nimm einfach an, dass Mirjana sich bestimmt nicht irrt.«

»Nicht Mirjana hat mich auf Sveti Vlaho gebracht, sondern Duško.«

»Letztlich ist Mirjana für alles verantwortlich, was hier geschieht, schon vergessen?«

Ich war mir da nicht so sicher. In der Vergangenheit hatte sich eine Menge abgespielt, ohne dass Mirjana darauf hätte Einfluss nehmen können, dazu gehörte auch meine Anwesenheit. Zwar hatte sie mich gelegentlich fortschicken können, aber ich war unweigerlich immer zurückgekehrt. Es sei denn, auch das war auf sie zurückzuführen – ohne dass es ihr bewusst war.

Safet startete einen neuerlichen Rundgang durch die Kirche, ich tat dasselbe in umgekehrter Richtung. Stundenlang schauten wir mehrfach in jede kleine Nische, in jeden Alkoven, unter jede Bank, hinter jeden Beichtstuhl, klopften die Wände und den Boden ab. Wir fanden nicht den geringsten Hinweis auf ein wie auch immer geartetes Versteck.

»Das ist sinnlos«, sagte ich und rieb mir meinen Nacken.

»Willst du aufgeben, dich in deinen Beichtstuhl zurückziehen und warten, bis die Kirche wieder aufgeschlossen wird?«

»Hast du einen besseren Vorschlag? Wir haben jeden Millimeter abgesucht und nichts gefunden.«

»Wir müssen was übersehen haben.«

»Nein. Sieh's endlich ein, hier ist nichts!«

»Es gehört nicht zu meinen Gewohnheiten aufzugeben.«

»Es gibt für alles ein erstes Mal«, seufzte ich.

»Nicht bei mir! Nicht jetzt!« Safet war besessener als ich. Wie viel Kohle hatte mein Vater bloß für dieses Buch geboten? Es musste eine immense Summe sein.

»Safet … Glaubst du wirklich, dass es das wert ist?«

»Was weißt du von meinen Wertvorstellungen?«

Genug, dachte ich, aber Safets Worte klangen merkwürdig beiläufig, während er unermüdlich weitersuchte.

Ich zuckte mit den Schultern und setzte mich. Es tat gut, meinen Rücken nicht mehr dauernd krumm machen zu müssen oder auf meinen Knien auf den Steinen rumzurutschen. Ich fragte mich, wie Nonnen oder Mönche diese Haltung stundenlang aushielten. Dabei betrachtete ich das Polyptychon, das ich mittlerweile aus dem Kopf hätte nachmalen können, vorausgesetzt, ich wäre wie Safet des Malens fähig gewesen.

Dann wanderte mein Blick weiter. Unter dem Polyptychon befand sich der ursprüngliche Altartisch, der schmale Steinsockel, an den die Rückseite des neueren mit der bemalten Holzverkleidung direkt anschloss. Ich stand auf und leuchtete mit der Taschenlampe in die kaum wahrnehmbare Ritze zwischen Altartisch und Sockel, dann ruckelte ich am Tisch, der sich tatsächlich ein Stück bewegte. Er war nicht sonderlich schwer, trotzdem würde ich das allein nicht schaffen, ohne ihn möglicherweise zu beschädigen.

»Safet«, rief ich mit unterdrückter Stimme, aber laut genug, dass er mich in der entgegengesetzten Ecke hören konnte.

»Ruh dich meinetwegen aus, aber lass mich weitermachen«, kam es unwirsch zurück.

»Musst du vielleicht nicht mehr. Komm rüber und hilf mir!«

Eher widerwillig kam Safet meiner Aufforderung nach und kniete sich neben mich. Erst schaute er in den Zwischenraum und dann auf mich. Die Zurückhaltung war aus seinen Augen verschwunden. »Du bist großartig!«

»Warten wir's ab«, dämpfte ich seine Euphorie.

Gemeinsam schoben wir den Altartisch so weit aus dem Zwischenraum, dass wir die Front des Steinsockels deutlich sahen und ein fast quadratisches Gitter erkannten, das darin eingelassen war und vor sich hin rostete. Dieser Anblick spornte uns gewaltig an, sodass wir den Tisch mit vereinten Kräften ganz fortschoben. Schließlich leuchtete Safet mit der Taschenlampe die etwa anderthalb Meter tief in die Wand eingelassene Nische hinter dem Gitter aus, konnte aber nichts entdecken. Aus seinem Rucksack holte er das nötige Werkzeug und begann, an dem Gitter herumzufuhrwerken.

»Leise!«, mahnte ich. Ich war hin- und hergerissen zwischen der Angst, erwischt zu werden, und dem heftigen Verlangen zu finden, wonach wir so lange gesucht hatten.

Endlich lag die Öffnung frei. Mit unseren Händen tasteten wir die Wände und den Boden ab, bis sie sich über einem Eisenring trafen. Uns beide durchzuckte ein Schlag, aber ich hätte nicht sagen können, ob er durch unsere Berührung entstand oder durch den Ring an sich.

Ohne ein Wort zu wechseln, versuchten wir angestrengt, die Steinplatte zu heben, in die der Ring eingelassen war. Sie bewegte sich nur ein winziges Stück.

»Ich hole das Stemmeisen«, sagte Safet.

Damit ging es besser, und kurze Zeit später war die kleine Platte von ihrem Platz gehoben, an dem sie jahrhundertelang geruht hatte. Ich schluckte und sah Safet an, der in das dunkle Loch starrte und nicht wagte, den Lichtstrahl der Taschenlampe hineinzurichten. Er war genauso aufgeregt wie ich, und ich begann zu verstehen, was es bedeutete, einem verschollenen Kunstwerk auf der Spur zu sein. Jetzt spürte ich selbst den Jagdinstinkt, der meinem Vater zu eigen war – und offenbar auch Safet. Dabei spielte es überhaupt keine Rolle, aus welchem Motiv heraus man handelte.

Entschlossen nahm ich die Lampe vom Boden und leuchtete ins Dunkel. Da lag auf einem zerschlissenen Kissen ein verwitterter Holzsplitter. Maßlos enttäuscht wandte ich mich zu Safet um und hörte verwundert seinen amüsierten Kommentar.

»Eine … einmalige Reliquie, ein Stück aus dem Kreuz, an dem Jesus starb.« Damit nahm er das Kissen hoch, und ein zweiter Gegenstand kam zum Vorschein, eingewickelt in mehrere Lagen Stoff.

Ganz langsam, wie von selbst streckte ich die Hand danach aus, Safet protestierte nicht. Ich wollte den Gegenstand anheben, aber er war schwerer, als ich dachte, wobei mich einen Augenblick der Gedanke durchzuckte, ob ein Buch so viel Gewicht haben konnte. Schon wieder halb zweifelnd, ob wir wirklich auf der richtigen Spur waren, gab ich Safet die Lampe, nahm beide Hände zu Hilfe und holte das Päckchen heraus.

Was auch immer sich unter dem Stoff verbarg, es war uralt und verdiente, mit Ehrfurcht behandelt zu werden. Vorsichtig trug ich es hinüber zu einer der Bänke, auf die ich mich setzte. Safet folgte mir, blieb aber stehen und starrte gebannt auf mich herunter.

»Soll ich es auswickeln?«, fragte ich heiser.

Er nickte nur. Schicht um Schicht befreite ich die Kostbarkeit von den Stofflagen, bis nur noch eine einzige Handbewegung notwendig war, um offen zu legen, was darunter verborgen war. Ich holte tief Luft und schlug das letzte Tuch zurück.

Vor uns lag Mirjanas Buch.

Ich erkannte es sofort wieder, und in meinem Kopf schien mir Mirjana zuzuflüstern: *Du hast es gefunden, Nella. Du hast mein Vermächtnis gefunden! Hüte es gut!*

Safet musste mir angemerkt haben, was ich dachte. Andächtig strich er mit den Fingern über das Leder. »Willst du es nicht aufschlagen?«

Mir war merkwürdig zumute, als ich den Ledereinband öffnete. Für die vielen Jahrhunderte, die das Buch in seinem Versteck gelegen hatte, war es erstaunlich gut erhalten, die Seiten kaum vergilbt und nur wenig gewellt. Im Licht der Taschenlampe warf ich zögernd einen Blick auf die erste Seite, auf der Mirjana in präziser Schrift ihren Namen vermerkt hatte. Dann blätterte ich um und betrachtete die Zeichnung der Pflanze unter der Rezeptur. Dabei war mir Mirjana ganz nah, ich versank fast in der Vergangenheit, sodass ich Safet zuerst nur wie durch einen Nebelschleier hörte.

»Pack's wieder ein. Wir müssen machen, dass wir hier rauskommen, es ist schon fast hell draußen!«

Plötzlich war Safet vollkommen sachlich, obwohl er vor wenigen Sekunden noch genauso gefesselt schien wie ich. Im ersten Moment überraschte mich das, bis ich begriff, dass er Recht hatte – und mir sein professionelles Verhalten klar machte, dass er so was wie das hier nicht zum ersten Mal tat.

Safet legte das Kissen mit dem Holzsplitter an seinen Platz zurück und setzte notdürftig das Gitter wieder ein, bevor wir den Altar vor den Steinsockel schoben, den Teppich an seinen Platz legten und das Werkzeug verstauten.

»Wir sollten dankbar sein für den Glaubenseifer der Mönche«, sagte er dabei. »Ohne die Reliquie, für die sie das Versteck angelegt haben, hätte Nikola es nicht zweckentfremden können.«

Ich steckte das Buch vorsichtig in meinen Rucksack, und Safet winkte mich zum Seiteneingang, durch den er gekommen war. Ganz vorsichtig öffnete er ihn einen Spalt und spähte hindurch. Das Tuckern eines kleinen Bootes drang an mein Ohr, das allmählich leiser wurde.

»Jemand zu sehen?«

»Nein«, antwortete Safet. »Aber wir müssen trotzdem sehr schnell sein. Die Sonne geht schon auf, und es kann immer sein, dass gerade im falschen Moment jemand vorbeikommt. Geh du zuerst.«

Ich hielt die Luft an und zwängte mich durch die Tür, dicht gefolgt von Safet. Während er damit beschäftigt war, das Portal wieder so zu verschließen, dass später niemand unser Eindringen bemerken würde, schaute ich mich nervös um. Aber da waren nur eine verlassene Baustelle und ein Kleinlaster, in dem ein Mann vor sich hin döste. Dann stupste Safet mich an, und ich setzte mich zielsicher in Bewegung.

»Wo willst du hin?«, wisperte er und hielt mich zurück.

»Zu meinem …« Wagen, hatte ich sagen wollen, bekam das Wort aber nicht raus, weil ich in diesem Moment den Škoda sah – vorn und hinten so zugeparkt, dass an ein Wegfahren gar nicht zu denken war.

Safet deutete das Erschrecken in meinen Augen richtig. »Wir haben noch eine andere Option.« Er griff nach meiner Hand und zog mich fort zur Uferpromenade, als uns von weitem eine Gruppe junger Männer entgegenkam, deren Feier ganz augenscheinlich bis in die frühen Morgenstunden gedauert hatte. Denen hätten wir nicht ausweichen können, und wir wollten nicht riskieren, dass sich später jemand an uns erinnerte. Unwillig machte Safet kehrt und wandte sich dem Weg um die Halbinsel zu, wo es um halb fünf Uhr morgens menschenleer war. Wir liefen bis zu einer Bank unter Bäumen, auf die Safet mich drückte.

»Lass es uns ansehen«, sagte er.

»Ist das nicht zu unvorsichtig? Wir sollten damit möglichst schnell verschwinden.«

»Ich weiß.« Safet schloss kurz die Augen.

Mir ging es wie ihm, ich brannte darauf, Mirjanas Buch in den Händen zu halten, mehr Seiten umzublättern als zuvor, ihre Schrift und ihre Zeichnungen zu betrachten. Ich öffnete meinen Rucksack, holte das Päckchen heraus und legte es auf meine Knie. Erst da fiel mir auf, wie fadenscheinig der Stoff im Laufe der Jahrhunderte geworden war, der sich zwischen meinen Fingern dennoch wie kostbarste Seide anfühlte.

Dann lag das dunkelbraune Leder vor uns, das eingeprägte Rankenmuster war nicht mehr so deutlich zu erkennen wie damals, und die Metallbeschläge waren stumpf und angelaufen. Wir beide starrten darauf, und ich fragte mich plötzlich, ob Safet die Gunst der Stunde nutzen würde. Er brauchte sich das Buch nur zu schnappen und sich damit in die Büsche zu schlagen, ohne dass ich eine Chance hatte, ihn aufzuspüren, weil ich mich hier überhaupt nicht auskannte. Ich spürte die Anspannung, die unaufhaltsam von mir Besitz ergriff. Während der letzten Nacht hatte ich erfolgreich verdrängt, dass Safet und ich eigentlich Gegner waren. Erst angesichts der Gefahr, das Buch zu verlieren, kam das Gefühl wieder hoch. In Safet musste wohl etwas Ähnliches vorgegangen sein. Gleichzeitig schauten wir auf, und unsere Blicke trafen sich. Eine beinah gespenstische Stille legte sich über uns, eine Ruhe vor dem Sturm, in der Safet und ich die Welt ausgesperrt hatten. In diese Stille hinein ertönte eine klare Stimme:

»Wenn Sie sich nicht einigen können, sollten Sie es mir überlassen.«

6.

Unter anderen Umständen hätte ich Safets Gesichtsausdruck weidlich ausgekostet. Jetzt aber war ich mindestens genauso geschockt wie er von der Gegenwart der Frau mit den langen roten Locken, die ich das letzte Mal im Funky Kitchen gesehen hatte.

»Haben Sie nicht gehört, was ich gesagt habe?«, fragte Silke Reinhardt. »Ich hätte gern Mirjanas Buch.« Auffordernd streckte sie uns die Hand entgegen.

»Haben Sie sich verirrt?« Safet hatte sich offensichtlich gefangen. Er stand auf, blieb aber vor der Bank und damit neben mir stehen. »Sie beschränken sich doch sonst immer auf Auktionen.«

»Tut mir Leid, Sie zu enttäuschen, Herr Vujović. Wenn es mir in den Kram passt, ändere ich meine Strategie und treibe mich wie Sie in der freien Wildbahn rum. Darf ich also um das Buch bitten?«

»Den Teufel dürfen Sie! Ich weiß nicht, wer Ihr Kunde ist, aber meiner zahlt zu gut, als dass ich mir das durch die Lappen gehen lasse.«

»Safet …«, meldete ich mich zu Wort.

»Halt dich da raus«, sagte er zu mir, wobei er seine Konkurrentin keine Sekunde aus den Augen ließ.

Silke Reinhardt lachte leise auf. »Sie sollten ihr zuhören, vielleicht hat sie Ihnen was Interessantes zu erzählen.«

»Erst erzähle ich Ihnen mal was Interessantes: Ich rate Ihnen sehr, aus diesem Land zu verschwinden. Das ist mein Revier, und ich lasse mir nur ungern dazwischenfunken.«

»Glaub ich Ihnen aufs Wort, aber darauf kann ich leider keine Rücksicht nehmen.« Sie drehte sich halb zur Seite. »Tom, du wirst gebraucht.«

Wie aus dem Nichts tauchte plötzlich ein Mann auf dem Weg auf, ein Schrank, der mich nicht nur an Lino Ventura in seinen besten Zeiten erinnerte, sondern auch an den Mann aus dem Kleinlaster, den ich vorhin vor der Kirche hatte stehen sehen. Silke und ihr Tom mussten vor Sveti Vlaho auf uns gewartet haben.

»Sie lassen gern andere die Arbeit für sich machen, was?«, mischte ich mich erneut ein. »Das ist genau ...« Mir blieb der Rest des Satzes im Hals stecken, als ich bemerkte, dass Tom mit einer geschmeidigen Bewegung, die man diesem Muskelpaket eher weniger zugetraut hätte, plötzlich etwas in seiner rechten Hand hielt, das ich bisher nur aus Filmen kannte: eine Pistole.

»Was wollten Sie sagen?«, erkundigte sich Silke.

Ich zog es vor zu schweigen. Auch Safet ließ sich auf die Bank zurückfallen und schaute von Tom zu Silke und zurück. Was sich dabei in seinem Kopf abspielte, war unschwer zu erraten: Er verfluchte Gott und die Welt – so was passierte ihm wahrscheinlich nicht gerade jeden Tag.

»Ich hasse es, mich zu wiederholen, aber für Sie mache ich eine Ausnahme: Bitte das Buch! Wir wollen doch hier fertig sein, bevor für die Touristen der Tag anbricht, und sie nicht unnötig bei ihrem Spaziergang erschrecken.«

Tom stand stumm und unbeweglich da, seine Gegenwart und die seiner Waffe reichten völlig aus.

Safet sah mich nicht an, sondern richtete nach wie vor den Blick auf Silke Reinhardt, während er langsam zur Seite griff und das Buch samt den Stofflagen von meinem Schoß nahm.

»Nein!« Ich versuchte, es festzuhalten, aber er war schneller.

»Wer will jetzt hier über Leichen gehen, Nella?«

Obwohl er mich nicht angerührt hatte, fühlte ich mich,

als hätte er mich geschlagen. Was er genau genommen ja tat, wenn auch nur mit Worten. Für Mirjanas Buch hätte ich sehr viel riskiert, ebenso wie sie selbst. Sie war bloß gestorben, weil sie versucht hatte, es zu retten – hätte sie es in der Kutsche liegen gelassen, wäre ihr die Flucht vielleicht gelungen. Ich selbst dagegen hätte wohl bewusst nicht so viel auf mich genommen. Meine Reaktion eben war ganz spontan gewesen, ohne jede Überlegung, ich wollte einfach nicht wahrhaben, jetzt alles zu verlieren. Und letztlich hatte Safet natürlich Recht: Wenn Tom uns jetzt niederschoss, half das niemandem, auch Mirjana nicht.

Safet erhob sich mit dem Buch in der einen Hand, mit der anderen zog er mich von der Bank, schüttelte mich dann aber unerwartet wieder ab. Die Bewegung ließ mich fast über meinen Rucksack stolpern, der vor meinen Füßen lag. Automatisch nahm ich ihn hoch.

Silke kam einen Schritt auf uns zu und lächelte selbstzufrieden. »Sehr vernünftig, Herr Vujović.«

»Ich weiß, wann ich verloren habe. Aber das war nicht unsere letzte Begegnung, es wird andere Gelegenheiten geben, und dann wird es eng für Sie.«

»Ich kann's kaum abwarten.« Wie vorhin streckte Silke die Hände nach dem Buch aus, Safet hielt es ihr entgegen. Dann machte er eine plötzliche Bewegung nach oben und warf es zu Tom, die Stofffetzen flogen durch die Luft.

Silkes und mein Aufschrei kamen gleichzeitig. Tom guckte verdattert zu Silke hinüber und sie zu ihm, weil er nach wie vor mit der Pistole in der Hand dastand, statt das Buch aufzufangen.

»Lauf!«, brüllte Safet mir zu, und ich rannte los, ihm hinterher zwischen die Bäume und das Gebüsch. Zweige streiften mein Gesicht und peitschten gegen meine Beine, ich bemerkte es kaum.

»Idiot!«, hörte ich stattdessen Silke schimpfen, die sich mit Tom an unsere Verfolgung machte.

Safet lief schnell, ich hatte Mühe mitzuhalten, weil es ständig bergauf ging. Dabei fühlte ich mich an Mirjanas Flucht erinnert. Es geschah alles zum zweiten Mal, und ich konnte nur beten, dass es in der Gegenwart besser ausging als in der Vergangenheit. Keuchend hechtete ich hinter Safet her, blind für unsere Umgebung, ich sah nur seinen Rücken, orientierte mich an nichts anderem und hoffte, dass er wusste, was er tat. Ohnehin verstand ich nicht, weshalb Silke uns noch immer auf den Fersen blieb. Sie hatte doch bekommen, was sie wollte, während für mich endgültig alles vorbei war. Ein einziger Gedanke brannte sich in mein Hirn: Ich hatte Mirjanas Buch verloren.

Das beschäftigte mich so sehr, dass ich die knackenden Zweige hinter uns und die Stimmen, die bald leiser, bald lauter wurden, nur noch am Rande wahrnahm – und Safet ganz aus den Augen verlor. Er schien mit einem Mal wie vom Erdboden verschluckt.

»Nella, hier runter!«, hörte ich seine unsichtbare Stimme zischen. Verwirrt blieb ich stehen. Vor mir erstreckte sich zwischen dem Gestrüpp und vereinzelten Bäumen ein Feld voller großer Steine, die nur auf den ersten Blick planlos herumlagen. Auf den zweiten bemerkte ich, dass es sich um eine vorzeitliche Begräbnisstätte handeln musste. »Jetzt komm schon!«

Hätte Safet nicht erneut was gesagt, wäre ich nie auf die Idee gekommen, direkt vor meinen Füßen nach unten zu sehen, wo er in einer Erdkuhle hockte. Ohne mich noch einmal umzudrehen, sprang ich und landete neben Safet. Regungslos kauerten wir an dem Rand des Loches, der für Silke und Tom am schlechtesten einsehbar war.

»Wo sind die hin?«, fragte Silke plötzlich dicht über uns.

Erschrocken zuckte ich zusammen und hätte fast aufgeschrien, doch Safet packte meine Schulter mit einem so festen Griff, dass es wehtat. Das half, kein einziger Laut drang über meine Lippen.

»Woher soll ich das wissen?« Bis zu diesem Moment, in dem er seinem Unmut deutlich Ausdruck verlieh, hätte man annehmen können, Tom sei stumm. »Du hast gesagt, das wäre alles kein Problem, wir marschieren hin, nehmen denen das Ding weg und fahren nach Hause. Von einer verdammten Hetzjagd war nie die Rede.«

»Wenn du besser auf Vujović statt auf mich geachtet hättest, wäre auch alles nach Plan gelaufen.« Silke machte eine Pause, in der sie sich vermutlich gründlich umsah. »Weit können sie nicht kommen, wenn sie nicht vorhaben zu schwimmen. Sie müssen auf jeden Fall zurück zum Auto oder zum Hafen, also teilen wir uns auf. Du wartest bei ihrem Wagen, ich kümmere mich um sein Boot.«

Tom murmelte irgendeine Antwort, doch die Schritte entfernten sich bereits. Erleichterung durchströmte mich. »Was ...«

»Scht!«, machte Safet und horchte angestrengt. Erst ein paar Minuten später schien er sicher zu sein, dass die Luft rein war. Seine Anspannung löste sich, langsam richtete er sich auf. Und ich bemerkte, was er an seinen Körper gedrückt hielt.

»Mirjanas Buch!«

»Na klar! Warum sind die wohl sonst hinter uns her gewesen?«

»Aber du hast doch ...«

»Ich pflege unschätzbar wertvolle alte Bücher nicht durch die Gegend zu werfen, höchstens ihre Verpackung. Es hat nur so ausgesehen, deshalb konnte der gute Tom auch nichts auffangen.«

Mein »Danke!« kam aus tiefstem Herzen, obwohl ich eigentlich nicht für möglich gehalten hätte, Safet ausgerechnet Dankbarkeit entgegenbringen zu können.

Er zuckte mit den Schultern. »Ich bin nicht plötzlich unter die Heiligen gegangen, falls du das denkst. Henning Laurenz will das Buch, er lässt eine Menge dafür springen, also kriegt er es auch.«

Entgeistert sah ich Safet an. Nicht nur, dass wir verdreckt und verschwitzt in diesem Erdloch standen und außerdem von Silke Reinhardt und ihrem Schrank namens Tom mit der Waffe bedroht und durch die Landschaft gehetzt worden waren – Safet wollte nach wie vor allen Ernstes Mirjanas Buch an meinen Vater verkaufen!

»Bist du verrückt?«

»Ach, Nella, was soll das? Du hast von Anfang an gewusst, worauf es mir ankam.«

»Mirjana ist für dieses Buch gestorben!«

Etwas unwillig zog Safet die Brauen zusammen. »Wieso für das Buch?«

Das musste ich ihm zugestehen, immerhin wusste er nichts über Mirjanas Ende.

»Interessiert dich das wirklich?«, gab ich dennoch sarkastisch zurück. Ich verspürte absolut kein Verlangen, ihm irgendwas zu erklären, obwohl ich es früher oder später tun musste, damit er verstand, weshalb Mirjanas Buch nicht in die Hände eines Mannes wie Henning Laurenz gehörte. Andererseits – würde die Wahrheit für Safet überhaupt einen Unterschied machen?

»Sicher interessiert es mich. Ich möchte die Geschichte später gern hören, aber was auch immer damals passiert ist, ist hunderte von Jahren her. Ich könnte mir vorstellen, dass es ihr gefallen würde, wenn jemand ihr Buch bekommt, der den Wert zu schätzen weiß.«

»Oh, ich bin sicher, Henning Laurenz weiß den Wert zu schätzen. Mirjanas Wissen dürfte ihm allerdings scheißegal sein.«

»Du hältst wirklich nicht viel von deinem Vater, was? Bevor du mir erzählst, was du eigentlich genau an ihm auszusetzen hast, sollten wir erst mal zusehen, dass wir hier wegkommen.«

Irgendwie hatte ich das dumpfe Gefühl, eine solche Gelegenheit, Safet aufzuklären, käme nie wieder, also hielt ich ihn am Ärmel fest. Ein Erdloch war ein ziemlich guter Ort, um über die dreckigen Machenschaften meines Vaters zu reden. »Warte noch eine Sekunde. Du hast anscheinend immer noch nicht begriffen, was hier gespielt wird.«

»Was gibt's da zu begreifen? Silke Reinhardt ist hinter dem Buch her, aber ich habe es nun mal und sorge dafür, dass das so bleibt, da kann sie Gift drauf nehmen. Also werde ich auch derjenige sein, der es verkauft. Ganz einfach.«

»Wach auf, Safet«, sagte ich mitleidig. »Mein Vater hat dich genauso benutzt wie du mich. Er wollte jemanden, der ihm Mirjanas Buch beschaffen kann. Seine Wahl fiel auf dich, weil du passenderweise Kroate und ja wohl dafür bekannt bist, unauffindbare Dinge aufzuspüren. Er liebt die Kunst, und wenn es nicht anders geht, ist er auch bereit, viel dafür hinzublättern. In diesem Fall glaubte er aber offensichtlich, es käme günstiger, wenn er seine Silke auf dich ansetzt, die dir die Beute abnehmen soll, sobald du deine Arbeit getan hast. Ganz einfach, wie du schon sagtest.«

Ich sah, wie es hinter Safets Stirn zu arbeiten begann. »Versteh ich das richtig, Laurenz und die Reinhardt sind nicht nur Geschäftspartner?«

»Du bist nicht der einzige Mann, der mit Frauen umzugehen versteht. Mein Vater kann das auch ganz gut und hatte nicht mal Skrupel, mit Silke Reinhardt auf der Beerdigung meiner Mutter aufzukreuzen.« Wenn ich daran dachte, bekam ich immer noch Bauchschmerzen. »Im Grunde sollte sie mir Leid tun, weil ihr am Ende dasselbe blüht wie allen anderen: Solange sie gebraucht wird und ihren Zweck erfüllt, wird sie benutzt, danach weggeworfen.«

Safet schaute erst auf das Buch hinunter, dann auf mich. Er las in meinen Augen, dass ich die Wahrheit sagte, und ich in seinen, dass er entschieden was dagegen hatte, auf diese Weise hintergangen worden zu sein.

»Ich ersticke hier unten«, brachte er zwischen zusammengepressten Lippen hervor. »Lass uns abhauen.« Er ließ seinen Rucksack vom Rücken gleiten, verstaute das Buch darin und kletterte als Erster aus dem Loch, bevor er mir half.

Eine scheinbar endlose Zeit gingen wir schweigend nebeneinander her, während Safet vor sich hin brütete. Ich hatte keine Ahnung, wohin er wollte, aber manchmal sehr wohl den Eindruck, dass wir uns wenn schon nicht im Kreis bewegten, so doch eine Menge Umwege machten. Trotzdem hatten wir schlechte Karten, Cavtat unbemerkt zu verlassen, da Silke uns an meinem Wagen und Tom uns bei Safets Boot erwartete.

Um überhaupt etwas zu sagen, statt nur durchs Gehölz zu stolpern, wagte ich einen Vorschlag, über den ich schon seit geraumer Zeit nachgedacht hatte. »Was hältst du davon, wenn wir Mirjanas Buch den Dubrovniker Museen übergeben?«

Mitten im Schritt hielt Safet inne. Drei, vier Sekunden vergingen, bis er sich zu mir umdrehte. Einen Moment lang dachte ich, er würde zustimmen, doch plötzlich legte sich ein Schatten über sein Gesicht.

»Nein«, sagte er nur und setzt sich wieder in Bewegung.

»Warum nicht? Was willst du dann damit machen? Mirjana wollte, dass ich es rette, es war ihr so wichtig! In einem Museum ist es doch am besten aufgehoben. Oder wir überlassen es der Homöopathie-Forschung, für die wäre es wahrscheinlich das Beste, was ihnen seit hundert Jahren untergekommen ist. Mindestens.«

»Ich finde einen anderen Käufer.«

»Herrgott, denkst du immer nur an Geld?«, fragte ich wütend.

»Es ist das Einzige, worauf man sich wirklich verlassen kann, oder? Spar dir weitere Diskussionen, ich werde meine Meinung nicht ändern.« Abrupt blieb er stehen und hielt auch mich davon ab, einen weiteren Schritt zu machen. Durch ein paar Bäume hindurch erkannte ich, wo wir waren. Vor uns lag jene Bucht, an der ich zuerst meinen Wagen geparkt hatte.

»Wo ist Silke? Sie wollte uns doch am Hafen abpassen«, flüsterte ich unwillkürlich, obwohl wir viel zu weit entfernt waren, als dass uns jemand am Wasser hätte hören können.

Sorgsam suchte Safet die Bucht ab. »Sie meinte den Hafen auf der anderen Seite von Cavtat, nicht diesen. Das Motorboot, mit dem ich gekommen bin, liegt nämlich da. Wahrscheinlich hat sie den Verleiher gefragt, wohin ich wollte, woraus ich leider kein Geheimnis gemacht habe. Mein Fehler.«

»Und was tun wir jetzt?«

»Ein anderes Boot nehmen und verschwinden, und zwar dieses Mal, ohne Spuren zu hinterlassen.«

»Ich seh hier aber keinen Verleih«, wandte ich ein.

»Dann borgen wir uns eben inoffiziell eins.«

»Du meinst, wir stehlen es.« Seltsamerweise empörte mich sein Vorhaben nicht mal. Der Zweck heiligte hier sogar für mich die Mittel.

Safet trat aus dem Wald heraus auf den schmalen Weg,

der zu dem kleinen Hafen führte, und schaute sich in aller Ruhe um, als suche er was Bestimmtes. Er schien es gefunden zu haben, denn er marschierte zielstrebig weiter bis zu einem kleinen Restaurant auf der gegenüberliegenden Seite der Bucht. Natürlich hatte es noch geschlossen. Safet ließ sich davon nicht entmutigen, sondern legte die Hände ans Fenster und schaute hinein. Offenbar hatte er drinnen jemanden entdeckt, er klopfte an die Scheibe und wartete.

Kurz darauf öffnete ein Mann, etwa in Safets Alter, aber mit ungefähr dem doppelten Umfang. Er nuschelte was Unverständliches vor sich hin, was vielleicht heißen sollte, dass noch geschlossen und außerdem Sonntag war, dann riss er mit einem Mal die Augen auf.

»Safet! Kako si? Što radiš?«, rief er, fügte einen Redeschwall hinzu, der mir unverständlich blieb, und riss dabei die Tür weit auf.

Safet schüttelte lächelnd den Kopf, setzte eine ernste Miene auf und fing an zu reden, wobei er auf die Bucht deutete.

Der Mann nickte hin und wieder, sagte schließlich *»Nema problema«*, ging weg und kam mit einem Schlüsselbund wieder, den er in Safets Hand fallen ließ.

Safet bedankte sich, winkte noch einmal zum Abschied und schob mich vorwärts. »Ich hab gesagt, ich will denen die Verfolgung diesmal erschweren, also werde ich nicht hingehen und ein Boot stehlen, was die Polizei auf den Plan ruft. Ich leihe lieber eins von einem Freund, der die Klappe halten kann.«

»Gibt es irgendeinen Ort, in dem du niemanden kennst?«

»In dieser Gegend wenige.«

Mit diesen Worten waren wir vor einem kleinen Motorboot angekommen, dem jemand mit schnörkeligen Buchstaben den Namen *Maja* verpasst hatte. Safet sprang hinein, wartete, bis ich neben ihm stand und mich festhielt, und drehte den Schlüssel im Zündschloss. Das Boot schoss über das blaugrüne Wasser, die Gischt spritzte auf, ich beobachtete Safet von der Seite und verfluchte … wen auch immer. Ihn. Mich. Meinen Vater. Sogar einmal Mirjana, die mir ständig zuzuflüstern schien: *Nimm mein Buch an dich, Nella, bevor es zu spät ist!*

7.

Wahrscheinlich schafften wir es in Rekordzeit zurück nach Dubrovnik. Obwohl Safet dem Motor an Geschwindigkeit das Letzte abrang und sich dabei auf das Boot konzentrieren musste, blickte er ab und zu nach allen Richtungen, um sicherzustellen, dass uns niemand folgte, zumindest nicht auf diesem Weg.

»Meinst du, die sind noch in Cavtat?«, überbrüllte ich den Lärm des Motorengeräuschs.

»Das hoffe ich«, brüllte Safet zurück. »Allerdings ist die Reinhardt eine kluge Frau, kann sein, dass sie uns längst woanders vermutet und ihren Gorilla nach Dubrovnik schickt, um uns da zu erwarten.«

Im alten Hafen machte Safet das Boot fest und gab den Schlüssel für seinen Freund in einer Kneipe ab.

»Safet …«, begann ich, als er wieder vor mir stand.

Er unterbrach mich. »Das ist zwecklos, Nella! Ich habe gesagt, ich werde nicht weiter darüber diskutieren, was mit dem Buch passiert.«

»So, wirst du nicht? Wie sind eigentlich die entsprechenden Gesetze in diesem Land?«

»Willst du mir drohen? Das würde ich mir an deiner Stelle überlegen. Wir waren zusammen in der Kirche und haben das Buch gestohlen, falls du das vergessen haben solltest. Ich könnte den Spieß umdrehen und behaupten, dass das alles deine Idee war und du mich da mit reingezogen hast. Tut mir Leid, wenn ich deine Illusionen zerstöre, aber mir wird man hier mehr glauben als einer deutschen Touristin.«

Er sagte das alles ganz neutral und leidenschaftslos, und ich hatte keinen Grund, an seinen Worten zu zweifeln. Wenn er wollte, konnte er mir wahrscheinlich sehr viel mehr Schwierigkeiten machen als ich ihm. Ich musste anders am Ball bleiben, deshalb gab ich scheinbar nach.

»Du hast also wirklich vor, es zu verkaufen«, sagte ich leise. »Hier oder in Deutschland?« Dabei rieb ich mir meinen Nacken, der plötzlich anfing zu brennen. Auf dem Wasser hatte ich meine Haare hochgesteckt, weil es so windig gewesen war, vielleicht war die Quittung dafür trotz der frühen Stunde ein Sonnenbrand.

Safet bedachte mich mit einem langen Blick, bevor er antwortete. »Wenn ich es hier an den Mann brächte, würde dein Vater nichts davon mitbekommen, und ich möchte, dass es ihm wehtut, wenn er sieht, auf was er verzichten muss.«

Dagegen hatte ich ausnahmsweise nichts einzuwenden und nickte. Feindschaft verband eben genauso wie Freundschaft. »Wenigstens etwas. Kann ich erst noch meine Sachen aus der Pension holen, bevor es nach Hause geht, oder hast du es sehr eilig, Geld zu verdienen?«

»Hol sie, dann fahr ich dich zum Flughafen«, überging er meinen Zynismus.

Und bist mich los. So einfach würde ich mich nicht abschieben lassen. »Nettes Angebot, aber ich bleibe lieber bei dir. Schließlich schulde ich dir noch das Ende von Mirjanas

Geschichte.« Der Sonnenbrand breitete sich auf mein Dekolleté aus, was eigentlich unmöglich war, weil die Sonne schlecht durch mein Shirt die Haut verbrennen konnte. Ich zwang mich, das unangenehme Gefühl zu ignorieren.

Safet lachte auf, nur dass das Lachen bitter klang. »Du gibst nicht auf, oder? Also gut, einverstanden: Gleiches Recht für alle – und gleiche Chancen. Wir werden sehen, wer an sein Ziel kommt, falls wir …« Er hielt inne. Während er geredet hatte, waren seine Augen unablässig durch die Gegend gehuscht. »Ich hoffe, du hast nichts Wertvolles in deiner Pension, weil wir das nämlich lieber zurücklassen sollten, wenn wir schneller sein wollen als die Freundin deines Vaters.«

Ich folgte seinem Blick, hatte aber kaum Zeit, Silke auszumachen, die uns in diesem Moment ebenfalls entdeckte und fast sofort ein Handy am Ohr hatte.

Safet schob mich vorwärts durch das Tor, das vom Hafen in die Altstadt führte. »Weg hier!«

Eigentlich hätte ich erwartet, dass Safet den Stradun hoch zum Pile-Tor lief. Es erstaunte mich, dass er stattdessen in eine der Seitengassen einbog und schließlich sogar den Weg in die entgegengesetzte Richtung zum Ploče-Tor einschlug. Ich war sicher, dass Silke sich nur schwer würde abhängen lassen, aber offenbar hatte sie keinen sehr guten Orientierungssinn. Jedenfalls verlor sie uns in irgendeiner der Gassen, sodass wir die Altstadt verlassen und zu Safets Wagen laufen konnten, der in einer Straße direkt hinter der Stadtmauer geparkt war.

Außer Atem saß ich auf dem Beifahrersitz und war froh, dass ich die Rennerei heute schon zum zweiten Mal bewältigt hatte, ohne schlappzumachen.

Safet rangierte den Audi aus der engen Parklücke und warf dabei einen Blick in den Rückspiegel. *»Jebem ti život!«*

»Was?«, fragte ich erschrocken, weil er plötzlich so laut geworden war. Dann sah ich selbst in den Außenspiegel und begriff, dass er geflucht hatte. Etwa zwanzig Meter hinter uns stieg Silke gerade in einen gelben VW-Käfer, versäumte aber nicht, uns vorher noch kurz zuzuwinken.

»Scheiße! Natürlich weiß sie, wo ich meinen Wagen geparkt habe! So ein beschissener Anfängerfehler hätte mir nicht passieren dürfen!«, fluchte Safet erneut und hieb mit der Faust aufs Lenkrad. »Ich bin eindeutig aus der Übung.« Letzteres grummelte er mehr oder weniger in seine Bartstoppeln.

Auf dieser Straße kamen wir nicht sehr schnell voran, Silke allerdings genauso wenig. Sie hatte keine Chance, die Wagen zwischen uns zu überholen und sich näher an uns heranzuarbeiten.

»Aus der Übung?«, wiederholte ich, und als er stumm blieb wie ein Fisch: »Aus der Übung worin?«

»Vergiss es!«

Nicht, dass ich was anderes erwartet hätte.

Safet lenkte das Cabrio durch die kleineren Straßen, bis wir auf eine breiter ausgebaute oberhalb der Stadt gelangten. Er trat aufs Gas, aber es gab hier Geschwindigkeitsbegrenzungen, an die er sich im Wesentlichen hielt. Bald wurde mir auch klar, warum: Polizeikontrollen am Straßenrand waren keine Seltenheit. Niemand von uns sagte ein Wort, nur hin und wieder schauten wir beide in den Spiegel. Silke Reinhardts Käfer blieb hinter uns, mal trennten uns mehr, mal weniger Autos, aber sie klebte an uns wie eine Klette.

Plötzlich tauchte vor uns ein gewaltiges Bauwerk auf, etwas Vergleichbares hatte ich noch nie gesehen, und ich vergaß sogar kurz, dass wir nicht zum Vergnügen hier waren.

»Was ist das?«

»Die Schrägseilbrücke über die Rijeka Dubrovačka, über fünfhundert Meter lang und über fünfzig Meter hoch. Übrigens von einer deutschen Firma gebaut, falls dich das interessiert. Zur Eröffnung war ein ziemlich hohes Tier aus dem Bundestag da, hab vergessen, wer.« Safet behielt zwar die Augen auf der Straße, fingerte jedoch in der Ablage hinter der Gangschaltung herum, ohne zu finden, wonach er suchte. Mittlerweile rollten wir über die Brücke, von der die Aussicht auf die breite Bucht atemberaubend war. Ich schaute nach oben zu den Seilen, die irgendwo im Nichts des Himmels zu enden schienen, falls überhaupt.

Safets andauerndes und ungeduldiger werdendes Suchen machte mich ganz nervös. Gezwungenermaßen riss ich meinen Blick von der Brücke, griff in das Fach vor mir, förderte eine Packung Ronhills samt Feuerzeug zutage, nahm eine Zigarette heraus, zündete sie für ihn an und reichte sie hinüber.

»Danke.« Safet inhalierte tief und stieß erst nach einer ganzen Weile den Rauch aus der Lunge. »Wir wären ein ziemlich gutes Team, wenn wir nicht auf verschiedenen Seiten stünden.«

»Was erwartest du? Dass ich mit Freuden zustimme, dass du mit dem, worum Mirjana gekämpft hat, ordentlich Kohle machst, statt es dahin zu geben, wo es hingehört?«

»In ein Museum, hm? Die würden es auch nur zu ein paar anderen wertvollen Büchern legen, und keiner wüsste letztlich, wem es mal was bedeutet hat.«

»Glaubst du im Ernst, jemanden wie meinen Vater würde das interessieren?«

Safet zuckte mit den Schultern. »Wieso nicht? Wenn jemand Kunstschätze oder Antiquitäten sammelt, tut er das für gewöhnlich, weil er sich dran erfreut. Am Geldwert oder am ideologischen Wert, meist an beidem gleichermaßen.«

»Aber Mirjanas Buch sollte nicht einem Einzigen gehören. Jeder sollte es sehen können und ihre Geschichte dazu erfahren.«

»Sentimentaler Quatsch.«

»Meinst du? Vielleicht solltest du dir erst mal ihre Geschichte anhören und danach urteilen.«

»Sobald wir die Reinhardt los sind, gern.«

Immerhin war es bemerkenswert, dass er für Mirjanas Schicksal ein bisschen mehr Ruhe wollte, statt es einfach mitten auf der hektischsten Flucht um die Ohren gehauen zu bekommen.

»Ich frag mich, wann ihr Bodyguard wieder auftaucht, den hat sie doch bestimmt vorhin angerufen.«

»Wahrscheinlich.« Safet schnippte die Kippe aus dem offenen Fenster. »Aber wir werden sehen, wer sich in diesem Land besser auskennt.«

Wieder fuhr er eine ganze Weile schweigend, während ich wartete, dass er irgendwann von dieser Straße herunter und auf eine in Richtung Inland abbog, um damit eine Verfolgung zu erschweren. Allerdings schien es da kaum Möglichkeiten zu geben, es ging weiter die Küste entlang, und ich begann langsam, aber sicher mit der Müdigkeit zu kämpfen.

Safet sah zu mir herüber. »Du musst meinetwegen nicht wach bleiben. Ich bin's gewohnt, länger ohne Schlaf auszukommen, und du kannst sowieso nichts tun. Mit der Dame hinter uns werde ich schon fertig, ist nur eine Frage der Zeit.«

Zweifelnd drehte ich mich zu dem gelben Käfer um. Bisher sah es nicht so aus, als hätte sich an unserer Situation was Wesentliches geändert. Trotz Safets Worten versuchte ich krampfhaft die Augen offen zu halten, doch auf Dauer war das umsonst. Ich glitt hinüber in einen Traum, bis ich plötzlich panikerfüllt aufschreckte.

8.

»Um Gottes willen, Sergio, er ist wieder da!«

Der Mann neben mir hob die Brauen und sah mich halb belustigt, halb fragend an. »Wer ist Sergio?«

Alles in mir war in höchstem Maße angespannt, meine Hände zitterten. Ein Traum, bloß ein dummer Traum. Ich sah in den Außenspiegel, aber Silkes Käfer blieb verschwunden. Die Landschaft um uns hatte sich verändert. Das Meer war nicht mehr zu sehen, die Straße durch die karge Berglandschaft schmaler, in der Ferne vor uns lag ein kleines Dorf.

»Hast du sie abgehängt?«

Zweifelnd zuckte Safet die Schultern. »Schon möglich, dass sie beim letzten Abzweigen falsch geraten hat. Jedenfalls war sie da nicht mehr direkt hinter uns. Die Chancen stehen trotzdem fifty-fifty, dass sie immer noch da ist und sich hier in den Bergen nur weiter zurückfallen lässt, weil ihr Käfer nicht so viel unter der Haube hat wie der Audi. Sie hat wohl kaum mit einer Verfolgungsjagd gerechnet, sonst wäre sie in einem anderen Wagen unterwegs. Wie auch immer, wir müssen riskieren, in dem Dorf da mal Pause zu machen, der Tank ist bald leer.«

Ich verzog das Gesicht. »Ausgerechnet hier liegen zu bleiben, ist bestimmt kein Vergnügen.«

»Wem sagst du das. Und wer ist nun Sergio?«, wollte Safet wissen.

»Ach, niemand.« Ihm meinen wirren Traum zu erzählen, kam mir zu albern vor.

»Niemand? Danach hat deine Stimme nicht geklungen. War er dein Ex?«

Ich lachte auf. »Nein! Er war … Himmel, Safet, ich hab

bloß geträumt. Ich war mit einem Mafioso auf der Flucht vor einem anderen Mafioso, der auf uns geschossen hat. Der andere war mein Ehemann, und Sergio war …«

»Der, den du liebst? Wie hat er ausgesehen?«

Ich seufzte genervt. So genau konnte ich mich gar nicht erinnern. Trotzdem spürte ich, dass Safet den Nagel auf den Kopf getroffen hatte. In meinem Traum war ich in diesen Sergio-Typen verliebt gewesen. »Größer als du, älter als du, grauhaariger als du. Mehr weiß ich nicht mehr. Zufrieden?«

»Stehst du auf große, grauhaarige Mafiosi?«

»Eigentlich liebe ich eher kleine, dicke Rotblonde mit Sommersprossen.«

»Schade. Das Einzige, was für mich spricht, ist, dass man mich nicht als Riesen bezeichnen kann, aber der Rest … Ich könnte mir natürlich die Haare färben und ein paar Kilo anfuttern.«

»Du hast die Sommersprossen vergessen.«

Safet lächelte mich von der Seite an. »Nein. Ich sag's ja: schade.«

Inzwischen hatten wir fast das Ende des Dorfes erreicht, an dem sich eine Tankstelle befand. Safet fuhr an die Zapfsäule, stieg aus und ging in das Häuschen. Selbstbedienung gab es hier wohl nicht.

Kurz darauf kam er mit einem Mann in einem ölverschmierten Overall wieder, der den Zapfhahn bediente und mit Safet schwatzte. Ich blieb sitzen und dachte weiter über den Traum nach, für den ich kaum ein Deutungsbuch zu Rate ziehen musste. Es gab zu viele Parallelen: Verfolgungsjagd, Schusswaffen und nicht zuletzt den Mann an meiner Seite. Auch wenn Sergio nicht das Ebenbild von Safet war, blieb die Tatsache, dass mir der Safet aus meiner Wirklichkeit genauso wenig egal war wie der Sergio aus meiner Fantasie. Es nutzte wenig, dass ich wünschte, es wäre anders. Was verband uns schließlich, außer ein paarmal guten Sex gehabt zu haben?

Seufzend rieb ich mir die Haut unter meinem Shirt, die wieder zu brennen anfing. Dabei kam ich an die Perlen – sie vibrierten an meinen Fingern. Wie hatte ich ernsthaft an einen Sonnenbrand glauben können? Unwillkürlich sah ich in den Spiegel und erkannte den Schemen von Mirjanas Gesicht über meinem eigenen. Mehr war da nicht, auch nicht hinter uns auf der Straße, aber ich wusste mit einem Mal genau, was das Brennen zu bedeuten hatte.

»Safet, wir müssen weiter!«, unterbrach ich sein Geplänkel mit dem Tankwart. Er sah sofort herüber zu mir und musste in meinem Gesicht deutlich die Gefahr gelesen haben. Nachdem ein paar Scheine den Besitzer gewechselt hatten, stieg Safet in den Wagen und fuhr so schnell von der Tankstelle, dass der Mann in dem Overall uns verdutzt hinterherschaute.

»Was ist los?«, fragte er erst, als wir schon längst auf der Straße waren.

»Die Perlen fingen an zu brennen und zu vibrieren, genau wie in Dubrovnik, kurz bevor du Silke entdeckt hast. Keine Ahnung, wie das möglich ist, aber ich schätze, Mirjana wollte mich da schon warnen.«

Safets Augen huschten zum Rückspiegel, aber da wir gerade um eine Kurve gefahren waren, gab es nichts zu sehen. Trotzdem trat er aufs Gaspedal und raste die schmale Straße so schnell entlang, dass ich noch mal kontrollierte, ob ich auch angeschnallt war. Er nahm die Warnung ernst, denn die Geschwindigkeitsbegrenzung von sechzig Stundenkilometern beeindruckte ihn diesmal nicht – anscheinend gab es in dieser Gegend weniger Kontrollen.

»Wo sind wir eigentlich?«, fragte ich, während ich mich

um eine einigermaßen entspannte Haltung auf meinem Sitz bemühte.

»Gleich in Duži, sobald wir wieder auf die breitere Nebenstraße kommen. Du hast doch deinen Personalausweis dabei?«

»Meinen … Nein, ich glaub nicht, der müsste bei meinen Sachen in der Pension sein. Wozu brauch ich einen Ausweis? Das ist doch wohl kaum schon die Grenze nach Slowenien.« Dann musste ich in der Tat eine Ewigkeit geschlafen haben.

»Nein, aber die nach Bosnien-Herzegowina. Ein kleines Stück des Landes liegt zwischen Kroatien, und da brauchen wir einen Ausweis. Bist du sicher, dass du keinen hast?«

Ich verrenkte mich, um nach meinem Rucksack zu hangeln, der hinter dem Sitz lag. Eine Weile wühlte ich ohne große Hoffnung darin herum, weil ich recht genau wusste, dass ich meine Brieftasche nicht eingesteckt hatte. Mitten in der Nacht in einer Kirche brauchte man so was ja wohl auch kaum. Dann jedoch bekam ich mein Portemonnaie zu fassen, und ich erinnerte mich, dass ich meinen Perso nach der Passkontrolle am Dubrovniker Flughafen darin verstaut hatte, weil es schneller ging. Triumphierend hielt ich die Plastikkarte hoch. »Von mir aus kann's weitergehen!«

Safet nickte zufrieden, und kurz darauf kam vor uns der Grenzübergang in Sicht. Davor warteten nur wenige Wagen, aber er bedeutete trotzdem einen unfreiwilligen Aufenthalt, den Silke nutzte. Ich spürte das Vibrieren der Perlen, warf einen erschrockenen Blick nach hinten und erkannte ihren gelben Käfer etwa dreihundert Meter entfernt.

»Sie wird sich hier zurückhalten«, beruhigte Safet mich. »Kann mir nicht vorstellen, dass sie allzu viel Wert drauf legt, mehr aufzufallen als nötig, besonders an einem Grenzübergang. Wir sind auf jeden Fall eher durch als sie, das gibt uns wieder einen Vorsprung. Trotzdem wär's mir lieber gewesen, wenn sie uns vorhin verloren hätte.«

Zehn Minuten später passierten wir die Grenze. Safet wagte nicht, gleich wieder aufs Gas zu drücken, fuhr aber auch keinen Stundenkilometer langsamer als nötig. Währenddessen drehte ich mich um und überprüfte durch das Heckfenster, ob Silke schnell abgefertigt wurde. Doch der Grenzposten und der Käfer wurden immer kleiner.

»Fahr mal rechts ran«, sagte ich.

»Weshalb? Wir sollten jeden Meter nutzen.«

»Egal, halt an.«

Offenbar fand Safet, dass ich bisher auch immer meine Gründe gehabt hatte, deshalb tat er, worum ich bat. Er hielt auf dem Seitenstreifen und sah ebenfalls zurück. »*Tako mi Boga!* Du hast Recht, das war's wert!«

Das Bild, das sich uns bot, entschädigte für vieles. Silkes kleiner gelber Käfer musste umkehren, sie wurde nicht ins Land gelassen.

»Also«, fing ich an, doch ernüchtert nach der ersten Belustigung, »auch wenn Silke gerade keinen Pass dabeihat, Tom möglicherweise schon, und der ist mit Sicherheit auf dem Weg.«

»Klar. Aber eben noch nicht hier, was bedeutet, dass niemand uns im Moment folgen kann und auch keiner weiß, wohin wir uns aus dem Staub machen.«

Die kurze Strecke durch Bosnien-Herzegowina lag bald hinter uns, ohne dass ein verdächtiger Wagen aufgetaucht wäre, und nachdem wir den zweiten Grenzübergang passiert hatten, erklärte Safet: »Ich denke, wir fahren noch bis Makarska, da machen wir Pause.«

»Wie weit ist das von Dubrovnik entfernt?«

»Hundertfünfzig Kilometer direkt über die Küstenstraße,

auf unserem Weg allerdings etwas mehr. Außerdem sind wir durch das Tanken und die Grenze aufgehalten worden, aber wir werden wohl um die Mittagszeit da sein.«

»Ich finde, wir sollten den Abstand zwischen Silke und uns ruhig noch vergrößern. Wenn du müde bist, lass mich ans Steuer.«

»Warum hast du's so eilig? Silke wird glauben, wir machen genau, was du vorschlägst, nämlich möglichst schnell abhauen. Dementsprechend werden sie und Tom uns auf den Fersen sein, egal wie hoffnungslos es ist, uns zufällig wiederzufinden. Kollegin Reinhardt wird es versuchen, weil sie keinen Wert drauf legt, von deinem Vater für eine Versagerin gehalten zu werden. Also machen wir, womit sie am wenigsten rechnet: Wir nehmen uns Zeit.«

Das klang logisch, und ich stimmte zu. Als hätte ich eine andere Wahl.

9.

Auf dem Weg nach Makarska könntest du mir Mirjanas Geschichte erzählen, wenn du willst«, schlug Safet vor.

Nach wie vor hatte ich Zweifel, ob ich ihn wirklich an dem teilhaben lassen wollte, was ich beziehungsweise was Mirjana erlebt hatte. Auf gewisse Art war ihr Leben zu meinem geworden, und darin hatte Safet nichts mehr zu suchen, wenn man mal von unserer momentanen Zwangsgemeinschaft absah. Allerdings musste ich zugeben, dass das alles ohne ihn nie geschehen wäre, und ich glaubte außerdem, dass ihm die Wahrheit zumindest früher mal was bedeutet hatte, bevor Geld wichtiger geworden war als Legenden aus seiner Heimat.

Ich lehnte mich zurück und streckte die Beine aus, so weit es ging. »Also gut«, begann ich. »Als ich das zweite Mal zurückging, war Mirjana gerade dabei, mit Nikola in die Apotheke einzubrechen. Offenbar hatte sie das gewisse Maß an krimineller Energie, das du mir absprichst …«

Safet unterbrach mich nicht, während ich alles ausführlich, manche Unterhaltung beinah Wort für Wort berichtete und keinen Blick auf die vorbeihuschende Landschaft richtete, sondern nur in mich hineinschaute. Ich geriet auch nicht ins Stocken, obwohl das Erzählen einem neuerlichen Erleben gleichkam und mich immer noch mitnahm. Erst als ich bei der Schilderung von Mirjanas Folterqualen und ihrem Tod anlangte, schien ich plötzlich keine Luft mehr zu bekommen, mein Brustkorb verengte sich. Ich spürte keine Schmerzen, wohl aber eine heftige Übelkeit, die unaufhaltsam in mir aufstieg, dann wurde mir schwarz vor Augen.

Das Nächste, was wieder in mein Bewusstsein drang, war, dass ich an einer Felswand neben einem Busch hockte, mich mit einer Hand am Gestein, mit der anderen am Gras unter mir abstützte und mich übergab. Weil ich so gut wie nichts im Magen hatte, war das eine quälende Angelegenheit, meine Nase lief, über meine Wangen rannen Tränen. Und das alles vor Safet, der hinter mir stand und mich an den Schultern festhielt.

Nachdem ich den letzten Rest losgeworden war, bekam ich auch noch Schluckauf. Ungeduldig wischte ich mir mit dem Taschentuch übers Gesicht, das Safet mir reichte, und richtete mich langsam auf.

»Geht's besser?«, erkundigte er sich und führte mich zum Wagen zurück.

Ich konnte nur nicken und auf den Beifahrersitz sinken.

Wieso passierte mir das jetzt und nicht direkt nachdem ich aus der Vergangenheit aufgetaucht war? Na ja, dachte ich düster, besser auf der Straße als in Duškos Museum. Safet hielt mir etwas hin, das ich erst auf den zweiten Blick als eine Rolle Pfefferminzbonbons identifizierte. Dankbar nahm ich einen, der den ekligen Geschmack aus meinem Mund vertrieb.

Die Übelkeit war vorbei und würde nicht zurückkehren. Ich hatte es überstanden, endgültig, bis auf das leichte Zittern in meinen Armen und Beinen, aber auch das würde sicher vergehen.

»Wir können weiter«, sagte ich und drehte mich unwillkürlich nach einem gelben Käfer auf der Straße um.

»So schnell kann Silke uns nicht eingeholt haben«, beruhigte mich Safet. Es war wohl ziemlich leicht, meine Gedanken zu erraten.

Ich bemerkte, dass wir wieder die Küstenstraße entlangfuhren, aber offen für die Umgebung fühlte ich mich nicht, und so starrte ich nur auf das Handschuhfach vor mir. Eine ganze Weile schwieg Safet, bis er kurz zu mir herübersah. »Du hast Mirjanas Tod gesehen?«

»Mehr als gesehen. Ich habe ihre letzten Gedanken gespürt.« Wie kam ich eigentlich dazu, ihm das anzuvertrauen? Das war etwas so Persönliches, Intimes zwischen Mirjana und mir gewesen, es ging Safet absolut nichts an!

»Wie ist das, wenn man stirbt?«

Mit einer derartigen Frage hatte ich nun wirklich nicht gerechnet, sie brachte mich vollkommen aus dem Konzept; darüber hatte ich bisher nicht nachgedacht.

»Ich … weiß nicht«, sagte ich zögernd, mehr zu mir selbst als zu ihm. »Ich habe ihren Körper verlassen, als sie starb, und von außen zugesehen, was weiter geschah. Ich war traurig und wütend. Aber das war ich, das war nicht Mirjana.

Was mit ihr geschah, was sie fühlte, *ob* sie was fühlte, nachdem es zu Ende war – ich weiß nicht.«

»Was fühlte sie, als sie wusste, dass sie sterben würde?«

»Erlösung. Dankbarkeit, dass Vecellio sie davor bewahrt hatte, Ivans lebendiges und zugleich lebloses Werkzeug zu werden. Und Hoffnung, die sie in mich setzte, wegen des Buches, das ihr so viel bedeutete.« Letzteres konnte ich mir nicht verkneifen und sah Safet herausfordernd an.

Seine Züge verhärteten sich, mir wurde klar, dass ich einen Fehler gemacht hatte, mit der Tür ins Haus zu fallen. Diplomatie war noch nie meine Stärke gewesen, ich hätte es lieber langsamer angehen lassen, lieber mit einem Pfahl statt gleich mit dem ganzen Zaun winken sollen. Zu spät.

»Und als Mirjana gestorben war, bist du im Museum wieder zu dir gekommen?«, fragte er nüchtern.

»Nein. Ich sagte doch, ich habe mit angesehen, wie es weiterging«, antwortete ich im gleichen Tonfall. »Martolosić und Bruder Heinrich waren aus unterschiedlichen Gründen nicht sehr angetan davon, das Vecellio sie ausgetrickst hatte. Auch wenn sie das natürlich nicht wussten …«

Nachdem ich geendet hatte, war ich gespannt auf Safets Kommentar, der allerdings auf sich warten ließ. Währenddessen hatte ich auch endlich wieder Augen für meine Umgebung. Rechts von uns ragte ein gewaltiges Gebirgsmassiv auf, dessen Gipfel trotz des blauen Himmels von Wolken verhangen waren, links leuchteten weiße Strände vor blauem Meer. In der Ferne sah ich den Hafen einer größeren Stadt.

»Ist das Makarska?«

Safet nickte. »Ziemlich zwielichtiger Typ, dieser Venezianer«, stellte er dabei fest.

»Tja, von der Sorte hab ich nicht nur einen getroffen, seit diese Geschichte angefangen hat.« Zweifellos gab es einige

Ähnlichkeiten zwischen Vecellio und Safet, das hatte ich ja schon nach meinem ersten Vergangenheitstrip festgestellt.

»Sehr witzig«, fand Safet, aber es klang eher abwesend. »Was genau wollte er eigentlich?«

»Sag du's mir!«

»Ich frag aber dich. Du hast ihn kennen gelernt, nicht ich.«

Ich zuckte mit den Schultern. »Geschäfte, Geld, gute Beziehungen zu wichtigen Leuten. Und seinen Spaß mit Mirjana. Ist ihm am Schluss alles etwas über den Kopf gewachsen, aber er hat sich ganz elegant aus der Affäre gezogen, sodass er zumindest einen kleinen Sympathie-Punkt für sich verbuchen kann.«

»Hört sich an, als würdest du seinen Fan-Club auch nicht leiten.«

»Du hast es erfasst.« Aber galt das auch für Mirjana? Ihre Gefühle waren immer ein bisschen diffus gewesen, was den Venezianer betraf. Der Mann hatte eine gewisse Faszination auf sie ausgeübt, auch wenn er ihr oft lästig, unangenehm und schließlich sogar gefährlich geworden war.

»Wo Vecellio sie wohl begraben hat?«, sprach ich aus, was mir im Kopf herumging.

»Weit weg von Ragusa, nehme ich an. Das hatte er doch zumindest vor.«

»Mhm.« Bisschen mager, aber wahrscheinlich musste ich mich damit zufrieden geben, auch wenn ich gern mal Mirjanas Grab besucht hätte. Um ihr was zu sagen?, fragte ich mich bitter. Dass ich sie verraten und ihr Buch an einen Mann verloren hatte, der mit seinem Charakter gut und gern ein direkter Nachfahre von Vecellio hätte sein können?

10.

Mittlerweile schlängelten wir uns durch die Straßen von Makarska, das nur auf den ersten Blick wie ein gewöhnlicher und sehr großer Badeort wirkte. Auch hier gab es wohl eine Altstadt mit Gassen und Kirchen, aber darin musste ich Safets Worten vertrauen, denn er nahm sich nicht die Zeit, Touristenführer zu spielen. Allmählich zeichnete sich auch auf seinem Gesicht die Müdigkeit ab. Wir fanden ein Hotel, das in der Hochsaison noch freie Zimmer zu vergeben hatte, oder besser gesagt ein einziges, und damit waren wir noch gut bedient.

Safet stellte seinen Rucksack an seine Seite des Doppelbettes und zog die Fensterläden zu, die die Wärme und die Sonne aussperrten. Nachdem er kurz im Bad verschwunden war, ließ er sich aufs Bett fallen und fuhr sich mit dem Handrücken übers Gesicht. Einen Moment blieb er mit offenen Augen liegen, dann schaute er mich an: »Nur fürs Protokoll: Ich hab einen leichten Schlaf.«

Ich saß auf einem harten Stuhl und erwiderte seinen Blick. »Dann sind wir schon zwei.«

Noch einen Moment lang fochten wir einen wortlosen Kampf darum, wer als Erster wegschaute, bis Safet sich auf die Seite drehte, zum Fenster und damit zu seinem Rucksack. Ich wartete. Kurze Zeit später hörte ich ihn tief und regelmäßig atmen. Ich wartete weiter. Einerseits wollte ich nichts dringender als an seinen Rucksack und damit an Mirjanas Buch. Andererseits musste ich befürchten, dass er zumindest im Moment noch nur so tat, als schliefe er.

Ich rutschte auf dem unbequemen Stuhl hin und her, fand aber keine bessere Position, außerdem war ich total kaputt. Vielleicht sollte ich nur eine Minute lang meinen

Kopf auf den Tisch vor mir legen und die Augen schließen. Nur eine Minute. Ich gab meinem inneren Drängen nach und schreckte erst nach geraumer Zeit wieder hoch. Safet hatte sich auf die andere Seite gedreht. Leise stand ich auf und ging hinüber zum Bett. Er rührte sich nicht. Ich bückte mich, griff vorsichtig nach dem Rucksack und schob meine Hand tastend durch einen kleinen offenen Spalt im Reißverschluss. Meine Finger ertasteten das Buch, aber wenn ich es ganz herausholen wollte, musste ich den Reißverschluss auch vollständig öffnen. Ich versuchte mein Bestes, zunächst langsam, dann, als mir das Geräusch zu laut vorkam, schneller. Safet bewegte sich auf dem Bett. Ausgerechnet jetzt, wo ich den Rucksack schon auf hatte!

Vorsichtig wagte ich einen Blick über die Bettkante und sah, dass Safets Schlaf unruhig geworden war. Er seufzte, drehte sich erneut um und schließlich ein drittes Mal. Dabei streckte er plötzlich die Arme nach mir aus, als wolle er mich festhalten. Ich zuckte zurück und hätte fast aufgeschrien, als ich merkte, dass Safet gar nicht mich meinte. Er träumte irgendwas und stöhnte.

Eine scheinbare Ewigkeit blieb ich regungslos vor dem Bett knien und beobachtete ihn, bis er sich beruhigt hatte. Erst dann holte ich das Buch hervor und strich bedächtig und sehr vorsichtig darüber. Meine Fingerspitzen begannen zu vibrieren, aber nicht zu brennen, wie vorhin die Perlen um meinen Hals, als Mirjana mich warnen wollte. Das hier war anders, fast ein freundlicher Willkommensgruß.

Und da erinnerte ich mich überdeutlich an Mirjanas wirklich letzten Gedanken, den ich Safet gegenüber unerwähnt gelassen hatte: *Du musst lesen!*

Was? Was war es genau, das ich lesen musste? Hatte Mirjana das Buch generell gemeint oder was Bestimmtes? Ich konnte nicht länger darüber nachdenken, wenn ich meine

Chance ergreifen und abhauen wollte, so lange Safet noch schlief. Leise bewegte ich mich zum Tisch hinüber, unter dem mein Rucksack stand, und bückte mich, um das Buch darin zu verstauen.

»Bježimo!«, schrie Safet.

Wie von der Tarantel gestochen schoss ich hoch.

»Um Himmels willen, ich hab doch nur …« Weiter kam ich nicht mit meiner Verteidigungsrede, weil mir klar wurde, dass Safet träumte. Ich legte das Buch auf den Tisch, während er sich im Bett hin und her warf und lauter unverständliches Zeug vor sich hin murmelte, sein Gesicht war zu einer starren Maske verzerrt. Er hatte die Augen geöffnet, ohne etwas zu sehen, jedenfalls weder mich noch dieses Zimmer. Erschrocken vergaß ich meine Vorbehalte und war mit einem Satz bei ihm.

»Safet«, versuchte ich zu ihm durchzudringen und berührte ihn vorsichtig. Ich hatte wenig Erfahrung mit Albträumen und keine Ahnung, ob es besser war, ihn zu wecken oder nur dafür zu sorgen, dass er sich beruhigte.

Er packte meine Arme so fest, dass sich dort später blaue Flecke bilden würden, und warf mit abgehackten Sätzen um sich. Schließlich schleuderte er mich von sich fort und rief erneut etwas, das unmissverständlich nach einer Warnung klang. Ein Wort wiederholte er mehrere Male. Ich dachte zuerst, es sei ein Name, aber weil alles ein heilloses Durcheinander war, hätte es sonst was sein können.

Safets Stirn war schweißbedeckt, er rang nach Atem, als würde er um sein Leben rennen.

»Safet!«, rief ich und schüttelte ihn. »Wach auf! Hörst du? Du musst aufwachen!«

Von einer Sekunde auf die andere war der Spuk vorbei. Safet schien in sich zusammenzuklappen und lag zwei, drei Sekunden lang stoßweise atmend auf dem Bett. Dann setzte er sich langsam auf. Mit zitternder Hand wischte er sich den Schweiß vom Gesicht und blinzelte an mir vorbei.

»Geht's besser?«, wiederholte ich seine eigenen Worte.

»Da. Ja sam …«, begann er heiser, schüttelte den Kopf und setzte erneut an. »Ich bin … Ich hatte … einen …« Es fehlte ihm die Kraft zu sprechen und ganz offensichtlich auch die deutschen Vokabeln. Ich hatte nie zuvor erlebt, dass Safet nach Worten suchen musste. *»… kožmar«*, brachte er schließlich heraus.

»Einen Albtraum?«

Safet nickte. *»Da.* Ich …«

»Du musst nichts sagen. Warte.« Ich stand auf und ging ins Bad hinüber. Die Zahnputzgläser machten keinen sehr Vertrauen erweckenden Eindruck, also spülte ich erst eins gründlich aus und füllte es dann mit Wasser. Als ich zurückkam, stand Safet nur mit seiner verschmutzten Jeans bekleidet am geöffneten Fenster, zwischen den immer noch zitternden Fingern glomm eine Zigarette.

Ich hielt ihm das Glas entgegen, das er eine ganze Weile anstarrte, bevor er es nahm und in einem Zug leerte. Dabei mied er meinen Blick, und obwohl ich natürlich gern gewusst hätte, was das für ein schrecklicher Traum gewesen war, hatte ich keinerlei Recht auf irgendwelche Fragen und schwieg.

Endlich überwand Safet sich doch, mich anzusehen. »Tut mir Leid, ich schätze, ich habe dich in deiner Lektüre gestört.« Er machte eine vage Geste in Richtung des Tisches. Sein Spott, mit dem er unter normalen Umständen in dieser Situation sicher nicht gespart hätte, blieb aus.

»Ich hatte noch nicht angefangen zu lesen.«

Safet nickte nur und drehte sich wieder zum Fenster. Wahrscheinlich sah er auch diesmal nicht das, was sich da direkt vor ihm abspielte. Abwesend drückte er die halb gerauchte Zigarette am Fensterbrett aus und ließ sie einfach auf die Straße fallen.

»Allmählich krieg ich Hunger, weiß gar nicht, wann ich das letzte Mal was gegessen habe. Da drüben ist ein Restaurant, kommst du mit?«

»Nein«, schüttelte ich den Kopf. »Ich kann jetzt nichts essen.«

»Du willst lieber lesen, hm?«

Ich warf einen sehnsuchtsvollen Blick hinüber zu Mirjanas Buch, aber mir wurde bewusst, dass ich auch das jetzt nicht konnte. Ich war todmüde, und Safets ganz persönliche Dämonen hatten wenig dazu beigetragen, mich munterer zu machen. Unverhohlen gähnte ich. »Ich glaube, ich möchte einfach schlafen.«

»Dann tu das.«

»Ich will dich aber nicht davon abhalten, rüber ins Restaurant zu gehen …«

Safets Lachen klang fast wie früher, durchsetzt mit einer Prise Sarkasmus. »Kann ich mir denken. Wenn ich's mir richtig überlege, halte ich meinen Hunger schon noch eine Weile aus.«

»Warum bist du bloß so misstrauisch? Wenn ich gewollt hätte, hätte ich eben ganz einfach gehen können.«

»Und weshalb hast du's nicht getan?«

»Weil …« Ich zögerte, weil ich keine Lust verspürte, ihm zu erzählen, wie dicht ich tatsächlich dran gewesen war und dass ausgerechnet er mich davon abgehalten hatte. Also hielt ich den Mund, mochte er doch denken, was er wollte. Und was er dachte, war leicht zu erraten, es wäre nicht nötig gewesen, es auszusprechen.

»Na, was? Weil du die Hoffnung hast, mich doch noch bekehren zu können? Vergebliche Liebesmüh, Nella. Wenn sich dir wieder eine Chance bietet, greif zu.«

Kein Zweifel, der alte Safet war zurück. Ich begriff nicht, wie ich je Mitleid mit ihm hatte haben können. Sollte er doch das nächste Mal sehen, wer ihn aus seinem Albtraum holte. Müde winkte ich ab. »Mir egal, ob du es für nötig hältst, mich zu überwachen, oder ob du lieber was essen willst. Ich geh jedenfalls schlafen.«

Ich beachtete ihn nicht weiter, sondern begann mich auszuziehen, um noch kurz zu duschen. Ich war so verdreckt und verschwitzt, dass ich einfach nicht ins Bett wollte, ohne mich vorher gründlich abgeseift zu haben. Erst im Bad bemerkte ich, dass ich nach wie vor Mirjanas Perlen trug. Ich stand vor dem Spiegel und berührte sie, ohne dass etwas geschah. Unter die Dusche sollte ich damit besser nicht gehen, also nahm ich sie ab. Doch da war keine Ablage über dem Waschbecken und auch sonst kein Platz, wo ich sie hinlegen konnte, deshalb blieb mir nichts anderes übrig, als sie zurück ins Zimmer zu bringen. Das leer war.

Der Schreck fuhr durch meinen Körper wie ein Stromschlag – bis ich auf dem Tisch unverändert das Buch liegen sah und auf dem Bett Safets Rucksack. Offenbar glaubte er, dass ich doch zu naiv war, die Chance zu nutzen. Vielleicht sollte ich ihm das Gegenteil beweisen, indem ich mich ganz schnell wieder anzog und mich auf- und davonmachte. Aber obwohl ich das vorhin noch fest vorgehabt hatte, spürte ich mittlerweile mehr denn je, dass ich über sechsunddreißig Stunden auf den Beinen war. Wenn ich es vernünftig und logisch bedachte, würde ich nicht weit kommen. Ganz abgesehen davon, dass ich allein in einem Land unterwegs sein würde, dessen Sprache ich nicht beherrschte, und außerdem gleich zwei Verfolger auf dem Leib hätte – Silke und Safet. Sollte ich das Risiko trotzdem eingehen?

»Es beruhigt mich zu sehen, dass du doch nicht so ganz

vollkommen bist«, kam Safets Stimme von der Tür. »Du überlegst bloß zu lange, dabei entgehen dir die besten Gelegenheiten.« Er ging an mir vorbei und ließ zwei Tüten mit einem Bäckerei-Aufdruck und zwei Cola-Dosen aufs Bett fallen. »Falls du auch was möchtest, bedien dich.«

Wortlos legte ich die Perlen neben das Buch und ging zurück ins Bad. Das warme Wasser prasselte auf meine Schultern, ich schloss die Augen und zwang mich, Safet für diesen Moment aus meinen Gedanken zu verbannen. Dafür landete ich bei Mirjana und fragte mich, was sie wohl zu solchem Luxus wie einer Dusche gesagt hätte. Wider Willen musste ich lächeln.

Notdürftig wusch ich schließlich mein Shirt, das danach zwar nicht hundertprozentig sauber war, aber immerhin weit weniger verschwitzt roch als zuvor.

Als ich das Zimmer wieder betrat, saß Safet noch immer auf dem Bett, die Reste eines Sandwichs auf einer der Tüten und eine der Cola-Dosen in der Hand. Ich hängte das Shirt über den Stuhl und hoffte, dass es einigermaßen trocknen würde, warm genug dafür war es ja. Damit, dass ich erst mal nichts anzuziehen hatte, musste ich mich abfinden. Safet jedenfalls schien es egal zu sein, er sah sich nicht nach mir um, sondern rückte schweigend zur Seite, um mir Platz zu machen. Ich legte mich hin, schloss die Augen und lauschte einen Augenblick den Geräuschen, hörte, wie er die Tüte zusammenknüllte und zusammen mit der leeren Dose in den Papierkorb warf. Wenn ich einschlief – was würde er tun? Dasselbe, was er mir geraten hatte, nämlich das Buch nehmen und damit verschwinden?

Stattdessen legte er sich neben mich. Vielleicht waren seine Gedanken meinen ganz ähnlich. Er war genauso wenig ausgeruht wie ich und zudem mitgenommen von seinem Albtraum. Wenn er mit dem Wagen von der Küstenstraße abkam und einen steilen Abhang runtersauste, war ihm selbst am wenigsten gedient.

Erst viele Stunden später regten sich in mir wieder die ersten Lebensgeister. Ich sah in ein schwarzes Nichts, kein Lichtschein drang durch die Fensterläden, es musste mitten in der Nacht sein. Safet lag still neben mir in ungestörtem Schlaf. Blind tastete ich nach meiner Uhr auf dem schmalen Regal über dem Bett und bemühte mich, die Zeit abzulesen, aber dazu war es definitiv zu dunkel. Leise erhob ich mich, mit unsicheren Schritten und ausgestreckten Händen tappte ich zum Tisch hinüber, griff nach meinem Shirt, das kaum noch feucht war, und zog es über. In der Mitte des Tisches lag eine kleine Decke, die ich über die Lampe drapierte, bevor ich sie anknipste. Nach einem Blick auf die Uhr, die Viertel vor drei zeigte, wandte ich mich entschlossen Mirjanas Buch zu und schlug es auf. Ich begann zu lesen und bemerkte erst nach zwei Seiten erstaunt, dass ich es lesen *konnte,* weil Mirjana den größten Teil ihrer Rezepturen auf Latein niedergeschrieben hatte.

Ich rieb meine Augen, die sich immer noch anfühlten, als hätte jemand die Wüste Gobi darin entleert, starrte auf die Schrift und die Zeichnungen und erinnerte mich an den Tag, an dem ich sie begleitet hatte, als sie das Buch aus dem Schrank holte. Ich sah den Raum, die Möbel, den Ausblick aus dem Fenster. Ich schloss die Lider, um die Einzelheiten besser erkennen zu können, um mich noch einmal in Mirjanas Welt hineinzuversetzen – und schlief dabei unmerklich ein.

11.

Als ich aufwachte, war irgendwas anders als sonst. Mir tat alles weh, als hätte ich mich verrenkt oder irgendeine verrückte Yoga-Übung ausprobiert. Nicht, dass ich mich jemals mit Yoga befasst hätte. Trotzdem ahnte ich, dass es besser wäre, wenn ich mich so wenig wie möglich bewegte. Also tat ich, was voraussichtlich keine Schmerzen verursachen würde: Ich öffnete die Augen.

Über mich gebeugt sah ich einen Mann, der mich aufmerksam musterte. Nicht Safet, das war das Erste, was mir durch den Kopf ging. Dieser Mann hatte blaue Augen von der Farbe des Meeres vor der Küste Dalmatiens. Jetzt schlich sich ein erleichtertes Lächeln in seine Züge.

»Dem Himmel sei Dank! Ich befürchtete schon, ich hätte Euch zu viel von dem Mittel eingeträufelt, obwohl ich mich genau nach den Angaben in Eurem Buch gerichtet habe.«

Ich schluckte mühsam und sammelte meine verwirrten Gedanken, in denen irgendwo verborgen liegen musste, wer dieser Mann war.

»Würdet Ihr freundlicherweise etwas sagen, damit ich weiß, ob es Euch gut geht?« Er verzog ironisch den Mund. »Oder zumindest so gut, wie es die Umstände zulassen? Ich glaube, ich erwähnte schon einmal, dass ich mich in der Heilkunde nicht besonders auskenne. Aber wenn Ihr mir sagt, womit ich Eure Brandwunden behandeln soll, werde ich wohl das Nötige tun können.«

»Brand … wunden?«, brachte ich heraus. Plötzlich erschien vor mir das Bild eines alten feuchten Gewölbes. Ich war an einen Pfahl gebunden, und die Dinge, die mit mir angestellt wurden, waren zu grauenhaft, um sie in Worte zu fassen. Der Mann, der sich noch immer über mich beugte, hatte mir zu trinken gegeben und …

»Vecellio!«, krächzte ich und versuchte, mich aufzusetzen.

Der Venezianer schüttelte den Kopf und drückte mich sanft wieder auf den Boden. Unter mir spürte ich weiches Gras und Moos, das meinen Leib kühlte. »Ihr solltet liegen blieben. Im Übrigen finde ich, es ist endlich an der Zeit, dass Ihr aufhört, mich so förmlich anzusprechen. Falls Ihr es vergessen haben solltet: Mein Vorname lautet Lodovico.«

Ich fand das im Augenblick reichlich unwichtig, weil mir gerade was sehr viel Wesentlicheres bewusst wurde. »Ich bin nicht tot?«

Vecellio – ich konnte ihn einfach nicht Lodovico nennen – lachte. »Offensichtlich nicht! Ihr hattet da eine sehr nützliche Rezeptur in Eurem Buch, die bewirkt, dass Atmung und Herzschlag so verlangsamt werden, dass jedermann annehmen musste, Eure Seele habe diese Welt verlassen. Leider stand dort nicht genau geschrieben, wie lange dieser Zustand anhält, deshalb war ich zuerst besorgt, dass Ihr zu schnell wieder zu Euch kommen würdet. Und dann war ich besorgt, als Ihr überhaupt nicht daran dachtet.«

»Aus meinem Buch … Wer …?«

»Nikola hat die Tropfen gemischt, ohne zu ahnen, was es war, nehme ich an. Er hat auch das Buch, falls Euch das beruhigt. Ich fand es zu riskant, es bei mir zu behalten, für den Fall, dass unsere Flucht nicht gelingen würde. Wo Euch doch so viel daran liegt, meine ich. Ich bin überzeugt, Nikola wird es in Sicherheit bringen, er hat es versprochen. So wie ich Euch in Sicherheit bringe vor dem fanatischen Mönch und Eurem nicht weniger fanatischen Gemahl – sofern Ihr mir diese Bezeichnung gestattet.«

Ich nickte schwach. Man konnte ohne Übertreibung sagen, dass er damit ins Schwarze traf. »Wenn dem was nicht passt, wird er absolut unausstehlich, und er schiebt gnadenlos alles aufs Abstellgleis, was er los sein will.«

Vecellio legte den Kopf schief und betrachtete mich nachdenklich. »Ihr habt mir noch nicht gesagt, wie Ihr Euch fühlt. Ihr redet ein wenig seltsam.«

Das stimmte, ich hatte einen Fehler gemacht und musste für den Venezianer reichlich komisch klingen. Es war merkwürdig, zugleich aber auch außergewöhnlich faszinierend, zum ersten Mal nicht nur in Mirjanas Kopf zu sein, sondern mit ihrem ganzen Körper an dieser Zeit teilzunehmen, zu agieren, zu reden – so zu tun, als wäre ich jemand anders, der gewisse Erwartungen zu erfüllen hatte. Es wurde Zeit, dass Mirjana wieder das Kommando übernahm. Ich spürte, dass der Teil von ihr, der dem Geschehen schon folgen konnte, amüsiert schien. Der andere war noch zu entsetzt von dem, was sie hatte erleiden müssen, und zu erschrocken über die Wendung der Dinge, um sich mit den neuen Gegebenheiten auseinander zu setzen.

»Verzeiht«, sprach ich also weiter für sie, obwohl ich mich sehr zusammenreißen musste, weil ich befürchtete, wieder was Falsches zu sagen. »Was ich sagen wollte, war, dass er alles hasst, was für ihn an Vollkommenheit verloren hat, und sich dann äußerst rücksichtslos verhält. Er lässt niemals mit sich reden. Ihr fragt, wie ich mich fühle? Ich bin mir nicht sicher … Könntet Ihr mir aufhelfen?«

Vecellio nickte und stützte meinen Körper, sodass ich mich aufsetzen konnte. Schon diese geringe Anstrengung ließ mich so erschöpft zurück, dass ich mich ohne zu überlegen an ihn lehnte. Es tat gut, mich in seiner Nähe zu wissen.

»Geht es?«, fragte er besorgt.

Ich nickte kraftlos und bemühte mich, zu Atem zu kommen.

»Wisst Ihr ...«, begann Vecellio, zögerte dann jedoch.

»Was?«

»Da ist etwas, das ich Euch schon lange fragen wollte.«

»Warum tut Ihr es dann nicht endlich?« Es schien ungewöhnlich für den Venezianer, mit irgendwas hinter dem Berg zu halten.

»Diese Rezeptur auf dem Papier, das ich euch zurückgab ...«

»Mit der Ihr mich in Teufels Küche gebracht habt«, fiel ich ihm ins Wort.

»Nun ... ja ... Lasst mich zu meiner Verteidigung sagen, dass ich nicht ahnte, dass wir dabei beobachtet wurden.«

»Was geschehen ist, ist geschehen«, seufzte ich. »Was wolltet Ihr denn nun fragen?«

»Ihr müsst zugeben, dass Bruder Heinrichs Entsetzen verständlich war. Selbst mir, der ich kaum etwas von Heilrezepturen verstehe, war klar, dass es sich um eine Ungeheuerlichkeit handelte – die Eurer nicht würdig ist. Beinahe hätte ich seinen Vorwürfen deswegen Glauben geschenkt ...«

»Gott sei Dank bloß beinahe«, murmelte ich. Ich hatte keine Erinnerung mehr daran, was eigentlich auf dem Papier gestanden hatte, und selbst wenn, hätte ich zu wenig Ahnung von diesen Dingen gehabt, um abzuschätzen, was daran so ungeheuerlich war. Eins allerdings konnte ich mit Sicherheit sagen. »Ihr wollt wissen, was ich mit dieser Rezeptur zu schaffen hatte? Nun, sie gehörte mir gar nicht. Ich hatte sie gerade aus dem Giftschrank der Franziskaner genommen, als Nikola und ich überrascht wurden und abhauen mussten. Später muss ich das Ding dann verloren haben.«

Vecellio sah mich zuerst sichtlich erleichtert, dann zunehmend irritiert an. »Ihr redet noch immer etwas seltsam ...«

»Dafür handelt Ihr nicht weniger seltsam«, stellte ich fest. »Ihr hättet mich einfach meinem Schicksal überlassen können, dennoch habt Ihr …« Plötzlich hatte ich Mühe, mich zu konzentrieren. Ich spürte, dass Mirjana ihre Kräfte sammelte und gleich bereit sein würde, wieder für sich selbst zu sprechen. Meine Zeit dagegen lief langsam ab. »… habt Ihr …«

»… mir mehr als einmal geholfen«, sagte Mirjana leise, und am Ende mein Leben gerettet, doch das behielt sie für sich, genauso wie das, was sonst in ihr vorging. Gelänge es ihr jemals, hinter die Maske dieses Mannes zu blicken und zu erfahren, was er im Schilde führte, was er dachte? Warum er dies tat und nicht jenes?

Weshalb eigentlich wollte sie es überhaupt wissen? Einerlei, sie würde es nur erfahren, wenn sie ihn danach fragte. Irgendwann später. Erst gab es noch etwas anderes, weit Wichtigeres.

Danke, Nella, dachte sie. *Für alles. Das hier war das Letzte, was du in der Vergangenheit für mich getan hast. Von nun an komme ich allein zurecht, du musst dich um andere Aufgaben kümmern.*

»Mirjana! Was ist mit Euch? Kommt zu Euch!«, rief Vecellio mitten in ihre Botschaft an Nella, die ihr längst nicht mehr fremd, sondern so vertraut war.

»Ich bin okay«, sagte sie unwillkürlich – und hätte fast aufgelacht, über sich selbst und dieses komische Wort. »Ich meine, es geht mir gut.«

Der Venezianer schien nicht gänzlich überzeugt, doch er bemerkte wohl, dass ihre Wangen allmählich Farbe bekamen, und wandte sich den praktischen Dingen zu. »Wie soll ich nun Eure Wunden behandeln?«

Mirjana sah in seine blauen Augen, durch die sie bereits

einmal in seine Seele geblickt hatte. Zwar war sie dort den Antworten auf ihre Fragen wenig näher gekommen, dafür aber hatte sie gesehen, dass Lodovico Vecellio kein durch und durch schlechter Mensch war, auch wenn er sehr viel auf dem Kerbholz hatte. Sie machte eine Bewegung und zuckte unter dem Schmerz zusammen, was sie mit ihren nächsten Worten zu überspielen suchte.

»Wisst Ihr, dass ich manchmal Visionen habe?«

»Ich verwette mein letztes Wams dafür. Aber Ihr solltet das in Zukunft lieber nicht laut sagen, es könnte sein, dass Euch zufällig ein missliebiger Geistlicher hört.«

»Ich verspreche, ich werde es für mich behalten. Lasst mich nur noch eines sagen: Diese Visionen können bisweilen ein Fluch sein, andererseits können sie sich als recht nützlich erweisen. Leider blieben sie bei zwei Gelegenheiten aus, bei denen sie sehr hilfreich für mich gewesen wären.«

»Und welche Gelegenheiten habt Ihr im Sinn?«

»Das erste Mal bei Ivan, bevor ich ihn zum Gemahl nahm. Und das zweite Mal bei Euch.«

Vecellio hob die Brauen und wartete.

»Ivan habe ich schließlich durchschaut, obgleich viel zu spät. Aus Euch jedoch werde ich nicht recht schlau, das muss ich zugeben«, sagte sie.

»Nun, dann müsst Ihr mir wohl vorerst auch so trauen!«, stellte Vecellio gleichermaßen belustigt wie arrogant fest, sodass Mirjana sich an jenen scheinbar in unendlicher Ferne liegenden Tag erinnert fühlte, an dem sie einander zum ersten Mal begegnet waren.

»Ich werde mir Mühe geben.« Sie machte eine Pause und lächelte dann, nicht einen Deut weniger spöttisch. »Lodovico.«

12.

Lodovico«, flüsterte ich vor mich hin. Um mich herum verschwanden das Bild des Venezianers, die Wärme der Sonnenstrahlen und der weite Himmel. Stattdessen wurde es wieder schummrig, nur die abgehängte Lampe spendete gerade genug Licht, um Mirjanas Schrift entziffern zu können. »Lodovico Vecellio – du bist in der Tat noch undurchschaubarer, als ich dachte. Hast du sie am Ende wirklich geliebt?«

Dieser Trip in die Vergangenheit war ein unglaubliches Geschenk für mich. Ich dachte kaum darüber nach, dass oder warum es geschehen war – das Schicksal hatte so entschieden, und ich war dankbar dafür. Zu wissen, dass Mirjana überlebt hatte, bedeutete mir mehr, als ich sagen konnte.

Dieses letzte Mal war ich stärker mit ihr verbunden gewesen als je zuvor, alles war mir noch so viel echter erschienen, obwohl ich eine solche Möglichkeit zuvor vehement abgestritten hätte. Aber Mirjana zu *sein*, übertraf meine früheren Erlebnisse bei weitem.

Es dauerte eine geraume Weile, bis ich mich wieder beruhigte – und wieder mal bei Vecellio landete. Inzwischen war ich vollends der Meinung, dass er genau wie Ivan Mirjana nie für eine Hexe gehalten hatte. Wie schwer plagte ihn daher sein Gewissen, weil er zu ihrem Leid beigetragen hatte? Natürlich war es Zufall gewesen, dass Bruder Heinrich auf sie aufmerksam geworden war, als er ihr die Rezeptur zurückgab. Aber die späteren üblen Verleumdungen mit dem Ziel, sich und seine Geschäfte zu retten, musste er sich durchaus auf seine Fahne schreiben. Schließlich konnte er nicht sicher sein, dass Martolosić sich einen Dreck um die

Hexengeschichte scheren würde und sich an dessen Verhalten absolut nichts geändert hätte, selbst wenn Vecellio ihm und dem Mönch gepredigt hätte, Mirjana sei eine Heilige.

Trotzdem wollte ich nicht akzeptieren, dass Schuld oder ein schlechtes Gewissen alles war, was ihn antrieb. Dazu war er einfach nicht der Typ, dazu war er zu sehr Geschäftsmann. Es musste noch was anderes sein, das ihn erst dazu veranlasst hatte, Mirjana zur Flucht zu verhelfen, und dann, als das fehlgeschlagen war, seinen Einfluss beim Prior geltend zu machen. Nur dass beides gründlich danebengegangen war.

Vielleicht hätte er sich an den einflussreichen Skočibuha wenden sollen, überlegte ich, bezweifelte aber gleichzeitig, dass das wirklich was genutzt hätte. Skočibuha und Martolosić kannten sich seit langem, während Vecellio ein Fremder war, der sich plötzlich in eine funktionierende Geschäftsbeziehung und Freundschaft einzumischen versuchte. Wie hätte Skočibuha auf solche haarsträubenden Vorwürfe gegen seinen Nachbarn reagiert? Kaum sehr freundlich.

Vecellio war allein und auf sich gestellt und seine Möglichkeiten damit begrenzt, wieder gutzumachen, was er angerichtet hatte. Dafür hatte er alles in seiner Macht Stehende getan.

»Hast du sie also geliebt?«, fragte ich wieder leise in den Raum hinein. »Wenn ja, hast du es wohl selbst erst gewusst, als es schon fast zu spät war. Oder hattest du schon bei deinen ersten Verleumdungen in der Villa vor, ihr später unbemerkt zu helfen?«

»Führst du Selbstgespräche?«

Offenbar war ich lauter gewesen als beabsichtigt, laut genug jedenfalls, um Safet aufzuwecken. Oder hatte er mich schon länger beobachtet?

»Wenn du ein Venezianer auf der Flucht wärst«, fing ich

an, ohne auf seine Frage einzugehen, »wohin würdest du gehen – mit einem Diener, gerade genug Geld zum Überleben, aber mit der Fähigkeit, andere glauben zu lassen, du wärst stinkreich, außerdem einer Menge nicht unbedingt astreiner Geschäftsideen im Kopf und einer Frau, die dringend Ruhe und Erholung braucht?«

»Vecellio?«

»Genau.«

Ich hörte, wie Safet sich aufsetzte. »Wieso mit einer Frau?«

»Weil er Mirjana das Leben gerettet hat.« In weit weniger Worten als in mir waren, erzählte ich, was sich nach Vecellios Flucht aus Ragusa ereignet hatte. »Also, was würdest du tun?«

Safet schwieg fast fünf Minuten, in denen er sich auch nicht rührte. Ich glaubte schon, er wäre wieder eingeschlafen, doch schließlich stand er auf und kam zu mir herüber. »Interessanter Mann, dieser Venezianer. Ich sollte mich geschmeichelt fühlen, dass du mich hin und wieder mit ihm vergleichst.«

»Das war nicht als Kompliment gemeint«, stellte ich richtig.

»Schon klar«, murmelte Safet. Er war neben mir in die Hocke gegangen, hatte die Arme auf den Tisch gelegt und schaute auf das Buch. »Ich hätte mich eine Weile von sämtlichen Geschäften zurückgezogen, vor allem, wenn ich Rücksicht auf die Frau zu nehmen hätte, die ich liebe. So lange wäre ich hier geblieben, in irgendeinem unscheinbaren Dorf, und hätte ganz sicher niemanden auch nur eine einzige Münze von meinen wenigen Dukaten sehen lassen. Dann …«, er zögerte, erhob sich wieder und lief im Zimmer auf und ab. Schließlich kam er zurück und hockte sich neben mich wie eben. »Zwei Möglichkeiten: Entweder ich gehe so weit weg wie möglich – oder ich tue genau das Gegenteil, weil das niemand erwartet.«

Ich nickte. »Das, was wir im Augenblick auch gerade tun, meinst du.«

»Falls Martolosić sich auf die Suche nach Vecellio gemacht hat, dann sicher nicht im eigenen Land. An Vecellios Stelle hätte ich drauf geachtet, mich auf keinen Fall da niederzulassen, wo sich die Venezianer rumtrieben, wie in Poreč oder Rovinj zum Beispiel. Ich könnte mir denken, dass er auf die wegen seiner Machenschaften in Venedig wenig Wert gelegt hat. Wer weiß, vielleicht hat er sich sogar Makarska ausgesucht, hier haben nämlich zu der Zeit die Türken geherrscht.«

»Ja, vielleicht«, stimmte ich zu. »Deine Argumente für Kroatien haben was, trotzdem glaube ich, dass er doch lieber ganz woanders neu anfangen wollte. Er war kein Mann, der Altlasten mit sich rumschleppt.«

Nachdenklich biss Safet sich auf die Lippen. »Weshalb spekulieren wir hier eigentlich? Wir werden nie wissen, ob irgendwas davon den Tatsachen entspricht.«

»Ich möchte mir einfach gern ausmalen, was aus Mirjana geworden ist, wie ihr Leben ausgesehen hat, nachdem sie endlich von Ivan fort war.«

»Portugal.«

»Portugal?«

»Mit Sicherheit haben sie sich einen für Mirjana ungefährlichen Ort ausgesucht. In Portugal hat es natürlich auch Hexenverfolgung gegeben, aber besonders seit dem frühen sechzehnten Jahrhundert hat ausgerechnet die Inquisition dafür gesorgt, dass es vergleichsweise wenige Verbrennungen gab. Für Vecellio bot Portugal noch dazu reichlich Gelegenheit für seine … kaufmännischen Ambitionen. Das Land war eins der ersten Europas, das Handel mit China trieb.«

»Gibt's irgendwas, was du nicht weißt?«

Safet lachte leise. »Genug. Ich muss dir kaum sagen, wie wichtig ein gewisses Maß an Geschichtskenntnissen in meiner Branche ist.«

China. Dazu fielen mir spontan die chinesische Heilkunst ein, eine Menge nützlicher Gewürze, Tee und Ähnliches. Ein Paradies für jemanden wie Mirjana.

Ich sah zu Safet, ein zufriedenes Lächeln im Gesicht. Er schien zu ahnen, was ich dachte: Egal, ob das nun nur Rätselraten war – es wäre ein hoffnungsvolles Ende für eine traurige Geschichte. Zu schön vielleicht, um wahr zu sein, aber wer sollte etwas gegen ein Happy End für Mirjana einzuwenden haben? Safet lächelte zurück, und eine Sekunde lang spürte ich das Verlangen, die Hand nach ihm auszustrecken und ihn zu berühren.

»Was hältst du davon, wenn wir Vecellios Taten folgen und uns auf den Weg machen?«, fragte er.

»Jetzt?« Ich sah auf die Uhr. »Es ist kurz vor halb vier morgens!«

»Und? Wir sind beide ausgeschlafen, also lass uns die frühe Tageszeit nutzen. Es fährt sich besser, wenn es nicht so heiß ist. Ich geh noch kurz unter die Dusche, dann können wir meinetwegen.«

Ich war mir nicht sicher, ob die Bewohner des Nachbarzimmers das Wasserrauschen begrüßen würden, aber ich verstand Safet, der nach seinem Albtraum zu erschöpft gewesen war, sich aber jetzt sicher den getrockneten Schweiß vom Körper spülen wollte.

Während er im Bad war, öffnete ich die Fensterläden und ließ die milde Nachtluft hinein. Ich atmete tief durch, alles schien ruhig und friedlich, nur ein kleiner schwarzer Schatten bewegte sich auf der Straße, irgendein Hund oder eine streunende Katze.

Nach ein paar Minuten kehrte ich zum Tisch zurück, klappte das Buch zu und wollte es in Safets Rucksack verstauen. Weit kam ich allerdings nicht, weil ich gegen die Bettkante lief und stolperte. Ich konnte mich gerade noch halten, ließ dabei aber das Buch fallen, das mit einem recht lauten Krachen auf dem Boden landete. Erschrocken starrte ich darauf, voller Angst, dass es beschädigt sein könnte. Tatsächlich lag etwas Helles daneben, das aussah wie ein Blatt, das sich aus der Bindung gelöst hatte.

»Oh nein!«, stöhnte ich und griff danach. Es fühlte sich fester an als eine gewöhnliche Seite, vielleicht waren es zwei, aber mir blieb keine Zeit, das näher in Augenschein zu nehmen. Im selben Moment wurde es hell im Raum, weil Safet die Tür zum Bad aufgerissen hatte.

»Was ist denn hier los?« Er war nackt bis auf ein Handtuch, das um seine Schultern lag.

»Ich bin gegen das Bett gerannt«, murmelte ich, darum bemüht, das Blatt vor ihm verborgen zu halten. Dann sah er die Bescherung.

»Kannst du nicht aufpassen?«, herrschte er mich an, hob das Buch vorsichtig auf und schaltete die Deckenbeleuchtung ein, um es gründlich von allen Seiten zu untersuchen. »Glück gehabt, scheint heil geblieben zu sein.« Noch immer verärgert wandte er mir den Rücken zu, was ich dazu nutzte, das Papier unter meinem Shirt verschwinden zu lassen. Kurzerhand zog Safet den Kissenbezug ab und wickelte den Ledereinband zum Schutz darin ein. »Du hast hoffentlich nichts dagegen, wenn ich das nehme.«

»Wie könnte ich?«

Safet musterte mich kurz, bevor er noch mal ins Bad ging. Die Tür ließ er offen, warf das Handtuch auf den Boden und fuhr sich durch die Haare. Während ich all das beobachtete, legte ich die Perlen wieder um und fingerte dann nach dem Papier unter meinem Shirt. Ich spürte, dass es sich tatsächlich um zwei Blätter handelte, die an einigen Stellen zusammenklebten. Sie schienen keine Risse in den Rändern aufzuweisen. Mirjana musste sie lose in das Buch gelegt haben, wahrscheinlich zwischen die letzte Seite und den Buchdeckel, sonst wären sie mir sicher zuvor schon aufgefallen. Mit einer schnellen Bewegung ließ ich sie in meinen eigenen Rucksack unter dem Tisch gleiten.

Safet kam mit seiner Jeans in der Hand zurück und zog sie an. Sein Shirt hielt er in der Hand und betrachtete es zweifelnd. »Wir brauchen neue Klamotten«, stellte er fest. »Sobald es Tag wird, müssen wir irgendwo einkaufen.«

»Was passiert eigentlich mit meinen Sachen in Dubrovnik? Ich sollte mal in der Pension anrufen, damit die Bescheid wissen und nicht gleich alles wegwerfen.«

»Du kannst Duško Bescheid geben, er holt deinen Koffer sicher gern ab und schickt ihn dir irgendwie nach Deutschland. Scheint ja einen ziemlichen Narren an dir gefressen zu haben.«

»Kannst du nicht verstehen, was?«, fragte ich.

»Als ich so jung war, hatte ich eher eine Schwäche für Mädchen in meinem Alter. Hast du alles? Dann können wir gehen.« Damit schwang er seinen Rucksack über seine rechte Schulter und marschierte aus dem Zimmer. Mir lag eine entsprechende Entgegnung auf der Zunge, auf die ich aber verzichtete, weil sie sowieso verschenkt gewesen wäre. Trotz allem war das mit Duško eine gute Idee. Ich würde Safet bei Gelegenheit nach der Telefonnummer fragen und anschließend auch gleich bei der Mietwagenfirma anrufen, damit die den Škoda in Cavtat einsammelte.

13.

Safets Cabrio stand in der nächsten Querstraße. Wortlos stiegen wir ein, und ebenso schweigend fuhren wir durch den frühen Morgen. Eine Weile blieb Safet noch auf der Küstenstraße, das Meer war im Dämmerlicht schon zu sehen. Dann jedoch bog er ins Landesinnere ein.

»Ist das die kürzeste Strecke oder fährst du extra einen Umweg?«

Safet schien über etwas nachgedacht zu haben, jedenfalls antwortete er nicht sofort, sondern brauchte ein paar Sekunden, um meine Frage zu registrieren. »Wir könnten natürlich an der Küste bleiben, die Strecke ist schöner, aber da sind auch weitaus mehr Leute unterwegs.« Damit versank er wieder in Schweigen, das ich nicht mehr unterbrach.

Meinte er mit den »Leuten« den Verkehr allgemein oder Silke im Besonderen? Falls sie uns noch immer suchte, war das Risiko, ihr auf der Küstenstraße zu begegnen, wohl am größten.

Ich verfiel in ähnliches Brüten wie Safet, dabei sah ich aus dem Fenster auf die vorbeihuschende Landschaft. Irgendwann fuhren wir an einem scheinbar endlosen See entlang, dahinter lag eine hohe und sehr karge Gebirgskette, während links von uns die Berge niedriger und meist bewaldet waren. Ab und zu passierten wir kleinere Ortschaften, aber nirgends war viel los, und ich bezweifelte, dass sich das im Laufe des Tages ändern würde.

Wirklich aufmerksam werden ließ mich erst der Anblick einer größeren Stadt und der darüber liegenden Festung, die gewaltig sein musste, wenn man sie schon von hier aus erkannte. Ich wollte gerade eine Bemerkung machen, als beides aus unserem Blickfeld verschwand und ich in meine

Grübelei zurückfiel. Bis die Stadt plötzlich wieder da war und wir mittendrin. Links zwischen den Häusern blitzte hin und wieder die Festung auf, und als Safet dem Straßenverlauf folgte und um eine Kurve bog, lag sie direkt vor uns.

»Sveti Spas.«

Bei seinen Worten fuhr ich zusammen, so sehr hatte ich mich an die Stille gewöhnt.

»Vor mehr als tausend Jahren wurden da einige von Kroatiens Königen gekrönt. In der jüngeren Vergangenheit hat die Stadt Knin allerdings keinen so guten Ruf.«

»Warum nicht?«

Safet zuckte mit den Schultern, als wolle er sagen: Guck in die Geschichtsbücher, ich hab keine Lust, darüber zu reden. Er blinzelte kurz herüber und entschloss sich dann doch zu einer Auskunft. »Mal von der Serbischen Republik Krajina gehört?«

»Das war hier?« Wir hatten die Festung jetzt hinter uns gelassen, und Knin selbst lag zwar in einem grandiosen Tal, war aber sicher kein Schmuckstück in der Landschaft. Trotzdem nahm ich meine Umgebung jetzt ganz anders wahr. Ich wusste viel zu wenig über den Krieg auf dem Balkan, andererseits gab es Dinge, die sich selbst mir eingeprägt hatten. Zuerst waren tausende von Krajina-Kroaten von den Serben vertrieben worden und dann, nach der Rückeroberung, tausende von Serben von den Kroaten. Vieles war zerstört worden, nicht nur Häuser und Dörfer. »Wer lebt heute in dieser Gegend?«

Wieder zuckte Safet mit den Schultern. »Kroatien will alle Rückkehrwilligen aufnehmen. Warten wir ab, was draus wird.«

Kein Zweifel, dieses Land hatte den Krieg noch längst nicht überwunden.

Ich schloss die Augen, obwohl ich keine körperliche Müdigkeit fühlte, es war vielmehr eine andere Art von Erschöpfung. Wahrscheinlich hatte ich während der letzten Tage mehr über Krieg und Zerstörung nachgedacht als in allen Jahren davor. Da konnte man in der Schule endlos über Kriege lesen und lernen, im Fernsehen gleich reihenweise Nachrichten oder Guido-Knopp-Dokumentationen sehen und von den eigenen Großeltern jede Menge vom Dritten Reich hören. Das alles schien so unglaublich weit entfernt, dass es überhaupt nichts mit einem selbst und der eigenen Gegenwart zu tun hatte. Das hier war so nah – gerade durch Safet.

Unwillig runzelte ich die Stirn. Gegenwart. Was hieß das schon? Gelegentlich tendierte die Gegenwart dazu, mit der Vergangenheit zu verschmelzen – ebenfalls durch Safet, wenn auch nur indirekt. In mir drehte sich alles, Bilder von Mirjana, ihrem Buch, Safet und mir selbst wirbelten durcheinander. Ich musste mich zwingen, mich auf eine Sache zu konzentrieren, und richtete mich kerzengerade auf, um nicht ganz wegzusacken.

»Ausgeschlafen?«

Verwirrt schaute ich zur Seite. »Ich hab nicht geschlafen!«

»Wenn du meinst …«

Bevor ich wegen des arroganten Tonfalls aufbrausen konnte, sah ich unter uns die Adria funkeln, was ich wohl oder übel als stichhaltigen Beweis für Safets Behauptung gelten lassen musste. Knin lag weder am Meer noch hatte die Sonne da auch nur ansatzweise so hoch gestanden. Eigentlich war es mir während der letzten Tage doch immer gelungen, den jeweils fehlenden Schlaf nachzuholen. Dass ich trotzdem permanent einschlief, bedeutete, dass mein Körper nicht klaglos alles wegsteckte, was ich ihm zumutete. Peinlicherweise meldete sich auch noch mein Magen laut und deutlich.

»Es ist noch ein Sandwich da. In meinem Rucksack.« Safet machte eine Kopfbewegung zum Rücksitz.

Ich hangelte danach, fand die Tüte und wickelte das Sandwich aus der Frischhaltefolie. Es roch säuerlich, trotzdem biss ich ab und kaute auf dem zäh und lappig gewordenen Weißbrot herum.

»Wir sind bald in Karlobag, wenn alles glatt geht. Da können wir uns eine Pause gönnen und einkaufen. Ich brauch dringend was zum Anziehen, und vor allem was Kaltes zu trinken. Wenn du willst, kannst du danach mal aufs Gaspedal drücken.«

»Mach ich. Aber warum sagst du, wenn alles glatt geht? Erwartest du Schwierigkeiten?«

»Es müsste mit dem Teufel zugehen, wenn Silke und Tom uns aufspüren, aber ein Restrisiko bleibt. Man muss auf alles gefasst sein.«

»Und das bist du immer?«

Safet zögerte eine Sekunde zu lange. »Natürlich.«

»Heißt das, du hast dich noch nie geirrt?«

»Jeder irrt sich gelegentlich.«

»Wie hoch war der Preis, den du dafür gezahlt hast?« Meine Intuition verriet mir, dass ich etwas auf der Spur war, das möglicherweise mit dem Albtraum zu tun hatte und mit dem Feuer speienden Drachen auf Safets Bild. Meine Intuition hätte mir zusätzlich verraten sollen, wie bescheuert es war nachzubohren. Safet jedenfalls machte mir das unmissverständlich klar, indem er mich einfach ignorierte, nur auf die Straße schaute und so tat, als müsse er auf den Verkehr achten.

Karlobag war ein nettes Städtchen mit einem hübschen Hafen und den Überresten eines alten Klosters. Wichtig war allerdings, dass wir einen Supermarkt fanden, in dem nicht nur gekühlte Getränke, sondern auch T-Shirts verkauft wurden. Einige davon schmückten Aufschriften wie »I love Croatia«, aber ein schlichtes dunkelblaues fand auch vor Safets Augen Gnade. Wir versorgten uns mit Wasserflaschen, Keksen und Obst, und obwohl es noch nicht nötig gewesen wäre, tankten wir auch gleich.

Ohne weiteren Kommentar ließ Safet mich ans Steuer, aß auf dem Beifahrersitz zwei Äpfel und eine halbe Packung Kekse und leerte eine ganze Flasche Wasser. Als er fertig war, schnitt er für mich einen Apfel auf und reichte mir die Spalten einzeln, damit ich beim Fahren besser essen konnte.

»Wie weit willst du heute noch?«, fragte ich. »Schaffen wir's bis nach Deutschland?«

»Sicher. Ohne Staus, Umleitungen oder so was könnten wir sogar in fünfzehn Stunden in Hannover sein.«

»Optimist! Glaubst du an Wunder?«

»Nach allem, was du erlebt hast, müsstest zumindest du dran glauben«, meinte Safet viel sagend. »Aber stimmt schon, selbst wenn wir uns ständig abwechseln, würde das hart. Lass uns irgendwo in Österreich einen Zwischenstopp einlegen.«

14.

Tatsächlich kamen wir erst mal bis Rijeka. Kurz vor der letzten großen Stadt vor der slowenischen Grenze bemerkte Safet nämlich, dass ihm seine Zigaretten ausgegangen waren. Er hatte seit seinem Albtraum keine mehr angerührt und schien auch nicht unbedingt welche zu brauchen, trotzdem machte es offenbar einen Unterschied für ihn zu wissen, dass welche da waren. Safet wollte einfach bei irgendeinem Laden halten, aber die Straßen waren völlig verstopft, sodass wir zwangsweise vorwärts geschoben wurden und dann einer Baustellenumleitung folgen mussten. Die führte uns zu allem Unglück in die entgegengesetzte Richtung, weil wir auf der falschen Spur standen.

So landeten wir auf der Riva, der Uferpromenade von Rijeka, die gesäumt wurde von großen Palästen, die meisten von ihnen im Jugendstil erbaut und weniger mediterran anmutend als das, was ich an der Küste bisher zu sehen bekommen hatte. Auf der anderen Seite erstreckten sich das Meer und ein großer Hafen, dem absolut nichts Romantisches anhaftete.

Zwischen einem Laster vor uns und zwei hinter uns eingeklemmt, trommelte Safet nervös mit den Fingern auf dem Türgriff herum. Ab und zu schaute er in den Außenspiegel, doch jedes Mal, wenn ich dasselbe tat, sah ich nichts außer den beiden LKWs.

»Was ist los?«, fragte ich, als er sich auch noch in seinem Sitz umdrehte.

»Weiß nicht«, murmelte er. »Nur so ein merkwürdiges Gefühl. Spürst du nichts von den Perlen?«

Ich wollte schon den Kopf schütteln, weil meine Haut im Gegensatz zum Vortag nicht brannte. Sicherheitshalber tastete ich aber doch nach der Kette um meinen Hals – und bemerkte tatsächlich ein leichtes Vibrieren. Vor Schreck verriss ich fast das Steuer, mein Fuß tippte eine Kleinigkeit zu viel aufs Gaspedal. Gott sei Dank war der Abstand zum Laster groß genug gewesen, sonst hätten wir ihm hintendrauf gesessen.

»Wie stark?«, fragte Safet.

»Kaum. Aber es ist da.«

»Dann sind sie hier, irgendwo in dieser Stadt. Machen wir, dass wir wegkommen.«

Das war leichter gesagt, als getan, weil in diesem Moment der ganze Verkehr auf der Straße zum Erliegen kam. Wir hörten eine Polizeisirene dröhnen, die Fahrzeuge bildeten eine Schneise, und bald darauf fuhren ein Einsatzwagen und dahinter eine Ambulanz an uns vorbei. Es war Mittag, die Sonne stand hoch am Himmel und schien erbarmungslos auf uns herunter, kein Windhauch milderte die Hitze, die Abgase der Laster sorgten für zusätzliche Wärme und für Gestank.

Safet drückte die Beifahrertür auf. »Da drüben ist ein Kiosk, ich geh schnell Zigaretten holen. Was anderes können wir jetzt sowieso nicht machen.«

»Hast du keine Angst, dass ich weg sein werde, wenn du zurückkommst?«

»Um dich hier vorwärts, rückwärts oder seitwärts zu bewegen, müsstest du schon eine Hexe sein und zaubern können, *draga.*« Zum ersten Mal seit sehr langer Zeit hatte er mich wieder so genannt, diesmal aber war der Tonfall ein anderer gewesen, was ich sehr wohl registrierte. Woran Safet im Eifer des Gefechts allerdings nicht dachte, war, dass mir trotzdem eine letzte Möglichkeit blieb abzuhauen: Ich konnte immer noch zu Fuß gehen. Wie sich rausstellte, hatte ich mich da zu früh gefreut. Er griff nach seinem Rucksack. »Man soll ja das Schicksal nicht rausfordern. Bis gleich.«

Ich sah Safet nach, der sich in die Schlange am Kiosk einreihte, stellte den Motor ab und wünschte, der LKW-Fahrer aus Österreich vor uns würde dasselbe tun. Immer mit einem Auge bei Safet zerrte ich nun meinerseits meinen eigenen Rucksack von der Rückbank und holte die beiden Seiten aus Mirjanas Buch hervor. Die Schlange war noch nicht wesentlich kürzer geworden, also blieb mir genug Zeit, endlich mal einen Blick auf das zu werfen, was Mirjana in das Buch gelegt hatte.

Die Blätter klebten am oberen Rand zusammen, ein bisschen großflächiger an der oberen rechten Ecke und relativ wenig am rechten Rand. Vorsichtig schob ich meine Finger dazwischen und bemühte mich, die Seiten zu trennen, ohne sie zu beschädigen. Dabei konnte ich Safet nicht ständig beobachten, sondern musste mich damit begnügen, ab und zu hinzusehen, um abzuschätzen, wie viel Zeit mir noch blieb.

Hier mitten im dicksten Stau in Rijeka das zu tun, wozu Mirjana mich aufgefordert hatte, während sie noch glaubte, sterben zu müssen, entsprach nicht ganz der Vorstellung, die ich mir von dieser Situation gemacht hatte. Lieber wäre mir eine ruhige Zimmerecke oder meinetwegen ein einsamer Felsen mit Blick aufs Meer gewesen. Aber es half nichts, manchmal musste man die Dinge nehmen, wie sie kamen.

Endlich hatte ich die Blätter getrennt. Mein Herz schlug etwas schneller, ich berührte noch einmal die Perlen, um Mirjana wenigstens auf diese Weise näher zu sein. Ich bemerkte, dass das Vibrieren stärker wurde. Lag das an der Gefahr oder an Mirjanas Nachricht? Dabei konnte ich ja gar nicht wissen, ob es sich bei diesen Seiten wirklich um das handelte, was ich unbedingt lesen sollte. Vielleicht hatte sie am Ende was ganz anderes gemeint, und dies hier war nur eine vergessene Einkaufsliste für Nikolas Apotheke.

Nach einem letzten Blick auf Safet, der als Übernächster an die Reihe kommen würde, wollte ich beginnen zu lesen. Als Erstes fiel mir ins Auge, dass Mirjanas Schrift anders wirkte, nicht so gestochen scharf, sondern flüchtiger, undeutlicher. Ein paarmal schien sie mit der Feder abgerutscht zu sein, an mehreren Stellen war außerdem Tinte ausgelaufen. Mit Sicherheit hatte sie nicht entspannt am Tisch gesessen und geschrieben, sondern war entweder in Eile oder so in Aufruhr gewesen, dass sie die Feder kaum ruhig hatte halten können. Was ich als Zweites bemerkte, war dem Lesen weitaus abträglicher als eine schlechte Schrift.

»Verdammt, Mirjana«, entfuhr es mir leise, obwohl ich sie schlecht für meine mangelnden Sprachkenntnisse verantwortlich machen konnte. »Warum hast du das nicht auch auf Latein geschrieben?«

Ein ungeduldiges Hupen des Lastwagenfahrers hinter mir sagte mir, dass es ein paar Autolängen weiterging, trotzdem faltete ich erst die Blätter wieder zusammen und legte sie zurück. Während ich den Motor startete und die wenigen Meter fuhr, dachte ich darüber nach, warum Mirjana von ihrer Gewohnheit abgewichen war. Was da vor mir gelegen hatte, war keine Rezeptur, sondern ein anderer Text gewesen, möglicherweise etwas sehr Persönliches, das sie entsprechend auch in ihrer eigenen Sprache notiert hatte.

Inzwischen stand ich fast neben dem Kiosk, an dem Safet gerade seine Zigaretten und eine Zeitung kaufte. Er nahm das Wechselgeld, drehte sich um und erstarrte, als er mich nicht mehr an der Stelle vorfand, an der er mich zurückgelassen hatte. Ich musste in mich hineinlachen und fühlte mich keineswegs bemüßigt, ihn zu rufen. Statt draufloszulaufen, suchten Safets Augen vom Kiosk aus systematisch die Riva ab, wobei er am entferntesten Punkt begann.

Plötzlich gaben mir die Perlen auf meiner Haut ein deutliches Signal. Zuerst wurden sie warm, und während ich mich erschrocken umschaute und den gelben Käfer ein Stück vor mir am Straßenrand geparkt sah, fingen sie an zu brennen. Die Riva entlang kamen Silke und Tom langsam auf Safet zu, der mit dem Rücken zu ihnen stand und mich in diesem Moment entdeckte.

Ich machte mich so klein wie möglich und betete, dass Silke mit allem anderen eher rechnete als damit, uns hier in die Arme zu laufen.

»Geh weiter!«, zischte ich Safet zu, als er nah genug herangekommen war. Wenn er in ein Auto einstieg, das im Stau steckte, würde das eventuell Silkes Aufmerksamkeit auf sich ziehen. Safets Reaktionsvermögen war enorm. Als hätte er mich weder gehört oder auch nur wahrgenommen, bewegte er sich im gleichen schlendernden Tempo vorwärts, überquerte vor dem Audi die Straße und lehnte sich ein paar Meter entfernt an einen auf dem Mittelstreifen parkenden Wagen. Mein Blick pendelte ständig hin und her zwischen ihm und Silke, die mit Tom debattierte und dabei lebhaft gestikulierte.

Safet hatte sich eine Zigarette angezündet und die Zeitung aufgeschlagen, ich dagegen sank tiefer in meinen Sitz und hoffte, dass der Stau sich endlich auflöste.

»Hier ist ja noch mehr los als vorhin«, hörte ich Silkes genervte Stimme vom Heck unseres Wagens.

Ich war dankbar für meine Sonnenbrille, die immerhin ein Viertel von meinem Gesicht verdeckte, trotzdem fragte ich mich, wie viel Dusel dazugehörte, dass Silke weder mich noch den Audi erkannte. Gleich musste sie vorbei sein, dann konnte ich aufatmen. Leider fing jedoch ausgerechnet jetzt Silkes Handy an zu klingeln. Sie blieb stehen.

»Ja?« Eine Pause entstand. »Das ist doch …« Wieder hörte sie eine Weile zu. »Ja. Ich weiß, dass Rijeka auf der Strecke nach Deutschland liegt, aber selbst wenn er hier vorbeigekommen sein sollte, haben wir längst keine Chance mehr, Vujović einzuholen. Weiß der Himmel, wo der Kerl inzwischen ist.« Erneute Pause. »Mach nicht mich dafür verantwortlich, ich bin …« Wieder Stille. »Reg dich wieder ab, okay? Ich krieg das schon hin, wenn ich wieder zu Hause bin. Bisher hab ich noch immer geschafft, was ich mir vorgenommen habe.« Pause. »In Kroatien? Ach, vergiss es!« Damit war das Gespräch zu Ende, Silkes Zorn aber noch nicht verraucht. »Ich hasse dieses Land!«

»Wem sagst du das? Meinetwegen hätten wir die Kroaten ganz platt machen können.«

Tom? War der Gorilla ein nationalistischer Serbe?

»Ihr?«, fragte Silke zurück. »Du dürftest vor zehn Jahren noch zur Schule gegangen sein, mein Lieber. In Deutschland, wenn mich nicht alles täuscht.«

»Und wenn schon … Du müsstest doch auch eine Stinkwut auf das Kroatenschwein haben.«

»Mir ist egal, welcher Nationalität der Mann ist«, antwortete Silke genervt. »Es geht hier nicht um deine politische Gesinnung, sondern um …«

»… diesen Schinken, ja, weiß ich. Aber als du mich angeheuert hast, fandest du meine Gesinnung ganz zweckmäßig. Du hattest nichts dagegen, dass mich abgesehen von der Aussicht auf meinen Lohn auch noch anspornte, ausgerechnet einem Kroaten einen Strich durch die Rechnung zu machen.«

Silke seufzte, als würde sie sich in Gedanken nachträglich über sich selbst ärgern. »Ja ja, schon gut. Spielt sowieso keine Rolle mehr.«

Sie machte einen Schritt vorwärts, und ich bemühte mich, noch unsichtbarer zu werden.

»Sag mal«, hielt Tom sie auf. »Ist das nicht …«

»Bitte, Tom, tu mir den Gefallen und halt einfach die Klappe.«

»Aber …«

»Halt den Mund und lass mich nachdenken!«

»Da drüben steht Vujović«, ließ sich Tom nicht davon abbringen loszuwerden, was er sagen wollte.

»Was?«

Verfluchter Mist, dachte ich nur. Wenn sie Safet kriegen, kriegen sie auch das Buch!

»Sieht jedenfalls von hinten so aus wie er. Ich würd den Scheißtyp überall wiedererkennen.«

»Quatsch«, sagte Silke. »Wieso sollte der hier mitten auf der Straße stehen und Zeitung lesen?«

»Vielleicht weil er genauso wenig vorwärts kommt wie wir«, schlug Tom vor und machte sich auf den Weg.

Bevor Silke dazu kam festzustellen, neben wessen Wagen sie stand, nutzte ich die Gunst der Stunde. Ich konnte mein Glück kaum fassen, aber in den beiden Spuren neben mir bewegte sich endlich was, rücksichtslos drängte ich mich dazwischen und hupte wie verrückt. Safet drehte sich um, sah Tom auf sich zukommen und sprang mit einem Satz über die geschlossene Beifahrertür auf den Sitz neben mir.

Nur hin und wieder war der Mittelstreifen begrünt, dazwischen parkten überall Autos. Es blieb kaum Zeit, mich nach einer passenden Lücke umzusehen, also nahm ich die erste, die ich fand. Das Wendemanöver war riskant und ich selbst am meisten erstaunt, dass wir es unfallfrei schafften, in Richtung Norden davonzubrausen.

Safet schob den Rucksack zwischen seine Beine. »Das war knapp!«

»Kann man wohl sagen.« Ich atmete schwer, als wäre ich gelaufen, dabei saß ich bloß hinterm Steuer.

»Und ziemlich genial. Hätte nicht gedacht, dass so was in dir steckt.«

»Da kenn ich noch jemanden. Was tun die beiden?«

Safet schaute in den Rückspiegel. »Die sind wahnsinnig!

Sie fahren auf dem Gehsteig in dieselbe Richtung wie wir! Gib Gas, da vorn rechts! Wenn wir uns nicht beeilen, sind sie an uns dran!«

An der Kreuzung staute sich der Verkehr erneut, wir mussten anhalten, was Silke und Tom Gelegenheit zum Aufholen gab. Schließlich lag die Kreuzung hinter uns, aber auch der gelbe Käfer hatte sich, jetzt ganz normal auf der Straße, in die Wagenlawine eingereiht, die langsam vorankam.

15.

Safet dirigierte mich durch Rijeka und schließlich aus der Stadt heraus, mit einem Auge immer im Außenspiegel, mit dem anderen auf den Straßen.

»Das war dann wohl eben das Restrisiko, auf das man gefasst sein sollte«, stellte ich fest.

Safet nickte düster. »Und was das Schlimmste ist: Ich glaube kaum, dass wir sie an der Grenze wieder abhängen können. Diesmal wird Silke ihren Ausweis dabeihaben.«

Er behielt Recht, auch in Slowenien blieben Silke und Tom hinter uns. Zwar fielen sie einige Male zurück, weil der Audi einfach schneller war, aber sie tauchten immer wieder auf, bevor wir die Chance hatten, sie an einer Abfahrt abzuhängen. Ich fing an, mich am Lenkrad zu verkrampfen, und wünschte, ich hätte Safet an der Grenze gebeten, mich abzulösen. Andererseits war er schon die ganze Strecke von Makarska bis Karlobag gefahren, immerhin knapp sechs Stunden.

Auch wenn sich das Verhältnis zwischen Safet und mir

verändert hatte, durchschaute er mich trotzdem genauso leicht wie zuvor.

»Halt an der nächsten Raststätte«, sagte er, als von dem gelben Käfer mal wieder nichts zu sehen war. »Ich übernehme.«

»Es geht schon noch eine Weile.«

»Nein, *draga,* tut's nicht. Ich schätze, deine Erfahrungen mit Verfolgungsjagden sind begrenzt, du bist angespannt und musst dich ausruhen.«

Sein *draga* hatte sich fast ein bisschen wie früher angehört. Vielleicht war ich in seiner Achtung gestiegen, weil ich vorhin instinktiv richtig gehandelt hatte. Oder vielleicht war er wirklich besorgt. Um mich oder um das Buch? Wenn ich nur wegen meiner Sturheit entgegen besseres Wissen weiterfuhr, barg das ein deutliches Risiko.

»Klingt, als hättest du im Gegensatz zu mir sehr wohl Erfahrung in Bezug auf Verfolgungsjagden.«

»Ja, sicher. Ich mach so was mindestens einmal in der Woche. Gehört zu meinem Geschäft wie die Umsatzsteuererklärung am Monatsende.«

»Komisch, dass mich das nicht überrascht.« Trotz seines Tonfalls machte sich das Gefühl in mir breit, dass in dem, was er sagte, mehr Wahrheit steckte, als es den Anschein erwecken sollte.

Irgendwann kam ein Hinweisschild auf einen Parkplatz. Nur kurz spielte ich mit dem Gedanken, das zu ignorieren, aber letztlich wollte ich das Buch genauso wie Safet vor meinem Vater retten, also fuhr ich ab, und wir tauschten wortlos die Plätze. Nach weniger als zwei Minuten waren wir wieder auf der Autobahn in Richtung Ljubljana.

»Was haben die eigentlich vor?«, fragte ich, mehr um das lange Schweigen zu brechen. Ich hätte auch den CD-Player einschalten können, aber ich war nicht in Stimmung für Gibonni. »Die können uns im fließenden Verkehr doch kaum von der Straße drängen.«

»Vielleicht bleiben sie einfach geduldig hinter uns, bis wir früher oder später zum Tanken rausmüssen.«

»Aber das bringt doch nichts. Uns in der Wildnis um Cavtat mit einer Pistole zu bedrohen ist eine Sache, an einer Tankstelle eine ganz andere. Die Polizei wär schneller da, als ihnen lieb sein kann.«

»Kommt drauf an, wie klug sie es anstellen, uns zu überrumpeln. Ich wüsste zu gern, wie die Reinhardt an einen Typen wie diesen Tom gekommen ist. Der ist nicht vom Fach, ihn interessiert weder das Buch noch sonst irgendeine Kunst, vielleicht abgesehen von der, mit Waffen zu spielen. Silke Reinhardt ist bekannt dafür, dass sie kriegt, was sie will, trotzdem ist sie bisher nicht derart skrupellos aufgetreten. Sie scheint sich nicht mal klar darüber zu sein, wie sehr sie sich selbst damit schadet. Dein Vater hat einen entschieden schlechten Einfluss auf sie.«

»Spar dir dein Mitleid. Sie weiß genau, mit wem sie durch die Gegend zieht. Tom hat vorhin keinen Hehl aus seinem Hass auf dich gemacht, und es war ihr völlig schnurz.«

»Hass auf mich?« Safet nahm kurz seinen Blick von der Straße und sah mit erhobenen Brauen zu mir. »Warum sollte der mich hassen? Soweit ich weiß, sind wir uns nie begegnet.«

»Ich glaub auch nicht, dass er dich persönlich meint. Aber mit dir hat er ein Ventil für seinen Hass auf alles Kroatische gefunden.« In kurzen Worten erzählte ich, was Tom in Rijeka von sich gegeben hatte.

Das ließ Safet verstummen, aber ich sah, dass die Knöchel seiner Finger weiß wurden, als er das Lenkrad fester umklammerte. Es dauerte geraume Zeit, bis er eine Hand davon löste und sich das Kinn rieb.

»Tut mir Leid«, sagte er.

Verblüfft hob ich den Kopf. »Was?«

»Tut mir Leid, dass ich dich da mit reingezogen habe. Es ist besser, wenn ich allein weitermache. In Ljubljana wirst du aussteigen und ohne mich nach Deutschland zurückkehren.«

Und ohne das Buch. Wahrscheinlich war das Unsinn, aber solange ich es in meiner Reichweite wusste, gab ich es auch noch nicht ganz auf. »Kommt nicht infrage!«

»Und wie das infrage kommt.«

Es hatte keinen Zweck, erneut zu protestieren, ich würde mich einfach weigern, den Wagen zu verlassen, wenn es so weit war. Ich schaute in den Rückspiegel, konnte aber nirgends etwas Verdächtiges entdecken, was hieß, dass Silke und Tom schon seit etwa zwanzig Kilometern unsichtbar geblieben waren.

»Ich weiß, was du denkst«, sagte Safet. »Aber ich trau dem Frieden nicht.«

Als hätten unsere Verfolger das gehört, fuhr weit hinter uns der gelbe Käfer um eine Kurve. Safets Mienenspiel war unschwer zu interpretieren, und es veränderte sich kaum, weil der Käfer bis zum Nachmittag immer in Sichtweite blieb, während wir uns Ljubljana näherten. Es war einfach zu viel Verkehr, um so zu beschleunigen, dass es wirklich was gebracht hätte.

»Das wäre Wahnsinn, Safet. Wir können nicht einfach anhalten, um mich aussteigen zu lassen, erst recht nicht in Ljubljana. Dann kannst du sie gleich einladen, bei uns mitzufahren! Wie weit kommen wir noch mit der Tankfüllung?«

Safet schaute kurz auf die Anzeige. »Bis Salzburg auf jeden Fall.«

Ich blätterte im ADAC-Atlas, der auf meinen Knien lag,

und versuchte, die Kilometer nachzurechnen und die Zeit, die wir brauchen würden. »Das wären schätzungsweise noch mal drei Stunden.« Safet hatte schon wieder ewig am Steuer gesessen, außerdem hätte ich eine Toilette ganz angenehm gefunden. »Schaffst du das noch ohne Pause?«

»Wir werden eine Pause machen, und zwar in Ljubljana. Wo ich dich absetze. Keine Widerrede.«

»Du hast was vergessen.«

»Und was?«

»Ist ja sehr lobenswert, dass du mich außer Gefahr bringen willst, aber Tom hasst nicht mich, ich bin keine Kroatin.«

»Du bist aber mit einem zusammen. So wie du Toms Gefühle geschildert hast, kommt das für ihn aufs Gleiche raus.«

»Wir sind nicht zusammen. Wir sitzen nur zufällig im selben Auto.«

»Entschuldige, natürlich, das hatte ich vergessen. Glaubst du, Tom ist dieser feine Unterschied bewusst?«, fragte Safet süffisant.

Das war ein Punkt, so ungern ich das zugab. Es blieb also nur noch ein weiteres Argument, und ich war mir ziemlich sicher, dass ich damit bei Safet nicht landen konnte. Ich versuchte es dennoch, als ich das erste Hinweisschild zur Ausfahrt nach Ljubljana sah. »Ohne mich hättest du das Buch nie gesehen. Du kannst mich jetzt nicht einfach ausschließen.«

»Das ist deine Meinung, meine unterscheidet sich davon erheblich. Du wirst in Ljubljana aussteigen.«

Allmählich wurde mir das wirklich zu bunt – und ich wurde lauter. »Wenn du das mit Gewalt durchziehen willst, werde ich so laut schreien, dass jeder in einem Radius von einem Kilometer denkt, du stellst weiß der Himmel was mit mir an, und dann möchte ich sehen, wie du's weiter ungehindert nach Deutschland schaffst, ohne außer Silke und Tom noch ein paar Leute an dir kleben zu haben!« Etwas braute sich in ihm zusammen, aber ich war noch nicht ganz fertig. »Du hast überhaupt kein Recht, über mich zu bestimmen!«

»Herrgott, Nella! Ich nehme mir das Recht, ist das klar?« Es war, als breche ein Damm, so heftig war Safets Reaktion. Ich hatte ihn noch nie so außer sich erlebt. »Und wenn du noch ein einziges Wort sagst, schmeiß ich dich auf der Stelle raus!«

»Das versuch mal! Wir werden ja sehen, was du davon hast!«

»Na schön«, sagte Safet, plötzlich geradezu unheimlich ruhig. »Die Idee, dich an der Autobahn rauszulassen, war dumm. Wir tun, was ich ursprünglich gesagt habe, und fahren nach Ljubljana rein. Ich glaube nicht, dass du genug von der Sprache hier beherrschst, um mir ernsthaft Probleme zu machen. Du wirst höchstens für eine hysterische Ziege gehalten.«

»Was ich von mir geben werde, ist international, glaub mir!«

Ungerührt setzte Safet den Blinker für die Ausfahrt und würdigte mich keines weiteren Blickes. Leider ignorierte er auch den Rückspiegel, sonst hätte er dasselbe gesehen wie ich. Während unseres Streits war Silke völlig in Vergessenheit geraten, die mächtig aufgeholt hatte. Uns trennten nur noch zwei Wagen.

»Nicht rausfahren!«

Das musste ganz anders rübergekommen sein als die Schreierei zuvor. In buchstäblich letzter Sekunde riss Safet den Audi zurück auf die Autobahn. Silke reagierte prompt, es war leichter für sie, weil sie noch nicht so weit vorn auf der Abbiegespur gewesen war wie wir. Safet zog nach ganz links, gab so viel Gas wie möglich und wagte mehrere reichlich riskante Überholmanöver. Dabei hüllte er sich in Schweigen. Kilometer für Kilometer legten wir zurück, ohne zu reden.

Die Perlen vibrierten leicht, aber beständig unter meinen Fingern, sobald ich sie berührte, obwohl Silke und Tom sich einstweilen aus unserem Blickfeld verabschiedet hatten. Immer noch schweigend passierten wir die Grenze zu Österreich, Safets Gesicht blieb verschlossen, er schien nicht mal bereit zu einem Waffenstillstand, den ich ein-, zweimal anbot. Wenigstens kamen wir ohne Staus ziemlich gut durch und erreichten abends das Autobahndreieck bei Salzburg. Die Sicht auf die Berge mit den schneebedeckten Gipfeln war so klar wie die Atmosphäre im Wagen schlecht, und ich erschrak, als ich was ganz Ungewohntes hörte, nämlich Safets Stimme, der keinerlei Regung anzumerken war.

»Der Käfer ist schon seit einer ganzen Weile verschwunden. Wir sollten das ausnutzen und tanken. Was sagen die Perlen?«

»Das Vibrieren ist noch da. Aber lass es uns trotzdem lieber erledigen, bevor Silke auftaucht.«

Bald darauf fuhr Safet an die nächste Tankstelle. Während er an der Zapfsäule beschäftigt war, suchte ich die Toilette. Dass Safet in der Zeit verschwand, musste ich in Kauf nehmen, gegen meine Blase kam zu diesem Zeitpunkt selbst Mirjanas Buch nicht mehr an.

Als ich zurückkam, setzte Safet sich gerade hinters Steuer. »Steig ein, ich fahr kurz da drüben auf den Parkplatz, ich muss nämlich auch mal dahin, wo du gerade herkommst. Außerdem knurrt mein Magen, die Kekse halten nicht gerade ewig vor. Soll ich dir was mitbringen?«

»Ja, danke. Falls die belegte Brötchen haben, eins mit Käse.«

Ich hätte mich lieber lautstark mit Safet gestritten, als diese Neutralität in seiner Stimme zu hören, die absolut nichts darüber verriet, wie es in ihm aussah. Er war nie ein Mann gewesen, der sich in die Karten gucken ließ, aber das hier übertraf alles. Seine Gestalt mit dem unvermeidlichen Rucksack, den er nie aus den Augen ließ, wurde jetzt kleiner und verschwand im Gebäudekomplex der Tankstelle. Ich stieg aus, um mir noch ein bisschen die Beine zu vertreten, und ließ meine Gedanken schweifen, bis sich plötzlich einer davon bei mir einnistete. Hatte er vor, mich so auszutricksen? Würde er sich sang- und klanglos vom Acker machen, während ich auf ihn wartete? Es gab eine Million Möglichkeiten, von hier wegzukommen, irgendein LKW-Fahrer würde ihn bestimmt mitnehmen.

Dann geschah alles auf einmal. Während ich noch darüber nachdachte, Safet zu folgen, auch wenn ich unter Umständen ausgesprochen dämlich ausgesehen hätte bei meinem Auftritt im Herren-Klo, begannen die Perlen regelrecht zu glühen. Das kam viel zu plötzlich und bedeutete wohl, dass ich einfach zu beschäftigt gewesen war, um die ersten Warnungen zu bemerken.

»Wie schön, dass wir uns unter diesen günstigen Umständen wiedertreffen.« Silke stand keinen Meter von mir entfernt neben dem Audi. »Das Buch, bitte.«

»Was?«, fragte ich, um Zeit zu schinden. Verzweifelt huschte mein Blick hinüber zur Tankstelle. Wenn Safet tatsächlich nur auf die Toilette und anschließend zum Shop gegangen war, musste er jeden Augenblick wieder rauskommen, schließlich brauchten Männer nie so lange wie Frauen.

»Wo ist Vujović?« Wie aus dem Nichts war Tom aufgetaucht. Er hielt seine Waffe nicht in der Hand, aber sie klemmte für mich deutlich sichtbar in seinem Hosenbund.

»Der ist doch jetzt egal«, sagte Silke ungeduldig. »Hauptsache, wir haben, was wir wollen.«

»Ich habe aber nicht, was ich will. Wo ist er?«

»Tom, lass das«, befahl sie. »Denk lieber dran, weswegen wir hier sind, und an das Geld, das am Ende für dich rausspringt. Vujović wird das Buch kaum mit auf die Toilette genommen haben oder wo immer er hin ist, das heißt, es ist im Wagen, und alles andere interessiert nicht.« Sie wandte sich wieder mir zu: »Ich bitte Sie nicht ein drittes Mal darum.«

»Aber ich muss ...«, fing Tom an.

»Du tust, was ich dir sage.«

Während Silke und Tom sich stritten, schaute ich möglichst unauffällig über Silkes Schulter und sah Safet aus dem Shop kommen, der die Situation von weitem mit einem Blick erfasste.

Kehr um!, rief ich ihm stumm zu. Bei Mirjana hatte das manchmal geklappt, ich konnte nur hoffen, dass Safet vernünftig genug war, das Naheliegendste zu tun und an sich selbst zu denken. Und wenn schon nicht daran, dann an das Buch.

Wozu auch immer er sich entschied, ich bekam es nicht mit. Silke schnappte sich Toms Waffe und hielt sie ungerührt von seinen Protesten so auf mich gerichtet, dass niemand sonst es sehen konnte. »Ich will das Buch, Frau Simon. Sofort.«

Ich drehte mich um, öffnete die Beifahrertür und bückte mich, als würde ich es aus dem Audi holen, da hörte ich Silke fluchen.

»Scheiße!«

Das passte gar nicht zu ihrer Erscheinung und der sonstigen gepflegten Redeweise und bedeutete fraglos, dass sie Safet entdeckt hatte.

»Los, einsteigen!« Sie schubste mich in den Wagen und drängte mich mit der Waffe auf den Fahrersitz. »Du auch, Tom!«

Tom war hin- und hergerissen, als er Safet auf sich zulaufen sah und so nah an seinem »Feind« war wie das letzte Mal in Cavtat.

»Tom!« Silkes Stimme erinnerte ihn daran, dass er keine Pistole hatte, ohne die er sich vermutlich weniger stark fühlte. Er sprang auf die Rückbank, und ich fuhr los, bevor Safet uns erreicht hatte.

Im Seitenspiegel sah ich ihn dastehen, den Rucksack geschultert, die Einkaufstüte ein paar Meter hinter ihm auf den Boden liegend. Dann war ich auf der Autobahn und verlor ihn aus den Augen.

16.

Tja, da war er wohl nicht schnell genug, um die Kostbarkeit zu retten«, spottete Silke. »Wo ist das Buch?«

Tatsächlich musste es für sie so ausgesehen haben, als sei Safet hinter Mirjanas Buch hergelaufen. Für jeden hätte es so ausgesehen. Safet war wirklich ein brillanter Schauspieler, indem er genau das getan hatte, was von ihm erwartet wurde. Wäre er einfach zurückgeblieben, hätte Silke das äußerst misstrauisch gemacht.

»Im Kofferraum«, antwortete ich. Es bereitete mir Mühe, mit meinen Gefühlen klarzukommen. Einerseits war ich erleichtert, dass Safet vor dem fanatischen Tom in Sicherheit war. Auch wenn wir unsere Differenzen gehabt hatten und ich Safet am liebsten selbst manchmal den Hals umgedreht hätte, wollte ich nicht ernsthaft, dass ihm was passierte. Außerdem würde er zumindest dafür sorgen, dass mein Vater leer ausging. Andererseits war ich Mirjanas Buch wohl endgültig los.

Bis auf die beiden Blätter in meinem Rucksack.

Mit kaltem Schreck durchfuhr mich der Gedanke, dass Silke den ebenfalls durchsuchen würde, wenn sie bemerkte, dass das Buch gar nicht im Kofferraum lag.

»Da kommt ein Parkplatz!«, rief Tom. »Wieso lässt du sie nicht drauffahren, und wir nehmen dieses dämliche Ding an uns und verschwinden?«

»Noch nicht. Wenn Vujović nur ein Viertel so viel draufhat, wie ich denke, dann wird er sich einen Wagen schnappen und uns hinterherjagen. Wir brauchen mehr Abstand. Also, Frau Simon – oder darf ich Nella sagen? –, ein bisschen schneller bitte.«

»Sie können mich mal!«

»Tststs, Ihr Vater hat sich aber nicht viel Mühe mit Ihrer Erziehung gegeben, was?«, lachte Silke.

»Mein Vater gibt sich nur dann mit etwas Mühe, wenn was dabei für ihn rausspringt. Sie werden das auch noch lernen.«

Silke lachte erneut, deutlich amüsiert. Ich fragte mich, was sie daran so lustig fand, aber das war letztlich ihre Sache.

Ab und zu schaute sie in den Rückspiegel, genau wie ich. Nur was wir beide zu sehen erwarteten, unterschied sich erheblich voneinander.

»Ich muss schon sagen, ich wundere mich. Warum braucht er so lange?«

»Der Kroate hat Schwierigkeiten, einen Wagen zu knacken«, mutmaßte Tom.

»Das wohl kaum. Nach allem, was man so hört, versteht Herr Vujović sich auf die ausgefallensten Dinge.«

Ich gab mir den Anschein, als würden mich diese Dinge nicht im Geringsten interessieren, obwohl das Gegenteil der Fall war. Gleichzeitig tat ich, was Silke mir befahl, und holte alles an Geschwindigkeit aus dem Audi raus, was die Verkehrsverhältnisse zuließen, die jetzt am Abend immer besser wurden. Hoffentlich würde das Erklärung genug für sie sein, dass Safet hinter uns zurückblieb, auch nachdem wir längst in Deutschland waren.

Die Strecke von München nach Hannover kannte ich einigermaßen gut, sodass ich damit wenigstens keine Schwierigkeiten hatte. Dagegen registrierte ich ein paarmal entsetzt, dass mir die Augen zufielen. Immerhin war ich seit vier Uhr früh unterwegs, noch dazu wurde es draußen langsam dunkel.

»Hey, passen Sie doch auf! Wollen Sie uns umbringen?«, brüllte Silke in mein Ohr. Offensichtlich hatte mich gerade mal wieder ein Sekundenschlaf übermannt. »So geht das nicht weiter, halten Sie an und lassen Sie Tom fahren!«

»Hier kann ich nicht halten«, widersprach ich.

»Oh doch, Sie können. Ist mir lieber, wir kassieren einen Strafzettel für verbotenes Halten auf dem Standstreifen als unser Leben.«

Weil das hier kein Parkplatz war und der Wechsel schnell gehen musste, verzichtete Silke darauf, das Buch aus dem Kofferraum zu holen, auch wenn es ihr sichtlich schwer fiel. Ich zog mich auf den Rücksitz zurück, wo Tom bisher nicht in meinem Rucksack gekramt hatte. Möglichst unauffällig öffnete ich ihn und tastete nach den beiden Blättern. Noch mit den Händen im Verborgenen, faltete ich die Seiten so klein es ging, wobei mir durchaus bewusst war, welchen Schaden das Papier dadurch nehmen konnte. Aber das war immer noch besser, als es mir von Silke wegschnappen zu lassen. Schließlich waren die Blätter auf eine Größe von weniger als zehn Zentimetern geschrumpft. In meiner Hand verborgen zog ich sie aus dem Rucksack und steckte sie kurzerhand in meinen Slip. Da jedenfalls würde Silke sicher nicht nach dem Buch suchen.

Ich hatte alles getan, was ich konnte, lehnte mich zurück und schlief irgendwann vor Erschöpfung ein.

»Wo ist das Buch?«

Die Frage donnerte mitten hinein in meinen Traum von einem roten Feuer speienden Drachen, der über Dubrovniks Altstadt dahinflog.

»Što?« Ich war noch so gefangen in meiner Traumwelt, dass ich allen Ernstes Kroatisch sprach.

»Das Buch! Wo ist es? Und wagen Sie nicht, mich wieder anzulügen!«

Inzwischen war es stockfinstere Nacht geworden, trotzdem hatte ich eine Art Déjà-vu. Wir standen auf dem beleuchteten Parkplatz einer Tankstelle, und Silke hatte mich aus dem Wagen gezerrt, während Tom scheinbar unbeteiligt danebenstand. In meinem augenblicklichen Zustand würde er auch ohne Waffe mit mir fertig werden. Ich versuchte mich wenigstens ansatzweise zu orientieren und entdeckte dabei ein Hinweisschild auf Fulda. Nicht gerade vor der Haustür, aber schon ziemlich dicht dran.

»Du sollst antworten!«, schaltete sich Tom ein.

Neben mir auf dem Asphalt lag der Inhalt meines Rucksacks verstreut, der Kofferraum stand offen, und das, was Safet darin verstaut hatte, war gründlich durchwühlt worden. Die beiden Seiten aus Mirjanas Buch piekten unter dem Slip in meine Haut.

»In Safets Rucksack.«

Silke fiel die Kinnlade runter, einen Moment lang sah es so aus, als wolle sie zuschlagen, doch so weit ließ sie es dann doch nicht kommen.

»Er hat es überallhin mitgenommen, Frau Reinhardt,

selbst auf die Toilette. Nicht Ihretwegen, nebenbei gesagt, sondern meinetwegen. Ich hatte was dagegen, das Buch an jemanden zu verschachern, der auch nicht besser ist als mein Vater.«

Ihre Augen verengten sich. »Das müssen Sie mir erklären. Will er es denn nicht mehr an Henning verkaufen?«

»Wohl kaum! Da mein Vater Sie auf ihn gehetzt hat, damit er's für lau bekommt, legt Safet keinen Wert auf weitere Geschäftsbeziehungen.«

Zu meiner Verwunderung warf Silke den Kopf zurück und lachte. »Ihr Vater in Ehren, aber ich habe die Zeit mit ihm ebenso genossen wie für mich genutzt. Ich lasse mich nämlich auch von so einem eindrucksvollen Mann nicht als Räuberbraut missbrauchen, ich arbeite lieber auf eigene Rechnung.«

Verblüfft sah ich Silke an, damit hatte ich nun wirklich nicht gerechnet. Einerseits gefiel mir das, und ich gönnte meinem Vater die Niederlage. Andererseits eröffnete dieses Geständnis auch ganz neue Perspektiven, von denen mir eine überhaupt nicht gefiel. Wenn Safet das nämlich rauskriegte, gab es für ihn keinen Grund mehr, auf den Deal mit meinem Vater zu verzichten.

»Mit wem haben Sie in Rijeka telefoniert?« Bisher hatte ich die Identität von Silkes Gesprächpartner nie in Zweifel gezogen.

»Das wüssten Sie gern, was? Leider muss ich Sie enttäuschen. Ich schätze die Verschwiegenheit meiner Kunden – und sie schätzen meine. Dumm nur, dass wir jetzt beide leer ausgehen.«

»Da stimmt was nicht«, ließ sich Tom vernehmen. »Wenn sie gegen Vujović ist, wieso hat sie ihm dann geholfen?«

»Hat sie nicht, Tom«, seufzte Silke. »Sie hat nur aus ihrer Sicht das kleinere von zwei Übeln gewählt. Und Sie wollten um jeden Preis vermeiden, dass Henning das Buch in die Finger kriegt. Stimmt's?«

»Stimmt. Sie haben also durch meinen Vater von dem Buch und von Safets Recherchen in seinem Auftrag erfahren und dann beschlossen, es einem anderen zahlungskräftigen Interessenten anzubieten?«

»So ähnlich. Ihr Vater ist erst vor ein paar Monaten auf diese Sache mit dem Buch gestoßen. Auf einer Konferenz lernte er einen Kollegen aus Dubrovnik kennen, der ihm spaßeshalber die Legende der Hexe von Ragusa erzählte. Der Mann hat keinen Moment an das Märchen geglaubt! Aber Henning hatte Blut geleckt und kaum noch von was anderem geredet. Und je mehr er davon redete, desto mehr ließ ich mich anstecken und dachte, es könnte vielleicht doch was dran sein. Ich empfahl ihm nach mehreren Fehlschlägen, sich an Vujović zu wenden.«

»*Sie* haben ihm das empfohlen?«

»Ja. War doch auch ein guter Tipp, oder? Ich selbst wollte jedenfalls erst in Erscheinung treten, wenn es sich für mich lohnte. Bloß sieht es so aus, als wäre mein schöner Plan gründlich danebengegangen, was eine ganz neue Erfahrung für mich ist.« Sie verzog ihre Mundwinkel, und ich war mir nicht ganz im Klaren darüber, ob sie maßlos wütend war oder ob sie diese »ganz neue Erfahrung« schlicht als genau das verbuchen und versuchen würde, das Beste draus zu machen. »Wissen Sie übrigens«, fuhr sie unvermittelt fort, »dass Sie Ihrem Vater erstaunlich ähnlich sind?«

»Ganz sicher nicht!«

»Doch, doch, ihr seid beide zäh und kämpft um das, was ihr wollt. Mit allen Mitteln.«

»Wohl kaum mit allen«, widersprach ich.

Silke schüttelte den Kopf. »Wie Sie meinen. Und jetzt

sollten wir endlich weiterfahren. Ich hab genug davon, hier rumzustehen.«

»Soll das heißen, das ganze Unternehmen war umsonst?«, fragte Tom entgeistert.

»Genau das. Keine Sorge, du wirst trotzdem bezahlt. Nicht so großzügig vielleicht, aber wir haben schließlich alle unsere Verluste.«

Tom drehte sich um und stieg in den Audi. »Dann nehme ich den hier als Anzahlung«, sagte er und ließ den Motor an. »Wenn ihr mitwollt, beeilt euch, sonst bin ich weg.«

»Können Sie das mit Ihrem Gewissen vereinbaren?«

Verständnislos starrte Tom mich an. »Wieso?«

»Der Wagen gehört einem Kroaten. Sie müssten ihn zuerst mal desinfizieren, bevor Sie ihn sich unter den Nagel reißen.«

»Miststück!«, zischte Tom und schlug die Tür zu.

»Du hast was vergessen«, rief Silke. »Oder willst du mit offenem Kofferraum auf die Autobahn?«

Tom drehte sich um, einen Augenblick verunsichert, was er tun sollte. »Mach das Ding zu!«, forderte er Silke auf.

Die zuckte nur mit den Schultern. »Ich denk nicht dran.«

»Du sollst den Kofferraum zumachen!«, schrie Tom sie an, und als sie sich nicht rührte, wurde er noch aggressiver. Silke blieb äußerlich ruhig, wofür ich sie fast bewunderte. Tom steigerte sich in seine Rage hinein, in die Wut auf Safet und auf Silke, sodass es ihm nicht mal mehr in den Sinn kam, einfach loszufahren. Er stieg aus und machte ein paar Schritte auf Silke zu.

»Glaubst du, ich lass mich immer noch von dir rumkommandieren?«

Die beiden waren so miteinander beschäftigt, dass sie mich gar nicht mehr beachteten. Ich bückte mich nach dem Schlüsselbund und meinem Portemonnaie, mein völlig demoliertes Handy ließ ich liegen. Dabei warf ich einen Blick in den Audi. Tom hatte den Zündschlüssel stecken lassen – und mich störte der geöffnete Kofferraum nicht im Geringsten.

17.

Ich sparte mir das Zählen der Hupsignale, mit denen ich von überholenden Fahrzeugen bedacht wurde, es waren jedenfalls viele. Erst bei Kassel fuhr ich ab und versuchte mein Glück bei einem Hotel nahe der Autobahn. Die Zimmer erinnerten an quadratische sterile Zellen, die garantiert alle gleich aussahen, aber ich brauchte keine Luxussuite, sondern Stille.

Ich schlief bis Mittag, kaufte mir im Hotelshop eine billige Handtasche, in der ich meine wenigen übrig gebliebenen Habseligkeiten einschließlich der beiden Seiten aus Mirjanas Buch verstaute, und gönnte mir anschließend in der Innenstadt die erste warme Mahlzeit seit Ewigkeiten.

Beim Italiener wartete ich lange auf meine Lasagne, und als sie schließlich kam, aß ich sie, ohne sie zu schmecken. Immer wieder schaute ich aus dem Fenster auf die vorbeifahrenden Autos. Wo Safet jetzt wohl war? Längst in Hannover? Ich konnte mir nicht vorstellen, dass er ernsthaft ein fremdes Auto geknackt hatte, warum sollte er? Er hätte sich bloß Silkes Käfer ausleihen müssen. Auf jeden Fall würde ich ihm seinen Audi zurückbringen müssen, wenn ich nach Hause kam. Oder ihn einfach in der Luisenstraße vor seinem Laden abstellen. Das war wohl das Beste, ich konnte nicht dafür garantieren, was ich sagen oder tun würde, wenn ich ihm gegenüberstand. Und auch nicht dafür, was ich fühlen würde.

Ich hasste es, Tom Recht geben zu müssen, aber in einem Punkt stimmte ich mit ihm überein: Es war alles umsonst gewesen. Nein, widersprach ich mir selbst, nicht alles. Ich hatte schon etwas bekommen, sogar sehr viel, nämlich eine ungewöhnliche Freundschaft zu einer Frau, von der mich viele Jahrhunderte trennten. Nur ihr Vertrauen in mich hatte ich gründlich enttäuscht. Ich berührte Mirjanas Perlen – aber sie schwiegen. Sie vibrierten nicht, sie brannten nicht. Sie verhielten sich wie ganz gewöhnliche Perlen.

Als ich aufsah, fiel mein Blick auf ein Bild vom Golf von Neapel mit dem Vesuv im Hintergrund. Das Glas spiegelte mein Gesicht wider, meins, wie es immer gewesen war, nicht Mirjanas. Ich schluckte. War das eigentlich alles wirklich passiert? Oder hatte ich die letzten Wochen in einem Albtraum verbracht, der vor noch längerer Zeit begonnen hatte – bei der Beerdigung meiner Mutter?

Wie um mich selbst zu überzeugen, kramte ich Mirjanas Notizen aus meiner Handtasche hervor. Sie waren da, und das mehrfache Falten hatte die Seiten zwar an einigen Stellen brüchig werden lassen, doch die Schrift war genauso lesbar wie zuvor.

»Wenn ich nur wüsste, was du mir hier hinterlassen hast«, flüsterte ich. »Wen soll ich fragen?«

Das war in der Tat ein Problem. Außer Safet kannte ich keinen Menschen, der mir mit dem Kroatischen helfen konnte. Ein Wörterbuch allein genügte diesmal nicht, schließlich ging es um mehr als um einen Song-Text von Gibonni. Es ging darum, selbst feinste Nuancen in Mirjanas Worten zu erfassen.

Wieder schaute ich aus dem Fenster. Gegenüber hatte ich Safets Audi geparkt – und in meinem Kopf formte sich eine

Idee. Es gab da schon jemanden, den ich fragen konnte, auch wenn der gerade in Dubrovnik war. Statt Duškos Telefonnummer rauszufinden und ihn zu bitten, mir meine Sachen nach Hannover zu schicken, sollte ich einfach zurückfahren und sie selbst holen.

Die Vorstellung allerdings, mich gleich wieder hinters Steuer zu klemmen und erneut tausendsechshundert Kilometer zu bewältigen, noch dazu allein, ließ keinen echten Enthusiasmus aufkommen. Ich wollte lieber erst Safets Wagen zu Hause abstellen, mich um ein Flugticket nach Dubrovnik kümmern und dort an Duškos Tür klopfen. Vorzugsweise im Museum, aber wenn es sein musste, auch bei Gorans Kavana.

Leider ging das Ganze nicht so schnell, wie ich es mir gewünscht hätte. Auf der A7 zwischen Kassel und Göttingen waren laut den Verkehrsnachrichten zwei Schwertransporter ineinander gerast, was zu einer weiteren Auffahrwelle geführt hatte. Die Autobahn war komplett gesperrt, und bis ich endlich eine Abfahrt erreichte, vergingen mehrere Stunden. Das Gedudel im Radio ging mir auf die Nerven, ich drückte den CD-Player an und hörte zwei CDs von Gibonni und eine von jemandem namens Oliver Dragojević. Seitdem ich mich entschlossen hatte, noch mal nach Dubrovnik zurückzukehren, konnte ich auch die Musik wieder ertragen.

Es war fast halb acht, als ich endlich in Hannover ankam, das mir merkwürdig fremd schien. Kurz entschlossen fuhr ich in der Luisenstraße vorbei. Was ich hinter mich gebracht hatte, hatte ich hinter mich gebracht. Natürlich fand ich dort keinen freien Platz, also stellte ich den Wagen ins Parkhaus, schloss ab und warf keinen Blick zurück. Dann allerdings stand ich draußen mit dem Schlüssel in der Hand und seufzte.

»Okay«, fing ich vertrautermaßen wieder an, mit mir selbst zu reden. »Versuchen wir's. Wahrscheinlich ist sowieso schon zu.«

Ich hatte mich getäuscht. Derselbe junge Mann wie damals stand im Laden und erkannte mich sofort wieder. »Tut mir Leid, Herr Vujović ist nicht hier«, leierte er seinen üblichen Spruch runter.

»Das dachte ich mir. Und ich kann nicht behaupten, dass es mir ebenso Leid tut.«

Auf dem Gesicht des Mannes zeichnete sich Verwunderung ab. »Aber was …«

»Was Sie für mich tun können? Bitte geben Sie ihm das hier.« Damit ließ ich die Autoschlüssel und die Parkhauskarte in seine ausgestreckte Hand fallen.

»Soll ich ihm was ausrichten?«

Ich war die Letzte, die Safet erzählen würde, wie spinnefeind sich Silke und mein Vater mittlerweile waren. »Nein. Danke.«

Am Kröpcke löste ich ein U-Bahn-Ticket, fuhr drei Stationen und ließ mich dann von der Rolltreppe nach oben zur Lister Meile bringen, wo die meisten Geschäfte schon geschlossen hatten. Ein Eiscafé war noch gut besucht, Spaziergänger schlenderten vorbei. Es war alles wie immer und doch ganz anders.

Erschöpft rieb ich mir die Augen, holte meinen Schlüssel aus der hässlichen Tasche und schloss die Haustür auf. Drinnen war es düster und kühl. Ich verzichtete darauf, das Licht einzuschalten, und ging langsam und in Gedanken versunken die Treppe hinauf bis zu meiner Wohnung. Das heißt fast, denn auf den obersten Stufen saß eine Gestalt an die Wand gelehnt und schien zu schlafen.

Ich konnte kaum glauben, was ich sah, dann wanderte mein Blick weiter zur Wohnungstür, vor der mein Koffer stand. Immer noch entgeistert, ging ich in die Hocke und berührte den Schlafenden an der Schulter.

»Duško. Was tust du denn hier?« Das war eine blöde Frage, schließlich war der Koffer Antwort genug.

Duško schreckte hoch, sah mich zuerst irritiert, dann lächelnd an. »Nella! *Koliko je sati?*«

»Was?«

»Wie spät ist es?«

»Kurz nach acht. Wie lange wartest du schon hier, um Himmels willen? Ach, unwichtig, komm erst mal rein!«

Duško stand auf und wollte mir mit dem Koffer helfen, aber ich hatte ihn schon gegriffen und die Tür aufgeschlossen.

»Safet rief gestern Abend an und sagte, ich soll dir deine Sachen schicken. Er klang so komisch, und ich habe ihn gefragt, ob es Probleme gibt, aber da hatte er schon aufgelegt. Was ist denn passiert?«

»Ist eine lange Geschichte.«

»Klar! Ich hab's nicht eilig!«

Zum ersten Mal seit einer Ewigkeit war mir wieder zum Lachen zumute. »Duško, du bist echt Gold wert! Aber du hättest doch nicht gleich selbst kommen müssen. Es wäre toll gewesen, wenn du mir einfach meinen Kram geschickt hättest, wie Safet gesagt hat.«

Duško verzog das Gesicht. »Ist es dir nicht recht, dass ich hier bin?«

»Unsinn! Wenn du nicht gekommen wärst, hätte ich spätestens übermorgen bei euch im Museum gestanden.«

»Hab ich dich so beeindruckt?«

Wenn ich nicht in Duškos Augen gesehen hätte bei seiner Frage, hätte ich geglaubt, er meinte das ernst. Dabei hatte er mehr Recht, als er wahrscheinlich wusste.

»Ich brauch deine Hilfe ...«, gab ich zu. »Aber das hat

Zeit. Magst du Pizza? Es müssten noch welche im Gefrierschrank sein.«

»Klar! Hast du auch was zu trinken? Ich sitze schon seit heute Nachmittag auf der Treppe, ich glaube, deine Nachbarin hätte mich bald rausgeworfen.«

Das konnte ich geradezu bildlich vor mir sehen. Ich stellte eine Colaflasche und zwei Gläser auf den Küchentisch. »Warum bist du denn nun eigentlich wirklich hier?«

»War ich dir schuldig«, erklärte Duško, nachdem er das ganze Glas in einem Zug geleert hatte. »Ich verstehe zwar nicht, wie das mit dir und Safet zusammenhängt, aber es ist ja wohl klar, dass ihr zwei nicht an einem Seil zieht.«

»Strang«, verbesserte ich ihn automatisch. »Ja. Trotzdem ...«

»Du wolltest was über Mirjana erfahren, und Safet auch. Du warst ihm einen Schritt voraus, und durch meine Schuld hat er dich eingeholt.«

»Das war nicht deine Schuld.«

»Doch. Ich habe die Kopien rumliegen lassen, sodass Eva sie gefunden hat. Deshalb wusste Safet, was du wusstest, *jel' da?*«

»Trotzdem war das nicht deine Schuld.«

Duško zuckte mit den Schultern, als wäre für ihn alles gesagt, und griff nach der Colaflasche.

»Ich freu mich ehrlich, dass du da bist, aber ich hab auch ein schlechtes Gewissen. Lass mich wenigstens deinen Flug bezahlen.«

Mit einer Plötzlichkeit, die mich zusammenfahren ließ, knallte Duško die Flasche auf den Tisch zurück. »Willst du mich beleidigen?« Wütend sprang er hoch und wandte sich zum Gehen.

»Warte!«, hielt ich ihn zurück. »Tut mir Leid, wirklich! Ich wollte doch nur ...«

Duško drehte sich wieder um und grinste. »Außerdem hat Eva das Ticket bezahlt.«

»Eva?«

»Klar! Ich hab online gebucht und mir ihre Kreditkarte … geborgt.«

Ich hätte eigentlich empört sein müssen, aber stattdessen fand ich, dass Eva das verdient hatte. Wir sahen uns an und prusteten los.

Während die Pizzen im Ofen knusprig wurden und ich endlich aus den Klamotten kam, die ich seit dem Tag trug, an dem ich nach Cavtat gefahren war, machte Duško es sich im Wohnzimmer bequem. Aus dem Bad hörte ich, dass er das Radio ziemlich laut aufdrehte, aber was da lief, schien nicht nach seinem Geschmack zu sein. Etwas später dröhnte eine mir unbekannte Musik durch die Wohnung. Wahrscheinlich hatte er seinen MP3-Player an meine Anlage angeschlossen.

»Das ist Nina Badrić«, erklärte Duško auf meine Frage hin.

Auch wenn ich für gewöhnlich lieber Männer singen hörte, mochte ich die Powerstimme, aber bevor ich das sagen konnte, deutete Duško mit einer Kopfbewegung zu meinem Telefon. »Ich hab's übrigens klingeln hören, während ich auf dich gewartet habe, und jetzt blinkt dein Anrufbeantworter. Vielleicht was Wichtiges?«

In der Küche meldete die Uhr mit einem Schrillen, dass die Pizza fertig war. »Mir fällt nichts ein, das nicht wenigstens bis morgen warten kann. Was magst du lieber: Thunfisch oder Salami?«

Duško nahm den Thunfisch und erzählte beim Essen, wie er meinen Koffer aus der Pension abgeholt, sich kurzerhand bei Goran und bei seinem Onkel vom Museumsdienst abgemeldet und sich zum Flughafen aufgemacht hatte. »Ich wollte schon immer sehen, wo Safet lebt. Außerdem dachte ich, du sagst mir, worum es eigentlich in dieser Sache mit Mirjana geht.«

»Warst du schon bei Safet?«, wich ich seiner Frage erst mal aus.

»Nein.« Das kam eher zögernd. »Später vielleicht.«

So ganz verstand ich nicht, wie er das meinte, weil es nicht zu dem passte, was er zuvor gesagt hatte. Auf jeden Fall aber verdiente er die Wahrheit. »Ich hab dich gewarnt, dass das eine längere Geschichte wird. Außerdem wird es dir wahrscheinlich schwer fallen, alles davon zu glauben.«

Duško schob seinen leeren Teller in die Mitte des Tisches und nahm die Fernbedienung, um Nina Badrić auszuschalten. »Fang an.«

Das sagte sich so leicht. Nach einem Augenblick stand ich auf, um die Perlen zu holen, die er bisher nie vollständig an mir gesehen hatte. »Ich nehme an, du weißt, was das ist.«

Duškos Augen weiteten sich. Er streckte die Hand danach aus, zog sie aber gleich wieder zurück, als traue er sich nicht, sie zu berühren.

»Mirjanas Perlen«, flüsterte er. »Woher hast du die?«

Das war dieselbe Frage, die Safet gestellt hatte, also erzählte ich ihm dieselbe Geschichte – und alles, was danach geschehen war.

18.

Behauptest du immer noch, du bist keine Hexe?« Duško rieb sich die Schläfen und blinzelte mich an. *»Ne bi bas bio tako siguran.«* Er bemerkte meinen fragenden Blick. »Ich wäre mir da nicht so sicher.«

»Ich weiß längst nicht mehr, was ich glauben soll«, zuckte ich mit den Schultern. »Wie definierst du denn Hexe? Wenn Mirjana nur deshalb eine war, weil sie Visionen hatte – gut, dann bin ich vielleicht eine. Obwohl sie ja eigentlich dafür verantwortlich ist, dass ich welche hatte.«

»Aber nicht jeder kann solche Dinge wahrnehmen.«

»Möglich.« Eine Weile blieb ich still, bevor ich mich vorsichtig erkundigte: »Heißt das, du glaubst mir?«

»Klar! Jedes Wort.« Er machte eine Pause, und als er wieder sprach, klang seine Stimme leise, fast in sich gekehrt. »Safet hat immer gesagt, das mit Mirjana ist eine besondere Geschichte. Immer. Schon, als ich noch ein Kind war und die Legende dauernd von ihm hören wollte.«

»So lange kennt ihr euch?«

»Mein Vater ist ein paar Jahre älter als Safet, aber die beiden haben dauernd zusammengesessen – bevor Safet nach Deutschland ging und später dann, wenn er mal zu Hause war.«

»Und jetzt ist er drauf und dran, Mirjanas Buch einfach so an den Meistbietenden zu verkaufen. Ich gebe zu, ich habe Schwierigkeiten, mich damit abzufinden, dass die ganze Geschichte nur passiert sein soll, damit Safet sich dumm und dämlich verdient«, sagte ich verbittert. »Bloß weil Kohle das Einzige ist, was für ihn zählt. Ich hoffe, dass er dir das nicht auch eingeimpft hat, als du noch ein Kind warst.«

Duško schaute an mir vorbei und schwieg.

»Hat er das versucht?«, hakte ich nach.

»Safet …« Erneutes Zögern. »Liebst du ihn?«

Ich hatte nicht verschwiegen, was zwischen Safet und mir gewesen war, aber auch keinen Zweifel daran gelassen, dass das der Vergangenheit angehörte. Trotzdem brachte mich diese Frage aus dem Gleichgewicht, vor allem, weil ich mich bisher standhaft geweigert hatte, sie mir selbst zu stellen.

»Nein«, sagte ich. War das die Wahrheit? Und wollte ich Duško belügen? »Ja«, korrigierte ich mich. Wirklich? »Ich weiß nicht.«

Duško sah aus, als wisse er genau, was in mir vorging. Er wartete.

»Ich meine, wie kann ich einen Mann lieben, der alles verrät, woran ich glaube? Der alles mit Füßen tritt, was mir wichtig ist, was wichtig war für Mirjana?«

»Weil er Safet ist?«, schlug Duško vor.

»Was soll das für eine Erklärung sein?«

Wieder mied er meinen Blick. »Das ist das, was ich in mir fühle.«

Das musste ich erst mal verdauen.

Als er endlich aufsah und ein wenig schief grinste, wirkte er viel älter.

»Weiß er das?«, fragte ich, obwohl ich mich gleich darauf am liebsten selbst geohrfeigt hätte.

Duškos Lächeln wurde breiter. »Dass ich schwul bin? Schätze schon. Dass ich mich ausgerechnet in ihn verliebt habe? Ich hoffe nicht.«

Also hatte mich Safets Bemerkung, Duško hätte Interesse an mir, nur provozieren sollen.

»Als du dich in Safet verliebt hast …«

Ich wollte ihn unterbrechen, aber er wischte das mit einer Handbewegung weg. »Als du dich verliebt hast, wann war das? Was hat er gesagt, was hat er getan?«

Ich überlegte, wann genau das eigentlich gewesen war. Im Biergarten wahrscheinlich. Ja. Safet hatte von Kroatien erzählt, so lebendig und echt, dass ich mittendrin zu sein schien. Ich hatte sogar vergessen, dass ich ihn für einen Macho hielt.

»Du hast dich in den Safet verliebt, der er mal war, bevor die Sache mit Jovo passierte«, stellte Duško fest. »In den Safet, der noch da ist, aber meist ganz tief in ihm verborgen liegt.«

»Jovo?« Plötzlich erinnerte ich mich, wie Safet sich auf dem Bett in Makarska hin und her geworfen, Unverständliches gerufen hatte – und dabei ein Wort ständig wiederholte: Jovo.

»Er wird mich umbringen, wenn er erfährt, dass ich das erzählt habe«, seufzte Duško. »Das ist auch eine lange Geschichte. Sie fängt mit dem Krieg an.«

»Ich dachte mir, dass es was damit zu tun hat«, sagte ich und berichtete von seinem Albtraum.

Duško nickte, sein Gesicht verfinsterte sich. »Er trägt das immer noch mit sich rum. Aber das mit Jovo ist nicht im Krieg passiert, nicht in unserem jedenfalls. Es fängt nur da an. Safets Vater Marko war Mitglied im Museumsrat von Dubrovnik, daher hat er seine Liebe für Kunst und Antiquitäten, und deshalb hat er auch Kunstgeschichte studiert.«

Diese Gemeinsamkeit hatte Safet nie erwähnt. Das sollte mich nicht wundern, er war immer sehr sparsam mit Informationen über sich selbst gewesen.

»Jedenfalls wurde schnell klar, dass durch den Krieg Kunstschätze zerstört werden würden, die nie mehr zu ersetzen gewesen wären«, fuhr Duško fort. »Marko Vujović hat sich deshalb mit einem ungewöhnlichen Vorschlag an die

Behörden, Kirchen und einige Museen gewandt. Er wollte, dass Safet, der damals schon in Deutschland war, wertvolle Gegenstände heimlich in Sicherheit bringt. Safet bekam dafür gefälschte Ausfuhrpapiere, auf denen stand, dass es sich um Reproduktionen oder um billigen Trödel handelte. Niemand durfte wissen, was er wirklich tat, damit es den Feinden des Landes nicht gelang, die Sachen vorher oder während des Transportes zu zerstören oder zu stehlen.«

Ich versuchte mir Safet als eine Art James Bond vorzustellen, der in geheimer Mission Kunstgegenstände schmuggelte, und das mitten im Krieg. Vermutlich war es ein solcher Auftrag gewesen, weswegen er an jenem Tag in Dubrovnik war, an dem die Stadt so schwer beschossen wurde.

»Safet ist ein sehr hohes Risiko eingegangen, sehr oft«, betonte Duško. »Nicht nur für Dubrovnik, sondern auch anderswo in Kroatien. Dafür wurde er gut bezahlt, und das hat er nicht abgelehnt. Er hatte viele Ausgaben und musste leben, aber das Geld war ihm nie wichtig.«

»Was weißt du von meinen Wertvorstellungen?«, sagte ich leise.

»Wie bitte?«

»Das hat Safet mich gefragt, als wir in Cavtat nach Mirjanas Buch suchten. Er hatte Recht, ich hab geglaubt, ich wüsste alles, dabei wusste ich überhaupt nichts.«

»Sicher wäre es Safet lieber, wenn das so geblieben wäre.«

»Er wird nie erfahren, dass ich es weiß.«

»Versprochen?«

»Natürlich. Ganz davon abgesehen, dass ich gut schweigen kann, werde ich wohl kaum mehr Gelegenheit haben, mit ihm darüber zu reden.«

»Wer weiß?« Duško lächelte viel sagend. »Nach dem Krieg hat er dann mit dem Antiquitätenhandel angefangen, und bald hatte er den Ruf, besonders wertvolle und gesuchte Dinge beschaffen zu können – manchmal nicht ganz …« Seine vage Handbewegung sagte mir, was er nicht aussprach.

»Nicht ganz legal?«

»Sagen wir nicht ganz ohne Risiko. Er hatte Erfahrung aus dem Krieg und wusste, wie man Dinge regeln kann, aber es gab Grenzen, die er nie überschritten hätte – auch nicht für einen sehr guten Preis.«

»Das hat sich ja wohl inzwischen geändert.«

»Mirjanas Buch zu verkaufen ist nicht illegal«, wandte Duško ein. »Oder?«

»Ich weiß nicht, was Kroatiens Gesetze darüber sagen, wer Eigentümer von solch kostbaren Fundstücken ist – in unserem Fall das Land, die Franziskaner in Cavtat oder vielleicht sogar Nikolas Nachfahren. Wem auch immer das Buch rechtmäßig gehört, wir haben ihn beklaut, und Diebesgut zu verkaufen ist nun mal kriminell. Aber lassen wir mal die Rechtslage außer Acht: Was Safet tut, ist schon aus moralischen Gründen falsch.«

Duško seufzte. »Ihr habt beide euren eigenen Kopf.«

»Lässt sich nicht leugnen. Was hat das nun alles mit diesem Jovo zu tun?«

»Safets Mutter kommt aus Mazedonien. Als der Krieg zu Ende war und sie niemanden mehr in Dubrovnik hatte, weil Marko tot und Safet in Deutschland war, ist sie zu ihrer Familie nach Tetovo zurückgegangen. Im August 2001 hat Safet sie da besucht und irgendwie Gerüchte gehört, dass die UÇK plant, in Lešok ein Kloster aus dem Mittelalter in die Luft zu sprengen. Lešok ist nicht weit von Tetovo, Safet kannte das Kloster und wusste, was eine Zerstörung bedeuten würde.«

»Und er dachte, er könnte tun, was er während des Kroatien-Krieges getan hat«, nickte ich verstehend. »Was ist dabei schief gegangen?«

»Sein Angebot hat niemanden interessiert, weil man angeblich die albanischen Gewaltseparatisten unter Kontrolle hatte. Safet war anderer Meinung. Also ist er losgefahren, um zu retten, was er retten konnte. Er dachte, er wäre allein, aber Jovo hatte sich hinten auf dem Laster verkrochen, weil er Safet unbedingt helfen wollte. Ich habe Jovo nie kennen gelernt, ich habe nur gehört, dass er Safets jüngster Cousin war, damals ungefähr so alt wie ich jetzt, und er hat Safet vergöttert. So wie ich …« Duško lächelte flüchtig. »Oder nicht so wie ich, aber genug, um das tun zu wollen, was Safet tat. Als Safet merkte, dass sein Cousin ihn reingelegt hatte, wollte er ihn zurückschicken, aber Jovo hat mit einem lauten Aufstand gedroht. Das hätte alles in Gefahr gebracht, deshalb hat Safet ihn am Ende mitgenommen.«

Ich begann zu ahnen, was geschehen war, und ich wünschte, ich hätte die Pizza nicht gegessen, weil sich mir der Magen umdrehte.

»Es gibt Bilder von der zerstörten Klosterkirche, da steht fast keine Mauer mehr«, bestätigte Duško meine Befürchtungen. »Safet und Jovo waren noch draußen, als sie gesprengt wurde, und Safet hatte sehr viel Glück. Er wurde von ein paar Steinen getroffen, aber ihm passierte nichts Schlimmes, nur ein …« Duško stockte und suchte nach dem passenden Wort. Etwas hilflos wedelte er mit den Händen in der Luft, aber da ich nicht wusste, was er meinte, war ich überfragt. »… ein … wie kann man das sagen? Ein … Erdbeben im Kopf.«

Eine Sekunde lang runzelte ich die Stirn, dann begriff ich. »Eine Gehirnerschütterung.«

»Ja. Gehirnerschütterung.« Duško schloss kurz die Augen. »Jovo hatte weniger Glück. Er wurde unter den Trümmern begraben. Safet konnte nichts mehr tun, außer seinen Körper zu bergen und zu fliehen, bevor noch was in die Luft ging. Außerdem durfte er ja eigentlich gar nicht da sein.«

Ich saß auf meinem Sofa in meinem ruhigen Wohnzimmer in meiner ruhigen Altbauwohnung in einer ruhigen Straße, in der sich nie mehr ereignete als ein Streit um einen Parkplatz, und war unfähig, irgendwas dazu zu sagen. Ich biss mir in die Innenseiten meiner Wangen, damit ich nicht anfing zu heulen, obwohl mir sehr danach zumute war. Endlich verstand ich Safets seltsame Bemerkungen und Reaktionen. Die Tulpen, die sich, den Menschen ähnlich, immer wieder aufrichten – ohne dass jemand anschließend ahnte, dass sie mal am Boden waren, weil allem Anschein nach alles war wie immer. Sein Ausraster, als ich drohte, in Ljubljana eine Szene zu machen, falls er mich zwang, aus dem Auto zu steigen. Und der Feuer speiende Drache? Hatte er sich selbst und seine Wut dargestellt? Seine verzweifelte Ohnmacht, gegen Krieg und Tod zu gewinnen? Sich die Schuld daran geben zu müssen, dass ein anderer Mensch sein Leben verliert, war wohl das mit Abstand Grauenvollste, was einem widerfahren konnte. Auch wenn es nicht wirklich die eigene Schuld war.

»Nella?«

Mir war gerade noch was eingefallen, wahrscheinlich war ich kreidebleich geworden. »Ich hab Safet vorgeworfen, über Leichen zu gehen ...«, flüsterte ich.

»Oh.« Das war alles, was Duško sagte, mehr wäre auch zu viel gewesen.

Erst nach einer ganzen Weile schob ich meine Haare in den Nacken, die ich mir vors Gesicht hatte fallen lassen. »Was ist damals weiter geschehen?«

»Safet hat Jovo zurück nach Tetovo gebracht und ist bis zur Beerdigung geblieben. Danach kam er zu uns oder besser zu meinem Vater und hat eine Woche lang jede Flasche

Alkohol in sich reingeschüttet, die er finden konnte. Ich dachte damals, er stirbt, und das war wohl auch seine Absicht, aber mein Vater hat ihn einfach nicht gelassen. Er hat sich drei Tage mit ihm eingesperrt und zugehört, als Safet wieder so klar war, dass er reden konnte. Safet sagte, er scheißt auf Kunstwerke und auf edle Motive, sie zu schützen, wenn er und Jovo die Einzigen waren, die daran glaubten. Wenn man ihnen erlaubt hätte, das Nötige zu tun, wären sie viel früher da gewesen, und Jovo wäre nicht gestorben.«

»Und deshalb glaubt Safet jetzt nur noch an greifbarere Motive«, warf ich ein. »Aus seiner Sicht sogar verständlich.«

»Mein Vater hat ihm gesagt, er soll aufhören, sich wie ein Idiot aufzuführen, weil das Jovo nicht wieder lebendig macht. Das stimmte zwar, bloß musste Safet seinen eigenen Weg suchen, damit fertig zu werden. Eine Zeit lang dachten wir, er würde nur noch malen, aber dazu fehlte ihm die innere Ruhe. Irgendwann kam dann ein Kunstsammler, der ihn von früher kannte und der eine alte Ikone suchte, und Safet setzte seinen ganzen Ehrgeiz daran. Von der Zeit an hat er jeden Auftrag angenommen, den er kriegen konnte, er hat vergessen zu leben, dafür war er erfolgreicher als je zuvor. Er ist … besessen. Und ich habe keine Ahnung, ob er bestimmte Grenzen immer noch nicht überschreitet.«

Es blieb lange still zwischen uns, beide hingen wir unseren Gedanken nach. Ich hätte mich gern bei Safet für ein paar Sachen entschuldigt, die ich gesagt hatte, aber erstens konnte ich das nicht, ohne Duško zu verraten, und zweitens gab es keinen offensichtlichen Grund für mich, Safet überhaupt wiederzusehen.

Seufzend stand Duško auf und streckte sich. »Du hast vorhin gesagt, du brauchst meine Hilfe. Wozu eigentlich?«

»Es hat was mit Mirjana zu tun, aber ich glaube, ich kann

das heute Abend nicht auch noch verarbeiten.« Wenn das, was auf den zwei Seiten stand, wirklich wichtig sein sollte, brauchte ich dazu mehr als den winzigen Rest an Konzentration und Kraft, zu dem ich noch fähig war.

»Klar!«, grinste Duško und war wieder der Junge, den ich in Dubrovnik kennen gelernt hatte. Ich fragte mich, ob Safet auch den Mann kannte, der in ihm steckte. »Übrigens, kann ich hier übernachten? Dein Sofa sieht ganz bequem aus.«

»Klar!«

19.

Du warst ja lange nicht hier!«, begrüßte mich Susanna, als ich am nächsten Morgen mit Duško zum Frühstücken in die Espresso-Bar kam. »Ich wollte schon eine Vermisstenanzeige aufgeben.«

»Was hat dich abgehalten?«

»Muss wohl gedacht haben, dass dein Kroate gut genug auf dich aufpasst ...«

Duško neben mir verbiss sich ein Lachen, ich guckte etwas säuerlich, und Susanna legte ihre Stirn in Falten. »Hab ich was Falsches gesagt?«

»Erwähn den Mann einfach nicht mehr, okay?«

»Der Kunde ist König! Was wollt ihr?«

Ich nahm mit Duško am selben Tisch Platz, an dem Safet und ich bei unserer ersten Begegnung gesessen hatten, und bald darauf winkte mir Susanna zu, weil die Cappuccini fertig waren. »Der sieht ja auch ganz schnuckelig aus, bloß ein bisschen jung für dich, oder?«

»Du hörst auch immer das Gras wachsen, was? Stellst du eigentlich über jeden, der hier reinschneit, solche Überlegungen an?«

»Das ist das Reizvolle an dem Job!« Susanna legte auch noch die Croissants auf die Teller. »Guten Appetit.«

Nachdem wir gegessen hatten, holte ich Mirjanas Blätter aus meiner Tasche und hielt sie Duško hin. »Die wollte ich dir gestern zeigen – sie sind in Makarska aus dem Buch gefallen. Ich kann's nicht lesen, weil Mirjana das auf Kroatisch geschrieben hat.«

Duško wischte sich die Hände gründlich an seiner Jeans ab, bevor er nach den Seiten griff und sie vorsichtig auseinander faltete. »Das hat Mirjana geschrieben?«

Ich nickte. »Davon geh ich aus, es ist dieselbe Schrift wie in ihrem Buch.«

Erneut schaute Duško auf die erste Seite, dann legte er das untere Blatt nach oben. »Das fing eben mitten im Satz an, schätze, das hier ist der Anfang.«

»Und was steht da?«

Duško räusperte sich. »Dann wollen wir mal ...« Seine Lippen bewegten sich lautlos, als er den ersten Satz las. Sofort schossen seine Brauen in die Höhe. »Meine Güte!«

»Was?«, fragte ich ungeduldig.

»Also, wenn das so weitergeht, dann hat Safet vielleicht das kostbare Buch mit den Rezepturen – aber du hast Mirjanas Geheimnis.«

»Duško! Ich wäre dir wirklich extrem dankbar, wenn du endlich sagen würdest, was da steht!«

Duško grinste von einem Ohr zum anderen. »Klar! Letzte Nacht sah ich meinen Tod.«

»Bitte?«

»Das steht hier.« Er schob seine Cappuccinotasse zur Seite und vertiefte sich wieder in Mirjanas Botschaft. Satz für Satz übersetzte er, manchmal flüssig, manchmal stockend, während ich wie festgewachsen auf dem Barhocker saß und die Umgebung und die Zeit um mich herum vergaß.

Ich tauchte wieder ein in die Vergangenheit, sah Mirjana vor mir und Ivan und verstand endlich, was zwischen ihnen gestanden, was er ihr angetan hatte, lange bevor es zu den Ereignissen kam, deren Zeugin ich geworden war. Ich kämpfte mit den Tränen, dabei musste ich mich zwingen, den Faden nicht zu verlieren, weil Duško keine Pause machte. Als ich dachte, es könnte nichts Unglaublicheres mehr kommen, hielt er inne.

»Wahnsinn!«, urteilte er. »Sie hat wirklich genau gewusst, was passieren würde. Sie konnte in die Zukunft sehen!«

Ich nickte, noch immer ganz benommen. »Aber sie hat sich auch geirrt. Sie hat geglaubt, dass sie sterben müsste – und sie ist nicht gestorben.«

»Was sie selbst betrifft, hat sie nur gesehen, was du auch gesehen hast«, erinnerte mich Duško. »Nur die Szene in dem Gewölbe unter dem Kloster, als sie auf dem Boden lag. Sie musste denken, dass das ihr Tod war, genau wie du.«

»Ja, das stimmt wohl. Hat sie eigentlich irgendwo ein Datum vermerkt oder wenigstens ein Jahr? Wäre interessant zu erfahren, wann sie diesen Traum hatte.«

Duško sah zurück auf die Blätter. »Nein. Da ist nur noch der letzte Satz.« Während er für sich las, verließ alle Farbe sein Gesicht. Als er hochschaute, waren seine Augen geweitet. Mehrmals setzte er dazu an, etwas zu sagen, brachte aber kein Wort raus.

»Susanna! Hast du mal einen Ramazzotti oder so was?«, rief ich zu ihr rüber, erschrocken über Duškos Zustand – und gleichzeitig über alle Maßen gespannt, was so eine Reaktion hervorrufen konnte. Susanna beeilte sich, das Glas zu Duško an den Tisch zu bringen, der es nahm und den Inhalt runterschüttete.

»Bože!«, sagte er endlich, schüttelte den Kopf und wiederholte: *»Bože!«* Er brauchte kein zweites Mal auf Mirjanas letzten Satz zu sehen, sondern übersetzte gleich so.

Ich weiß nicht, wie viel Zeit vergangen war, bis ich erneut nach Susanna rief und auf das Glas zeigte. »Bring mir auch einen!«

»Und jetzt?«, fragte Duško. Wir hatten die Bar verlassen und liefen ein Stück durch die Eilenriede. Zwischen die Zweige der Bäume stahlen sich hin und wieder Sonnenstrahlen, die auf den Teich am Wegesrand fielen. Ein friedlicher Anblick, ganz im Gegensatz zu meinem Innenleben. »Wirst du …?«

»Da kannst du Gift drauf nehmen!«, unterbrach ich ihn. Nachdem ich mich gerade erst von den neuesten Erkenntnissen einigermaßen erholt hatte, brodelte es schon wieder in mir. »Ich wusste immer, dass Safet Mirjanas Buch nicht einfach so verhökern darf! Wir sollten uns besser beeilen. Du kommst doch mit, oder?«

»Hm«, machte Duško. »Wieso nicht?«

»Danke.« Es war mir weitaus lieber, ihn dabeizuhaben, wenn ich Safet gegenüberstand.

Wenig später ließ Duško seinen Blick erst über die Fassade des Hauses in der Luisenstraße gleiten, bevor er eingehend das Schaufenster betrachtete. »Ich versteh nicht viel von Antiquitäten. Aber das Zeug hier sieht extrem teuer aus.«

»Hast du was anderes erwartet?«

»Nicht ernsthaft«, lächelte er. »Gehst du vor?«

Irgendjemand musste ja, also nickte ich ergeben. Das dezente Geräusch der Türglocke war mir schon richtig vertraut, genauso wie Safets Angestellter, auf dessen Gesicht ein gequälter Ausdruck trat.

»Sagen Sie nichts«, kam ich ihm zuvor. »Herr Vujović ist nicht da. Ist er seit gestern wenigstens hier aufgetaucht und hat seine Wagenschlüssel in Empfang genommen?«

»Sie haben gesagt, ich soll ihm nichts ausrichten«, verteidigte er sich unnötigerweise. Dabei streifte sein Blick Duško, der gerade eine verspielte Rokoko-Vitrine beäugte und skeptisch das Gesicht verzog.

»Manchmal ändern sich Umstände. Also, war er hier?«

»Ja.«

»Und: Wann kommt er wieder?«

»Das weiß ich nicht. Er hat mehrere Termine.«

Ohne allzu große Hoffnung zückte ich mein Handy, immerhin hatte ich mal seine Nummer gespeichert. Ich drückte auf die Kurzwahltaste, und beinahe im selben Moment klingelte das Telefon im hinteren Teil des Geschäftes, wo Safets Büro lag. Die Rufumleitung.

»Würden Sie Herrn Vujović bitte sagen, er soll sich bei mir melden?«, wandte ich mich im Gehen an den Angestellten. »Es ist wirklich sehr wichtig.«

Draußen drehte ich mich frustriert zu Duško um. »Wir können bloß beten, dass diese Termine noch nichts mit Mirjanas Buch zu tun haben. Falls doch, war alles vergebens!«

»Wir sollten es bei ihm zu Hause versuchen. Vielleicht fährt er zwischendurch mal hin.«

Diese Möglichkeit wäre mir gar nicht in den Sinn gekommen, weil ich im Gegensatz zu Duško Safets Privatadresse nie gekannt hatte. »Wohin müssen wir denn?«

»Ein komischer Straßenname … Warte, ich seh nach.« Duško begann in seiner Brieftasche nach einem Zettel zu wühlen. »Irgendwas mit Moor oder so.«

»Im Moore?«

»Ja, genau!«

Im Multikulti- und Studentenviertel der Stadt hätte ich Safet als Letztes vermutet, andererseits sollte mich, was ihn betraf, gar nichts mehr überraschen.

Ganz unten am Klingelschild des schönen sanierten Altbaus prangte sein Name. Wenn man sich auf die Zehenspitze stellte, konnte man vor einem der beiden Fenster im Erdgeschoss eine große Grünpflanze stehen sehen, die kurz vorm Verdursten schien. Genau wie die Pflanze hätten auch die Scheiben einen Eimer Wasser gut vertragen können. Ich hatte den Eindruck, dass Safet seine Wohnung nur zum Schlafen nutzte und ansonsten lieber unterwegs war als zu Haus. Tatsächlich blieb auf unser Klingeln alles still, nur aus einer der oberen Wohnungen drang laute türkische Musik.

Obwohl ich nichts anderes erwartet hatte, hieb ich beinah wütend ein zweites Mal auf die Klingel ein. *»Jebem ti život!«*

Duško fing an zu lachen. »Woher hast du denn den Ausdruck?«

»Na, von wem wohl?« Die Situation war ähnlich der damals am alten Hafen von Dubrovnik, als Safet merkte, dass Silke uns aufgespürt hatte. Alles ging schief!

»Pass auf«, sagte Duško, »was hältst du davon, wenn du dich vor Safets Laden stellst und ich bleibe hier? Früher oder später muss er entweder da oder hier auftauchen, und solange wir nicht wissen, wo er hin ist, ist das das Beste, was wir tun können.«

Die Chancen, dass Safet beim Geschäft auflief, standen meiner Meinung nach viel höher. »Ich hab das Gefühl, es bringt nichts, hier zu bleiben«, sagte ich wahrheitsgemäß. »Würdest du dich vor dem Laden postieren? Bestimmt hört er auf dich sowieso mehr als auf mich, und ich könnte in der Zeit was erledigen, das ich längst hätte tun sollen.«

»Was denn?«

»Meinen Vater fragen, wie meine Mutter eigentlich an die Perlen gekommen ist.«

»Ja, das wäre interessant«, stimmte Duško zu. »Setz mich in der Innenstadt wieder ab.«

20.

Mein letztes Zusammentreffen mit meinem Vater vor der Beerdigung lag sehr lange zurück, und als ich mich auf den Weg zu ihm machte, war mir seltsam zumute. Ich hielt es für geraten, mich nicht vorher anzumelden, sondern platzte einfach in sein Vorzimmer, ohne das Herein der Assistentin abzuwarten. Die Frau, die mir einen missbilligenden Blick zuwarf, war groß und schlank und trug eine Farah-Fawcett-Löwenmähne, die in den achtziger Jahren modern gewesen war.

»Bitte?«

»Ich möchte zu Herrn Laurenz.«

»Haben Sie einen Termin?«

»Nein.«

»Dann kann ich heute leider nichts für Sie tun.« Sie wandte sich ihrem Computer zu und sah im elektronischen Kalender nach. »Für nächsten Dienstag könnte ich Sie einplanen, um elf wäre noch was frei.«

»Vielen Dank, sparen Sie sich die Mühe.« Mit zwei Schritten war ich an der Durchgangstür und öffnete sie, ohne auf die Assistentin zu achten, die hinter mir hergelaufen kam.

»Sie können hier nicht …«

Mein Vater studierte eine Akte auf seinem Schreibtisch und hob irritiert den Kopf.

»Entschuldigung, Herr Laurenz, sie ist einfach …«

»Hallo, Papa«, ignorierte ich Farah Fawcett.

Sichtlich überrumpelt starrte mein Vater erst mich an und dann an mir vorbei zu seiner Assistentin, die vor Verblüffung vergessen hatte weiterzusprechen. »Ist in Ordnung. Ich brauch Sie nicht, danke.«

Hinter mir wurde die Tür geschlossen, mein Vater und ich musterten uns wortlos. Abwartend. Fast belauernd. Normalerweise ließ sich Henning Laurenz nicht anmerken, was er dachte oder fühlte, doch jetzt konnte ich beides an seinem Gesicht ablesen. Er fragte sich berechtigterweise, was ich von ihm wollte – und ihm war ein bisschen unwohl dabei. Trotzdem stand er auf und kam mir entgegen.

»Nella. Ich freue mich, dass du gekommen bist. Setz dich doch.« Er deutete auf eine Sesselgruppe am Fenster, aus dem man einen grandiosen Ausblick auf den Maschsee hatte.

»Was kann ich für dich tun?«, fragte er dann.

Mit der Tür ins Haus zu fallen war bei ihm noch nie klug gewesen. Bevor ich dazu kam, es auf eine andere Tour zu versuchen, sprach er weiter.

»Ich hoffe jedenfalls, wir können unsere … Differenzen ausräumen. Du bist meine Tochter, und ich liebe dich, egal, was du von mir denkst.«

Ich legte keinen Wert auf seine Liebe, aber wenn ich das von ihm bekommen wollte, worauf es mir ankam, musste ich so tun, als ob. »Ja. Vielleicht«, sagte ich trotzdem vorsichtig. Allzu viel Überschwang war unpassend.

»Ich hab gehört, dass du nicht mehr bei van Laak arbeitest.«

Lächelnd nickte ich. »Ich bin nicht hier, weil ich auf Jobsuche bin, falls du das meinst.«

»Das habe ich auch nicht angenommen. Manfred Gülden wäre begeistert, wenn du endlich zu ihm kämst. Du solltest es tun, seine Galerie hat einen hervorragenden Ruf, aber das muss ich dir kaum sagen.«

»Nein. Ich habe … Ich weiß nicht, wie ich anfangen soll. Es ist so viel passiert …« Seinen Beschützerinstinkt zu wecken hatte zumindest in der Kindheit ganz gut geklappt und verfehlte auch diesmal seine Wirkung nicht. Er kam zu mir herüber, setzte sich auf die Sessellehne und legte seine Hand auf meinen Arm. Am liebsten hätte ich sie angewidert abgeschüttelt.

»Was ist denn los, Nella? So kenne ich dich gar nicht.«

»Als Mama starb …« Ich schluckte, und das war nicht gespielt. »Als Mama starb, bin ich ihre Sachen durchgegangen, und dabei habe ich das hier gefunden.« Aus meinem Shopper holte ich das Holzkästchen und reichte es meinem Vater.

Er zögerte es zu nehmen, aber ich achtete auf seine Augen und sah sofort, dass er wusste, was es war. Es kostete ihn enorme Mühe, das Kästchen mit ruhigen Händen zu öffnen und scheinbar überrascht auf Mirjanas Perlen zu sehen.

Ohne irgendwas zu verfälschen oder auszulassen, berichtete ich, was ich damit vor dem Spiegel erlebt hatte und wie die Perlen unter meinen Fingern vibriert hatten. Bevor ich so weit kam, Safet erwähnen zu müssen, was ich vorerst vermeiden wollte, stellte ich die Frage, auf die es mir ankam und die er mir wohl als Einziger beantworten konnte. »Weißt du, woher Mama die Perlen hatte?«

Erwartungsvoll sah ich meinen Vater an. Doch als er endlich seine Sprache wiederfand, wurde ich enttäuscht. »Das ist dir wirklich passiert?«, erkundigte er sich.

Ich verbarg meine Ungeduld, so gut ich konnte. »Ja, ist es.«

Er seufzte und richtete seinen Blick in die Ferne, als erinnere er sich an etwas, das lange zurücklag. Für meinen Geschmack trug er ein bisschen zu dick auf. »Ich habe die

Perlen vor vielen Jahren aus Jugoslawien mitgebracht, überzeugt, dass Sonja sie lieben würde. Sie lagen dort in einem Trödelladen für einen Appel und ein Ei, aber ich sah sofort, dass sie ziemlich wertvoll sein mussten.«

»Und du hast dem Händler natürlich nichts davon gesagt«, unterbrach ich, ärgerte mich aber über meinen eigenen spöttischen Tonfall, den ich nicht mehr hatte unterdrücken können.

Mein Vater nahm das allerdings als Kompliment. »Natürlich nicht. Nach einer genauen Überprüfung stellte sich raus, dass die Kette im sechzehnten Jahrhundert gefertigt wurde.«

Ob er sich wohl mittlerweile fragte, wie viel von dem, was er mir sagte, ich bereits wusste? Da noch immer ich die Perlen besaß und nicht Safet – befürchtete mein Vater, dass ich ihn durchschaut hatte? Fragte er sich, weshalb ich wirklich hier war? Ich hätte eine Menge darum gegeben, seine Gedanken lesen zu können. Stattdessen spielte ich mein Spiel weiter.

»Ich habe nie gesehen, dass Mama sie getragen hat.«

»Hat sie auch nicht.« Wieder sah er wie gedankenverloren an mir vorbei. Beinah tat er mir Leid, er wiederholte seine Maschen schon. Auch mein Vater wurde alt, früher wäre er einfallsreicher gewesen. »Weißt du, nachdem sie sie ein einziges Mal umgelegt hatte, hat sie gesagt, die Perlen hätten eine schlechte Ausstrahlung. Ich war ziemlich wütend und verstand überhaupt nicht, wie man an so viel Einbildungskraft leiden konnte. Ich fürchte, ich habe einen heftigen Streit vom Zaun gebrochen, aber Sonja hat sich nicht umstimmen lassen.«

Schlechte Ausstrahlung? Für einen Moment vergaß ich meinen Vater. War das jedem so gegangen, der die Perlen tragen wollte, bis Mirjana oder das Schicksal fand, es sei an der Zeit? Was war damit geschehen, nachdem Mirjana sie in ihrem Haus zurücklassen musste? Wo hatten sie all die Jahrhunderte im Verborgenen gelegen oder waren der Nichtbeachtung preisgegeben gewesen wie in jenem Trödelladen? Ich würde es nie erfahren.

Das Kästchen lag geöffnet auf dem niedrigen Glastisch vor uns, vorsichtig strich ich mit meinem Finger über die goldene Tropfenperle und spürte wieder das leichte Vibrieren.

»Inzwischen weiß ich ein bisschen mehr über die Kette«, fuhr mein Vater fort. »Im Zuge anderer Recherchen über – na ja, das tut wohl nichts zur Sache – bin ich darauf gestoßen, woher sie stammt.«

»Du hättest sie gern wieder.« Meine Stimme war um ein paar Grad abgekühlt, was mein Vater sofort registrierte.

»Ich habe deine Mutter um die Perlen gebeten, ihr sogar eine ansehnliche Summe dafür geboten. Aber Sonja dachte gar nicht daran.« Er verzog das Gesicht, offenbar konnte er nicht verwinden, dass seine Ex-Frau ihm seine diversen Seitensprünge auf ihre eigene Art heimgezahlt hatte.

»Und was bietest du mir jetzt dafür?«

»Was soll das? Ich dachte, du wärst hier, weil …« Er wurde vom Klingeln des Telefons unterbrochen, warf mir aber noch einen stirnrunzelnden Blick zu, bevor er den Hörer aufnahm. »Ja? Gut. Nur noch einen Augenblick.« Er legte auf und kam zu mir zurück. Dabei bemerkte er, dass ich das Holzkästchen inzwischen wieder geschlossen hatte und in den Händen hielt.

»Du wirst sie nicht bekommen«, sagte ich. »Nicht, solange ich das verhindern kann.«

Langsam, aber sicher wurde Henning Laurenz wütend. »Ich verstehe dich nicht. Was ist eigentlich in dich gefahren?«

Ich hätte ihm das haarklein auseinander setzen können, inklusive der Geschichte mit Safet, aber dazu war ich nicht aufgelegt. Stattdessen steckte ich das Kästchen ein und erhob mich. Mein Vater überragte mich ein ganzes Stück, aber im Augenblick kam ich mir größer vor als er. »Du verstehst schon ganz gut. Leb wohl.«

»Nella!«

Ich spürte seine Hand auf meiner Schulter. Diesmal schüttelte ich sie tatsächlich ab und drehte mich um. »Was noch?«

Mein Vater war ein fast so guter Schauspieler wie Safet. »Hör zu, ich habe einen dringenden Termin, den ich nicht aufschieben kann. Aber wir sollten unser Gespräch auf jeden Fall fortsetzen. Ich kann dich doch nicht einfach so gehen lassen.«

»Du meinst, du kannst die Perlen nicht einfach so aus den Augen lassen«, übersetzte ich. »Dein Pech, es wird dir nichts anderes übrig bleiben.«

Ich öffnete die Tür – und blieb wie angewurzelt auf der Schwelle stehen.

Safet hatte gerade mit Farah Fawcett geflirtet und sah in diesem Augenblick hoch in der Erwartung, meinen Vater zu begrüßen. Sein Blick erstarrte ebenso wie meiner. Im Bruchteil einer Sekunde nahm ich alles an ihm wahr und verfluchte mich dafür. Safet Vujović, der Geschäftsmann, hatte Jeans und Shirt gegen einen anthrazitfarbenen Anzug, ein dunkles Hemd und eine dunkel gemusterte Krawatte getauscht. In der rechten Hand trug er einen Aluminiumkoffer, an seinem kleinen Finger steckte ein dezenter silberner Ring.

Hinter mir hörte ich ein Geräusch, kam aber nicht mehr dazu, es zu deuten, weil Safet plötzlich bei mir war, mich an sich zog und küsste. Er hielt mich dabei mit seinem freien linken Arm umfangen, ich spürte meine Knie weich werden und verfluchte mich schon wieder.

»Vujović! Was, zum Teufel, tun Sie da?«, drang die zornige Stimme meines Vaters in mein Bewusstsein.

Safet ließ mich los und schob mich beiseite, als wäre ich ein lästiges Insekt. »Was klarstellen«, sagte er dabei. »Und jetzt lassen Sie uns zum Geschäftlichen kommen.« Er ging an mir vorbei auf meinen Vater zu und beachtete mich nicht weiter.

Mein Vater ergriff Safets ausgestreckte Hand, ohne sich dessen wirklich bewusst zu sein. Stattdessen schaute er von ihm zu mir und zurück. Seine Verwirrung war so unübersehbar echt, dass mir zum ersten Mal Zweifel an meinem Verdacht kamen, er habe Safet auf mich angesetzt. War es das, was Safet »klarstellen« wollte? Wie das alles zusammenhing, begriff ich nicht, aber mir fiel siedend heiß wieder ein, weswegen ich Safet so dringend gesucht hatte – der offenbar von allein dahinter gekommen war, wie das Verhältnis zwischen Silke Reinhardt und Henning Laurenz inzwischen aussah.

»Safet!«, wollte ich ihn zurückhalten.

»Ihr kennt euch?«, fragte mein Vater dazwischen.

»Flüchtig«, stellte Safet fest.

Als flüchtig hätte ich das nicht unbedingt umschrieben. Mittlerweile schob Safet meinen immer noch ratlosen Vater in dessen Büro.

»Es wird Sie freuen zu hören, dass ich habe, was Sie wollten.« Er war dabei, die Tür vor meiner Nase zu schließen, gerade rechtzeitig schaffte ich es, sie aufzudrücken und den beiden Männern zu folgen.

»Safet, nicht!«

Mein Vater wollte etwas sagen, bekam aber keine Gelegenheit dazu.

»Halt dich aus meinen Geschäften raus, Nella. Ich weiß schon, was ich tue!«, sagte Safet ärgerlich.

»Nein, weißt du nicht! Du bist …«

»… ein skrupelloses, geldgeiles Arschloch, ja. Aber das hat dich nicht zu interessieren.«

Das entsprach zwar dem, was ich gelegentlich dachte, trotzdem hatte ich was anderes sagen wollen. Ich setzte noch mal an, wurde aber diesmal von meinem Vater unterbrochen.

»Ich weiß nicht, was ihr da miteinander habt, aber klärt das bitte woanders. Wenn es nichts mit dem zu tun hat, was ich mit Herrn Vujović zu besprechen habe, schlage ich dasselbe vor wie eben, Nella: Lass uns ein andermal weiterreden.«

»Mir ist egal, was du vorschlägst. *Dieses* Geschäft interessiert mich auch.«

Mein Vater erkannte, dass er mich nur loswerden würde, wenn er den Sicherheitsdienst rief und mich hinausbefördern ließ. Auf das Aufsehen war er wenig erpicht, also warf er einen fragenden Blick zu Safet hinüber, der unterdessen den Aluminiumkoffer auf dem Schreibtisch abgestellt und geöffnet hatte und uns ignorierte.

Ich trat hinter ihn und sah ihm dabei zu, wie er ein weißes Seidentuch zur Seite schlug und darunter Mirjanas Buch zum Vorschein kam. Unwillkürlich streckte ich die Hand danach aus und erwartete zugleich, dass Safet mich wegschieben würde. Aber er ließ mich gewähren.

Vorsichtig tippte ich auf den Ledereinband, während vor meinem geistigen Auge Mirjana auftauchte und den Brief schrieb, den Duško übersetzt hatte. Wenn Safet das Buch schon keinem Museum überlassen wollte, gab es nur einen einzigen Menschen, der das Recht hatte, es zu besitzen.

Neben mir hörte ich jemanden schneller atmen. Die Gier stand meinem Vater ins Gesicht geschrieben. Ich schaute weg, weil ich den Anblick nicht ertrug. Stattdessen richtete ich meinen Blick wieder auf das Buch und bemerkte dabei, dass mein Vater im Begriff war, dasselbe zu tun wie ich eben. Er streckte die Hand danach aus. Kaum hatte er es berührt, zuckte er zurück, als hätte er sich verbrannt.

»Verdammt, was war das?« Mit weit aufgerissenen Augen starrte er auf seine Hand, die knallrot angelaufen war. Fast konnte man meinen, Mirjanas Buch sei kein Buch, sondern ein loderndes Feuer gewesen. Stöhnend rieb er seine Handfläche.

Ich sah hinüber zu Safet, weil ich wissen wollte, wie er das Geschehene aufnahm. Er zeigte keine Überraschung, seine Lippen umspielte sogar ein Lächeln. Hatte Duško ihn abgefangen und hergeschickt?

Da sich niemand rührte, nahm ich vorsichtig das Buch aus dem Koffer, dabei durchströmte mich eine gleichmäßige, angenehme Wärme. Es schien, als wollte es mir sagen, dass alles gut sei, als ob Mirjana wusste, dass ich das letzte Rätsel gelöst hatte und nur noch dafür sorgen musste, ihr Vermächtnis seiner Bestimmung zuzuführen.

Ich schrak auf, als ich Safets Stimme hörte.

»Mirjana hat ihre Wahl getroffen. Sieht so aus, als gäbe sie eindeutig Ihrer Tochter den Vorzug, Herr Laurenz.«

»Das … das ist ungeheuerlich!«, protestierte mein Vater. »Sie haben diesen Auftrag von mir erhalten, und ich habe Ihnen weiß Gott eine Menge dafür bezahlt, das Buch aufzutreiben.«

»Richtig. Und ich behalte nie, was mir nicht zusteht.« Damit griff Safet in die Innentasche seines Jacketts und zog ein Bündel Euroscheine hervor. Die von der violetten Sorte, die mein Portemonnaie noch nie geschmückt hatten.

Mein Vater war sichtlich mit der Situation überfordert und wusste kaum, wie ihm geschah. Ich hatte ihn selten so gesehen, was schon allein das ganze Abenteuer wert gewesen war. »Gib mir das Buch!«, verlangte er laut von mir.

»Und wenn du mir die Welt dafür versprichst, wäre das das Letzte, was ich täte!«, gab ich etwas theatralisch zurück, meinte es aber durchaus ernst. Stattdessen legte ich Mirjanas Buch in Safets Alukoffer zurück, deckte das Seidentuch drüber und schloss ihn.

Safet nahm den Koffer hoch und sagte im Hinausgehen: »Wenn Sie mal wieder was suchen, wenden Sie sich nicht an mich.«

Ich folgte ihm, wandte mich aber noch einmal zu meinem Vater um, der sich auf seinen Schreibtischstuhl hatte fallen lassen und zusammengesunken dasaß – besiegt, was in seinem Leben nicht allzu häufig vorgekommen sein dürfte. Ein paar Augenblicke lang betrachtete ich ihn. Mochte sein, dass ich mich in einer Hinsicht in ihm getäuscht und er nichts damit zu tun hatte, dass Safet und ich uns begegnet waren. Aber sein Verhalten meiner Mutter gegenüber konnte ich ihm nie verzeihen.

»Leb wohl«, wiederholte ich und ließ ihn allein zurück.

Im Vorzimmer leuchtete nur ein Lämpchen am Telefon, wahrscheinlich machte Farah Mittagspause. Leider war wie sie auch Safet verschwunden. Und mit ihm das Buch.

Dafür sah ich durch die Glastür zum Flur eine rothaarige Frau auf mich zukommen. Wir erkannten uns gleichzeitig und verharrten mitten im Schritt, bis ich mich zuerst wieder in Bewegung setzte.

»Frau Reinhardt, was führt Sie denn hierher? Wollen Sie sich mit meinem Vater aussöhnen?«

»Das Gleiche könnte ich Sie fragen.«

Mit einem kühlen Lächeln überging ich die Bemerkung. »Ich nehme an, Sie hoffen, durch ihn noch mal über ein Erfolg versprechendes Geschäft zu stolpern. Versuchen Sie Ihr Glück, Sie haben einander verdient.«

21.

Draußen hatte es sich inzwischen zugezogen, gleich würde es zu regnen beginnen. Mein Wagen stand ein Stück entfernt, ich musste mich beeilen, wenn ich noch trocken hinkommen wollte, und schrak zusammen, als ich plötzlich eine Hupe hörte. Auf der anderen Straßenseite lehnte Safet an seinem Audi A6.

Als wir uns gegenüberstanden, fiel eine ganze Weile kein Wort. »Entschuldigung«, sagte ich schließlich.

Safet hob die Brauen. »Wofür? Auch wenn dein Vater mich nicht damit beauftragt hat, mich an dich ranzumachen, waren meine Motive kaum anständiger. Ich hatte dich auf der Vernissage mit den Perlen gesehen und beschlossen, sie zu kriegen. Das kleine Spiel mit dem Unfall hatte ich schon längst ausgeklügelt, bevor Laurenz wegen des Buches bei mir auftauchte – ohne dich und die Kette je zu erwähnen, nebenbei gesagt. Ich dachte, was für ein irrer Zufall, dass der Mann ausgerechnet jetzt kommt, wo ich Mirjanas Perlen entdeckt habe, und beschloss genauso weiterzumachen wie geplant. Falls das mit dem Buch nicht klappen sollte, hätte ich ihm immerhin die Perlen anbieten können.« Safet sah an mir vorbei. »Ich bretterte also in dein Auto und … später hast du mir dann gesagt, was du erlebt hattest. Ich wusste genug über Mirjana, um das nicht ins Reich deiner Fantasie zu verbannen, stattdessen sah ich eine einmalige Chance, mir meinen Auftrag zu erleichtern und durch dich das Buch zu finden.«

Die ersten Tropfen fielen vom Himmel und verwandelten sich fast augenblicklich in einen wahren Guss. Um nicht binnen weniger Sekunden nass bis auf die Haut zu werden, retteten wir uns in den Wagen. Auf dem Ablagefach hinter der

Gangschaltung lag eine Packung Zigaretten, nach der Safet griff, sie dann aber achtlos fallen ließ und weitersprach, als hätte es die Unterbrechung nicht gegeben.

»Als du nach deiner Vergangenheitsreise von Mirjana erzähltest, wurde mir erst richtig bewusst, dass sie nicht nur irgendeine Legende war, sondern eine Frau, die zu ihrer Zeit so wirklich und lebendig war wie wir heute.«

Dieses Eingeständnis schien ihm peinlich zu sein, er wich meinem Blick aus.

»Jedenfalls fing ich an, mich zu fragen, ob das, was ich tun wollte, nicht doch falsch war. Das war ein ziemlich ungewohntes Gefühl. Aber dann bist du einfach abgehauen, und ich wusste nicht mal, weshalb. Mein Ehrgeiz erwachte wieder, und ich dachte, jetzt erst recht. Ich wollte das Buch, und wenn ich es nur dafür fand, es hinterher einem Museum zu übergeben. Oder es deinem Vater unter die Nase zu halten und ihm zu sagen, dass er es niemals kriegt.«

»Wie bitte?«, unterbrach ich ihn. »Du wolltest es meinem Vater gar nicht mehr verkaufen, noch bevor du wusstest, dass Silke auf dich Jagd machte, und glauben musstest, sie arbeite mit ihm zusammen?«

»Hat sie das denn nicht?«

»Nein.« Ich schilderte meine Unterhaltung mit Silke, bevor ich zum Punkt kam. »Wieso hast du dir dann die ganze Zeit so viel Mühe gegeben, mich davon zu überzeugen, was für ein berechnender, kalter, ekelhafter Typ du bist?«

»Du hättest mir was anderes sowieso nicht geglaubt. Kann ich dir auch nicht übel nehmen. Nach allem, was du wusstest und …«, Safet verzog spöttisch das Gesicht, »… nachträglich geglaubt hast rausgefunden zu haben, konntest du eigentlich zu keinem anderen Schluss kommen. Außerdem – so ganz Unrecht hattest du schließlich nicht. Im Laufe der letzten Woche fiel ich ständig von einem Extrem ins andere. Mal dachte ich an Mirjana, mal an die Summe, die dabei rausspringen würde, wenn ich das Buch verkaufte. So ganz konnte ich eben nicht aus meiner Haut. Ich bin nun mal Antiquitätenhändler, kein Samariter.«

Auf das Wagendach und gegen die Windschutzscheibe prasselte unaufhörlich der Regen, von der Umgebung waren nur Schemen erkennbar.

»Dann hat Duško also gar nicht …«, fing ich an, eher mit mir selbst als mit Safet zu reden.

»Duško? Was hat der damit zu tun?«

»Na ja, er ist hier.«

»Hier? In Hannover?«

»Klar.«

»Weshalb, um alles in der Welt?«

»Um …« dich zu sehen, hätte ich fast gesagt und verschluckte es gerade noch rechtzeitig. »Um mir mein Gepäck zu bringen.«

»Dein Gepäck? Der Junge hat zu viel Zeit und zu viel Geld. Wieso hat er's nicht einfach geschickt?«

»Ich würde an deiner Stelle aufhören, ihn als Jungen zu bezeichnen.«

Das ließ Safet verstummen. »Erzähl mir nicht, er wär deinetwegen gekommen«, sagte er dann.

Ich lächelte. »Nicht so, wie du denkst. Du kannst dir schlecht vorstellen, dass jemand mich gern haben könnte, oder?«

Wieder verfiel Safet in Schweigen, bis er sich halb verrenkte, um vom Rücksitz den Alukoffer nach vorn zu holen.

»Hier, das gehört dir. Tu damit, was du für richtig hältst.«

Sprachlos starrte ich auf den Koffer.

»Was ist, hast du keine Verwendung dafür?«

»Es gehört mir?«

»Sicher. Du hast das Recht zu bestimmen, was mit dem Buch geschieht. Niemand steht Mirjana näher als du.«

Ich musste mich räuspern, um meine Stimme wiederzufinden. »Und wenn du bestimmen könntest? Was würdest du tun?«

Safet überlegte nicht lange. »Ich würde es dahin zurückbringen, wo wir es herhaben, und es dabei nicht ganz so gut verstecken, damit es gefunden wird. Ich meine, das mit dem Museum ist ganz nett, aber wenn wir mit dem Buch in Dubrovnik auftauchen, müssten wir erst mal erklären, wie wir drangekommen sind, dass wir es außer Landes gebracht und schließlich jeder Menge Gefahren ausgesetzt haben. Es hätte weiß Gott was passieren können. Ich habe keine große Lust, mir von den verantwortlichen Behörden entsprechende Predigten anzuhören und womöglich noch eine Strafe aufbrummen zu lassen.«

»Obwohl wir sie verdient hätten?«

Safet grinste ein bisschen. »Obwohl wir sie verdient hätten.«

»Dein Vorschlag gefällt mir.«

»Lass dich davon nicht beeinflussen. Es ist deine Sache, was du tust.«

»Klar«, meinte ich. Allmählich hörte ich mich an wie Duško. »Würdest du mir einen Gefallen tun?«

»Welchen?«, erkundigte sich Safet vorsichtig.

»Ich hätte gern, dass wir uns heute Abend sehen. Bei mir. Falls du noch weißt, wo das ist.«

Safet sah mich eine Sekunde lang an, dass mir schwindelig wurde. »Das werde ich wohl kaum vergessen.«

»Gut. Dann bis um acht.« Bevor er die Chance hatte, meine Bitte auszuschlagen, stieg ich aus und lief unter dem Regen hindurch zu meinem Wagen. Safet dagegen wendete und fuhr in die entgegengesetzte Richtung davon. Das war gut, denn es bedeutete, er war nicht auf dem Weg in sein Geschäft, vor dem immer noch ein sehr geduldiger und leider auch durchgeweichter Duško wartete, den ich jetzt einsammelte.

»Er ist nicht gekommen!«, begrüßte er mich, als ich in zweiter Reihe hielt und die Beifahrertür aufstieß. Er ließ sich auf den Sitz fallen und seufzte. »Was hat dein Vater gesagt?«

»Er war ziemlich sauer, als Safet ihm das Buch nicht geben wollte!«

Ich genoss Duškos aufgerissene Augen, bevor ich ihn darüber aufklärte, was vorgefallen war.

»Dann sollte ich zusehen, möglichst bald einen Flug zurück nach Dubrovnik zu kriegen«, meinte er danach.

»Warum? Ich dachte, du bist hier, um Safet zu sehen?«

»Inzwischen glaube ich, dass das keine gute Idee war. Besser für mich wäre aus den Augen, aus dem Sinn. Alles andere ist bloß Quälerei, und irgendwann würde selbst Safet spitzkriegen, was in mir vorgeht. Das würde ich gern vermeiden.«

Ich konnte das gut verstehen, trotzdem versuchte ich ihn zum Bleiben zu überreden. Vergeblich.

»Das Einzige, was ich bedauere, ist, dass ich nicht sehen werde, wie Safet auf Mirjanas Botschaft reagiert. Du wirst sie ihm doch zeigen, oder?«

»Klar! Das ist überhaupt der einzige Grund, weshalb ich ihn zu mir eingeladen habe.«

»Der einzige?« Duškos Lächeln fiel sehr hintergründig aus.

22.

Um halb acht tigerte ich nervös in meiner Wohnung herum. Am Spätnachmittag hatte ich Duško zum Flughafen gebracht und ihm versprochen, mich bald bei ihm zu melden. Es tat mir Leid, dass er fort war, aber ich musste seine Entscheidung akzeptieren. Seitdem hatte ich mehr oder weniger rumgesessen und nachgedacht – und plötzlich all die Parallelen zwischen Mirjanas und meinem Leben und den Menschen, mit denen wir umgeben waren, entdeckt.

Als mein Telefon läutete, fiel mein Blick auf den blinkenden Anrufbeantworter, den ich immer noch nicht abgehört hatte. Trotzdem nahm ich erst mal ab, vor allem, weil ich befürchtete, Safet hätte es sich anders überlegt. Doch nicht er meldete sich am anderen Ende, sondern Louise, die mir dasselbe sagte wie Susanna am Morgen. Ihr gegenüber hatte ich wirklich ein schlechtes Gewissen. In den paar Minuten, die bis acht noch blieben, konnte ich ihr unmöglich die ganze Geschichte erzählen, deshalb trafen wir eine Verabredung für den nächsten Abend.

»Viel Glück einstweilen!«, wünschte mir Louise.

Wobei genau?, fragte ich mich selbst, während ich endlich den Knopf an meinem AB drückte. Das Band spulte zurück und kurz darauf ertönte eine Stimme durch das Wohnzimmer, die mich zusammenzucken ließ.

»Nella, dein Handy ist ständig abgeschaltet. Bitte ruf mich an.«

Vermutlich hatte mein Handy zu dem Zeitpunkt noch immer in Einzelteile zerlegt auf dem Autobahnrasthof gelegen. Safet klang besorgt – und ich dachte mit einem Mal wieder daran, weshalb er mich von Ljubljana aus unbedingt nach Deutschland hatte schicken wollen, nämlich wegen Tom und der Gefahr, die von ihm ausging. Damals war ich mehr oder weniger überzeugt gewesen, dass das nur ein Vorwand war, um mich loszuwerden.

Mitten in meine Gedanken hinein klingelte es an der Tür. Offensichtlich hatte Safet noch keine Gelegenheit gehabt, nach Hause zu fahren und sich umzuziehen. Er trug denselben Anzug wie am Vormittag und sah abgekämpft aus.

»Hattest du einen anstrengenden Tag?«, erkundigte ich mich, während ich ins Wohnzimmer vorging. »Setz dich. Magst du was trinken?«

»Nein, danke. Ich würde lieber wissen, weshalb ich eigentlich hier bin. Nach allem, was vorgefallen ist, hätte ich nicht damit gerechnet, dass du mich überhaupt noch mal sehen willst.«

»Du solltest lieber doch was trinken.« Ich stellte ein Glas Rotwein vor ihn hin. »Hab ich extra gekauft. Wein aus Pelješac, war nicht einfach, den zu kriegen.«

»Nella, bitte! Warum sollte ich herkommen?«

Ich setzte mich ihm gegenüber und schwieg einen Moment. Obwohl ich diese Situation in Gedanken diverse Male durchgespielt hatte, wusste ich jetzt nicht recht, wie ich anfangen sollte. Auf dem Tisch, in Safets Sichtweite, lagen die zwei Blätter aus Mirjanas Buch. Er beachtete sie nicht, sondern sah mich unverwandt an.

»Erinnerst du dich an Makarska?«, begann ich schließlich.

»Was genau meinst du?«

Mir kam in den Sinn, er könne glauben, ich wollte ihn nach seinem Traum fragen, und beeilte mich, fortzufahren. »Ich hatte das Buch fallen lassen. Es lag was drin, das ich aufgehoben habe, bevor du aus dem Bad kamst. Es ist auf Kroatisch, aber Duško hat's mir übersetzt.«

»Wo ist er eigentlich?«, unterbrach mich Safet.

»Zurück nach Dubrovnik geflogen.«

»Wieso hatte er es so eilig? Er hat sich nicht mal bei mir blicken lassen.«

»Er hatte seine Gründe.« Ich sah, dass Safet auffahren wollte. »Die nichts mit mir oder dir zu tun haben«, log ich. Dann langte ich nach den beiden Blättern und hielt sie ihm entgegen. Er machte keine Anstalten, sie zu nehmen. »Mirjanas letzte Gedanken in dem Folterkeller waren an mich gerichtet. Sie hat mich aufgefordert zu lesen. Ich dachte damals, sie meinte das Buch, heute denke ich, sie meinte das hier. Lies es.«

Immer noch zögernd nahm Safet die Seiten und faltete sie auseinander.

Ich beobachtete ihn sehr genau und konnte erkennen, bei welchem Teil er jeweils war, wenn sich Verstehen auf seinem Gesicht abzeichnete und Erstaunen darüber, wie groß Mirjanas Fähigkeit, in die Zukunft zu sehen, wirklich gewesen war. Und Fassungslosigkeit, als er zum letzten Absatz kam. Seine Augen glitten ein Stück nach oben, er las erneut, um sich davon zu überzeugen, dass er sich nicht geirrt hatte – dass da wirklich stand, was er las.

Schließlich legte er die Blätter kraftlos zur Seite. Er griff nach dem Glas Wein, das ihm entglitt und auf dem Tisch zersprang. Die rote Flüssigkeit floss auf meinen hellen Teppich und bildete eine Lache, die an Blut erinnerte. Wie in Trance versuchte er mit einem Stofftaschentuch die gröbsten Flecken zu entfernen, wobei er den Wein nur noch mehr einrieb.

Sanft nahm ich ihm das Taschentuch ab. Safet schaute erst auf meine Hand, die seine umfasste, dann hob er den Blick. In seinen Augen blitzte etwas auf, das er mich bewusst sicher nie hätte sehen lassen. Er begann zu zittern und schlang Halt suchend seine Arme um mich.

Lange saßen wir so auf dem Boden. Ich hielt Safet, dessen Tränen aus ihm herausflossen, als hätte sich eine Schleuse geöffnet, Tränen, die Mirjana galten, und all die ungeweinten Tränen um Jovo.

Als Safet sich etwas beruhigt hatte, rückte er ein Stück von mir ab und sah mich an, fragend und gleichzeitig in sich gekehrt, als sei er selbst nicht sicher, ob er das, was er sagen wollte, sagen konnte. Als er endlich doch sprach, klang seine Stimme ganz rau.

»Dug sam prešao put da ga dijelimo napola …«

Eine Sekunde lang wusste ich nicht, ob ich nun auch noch weinen oder besser lachen sollte. Weinen, weil mich die Liebeserklärung so rührte. Oder Lachen, weil dieser unmögliche Mann ausgerechnet jetzt Gibonni zitierte, damit ich ihn verstand: Ich habe einen langen Weg gemacht, um ihn mit dir zu teilen …

Bevor ich mich für das eine oder andere entscheiden konnte, nahm Safet mein Gesicht zwischen seine Hände, und wie von selbst fand mein Mund seinen. Dieser Kuss war anders als alles, was wir zuvor miteinander geteilt hatten. Er war bestimmt von einem Vertrauen, ohne das weder Leidenschaft noch Liebe jemals überdauern kann. In mir fühlte ich für Safet, was Mirjana einst gefühlt hatte, als sie in jenem Gewölbe unter dem Dominikaner-Kloster in Vecellios Augen und damit auf den Grund seiner Seele geblickt hatte.

Und während unseres Kusses verschmolzen Gegenwart und Vergangenheit. Vor mir lag ein Blatt Papier, auf dem sich langsam und verzweifelt ein Wort an das andere reihte …

Letzte Nacht sah ich meinen Tod. Ich sah meine leblose Hülle geschunden und gequält auf steinernem Boden. Und ich sah mein noch junges Gesicht.

Wann wird es geschehen? Und wie? Durch wen?

Ich fürchte mich, doch ist es unausweichlich, und ich nehme es hin als gerechte Strafe. Nicht für etwas, das ich tat, vielmehr für etwas, das ich unterließ. Denn letzte Nacht sah ich auch dich.

Ich sah deinen verkrüppelten Leib, herangewachsen unter fremder Hand, und weiß nun, dass du lebst, so wahr ich weiß um meinen Tod.

Hätte ich einst nur meinem Herzen vertraut, als man mir sagte, du seiest zu schwach und krank gewesen. Mein Herz, es schrie vor Schmerz und Zweifel, und doch widersprach ich nicht, als sie beschworen, deines habe aufgehört zu schlagen. Ich war zu schwach, mein Sohn, nicht du.

Sterben werde ich für diese Sünde. Lange bevor die Zeit es mir erlaubt, mich dir zu offenbaren. Lange bevor die Zeit mir gestattet, dir anzuvertrauen, was mein Leben ist: mein Buch, mein Wissen, mein Vermächtnis.

Lange bevor du der Mann sein wirst, den ich sah. Der Mann, der Nachkommen haben und dessen Blut durch deren Adern fließen wird über Generationen und Jahrhunderte.

Ich sah diese Nachkommen, und mit ihnen sah ich ihre Leben, und mit ihren Leben sah ich dieses Land.

Ich sah Ragusas Macht verlöschen. Ich sah Zerstörung, ich sah den vielfachen Tod. Ich sah Eroberung und fremde Herrscher. Ich sah Gewalt und Krieg mit unvorstellbaren Waffen.

Und dann sah ich Hoffnung.

Bis zu jenen fernen Jahren wird mein Vermächtnis sicher ruhen, dafür muss ich Sorge tragen.

Doch dann, wenn die Zeit der Hoffnung kommt, wird es zurück ans Licht der Welt gelangen – durch eine Frau, die wie ich manche Wirklichkeiten anders sieht, und einen Mann, der dein Leben und mein Wissen für uns in die Zukunft trägt.

Denn er ist das Blut meines Blutes wie du, mein Sohn.

ERSTES NACHSPIEL

Ragusa, 1572

Mirjana legte den Federkiel zur Seite und starrte lange ins Nichts. Von der Straße drangen Geräusche herauf, im Haus schlugen irgendwo Türen, doch all das nahm sie kaum wahr.

Für den Moment hatte sie sogar das Grauen vergessen, das der Anblick ihres Leibes, zusammengesunken auf den kalten Steinen eines dunklen Gewölbes, in ihr hervorgerufen hatte.

Für den Moment dachte sie an den Mann, der ihr in ihrer Vision erschienen war. Nicht ihr Sohn, sondern jener Fremde in einer fremden Zeit. Sie zweifelte nicht an dem, was sie gesehen hatte, das tat sie niemals. Doch die Erscheinung dieses Mannes war … nun, zumindest ungewöhnlich. Sie sah ihn durch Ragusas Straßen laufen, Straßen, die sich verändert hatten, vorbei an Plätzen und Gebäuden, die sie dennoch wiedererkannte. Doch das Bemerkenswerteste schien ihr, dass ihr Fleisch und Blut halb nackt durch die Stadt spazierte. Er trug tatsächlich so gut wie nichts am Leib, selbst Ivan hatte mehr Stoff um seinen Körper gewickelt, wenn er zu ihr ins Bett stieg.

Der Gedanke an ihren Gemahl brachte sie in die Gegenwart zurück. Sie wollte Ivan zur Rechenschaft ziehen für das, was er ihr angetan hatte. Aber was konnte sie tun? Sie besaß ein großes Vermögen, hatte jedoch keinerlei Nutzungsrecht an einem einzigen Dukaten, das hatte nur ihr

Gemahl. Die Rechtslage war nun einmal so. Selbst wenn sie zum Waisenhaus der Klarissinnen ging und die Herausgabe ihres Sohnes forderte, wovon sollten sie leben? Sie würde alles verlieren und nicht für ihn sorgen können. Dort, wo er war, ging es ihm gut. Besser als bei einer Mutter, die mit ihm Not leiden musste.

»Womit bist du so beschäftigt, mein Herz?«

Mirjana schreckte hoch, als Ivan sie ansprach, und dankte dem Herrn, dass er in der Tür stehen geblieben war, statt zu ihr zu treten und einen Blick auf das zu werfen, was sie niedergeschrieben hatte.

»Ich schreibe einen Brief an Gospođa Vetranović, schließlich muss ich ihr für die Einladung danken.«

Ivan lachte. »Für diese grässlich langweilige Angelegenheit … Nun, es schickt sich wohl. Ich bin eben auf dem Weg nach Cavtat und werde vor morgen nicht zurück sein.«

Mirjana wusste, sie sollte sich erheben, um sich geziemend von ihrem Gemahl zu verabschieden. Gleichwohl ahnte sie, dass er den Abscheu spüren würde, den sie so kurz nach ihrem Traum noch nicht verbergen konnte. Später, morgen, am Tag danach oder besser noch an jenem danach, würde sie dazu in der Lage sein. Nicht heute. Nicht jetzt.

Dennoch: Wie sollte sie diesen Mann jemals wieder so lieben können wie zuvor? Diesen Mann, der alles verachtete und hasste, das nicht vollkommen war? Der ihren Sohn, seinen Sohn für tot erklärt und in ein Waisenhaus gegeben hatte, nur weil er missgestaltet war?

Allen Überlegungen zum Trotz musste sie zu ihm. Wenn sie es nicht tat, würde er zu ihr kommen und sich nehmen, was ihm zustand: einen Kuss.

Mirjana überwand ihren Widerwillen und stand schwerfällig auf.

»Ich werde auf dich warten«, sagte sie mit einem Lächeln, das ihr selbst wie festgefroren schien.

Entgegen ihren Befürchtungen war Ivan in Gedanken schon halb in Cavtat und berührte sie nur flüchtig am Kinn. »Das hoffe ich!« Dann drehte er sich um, rief nach Lovro und war verschwunden.

Mit langsamen Schritten kehrte Mirjana zu ihrem Platz zurück und las im Stehen das Geschriebene ein zweites Mal. Die Frau hatte sie nicht so deutlich vor sich gesehen wie den Mann – und doch war sie so wichtig, weil er ihre Hilfe brauchte.

Mirjana wandte sich um, ihr Blick traf auf einen Spiegel. Und ganz plötzlich schien sich ein Gesicht über ihres zu legen, ein fremdes Gesicht mit vollen Lippen, einer Nase, die ein wenig zu groß war, und blaugrauen Augen, die sie erschrocken ansahen. Auch Mirjanas Augen weiteten sich – denn sie wusste, dass die Zeit aufgehört hatte zu existieren. Die Vergangenheit und die Zukunft zerflossen für einen Sekundenbruchteil zu einer gemeinsamen Gegenwart. Die Fremde war sie – und sie war die Fremde. Für einen Sekundenbruchteil, dann war alles wieder wie zuvor.

Mirjana wandte sich vom Spiegel ab, ihrem Leben zu. Solange es noch währte, gab es viel zu tun. Ihr Garten wartete, ihr Buch und die Menschen, denen sie helfen konnte.

ZWEITES NACHSPIEL

»Ihr müsst einfach dabei sein!«, sagte Duško am Telefon und meinte den Tag, an dem Mirjanas Bild aus dem Kuriositätenmuseum ausquartiert werden und einen Platz in der Gemäldegalerie des Rektorenpalastes finden sollte. »Immerhin ist es euer Verdienst, dass Mirjana nicht mehr die Hexe von Ragusa ist, sondern ihre Rezepturen die Anerkennung kriegen, die sie verdienen!«

Wie Safet vor einem Jahr vorgeschlagen hatte, waren wir nach Cavtat zurückgekehrt, hatten uns ein zweites Mal in der Kirche Sveti Vlaho einschließen lassen und Mirjanas Buch nicht ganz so gut versteckt wie Nikola Jahrhunderte zuvor. Es dauerte schließlich trotzdem noch ein paar Monate, bis ein Priester es fand und es danach von Kunsthistorikern überprüft und für echt befunden wurde. Mediziner und Wissenschaftler sahen sich die Rezepturen an, die sie für bedenkenlos und absolut »unhexenhaft« erklärten – und gewannen daraus sogar zu ihrem Erstaunen einige neue Erkenntnisse.

Als Duško anrief, hatte Safet gerade ein sehr lukratives Geschäft in Aussicht. Trotz der Ereignisse um Mirjana war Safet nämlich durchaus nicht gänzlich zur Heilsarmee mutiert, wie er selbst das ausdrückte. Er schaffte es immer noch, besonders gesuchte Dinge aufzuspüren, klemmte sich inzwischen allerdings längst nicht mehr mit derselben Besessenheit dahinter. Was er machte, tat er gern, und er tat es gut – aber nicht für jeden Auftraggeber und erst recht nicht um jeden Preis. Das war Mirjanas Verdienst, deren Schicksal ihn wieder zum Nachdenken darüber gebracht hatte, dass jeder Gegenstand auch eine Geschichte und mindestens eines Menschen Leben erzählte.

Wie die Dinge also lagen, brauchte Duško so gut wie keine Überredungskunst, Safet von einem Job, den er früher nie hätte sausen lassen, weg und mit mir nach Dubrovnik zu lotsen. Safet sagte seinem Kunden ab, während ich kurzfristig die Galerie schloss, die wir zusätzlich betrieben.

Und schließlich standen wir mit Duško und einem jungen Mann namens Nikša in einer großen Menschentraube, die die feierliche Enthüllung von Mirjanas Porträt verfolgte. Nikša fand das ganze Brimborium offensichtlich wenig aufregend und drängte darauf, nach dem offiziellen Teil mit Duško irgendwo was trinken zu gehen. Kein Wunder, Duško hatte ihn nicht in die Einzelheiten eingeweiht. Er winkte uns zu, bevor er mit Nikša verschwand. »Wir sehen uns!«

Safet und ich ließen die beiden ziehen und schauten zu Mirjana hinauf.

»Was sie wohl zu der Ehre gesagt hätte, hier im Stadtmuseum direkt neben ihrer Freundin Cvijeta Zuzorić zu hängen?«

Safet lachte. »Sie ist ganz zufrieden damit.«

»Woher willst du das wissen?«

»Na, siehst du das nicht? Sie zwinkert uns zu. Da. Ganz deutlich.«

Ich schaute ihn an, aber Safet lachte gar nicht mehr, sondern war ernst geworden. »Weißt du, was ich mich immer gefragt habe?«

»Was?«

»Ivan hat ihr im Beisein von Bruder Heinrich den Tod ihres Kindes vorgeworfen und damit seinem Fanatismus zusätzlich Nahrung gegeben. Warum hat sie sich da nicht gewehrt? Warum hat sie nicht gesagt, dass dieses Kind lebt? Das hätte sie vielleicht retten können.«

Einen Moment lang dachte ich an die Szene in der Villa Martolosićs zurück. »Oder das Gegenteil. Das Kind war behindert, was hätte Bruder Heinrich daraus gemacht? Vielleicht eine Ausgeburt Satans. Damit hätte sie ihren Sohn nur unnötiger Gefahr ausgesetzt. Ich bin ihr ziemlich dankbar, dass sie schwieg.«

Safet lächelte wieder. »Tatsächlich? Andernfalls müsstest du dich aber heute nicht mit mir rumschlagen.«

»Was für eine grauenhafte Vorstellung! Aber wo wir gerade bei offenen Fragen sind«, sagte ich und deutete auf Mirjanas Buch, das unter ihrem Porträt in einer Vitrine lag. »Was meinst du, hat sie wohl versucht, es zurückzubekommen?«

»Dann hätte sie noch mal nach Ragusa zurückgemusst. Viel zu gefährlich, sowohl für sie als auch für Vecellio.«

»Und später konnte sie es auch nicht mehr holen, als Nikola tot war und niemand sonst wusste, wo er es versteckt hatte.«

»Ich glaube nicht, dass sie sich diese Fragen überhaupt gestellt hat. Sie kannte ihre Vision, also war ihr klar, dass du und ich es eines Tages zum richtigen Zeitpunkt finden.«

»Das stimmt. Sie hat immer gesagt, sie hätte keine Macht über das Schicksal.« Ich legte meine Hand auf die Vitrine, beugte mich hinunter und betrachtete den Inhalt ganz bewusst, jetzt wo außer uns niemand mehr hier war. Dabei entdeckte ich das, was neben dem Buch lag, etwas, das ich zuvor komplett übersehen hatte.

Ruhig erwiderte Safet meinen Blick, als ich aufsah.

»Du hast das tatsächlich …«, begann ich.

»Niemand wird irgendwelche Rückschlüsse daraus ziehen oder Verbindungen herstellen können«, fiel er mir fast entschuldigend ins Wort. »Es ist schließlich nicht der ganze Brief, nur das Fragment, auf das es ankommt. Ich hab's zwischen die Seiten gelegt, als wir in Cavtat waren. Mirjanas wahres Vermächtnis besteht nämlich nicht aus ihren Rezepturen, sondern aus ihrer Botschaft.«

»Doch dann, wenn die Zeit der Hoffnung kommt, wird das Buch zurück ans Licht der Welt gelangen«, las ich vor, obwohl ich jede Zeile ihres Briefes auswendig konnte. »Glaubst du das? Wird in diesem Land von jetzt an Frieden herrschen?«

»Sie spricht von Hoffnung«, erinnerte mich Safet. »Und die haben wir.« Sein Blick glitt hinauf zu dem Porträt. »Da!«

»Was?«

»Hast du's wieder verpasst? Ihr Zwinkern?« Safets Lächeln vertiefte sich. »Ich glaube, sie findet, wir sollten diese heiligen Hallen und die ganzen toten Steine hier verlassen ...«

»... und stattdessen was tun?«, erkundigte ich mich.

»Ich bin sicher, uns wird was einfallen, *draga*!«

NACHWORT

Ein Roman ist Fiktion. Ein historischer Roman dagegen sollte geschichtliche Tatsachen auch korrekt wiedergeben. »Das Erbe von Ragusa« ist eine Mischung aus reiner Fiktion und Historie, und mit dem Teil, der die Vergangenheit behandelt, bin ich ähnlich umgegangen. Wo immer es ging, habe ich mich an die historischen Fakten gehalten. Allerdings habe ich mir hin und wieder erlaubt, einige Dinge abzuändern oder hinzuzufügen, die meiner Fantasie entspringen. Um ein paar Beispiele zu nennen: Mir ist nichts von einem Tunnelnetz unter Dubrovnik bekannt, obwohl es die erwähnten Getreidespeicher sehr wohl gegeben hat. Auch kann man im Franziskaner-Kloster in Cavtat ein kostbares und sehr schönes Polyptychon aus dem 16. Jahrhundert bewundern, aber es ist ein Werk von Lovrin Dobričević. Blaz Getaldić dagegen hat es nie gegeben. Und wo wir bei Malern sind: Marins Bruder Vlaho Držić habe ich ausnahmsweise nicht erfunden, auch wenn er natürlich Mirjana nie gemalt hat!

Dubrovnik strotzt vor Geschichte, Palazzi, Museen und Klöstern. Aber auch jedem, der einfach nur Schönheit und Atmosphäre genießen will, kann ich den eingangs zitierten Satz von G. B. Shaw ans Herz legen und eine Reise dorthin dringend empfehlen!

Mein Dank gilt

wie immer meinem Mann Jörg
für viel Geduld, Unterstützung und Liebe
und zwei Reisen nach Kroatien, für die schöne Zeit dort
und für das echte Tucker-Boot auf der Bank in Starigrad
und das fiktive in Cavtat

meiner Mutter Ursula Koch,
die sich durch die allererste Rohfassung des Romans
gekämpft hat
und damit die wichtigste Testleserin war

meinem Agenten Roman Hocke
für seinen unermüdlichen Einsatz,
seine wichtige und richtige Kritik
und seine Begeisterungsfähigkeit

Marion Labonte
für das hervorragende Lektorat
und den Austausch über die Gegensätze von
Niedersächsisch und Rheinisch

Dr. Lada Čale Feldman und
Dr. Valentina Gulin Zrnić
vom Institute of Ethnology and Folklore Research
in Zagreb
für ihre Hilfsbereitschaft und interessante Einblicke
in die Geschichte Kroatiens
und das Leben der Frauen in Ragusa.
Alle Fehler, die sich dennoch eingeschlichen haben mögen,
sind ausschließlich mir anzulasten

Maja Ćorić
für die unschätzbaren Übersetzungshilfen
und für das Teilen meiner Begeisterung für Gibonni.
Und nicht zu vergessen für das »Erdbeben im Kopf« … ☺

Und schließlich:

Ovim se putem želim posebno zahvaliti Saji.
Hvala ti za tvoj osmijeh i sjaj u tvojim očima.

Ein Mystery-Thriller von ungewöhnlicher Sogkraft und Spannung

Corinna Kastner
EILEENS GEHEIMNIS
Roman
496 Seiten
ISBN 3-404-15310-3

Was hat es mit dem geheimnisvollen Foto eines Grabes mit keltischem Stein auf sich, das Daniel Blanke im Nachlass seines Vaters findet? Wie sich herausstellt, war es niemand anderes als die junge Fotografin Nathalie Vincent, die jenes Foto geschossen hat auf der Insel Guernsey. So ist Nathalie dafür bestimmt, das Rätsel zu lösen – doch sie bringt Ereignisse ans Licht, die für manche besser begraben geblieben wären ...
»Eileens Geheimnis« ist die Geschichte zweier Frauen, deren gewohntes Leben abrupt endet: Die eine stirbt in der Hochzeitsnacht, die andere erblindet bei einem Segelunfall. Doch so verschieden die Schicksalsschläge der beiden Frauen auch sein mögen: Eine geheimnisvolle Macht bestimmt, dass die eine das Geheimnis der anderen auf ungewöhnliche Weise enträtselt.

Bastei Lübbe Taschenbuch

Der zweite Fall von Rotrud von Saulheim am Hofstaat Friedrichs I.

Susanne Kraus
DAS FLAMMENSIEGEL
Historischer Roman
384 Seiten
ISBN-10: 3-404-15491-6
ISBN-13: 978-3-404-15491-3

Crema, 1159: Mit einem riesigen Heer belagert Kaiser Friedrich I., genannt Barbarossa, die italienische Stadt. In der nahe gelegenen Burg San Bassano bangt Rotrud, die Kammerzofe der Kaiserin, um das Leben ihres Gatten Trushard. Als ein Ritter kaltblütig umgebracht wird, ist sie nicht länger bereit, tatenlos zu warten, während Trushard in höchster Gefahr schwebt. Als Mann verkleidet, schleicht sie sich in das kaiserliche Lager. Dort werden die Krieger von mysteriösen Plagen und Todesfällen heimgesucht. Sind es himmlische Zeichen, oder hat ein menschlicher Teufel seine Hand im Spiel? Die Spur führt zu einem dunklen Geheimnis, das die Zukunft des Reiches bedroht …

Bastei Lübbe Taschenbuch